恶王的日月

桩桩

zhuangzhuang

著

上

河北出版传媒集团公司

花山文艺出版社

图书在版编目（CIP）数据

燕王的日月（全二册）/ 桩桩著 . —石家庄：花山文艺
出版社，2014.7
ISBN 978-7-5511-2030-2
Ⅰ. 燕… Ⅱ. 桩… Ⅲ. 长篇小说–中国–当代
Ⅳ. I247.5
中国版本图书馆 CIP 数据核字（2014）第 156291 号

书　　名：燕王的日月（全二册）
著　　者：桩　桩

责任编辑：李　爽
责任校对：李　伟　李　鸥
装帧设计：姚姚工作室
出版发行：花山文艺出版社　　（邮政编码：050061）
　　　　　（河北省石家庄市友谊北大街330号）
销售热线：0311–88643226/32/24/28/29
传　　真：0311–88643225
印　　刷：北京合众协力印刷有限公司
经　　销：新华书店
开　　本：700×1000　1/16
印　　张：33.25
字　　数：640 千字
版　　次：2014 年 7 月第 1 版
　　　　　2014 年 7 月第 1 次印刷
书　　号：ISBN 978-7-5511-2030-2
定　　价：45.00 元（全二册）

目录

CONTENTS

上册

第一章 下马威 · 1

第二章 结仇 · 15

第三章 遇险玉棠春 · 15

第四章 神秘兰花 · 26

第五章 燕王寿宴 · 37

第六章 还兰 · 46

第七章 端午观灯 · 60

第八章 凤阳之行 · 67

第九章 兰之秘密 · 80

第十章 燕王护卫 · 88

第十一章 斗智斗勇 · 101

第十二章 要胁 · 110

第十三章 燕十七 · 119

第十四章 设伏鸡公山 · 124

第十五章 措手不及 · 135

第十六章 密林逃生 · 142

第十七章 分道扬镳 · 154

第十八章 韭山释情 · 164

第十九章 燕王救美 · 171

第二十章 靖江王娶妃 · 181

第二十一章 兄弟求娶 · 194

第二十二章 白衣赠马 · 202

第二十三章 入宫 · 213

第二十四章 困惑 · 223

第二十五章 猎狐 · 232

第二十六章 出嫁 · 245

· 255

【第一章】下马威

YANWANGDE RIYUE

“锦曦！锦曦！”伴随着阵阵喊声，叮叮咚咚的脚步声由远而近。

“小姐，肯定又是表少爷！”珍贝噘着嘴忍不住抱怨。

锦曦斜倚在贵妃长椅上，纤细的手懒懒地抬起一卷书翻看，对侍女珍贝的话恍若未闻。春风从十字契合梅兰竹菊雕花木窗外吹进来，蓝色百褶绢纱罗裙漾动着，似一泓湖水轻柔地漾起了水纹。一袭墨黑的长发顺着腰背倾泻下来，几缕发丝在她身侧俏皮地飘动，映着层淡淡的阳光，整个人笼罩在温暖的浅黄色泽中，像极了唐代周昉的仕女图：兰麝细香闻喘息，绮罗纤缕见肌肤。

珍贝侍立在她身侧不禁叹了口气，这般温柔娴静的小姐，怎么惹上莽牛似的表少爷呢，三天两头不厌其烦地来打扰，每次都强拉着小姐出府。有哪一次小姐回来不是嚷着腰酸背疼的？珍贝对这位表少爷越发的不满。

她正暗自埋怨着，厢房的门便被大力地推开，一个十五岁左右浓眉大眼的少年喘着气大步走了进来：“锦曦！走！晚了就来不及了！”说话间手已压在锦曦正看着的书上。

锦曦这才微侧过头，瞟了少年一眼，目光一转落在他压着书的手上。她什么话都没说，只这么一瞥，就散发出淡淡的威仪。

少年讪讪地拿开手，语气里带着恳求：“好锦曦，好表妹……”

“珍贝，给表少爷沏碗茶来。”轻柔的声音从锦曦口中吐出，不紧不慢，又带着不容置疑的命令语气。

珍贝这才有时间对少年施一礼："请靖江王安，表少爷请稍息片刻。"

少年不耐烦地挥挥手说道："免了，快去！"

锦曦眼角余光瞅着珍贝出了房门，听到她走下绣楼的足音消失，突然就跳了起来，捉住少年的耳朵使劲一拧，骂道："死铁柱！不守约定！让爹妈知道怎么办！"

此时的锦曦似换了个人，浑身充满了活力，明眸光华流转，薄怒含嗔，俏皮灵动。

少年委屈地揉揉耳朵，眼睛里露出一股子企盼之意："锦曦，只有你能帮我报仇！我这不是着急嘛！"

锦曦嘴一翘，亮若晶石的双眸里多了分嘲讽，头微微偏着吐出一句："谁敢欺负我大明王朝的靖江王？找皇后娘娘告状去啊，娘娘可是最疼你不过。"

少年涨红了脸，他正是当朝洪武皇帝朱元璋的亲侄孙朱守谦，开朝受封的第一批十个亲王之一，且是唯一一个非皇帝亲子的靖江王，就这重身份已知朱守谦在皇上心中的地位。

他自小在皇帝皇后身边长大，南京城人人知晓这么一位仗着圣眷深厚、向来飞扬跋扈的靖江王。无事不敢招惹，有事更避他三分，他几时受过这等奚落？被锦曦不阴不阳地损了两句，朱守谦当场涨红了脸，就想要发火。瞧见锦曦明丽不可方物，娇俏斜睨着他的模样不禁又软了下来，"好表妹，这怎么好意思去告状吗，这不白让人家瞧不起！"

"谁敢瞧不起你？怪了。"锦曦闲闲地说道，慢慢躺回贵妃椅上，重新拾起了书本，细细地读着，当屋里没朱守谦这个人似的。

见锦曦不为所动，朱守谦一时之间竟急得在屋子里团团转悠了几圈，这才红着脸吞吞吐吐地说了实情："月初与太子殿下、二皇叔、朱棣还有那个可恶的李景隆赛马比箭，商定谁落败要请他们去得月楼吃饭……"

"嗤！"一声讥笑从锦曦嘴里溢出，"一顿饭而已，你又不是请不起！"

"要只是一顿饭我着什么急？不就是咽不下那口气么！"朱守谦气恼地说道，"太子殿下和二皇叔我就不说了，朱棣永远昂着头斜着那双眼睛，一副瞧不起人的样子，他是长辈也不说了，偏偏那个李景隆，他爹曹国公李文忠打仗，他不过就是个浮浪公子，也敢瞧不起我！"

"你连李景隆也赢不了？"锦曦听出了朱守谦的火气，摇了摇头恨铁不成钢。

"我……"朱守谦语塞，他连自己看不起的浮浪公子爷李景隆也没打赢，不由得气极败坏，"锦曦，我今天约了他们再比过，这次我非得赢不可！"

"好啊，去吧！赢了回头我绣个香囊给你。"

朱守谦眼睛一亮，又讷讷地说："我，我想让你去帮我！"

"我去？我又不是你，我赢了，你有什么光彩？"

朱守谦见锦曦语气有所松动，忙鞠躬作揖讨好地说："锦曦你有所不知，你好歹也算是我的家人，你赢就等于我赢！李景隆不过比我多中一箭而已，你帮我好不好？"朱守谦嘿嘿笑了，"只要你肯出手，他们都不是你的对手！"

"你就这么有信心？"锦曦语气仍然淡淡的，她才十四岁，多少带着小孩心性，听朱守谦这般推崇，心中也有几分被朱守谦恭维的喜悦。

朱守谦大大咧咧习惯了，却也粗中有细，嬉笑着对锦曦道："你穿男装看上去就是个不懂世事的小公子，他们不知你的底细，朱棣和李景隆戒心不强，肯定全力防范我，你趁机就赢了呗。"

锦曦瞋他一眼："叫他四皇叔！再不济也要叫声燕王殿下！别给人听见告到皇上那儿去，治你个大不敬之罪！"

"朱棣不过只比我大一岁……"朱守谦嘟囔着，抬头看到锦曦的秀眉微蹙，眼神逼视过来，硬生生把后面不敬的话吞回了肚里。

他谁都不怕，偏偏害怕比他小一岁的表妹锦曦。别看今年十四的锦曦个头比他矮上半头，可朱守谦在她这却吃足了亏。

朱守谦的母亲与锦曦的母亲是同胞姐妹，洪武皇帝打天下时淮西旧将谢再兴之女。皇上赐姐姐嫁了太祖皇帝亲侄朱文正，妹妹嫁了麾下猛将徐达。朱文正夫妇俩过世之后，朱守谦就被太祖皇帝与皇后接到了身边抚养。

父母双亡的他打小就把姨母家当成了自己家。他清楚地记得去年春节，徐府上上下下喜气洋洋，说是从小被送到栖霞山的大小姐徐锦曦回府了。他对这个闻名却未见面的表妹好奇之极，等不及吃饭就闯到了内院。

白雪中，他看到一抹纤细的身影站在梅树下赏梅，看衣着打扮便料定这个陌生少女便是徐家大小姐锦曦。朱守谦当时坏坏地笑了，起了恶作剧的心，放轻了脚步，想去吓吓她。

还没走近，一缕暗香飘来，徐锦曦已转过了身子。他只觉得脑中"嗡"的一声变成了一片空白。一张皓丽无双的脸上嵌着黑白分明的眼眸，秀眉微扬，不解地看着他。朱守谦情不自禁喊了一声："娘！"

徐锦曦微微错愕，已然明白，嘴边漾开了一抹笑容，神色温柔至极："是守谦哥哥吧?"

他这才回神，徐锦曦长得肖似她母亲，自然也像他的娘亲。

朱守谦父母过世的早，他才四岁就被朱元璋收留在身边，他只有一幅母亲幼时的自画像，是在出阁前画的，年纪也如锦曦般大小。看画像时间多了，朱守谦一见锦曦，几乎以为是母亲从画上走了下来。

听到锦曦唤他守谦哥哥，他方明白过来，便有些下不来台，脸跟着转红的同时想用倨傲来掩饰失口的难堪，从徐府丫头口中听来的消息冲口而出："你神气什么！你一出生算命的就说你不长命，在家与长兄犯冲，这才送你去栖霞山修身养性，要不是过春节，才不会接你回来！"

话才说完，只觉得天旋地转，一个趔趄已脸朝下趴在了雪地里，塞了满嘴冰雪，又冷又痛，背上踏着一只脚压着他翻不了身，头顶传来一个清亮的声音，懒懒地说道："草包！"

皇上皇后怜他自幼失去双亲，倍加宠爱，朱守谦若论圣眷远胜现任几个正牌亲王，听了锦曦这句话就死命地挣扎起来。

然而踏在背上的那只脚如有千斤重，任他怎么挣扎也无济于事，脸被压着嘴里塞满冰雪也喊不出声，他不过才十四岁，脸憋得通红，眼里委屈得急出了泪。

这时徐锦曦才放开脚，拍了拍手蹲下来看他："守谦哥哥不要生气嘛，锦曦想回家得很呢，你这样说，锦曦好伤心。"

他气愤地转头看去，锦曦眸中盛满委屈与凄楚。朱守谦愣了片刻，满腔悲愤与怒火烟消云散，再也发作不得。想想锦曦离家十年，自己才见面就出口伤她的心，忙讷讷地道歉："对不起……"

锦曦灿烂一笑，一抹狡黠的神色从眼中飞快掠过，小脸已如带着露珠的花儿怒放起来。

朱守谦立马觉得春暖花开，不管一身的狼狈跳将起来："锦曦你好漂亮！我去和姨母说，别再让你走了！"

"谢谢守谦哥哥，不过，可不可以不要告诉别人锦曦会打架？娘会不高兴，大哥也会讨厌锦曦！"锦曦放软了声音，半点不像方才把高自己一头的朱守谦摔翻在地，还用脚踩他背的刁蛮样，带着恳求的目光可怜巴巴地望着朱守谦。

朱守谦脑中又是一热，保护欲油然而生，早忘了刚才的羞辱和尴尬。

当时朱守谦十四岁，徐锦曦才十三岁。

从那之后，朱守谦就缠上了徐锦曦。两个十三四岁的孩子在徐府诸人眼中是两小无猜的玩伴而已，根本不知道在山上住了十年的徐锦曦身怀武功，而向来因为皇帝皇后宠爱骄横霸道的靖江王朱守谦已被锦曦软硬兼施制得服服帖帖。连锦曦的贴身侍女珍贝也认定是朱守谦强拉着小姐出去玩，丝毫没有怀疑是锦曦逼着朱守谦掩护她逛遍了整座南京城。

"表少爷请用茶！"珍贝这时端着茶盘推门而入。

"珍贝，表少爷请我出府去吃八珍鸡，他不要你跟去，守谦哥哥说他会保护我的。"锦曦面不改色地撒着谎。

珍贝急道："可是夫人和大公子说，小姐去哪儿，珍贝一定要同行的！"

锦曦只柔弱地望向朱守谦，他一下跳了起来："我带表妹去吃个饭也这么啰唆！哪次没好好地送回来！"当下也不管珍贝，拉了锦曦的手就往外走。

珍贝知道这位靖江王向来说一不二，夫人也要让他三分，又气又急恨不得马上禀了夫人与大少爷拦住他，朱守谦听了锦曦吩咐，私下里又是恐吓又是给买小礼物，软硬兼施，珍贝只能叹口气朝两个远去的背影喊了声："王爷，小姐身体弱，你多顾着她！"

听到珍贝喊声，锦曦回头可怜兮兮地笑了笑，一副被逼无奈的模样。

朱守谦瞧见，心里哀叹，徐锦曦你可真会装！当下便想给她一个好看，手上便略一使劲，不料一阵奇痛传来，他忙松开手，跳着脚甩着呼痛："徐锦曦！"

锦曦似笑非笑地看着他，站在春风里一副弱不禁风的样子："铁柱，你不想报仇了？"

朱守谦马上回魂："刚才是情不自禁，着急了……"

锦曦也不戳穿他，抿了嘴笑道："马车在哪儿？"

徐府侧门停了辆马车，锦曦扶着朱守谦的手轻轻进了马车。朱守谦跳上马对亲卫喝道："快，去城郊！"

出了城门，已有亲卫牵着两匹马候着。

"锦曦，好了没？"朱守谦急急地朝马车里张望着。

车帘轻轻一挑，男装打扮的锦曦走了出来，她翻身上马，亲昵地拍了拍马头，大声喊道："铁柱，走！给你报仇去！"

这时的锦曦与闺房里文静看书的女子判若两人。她换了身宝蓝色窄袖长袍，玉带勒腰，头发用玉环束起，戴着顶纱帽，脚踏粉底皂靴，英姿飒爽，毫无半点女儿羞态。

朱守谦兴奋地拍马追上："锦曦，你这一打扮，南京城没哪家公子比你俊！"

"铁柱，哦，表哥，记着，我是你表弟，谢非兰！"锦曦用了母姓，她这一年里逼着朱守谦带她出去玩，一直用这个名字，朱守谦甚为识趣，马车里早就备好了更换的男装。

有次朱守谦奇怪地问她："明明姨母知道我带你出去，为何还要换装？"

锦曦悠悠然地说："如果遇上找茬打架的，你又打不过，难道要魏国公府的小姐出面打？传了出去，父亲的脸面往哪儿搁？"

朱守谦想想觉得锦曦说得有道理，浑然不知自从与锦曦在一起，她哪次说的自己觉得没有道理。

一行人风驰电掣地来到城郊。暮春四月，城郊芳草依依青碧连天，绿意直染到了天尽头，养眼至极。阳光也不甚浓烈，带着适宜的温暖洒将下来，懒洋洋的感觉油然而生。

深深呼吸了一口混着泥土青草香的空气，锦曦呵呵笑了："成日在府里装乖，闷也闷死了，铁柱，可多谢你啦！"

朱守谦远远地已瞧到大树旁搭起了凉棚，侍卫簇拥着那几位或站或坐，不由得恨恨地说："赢了李景隆，让那龟孙子请客，这回不去得月楼了，要去玉棠春！"

"玉棠春？新开的酒楼？"锦曦一年来游遍南京城，但凡知名的酒楼无不去尝鲜，偏偏没有听说过这个酒楼。

"咳咳！"朱守谦知道说漏了嘴，强咳两声掩饰，转开了话题，"表，表弟，你帮我赢了，回头，我送你一把好剑！"

锦曦不屑地撇撇嘴，"我要裁云，你弄得到么？"

倚天斩鲸，裁云击隼。

世上最厉之剑莫过倚天。李白曾有诗云："安得倚天剑，跨海斩长鲸！"

世上最利之剑则是裁云，据说此剑剑身狭窄轻柔可缠于腰间，剑出之时无声无息，吹发立断，连最敏捷迅猛的鹰隼也难以逃离剑光之锋锐。

朱守谦再骄狂也摇了摇头："倚天藏于内库，皇上都舍不得用。裁云却不知下落，这事哥哥可办不到了。"

"那我不要剑了，你这个月必须请我出来玩十次！"锦曦得意地想裁云剑就在自己手里，朱守谦怎么可能拿到。她不过是想趁着父亲魏国公徐达不在家之时，多溜出府来玩玩罢了。她高兴地伸开了双手在朱守谦面前晃了晃，眼睛却一直看着前方树林下的人群。

"十次?!"朱守谦大惊,头跟着大了起来。照说他这个靖江王爷因为父母早亡,一直被皇帝皇后当成心肝宝贝一样疼着,比自家儿子照顾得还上心,几乎要风得风要雨得雨,可遇上锦曦他却觉得头大如斗,丝毫办法都没有。

朱守谦瞧着锦曦翻开的手掌暗想,十次?!这个月过了一半,另半月天天去魏国公府把锦曦从家里弄出去,姨母和大表哥徐辉祖面前可怎么说才好。

锦曦见他脸上神色变幻不定,知道朱守谦为难,她眼珠一转,轻声对朱守谦说:"表哥,我看李景隆那小子在对咱们撇嘴呢。"

朱守谦脑中一热,想也不想便豪爽地答道:"好,十次就十次!只要你每次出来平安回去,不叫姨母和大表哥埋怨就好!"

锦曦心中大喜,从栖霞山回家后这一年多,母亲吩咐了珍贝成天监视着她读书习字描红绣花装大家闺秀,闷也闷死了。她想起后半个月可以明目张胆地出府逍遥,脸上的笑容怎么也掩饰不住,发出珠落玉盘似的笑声。

红唇轻启间露出一口雪白的贝齿,朱守谦一颗心怦怦跳动,姨母的责备、表哥徐辉祖的抱怨通通抛在了脑后,只觉得能让锦曦这般快乐,别说出府去玩,就是让他去捞水底的月亮影子,他也毫不犹豫。

锦曦歪着头看了看他,猛地一挥马鞭,"表哥,看非兰给你报仇!"马扬开四蹄往树林处狂奔而去。

朱守谦回过神赶紧跟上。

待到近了,一行人下了马走进凉棚,太子朱标、秦王朱樉、燕王朱棣与李景隆正在饮茶闲聊。朱守谦抢前一步团团施礼:"侄儿守谦请太子殿下、二皇叔、四皇叔安!"

锦曦忙跟着行礼。

"守谦不必多礼,这位小公子是……"太子朱标虚扶一把,温和地开了口,眼前一亮,暗暗赞叹好一个粉雕玉琢的人儿。

"回殿下,是守谦的表弟谢非兰。刚从凤阳老家来南京,守谦就带她来长长见识。"

锦曦回到南京才一年多时间,除了朱守谦,从未与外面的人接触过,不由得好奇地抬眼看去。只见太子二十岁左右年纪,长身玉立,朱面丹唇,面目和蔼,目光里闪动着一种奇异的光芒,像……看到珍贝做的桂花糕。

锦曦知道自己看到桂花糕时眼睛里就会放出这种光,但她想不出别的比喻,只觉得这位太子爷丰神俊朗，浑身透着股书卷气，目光如春天的湖水，看着暖洋洋好不舒服，又觉那目光里似藏着什么东西，如何他瞧不明白，不由得多看了几眼。

朱守谦见锦曦目不转睛看着太子，便扯了一下她："非兰，这位是我二皇叔秦王殿下，这是燕王殿下，这是曹国公府的公子李景隆。"

锦曦赶紧收回目光，一一见礼。

秦王朱樉面目较瘦，与太子长得极像，锦曦敢肯定他们是一母同胞所生。秦王的嘴紧抿着，上下打量着她。他的目光偏冷，被他一眼瞥过，锦曦便觉得浑身如浸冰水。她疑惑地发现秦王的眉毛微微扬了扬，似若有所思。难道被他发现自己是女扮男装？

没等她想明白，又一道冷然的目光射了过来。锦曦含笑偏过头去，见瞧她的人是燕王朱棣。她心里打了突，与太子和秦王不同，燕王是另一个模子里刻出来的。他才十六岁，身形已见挺拔，与两位皇兄一般高矮，剑眉斜飞入鬓，鼻梁直挺，丹凤眼薄薄地散发着勾魂魅意，果然是龙生九种，各有不同。

燕王懒洋洋地坐着，手中端着茶杯把玩，却用那双狭长的丹凤眼睥睨着锦曦。锦曦暗道果然如朱守谦所说，眼睛是长在头顶的。

再与李景隆见礼时，锦曦差点笑出声来。这位曹国公府的大公子面目倒也清俊，回礼时举止得当，人却裹在一身花团锦簇中。窄袖银红色深衣袍子上金丝银线绣满团花，领间袍角衣袖无不遍布锦绣。腰间丝绦上光五彩荷包就挂了三个，因隔得近了，锦曦嗅到阵阵淡淡的香风，显然衣袍是熏过香的。见他手指上不仅戴着白玉扳指，左手无名指上还有只紫金兰形花戒，漫不经心地带出一丝优雅的痞气。

想他父亲曹国公十九岁就驰骋沙场，名扬天下。洪武五年还与父亲一起远征北元，威镇大漠，李景隆身上不仅看不出半点将门之后的威风，若敷粉施朱便可与乐伶媲美。她总算是明白为何朱守谦要说李景隆是浮浪之人了。

秦王与燕王见礼时只虚扶一把并未说话，李景隆却漾出满面笑容对锦曦道："今日见了世弟方知潘安宋玉之颜也不过如此！"

锦曦有点不好意思，面上微笑不变："李世兄丰仪南京城独树一帜，闻名不如见面，小弟叹服！"

李景隆目中飞快闪过一丝诧异，没有接口，侧身对朱守谦合手夸张地深深鞠躬："景隆见过靖江王爷！"

明明是规规矩矩见礼的，李景隆这般玩世不恭的一礼，倒显得不正经了。他对朱守谦向来如此，朱守谦又拿他没办法，手一挥大声道："免了！"

太子笑了笑问道："听说守谦这些日子苦练骑射，今天怎么个比法？"

"大哥，臣弟就不参与了，四弟和守谦景隆年纪相仿，让他们去比试吧，臣弟陪大哥品茗观赛，比试完了，蹭顿饭吃就成了。"秦王提议道。

太子和秦王都是二十一二岁的人了，与十五六岁的孩子比试也觉得胜之不武，太子当下笑着答应："这法子好，无论胜负如何，都有得吃。我与二弟观战做评，你们去吧。"

朱守谦看了燕王与李景隆一眼，故意想了半天才说道："非兰贪玩从未比过骑射，我这做哥哥的自然不能叫她观战不玩，守谦便与非兰对燕王和景隆吧。"

朱棣懒洋洋地喝着茶没有吭声。李景隆却"扑哧"笑出声来，他轻咳了两声忍住笑，指着远处的小山坡道："那里有十个皮囊，每人十箭，哪一队射得多为胜！"

"瞧景隆神色，如此有神算？本王可是苦练骑射多日，好歹也比成天浪迹烟花柳巷之人强！"朱守谦最气不过就是李景隆对他的不屑，出言讥讽。

李景隆不以为意嘿嘿笑道："王爷放心，景隆不才，挡住王爷的箭倒也有几分把握，燕王殿下神射闻名军中，没准儿，殿下还用不着那么多支箭便赢了呢。"

言下之意，他只消用十支箭把朱守谦的箭全射飞就成了，朱棣自然全中得胜，对锦曦压根儿就没放在眼中。

朱守谦一愣之后气得跺脚，他回头看看锦曦，她正低着头不知在想什么。朱守谦对锦曦放心得很，哼了一声，出了凉棚翻身上马，挥鞭指着李景隆说："今日本王就让你输个心服口服。"

四个人接过侍卫递过来的弓箭。朱守谦与锦曦分得十支蓝色的箭，朱棣和李景隆是红色的箭。

锦曦把弓往手里一拿，李景隆忍不住笑出声来："世弟方便开弓么？"

朱守谦与朱棣回身一瞧。那弓竖起来足有四尺长，只比锦曦短上一头。与其说她拿着弓不如说她是提着弓，那模样怎么看怎么觉得滑稽，都笑了起来。连燕王眸子里的那片傲然也融化了不少。

朱守谦暗暗后悔，应该专门为锦曦打造一张小一点儿的弓，此时后悔也来不及，看着锦曦提着大弓的模样又想笑又忍不住担心。他知道锦曦武功高强，却没看她射过箭，眉头便皱了起来。

锦曦听到哄笑声，脸上飞过一抹红晕，心里已暗暗恼怒。她不露声色轻声道："李世兄不必担心，有表哥在，想必会赢的。"看向朱守谦的目光中就充满了崇拜之意，朱守谦放下了心，觉得身子骨一下子轻了起来。

锦曦尚未长成，个子矮小，身材单薄，露在外面的肌肤莹白如玉，实足粉妆玉砌的娇嫩小公子，见她认真无保留地信任着朱守谦，小脸绯红，神情天真，三人心里不由自主地怜爱起来。

李景隆看了眼朱棣，目光一碰两人心领神会，均在心里想着等会儿不让他俩输得太难看就是了。

朱守谦再一次忘记曾被锦曦摔翻在地的狼狈，豪气干云地拍拍胸口道："非兰跟着我，看哥哥是怎么赢他们的。"

锦曦又是腼腆一笑。朱棣和李景隆同时起了恻隐之心，担心赢了她无疑会让她难过，他二人从小玩到大，一个眼神已知对方心意，再次决定打个让手，瞧在锦曦面上不施全力，略胜一筹便住手。

春日的阳光洒在山地上，草浪起伏，隐有花香传来。这里视野开阔，只见远处小山坡微微隆起，上面早竖起了十根木桩，吊着十个皮囊。

锦曦和朱守谦大喝一声："驾！"挥鞭策马往小坡冲去。

被锦曦的模样与这春日美景弄得没了斗志的朱棣和李景隆相顾一笑，不紧不慢地拍马追了上去。

朱棣生于乱世军中，弓马娴熟，虽然晚一步策马，瞬间便赶过朱守谦，堪堪领先一个马头。

李景隆也不急，贴住了朱守谦。锦曦骑术不及三人，落在最后。

转眼工夫，离山坡只有几百尺，朱棣张弓搭箭射向坡上悬挂的皮囊。锦曦看得分明，这一箭远在五百尺外，却气势如虹。她还不及反应，一只皮囊已然落地。

"好箭法！"李景隆大声赞叹。

眨眼工夫，马又近了一百尺。不等朱棣再射出第二箭，锦曦手一探从箭囊中取出三箭，张弓如满月，连珠射出三箭，弦响箭急，霎时三只皮囊被蓝色箭矢射中，挂在木桩上颇为醒目。

当箭风从身后掠过，朱棣剑眉一蹙，以为是朱守谦所发箭支，他心中生疑，朱守谦苦练这十来日就有此成绩？他冷笑一声倒也不急，反手拿出五箭竟要使出五星连击之法。

这时李景隆与朱守谦也纷纷射出箭支。李景隆笑嘻嘻地并不射向皮囊，支支红箭不偏不斜只对着朱守谦射出的蓝箭而来。他先前倒没有说大话，也没有夸张半点，朱守谦每一支箭射出，就正巧碰上李景隆的箭，更有一支箭角度刁钻，似无意地就撞开了朱守谦的，并且还射中了一只皮囊。

朱守谦气得大骂出口："李景隆你这是非和本王作对不可！"

"王爷，景隆不过侥幸射中一只皮囊罢了，若王爷觉得景隆不该射飞您的箭，直说便是，相信燕王殿下也没有比试的兴致了！"

"你！"朱守谦气得无语，两人手中此时已无箭，他只能寄希望于锦曦了。

两个人斗嘴之时，锦曦看到朱棣的五箭已飞向剩下的五个皮囊，当下从马背上站了起来，她的马跑在最后面，前面三人并不知道她已站在马上开弓。

箭带着疾风飞向皮囊，朱棣嘴边已浮起些微的笑容，他从小在军中长大，对自己的箭技十拿九稳。

眼看已中目标，却被后发先至的几抹蓝色撞开了。三人骇然回首。只见锦曦如天人一般站立马上，马劲跑急冲带起马鬃飞扬，锦曦稳稳站于马鞍上，顾盼神飞。阳光在她身后浅浅地围了层光晕，如玉雕的容颜带着难以形容的明丽。三人不觉瞧得痴了。

锦曦趁他们一愣之间疾冲而至，俯身拾起地上掉落的蓝箭，引弓疾发。

朱棣最先回神，长喝一声抽出余下箭支射去。也就刹那工夫，气囊已全被蓝箭射中，朱棣的红箭紧跟而至射中了系住气囊的绳子。

"吁！"锦曦拉住缰绳停住马，高兴地笑了。她对朱棣、李景隆抱拳一礼："燕王殿下好箭法啊！这五只就算打平了，我和表哥也比你们多一只。殿下，李兄，承让啦！"

朱守谦这才反应过来，高兴得手舞足蹈："我们赢啦！"

朱棣与李景隆对望一眼，目光中充满了惊诧。原本稳赢的局面瞬间竟输掉了。

朱棣目中精芒闪动，他深深地望着锦曦。这个谢非兰真不简单，先是用天真的表情迷惑他们，让他们起了轻敌之心。然后能如此迅速地反应，准确判断他的出手，后发先至。单这手功夫除非她是身怀内力的高手！朱棣开始仔细观察锦曦。

她精致的小脸上，一双眼眸里透着兴奋的光，似乎所有的阳光都聚在她眼底。那张脸上散发出的光高傲神圣不可侵犯，正抬着下巴望着朱守谦得意地翻了翻两只手掌。阳光从她手掌中滤过，一双手洁白如玉。朱棣眉梢轻扬，瞧她对着朱守谦无邪而满足的笑，心里不知为何就堵了一口气，说不出的郁闷。

锦曦还是小孩心性，又是得意又是兴奋，一心想着后半个月的舒服日子，只看着朱守谦乐，却忘记眼前的朱棣与李景隆也是心高气傲。

她忘了不打紧，朱守谦却是直直吐了一口闷气，竟张狂地说："天下没有本王赢不了的事情。"

朱棣看着得意的二人，凤目中闪过一道寒意，还没让旁边的人觉察，就已隐去，嘴边反倒浮起一丝笑容来："谢公子好武艺，本王最重英雄，今日甘拜下风，我们输了。"

"表哥，要去玉棠春！"锦曦想起来之前朱守谦说的话，以为那是应天府最好的酒楼，自己从未去过，当然要去尝鲜。

朱守谦拦之不及，脸已红了。

他是这种风流之徒？小小年纪就盼着青楼寻芳？朱棣原本的看重之心转为不屑，心道此子虽有一身武艺却不足以成大器，便冷着脸寒声道："谢公子另觅时日去吧，账由本王付就是了。有太子殿下在，纵是输了，本王也不敢请太子殿下去玉堂春！成何体统，哼！"说完也不理二人，打马而去。

锦曦撇撇嘴也哼了一声，对这位说翻脸就翻脸的燕王殿下当即没了好感。

李景隆忍住笑，打马围着锦曦转了个圈，临走时嬉皮笑脸地说："谢世弟日后当是南京城第一风流之人，景隆也甘拜下风！哈哈！"

锦曦觉得二人莫明其妙，不解地看着朱守谦。

"咳，那个，玉堂春是秦淮河上的第一青楼！"

锦曦一听，脸迅速红了起来，她再不更事，也明白青楼是什么地方，无端端让燕王看不起，让李景隆嘲笑。好不容易得来的胜利却闹了这么出不知进退的笑话，气恼之余挥鞭便打在朱守谦马屁股上，"唉！"马长嘶一声立起，差点把朱守谦惊翻在地："让我丢人！有太子殿下在怎么可能去青楼！你害死我啦！"

"那是玩笑话呢，好妹妹，"朱守谦手忙脚乱拉住马，急声道，"怪哥哥没说明白！有太子殿下在，再怎么也不能明目张胆去那种地方嘛！"

锦曦心里又一阵不以为然，输了去青楼又怎么啦？听说还有卖艺不卖身的，大不了听听曲儿，在哪儿不是听曲儿？嘴就噘了起来。

也是她还小，不知道皇上对儿子们管束异常严。若是私底下几个亲王去玉堂春喝花酒倒也罢了，若是邀约将来的一国之君太子殿下也去青楼，这祸就闯大了。

赢了却也没了心情，锦曦想转身回府，又知道太子和秦王殿下还等着，只好闷着随朱守谦回去。

凉棚中燕王朱棣已恢复了平静，悠然地喝着茶，似乎刚才什么事都没有发生过一样。

太子和秦王听说是靖江王和锦曦胜了，都吃了一惊。朱守谦有几斤几两他们心里都明白，目光自然就望向了锦曦。

"谢公子好武艺！不知将来可有打算？"太子朱标温言问道，目光意味深长。

锦曦心里厌烦去青楼一件小事都能让亲王翻脸，就不想再与他们交往了。听太子言语中颇有笼络的意思，当机立断地答道："非兰只是来表哥处待些时日，家中尚有老母，过些日子就要回凤阳的。"

太子见回绝，就笑笑，从腰间解下一块翠玉来："非兰年少就有如此技艺，本宫赏你了。"

锦曦眼光一转，已见秦王目光惊诧，燕王眉头一皱，朱守谦却是愣了，知道不是普通的玉，便推辞不收："太子殿下太客气了，如此礼重，非兰不敢收！"

太子仍然坚持，锦曦便笑了："今天是靖江王爷获胜，王爷早相中了战利品，非兰不敢擅越。"

她脸上露着无害谦卑的笑容，转头却偷偷对朱守谦使了个眼色。

这下朱守谦便明白了。太子那块玉是皇上赏赐亲自系于太子腰间，锦曦拿着可不是件好事。他大大咧咧地对李景隆一伸手："非兰说的在理，李景隆，本王便要了你的玉笛为彩头吧！"他狡猾地把目标对准了李景隆，心想，这下锦曦只管向燕王讨一彩头便可推却太子赏赐的玉佩了。

李景隆无奈，乖乖地从怀里掏出一支通体莹白的玉笛，嘴里习惯地嬉笑着："王爷看得起下臣每日抚弄的玉笛，实乃下臣的荣幸！"

朱守谦马上想起李景隆每天吹笛的样子，想想他的口水，他的话，一阵恶寒，接过玉笛随手就扔给了侍卫拿着。

李景隆拿出了玉笛，朱棣今日身无长物，腰间丝绦上也系有一块玉，要他当面拿银票金锞子也着实丢脸，随身玉佩又舍不得，瞟着锦曦闪烁不定的双瞳心中起恨，暗道这小子真够贼的。他慢吞吞地开口："谢公子想要本王赏赐什么呢？"

锦曦什么都不想要，只是不敢接太子玉佩，就故意露出天真的笑容："燕王殿下只需赏赐非兰一个愿望就好。"

朱棣心里更气，一个愿望?! 这可比寻常礼物要难得多。答应他，难道他要天上的星星也去摘? 唇边却浮起了一个笑意，似在鼓励锦曦大胆地说，又似在威胁她最好不要太过分。

"非兰绝不敢要求燕王殿下做力所不能及之事，只求如果将来得罪了殿下，殿下饶恕非兰便是。"锦曦明白今天给燕王一个下马威，让他败于自己手下，将来要有一天撞他手上就不好过了，讨道护身符也好。

朱棣扬了扬眉，笑意更深。这个谢非兰才十四岁就有如此心计，懂得未雨绸缪，朱守谦身边竟有如此人才。他凤目微微一张，含笑道："本王允了。"

他背对着众人，独独让锦曦瞧见了他眸中一闪而过的寒光。这道目光较秦王先前的目光不同，冷漠中带着股威严。

锦曦生生打了个寒战，在朱棣不动声色的威胁与异常凌厉的目光下起了警惕之心。今日所见三位亲王，太子朱标意在笼络示好，秦王目含深意不知所想，朱棣却是实实在在地警告她以后要小心行事。

她觉得今日比箭实在太不好玩，这几个亲王没一个好惹似的。那个李景隆看似让燕王出风头，却每发一箭有意无意地就能击落朱守谦的，想来也不会是手无缚鸡之力的文弱书生。

帮朱守谦赢了比箭竟生出诸多忧虑，锦曦觉得师傅所言非虚，不该亮出武功出这个风头，为今之计只能沉默以示谦逊。

宴席摆在了得月楼。

得月楼位于长安街上，三层挑高歇山式建筑，斗拱精奇，藻画精美，雕梁画栋。这里一桌席面的花费是普通人家一月的米粮钱银，所以往来无白丁，进出的都是达官贵人，普通百姓仅能望楼兴叹。

锦曦跟着朱守谦来过几回。她对得月楼的蜜汁鸽脯、醋香鱼、十香包子记忆犹新，念念不忘。

她比箭已出尽风头，总感觉燕王对她不喜，再多话恐惹是生非，坐下后只管找准那爱吃的菜埋头大嚼。

太子与秦王较老成，话也不多，朱棣压根儿就无话。三位亲王端杯寒暄言谈不多，目光却均落在锦曦身上。

席间聒噪的就只有穿得花里胡哨的李景隆与直肠直性的朱守谦。

虽说太子、秦王、燕王从辈分上是朱守谦的叔叔，除了太子，朱守谦的圣眷远远胜过另外两位皇叔。皇上念及朱家长子一房就他这棵独苗，对他照拂异常。朱守谦性子直，在皇帝、皇后面前得宠，酒一下肚人就放肆起来，不顾王爷身份说着坊间听来的笑话。太子与两位亲王见惯不怪，倒也不责怪于他。

锦曦却把李景隆眼中的讽刺与燕王懒散中带着的不屑全收进了眼底。她心里叹气，这帮亲王中只有朱守谦是这般直性子，他们现在由得他没上没下的胡闹，心里还不知道打什么主意呢。

正愣想着，一道目光时不时飘了过来。锦曦是习武之人，敏锐地感觉到了，她不经意地抬头夹菜，正对上李景隆玩世不恭的笑脸，就把夹的一筷子菜送了过去："小弟初来乍到，李大哥多照拂才是。"

她自动地把李世兄变成了李大哥，天真谄媚地笑着讨好巴结，心里奇怪李景隆怎么总是盯着她，他的笑容……锦曦突然想起扮猪吃老虎这句话来。

李景隆今天所有的目光都放在锦曦身上，听锦曦乖巧地改了称谓，低声笑了起来，顺手就拍在锦曦身上："非兰太客气了，既然唤景隆一声大哥，自当好生照顾一番。非兰来南京不知道去过哪些地方玩？"他看了一眼几位亲王，小声地说道，"南京最有名的当属秦淮河，玉棠春便是河上久负盛名的一家，听听小曲儿也是不错。非兰去过没？"

锦曦一怔，摇了摇头，她三岁就被送去了栖霞山跟着师傅，回来又谨遵母训待在家里，她偶尔逼着朱守谦带着出府去玩，又怕惹事，总不肯让她尽兴便催着回去。秦淮河闻名已久，朱守谦却无论如何都不肯带她去，听李景隆又说起玉棠春，锦曦不禁心动。

"不如我请非兰去游玩可好？"李景隆语气温柔，真把锦曦当成弟弟似的。

瞧着李景隆和蔼的面容，锦曦好奇心又重，便想跟了他去，想起出府如无朱守谦做挡箭牌，母亲与大哥断然不许，目光就看向朱守谦。

这时朱守谦已喝得半醉，拉着秦王和太子斗酒诉苦，锦曦只听到他抱怨："皇上怎么忍心让守谦离开南京呢……"

朱守谦要离开南京？锦曦马上被这个问题吸引了，尖起耳朵听朱守谦说话。

她好笑地看着朱守谦不顾形象地用衣袖拭泪，叹了口气，暗想有空了一定好好盘问他一番。但此时心中已有了模糊的概念，朱守谦年已十五，没准儿是皇上授了封地与他，朱守谦舍不得南京的繁华。再说，他一个人去个人生地不熟的地方，怎么会不难受呢？

"非兰！"李景隆见她走神，又喊了她一声。

锦曦回过神来，却没漏掉李景隆所说，她听不清朱守谦嘟囔的话语，赔笑道："李大哥想必对吃喝玩乐极为倾心，非兰沾李大哥的福了。"

李景隆好笑地看着锦曦咽了咽口水，眼睛还望着朱守谦，就干脆地替她做了决定："好，我来靖江王府找你。"

锦曦一愣神，赶紧扯朱守谦的袖子："表哥，李大哥说请我去玩！"

她手上用了劲，朱守谦一痛，酒醒了大半，不知所以地看着锦曦。

李景隆俊脸上一片和煦："王爷恩准?"

朱守谦还不知道情况，便点了点头。

锦曦以为朱守谦知道该怎么做了，便放下了心，脸上漾出笑容。

她一看李景隆便知道他肯定会玩，想着明天，心向往之。锦曦愉快地夹了片蜜汁鸽脯刚入口，眼角余光又瞧见朱棣薄薄的凤眼里含着那几分不屑。心里明白他定是先听自己要去玉棠春，再又讨赏，如今又对吃喝玩颇感兴趣，便瞧不起她。

明知朱棣是燕王殿下，以朱守谦的辈分还该喊他一声皇叔，锦曦自小在山上长大，顾忌却没那么多。一来朱守谦这位靖江王对她百般宠爱，毫无亲王架子，二来父亲魏国公是开国功臣，回府年余她处处感受到豪门大家的气派，府中诸人拿她当掌上明珠对待。锦曦全然没有在太子与亲王面前唯唯诺诺的小心。

若说对太子和秦王殿下还有几分礼敬，锦曦瞧朱棣不过也就比她大两岁罢了，便轻哼了一声，用同样不屑与嘲弄的眼神瞪了回去。

还敢瞪回来? 朱棣眸子里渐渐散发出冷冷的光。那个谢非兰的眼神明明白白地告诉他，技不如人，就少摆威风。他一旦想明白就觉得胸口那团气郁结得想要发作。这席间又有太子与二哥坐镇，朱棣不敢造次，只用更冷的目光盯着锦曦。能在他目光中保持镇定的还没多少人，朱棣就等着锦曦害怕地低头。

偏偏锦曦就瞪他一眼，下巴一抬，又亲亲热热地和李景隆说笑起来，再也不瞧他一眼。朱棣看了心里又堵上了。他紧抿了嘴腹诽，谢非兰一身好武艺，神情动作没有半分男人气概，小小年纪便好色贪玩，绝非可造之材，当下偏过头，不再理会。

锦曦并没把朱棣的冷脸放在心上，她只顾着往好的方面想，明日的李景隆之约能一窥色艺双全的落影楼主芳容，还能在后半个月内出府游玩，心情愉快之极。

酒酣耳热，朱守谦已醉了。出了得月楼，锦曦吩咐侍卫送他回王府，看看天色已晚，不由得暗呼糟糕。

她急急与众人告辞，顾不得换掉衣衫匆忙回府。

锦曦回了府，蹑手蹑脚地往后院走，就听到一声冷冷的喝问："锦曦，这么晚了才回家，去哪儿了?"

听到喝问，锦曦身上汗毛乍起，低下头结结巴巴地回答："大哥，我，守谦哥哥他……"

"靖江王请你外出吃八宝鸡，从辰时吃到酉时，告诉大哥，什么八宝鸡能吃这么长时间？"

她慢慢地抬起头，大哥徐辉祖负手站在中堂门口，眼睛直勾勾地看着她。

锦曦回家最怕大哥。徐辉祖今年十九岁，才华横溢名冠南京城，颇得皇上称赞，十一岁便奉旨为太子伴读，如今出任詹士府少詹士，已经是正四品的官员了，甚得太子倚重。他少年老成，父亲徐达这一年来有公务不常在家，徐辉祖俨然就是一家之主。

锦曦肖似母亲，徐辉祖却承继了父母的特点，面若文弱书生，举手投足间带着锐气，不说话只用眼睛淡淡的一瞥，如骄横跋扈的朱守谦见了他也会收敛几分，更不用说才回府一年多一直装乖的锦曦。

本想辩白两句，话说出口却轻若蚊蚋："守谦哥哥和太子殿下他们比箭，硬拉着锦曦前去，前去助威……"

她低着头暗骂自己怎么是个欺软怕硬的性子，见了朱守谦是母老虎，见了大哥就成小白兔，耷拉着头只盼能混过大哥这关。

徐辉祖"哦"了一声，淡淡地说："原来又是守谦强拉了你去……"尾音拖得极长。

锦曦赶紧补充："是啊，大哥，你知道守谦哥哥的脾气，锦曦说了好多遍要回家了，守谦哥哥玩高兴了，不肯走。"说着声音已哽咽了起来。她倒不是真哭，平时装样成了习惯，眼泪说来就来，不见得是伤心，只盼着这般示弱大哥能放她过关。

徐辉祖叹了口气。锦曦心中一喜，偷偷把眼睁开，微抬了头飞快地看了一眼。徐辉祖并未注意到这点，对她招了招手："过来！"

锦曦听话地走了过去。

徐辉祖牵了她的手走向内堂，锦曦心里嘀咕，夜已深了，大哥要带她去哪儿呢？见母亲么？

正想着，徐辉祖停了下来。锦曦见进了祠堂，越发忐忑不安。

"锦曦，跪下！"徐辉祖一掀袍角也跪了下来。

锦曦顺从地跟着他跪在祖宗牌位前。

"锦曦，你虽然在山中待了十年，要明白父亲的地位和朝廷的局势……"徐辉祖看牢锦曦，见她面带不解，叹了口气又道，"自古以来有多少功臣能全身而退的呢？我们身为徐家长房子孙，家族兴旺就系我们一身了。"

大哥在说什么？他想要说什么？锦曦心念数转，睁大了黑白分明的眼睛。

"父亲一生忠心耿耿，他总是不肯相信事实，锦曦，以后大哥的话你要记牢！大哥也是未雨绸缪！"说到最后一句，徐辉祖磕了一个头，沉声道，"徐氏子孙辉祖当以兴家业为己任，祖宗保佑！"

锦曦还在发愣，已被大哥带着磕头。

"锦曦，到秋天你就及笄了，知道了吗？"

锦曦呆呆地点了点头，大哥什么意思？她简直要抓狂了。及笄？心思向来敏捷的她猛然反应过来，大哥说的不会是要她承诺用婚姻去维系家族的兴旺吧？锦曦被自己的想法吓了一跳，自动忽略这一想法，装着糊涂瞪大了困惑的双眼："大哥，我听不明白，锦曦困了，可以先回房吗？"

她还小啊，怎么会懂？以后再细细说与她听吧。徐辉祖摸摸她的头拉她起身，微笑道："你回府时间不长，大哥忙完事每天总想瞧瞧你，出府去玩也不是多大的事，见时辰晚了不归大哥放心不下。这南京城谁不知道靖江王头大无脑，骄横无比。大哥是担心你。"

他心里是极疼这个妹妹的，就因为小时候算命先生一句话，爹妈生怕会害了他，又怕锦曦会真的短命。就把才三岁的她送到栖霞山的庵堂里养了十年。想到这层，心里对小妹的内疚感便涌上心头，低低叹了口气："还好守谦知道给你换身男装，女儿家抛头露面的……以后要记得你的身份！"

"是，大哥。"锦曦低头应下，独自往内堂行去。大哥一席话让她心情有些沉重，她不太满意大哥的行为，在她看来天塌下来也会有父亲顶着。想起在心中如天人一般的父亲，锦曦慢慢露出微笑，迅速地将大哥今晚说的那些颇含深意的话抛在了脑后。

快到绣楼时她放缓了步子，对珍贝轻声细语地吩咐："珍贝，备热汤，我累了。"

珍贝赶紧扶住她，埋怨道："表少爷真是的，都提醒了上百遍了，还是顾不得小姐身体。早准备好了，珍贝服侍小姐沐浴吧！"

锦曦点点头，舒服地泡了个澡，上床躺着却又清醒了。

师傅的话又在耳边响起，"锦曦，你回去后，只管在家装着体弱多病，不要轻易显露功夫，就算显露了功夫，也别让人知道你是徐家大小姐，答应师傅。"道衍法师眼中透出深意。他才五十多岁，须眉皆白，露出了从来没有见到过的凝重神色。

"为什么啊，师傅?"锦曦很好奇。她自懂事起，师傅就出现在庵堂后院中。只说与她有缘，夜夜前来教她武功与兵法。

白天庵堂里的师太会教锦曦琴棋书画针绣女红，晚间便是道衍法师飘然而至。锦曦喜欢道衍师傅，他教她的功夫可以让她背了庵堂师太在后山如鸟一样地飞，自由得很，竟也不觉得山中十年清苦孤独。

"还有，不要告诉家人你的师傅是我，不要告诉任何人，你人在尼姑庵，却每晚跟我学武。"道衍法师没有回答她，又多了重吩咐，他定定地看着她，叹了口气道，"为师曾告诉过你世间有两大名剑，倚天裁云，这裁云剑极为灵异，相传是欧治子在炼就名剑之时，发现冶炼炉内居然有团铁精如水银流动，于是穷毕生之力炼成。这剑，在你三岁时为师就送给你了!师傅现在教你用法，你运劲到右腕试试!"

锦曦早听过裁云剑的威力，又惊又喜，却又疑惑地望向师傅，不知道剑在何处，只一愣神就看向了右手腕上的镯子。这镯子自小就戴在她腕上，脱解不下，色泽银白似玉非玉，似银非银，隐有云纹流动。习惯了就不以为奇，听到师傅所言，她试着运劲一吐，只见一道闪电般的白光从手腕吐出，在内力震荡下竟抖成了一根两尺来长的银剑。她仔细一看，却是无边无锋。

道衍微微一笑，伸手扯下锦曦一根长发，往剑上一搁，轻吹口气，发丝便断成两截。

"好锋利的剑啊!师傅，若是锦曦没了内力呢?"

"若是没了内力，以你的血滴上，用心力也一样可以抖直它，只是不到万不得已别用此法，此剑通灵，用一次会让你耗尽心血大病一场，久了会折寿的。在你三岁时为师试用此剑，没想到它自动绕上你的手腕成镯，当是认你为主。从前你不知它是裁云剑，动不了心念自然使不了。现在它与你心意相通，师傅送你此剑，是想让你在不得已时能得以保命，你答应师傅，不到生命危急时千万不要用它……更不要以血驱剑!"道衍脸上显出了郑重之色。

锦曦发下毒誓，才看到师傅似松了口气。

"记住今天师傅说的话，若是……若是不与皇子有任何交集，便是最好了。"

锦曦躺在床上想不明白为什么，但是她知道师傅必定不会害她。她把今天的事情又仔细回想了一遍，似乎太子表示爱护之情送的玉佩太贵重，似乎秦王冷冷的眼眸中颇含深意，似乎燕王表里不一，似乎李景隆不像外表看上去那么草包，他的箭术似乎不比燕王差……

想也想不明白，锦曦觉得自己多半不会再和那些亲王在一起，她对他们也没多大好感，特别是朱棣，才说一句玉棠春，就翻脸。锦曦哼了一声，下山时日短，对外面的世界的好奇心占据了她的思维，她美美地想，府中无人知晓她会武功，不用朱守谦，自个儿溜出去玩也一样，还不会被大哥知晓。

锦曦一旦起了玩心，心里就像有只毛毛虫爬来爬去，痒得她难受。院子里春意似锦，围墙外似有无穷尽的玩意儿在等着她。锦曦嘿嘿笑了，借着午睡支开了珍贝，反插了门，将床上布置成有人睡觉的模样，从窗户一跃而出。

她的绣楼面临魏国公府的后花园。当初下山回家时，母亲和大哥怕她认生，又想着在山上生活了十年，必是喜爱花草树木，便让她住在了这里，没想到方便了锦曦偷出府门。

轻松翻出了围墙，回头瞧了瞧，她得意地笑了，出府竟然就这么容易！

皇上定都南京后，为让京城繁华，迁江南富户入南京，同时大修城垣府邸。加上航运通畅，内地战事平定，百废待兴，几年光景，南京城内显现出百姓安居乐业，商家生意兴隆，一派欣欣向荣的气象来。尤其是十里秦淮，沿岸高楼亭阁精巧秀丽，富丽堂皇。更有美女如云，吹来的风都带着脂粉甜香。

秦淮河，锦曦闻名已久，想起玉棠春，她嘴一撇，你们觉得面子过不去，我自己去瞧瞧又有何妨？锦曦悠悠然行走在春风里。

天子脚下热闹非凡，朱雀大街上红男绿女熙来攘往，骑马坐轿者川流不息。锦曦独自一人逛得不亦乐乎，不多会儿，眼睛里就装满了东西，五花八门的摊点、杂耍、小吃、酒楼、茶肆……没有朱守谦在旁啰唆，心情格外的好。锦曦第一次自己出府自由得很，东看西看，看什么都稀奇好玩，见什么小吃都掏银子买下。

转过几条街，她吃着臭豆腐四处打量，看到前面扎着人堆便挤进去瞧热闹。人群里只见几名侍卫正拉着一名插着草标卖身葬父的丫头。那丫头不过十岁左右，长得甚是清秀，脸上挂着泪，嘴里哀哀地求道："葬了我父亲，我就跟你们回王府……"

"岂有此理！"锦曦鼻子里哼出一声。

那几名侍卫听到冷哼声，脸色便不好看，回身看见一个衣饰华丽的小公子吃着臭豆腐哑巴着嘴说闲话，仅看衣饰便知晓必是大家出身，忍了气语气变得和缓，"我等是燕王府侍卫，在此抓逃奴，这位公子别误会。"

听说是燕王府，锦曦就想起朱棣背着众人独对她露出带着威胁的寒光来。若放在平时，别人府中之事又是抓逃奴自然不方便插手，此时听说是燕王府的事，又看着草席盖着的死者，就露出挑衅的神色："燕王府便是这般宽待下人的吗？家中老父过世也不得安葬！"

轻飘飘一句话便置燕王府于不仁不义的境地，侍卫脸色大变，四周百姓议论开来，同情起那名被抓的丫头。

侍卫们的脸色更为难看，领头一个拔出配刀指着锦曦喝道："哪来的臭小子，敢管王府的闲事，诋毁殿下声誉，拿下了！"

别的侍卫早按捺不住，听到统领下令呼喊着拔刀冲向锦曦。

等的就是这个时候！"啊！燕王府不讲道理啦！不管府中奴仆生死还不准打抱不平！"锦曦大吼着，看似狼狈地东躲西藏，四周百姓同情地喝骂起侍卫来。锦曦在人群里绕来绕去，一刀下去又怕误伤百姓，气得那群侍卫直爆粗口。

她心里暗暗笑着，反正没人认识，照说打狗也要看主人，我今天就打了你们，看朱棣还冷眼威胁于我？拿定主意后锦曦见逗弄得侍卫差不多了，几口吃完臭豆腐，拳脚施展开来，没几下便打得侍卫们落花流水，四下逃窜。锦曦哈哈大笑："一群草包还敢当街抢人?!"心中得意至极。

见侍卫去得远了，她却收了笑容，伸手扶起哭着的丫头，正色问道："你既是燕王府的人，父亲过世怎么不禀报上去，燕王岂是这般无情之人？"

那丫头低了头，脸涨得通红，闷了许久才说："俺是才进府的丫头，受欺负，哪敢上禀要葬身银子，便想着跑出来，只要俺爹能入土为安，别的也管不着了。"

锦曦从身上掏出几两碎银给她："你拿去把父亲葬了再回燕王府认错吧，燕王殿下听明缘由必不会怪你，要知道逃奴只有死路一条。何况你是燕王府的人，别人也不敢收留你的。"

"好一个侠义肝胆的谢非兰谢公子！"

来得这么快？锦曦笑眯眯地一回头，就看到燕王朱棣似笑非笑地站在她身后。朱棣一身银白深衣，宽袍大袖，衣上同色银丝绣着团龙云饰，金冠结顶，越发显出种清俊来。若不是双瞳中闪动着锦曦熟悉的冷意，唇边带着分明的讥诮，她还真以为朱棣是在夸她。

这一刻她就想太子殿下若是春回大地，这位燕王爷就是雪域冰寒了。

朱棣身后站着一群身着黑红紧身箭衣的侍卫，刚才被她痛打的人正鼓着眼瞪着她。

锦曦嘴一撇回瞪过去，双手抱臂，不卑不亢。

"燕王殿下千岁千岁千千岁！"周围百姓惶恐地跪倒山呼千岁。

锦曦不想跪，梗着脖子越发站得直了。

朱棣瞟了眼锦曦，悠然踱步走到那丫头面前，慢条斯理地问道："我说秀兰哪，今年你葬了几次亲人了？"

秀兰吓得浑身发抖，伏于地上直哆嗦："王，王爷……饶了秀兰，秀兰还小，家中尚有……"

"嗯，家中尚有八十多岁的奶奶，你入燕王府时已拿了卖身银子葬了，家中尚有同龄的姐姐，半年前，你也领了银子葬了，家中尚有病弱的母亲，三个月前，你也领了银子葬了，今日，是你亲爹吧？"朱棣慢吞吞地接过秀兰的话。

秀兰身体抖得如同筛糠，跪伏在地上已说不出半句话。朱棣冷哼一声，抬脚狠狠地踩向一旁席子里盖着的秀兰爹。

只听"啊！"的一声，席子里的人发出痛哼，紧接着一个三十多岁脸上糊满黄泥的汉子滚了出来，紧爬两步抱着朱棣的腿连声呼道："王爷饶命！饶命啊！"

突来的变故吓了锦曦一跳，这场骗局让她和周围的百姓全看傻了眼。

"大家说，我燕王府出了这等奴才，该怎么办好啊？"朱棣一脚踢飞秀兰爹，看看腿上黑乎乎的泥手印，眸子里冷意涌动，剑眉一拧，似极为难地问道。

"哎呀！燕王殿下真是心善，十岁大的孩子就这样狡猾欺主，长大了还得了！竟敢欺骗到燕王殿下头上！实在是太可恶了！"说话间，群情激愤，有人开头往父女俩身上扔了块石子，于是大大小小的石头就飞了过去。

锦曦回头看到朱棣摆出一副事不关己的样子，再看两父女已被砸得头破血流。被骗是一回事，可秀兰也才十岁，这般打法不死也是重伤。她大喝一声："住手！"

激动的百姓根本听不进去，锦曦无奈，冲进人群，用脚踢用手接挡开石头，拉起秀兰，扶住她父亲生生打开一个口子就往外跑。

百姓紧追了过来。锦曦目光一凛，对秀兰喝了声："你们往靖江王府跑！"回身站立，指着追来的人说，"再打会出人命的！再怎么说，她不过也是十岁的孩子！还是燕王府的奴才，要生要死也是王爷说了算，被你们打死了，燕王找你们要人？"

　　锦曦怒视着这群经不得撩拨的百姓，心里对朱棣借刀杀人成心想打死秀兰父女二人的狠毒着实愤怒。她抬头望去，正对上朱棣不怀好意的目光。那狭长凤眼里射过来的光芒让锦曦觉得他像一条毒蛇，怎么也比不过太子殿下的温柔和蔼。

　　百姓见锦曦衣饰华丽气度逼人，嚷嚷几句便散去了。

　　臭小子，坏我好事！朱棣暗骂着，慢慢地走近锦曦。

　　他身形高大，比锦曦高出一头。朱棣走近，居高临下逼视着她，冷冷地笑了："本王最恨别人欺骗于我，最恨别人利用本王的好心。你让他们躲在靖江王府也没用，本王要让他们死，他们就活不过明天。"

　　锦曦情不自禁地说道："我知道是他们不对，可是，不至于要他们的命吧！"

　　"哼！"朱棣转身就走，又站住回身，"本来是不至于，最多教训教训，可是你一插手，本王就没办法了，他们死，也是你的烂好心造成的。"

　　什么道理？救人还救成这样了?！她眨巴着眼睛，露出得意的笑容："记得燕王殿下比试输了答应满足非兰一个愿望，这个愿望就是请殿下放过他们！非兰相信殿下绝非食言之人！"

　　朱棣一怔，想起昨日应下的事，看到锦曦小脸上堆满讨好的笑容，那眼神却是不屑至极。他想了想，走回锦曦身边低声说道："本王自是守信之人，不会再为难秀兰父女俩，不过，谢非兰，你给我记好了，本王不是你能惹之人，靖江王，也护不了你。"

　　锦曦又瞧见朱棣薄薄丹凤眼中闪动的威胁，这种眼神实在讨厌至极。但得到他的承诺她也不想再惹是生非，蓦地单膝跪下，大声说道："大家都看到了，燕王殿下慈骨仁心，答应绝不为难秀兰父女俩，燕王府向来宽待下人，殿下胸襟实非小的们可比，非兰诚心佩服！"

　　四周百姓齐口跟着称赞起来。谁家遇上这等奴才还不乱棍打死，朱棣的确算得上是宽待下人的好主子了。

　　讨好卖乖以为就可以了？狡猾的臭小子！朱棣的手蓦然捏住了锦曦的下巴，迫她抬起头，指尖触到她柔嫩肌肤的瞬间，一种奇怪的感觉随之袭来。朱棣丢开这种怪异感，继续用他轻柔的声音说："没用的，谢非兰……你的皮肤真好，长得真够漂亮，做清倌正合适，你不是喜欢玉棠春吗?"

　　锦曦听了大怒，一掌拍开朱棣，跳了起来，手掌翻动柔若无骨地就印上朱棣胸口，正待吐劲，猛然想起师傅的吩咐，收气回掌冷冷说道："殿下别欺人太甚，日后要收敛怒气……"

"啪！"锦曦惊怒地抚着脸望着朱棣，她的话还没说完，他竟然给了她一巴掌。

朱棣也是一愣，谢非兰的手掌印上胸口的刹那，他才知道她武功诡异，不由自主挥出一掌，没想到锦曦收了掌，他却没来得及收手，一巴掌就扇在她脸上，那张精致的小脸上瞬间就浮上了淡淡的红痕。紧跟着他对上了锦曦惊诧的眼神，瞧着那双黑乌乌的眼眸水雾立现，盈盈欲滴，突然觉得后悔，一种极为不舍的感觉袭上了心头。

锦曦虽在山上长大，从小不是锦衣玉食，却也从未受过这等气，回到南京府中人人待她如珠似宝，就算严厉如大哥，心里也是极疼她的，几时被这样打过？还在大街上挨打！她强忍着泪不掉出来，忍得鼻子都红了。

朱棣瞧得痴了，手一动就想去摸她的脸，后悔不迭，却又开不了口道歉。

他的模样看在锦曦眼中却是打了也白打，你要怎么着的蔑视。"殿下气出完了吗？非兰告退！"锦曦昂首逼回眼泪，心想要报仇也不在这大街上落下口实。她转身就走，再不想与这位燕王殿下有任何交集。

朱棣紧抿着嘴不吭声，不知为何，她的离开让朱棣的孤单感油然而生。他默默地看着锦曦离开，心里对这种说不清道不明的情绪感到吃惊。他没道理会如此怜惜一个少年啊！

"主上！"一名侍卫不知道该不该拦下锦曦，小心地问了一句。

"回府！"朱棣吐出这两个字，转身就走，脸色阴沉得像雷雨前的天，侍卫吓得噤声，紧跟着朱棣离开。

　　锦曦在街上与燕王结了仇，还被打了一记耳光，再没玩的心情了，堵着一口气掉头回了府，翻过院墙悄悄回了房。对镜一照，半张脸高高肿起，几条指痕清晰可见，胸口郁结的气这才化为热泪滚滚而下。

　　"朱棣！"锦曦恨得咬牙切齿，使劲去揉，半边脸还是红肿。这样子等会儿让珍贝见了如何解释？她又气又恼，边抹眼泪边骂朱棣。

　　断不能让大哥和母亲知道自己偷出府门还和燕王结仇的事，锦曦只能打掉牙齿和血吞。她擦了泪，打开门往四周张望了下，看到没人才悄悄走到水池边上，用绢帕蘸了凉水敷脸，盼着能快点消除脸上的掌痕。

　　"小姐！"珍贝出了房门，远远看到锦曦一个人坐在水池边便唤了她一声。

　　锦曦一惊，脚下一滑就往水池里倒，她身体自然一扭，突然想起不能在府中显露功夫，眼睛一闭悲愤无奈地掉进了水池。

　　"啊！来人啊！小姐！救命啊！"珍贝吓得脸色苍白，边喊边往池边跑。

　　锦曦本以为府中水池不深，掉进去才知道这水池种满荷花，下面全是淤泥。双足顿时深陷在池底软泥中，使不上劲，水一下子淹到了头顶。她不会凫水，心里暗暗叫苦，张嘴就喊救命，没喊几声，已喝了几大口水下肚。锦曦越来越慌，用力拍打着，脑袋里最后一个要找朱棣报仇的念头闪过，人已被呛晕了过去。

　　也是她身怀武功，一口丹田气还护着心脉。等到侍从把锦曦从水里捞出来后，她已气若游丝，晕了小半日才悠悠醒转。

锦曦睁眼，就看到母亲哭得红肿的双眼。她一动，全身都在疼。知道自己多半染了风寒了。祸不单行哪，锦曦苦笑着开了口："母亲！我没事了。"

"锦曦！我的锦曦啊！"徐夫人喜极而泣，"药呢！小姐醒了，快去通知大公子！"

锦曦见递药的不是珍贝，生怕连累了她便道："我要珍贝，别的人不要。"

"小姐！"珍贝的声音从门外传来。徐夫人点点头，侍女掀开帘子，珍贝双眼通红地走了进来，一开口又抹眼泪。

锦曦放下心来，央求母亲："不关她的事，我让她不要跟着我的。母亲！"

徐夫人见到女儿醒了，比什么都高兴，要水里的月亮也会给她捞上来，叹了口气就此作罢。她握着锦曦的手忍不住伤心："若你有个三长两短，我怎么对老爷交代啊？！没事就好。对啦，你守谦表哥来了，珍珠，你去通知表少爷，说小姐醒了。"

"是。"

锦曦默默地运功，一身还是酸疼。想想习武之人也不可能不生病，便作罢，躺在床上静养。

不多时，大哥徐辉祖与朱守谦同时进了房。

"锦曦，好些了么？"朱守谦有很多话想问，当着徐辉祖的面又问不出来，急得抓耳挠腮。

徐辉祖看了看锦曦，叹了口气有些无奈："水池边坐坐也能一头栽进去，以后不要再出门了。"轻飘飘一句话就叫锦曦禁足。

换作从前，锦曦必然难受得要死，现在想想自己可以翻墙出府，便低低应下："知道了，大哥，让你担心了。"

等到徐辉祖一走，朱守谦便支开房里的侍女："门外侍候着，我和表妹说话呢。"

"你急着把人支开，想问什么？"

"你忘啦，你叫那父女俩来王府找我，听他们说你和燕王在街上争执起来。我急得冲出府门，看到李景隆候在门口，说想找你踏青。我们赶到时人影都没了。我说姑奶奶，究竟怎么一回事？又怎么会掉进水池惹上风寒，这是演的哪一出啊？"

锦曦不想告诉他实情，淡淡地说："也没什么，燕王殿下不是欠我一个愿望么？我请他不要为难秀兰父女，你给点银子与他们，叫他们自己过日子去吧。我不会水，不小心掉进水池呛了几口水。"

朱守谦根本不信，他仔细看着锦曦脸上那几道淡淡的红痕，突然从怀里掏出一个玉瓶："没什么？没什么燕王会差人送来这个？"

"什么？"

"这是大内疗伤圣品啊！活血化瘀，他怎么知道你会病，还会撞伤脸？"

锦曦心里的气又涌了上来："你把这个送还回去，不要他的。"

朱守谦不舍地看看锦曦，心里对朱棣向来没好感，也跟着哼了一声："表妹说的是，我这就叫人还回去，对了，那个李景隆怎么办？"

锦曦倒奇怪了："什么怎么办？"

"哎呀，我的好妹妹，李景隆现在还在我府上呢。那日比箭后他每天都来王府，非要见到你不可，今天我还是借口更衣从王府侧门溜出来的，他要还在府中等我怎么办？我怎么说啊？"

锦曦暗骂朱守谦笨，想了想说："铁柱，你还真是铁柱！不懂说谎啊？你就告诉他我记挂家中母亲，已经回凤阳去了呗。"

"对对对。"朱守谦这才想起可以用这招，咧开嘴笑了。

李景隆为什么这么急切地想要见她？锦曦脑中浮现出李景隆的样子。一身花团锦簇，神情吊儿郎当，听说他是南京城出了名的风流之人，秦淮青楼名妓一直把他比做柳永。他为什么对自己这般感兴趣？

朱守谦走后不久，珍贝又带着两名侍从捧了一大堆礼物进来。

"这是什么？"

"得月楼的盐水鸭、汤包，都是你最爱吃的。还有，这是面人刘亲手捏的面人，你也喜欢。还有，这是绣玉阁新做的襦裙，还有……"

锦曦赶紧打断她："谁送的？这么重的礼？大哥还是表少爷？"

珍贝神秘一笑，附在锦曦耳边喜滋滋地说道："都不是，是太子殿下！"

锦曦一激灵坐起了身，不顾浑身酸疼问道："太子殿下？为什么？"

"太子殿下听我说你病了，忙嘱人置办这些礼物送来，盼你早日病好。"徐辉祖出现在绣楼门口含笑回答。

"看来大哥在太子殿下心中地位重要，锦曦恭喜大哥了。"忽略到心头隐隐的不安，锦曦勉强地笑了笑。

徐辉祖走进房来，微笑着说道："好妹妹，太子的心意你不要辜负了。"

锦曦呆住，联想起那一晚在祠堂里大哥说的话，再傻也明白了。她侧过头懒懒地说道："大哥费心了，不过这几日不太舒服，没胃口，那些点心么……不吃也会坏，珍贝，赏你了。"

徐辉祖眉头一皱，便有几分薄怒，又挑不出什么毛病来，看到珍贝尴尬的应也不是，不应也不是，便对珍贝微笑着说："小姐赏你，你就收下吧。"

珍贝眼睛一亮，晕生双颊，轻声道："多谢大少爷，多谢小姐！"

徐辉祖心中一动，嘱咐锦曦好生休息，起身离开了。

锦曦浑身虚脱，指着那一堆礼品对珍贝道："全拿走吧，都赏你了。"

"小姐……"

"我困了。"锦曦扯过被子盖住头，气闷不已。

谁都知道太子殿下娶了常遇春之女为正妃，且有侧妃吕氏颇为宠爱，难不成哥哥还想把自己嫁进宫去争宠？这就是他说的什么家族为重，又说自己快要及笄？锦曦越想越生气，干脆起了床开始运功。只要有武功，不行就回山上去找师傅，自由自在。

太子的礼品每天都会送来，锦曦瞧着心烦，全赏了珍贝和府中下人，惹得徐辉祖满脸不高兴。他是自锦曦回府后第一回看到锦曦使性子，想着她在病中，年纪尚小，倒也没说什么。

锦曦以为就此了了，这日正在府中照料兰花，看到珍贝飞一般跑来大呼道："小姐，太子来府中了！"

什么？锦曦头疼起来，对大哥的独断专行恨得牙痒，真当自己是性格贞静只懂绣楼读书做女红的软弱女子吗？锦曦想上演一出全武行，突想到太子是见过谢非兰骑射的，而大哥却不知情，怎么办？她急得在园子里打转。

"小姐，你低头找什么啊？"珍贝抿嘴直乐，以为锦曦害羞紧张。

"找退敌良方——"锦曦焦急，抬头看着珍贝眼前一亮，一拍额头有了主意，叮嘱，"你就守在绣楼下，如果大哥问起就说我睡了，伤风严重，不能起身，记住啊！"

然后珍贝看到锦曦提起裙摆露出一双天足，以非常不雅的姿势一阵风似的上楼进了闺房。摇头嘀咕，表少爷能折腾小姐每次回府喊累，而太子殿下更厉害，小姐还没见着人就吓成兔子了。她记得锦曦的叮嘱，老老实实地在楼下候着。

没过多久，锦曦听到绣楼下花园中大哥与太子的声音。

"锦曦最喜兰花,这些都是她种的。殿下这边请!珍贝,去请小姐!"

"少爷,小、小姐才吃了药,睡得沉了。"

"哦?病还未好吗?嘱太医来瞧瞧吧。"太子温柔的声音响起。

锦曦悄悄走到窗前,透过窗棂往外看,远远地瞧见太子往楼上望来,吓得往后一缩。从太子的角度无论如何是瞧不见她的,锦曦心里还是发虚,她想起珍贝今日穿了太子送的衣衫,便坏坏地笑了。

果然没过多会儿,大哥便和太子离开了。锦曦心想,太子只要看到珍贝,便心知肚明,她得意地想象太子会是何脸色,对自己的机智佩服起来,一个人闷在房里偷笑不已。

太子果然不知锦曦就是非兰。过府后再无礼品送来,而大哥的脸臭得很,锦曦的病情当然随着心情好转没几日便大好了。

如此过了月旬,朱守谦又来了:"锦曦!燕王殿下生辰,请了你!"

锦曦懒懒地回答:"是回了凤阳的谢非兰,不是我。"

"哦,也对。"朱守谦嘿嘿笑了,"不过锦曦啊,这么长时间在家里闷不闷?闷的话借机去玩吗。"

"闷啊,不过不想去燕王府赴宴。"锦曦想起朱棣的一巴掌气就不打一处来,而燕王她惹不起也不再想有交集。"铁柱,大哥不让我出府,我不能陪你玩了。"锦曦不想和朱守谦出府了,生怕再遇上太子与燕王,要玩自己悄悄出府便是。

朱守谦也叹了口气:"锦曦,怕是你也陪不了我玩啦。"

锦曦难得见他这样犯愁,皱了皱眉问道:"怎么了?"

朱守谦烦闷地说:"皇上要给我立妃。人也已经选定了。"

锦曦笑起来,快有嫂子了,围着朱守谦逗他:"铁柱你烦什么啊,我就快有嫂子了,说说,嫂子长得美不?她绣工好不好?会送礼物给我吗?"

朱守谦望了锦曦一眼,她病后瘦了些,脸上的婴儿肥减了下去,人越发清丽,他脱口而出:"锦曦,你嫁给我好不好?"

"啐!胡说八道。我才不要这么早嫁人呢。我还想离开家游走江湖,那多好啊!"锦曦想在堂前尽尽孝,多陪爹妈一些日子,然后外出当游侠。她怀念在山上跟着师傅学艺的时候,自由自在,回了府要装病弱,要当闺秀,难道真让一身武艺白费吗?就这样嫁了人从此锁在府中实非她所愿。

"锦曦，你万不可有这般想法。"朱守谦难得严肃地说，"伯父是大明朝威名远播的魏国公，太子殿下娶常遇春将军之女，潭王娶于阁老女，鲁王娶了汤和将军之女，秦王娶了元河南王扩廓帖木儿氏王保保之妹为正妃，邓愈将军的女儿为次妃。你将来还不知道是嫁给哪个亲王呢。与其嫁个不认识的，还不如嫁给我来个亲上加亲！我会疼你的！"

锦曦的脸越听越白，噌地站了起来，略带激动地说："不！我谁也不要嫁！"

她蓦然明白师傅那般怜悯的眼神，让她最好不要和皇子有交集……嫁给亲王，天啊，以后就得循规蹈矩待在王府，稍有不慎就会惹来是非。锦曦第一次明白了自己的处境。

自己到了秋天满十五行及笄礼后就能定名分出嫁。她看着外面。花园里一片生机勃勃，现在怎么看怎么烦闷。她突然想回山上去，与师傅一起，将来可以游历天下，好好看看这片父亲与叔叔们打出来的大明江山。

朱守谦叹了口气，他知道无论如何锦曦也不会喜欢上他，她不过当他是哥哥罢了。或者，她还不懂情爱。朱守谦知道一旦立了妃，意味着成年，就将去自己的封地桂林，亲王不奉旨不能随意回京，以后真的见不到锦曦了。想到这里他说不出的难过，"锦曦，怕是在一起玩的日子不多啦，有机会就多陪陪表哥好吗？"

锦曦愣了愣，看到平时张扬快乐的朱守谦露出了成年人的深思忧郁，想起他提到立妃的事，锦曦马上明白，成亲之后这位直肠直性的表哥就将去往广西桂林，她的心也跟着酸痛起来，脸上却露出了俏皮的笑容，伸手扭住朱守谦的耳朵使劲一扭："铁柱！讨厌你这样子，带我出去玩！我想去玉棠春！"

"啊?!"朱守谦大叫一声。

"表少爷，什么事？"珍贝现在不敢离开半步，在门外听到惊呼就走了进来。

"去，去，没事！"赶走珍贝，朱守谦揉着耳朵低低地说，"锦曦，那种地方我怎么敢带你去?!"

"不就是在河边漂亮的花舫上吃好吃的，听好曲儿吗？有什么？"

"说是这样，毕竟那是妓舫啊！"

"你不说，我不说，谁知道我去啦？"锦曦坏坏一笑，"难道你不想去？"

"我……唉，好吧。"朱守谦无可奈何，他当锦曦是天人一般，想起要立妃远行，现在半点儿也不想违她之意。加上自己也好奇，马上答应下来。

两个人收拾好正要出去，徐夫人和徐辉祖走了进来。

"守谦，你也不小了，不要成日里无所事事，皇上已给你选定了广西都指挥使徐成的女儿为嫡妃，唉，算来也是我们徐家的人，皇上也是顾念你从小父母双亡，徐成必定全力支持与你。守谦，你八月就要成亲，最多明年开春你就要去广西封地，不要再成天玩乐了。"徐夫人怜惜地看着朱守谦，在她眼中，锦曦下山回家一年多一直和朱守谦腻在一起。可是亲王都由皇上指婚，他俩不拆开也没办法的。

守谦已定了亲，锦曦无论如何也不能嫁给守谦做小的，现在能分开就分开吧，免得以后想分开已情根深种。

朱守谦正了脸色，低头应下。

徐辉祖以为锦曦拒绝太子是因为朱守谦，见朱守谦顺从的神色，心里放下担心，瞧着锦曦缓缓开口："燕王殿下下旬生辰，锦曦，你回来还未见过世面，到时也去吧。"

什么意思？太子不成就拉上燕王？锦曦目光里露出了嘲讽的神色。

"父亲修书回来决定的。"徐辉祖眼神有些黯然，说的话却震得锦曦当场呆住。

父亲为何一定要她去燕王府寿宴？锦曦隐隐觉得人生中似乎有什么大事要发生了。她心里有些慌乱，嘴里却照常斯文地回答："锦曦明白，一定不会惹出是非来。"

大哥扶着母亲离开。锦曦和朱守谦呆呆地站了会儿，她抬步便往门外走。

"锦曦？"朱守谦不明白她要做什么。

"愣这儿干吗？该玩什么就玩什么，该高兴就高兴，将来的事，到时候再说呗！总不能就这样闷在屋里吧？记着啊，出门我叫谢非兰！"锦曦脸上又现出阳光。

她心中有气，总觉得不管是大哥还是父亲都有用姻亲稳固地位的意思。可是，一个太子让她心烦，更不用说朱棣，他还打了她一巴掌。

锦曦笑着想，离府十年，他们都太不了解她了，看到的只是斯文秀气的徐锦曦，绝对不知道她的另外一副模样。以为她这么好摆布？只有朱守谦，这个粗枝大叶又骄横跋扈不得人心的靖江王，才真正地当她是妹妹。锦曦看着朱守谦朗朗地笑。

朱守谦向来都是今朝有酒今朝醉的人。见锦曦高兴，也跟着高兴，他又是威吓又是收买封了珍贝的嘴，带着锦曦从侧门溜出了府。

天空呈现出微微的灰蓝色。秦淮河两岸花灯吐明，远远望去如同抖开了一匹璀璨的锦绸，熠熠生辉，流光溢彩。

脂粉香、花香、酒香混在空气中深吸一口，满嘴满心带着馥郁的微醺。耳旁隐隐的丝竹声顺风传来，好一处风流销魂处。

锦曦还没晚上到过此处，看到一河美景，疑为瑶池梦境，啧啧赞叹道："人说十里秦淮是流香河，世间销金窟。单是眼前看到的，银子自己就往外蹦了。"

"等会儿去了玉棠春，听说眼前这些就成了凡景，连多看上两眼的兴致都没有呢。"朱守谦笑道，一行人直奔玉棠春。

玉棠春是栋三层小楼，楼前远远的河心处，停着一座长二三十丈的花舫。正值初夏，在舫间吹着河风观着河景比楼上舒适，有钱的金主都爱去花舫。

"玉棠春的头牌都叫玉棠春，数十年来从未改过这规矩。这个玉棠春今年才十六，艳色惊人，丝竹弹唱一绝啊！听说……"

"铁柱，你没来过？"

朱守谦不好意思地红了脸，他才十五岁，玉棠春他还真没来过。

锦曦也没有，不过，她笑了笑说："那你银子带足了吗？"

"我靖江王去玉棠春那是赏她面子！"朱守谦嚷道。

锦曦赶紧掩了他的口一五一十把听到的见闻通通搬了出来："听说去青楼听曲儿最忌暴露身份，会惹出是非，你难道想让大哥知道你今晚去了玉堂春？那不就意味着我也去了？是什么后果你想想？不能暴露身份就得使银子，听曲儿，付了银子，还听不到？还有，堂堂靖江王喝花酒不付账，传了出去你丢人不？"

朱守谦佩服之至，喝令侍卫在岸边守候，抬脚就上了接引的小艇。

小艇漆得光亮，艇边扎着花束，船头立着一盏红灯笼。锦曦往四周看去，一条江灯光迤逦，宛若流动的丝绸，繁华无际。河岸往来穿梭着接引客人的小艇。艇上站立之人长衫轻飘，或挥扇赏景，或摇头晃脑吟诗添兴，十足风雅之气。

"真的好漂亮！"锦曦很兴奋。

回头一看朱守谦，满脸也是兴奋之意，两个人偷看着对方嘿嘿笑了。

等上到花舫，一阵香风袭来，两个机灵的接引侍女轻轻一福："两位公子请随奴婢来。"

朱守谦与锦曦两个人都小，看年纪也不比接引侍女大。朱守谦胸膛一挺：

"姐姐请前!"

两位侍女掩口轻笑起来。

锦曦有点紧张,她说得天花乱坠,却从未到过这种地方。训朱守谦是一回事,真到了地头上,她还是有点心虚。想想自己身怀武功,侍卫们就在岸边,又镇定了下来。

进了厢房,进来一个满头珠翠的姑娘,身着粉红大袖衫,腰束绿色罗裙,脂粉的甜香随着她的到来弥漫了整间厢房。她看到锦曦时眼睛蓦然一亮,娇笑着径直走到锦曦面前,一抬手就去摸她的脸。

"阿嚏!"锦曦别开头大大地打了个喷嚏。

朱守谦忙道:"姐姐别见外,我这小表弟对脂粉有点过敏。"

"对不住啦,小公子,我叫玉梅。"玉梅轻轻推开了窗户,吹进阵阵河风,锦曦总算脑袋不晕了。

"两位小公子想找什么样的姑娘陪啊?"玉梅眼波横飞,不期然地又往锦曦身边靠。

锦曦尴尬地退到朱守谦身后,他红着脸摆出一副老成的样子道:"叫玉棠春来唱唱曲儿吧。"

玉梅笑道: "人人都想听玉棠春唱曲儿,可是这里只有一位玉棠春,公子……"

"爷只想听她唱。"朱守谦眼一瞪,骄横之气立现。

锦曦却懂了,扯扯朱守谦,示意他拿银子。

朱守谦忙从怀里掏荷包,随便拣了张银票又拿了两只金元宝递了过去。

玉梅接过来一看,银票居然是张一百两的,还有两只一两重的小金元宝,脸上笑容更甚。她也不急,亲手倒了两杯茶道: "两位小公子是瞒了家人来的吧?"

锦曦眉头一皱,不悦地说:"玉梅姑娘是嫌银子给少了吗?"

玉梅心中凛然,这位小公子好强的气势,干巴巴地笑了笑:"公子少歇,奴家这就去唤玉棠春。"

她转身出门,朱守谦兴奋地拍手:"简单,原来喝花酒这么简单。"

可是两个人左等右等,也没等到人来,也无人侍候。朱守谦和锦曦见茶都凉了,心里便不舒服起来。居然敢这般怠慢!他哪还按捺得住,站起来唤人,却无人应声。

朱守谦大怒，伸手就去拉门，门竟然从外面反锁了。

"锦曦？"朱守谦疑惑地看着锦曦，他还没反应过来。

锦曦一瞧，急了："表哥，这是玉棠春的花舫吗？不是贼船吧？"

朱守谦平时侍卫拥护，南京城里嚣张惯了，没人敢太岁头上动土，恨恨地说："敢动本王，活得不耐烦了。"

锦曦低喝一声："表哥，这是在船上，我不会水，不过，我带你打出去！"

她退后一步，猛地提气，一脚就踹开了门，回身招呼着："走！"

两个人急急出了厢房，刚到拐角，一股青烟吹来，朱守谦不提防，吸进一口，"咚"的一声软倒在了地上。

"守谦哥哥！"锦曦大惊，她有内力护身，吸了口迷烟，头有点晕，却还不至于晕倒，心想定是玉梅欺他俩年少，看朱守谦怀揣重金，起了歹心。

她深吸一口气，内力尚在，只是身体渐软，心道再不走就真危险了。上前扶起朱守谦，只见玉梅带着几名护院从拐角处转出来，微笑着看着他俩。

若是自己打出去应该有把握，可是在船上，自己不会水便是劣势，加上身边死猪一样沉的朱守谦怎么走？锦曦左右张望着放声大喊："救命啊！"心想，多少总有人会听到的。

"不用喊了，今晚你们来得早，这舫上连你们在内只有两座客人，你们在船头，他们在船尾，听不见的。"

锦曦放下朱守谦，头更晕，勉强站直了对玉梅说道："天子脚下，竟敢迷晕客人打劫，你可知道你劫的是何人，不怕被诛九族吗？"

"哈哈！"护院们张狂地笑了起来，"小公子，你也不打听打听，这玉棠春是谁开的？"

"谁？"

玉梅只等着锦曦也倒下，抱着手悠悠然说："奴家并不贪银子，只不过有客人出了大价钱，想寻个漂亮的小公子，要怪就怪你生得太俊，又在这当口送上门来，奴家也是没办法，冒险也做了。"

锦曦火冒三丈，见朱守谦昏迷过去，眼前的景象模糊起来，知道自己快撑不下去了，她猛地提气朝玉梅冲了过去，手还没触到玉梅，脚下一个趔趄，眼前一花就晕了过去。

"拿了财物，好生绑了，关进底舱密室，明儿就送走。去准备一下吧，天色不早了，又是一个不眠夜啊！"玉梅轻声说道，低下身子，情不自禁地去摸锦曦的脸。

"嗖！"一只弩箭钉在了她手旁，箭羽颤动，箭头深入船板。

一个声音轻柔地在她身后响起："谁说她喊也听不见的？她的脸你也碰得？"

玉梅一抖，缓缓站直身子，倒也不怕："这里是玉棠春！"

"以后，秦淮河上再无玉棠春。"来人笑了笑。

是晚，秦淮河上突发大火，独独烧了玉棠春的花舫。玉棠春的花楼也被洗劫一空，花舫上五十七人全葬身火海，无一人逃脱。官府细查，道是烛火引燃，加上河上风势，所以烧得干干净净。

有神算铁口道玉棠春此名不祥，于是，再无人以玉棠春之名重开青楼。秦淮河上最负盛名的玉棠春从此再无踪迹。

救下锦曦与朱守谦之人并未露面，神不知鬼不觉地将二人送回了靖江王府。等二人醒转，听到的就是玉棠春走水一事。

锦曦与朱守谦都惊诧莫名，不知救他们的是何人。锦曦仔细探查全身，衣衫完好，并无异样，算算时间，从玉棠春昏迷到回靖江王府不过两个时辰，是什么人有这么快的速度与力量?! 他为什么要救他们，他知道朱守谦的身份，也知道她的吗？

"侍卫说来人留下了一枝兰花。"朱守谦示意锦曦去看。

这是一枝名贵的素翠红轮莲瓣兰，碧绿色的花瓣上一抹红痕如血，宛若新月。这种兰花极其珍贵，怕是一般人家养不起。"表哥，你熟悉的人中，有没有人特别爱兰？"

"兰？"朱守谦想了半天，摇了摇头，"府中有花园者十有八九都有种兰的。你不也种兰？还喜欢得紧。"

救他们的人应该是认识的人，不然便不会送他们回靖江王府了。锦曦寻思着，干脆地问道："太子东宫，秦王府，燕王府，曹国公府里可养有贵重名兰？"锦曦直接把目标锁定在她认识的这几个人身上，别的人她又不认得。

"为何单问那几处府邸呢？"

"表哥，我想能有珍品兰花者非富即贵，我只认得这几个人，你认得的人多，你再想想别的人会种有珍品名兰吗？"

朱守谦明白这事得从兰花入手，马上唤来侍卫前去打探。

锦曦回府后拿着那枝兰花发愣，好奇在心中冲撞，恨不得马上找出那个救她的人。她最想知道的是来人是否已经知道她是女儿身了。

过了几日，朱守谦便探得消息："太子东宫养得珍兰几十盆，李景隆府中还有个兰园，也遍植名兰。燕王府听说也有兰花，不过，却被朱棣当成草来种了。"

东宫？是太子吗？若是太子，他应该送她回府才对，大哥显然不知情，不会是太子。锦曦的目标落在李景隆与朱棣身上。

若是朱棣把兰当成草来种，就不会留兰示意，难道是李景隆？锦曦马上联想起李景隆一身花团锦簇的模样，是他？李景隆？思绪翻江倒海，真的会是那个玩世不恭吊儿郎当的李景隆？"别的府没有么？"

"有的，都有，就是他家要多点儿。"

锦曦啼笑皆非地看着朱守谦，都有，这算什么答案。她打定主意一定要去查个明白。

等到时近子时，锦曦换了夜行衣偷偷翻出院墙，直奔曹国公府。左右看看无人，她脚尖轻点跃入了曹国公府的后花园。

花园里安安静静，锦曦闭上眼深深地吸了口气，一股若有若无的暗香从花园西侧飘了过来。隐隐的兰香让她禁不住轻轻笑了，施展轻功寻香而去。

转过假山，兰香更浓。锦曦皱了皱眉，不远处点着一只灯笼，她屏住呼吸，静立片刻后没有听到人声，这才现出身形，如鸟一般飞了过去。

她低着头看着面前这片兰圃，主人显然是爱兰懂兰之人。兰花靠近竹林，或移于山石之下，或植于溪边，总有绿荫蔽阳。一道人工引入的溪流浅浅流经，正应了兰花喜阴喜润的特点。

锦曦记得师傅说过，素翠红轮莲瓣兰异常珍贵，主人断不会随便种于山石之下，必然以玉盆养于室内。但是它的花香特别，似麝非麝，锦曦来之前已仔细嗅过兰香记下了。

这品兰花是天下绝品，如果能在曹国公府见着，必是李景隆无疑。初夏晚风吹拂，锦曦再次闭上了眼，细细从一片兰香中找寻着素翠红轮莲瓣兰的味道。

月光照在她身上，只有一处朦胧的淡影，紧身衣勾勒出少女曼妙的身形。李景隆站在不远处默默地瞧着这位不速之客，悠然出声询问："蓄意闻时不肯香，香在无心处。夜色撩人，兰园何时来了寻芳人？"

"谁？"锦曦惊醒地喝问道。

"问这话的该是此间的主人，我吧！"李景隆从柱子后面闲闲走出。

他换下了绣花锦衣，只穿了件月白色深衣，头发未束，散在肩上，一副才从床上起来的慵懒样。

锦曦远远地看着他，李景隆站在廊间，嘴角噙着一丝玩世不恭的笑容，素淡的月白深衣衬托出修长的身形，尽弃平时的浮华之气。

李景隆怎么会变了副模样？他只是站在那里，可锦曦分明感觉到一股逼人的气势从他身上凛然发出，难道李景隆不欲让人知晓他的另一面？他有杀气……

她压低了嗓子对李景隆一抱拳："对不住了，在下不过走迷了路，又嗅得兰香引人，才夜入公子府中，见谅。在下绝无恶意。"

"是吗？你不是窥视我府中至宝素翠红轮莲瓣兰吧？"李景隆慢慢地朝她走过来。

他的眼睛炯炯有神，锦曦脸红心跳，脱口而出："你府中有素翠红轮莲瓣兰？"

李景隆目光闪烁，似笑非笑地说："你不是为它而来吗？入得兰园不以真面目示人岂非对主人不敬？解下面纱来！"说话间已拍出一掌，隐约带起风声。

仅此一掌，锦曦便知道遇到了高手，自己断不是李景隆的对手。她得到了答案，便急着脱身，手指一动，掐下一枝兰花把玩着："都说兰是君子，君子的待客之道便是这样的吗？"突然扬手将兰花射向李景隆。

花枝柔嫩被她当成暗器使用，注入了内力，风里已带着"嘶嘶"破空声。

李景隆眉一扬，手伸出，也没见动静，已将兰花握于手中，暗香在鼻端浮起。他举起深吸一口，漫不经心地说："兰当然是君子，怎忍如此践踏？"

锦曦见他的手势更加肯定，李景隆身手绝对在她之上。真的是他吗？锦曦脸一热，瞥了他一眼，脚尖轻点跃上竹林。

李景隆哪肯让她跑掉，一个纵身已落在锦曦面前。"揭下面纱，让本公子瞧瞧你的模样!"他不紧不慢地说道。

锦曦倒吸一口凉气,自己肯定打不过他,要是被捉到,这脸可就丢大了。提起内力便跑,左冲右突,李景隆如附骨之疽缠着她不放。

她心里暗暗叫苦,施展出浑身解数与李景隆缠斗。

朗月下,李景隆白衣翻飞,似是逗弄着锦曦,十几个回合下来,突然他笑了一声,拳风突变,长手如猿臂伸向锦曦面颊。

锦曦躲避不及,面上黑纱被拂落。她怔怔地瞧着李景隆,突然有点手足无措。

月光映在她脸上,一双剪水双瞳熠熠生辉。满天星光全沉入了眸底,似最亮的星星嵌在一张完美无瑕的脸上。

李景隆蓦然一呆,露出一抹笑容,轻声道:"果然是你,非兰!"

与白天听到的吊儿郎当的语气不同,这声音竟带着种魔力,勾魂摄魄。

锦曦脸红着一跺脚,飞身离开。

李景隆也不追赶,含笑站着,看着她消失在黑夜之中。

悄悄回到府中,锦曦久久不能入睡,李景隆身着月白长衫的样子又浮现在眼前。她摸摸自己的脸,已烫得吓人。

没想到李景隆果然不是平时看到的那副玩世不恭的模样,也绝对不是个只知吃喝玩乐的浪荡公子。他从何处学来一身高明功夫,又要掩饰自己呢?

今晚他似乎并不奇怪是自己,难道,他留下兰花就是想让自己去找他吗?

一面是李景隆潇洒的样子,另一面却是他出手狠毒居然灭了玉棠春,五十七条人命啊。锦曦想不明白他是什么样的人。

这夜之后,锦曦的绣楼中便出现了兰花。有时放在花园凉亭中,有时出现在梳妆台上。有时竟在她倚着美人靠时,出现在面前的水池之中。

是李景隆吗?锦曦觉得自己像在寻宝。每天起床第一件事就四处搜寻兰花的踪影。

这晚迷糊中,她感觉到有人在窗外窥视自己,睁眼一瞧,却什么也没瞧到。第二天起床时发现窗台上搁着一枝春兰,暗香扑鼻。

锦曦拈起春兰,确认昨晚自己的感觉没错,是有人站在窗外看她。昨晚难道李景隆来过了?他知道她的身份了?为什么要这样神秘地送兰?锦曦百思不得其解。

第二晚锦曦又感觉到了。她没有动,悄悄睁开眼,窗外站了个黑衣人,全身包裹在黑色的夜行衣里,似与夜色融为一体,只露出一双炯炯有神的眼睛。是他吗? 他为什么来? 锦曦一个翻身跳了起来。

两个人隔了花窗静静地对视着,锦曦心里有万般疑问却问不出口,剪水双瞳中一片迷茫。

就这般对视了良久,黑衣人缓缓揭开面纱,露出李景隆英俊的脸来。

凝视锦曦片刻,他从怀中掏出一枝兰花放在窗口,冲锦曦露出一个极温柔的笑容,紧接着无声无息地跃下绣楼。

月夜下,窗台上这枝兰花幽幽吐芳,色泽微紫,还是一枝春兰,兰花带着一片兰叶,碧绿的叶片上有黄金般的茎丝,瞧上去极为美丽。似是传说中的国色天香。

一颗心情不自禁地怦怦乱跳,撞得胸腔柔柔的疼痛。她拿起兰花瞧得痴了。虽然没有只言片语,这日日的兰花却隐隐传递着情意。

锦曦不知是喜是忧,小心地将这枝春兰夹在书页中,怔怔地发愣。

竹林幽翠,溪流潺潺。李景隆小心地擦拭着兰叶,他习惯在专心照顾兰花的时候思考问题。

谢非兰站在马上的英姿,顾盼神飞的脸又浮现在眼前。李景隆最初对谢非兰感兴趣完全是因为她的一手神箭和缜密的心思。他很好奇一个十四岁的孩子能有这样的武艺和心计。而此时,他却深深地疑惑。

意外在花舫救了她之后,他便知道她是女儿身了。没想到探查的结果更让他吃惊,谢非兰居然是魏国公徐达之女。李景隆努力控制着自己不去想那张美丽的容颜,可是时不时地,就这么出现在眼前,让他忍不住去夜探绣楼,日日送去一枝兰花。

他站直身对着兰花出了会儿神,突然使出了一套拳法。

动若脱兔,刚柔并济,身形展动间一股气势逼得身边草木无风而动。顾身长立、气度轩昂,已丝毫瞧不出半点浮浪之气。

李景隆躺在草地上,宽阔的胸膛因为大口喘气有力地起伏着。如果有人从侧面望去,会发现他有一副令女人心醉的俊脸。饱满的天庭,挺直的鼻梁,轮廓分明的下颌。

他默想她完美无瑕的脸,她俏皮可爱的表情。李景隆深深地吸了口气,紧闭着双眼，嘴角已不知不觉浮起了一抹笑容。

十八岁的李景隆蓦然知晓了自己在心动。

笑着笑着眼里又有了层悲哀。他何尝愿意以一副浮躁浪荡只知吃喝玩乐的外表出现。父亲早就提醒他说，元朝已无大患，皇上建国后猜忌之心渐起，要想安稳地过一世，世袭曹国公，就不能露锋芒。

他怎么不明白父亲的苦心。父亲叹了口气说："为父也不知能否躲得过啊。君要臣死，臣不得不死，刘伯温早辞官归田。他尚且如此，何况为父呢。景隆，你只要平平安安就算尽孝了。"

作为外姓公爵，徐达、常遇春、自己的父亲显然已位极人臣。年前远征沙漠彻底绝了元朝的气数，大明江山已牢不可破。皇上一气封了十个亲王，诸王成年后都将去往自己的封地，他将要让自己的儿子分去兵权，将权力掌握在朱姓一门手中。自己这些外姓公爵不紧张也难啊。

神秘的笑容出现在李景隆的脸上，他摇了摇头，似乎不赞同父亲守成的观点。阳光温暖地洒下来，他走出了兰园。

"爷要出府。"李景隆简短地说道。

银蝶马上捧出一件绯红边襟绣满银花的轻袍。李景隆看了看园子，沉思了下说道："换成深绿暗花的，不要熏香。"

"是。"银蝶脸上没有带出任何惊诧，公子做任何事都自有打算，由不得她质疑。

打扮停当，李景隆信步又走进园子，抬手瞧了眼身上的衣服，回头看了眼银蝶。

"没入长草中。"

李景隆哈哈大笑："兰中银蝶最知我心。"

"多谢公子。"银蝶垂眸道。

李景隆走过银蝶身边突然道："爷让你感觉危险?"

锦蝶身体僵硬，头低着不吭声。李景隆呵呵一笑，拍了拍银蝶的肩，悠闲地漫步出了兰园。

魏国公府后花园中，李景隆舒服惬意地在大树上倚靠着，一身深绿长袍正如银蝶所言，藏于树中不露半点痕迹。

等了没多久，绣楼房门一开，锦曦便走了出来。

她明眸皓齿，身形婀娜，脸上隐隐带着一抹笑容。那笑容仿佛揉碎了的兰花，带着清绝的美丽，犹自吐香。李景隆呼吸一窒，化成了木头。

他不知来了多少回，每一回偷窥锦曦都还是这般心动神摇，他痴痴地看着她缓步走入园中，浅紫襦裙带着长长的衣带在风里翻飞，步履细碎，一步一生莲。

他目光紧跟着她走到回廊一角，看她轻倚在美人靠上，长发委地，黑亮如瀑倾泻滑落。阳光在池塘水面上洒下点点碎金的光芒，反射在她脸上，明艳逼人。

"她像只蝴蝶。"李景隆喃喃自语。他蹲在树上目不转睛地瞧着，这个角度看去，她美丽的容颜尽收眼底。那眉眼、那红唇、那如玉的肌肤，她美得像幅画！

"小姐！老爷回来了！"珍贝激动地叫嚷着一路小跑送信。

锦曦心里涌出一股激动，扬起脸，李景隆清楚地看到漫天阳光失去了颜色。她清脆地笑着奔出了回廊，提着纱裙往前院跑去。

"小姐，你慢点，我扶你过去！"珍贝简直不敢相信，小姐什么时候跑这么快了，紧跟着也追了过去。

李景隆在树上呆了半晌，腾身跃离魏国公府。

一路上他情不自禁傻傻地笑着。"锦曦，锦曦！"李景隆喃喃自语，脑子里全是锦曦的玉容，她的倾城一笑。

锦曦跑到前厅，停了下来，缓了缓呼吸，等着珍贝跟上，再慢慢走进厅堂微笑着福下："锦曦给爹请安！"

徐达呵呵笑了，亲手扶起了锦曦："锦曦又长了一头了，夫人，她可真像你！"

"是啊，咱们的锦曦转眼工夫就成大姑娘啦！"徐夫人温柔地笑着应和。

"嗯，我的锦曦长成大姑娘了。就是过于柔弱了，怎么回了府还瘦了？"徐达的目光中隐隐含着责备和询问。

"爹，锦曦可能是在山上住得久了，不太习惯。人多的地方总感觉头晕。下山已有一年多，想回去瞧瞧庵里的师傅们，也想静养些时日。"锦曦记起日前大哥提到的燕王寿宴一心想避开，顺着父亲的话撒谎想离开。

徐达手扶长髯，沉思片刻后欣然答应："那就过了燕王寿宴，让你大哥护送你上山住些时日吧？"

还是要去燕王寿宴？锦曦失望之色溢于言表："可是寿宴上人多，锦曦的身体……"

"没关系，有你大哥在呢。爹娘也去的。"徐达温和地堵死了锦曦的话。

燕王十七岁生辰，皇后亲制请柬邀百官府中适龄千金赴宴，自是想从中选得燕王妃。皇后懿旨一下，百官府中有适龄女子者莫不趋之若鹜。他就算不想让锦曦入选燕王妃也不能抗旨的。

他看得出锦曦挑这个时候提出上山，是不想去燕王寿宴。徐达心里怜惜这个女儿，放在山上一待就是十年，这才回府多久呢。他微笑着说："锦曦，待在府里闷是吧？以后你想去哪里就去哪里，注意安全就是了。"

"父亲！"徐辉祖眉梢一扬，眼中透出强烈的不满，"锦曦前些日子落水，还是在府中好生静养的好，过了燕王寿宴，我亲自送她上山。"

徐达看着儿子，摇了摇手："锦曦与寻常人家女子不同，她自小长在山上，若是这样，岂不闷坏了她？就这样吧。"他亲自执了女儿的手走向后堂，"锦曦，为父难得在家，听说你平时喜欢读书，给爹说说，读了些什么书……"

徐辉祖看着父女二人，叹了口气转身对徐夫人道："娘，锦曦大了，不能再和守谦出府乱跑，她将及笄，传扬出去怎生是好！"

徐夫人连连点头，她最担心的是女儿爱上侄子，朱守谦八月大婚后就将去往封地，这两地情牵，就害了锦曦。

"我会着人看好她的。"徐辉祖轻声说道，望向锦曦离开的方向，眼睛里说不出的担忧。

这晚锦曦突然又感觉到了窗外有人在看她。她的心狂跳起来，真的是李景隆？她悄悄地睁开眼，一阵风声掠过，窗外的人消失了。

锦曦也不追赶，她走到窗前，只见窗台上摆了一盆兰草。白玉为盆，绿叶细长舒展，一株花箭幽雅吐芳，花似莲瓣翠绿如玉，中有一线红丝如钩，正是珍品素翠红轮莲瓣兰。锦曦仔细看着，发现这盆兰当中有两株花箭，已折去一枝，修剪后尚能发现痕迹。

盆中插了一纸折做花形的素签。锦曦轻轻取下展开，月光下一行瘦金行楷银钩铁画："兰赠佳人，香随我心。"

一抹红霞飞上锦曦的脸，李景隆身着月白长衫，飘逸出尘的样子悄然叩响了她的心房。他的眼睛炯炯有神，他出掌时的俊朗风姿。锦曦暗暗想到了师傅说起的江湖游侠，若是能与他一起行走江湖……"啊！"锦曦失口轻呼，嗔怪自己胡想些什么。

可是，他暗中的保护，他为她灭了玉棠春，他送的兰……锦曦不由得痴了。

李景隆在锦曦醒的瞬间放下兰盆仓促离开，他俊脸上忍不住也飞过一丝红晕。跃出魏国公府，他在墙边伫立良久，才回身慢慢走回府中。

"锦曦！"李景隆嗅着兰香，静静地微笑，血液里奔腾着激情。

这一晚，他在兰园站了一宿。

　　"燕王十七岁生辰，皇后亲制请柬邀百官携其适龄千金赴宴，自是想从中选得燕王妃。锦曦适龄，正是大好机会！"

　　"父亲，怎么能让锦曦去？"徐辉祖沉声反对。

　　魏国公府书房中，当朝左相兼太子太保魏国公徐达与同朝为官的儿子神情严肃。燕王府送来的请柬端端正正地摆在红木书案上，轻飘飘的一纸请柬上并无锦曦的名字。但皇后口谕却随着这纸请柬一块儿传到了府中。

　　徐达忧虑地看着儿子，建国后皇上对功臣猜忌之心越来越重。前日里已有废丞相撤中书省的传言。燕王今年十七岁，得帝后深爱，锦曦若能中选，未尝不是一重保障。"战也打完了，飞鸟尽，良弓藏，狡兔死，走狗烹，辉祖怎可不知这中间的利害！"

　　"儿子明白！可是，未必燕王是最佳人选。"徐辉祖打定主意，若锦曦终究要嫁，他选中的人当然是太子朱标，将来的一国之君。

　　徐达摇了摇头："难道让锦曦去做侧妃？虽说常妃体弱，毕竟现在东宫受宠的是吕妃！"

　　"可是儿子却不这么认为，以锦曦的品貌远胜吕妃，太子……太子也对锦曦大有好感！"徐辉祖顾不得那么多，一股脑儿把太子得知其意后也对锦曦产生了兴趣，在锦曦病中殷勤送礼，并亲来府中探视一事全抖了出来。

　　"放肆！"魏国公徐达脸气得通红，一掌拍在红木书案上。他怒视着儿子，慢慢地又转为悲凉，"你怎么可以擅作主张?! 要知道如今是牵一发动全身!"

建国之初，皇上一再想把当初做吴王时的老宅赐予他做府邸，他坚辞不肯受。前些日子他蒙召入宫，陪皇上饮酒闲淡，不知不觉竟醉了，醒时竟然发现自己睡在龙床之上，吓出一身冷汗，直直从龙床上滚落下来磕头谢罪。

皇上笑着扶他："朕与卿一起出生入死打下这座江山，朕亲扶卿休息，有何罪呢?"

记得自己当时汗透重衣，捣头如蒜，只有傻了才会真的理所当然接受皇上的说辞："皇上龙床岂是下臣敢歇息之处，臣死罪。"

记得皇上哈哈大笑，那笑声……徐达长长地叹气："皇上猜忌之心这么重，又分封皇子各领封地，以为父的权势，哪敢再和太子攀亲? 更何况，为父也舍不得送锦曦去宫中争权夺势，你明白吗?"

"父亲! 锦曦论嫁，有何人比太子更合适? 将来……"徐辉祖沉声说道。

"为父只想早日离开朝廷，一家老小安乐于田园。但是，如逆水行舟，不进则退。想走皇上未必放人，军中多是为父多年的兄弟下属，还了军权，也不见得能除皇上疑心。燕王少年英俊，在军中长大智谋过人，身手不凡，不失为佳婿，能与燕王匹配也不委屈锦曦。她总是要嫁人的，与其让她从此身陷深宫，不如嫁得一藩王从此平安度日。太子之事休要再提，就这样吧!"

徐辉祖不服气地道："若是这样，那何不让锦曦嫁得平凡? 不嫁亲王?"

徐达看着儿子，他怎么不明白? 转眼就要把锦曦送出去，他心里何尝舍得，他同样也是矛盾异常。皇上对他还好，一直照拂有加，然而山雨欲来，连智谋过人的刘伯温也辞官归田，他怎么也明白了几分。

"辉祖! 你可要为府上百十条人命想想啊! 父亲不是不疼锦曦，若不是朝中这般局势，锦曦只需得一位良人就好，何苦要与皇家攀亲? 燕王年纪虽小，却甚得皇后宠爱，自幼由皇后娘娘抚养成人，若是这门亲事能成，魏国公府也必多重倚仗啊!"

他怜惜地看着儿子，心里叹息。他虽是驰骋沙场之人，长年在外驻守，对皇上有提防之心却又抱着一丝希望，他也舍不得锦曦，但是锦曦已经十四岁了，左右也是嫁人，燕王也不失一个好人选，还能布下后着。

"燕王在军中，为父尚了解其人，不会委屈锦曦的。"

"父亲若是这般深谋远虑，何不为将来着想? 以我父子在朝中势力，将来锦曦就算在宫中，一来没有离开南京，家中诸多庇护，二来想必太子也不敢委屈了她。"徐辉祖想得深远，终不肯打消将锦曦许给太子的意图。

徐达摇了摇头，儿子虽然才华横溢，却看不透帝王之心。这当口嫁与太子，弄不好让皇上的疑心更重，会惹来天大的祸事。他沉下了脸喝道："此事就这么定了，燕王若选不中锦曦，便也罢了，为父自当为她觅得良缘佳婿。太子之事切莫再提。你也休得再自作主张！明白了吗？"

他狠狠地看着儿子，几十年沙场征战的威仪杀气直逼得徐辉祖低下了头，轻声回了句："但凭父亲做主！"这才满意地挥了挥手让儿子离开。

徐辉祖漫步到了后园，远远瞧见锦曦正在照顾兰草。他停住了脚步，默默地望着她。

锦曦穿着粉色滚蓝边的夏日常服，细心地将兰移到背阴处。她弯着身子，黑发闪动着层淡淡的金色。

徐辉祖闭上眼，满园青翠中只留下这处朦胧的粉色刻在眸底，隐隐牵动着心里的温柔。

他清楚地记得，那年岁末他奉父母之命上山去接锦曦的情景。栖霞山染上了斑斑银白，空山新雪，人到了这里心跟着便静了下来。

想起十年不曾回府的锦曦就在这里生活，他轻声叹息。

庵堂清静之地不容车马喧哗，徐辉祖嘱车马山下等候，独自拾级上山。

木鱼声敲响了一庵寂寥，向后院行去时，四周静得只听得见自己的脚步声。锦曦会孤单吗？他的心隐隐有些疼痛。

庵堂后面修了处院落，两扇深褐色的月洞门上有了几条深深的裂纹。徐辉祖站在门前久久不敢推开，他很怕瞧见一个对他充满怨恨的妹妹。

她出生时道士算命说她克兄不长寿，徐辉祖大了知晓事理后就对锦曦有了歉疚。克兄与不长寿，怕是前者让父母更为在意。所以，本应在府中娇滴滴长大的魏国公府的大小姐会在庵里清苦长大，父母一年中只前来见她一面。

他迟疑地去推门，手放在木门上触到一片冰凉，又停了下来。这时院里飘出琴声，一个清朗的声音脆生生地唱着一曲《蝶恋花》："面旋落花风荡漾。柳重烟深，雪絮飞来往。雨后轻寒犹未放，春愁酒病成惆怅。枕畔屏山围碧浪。翠被华灯，夜夜空相向。寂寞起来褰绣幌，月明正在梨花上。"

点点轻雪落在徐辉祖身上，他长叹一声，锦曦还是过得很寂寞。他推开木门，"吱呀"，门发出轻响。

一个身披青缎银狸披风的瘦弱少女俏生生坐在梅树下。

"锦曦吗？大哥接你回府来了。"

徐辉祖瞧见少女身体一震，并未回头。他轻咳一声："锦曦！我是大哥！"

少女缓缓回头，一双晶莹乌亮的眸子盈满惊喜与笑意，开口却是怯生生的："大哥！"

那一声如出生的雏鸟破壳，徐辉祖急走两步已拥了她入怀，用自己从未听见过地带着哽咽的声音低唤了一声："我们回家，再也不让你离开了。"

怀里的锦曦弱得像风一样轻。徐辉祖小心地不敢让自己用更大的力，生怕一用劲便搂断了她的骨头。

她是他的妹妹，他舍不得伤害半点儿的妹妹。

徐辉祖犹沉浸在往事中。锦曦回头已瞧见了他，高兴地唤了一声："大哥！"

他睁开眼，含笑走了过去："又在摆弄你的宝贝？"

锦曦笑了，拉着徐辉祖的手往绣楼行去："宝贝在楼上呢，大哥你随我来！"

徐辉祖微扬了扬眉，笑着由锦曦带他前去。

"素翠红轮莲瓣兰？"

锦曦得意地看着徐辉祖吃惊的脸色："嘿，珍贵吧？"

"锦曦，你从何处得到此兰？这品兰花，整座南京城也找不出第二盆！"徐辉祖眼中疑虑之色更重。

锦曦心中一甜，抿嘴含笑不语。

"相传素翠红轮莲瓣兰最初是全素，有一位痴情男人暗恋一姑娘，闻听姑娘有难星夜赶去报信，心力交瘁吐血而亡，口中溅出的鲜血滴落花瓣上，如红月弯钩，所以才叫素翠红轮莲瓣兰。此兰也叫断情兰。"徐辉祖淡淡地说道。南京城中唯有曹国公府有这盆名兰，锦曦居然也有。他心里起了疑，细细观察锦曦神色，淡淡的嫣红从莹白肌肤中透出来，她娇羞无限，徐辉祖不禁暗暗叫苦，难不成锦曦和朱守谦出府之时又与李景隆有了私情？

"哦？还有这么美的传说！"锦曦想起李景隆花舫相救，一股甜意涌上心头，脸上红霞更甚。

"锦曦，你是大哥最疼爱的人，明日燕王寿辰，你不想去的是吗？告诉大哥，大哥会帮你！"徐辉祖决定把李景隆一事抛在脑后，当务之急是阻止锦曦去燕王寿宴。

"可是皇后娘娘下了旨，这不去，爹娘可怎生交代？去就去吧，没有什么的。"

徐辉祖脱口而出："可那是燕王选妃！以父亲的身份，锦曦……"

"燕王不会中意我的。"锦曦想起在朱棣的一巴掌，笃定地说道。

徐辉祖看了眼锦曦，咬了咬牙沉声道："锦曦，如果选中你了呢？"

"大哥，我不会让他如愿的，我不嫁，我……我过了寿宴就上山去！"锦曦想起了李景隆，暗下决心。

她背对着徐辉祖站着，目光温柔地瞧着那盆素翠红轮莲瓣兰，丝毫没有瞧见徐辉祖眼中的痛苦。"锦曦，这盆兰，你从何处得来？"

锦曦嘴微张，心里发慌，如此珍贵，又只有曹国公府才有，这不是不打自招？她脑中迅速转过万般念头，期期艾艾地说："守谦哥哥无意中得来，知我喜欢，就送与了锦曦。"

徐辉祖盯着锦曦良久才轻声道："好好养吧，这兰，大哥也甚是喜欢，明日要去燕王府，早些歇着，晚点大哥差人送衣裳首饰过来。"

他说完就走了，锦曦慢慢坐在锦凳上，望着兰花出神。

话是可以说不嫁，万一呢？万一选中她呢？她有些慌乱，然而不去又不行，父亲已说得清楚明白，不去就是抗旨。锦曦明眸中渐渐翻卷起愁绪。

她想起燕王冰寒的眼神，还打了她一巴掌。又想起李景隆的英姿，一时之间柔肠百结，竟前所未有的迷茫。

"小姐！"珍贝捧着衣裳饰物进来，清秀的脸上带着兴奋与笑意，"好漂亮的裙子，来试试！"

锦曦充耳不闻，只顾呆呆地看着兰花。

"哎呀，小姐！来试试吗，肯定漂亮！"珍贝说话间已抖开了衣衫。

锦曦懒懒地回头，眼中闪过一丝惊叹，这衣衫真的很漂亮。天青蓝的色泽，用软烟罗制成，捧在珍贝手中，像一个梦。裙幅用银线绣出了丛丛幽兰，绣工精致，绮丽不失清雅。这么美的裙衫，爹娘怕是对燕王选妃上了心吧！锦曦马上意兴阑珊："珍贝，我很倦，不想试。"

"可是这是驿马加急专程从江南赶送来的，夫人吩咐一定要小姐试的。"

珍贝越是这样相劝，锦曦越是没有心情。"你我身形差不多，你穿上让我瞧瞧便好，我懒得动了！"

"我？"珍贝眼中放出光彩，又有些犹豫，"可是，这是夫人专门请江南最好的绣坊为您定制的。"

"你穿上让我瞧瞧嘛!"

"可是小姐,要让大少爷和夫人瞧见……"

锦曦站起身关上了门,娇笑着:"这下好了,就咱俩知道。"

珍贝爱不释手地抚摸着衣衫,终于换上。

锦曦围着她左右看看啧啧称赞:"原来珍贝也是这么漂亮,你来坐下!"

她打散珍贝的头发,小心给她梳起发丝,用一支五彩攒珠玉簪绾好固定,轻声说:"珍贝,你以后出阁,我一定送你一件比这更美的嫁衣,瞧瞧,你多美!"

珍贝痴痴地瞧着镜中的自己,哪个少女不爱美呢。她羞涩地笑了。

"别动!"锦曦迅速铺开纸张,提笔笑道,"我画幅画像送你。"

"多谢小姐!"珍贝眼中流光溢彩,满面红晕,斯文地端坐着。就算是一个梦吧,能画下做纪念也好。

不多会儿,锦曦满意地停了笔,珍贝只看了一眼就呆住:"这是我吗?小姐?"

"怎么不是?"锦曦有些得意自己的作品。

珍贝高兴地跳起来,又慌乱地去换下衣裳,小心地捧着画出了房门。

锦曦看着她微微叹气,这种简单的快乐,似乎自己难得再有了。明天,如果皇后选中她呢?她又迅速否定,不会的,燕王会认出她,绝对不会答应。皇后定不会拂燕王心意。

这晚,她睡梦中隐约又感到有人在看她。李景隆又来了吗?锦曦刚想睁眼,却觉得身上如有千金重,眼皮睁不开,她暗暗心惊,又抵不过沉沉的睡意,只听到轻轻的脚步声走近自己,便什么也不知道了。

"老爷!夫人!不好啦!"珍贝跌跌撞撞地奔向中堂,边哭边喊着。

徐达与夫人一惊,齐声喝问道:"何事如此惊慌!"

珍贝跑进门,猛喘着气,一时半会儿竟说不出话来,手指向后院,脸色苍白。

徐达猛地站起来:"锦曦吗?怎么了?"

"小姐……小姐昏迷不醒!"珍贝说完这句话,又大哭起来。

"走!"徐达心中焦急,今日燕王寿辰,锦曦怎么会昏迷不醒?他看了儿子一眼,徐辉祖脸色苍白,也似急得不行。

他心里暗暗叹了口气，徐夫人惊恐万分地拽着他的衣袖。徐达身入万军之中尚镇定自若，当下柔声劝慰道："夫人，我们先看看再说，曦儿不会有大碍的。"

徐辉祖一瞥父亲，见他步伐稳定，丝毫不见慌乱，心里叹服。不动声色地跟着往后院绣楼行去。

锦曦早醒了，就是睁不开眼睛说不了话动弹不得。她也不急，今天燕王寿辰，如此一来就不用去赴宴了，这个帮她的人是谁呢？

"锦曦啊！"徐夫人一见锦曦面色苍白地躺在榻上，忍不住哭出声来。

徐达心里着急，请来大夫一瞧，道脉象平稳，只是瞧不出原因。

"那娘娘问起该如何是好？"徐夫人愁容满面。

"儿子有个主意，你们看！"徐辉祖拿出锦曦为珍贝画的像，得意地说道，"儿子猜皇后娘娘必是暗中观察前往的闺秀，并不会叫到身前询问。珍贝代锦曦出席，必定可以瞒天过海。"

徐达叹了口气道："只能如此，若娘娘要近看，夫人便道锦曦身染沉疴，携了义女前来便是，若不问及，就不必说了。"

徐夫人赶紧应下。

徐达目光有意无意从儿子身上掠过，什么话也没说，与夫人并肩而出。

锦曦听得分明，她瞧不见大哥的神情，却从父亲言语得知情况，心想，不去总比去的好。转眼间人已走空，屋子里安静下来。她默默地想，什么时候才能动弹呢。

时过午时，她感觉身体有了变化，手指一动，慢慢地睁开眼睛。

锦曦动动手脚，恢复了灵活。今日燕王府又会出什么样的事情呢？她好奇得很，反正不去也就管不了那么多了。她目光落在素翠红轮莲瓣兰上，想起李景隆必定会去赴宴，他若瞧到的是珍贝会是什么神情呢？锦曦呵呵笑了。

想起府里无人，锦曦百无聊赖，翻出男装迅速穿好，闪身就要出门。

一个身影站在回廊里挡住了去路。"身着男装，要去哪儿呢？锦曦！"

锦曦嘴张得老大："大，大哥……你不是，不是……"

"不是该在燕王府宴席上，对吗？"徐辉祖接口问道。

"我，我睡了一晚，身子僵得很，想，想出去走走。"锦曦被大哥撞破，想起父亲曾应允她可以随意出府，大着胆子道。

徐辉祖瞧着她，眼中露出复杂的神色，"你还是别出府的好，今日燕王寿辰，爹娘冒了危险带珍贝前去，你总得替爹娘想想才是。"

"是，大哥。"锦曦有些惭愧，竟忘了这档子事，转身便要回绣楼。

"还有，以后也不要再与李景隆往来，那般浮浪之人胸无大志，且风流成性，大哥是不会让你和他在一起的。"

"大哥，你胡说什么?"锦曦红着脸跺脚。

徐辉祖刻意留在府中，就为了断绝锦曦之念。他淡淡地说道："难道那盆兰花不是他送的吗?"他负手望着花园翠色，叹息着说，"锦曦，听大哥一句，昨晚是大哥对你下了迷药，想让你避开燕王寿宴，可是，大哥却绝对不许你行差踏错! 大哥一定护你一生，绝对不要与李景隆那种人在一起!"

"大哥! 我不过是……"

"你不用再多言，我了解李景隆比你多得多，大哥绝不允许!"徐辉祖脸上显露出坚毅之色。

锦曦心想，你真的了解李景隆? 你可知道他不仅会武且在他府中兰园时完全就是另一个人，什么浮浪之人胸无大志，必是他的假象! 想着嘴边便浮起了丝讥讽来。

徐辉祖瞧了个正着，着急地握住她的双肩，手隐隐用力，抓得锦曦呼痛也不见放松一点儿，"他成日混迹烟花柳巷，南京城谁人不知? 还记得祠堂里大哥怎么对你说的吗? 若不能有益于家族，便是平平安安地过一辈子也好，你怎么能对他这样的人动心?"

"我没有，他，他也不是!"锦曦涨红了脸分辩。

"锦曦，你听大哥一言，你想想，如若你与李景隆情愫更深，如若皇后定下的燕王妃是你，你又如何处理? 抗旨吗?"

锦曦大震，突然想到如若朱棣知道谢非兰是自己，绝对不会选自己为妃，她后退着，喃喃道："我要去燕王寿宴! 大哥，燕王绝不会选中我，我要去!"

她回身往绣楼奔去，想要换回女装去燕王府，刚走得几步，脑后风声传来，她吃惊地想原来大哥也会武，眼一黑便倒了下去。

徐辉祖轻轻抱起她，叹息道："大哥不会害你，锦曦。"

燕王寿辰，府中张灯结彩，从这日起，皇上定亲王供禄，燕王正式独立府衙。

"棣儿，你且看今日适龄百官之女中有中意之人否?"马皇后柔声问道。

马皇后没有接见百官女眷，她与朱棣及众女官侍从站在花园中的烟雨楼上，透过帘子观察着园中赏景的众家闺秀。

后园之中女眷单独成席，席后便自行于园中赏景。烟雨楼下早用奇花异草布置出美景无限，步入园中的众女会自然地走到楼前观景。

或许是默契或许早已知道皇后的意图，园中众女娉婷往来，独在烟雨楼前停留的时间最长。

朱棣一袭紫金五爪团龙锦袍，长身玉立在皇后身侧，恭谨地回道："母后着想周到，可是……儿臣现在并无心思选妃。"

马皇后瞧着满园少女争奇斗艳，温和地笑了，"这是你父皇的意思。"

朱棣抿着嘴，片刻后答："但凭父皇母后做主便是。"

不及片刻，又一群女眷向烟雨楼行来，随侍女官轻声报道："魏国公长女年方十四，今秋及笄，随魏国公夫人前来。"

帘中众人目光便投向魏国公夫人身旁穿着天青蓝轻烟罗襦裙的少女。

徐夫人心中忐忑不安，皇后娘娘并没有召见，她就知道皇后必隐于某处暗中观察，珍贝今日换了妆容，浓妆艳抹，瞧不出本来颜色。

徐达长叹一声竟默许。

徐夫人心里慌乱，紧拽住珍贝的手低声怒道："辉祖怎敢如此，还嘱你妆容丑陋！不及平日万分之一。"

"夫人，少爷不忍小姐中选，想让燕王瞧了打消主意。少爷道，如果不见人，或许凭老爷威名也会被选上。唯有珍贝浓妆难入娘娘慧眼才可能打消燕王及娘娘主意，珍贝身形与小姐一般无二。少爷心意，望夫人成全！"

珍贝说完此句突娇声笑道："娘，燕王府精美绝伦，瞧那枝玫瑰，女儿为你摘来！"说罢撸起衣袖一个箭步迈到园中，伸手便去摘花。

花茎有刺，珍贝一缩手，放声大哭起来："娘，好痛，都出血了，好痛！"随即高举着手伸到徐夫人面前撒娇。

马皇后看得眉头一皱，屋中之人无不倒吸一口凉气。魏国公之女浓妆艳抹已瞧不出本来面目，且言行骄横，当众哭闹更不成体统。

朱棣沉着脸不吭声，他早知如若选妃，皇上极有可能相中魏国公之女。

"听说徐家大小姐性格文静身体柔弱，自下山回府，大门不出，二门不迈，性情贞静。且阅书无数……"马皇后疑惑地看着眼前的一幕，回头已见朱棣目中不屑，便笑道，"棣儿，传言不可信，你父皇原本是有此意，然人总是多面的。魏国公太过宠爱女儿以致如此也是人之常情，你再好好瞧瞧吧，哀家有些乏了，王妃是一定要立的，如有你中意的更好。传旨，回宫！"马皇后见过了皇上心目中的人选再无兴致，折腾几个时辰着实也累了，瞧了眼朱棣款款起身摆驾回宫。

"儿臣恭送母后。"朱棣远远望着马皇后下楼远去，长舒一口气，回头看了眼犹在撒娇的珍贝，脸上厚厚一层白粉，双颊被胭脂染得绯红，两片红中夹着一片惨白，远远望去，只觉得活脱脱一个戏伶。朱棣笑了笑，拂袖而去。如此面目，再是魏国公府的千金，母后与父皇一说，怕也不会立她为妃了。

他想起请了谢非兰，急急行至前院，目光径直看向朱守谦，犹豫了下走了过去："靖江王！"

"燕王殿下！"朱守谦回了一礼，看燕王神色便笑道，"表弟非兰已回凤阳老家，无法前来贺寿，殿下请恕非兰无礼！"

朱棣心里失望，脸上却绽开一抹笑容："可惜啊，正想着谢公子的神箭，本想再见识一番的。"

"四殿下有礼了！"徐达也起身见礼。他目光闪烁笑道："小女为贺燕王寿辰，特意前来贺寿。"

朱守谦大吃一惊，手一抖，杯中酒洒了满桌，结结巴巴地问道："表，表妹也来了？"

朱棣目光一动，面不改色地笑道："如此有心，多谢魏国公了。"

"燕王寿辰，皇后娘娘亲发请柬，小女焉有不到之理？怕是与夫人在园中和众女眷一起。"

朱棣并不接话，温言道："魏国公亲临王府，朱棣之幸，薄酒相待，魏国公尽兴便好，本王先行一步。"

徐达拱手谢礼，眼中露出深思。看燕王这般态度，他已知选锦曦为妃无望，轻叹一声，一块石头落地，不与燕王结亲也是一种福分。

李景隆在一旁只听得锦曦也来了的话语，心里打了个突，锦曦也来了吗？他细观众人神情，见太子正在听侍从说着什么，眉心一皱又舒展开来。秦王意味深长地笑着，朱守谦惊慌地饮酒掩饰。

朱棣见着锦曦怎么没有动静？皇后娘娘是什么说辞？他一颗心七上八下，生怕朱棣选中锦曦为妃。这个念头一起，便坐立不安。

正巧朱棣心中不甚痛快，与太子及诸位兄弟见了礼便拉着李景隆道："走，与本王痛快饮酒。"

李景隆诧异地看他一眼，低声道："娘娘回宫了？"

"嗯，被魏国公之女败了兴致，早摆驾回宫了。"朱棣摇头好笑。

"殿下何出此言？"

"总之言过其实。"朱棣不肯多言，携着李景隆的手步入花厅。

李景隆一下子眉开眼笑，看来锦曦今日是没让朱棣如愿了。他心里放松，嬉笑着对朱棣也是一礼："皇上要为王爷立妃，景隆羡慕啊！"

朱棣没好气地端着酒道："好什么好啊，没一个中意的。"

"哦？前些日子听闻皇上有意在百官中为殿下选妃，今日前来佳丽众多，殿下就没一个入眼的？"

"与母后站在烟雨楼上，还隔着帘子，看上去都差不多，随便吧。"朱棣想起立妃心里就有点烦。那些莺莺燕燕实在不为他所好，又非得从中选一个。

"呵呵！"李景隆忍不住笑出声来，一半是好笑朱棣犯愁的样子，另一半着实心喜朱棣尚不识锦曦真面目。

"李景隆！"他还没回过神，一个粉衣女子已行至他身旁，伸手就拉住了他腰间的荷包，嚷道，"这个好看！你送我！"

李景隆觉得头一下子大了，想也不想解下三个荷包齐齐奉上："公主喜欢，景隆当双手奉上。"

粉衣女子愣了愣，不接荷包："这么干脆啊？我不要了！"

"阳成！"朱棣皱皱眉，不欲妹妹胡闹。

阳成公主不过十四岁，见四皇兄脸一沉，心里已委屈起来，怒火便冲着李景隆而去："我只要你一只荷包，你取下三只做甚，成心取笑本公主是吗？"

李景隆早知是这结果，但是他一遇到这位阳成公主就觉得麻烦，巴不得早打发了，根本没去细想阳成的心思，便笑着说："公主是只想要一只荷包，可是景隆却巴不得每一只都送与公主才好，臣哪敢取笑公主！"

阳成脸色阴转晴，冲朱棣一笑："四皇兄，阳成没有胡闹。"

朱棣叹了口气，微笑着说："你从景隆那里要的荷包怕是把宫里的花树都快熏死了吧？"

朱守谦一口酒喷出来，哈哈大笑："没关系，等到李景隆娶了公主，公主不要荷包，宫里的花树也一样被熏死！"

阳成却不恼，只羞得一跺脚："朱守谦你等着，我说与母后听去！"一转身，一阵风似的跑了。

李景隆这才长舒口气对朱守谦道："王爷以后切莫再开这样的玩笑，景隆从此不用荷包便是。"

朱棣忍不住也笑了，目光看着阳成的背影，禁不住也有了心思。阳成慢慢长大了，她最缠李景隆，这丫头怕是对李景隆起了心。他目光一转落在李景隆身上："景隆，去喝酒吗！"

他与李景隆两人避开众人来到后院烟雨楼。

进了烟雨楼，朱棣拎起一坛酒拍开泥封，醇烈酒香便溢了出来。

他仰首大饮一口递给李景隆，李景隆接过酒坛四处瞧瞧，却没见着酒杯。望向朱棣，只见那细长凤眼里露出促狭之意，叹了口气说："原来殿下是故意让景隆手足无措来着！"

"哈哈！"朱棣斜靠在阑干上，看着李景隆拎着酒坛不知如何下口的狼狈样儿。

李景隆捧着酒坛摇了摇头，双手举高，小心地喝了一口，滴酒未溅，满足地叹息："好酒！"

"行了，行了，我看你走哪儿都舍不得你那风度翩翩。"朱棣摇摇头，走过来取走那坛酒，拿出一只瓷碗放在桌上，又拍开一坛酒无奈地说道，"我用坛，你用碗，同样的酒，同样喝。"

"哟，殿下，这可是宋朝湖田窑的青白瓷啊！啧啧，如冰似玉，清素淡雅，摸在手里如同摸着一位色泽莹润冰肌玉骨的美人！"李景隆眼中露出浓浓的欣赏，情不自禁想起锦曦阳光下如青瓷的肌肤来。

他小心地倒了一碗酒，瞧了片刻方才饮下："还是殿下了解景隆之意，酒是用来品的，不是灌的。同样的酒，同样喝，景隆却不愿如殿下般……牛饮。"

朱棣笑了笑，不以为然。两个人一人安坐于锦凳，一人倚靠着阑干开始拼起酒来。

"景隆，你就打算吃喝玩乐过一生？"朱棣不经意地问道。

李景隆晃着脑袋笑道："能吃喝玩乐一生是景隆的福气，景隆可不喜欢战场厮杀……袍子容易脏！"

朱棣"扑哧"笑了："也罢，人各有志，我看你老子可气得很。"

"是啊，小时候我一看兵书就睡觉，晚上没脂粉香就睡不着，没少挨打。"

"那也不见你娶妻？"

李景隆面带无赖的笑容，轻声说："娶妻哪有如今陷在软玉温香中好？景隆可定不下性来。"

朱棣凤目带着微醺，似漫不经心问道："这么多软玉温香……景隆就没瞧得上眼的？"

"殿下不也没有？殿下少年英武不知迷倒多少闺秀，伤了多少女儿心呢。"李景隆端起酒碗嗅嗅，满意地饮下，一副吊儿郎当的模样。

两个人从小一起长大，朱棣生在军中，与李景隆之父李文忠十分熟悉。李景隆比他大两岁，时常被李文忠骂得狗血淋头，兵法武艺悉数教给朱棣，边教边骂儿子不争气。

朱棣听得多了从小就对李景隆感兴趣，他很奇怪李景隆怎么就和他老子不一样。不喜欢打仗，一提兵法就头痛，一说玩乐精神就来了。他老子的威风到他身上一丁点儿影子都见不着，成了被曹国公挂在嘴边的败家子。

但是朱棣又发现李景隆有个特点。他似乎能与所有的人都玩到一起。不论谈天说地，吃喝玩乐，他都很懂得享受。这让与他在一起的人特别放松。

朱棣心里总有着说不出的奇怪感觉。这种感觉吸引着他与李景隆步步接近，但却总是发现不了他的另一面。朱棣不信李文忠的儿子会是个只知风月的浮浪公子，然而任他时不时百般逗弄，李景隆丝毫没有露出他想见到的另一面。

心念转动，朱棣又笑了："阳成十四岁了，景隆若愿做驸马都尉，享一世富贵也遂了你的愿了。"

李景隆半张着迷离的眼，伸出一根手指头摆了摆："不不不，这驸马都尉是绝对不能做了，我可不想阳成天天跟在身后嗅我的味道，又去哪儿喝花酒，又染了些什么香，然后告到皇上跟前去，又挨训斥。皇上最是深恶痛绝风流奢侈之人，殿下，你还是饶过景隆好了。"

"呵呵，景隆终是要成亲的，父皇母后要给我立妃，景隆年长于我，怎可不娶妻呢？景隆心喜哪种女子？"

"殿下呢？父亲骂景隆已经骂无可骂，殿下可是马上就面临立妃成亲！"

朱棣没好气地抛出一句："无中意之人，实在不行，就娶了魏国公家那个泼辣娇女罢了！"

李景隆手一抖，酒撒了一身，朱棣惊讶地看他一眼。李景隆哈哈大笑："醉了，景隆醉了，殿下也醉了，若依殿下所言，以后燕王府可永无宁日啊！"

"我长于军中，军士服气，还驯不服一个女人？再泼辣进了燕王府也得乖乖听话！"朱棣冷哼一声，傲气十足。

李景隆心里着急，生怕朱棣真的就娶了锦曦。他不知道今天是怎样给朱棣的泼辣娇女印象，而朱棣居然没有认出她来，一时之间竟找不出话来。

只见朱棣颓然放下酒坛，嘀咕道："就是她那张脸，看了做噩梦，连驯她的心都没了。"

"噗"的一口酒从李景隆嘴里喷出，朱棣说锦曦的脸看了会做噩梦？酒呛进气管，李景隆呛咳着，笑得趴在桌子上。

朱棣眼一寒："笑什么？让你娶她，我估计你什么风流样都保不住！"

"我娶！我李景隆愿娶！哈哈！"

"你？得了吧？告诉你，我母后看了都摇头！"

李景隆放下酒碗认真地看着朱棣："殿下，若是皇上要定魏国公之女为燕王妃呢？"

"不会，母后今天定回禀了父皇今日所见，必然打消此念头！"朱棣冷然地说道。

李景隆长舒一口气，打定主意，回府便央求父亲去魏国公府求亲。此念头一出，他就再也坐不住，放下酒碗站起身："殿下，景隆酒意上涌，酒这东西，醺醺然是最好，再饮便失了酒意了。告辞了。"

朱棣点点头。李景隆走后，他放下了手中的酒坛，唇微启，无声地笑了。李景隆，你忘了，咱俩是从小玩到大的，你居然会震惊地洒出酒来？"来人！"

燕三轻立门前："主公！"

"盯着朱守谦与李景隆！"朱棣淡淡地说。

"是！"燕三转身就走，又被朱棣叫住，"去弄幅魏国公府大小姐的画像！探明了究竟是什么样的人。"

初蝉轻鸣，夏意转浓。阳光透过绿意猫着身要钻进屋子，绢纱窗格子挡不住，光影便肆无忌惮地把斑驳的影子印在室内的家什上、地上。

锦曦爱怜地捧着白玉盆移到僻阴处，小心浇了水，瞧见花已有谢意，便叹了口气。想起李景隆月夜赠兰，嘴角不自觉地露出一丝笑意。

"锦曦！"徐辉祖大步走进来，瞧锦曦背对着他坐着，不觉黯然。

锦曦没有回头，仿佛当他不存在似的，锦曦起身自顾拿了本书倚在榻上看。

徐辉祖心口像被针扎了一下，惊痛蔓延。珍贝担心地看着他，目光落在那双紧握的手上，轻声说道，"我去给大少爷端茶！"

"珍贝，不用！"徐辉祖沉声叫住珍贝，慢慢地说道："你是怪大哥打晕了你，不让你去赴燕王寿宴对吗？是怪大哥拿了主意却不问你的心思对吗？锦曦，李景隆有什么好？只知吃喝玩乐的败家子，身边脂粉成群的浪荡子，大哥不喜你嫁给燕王，更不喜你嫁给李景隆！"

"他不是！"锦曦扔开书跳起来与大哥怒目对视。她一字一句地说，"李景隆绝不是大哥眼中的败家子浪荡公子！他不是！"

徐辉祖有点不敢相信自己的眼睛，眼前这个发怒冲他大吼的女子是她温婉可人的妹妹锦曦？"好好，他不是，走！"徐辉祖拉住锦曦的手就往外走。

锦曦只觉得大哥的手如铁箍一般钳住手腕，她怒极："放手，带我去哪儿？！"

徐辉祖冷笑一声："大哥现在就带你去看看李景隆现在在做什么！"他一用劲扯住锦曦就往府外走。

锦曦深知大哥有功夫而自己却不便显露武功，挣扎不得被他拉上了马车，坐下后就赌气不语。她回想起在曹国公府兰园里见到的李景隆，那身月白长衫，过招时的潇洒，黑夜来绣楼时放下兰花时对她微笑。还有那纸素签，上面落下的深情款款……

不是，李景隆绝对不是表面上看去的那样。他为什么要隐藏？以他的功夫，就算当时比箭也不见得自己能赢，他为什么要把自己的风流成性让满城皆知？锦曦不知道为什么，她想，一定是有别的原因，一定是。

马车在夫子庙旁的柳巷停下，徐辉祖掀开帘子出了马车伸手扶下锦曦。

柳巷幽长，空气中弥漫着胭脂水粉的味道与隐约的丝竹声。锦曦不用再猜，已明白这是南京城名妓的私宅聚集地。

徐辉祖看了眼锦曦，迈步向前，径直走到一处紧闭的黑漆大门前。锦曦情不自禁抬头一看，上面写着"落影楼"。

一丛修竹从砖雕楼墙上探出头来。隐约的丝竹笑声顺着竹梢滴落在青石板上。锦曦突然觉得难过，不管李景隆为了什么掩饰自己，她，都不想看到。

"大哥，不去了。"锦曦低声说道。

"锦曦，你信了大哥吗？"徐辉祖有点惊喜。

锦曦摇摇头："见与不见都是一样，大哥，他不是那样的人，绝对不是！"

她低着头走回马车，身子陡然被扯着一个趔趄，"啊！大哥！"

"他不是那样的人？他今天请媒人上门提亲，你可知道？提亲的同时他竟还在落影楼与南京城最娇媚的名妓落影厮混！你不亲眼瞧瞧你怎会死心，走！"徐辉祖沉下脸吼道。

锦曦却被他的话震晕了，请媒人上门提亲，他请人上门提亲？锦曦脑袋一下子迷糊了起来，心里装着的全是窗外那双炯炯有神的眼睛，无声冲她露出的温柔笑意，兰园里李景隆手拈兰花的潇洒。

"李景隆！"

丝竹声应声而停，堂前花树下李景隆手执一管玉笛，他身前靠坐着抚琴的名妓落影。他诧异地望着破门而入的徐辉祖，脸上习惯性地浮起玩世不恭的笑容，那笑容刚从嘴角漾开，眼神便沉了下去。

锦曦木然地站在徐辉祖身后。她脸色苍白着，双眼无神，似瞅着他，又似没有看他。

李景隆眉一皱已站了起来："景隆有礼了。"

"李公子不必多礼，不请自来实在冒犯，回头给落影小姐好好赔礼，我来，不过是想告诉你，小妹绝不会嫁给你，家父也是断然不会应下这门亲事的。"徐辉祖目光轻蔑地从李景隆身上扫过。

李景隆呆立当场，徐辉祖竟然带了锦曦来落影楼当众拒婚！没想到浪荡子的花名到头来终还是害了自己。他张张嘴又闭上，盯着锦曦眉宇间笼住的那抹忧伤目不转睛地瞧着。心一阵阵地往下沉，她在意了吗？她那么清纯她怎么会不在意？李景隆一急，脱口而出："徐公子你怎能不问锦曦的意思！"

锦曦这才回神，看了眼李景隆，他不再是兰园中白衫飘飘的李景隆，也不再是夜入绣楼解下蒙面黑巾冲她微笑的李景隆。他衣衫华丽，一如比箭之日。他的两个面目都这般真实，自己心动的不是这个人，不是这个与名妓落影温柔缠绵琴笛鸣奏的花花公子！

目光移到落影身上，见她腰如束素、齿如含贝，娇媚不可方物，这般媚色连自己都心动。锦曦心里突然就难过起来，眼睛看到那管玉笛，他不是浪荡公子，也是多情之人，锦曦初动的芳心一颤，生出一缕伤感。

"问小妹的意思？"徐辉祖冷笑一声，斥责道，"你与落影姑娘琴笛合鸣，郎情妾意，还需要我问小妹的意思？"

锦曦难堪地转过头，扯扯徐辉祖的衣袖，眼中露出乞求的神色。

落影见惯了达官贵人，不见丝毫慌乱，轻叹口气道："落影连累公子了。"

李景隆瞅见锦曦的脸色反而哈哈笑了："有落影为知己，景隆之福。"语带轻佻，目光却一直看着锦曦。

这时还敢与烟花女子调笑？徐辉祖气得不行，沉声喝道："看明白了吗？这就是今晨还请人来府中提亲之人！无耻之极！我们走！"

锦曦心里难过，照理说，他该惊慌失措急声解释的不是吗？为什么，明明见大哥这般气恼，他还越来越放荡？锦曦张张嘴又咽了下去，转身便随大哥离开。

"小姐请留步！"落影温柔地开口道。

锦曦停住脚看了眼大哥，回头对落影勉强一笑，"何事？"

落影拉住她，不落痕迹地塞了张纸条与她，轻笑道："小姐貌若天仙，千金之躯能来落影楼，奴家忍不住想多瞧上几眼。"

锦曦脸一红，不知如何回答，也不敢看李景隆，接了纸条转身就走。她不知道该说什么才好，李景隆就这样，连辩白都没有一句吗？

瞧着她走出落影楼，李景隆才收了嬉笑之色，沉默了。他万万没有想到徐辉祖带着锦曦找到这里来，他一心还等着今日回府听媒人的好消息。

断不会将锦曦嫁给他吗？李景隆心里涌出一种愤怒，对徐辉祖的怒。他怎么能带锦曦来这里，这种情况锦曦怎可再相信他？她再平静他也瞧出她眼神中的失落。从来游戏脂粉丛中的李景隆一时之间竟不知如何是好。当面解释是枉然，要他当着落影的面表露真心吗？他还从未做过这等事！这让他如何立威？！

他手中握紧了玉笛，听得"啪"的一声轻响，笛身碎裂，掌心一阵刺痛，鲜红的血滴落下来。

落影心惊胆战，赶紧扯了白布与他扎住伤口，瞬间血迹浸出。她瞧着惊心，颤抖着声音唤道："公子……"一丝落寞从心底里泛起来，她嘴里发苦，终于忍不住轻声又问，"那，那女子就是公子的心上人吗？"

李景隆脸色一正，玩世不恭地笑了，"落影，你跟了我多久？你家公子是这样的人吗？你以为你家公子真的便会对她上心？"

掌心传来的刺痛提醒他现在的身份和所处的位置，目光淡然地落在几上的一盆兰上，他曼声吟道："抽茎新绿素芳容，暗香徐来花落影，落影，本是最孤高的兰，孤芳自赏之。怎么，嫉妒了？"

落影一惊，已跪伏于地："是，落影自当谨记公子教诲。落影若有了欲念，就不是落影了。"

李景隆温柔地扶起她，小心挽起落影面颊上散落的一缕发丝："人有七情六欲，落影从山间来到人世，自也如此，只是，"他眼中露出刀锋般的利芒，"若与其他花种在一起，于野草又有何区别？"

落影不敢直视他的目光，冷汗涔涔而下。

"你当初选择当落影，就再无回头之时。"李景隆的手轻触着兰叶不紧不慢地说道，感叹一声，"兰香若即若离，却煞是诱人。"

"公子……"

李景隆回头温柔地注视着她："我也概莫能外。落影，不是公子无情，我再让你选一次，是入我曹国公府，还是做你的落影？"

落影心中百转千回。挣扎着还是吐出一句："公子府中兰园珍品甚多，此间只有一盆落影。"

轻轻的笑声从李景隆喉间溢出，他抬起落影的脸笑了："秦淮河上的新花魁，落影当之无愧。"

傍晚时分，锦曦避开珍贝悄悄出了府，来到落影塞给她的纸条上约定的地方。这里正是秦淮河边。天边的晚霞似锦，沿河粉墙高耸，骑楼宽敞，乌瓦小楼鳞次栉比，依河而建，偶见下到河边洗衣的下女，南京城的繁华只看这条河就可窥得一斑。

河边垂柳护着清波荡漾，远远望去，初夏的绿意朦胧写意。锦曦笑了笑，不久前，一场大火烧了玉棠春。事情转眼就被水流冲得无影无踪。玉棠春没了，今年端午观灯，又是选花魁的时候了吧。

她回到南京不到两年，竟见识了这么多人物。温润的太子，和蔼的秦王，狠辣的燕王，深藏不露的李景隆，还有，神秘莫测的大哥。还有……憨直的表哥。想到朱守谦，锦曦忍不住觉得温暖。这些人里，最温暖的人竟是那个骄横的表哥。

站在这里回想玉棠春的一幕，锦曦心里一阵失落一阵感动。闭上眼翻江倒海想的却是兰园内李景隆身着月白长衫的身影。

她究竟是因为他日日送兰而感动，是留恋兰园内的那个潇洒俊朗之人，对他黑夜里无声的一笑动心吗？然而他却又在提亲之时浪迹烟花地，不做任何解释。锦曦心情混乱，看着手中捧着的那盆素翠红轮莲瓣兰出神。

新月初上柳梢头，锦曦呆呆地站在河边时，李景隆也痴痴地瞧了她许久。终于长叹一声轻声唤她的名字："锦曦。"

锦曦回过头，怀里还抱着那盆兰花。李景隆的心往下一沉，背变得僵直，什么话也没说。

"你，你约我来，不想对我说什么吗？"

李景隆慢慢笑了，目光从她手中的兰移到她脸上，浮浪之气顿现："还要我说什么呢？"

锦曦定定地看着那个笑容，她弄不明白他的意思，想起落影楼中李景隆与落影相偎依的那一幕，她轻咬了下唇望着李景隆道："这兰太珍贵，我，养不起。"

只呆得一呆，李景隆已脱口而出："天下间，只有你能！"他似乎有点吃惊自己的急切，隐去了那个笑容，一咬牙轻声道，"锦曦，我是真心。"

真心，真心会无话可说？锦曦瞧着李景隆，勉强地笑了笑，真心就是如此？只能如此？他的真心对自己又有多少？她真的不了解他。他可以温情脉脉日日赠兰，也可以瞬间工夫杀了五十七个人。今日所见的李景隆与她眼中看到的真的是两个人。一个人怎么会有两种不同的面目呢？锦曦觉得累心。

她把兰花放在地上，慢慢走开："你是多情之人，锦曦……"

李景隆眼中冒出怒火，他都这般冲动地表白，还想让他怎样？手一把拽住了锦曦的胳膊："难道你不肯信我？"

"我，"锦曦苦笑，不是她不信他，她只是分不清也认不清他究竟是什么样的人。"你为何要有两种不同的面目？你为何要掩饰武功？这些倒也罢了，为何今日提亲又去烟花柳巷？为何当着大哥的面还与烟花女子调笑？你纵然救了我，可是那么短的时间里，你竟杀了玉棠春五十七个人，你究竟是什么样的人？"她声音里带了些颤抖。锦曦忧伤地想，难道真的是在意了，所以才会质问于他？她凝眸看着李景隆，心里只有一个声音，给她一个答案便好。

李景隆身体一震，他一个问题也回答不了。不是没有答案，而是不能说。

沉默在两人之间散开。等不到一句解释的话，锦曦长叹一声，失望离开。

"锦曦，如果有一天我都告诉你为什么，你……"身后传来李景隆略带痛苦的声音，锦曦只愣得一愣便抬步走开。

"今时你不肯说，他日，也不必说了。"锦曦回头看着李景隆，泪光盈动，目光清明。一颗想系在李景隆身上的心瞬间没了着落，变得空了。她想要的，不是这种。

李景隆锦衣飘飘站着，嘴紧紧地抿成了一条线。

"你有苦衷，为何不能告诉我？"

"哈哈！锦曦，我没有，叫我如何说？"李景隆朗笑出声，瞅着锦曦的眼中飞快掠过一抹伤痛。

"你若没有，为何又说总有一天告诉我为什么？"

李景隆沉默了片刻。新月如钩，那月尖的一点像捏碎的玉箫戳破了肌肤，带着难耐的痛楚。告诉她？她这么小，她真能理解？李景隆不信。想想自己，他呵呵笑了："我逗你玩呢，锦曦。其实你叫非兰才好，当日比箭之时你装天真烂漫瞒过我和燕王，我就想逗着你肯定好玩。"

"好，我想要的，是能互托真心，相互信任之人。我知道你有你的理由，可是，那不是我想要的。除非不让我觉察，否则，我断然不会接受一个浑身都是秘密的人。一个口说真心，却不能信任我的人，我不要。"锦曦黯然，她向来不喜欢拖泥带水，此时心意已定，竟也有种痛快。说完转身就走，再不回头。

信任，这天下没有我能信任的人！瞧着锦曦娇小的身体消失在视线中，李景隆胸中气闷，一抬脚将地上的素翠红轮莲瓣兰踢向河中。

"咕咚"水花溅起，重重敲在李景隆心里，他突然飞身跃进水中。等冒出水面，浑身湿透，衣衫滴着水，手里却紧紧抓着白玉盆。他如获至宝地捧着，心痛至极。

兰叶浸了水，越发娇艳，李景隆伤情地瞧着，喃喃道："最痛苦之事莫过于知道却不能说，锦曦，你弃我，他日我必让你体会同样的痛。"

话一出口，那个站在窗边痴望着他的锦曦，那个倚在美人靠上，长发委地，宛如一只蝴蝶的锦曦却是飞走了，一去不回头。

李景隆深深地呼吸再呼吸，也挡不住从心底深处泛起的无奈与痛楚。捧着白玉盆的手微微颤抖着，胸口似有一团火在烧张嘴便能喷出，也是他隐忍功夫强，竟死死闭了嘴，默默地压下心口的那股抑郁之气。

他望着波光粼粼的秦淮河，想起从玉棠春船上小心抱起她的瞬间，触手的温软。发现她是女子时的惊喜让他有些惊慌。身侧的红粉众多，却无人能在瞬间牵扯他心动。留下兰花，他是冒了危险，犯了大忌。可是他还是留下了，留的还是兰园中最珍爱的素翠红轮莲瓣兰。

"断情兰！"李景隆苦笑，锦曦，难道我真的要为你啼血断情吗？自己可真是有先见之明，什么兰不选，偏偏选中这枝。

他怔怔地站了良久，才缓缓抬步往府中行去。

"锦曦!"朱守谦的声音一如既往的大声。

听到上楼的脚步声越来越近,锦曦换了下姿势,拿着书眼皮都不抬一下。

锦曦如今却不想出府,总觉得最近每次出府都遇到不好的事情,人变得懒散起来。徐辉祖见她把府中的兰草全部移走,再不养兰。有几分了然也有几分欣喜。

这日他跟着朱守谦一同来到绣楼,见锦曦懒洋洋地靠在榻上看书,对他们的到来不置一词便柔声道:"锦曦,今日端午,你换了男装与守谦去观灯游玩吧。听说,今晚秦淮河上还要选花魁,甚是热闹!"

选花魁吗?锦曦自然就想起了落影。那般千娇百媚的人儿,若是去争花魁,李景隆必然要前去捧场,掷千金博红颜一笑才不负他的风流之名呢。

"大哥,最近身子乏,不想动。"

"锦曦,你闷在府中久了对身体不好,走吧!"朱守谦热切地说道。生怕锦曦不去,又加了一句,"我,八月娶妃后去了广西,怕是再也看不到了。"

锦曦心中一软,看朱守谦殷切地瞅着她,想起他平时的好处便点头应允下来。她懒心无肠,竟没注意到大哥眼中飞快掠过的喜色。

"殿下,靖江王足不出户,李景隆日夜混迹柳巷。魏国公长女并无画像,传言体弱多病三岁抱入栖霞山庵堂休养,才回府一年多。常居后院绣楼,深居简出，足不出户，甚是娴静。"

朱棣安静地听完，突问道："徐辉祖呢？"

"听说端午要陪着太子夜游秦淮，皇上已经准了。"

"夜游秦淮？"

"听说靖江王要去观灯。"

"看来今年端午秦淮河上真够热闹的，去，打听清楚了。今晚选花魁他们支持何人！"他淡淡地吩咐道。

燕三突道："属下该死，还有一事，殿下生辰之后，李景隆遣媒人去魏国公府提亲，魏国公尚未回府，徐辉祖当场回绝。听说徐辉祖还拉着妹妹去烟花地寻到李景隆，当面斥责李景隆。魏国公千金见比不得落影娇媚，伤心离去。"

朱棣眼睛一亮，嘴边渐渐露出笑容，李景隆事事求完美，他怎会看上那个泼辣娇女？真的上心了？若真是上心，又怎会在提亲后又混迹在烟花柳巷？魏国公千金体弱多病？去那种地方寻人也不嫌丢人！他哼笑了一声。

"还有，听说秦淮五艳中，落影楼的落影姑娘与李景隆甚是交好。今晚争花魁听说李景隆与靖江王都下了重注。"

朱棣剑眉一扬，兴趣来了。

"殿下，皇上有旨，请您入宫。"侍从急急来报。

"燕三，你给我盯紧了，这事越来越好玩了。"朱棣吩咐完，换了衣裳进了宫。

朱红的宫墙绵延不绝，金黄的琉璃瓦直铺到了天尽头，每每踏着金砖进宫，朱棣就有一种孤单涌现，走在这里，他只能听到自己的脚步声，感觉自己是一个人。

自从搬进皇城，天就变得小了，却还得老老实实在里面圈着。动静之间都觉得在台上演戏，一个不留神就会被人瞧见说行差踏错。朱棣微微扯动嘴角，凤目冷冷从面前的汉白玉栏柱上的腾龙转过。

心里暗暗叹了口气，定定心神，他敛眉顺目地走进了乾清宫。

"儿臣给父皇母后请安。"伏地三叩后，他起身垂手肃立。

"棣儿，诚意伯刘基去世了，朕心里难受，又闻彰德、大名、临洮、平凉、河州受灾，你带朕的旨意去凤阳，如果灾情确实，就免了那几处三年的赋税吧。"

"儿臣遵旨。父皇，赈灾事宜不是大哥在主持吗？"

"地方太多，他身处南京，如何得知地方情况，你代朕去瞧瞧。"

朱棣心中打鼓，这是什么意思？难道地方有情况？为什么叫他去？习惯性地在心里思考父皇的每一句话，嘴里已恭敬地回道："儿臣这就打点行装去凤阳。"

"不急，过了今儿端午再去吧。"

"是！"

"棣儿，"马皇后温和地叫住他，"关于立妃之事，缓缓再说，定给你找个称心如意的。"

"父皇母后做主便是。"朱棣恭谨地说道。

朱棣走后，马皇后看了眼皇帝，叹了口气："魏国公之女……"

"知道了，朕现在也无心思，以后再说吧。"

马皇后松了口气，委实对那天见着的魏国公千金没有好感。

这日端午，夕阳还留余晖，照得十里秦淮金波荡漾，两岸金粉楼台栉比鳞次，河面上画舫小舟穿梭往来。只待日沉远河，这端午灯会便将热闹登场。

朱守谦包了条花舫，与锦曦坐着等待好戏开场。这回他有了事先准备，如数家珍似的给锦曦介绍起今晚最有希望争得花魁的几家青楼来。

圆月初升，温暖澄黄高悬于天幕。秦淮河上灯影缥缈。华灯璀璨的彩舫，高官富商的大船，歌女的小艋舟穿梭往来。丝竹之声渐起，十里长河如梦里的仙境，流光溢彩，美不胜收。

"来了来了。"朱守谦兴奋地喊起来。

锦曦走到船边，河上缓缓出现几艘灯饰华丽的花舫。

"那是景玉阁的花舫，头牌姑娘唤绣春，年方十六，一手好琵琶。那是夏晚楼的，头牌姑娘名流苏，年方十七，擅书画诗词。那个香飘院的，头牌姑娘叫兰归，年方十六，擅舞。还有这艘，是暖香院的，头牌姑娘是红衣，年方十五，年纪最小，歌喉也是一绝，再就是咱们所在的落影楼的落影姑娘了，琴声绝唱。"朱守谦摇头晃脑地说道，"秦淮最负盛名的五妹，还有那艘，那是落影楼的，落影姑娘色艺双绝，今晚争花魁真热闹啊！锦曦，你知道吗？李景隆可是赌上了落影，我下了重注在红衣身上，我最喜欢听红衣唱曲，看谁人能与红衣相争！"

锦曦呵呵笑了，听得李景隆力捧落影，心里一黯又变得坦然。觉得还兰之事做得实在干净利落，她笑道："铁柱，我帮你！我们一定赢！"

见锦曦恢复了生机勃勃，朱守谦难得地正色道："锦曦，别的人我不知道，我可怕你装闺秀的模样！"

"难道我不是大家闺秀？你说说，这琴棋书画，文治武功，我哪样不会？"锦曦噘起嘴不服气，眼珠一转突道，"铁柱，我也去争花魁好不好？"

朱守谦吓了一跳，死也不肯："若是传扬出去，姨母和你大哥不剥了我的皮才怪！好锦曦，咱们就瞧瞧热闹可好？你千万别再捅了娄子，听说，今晚太子殿下也会夜游秦淮，你大哥紧随着太子，若是被认出来，魏国公颜面何存？"

锦曦瞬间明白大哥让她出来游秦淮观灯的用意，气得粉脸刷白，大哥真够上心的！她声音一冷："铁柱，你遣人打听一番，太子是否也捧花魁？我们可不能输！"

"好好，"朱守谦连声答应下来，他唯恐天下不乱，就想着今晚热闹一番，不仅要把李景隆比下去，还要比过太子。

一缕歌声飘起，锦曦仿佛听到了夜莺婉转，忍不住走到窗前观看，这歌声正是出自暖香院。暖香院花舫船头一个全身着红衣的姑娘捧了琵琶轮指弹动，脆如落珠。

红衣歌声清艳，脆响如珠又丝丝清音寥寥，唱的正是一首《雨霖铃》。

"……执手相看泪眼，竟无语凝噎。念去去、千里烟波，暮霭沉沉楚天阔……此去经年，应是良辰好景虚设。便纵有千种风情，更与何人说。"

锦曦瞧见暖香院花舫四周小艇林立，上面伫立的书生面带痴意，不觉莞尔。

"如何？红衣的声音听着就让人醉！"朱守谦啧啧赞叹。

"似暖香如蜜糖，甜润悠长。"锦曦呵呵笑道，"守谦哥哥好眼力呢，红衣歌喉清丽又不失醇意，很好听啦。"

只见一曲罢了，花束打赏如雨般飞向暖香院的小舟。原来今日花魁赛是以各花舫所获花束和打赏多少进行评选。花舫各有五只小舟，标明记号，游弋于河上收花束。

红衣一曲开场，别的花舫头牌也纷纷献技。

锦曦站在花舫之中凝目看去，只见花舫前各搭起一座绣台，或以鲜花修饰，或轻纱若隐若现，少女裙衫飘飘，登上绣台各自献艺。一亮相便引来两岸呼声不绝。

朱守谦边喝酒边瞧着乐："锦曦可有妙计让红衣胜人一筹？"

锦曦笑了笑答道："只要守谦表哥肯出银子，这又有何难？"低声对朱守谦说了几句。

朱守谦大喜，唤来一个人吩咐几声。

一炷香之后，朱守谦花舫船头站出一个人大呼道："我家公子独钟情红衣姑娘，出银一千两买花送红衣姑娘！"

船头打开一只木箱，上面一层白花花的银子在灯下生辉！

四周一片哗然，一千两银子委实不是小数目。四周目光便望向了暖香院，红衣轻轻巧巧一施礼，表示谢意。

锦曦笑道："有钱就是大爷，花钱买个面子，银子给足了，看银子的人会比看红衣多。"

朱守谦喷笑："箱子面上是铂纸折的银元宝，下面空空如也！你怎么尽出馊点子？明日我还不是得凑够千两银子送去！"

"不作弊，难不成谁真的今晚带着金山银海来比富？怕是花舫也载沉了！拿银票又撑不出场面，哪有白花花的银子看着耀眼？"锦曦理所当然地回答，就等着看李景隆和别的人如何出招。

正说笑着，听到河中一花舫中传出一个声音："我家主人赠银两千两与夏晚楼流苏姑娘买花！"翻开两只箱子，银子的光芒让围观之人啧啧惊叹！

真带了银子来比富？锦曦眉一扬，摊摊手无奈地看着朱守谦道："没法了，这可比不过！不知是何人竟有如此大手笔！"

朱守谦起了争斗之心向锦曦求恳道："锦曦你可还有良策？"

锦曦笑道："此时若有梅花当是如何？"

"夏季有梅？当是无价之宝。"

锦曦又在朱守谦耳边一阵低语，安然饮酒。片刻之后船头站出一人喊道："我家公子赠红衣姑娘腊梅一枝！"

岸边花舫间顿起惊叹之声，时值夏季，腊梅断然不能开花，而月夜灯影之中，朱守谦花舫上灯笼照着一株虬枝梅花开得正盛，腊似的梅瓣，风里隐隐有梅香传来，红衣又高出流苏一筹。

这时听到李景隆朗声道："落影姑娘景隆倾心，特赠水晶墨兰一盆。"

绣台上琴声一颤，仿若落影心在颤抖。

只见两名侍者抬着一个玉盆，兰叶舒展，盆中有碗大墨黑如玉的兰花。锦曦嘴张得老大，天下间竟有此墨兰。转而心里又一阵酸楚，她怔怔地想，李景隆的珍兰当真不止素翠红轮莲瓣兰一种，隐隐叹了口气，越发觉得他不可揣摸，早断了……早好。

方才赠银两千两的声音又冒出来："我家公子赠流苏姑娘腊梅一树！"

锦曦大惊，掀起帘子看去，她有一枝，那人就有一树，而且反应如此之快，是和红衣杠上了。这人是谁呢？她正疑惑间，听到五妹再起歌舞，小艇收了各种装点花牌而去。

月至中天，一只花舫出现，船头站着太子秦王与徐辉祖，锦曦赶紧缩回舱中。没过多久，花魁大赛的组织者笑着宣布结果："水晶墨兰天下少有，纵得腊梅巧夺天工，断然及不上兰之贵重。今年花魁是落影楼的落影姑娘！"

两岸欢声雷动，花魁之争不过是端午添景之作，百姓图个热闹便了，更何况五妹齐艳，实难分上下。只有朱守谦扼腕叹气，输给李景隆他心中不痛快。

锦曦见到太子诸人已无兴致，连声催着朱守谦离开。

这时对面传来一声清越的笑声："那不是守谦的花舫么？请靖江王过来饮酒！"

锦曦恨得咬牙，正是大哥徐辉祖的声音。

朱守谦不明所以地看着锦曦挤眉弄眼，他玩兴正高，应了声便拉着锦曦过去。锦曦把手一甩，示意不去。朱守谦只得自己独自上艇，锦曦正要吩咐把花舫划开，只见又一只小艇飞快驶来，徐辉祖站在艇上衣衫翻飞，竟亲自前来。

见大哥上得花舫，锦曦沉了脸，侧过身不理他。

徐辉祖疾步上前，一把拉着她的手沉声喝道："不准闹性子！"说着就携了她上艇。

她没有说话，眼中带着一股寒气直逼视过去。

徐辉祖身子一震，情不自禁地分辩："太子殿下喜欢你。他日……"

不容他说完，锦曦冷冷地打断他："大哥，你终究是我的大哥，锦曦却非大哥所能左右之人。大哥才华冠绝应天府，何必对自己这般不自信？非要用锦曦去巩固前程！"

她说着心里便有些难过，长叹一声道："山中方知清静，世间难寻真情，大哥，锦曦山中十年，从无怨恨爹娘大哥狠心薄情，你太让我失望。或许，算命的说得对，我终是要克大哥的。除此一事，锦曦原打算唯大哥之命是从……大哥方便，替锦曦多谢太子殿下探病的美意。"

艇至花舫，锦曦飘然登上花舫。徐辉祖呆若木鸡，他断然没有想到锦曦竟是这般决绝。他一直以为太子玉树临风，乃人中龙凤，他日登基便是天下之主，锦曦年纪尚幼，终会明白他的苦心。没想到锦曦会这般斥责于他，与平时见到他的软弱听话模样判若两人。

锦曦上得花舫，听朱守谦正在吹嘘方才如何作弊，竟当笑话来说，博得太子秦王哈哈大笑。

"非兰免礼！"太子抢先一步拦住锦曦。她与徐辉祖同时到来，便明白她便是徐辉祖的妹妹，温润的眸子里透出惊喜的笑意，想起燕王生辰被魏国公之女吓了个半死，心道锦曦也不是只对他无情。此时再见到锦曦男装玉雪可爱的模样，当日府中被婉拒的难堪顿时抛在九霄云外，"非兰真是聪明，不知夏季何来腊梅？"

"回太子殿下，梅是以腊为花，含香而造，没想到对方竟能识破，造了一树，非兰真是惭愧！对方才是高人！"锦曦低头回答，心道太子不以自己本名相称，自是不欲他人知晓她是徐锦曦了。

秦王呵呵笑道："高人来了。"

只见两只小艇划向花舫，远远看见舟上站着燕王与李景隆二人。

锦曦哀叹，怎么都遇到了。她实在不想与李景隆碰面，又避无可避，板着脸缩在朱守谦身后不语。

燕王着一身白衣福字底常服与李景隆黑底亮金深衣一白一黑飘然而来。朱棣身形高大潇洒，李景隆则带着惯然的玩世不恭。各有千秋，均是少年英俊。两个人踏上了花舫，不约而同地把目光落在了锦曦身上。

"四皇叔！"

这两个人都不是她想见的人，想起朱棣的一巴掌，锦曦便恨得牙痒。见他少年风流样，心中一动，跟着朱守谦行礼："非兰见过四皇叔！"

朱棣一愣，想起谢非兰是朱守谦的表弟，这样称呼他也没什么不对，可心里就是总有点不自在，凤眼眯了眯摆了摆手。

李景隆默然看着锦曦，想起她送兰断情，怒气涌现，皮笑肉不笑地招呼一声："非兰多日不见越发的精神了。我可是一直想再见识一番非兰的骑射功夫！"

徐辉祖一愣，目光在锦曦身上打了个转，见太子一直看着锦曦，听到都称呼她为非兰。他聪明透顶，瞬间便明白必是锦曦换了男装改了名字。原来锦曦还会骑射。徐辉祖觉得自己真的太不了解这个妹妹了。

锦曦一直不看李景隆的眼睛，垂着眼眸硬着头皮道："非兰末微技艺，李世兄过誉了。"

李景隆笑嘻嘻站着，就等着锦曦看他，可是却一直等不到锦曦看过来的眼神，心里又酸又痛。今晚瞧见她，往日锦曦的模样又浮上心头。怔怔间突然感觉秦王、燕王投过来的目光，努力挤出一个笑容转开了头。

秦王总觉得气氛不对，这二人一进来就盯着谢非兰，沉吟一下便转过头问朱棣："四弟真真大手笔。带这么多银两捧花魁。"

场中诸人脸色均一变，要知道皇上提倡节俭，燕王游秦淮河倒也罢了，出手两千两捧花魁若是被皇上知晓，少不得狠狠教训。

锦曦想到当日不过提了句玉棠春就被朱棣冷嘲热讽，就存了看好戏的心思。

"二哥，那是假的，用铂纸赶制，无人上船验货罢了。"朱棣轻轻一笑说道，"倒是守谦有钱，出银千两不说，而能得夏日腊梅怒放。"

"哈哈，一样一样，都是假的！这可不是守谦府上幕僚所为，是非兰的主意，还是被你识破了。若说真的，唯景隆的水晶墨兰也。"

太子呵呵一笑，化解开秦王的意有所指。

"景隆慕落影之名久矣，怎生也不敢失去这个博佳人一笑的机会，唉，燕王殿下，靖江王爷，早知你们逗着乐，景隆也不必急成这样啊。"李景隆心疼地说道。

众人想起这般作弊斗宝，都禁不住笑了。

朱棣目光有意无意从锦曦脸上掠过，两个人均在心中想到，原来与自己一般心思弄机关的人是他（她）！

燕王虽带着笑容，锦曦却感到他的目光有意无意地瞟过来。燕王能在短时间明白腊梅机关，还做了一棵树！这让她越发觉得朱棣心思诡异，干笑着陪立在一旁。只求不要再当成众人的话题。

"本宫对非兰马上的英姿念念不忘，难得见到非兰，今日端午对河赏月也是缘分，这个就赏了你吧。"不待锦曦推辞，太子已拉过她的手，送过一块玉牌。玉牌通体碧绿，触手温润。

"东宫行走！"朱守谦失声说道。

"对。"太子含笑看着非兰说，"每次见着非兰，总有不舍之意，执这块玉牌，进出东宫就容易了，非兰一定前来。"

"多谢太子殿下。"锦曦只得跪下谢恩。

太子和蔼地笑了，伸手拉住锦曦便不放手，"非兰不必多礼。"

锦曦尴尬之极，抬头看到大哥竟面带微笑，她欲哭无泪。再看朱守谦，大大咧咧跟没看到似的。正不知如何是好之际，李景隆笑嘻嘻地走上前来对太子道："落影姑娘选中花魁，她是清倌，琴艺无双，唤她前来为殿下抚琴一曲可好？"

锦曦趁机退开，太子也不便勉强，笑了笑点头同意。

电光火石间，锦曦看到李景隆对她眨了眨眼睛，她心里一酸，默不作声地又往朱守谦身后退了一步。然后吃惊地发现李景隆似无意地踏前一步，与朱守谦一起把她挡在了太子的视线之外。

锦曦低下头，心思翻江倒海。这一步，让她感动也让她难受。

目光落在李景隆背上，自己还兰断情，他却还是照顾她。锦曦几乎落下泪来，若不是太子与众王还有大哥在场，再不会多留片刻。

李景隆把太子和徐辉祖的神色全收进了眼底。百般滋味涌上心头，总还是不想让锦曦与太子扯上关系。他对着珠帘后的落影微微点头示意。

落影一颗心全系在李景隆身上，早把一切看在眼底，叹息着浮上笑容，轻掀珠帘移步入内伏地道："落影见过太子殿下。"

那声音娇柔得似要滴出水来，太子一愣，眼神离开了非兰望向跪地行礼的落影。只瞧到云鬓如烟，锦裳似水一般在面前蔓延开来，心头震荡，待到落影抬起头来，太子的心神瞬间被吸引住，天下竟有如此娇柔之女子！

锦曦感动李景隆相护，却又见落影娇柔美丽，满心落寞更不想多留。偷得空闲，低声说了句："家中母亲怕是等得急了，非兰告退。"

太子有美于前，也不想非兰留下，对徐辉祖送去一个眼神，见他心领神会，便温言道："非兰可要记得来东宫做客，去吧！辉祖，你送送非兰！"

得了太子令，锦曦如释重负，团团一揖，急步出了花舫，直到登上小艇才长舒一口气。"大哥留步！今晚我不想看到你！"

"锦曦！别胡闹！"

锦曦抬高下巴瞟了他一眼，冷冷一笑，顺手把太子赏赐的玉牌往船上一扔。

"你！"徐辉祖吓得赶紧去接。

锦曦趁机喝令小艇划开。没有回头，她知道大哥必恨恨然看着她，然后又面不改色地进去陪太子。

一想兄妹俩竟然因为这事翻脸，锦曦胸口沉闷至极。像吃糯米丸子噎着似的，要大口呼吸才能顺气。

落影的琴声自身后传来，缠绵悠长，弹出的曲风宛如今晚的秦淮河水，华丽绚烂，与空气中的香气还有细碎的笑声烘托出美景良辰。李景隆的身影就浮现出来，他再恼她，但那一步却消除了锦曦心中所有的疑惑。

直到离开，她都不敢看他的眼睛，闭目想起他站在窗前放下兰花微笑的样子，心里就有了一分酸痛。不知道为什么，自己会还兰与他。

是因为那日落影楼他的模样吗？是，又似乎不完全是。锦曦觉得像团麻，理不清头绪。

他是她看不透的男人，大哥又拖上了太子，锦曦有点累，这些关系，她不想理会，不想明白，也不是她应该明白的。

进宫？锦曦苦笑，若真以男装入宫面对太子就是欺君了。若以女装出现，只能是太子妃有请，而不管是哪一种，都不是她乐于见到的。

她站在艇首，河风扑打在脸上甚是舒服。这般自在赏景怡心方是乐事。

这些日子发生的事情太多，父亲已准允她可以随意出府，并不以寻常闺秀来要求她。锦曦心想，还是外出走走好，留在南京城没准儿又会发生什么事了。

小艇微荡，已到码头。锦曦上了岸，见月已偏东，花魁大赛一完，秦淮河端午最热闹的时间就过去了。

灯影下游人渐少，锦曦回头一看，河面上漂浮着朵朵花灯，连同花舫大船游舟上的灯光，倒映在水中的秦淮夜色像一个梦，缥缈得不够真实。

丝竹声还在空中随风飘荡，她长叹一声，将这些美景抛在脑后，漫步往府中行去。

"谢非兰！"才走一会儿，冷冽的声音在身后响起。

锦曦一惊，心想这就叫走夜路多了撞鬼，她头也不回，脚步加快，暗道当我没听见。

蹄声"嘚嘚"赶来，"咴儿！"一声马嘶在身旁响起。锦曦无可奈何地停住，回头间已经换了副嬉皮笑脸的模样仰望着骑在马上的朱棣道："四皇叔也打算回府了吗？"

朱棣日前给了她一巴掌，本已内疚，送去大内秘药却又被退回，就觉得这个谢非兰太不识抬举。

李景隆向魏国公府那娇气庸俗的千金求亲勾起了他的兴趣。今天看到李景隆下意识地偏护非兰，太子和徐辉祖神情怪异心中更是疑惑，马鞭一扬指向锦曦："说，你到底是何人？靖江王可没有表弟！居然敢骗取东宫信物。"

锦曦往四周看了看，只有朱棣一个人，街上并无行人，胆便壮了，淡淡地说："四皇叔多心了，非兰确是靖江王的远房表弟，一直长在乡下而已。"

她嘴里有一句没一句称他为四皇叔，朱棣不过十七岁，竟感觉自己七老八十似的，心里极不是滋味。细长的凤眼看过去，见锦曦摆出一副恭顺的样子，眼睛却在滴溜溜打转。朱棣冷哼一声道："你瞧着谦恭，脸上却是一副不把本王放在眼里的样子，仗着太子撑腰吗？"

"非兰惶恐！"话是这样说，锦曦目中却无半点儿怯意。

朱棣已跳下马来，步步逼近她："是吗？"伸手就用马鞭去抬锦曦的下巴。

他的举动带着不屑和高高在上的那种蔑视。锦曦哪肯受辱，自然地摆头甩开他，后退一步冷然道："四皇叔明察便是！"

朱棣出手落了空，听到她还称他为四皇叔心头不知哪儿来火气，挥手就是一鞭骂道："你敢对本王不敬？！"

锦曦条件反射一抬手就抓住鞭梢，心想过了今天，就出南京城四处游玩，再不和你打照面了，以后南京里也没了谢非兰这个人，反正你也找不着我。想起他打她的一巴掌，加上今天出来观灯心情郁闷，就想出手教训教训他。又记起朱棣的身份，不觉犹豫。

她沉思之时手还握住鞭梢，朱棣用力一扯，她竟纹丝不动，心头不免火起，呵斥道："大胆！"

锦曦回过神，手一松放开马鞭就低头赔罪，心想多一事不如少一事，但凡亲王都是骄纵惯了，桀骜不驯只能惹更多的麻烦。

她吸了口气平息心里的烦躁赔笑道："殿下息怒，非兰知罪，不该冲撞殿下。非兰确是靖江王的远房表弟，殿下信不过非兰，靖江王是您的晚辈，总不会失礼的。若真的不信，非兰也无办法。"说完转身欲走。

她的态度一直很好，但朱棣就是觉得不对劲。瞟了眼她冷冷道："本王准你离开了吗？"

锦曦猛地回头，与朱棣对视着："不知四殿下还有何事？"

朱棣一愣，他找了个借口离开花舫，紧跟了谢非兰，怀疑却又没有证据，一时半会儿又说不出什么来，就是不想让她离开。

"非兰告退！"锦曦见他一愣，施了一礼转身就走。这个燕王着实讨厌，想起上次那一巴掌，锦曦心头的火就起来了，知道不能与他硬碰，压着性子与他说话。这会儿一转身，步子迈得更大，巴不得离他再远点。

没得到自己许可就想离开？朱棣眉一皱抢前两步手已搭上非兰肩头。她是学武之人，反应迅猛，在朱棣手触到她肩头的瞬间，条件反射地单手一拉，用劲一摔，朱棣便飞了出去。好在他常年在军中，地上打了个滚已站了起来。朱棣几时这般狼狈过，一张俊脸瞬间气得通红，指着锦曦气结道："你……你竟胆敢……"

锦曦摔了朱棣才反应过来，看看四下无人，这等丢人之事朱棣断不会张扬，顾不得朱棣的身份，心一横本性就露了出来，她双手抱臂讥笑道："冒犯四殿下了，不过，技不如人，却要做背后偷袭之事，实非男子汉大丈夫所为！"

朱棣的行为到了锦曦口中成了背后偷袭，不由得大怒，马鞭就朝锦曦打了过来，锦曦躲闪了一鞭，又抓住了鞭梢，只微微用劲马鞭便绷得直了，朱棣却扯不动分毫。

锦曦见朱棣的脸色由红转青，凤目似要喷出火来。反正已经得罪了，还不如借机出出被他打了一巴掌的恶气。于是撇嘴笑道："殿下何必这般急怒攻心？你不会功夫，是打不过非兰的。你要怀疑非兰有企图，那也是对太子有企图，您着什么急呢？不过，非兰倒是可以告诉殿下，我明天就离开南京城，殿下眼不见心不烦就是了，你打我一巴掌，今天就当扯平！若殿下心眼儿小，非要记仇，下次再公平打过如何？"锦曦面带笑容，闷气一扫而空，眼睛里流露出促狭之意。

她说的每句话都像石头一块块压上朱棣心头，他只觉胸闷气堵，脸气得铁青，已说不出话来。

不等朱棣回答，远处有足音传来，锦曦不敢久留，手松开鞭梢，脚尖一点，施展轻功迅速隐没入黑夜之中。

侍卫赶到时，见朱棣面寒如冰，正气得喘气，眼睛恨恨地望着前方，薄唇紧抿成一线，知道他在盛怒中，默立在旁噤若寒蝉。

朱棣已气得没了话语，翻身上马，狠抽一鞭，马四蹄扬起往前狂奔。"谢非兰，欺本王没有武功是吗？"凤目中怒火滔天，恨不得抓了她剥皮抽筋，朱棣压根儿没想到谢非兰胆子这么大，竟敢挑衅于他。

进了王府，侍女递过茶来，他一巴掌打落在地，"燕七！"

"王爷!"

"本王的武功如何?"

燕七不敢抬头,他听出了朱棣的愤怒,又心知他最恨别人骗他,硬着头皮道:"殿下生于乱军之中,于行军打仗自是英雄无敌,单就武功而言,却不是江湖中人的对手。"

"本王若现在习武呢?"

"王爷,您,已过了修习武功的年龄。寻常人,三五十人也是敌不过您的……"燕七小心地回答。

朱棣负手伫立良久,突展颜一笑,"本王天皇贵胄,何必学那些江湖玩意儿。准备行装,明日启程去凤阳。"

　　淮河源于河南省桐柏山北麓，流经河南、安徽至江苏扬州三江营入长江。凤阳便位于淮河中段南岸，洪武二年建中都皇城。洪武七年，割临淮县四个乡设置凤阳县。

　　魏国公徐达出身濠州，自皇上赐名凤阳后，濠州渐渐不再被提及。锦曦禀明父亲，想去看看老家现在的模样，徐达略一沉思就同意了。

　　徐辉祖听到消息时正在用早膳，珍贝瞧着他额头青筋因为咬着牙憋着气已暴突起来，吓了一跳道："少爷，你……"

　　他放下筷子，站起身在屋里走了几步，沉声道："珍贝，我不管你用什么法子，一定粘住小姐让她带着你。"

　　"是！"

　　"机灵点，有事飞鸽传书来报！"

　　徐辉祖吩咐完珍贝，疾步出了房门去找父亲。

　　魏国公徐达此时心情极好，正陪着夫人在花厅品茗，瞧着徐辉祖进来，心里已明白了几分，笑呵呵地道："辉祖，一大早这么急做什么？"

　　"父亲，娘！"徐辉祖心里盘算了会道，"前些日子锦曦闹身子不好，想回栖霞山住些日子，儿子是想亲自送她上山。"

　　"锦曦自有她的想法，她想回凤阳老家，为父已经准了。"

　　"可是父亲，锦曦一个女流之辈，如何放心让她独身上路？"

徐达笑了笑："辉祖，这你就不必担心了，为父已安排侍卫暗中保护，锦曦山中十年，不是寻常大门不迈二门不出的闺秀。况且为父已嘱她男装上路，不用担心她的安全。对了，眼下有一差使，你去趟北平，替为父给傅友德将军带封信及药材，他出发前为父不在南京，你代我顺致问候，马上就走，赶紧着。"

徐辉祖无奈地应下，不经意看到父亲意味深长的眼神，心想，这不是支开我吗？为什么父亲会这样放心让锦曦独身上路，只嘱两名侍卫暗中保护？

他本是聪明人，心里一盘算就想起了燕王南巡之事。如果锦曦要嫁一个皇子，徐辉祖还是不肯放弃太子。

然而父亲催得紧，并派了两名亲卫跟着他。徐辉祖没有时间再去东宫，想了想放出一只信鸽，心里所有的希望都寄托在珍贝身上。

信鸽刚出魏国公府就被捉住再被放飞。一炷香后，李景隆已得到与东宫同样的消息：凤阳。

凤阳？锦曦去了凤阳？李景隆在兰园默想着这则消息。燕王也去了凤阳，魏国公仅派了两名侍卫暗中保护锦曦。这个老狐狸！想起魏国公府拒婚，他心里恨意渐生，嘴里漫不经心道："银蝶，常听父亲说起凤阳的风土人情，想去瞧瞧。"

"燕王今日启程去了凤阳。走水路。"银蝶没有回答，流利地报传情报网得知的消息。

李景隆低低笑了笑："真是巧，也罢，咱们也去凑凑热闹吧。没准，凤阳山里还能寻到珍品奇兰。"

锦曦得了父亲准许，雀跃不已，收拾行装出了府门。

南京前往凤阳可走水路也可行陆路，锦曦不会凫水，在府中池塘也差点淹死，决定走陆路。

出了南京城，她就知道身后有人跟着。回头看见紧随的两名侍卫，知是父亲安排，她不忍让父亲担心，也不说破，任侍卫跟在身后。

她打马出了城正高兴地东张西望，远远瞧见路边茶亭里坐着伸长了脖子的珍贝，呆了呆，叹了口气纵马前去。

"小，少爷！"珍贝机灵地改了口，红着一双眼睛迎上来。

锦曦瞧了眼珍贝，也改作男装。举止间却无半分男儿气，不觉失笑："我说珍贝，你换男装干吗？怎么打扮也不像。"

"可是，小姐，你是男装啊！"

"你回去，这一路我是走到哪儿黑在哪儿歇，你不是习武之人吃不了这苦的。"

珍贝低下头，眼泪就下来了："是少爷叫我跟着你的，若是回去，少爷会打死我……"

锦曦知道肯定是大哥派了珍贝前来，本不想带她走，听珍贝这么一说，心又软了。她知道珍贝爱慕大哥，唯大哥之命是从，若真的不带她，真怕大哥生气。她想了想道："你跟着我也可以，不过，你要答应我……我俩结伴出游时，少爷是你，侍从是我。"

"这如何使得！少爷只是担心小姐出门在外无人照顾。"珍贝反对。

锦曦笑了笑说："听我说完，你扮男人不像，被人看出是女的也无妨，我就是你的侍从兼保镖，若是被人识破身份，你就是魏国公府的大小姐，我还是侍从。我会骑射，做侍从正合适。你从小待在府中，可没在外吃过苦头，正是小姐模样。跟我就答应这点，要么，你就回府。"

珍贝权衡半天，与其回府被公子训斥，还不如紧跟了小姐，便点头示意。

两个人换过衣饰上马南行。

锦曦侧着问道："珍贝会骑马，会武艺吗？"

"会骑马，是少爷教的，可是武功却是不会。"珍贝老实地回答，心里还是有几分不安，"小姐，这样行吗？珍贝怎敢委屈小姐做侍从。"

"我叫非兰，谢非兰，夫人的远房亲戚，当然也是靖江王的远房表弟。护送表妹回老家凤阳，因为出行，所以你改做男装，明白了吗？"锦曦笑着说，眼珠一转又道，"当然，非兰自小与你已有婚约在身，亲密无间，你倾心于表哥非兰，对我好点也正常。"

珍贝终于反应过来："小姐，啊，非兰，嘿嘿，这样一来就算我扮得不像也没关系了是吗？"

锦曦微笑不答，挥鞭一指道："我见青山多妩媚，料青山见我应如是！珍贝，女子亦应有此豪情，难得出府自由自在，你别想着我是小姐，你是侍女，好好看看风景便好了。读万卷书不如行万里路，走吧！"

"可是小姐，珍贝哪有你读的书多，只不过识得几个字罢了。"珍贝嘀咕道。

"呵呵，珍贝，你是在府中待得久了，不知外面天地的宽阔，别想那么多了，难道你不想吃这沿途的美食，不想看这沿途的风景？"

"嗯，小姐，出了府觉得空气都清新许多。"

锦曦笑道："走吧！小姐！记住，以后唤我非兰就好。"

"那我的名字叫什么？"珍贝傻傻地问道。

"你还叫珍贝啊，女儿家的名字怎可随便示人？不答便是。"锦曦咯咯直笑，一挟马腹跑了起来。

两个人也不赶路，直到傍晚时分，才到秦淮河边的顶山镇。

"过了秦淮河再行十里就入安徽境内。今日天色晚了，就在这镇上打尖休息吧。"锦曦与珍贝催马进了镇子。

顶山镇不大，却也繁华齐整。因靠着外秦淮河，往来船只靠岸打尖，小镇客商往来，生意甚是红火。

最大一家福宝客栈位于镇东头，是上百年历史的老字号。小二眼尖眼见锦曦和珍贝服饰华丽，相貌不凡，笑呵呵地迎上来道："两位公子住店吗？"

"住店，有上房吗？两间！"

小二看了二人一眼，瞧出珍贝衣饰华丽，脸小娇柔，目光落在珍贝脚上，见一双皂靴松松穿着，这时但凡大家闺秀或稍有条件的女子都以三寸金莲为荣，皇后马氏未缠足已被天下人笑话，心里便明白珍贝必是女扮男装，绣鞋外再套了皂靴。

锦曦却因从小养在山上，还是天足。小二以此为凭，认定了这二人一男一女，懂事地也不说破，笑道："上房只得一间，别的是下房，就要委屈公子了。"这话却是对着锦曦说的。

珍贝一急，张口欲说，锦曦已用眼神止住她，含笑道："烦请小二哥带路，我们的马儿记得喂黑豆精草。"手上已递过一锭官制的小元宝。目光看着随后而来的侍卫，那两人极为懂事，装作不认识锦曦与珍贝，拉了马自去寻小二住店。

锦曦微微一笑，跟着无妨，不惹自己讨厌就行。

进了房珍贝便急道："小姐，还是我去睡下房吧。"

锦曦"扑哧"笑了："我不能和你一起住在上房吗？要两间房就一定要去睡啊？笨！"

珍贝一呆，呵呵笑了，"小姐，我怎么觉得你在府中柔弱得紧，怎么就像突然变了个人似的呢？"

锦曦笑着不答，见珍贝收拾停当便下楼吃饭。

楼下已坐了不少人，见楼上走下两位锦衣公子。一人秀气玲珑，一人玉面含俏，不觉多看了两眼。

珍贝脸一红，低下头走到边上坐下。

锦曦大声喊道："小二！"

"来喽！"小二已吃惊过一回，心中得意识破了珍贝身份，兴冲冲地跑过来服侍，"公子想吃点啥？"

"初来贵地，有什么拿手招牌菜上几样就好，不要酒了。"

"好嘞！凤尾虾排、红松鳜鱼、翠湖香藕，素三样上喽！"小二轻快地报了菜名，不多时菜便上桌。

锦曦在山中喜食素，看到翠湖香藕是雪白的素藕衬在黄瓜上，青白二色相间，显露一股清新之意。吃了一片在嘴里，微甜酥香，香糯入口即化，锦曦不由得啧啧称赞。

"谢公子，我家主人有请！"

珍贝一惊，夹住的虾排掉了下来。

锦曦放下筷子神色不愉，头也未回地说："你家主人是何人？"

珍贝看到来人长得凶神恶煞，脸上似有怒意，心里不免害怕，张口道："非兰……"

锦曦埋怨道："瞧把我家公子吓的，有表哥在，不用怕。"这才回头道，"这位爷请了，敢问你家主人是何人？"

来人身形高大，古铜肌肤，浓眉大眼，穿着紧身衣靠一副侍从打扮，极是有礼："我家主人认得谢公子，道既是有缘相遇，所以想请公子移步。"

锦曦暗想，是谁呢？认识她是谢非兰的不过那几位亲王和李景隆，她一个也不想结识，笑了笑说："烦请转告你家主人，非兰有要事在身，我家公子也不习惯与陌生人同桌吃饭，好意心领了，等非兰陪我家公子用餐后再行拜见。"

来人一怔，目光看向珍贝已有所悟，抱拳道："在下这就回禀主人。"

来人一走，珍贝已没了胃口，担心地说："非兰，会不会惹出什么事来？"

锦曦又好气又好笑地看着她说："胆子这么小，你跟着出府干吗？明天回去吧。"

珍贝噘了嘴不吭声，生怕锦曦真赶她回去。

"来，多吃点，明天过了河，咱们还要赶路。"锦曦重新夹了只虾排给珍贝。

只听一个声音在背后响起："谢公子好大的架子，这又是陪何家小姐呢？"

锦曦哀叹一声，这是怎么了，怎么又碰见他了？他不在南京城里好好待着，跑这个小镇上来干吗。

她迅速用筷子在桌上画了个燕字，对珍贝使了个眼色。珍贝一怔，嘴一翘，筷子啪的一声敲在桌上："非兰！吃个饭也不清静！不吃了！"

锦曦赶紧作揖赔笑道："表哥不好，等会儿给你买零嘴，要不，再送几样小菜回房再吃？"

珍贝哼了一声，不理锦曦，更不瞧燕王，扭身就往楼上走。锦曦跟在身后嘴里不住地讨好，偷空对燕王苦笑一下，抱拳行礼，刚想开口，听到珍贝一声娇斥："你不陪我啦？"

锦曦马上回头露出一脸谄媚："陪，怎会不陪。"紧跟两步伸手扶住珍贝伸过的手。上了两步楼梯回头对燕王耸耸肩，无奈至极。

朱棣看得目瞪口呆，眉头紧皱，身边侍从已呼喝起来："岂有此理，见着我家主人竟敢如此无礼！"

坐在角落的两名侍卫身子一动。锦曦目光已扫过去压住两人，她一揖到底："对不住，实在是对不住……"

"非兰！"珍贝回头怒气腾腾，"不准道歉！打扰本小姐吃饭还赔礼？这些人无礼至极，不必理会，回房！"

她站在楼梯之上，头骄傲地抬着，满脸不高兴，丝毫不隐瞒自己是女扮男装。

锦曦一愣，焦急地说道："表妹，他是……"

"在下燕四，败了小姐兴致，因与谢公子相熟这才冒昧相邀，小姐没吃高兴，心情不好也是自然，不如由在下做东，重整酒席与小姐赔罪可好？"朱棣含笑地望向珍贝。

他打什么主意呢？锦曦心中转过数道弯，见朱棣一身银素丝绸衣长衫衬得身形修长雅致，剑眉修鼻，嘴若菱角，凤目飘出魅惑的笑意，比起穿着行龙蟒袍另显出种书生气。

她侧过头看见珍贝对朱棣的风采看愣了，知道朱棣不愿当众暴露身份，当下有了主意，低声恳求道："这位，燕公子最爱交朋友，表妹……"

珍贝心中称赞燕王一表人才，也看明白了锦曦的意思，神色一正娇滴滴地说："既是如此，容我整过妆容，非兰，扶我！"

锦曦赶紧扶着她往楼上去。

朱棣听到珍贝的声音，背上的汗毛瞬间乍起，情不自禁想起当日燕王府花园中的一幕。在听到锦曦呼她表妹时，他已明白珍贝就是那位魏国公府的千金。

然而男装打扮的珍贝秀丽玲珑，脸上也无厚厚的粉妆，除了那股骄横之气，和王府花园中看到的脸却是两样。朱棣被锦曦摔了一跤怀恨在心，又对珍贝的两张脸产生了兴趣，背负了手，不动声色地看着两人上楼。

一进房两人咻咻地笑了起来。

"小姐，我还化那么浓的妆吗?"珍贝笑道。手却不停，换过衫裙，又敷上厚厚的粉底。

锦曦忍住笑提醒她："你已听说他是燕王，记住你上次在王府花园里的表现，恶心他，包管他再不想纠缠咱们。"

想到燕王对珍贝避如蛇蝎的模样，锦曦就乐。她拉开房门故意大声说："表妹，非兰在门外恭候。千万别叫燕公子等久啦!"

不多会儿，珍贝打开房门，香风扑面而来。

"阿嚏!"锦曦揉揉鼻子，被浓郁的脂粉香熏得后退一步，屏住呼吸扶住珍贝低声埋怨道："你怎么受得了?"

珍贝高抬着头，一副视死如归的模样，"大少爷说无论如何，也不能让燕王看上小姐，这算什么?!"

锦曦哭笑不得，也不知道大哥怎么迷惑了珍贝，让她死心塌地。

朱棣身边侍从前来引路，看到珍贝头迅速看向一边："两位这边请。"

帘子掀起，珍贝碎步走进去，轻身福了福，娇声喊道："不知是燕王殿下，殿下恕奴家无礼了。"

朱棣侧头避开扑来的香风，沉声道："起来吧。"

"啊，多谢殿下。"珍贝站起想也不想坐在朱棣身侧，双目含情，盯着朱棣再不移开。

朱棣微微往后一侧，屏住了呼吸。

只听珍贝惊喜地说道："奴家与殿下真是有缘呢，回老家凤阳竟在这里也能遇着，上回在王府中，啊! 奴家好喜欢燕王府的花园……"

"阿嚏!"朱棣打了个喷嚏，只觉得胸闷气短，不能张口呼吸。

珍贝急道："殿下可是伤风了? 非兰，快请大夫!"

锦曦肚子都快笑爆，故意露出尴尬的神色说道："表妹，你，你太香了。"

"什么话!"珍贝一拍桌子，看了锦曦几眼，再扫过朱棣的表情，捂脸大哭起来，"表哥你居然当着殿下的面这样说我，我，我不想活了……"转身掩面冲出了房门。

锦曦紧张地站起来，对朱棣抱拳赔礼："我这表妹被宠坏了，殿下息怒，非兰得去哄哄她！"一个闪身就追了出去。

两个人从进门到出门不过片刻工夫。朱棣被珍贝的脂粉香熏得头昏脑涨，快步走到窗边大口地吐气，头被河风一吹，这才清醒过来。

他心里暗暗发誓，这个魏国公的千金还是离得越远越好。

"怎么换回女装就成这样了？男装倒还清爽。"燕七小声嘀咕着。

朱棣心中一震："你说什么？"

"主公，你不找谢非兰的麻烦了？"

"刚才你嘀咕什么？"

燕七一愣，马上回道："属下说，那位魏国公府的小姐，怎么一换女装就这样？男装倒还清爽。"

"哼！"故意捉弄我是吧？朱棣恨得咬牙，眼中开始闪烁着算计，"她们住哪间房？"

"小姐住天字三号房，谢公子住和字七号房。另有魏国公两名侍卫住和字六号房。"

"只有两名侍卫吗？"

"是。"

朱棣笑了笑："魏国公还真是心细，知晓本王会明走水路实走陆路，隐瞒身份暗访各地灾情，竟放他女儿前往凤阳，魏国公千金竟只派了两个侍卫和一个谢非兰贴身保护。算得可真准，老狐狸！还真遇上了。传令下去，备船，叫燕十一掳了魏国公千金上船走水路。本王倒想看看，谢非兰怎生向魏国公交代！"

锦曦本打算与珍贝住在天字号房内，又担心被朱棣看出端倪，只得再三叮嘱珍贝关上房门回到和字号房休息。

左右瞧见没人，锦曦飞快地进入和字六号房。

"见过小姐！"

"做得很好，今日遇到燕王之事不欲声张，跟在后面就是，往后都同今日这样！明白了吗？"

两名侍卫只负责锦曦安全，当下连声答应。

是夜，燕十一轻轻松松便掳走了珍贝。

锦曦总觉得不安，一大早就去寻珍贝想趁早走人。在门外敲门良久不见动静，心已慌了，一脚踹开房门，房间里空无一人。桌上放着一封留书："明日午时，带黄金百两镇外松坡岗赎人。"

她盯着留书看了良久，心中起疑，真是绑匪干的？难道这福宝客栈中有人真把珍贝当成了自己？所以绑票勒索金银？

"谢公子！"

锦曦回头看到朱棣吃惊地站在房门口，冷冷瞥去一眼道："四皇叔，大小姐被贼人掳走，非兰这就要去镇外松坡岗寻人，告辞！"

"等等，本王与你一起去吧，魏国公乃朝中重臣，本王当然不会袖手旁观。"

锦曦狐疑地看着朱棣，见他一脸严肃，不觉脱口而出："真的不是你做的？"

朱棣不悦地说："岂有此理！"

锦曦叹了口气说："四皇叔见谅，锦曦心神大乱，而且……也无黄金百两。"

朱棣忍不住笑了，负手悠然道："黄金本王可以借你，如果你需要的话，不过，本王想没这必要，只想见识一下是何人在本王眼前公然掳走魏国公千金。"

他心中有数，燕十一已和珍贝好好待在船上正向凤阳进发。这个留书之人显然是另有其人，想引谢非兰前往。朱棣起了心要教训谢非兰，又被留书人引出了兴趣，当然要一起前往。

"如此先行谢过四皇叔，叔父出行前再三交代非兰保护小姐安全，唉！"锦曦将错就错，心想多了朱棣和他的侍卫总不是坏事。也不再瞒着朱棣，唤上魏国公府的两名侍卫同去松坡岗。

松坡岗位于顶山镇上游，遍植青松，远望青翠欲滴，走近见飞瀑泻下，鸟语山幽。朱棣叫上了燕七带了四五名侍卫同去。

一行人来到松坡岗丝毫没有察觉气氛诡异，锦曦暗道，这贼子选的好地方，若不是心中挂记着珍贝，倒也是一处游山的好去处。

"谢公子，是本王错怪于你了，你真是靖江王的远房表弟，不然，魏国公也不会将女儿托付与你。"

"四皇叔明鉴，非兰不敢欺瞒。"

她一口一个四皇叔，朱棣听了极不舒服，想想锦曦跟着朱守谦这般称呼又实在找不出错。自己不过比她大两岁而已，脸一板："谢公子不必跟着靖江王称呼本王，哪家府上没些个亲朋好友，难道本王都要认成亲戚？"

锦曦本来就是故意的，见朱棣不爽，那一掌之仇便也淡了，笑着说："是，非兰唐突了。四殿下！"

不多时已走上松坡岗，见地形如馒头隆起，中心一大块空地只生得些低矮杂草。锦曦下了马四处打量，见一端是悬崖临水，四周松林密集，不见人影，不觉奇怪，沉声大喝道："何方贼子，谢非兰应邀前来！"

风吹过，松林发出沙沙声响，朱棣倒也不慌，就想看看是什么人。

锦曦暗暗戒备，不见珍贝，那么就是故意引她前来的了，会是谁呢？

松林中潜伏着一群黑衣人静心屏气地看着空地中的几个人。

为首之人身穿青衫长袍，眼中露出复杂神色，目光看过锦曦再移到朱棣身上。锦曦身形娇小，男装面如冠玉，带着英气。朱棣潇洒倜傥，站立如松。他凝视良久终于一咬牙道："杀了朱棣与他的侍卫！生擒谢非兰。"

一声令下后，松林中箭支飞出直取朱棣。

破空声呼啸而来，燕七大声惊呼道："殿下，有埋伏！"

随着箭支射出，朱棣身边发出几声惨叫，已有侍卫中箭倒下。

朱棣长剑出手拨开箭支，见箭来的方向全冲着自己与燕七，不觉大怒："谢非兰，你竟敢勾结贼子暗杀本王！"

锦曦气结，又不是自己叫他来的，居然又算到自己头上，此时顾不得和朱棣争辩，身形一展护到了二人面前喝道："有武林高手，你俩先走！"

"走不了啦！"笑声四起，林中跃出一群黑衣人，攻向三个人。

锦曦挥动手中长剑，与燕七和侍卫护着朱棣往后退去，黑衣人似乎对锦曦有些顾及，见她挡在二人面前未免攻势缓了一缓，但来者人多，他们寡不敌众，边打边退，已退向山崖一侧。

这时林中飞出连珠羽箭闪电般射向朱棣，锦曦想也没想挡在朱棣面前，手中长剑护得密不透风。

"好毒的箭，这种箭在箭镞上安有狼牙倒钩，中箭之人若不及时取出箭头，会流血不止，看来，真是有人想要置朱棣于死地了！"阵阵煞气从朱棣身上暴出来，锦曦偏头瞧过，见他凤目泛起一股戾气，神色森冷，禁不住打了个寒战。

"主上，燕七和侍卫断后，你与谢公子跳崖逃生！"

燕七和众侍卫已状如疯虎，大吼着扑向黑衣人，不要命地筑起一道人墙，勇猛不可挡，生生逼退了黑衣人的攻势。

朱棣见机行事，猛地拉住锦曦胳膊奔上山崖。

黑衣人见他们突出重围又苦于被燕七纠缠正不知所措时，林中响起阵阵箭支破空袭来的风声，连珠式地射向奔跑的朱棣，这会儿竟连锦曦也不放过，一并笼罩在箭雨之中。

"快走！"锦曦大吼着让朱棣离开。

"要走一起走！"

"哪来这么多废话！"

锦曦心急，见朱棣端出一副要拼命的样子，婆婆妈妈惹人讨厌，一脚踹出正中朱棣的屁股。

他一个踉跄脚步不稳，直直地倒向山崖下，风里只传来他不甘的吼声："你竟敢对本王不敬……"

锦曦愣了一愣正想笑，右肩一痛，已中了一支箭，疼得她往后退了一大步，手一软，长剑落地。

燕七见状不顾浑身浴血地奔跑过来，扶住锦曦想也没想就跳了下去。

就在这瞬间，青衫长袍的蒙面人从林中奔出，几个兔起鹘落稳稳落在了山崖之上。河风猛烈，吹得来人衣袍猎猎作响。

从这里往下看，惊涛拍岸卷起浪花如雪，中有漩涡隐现，水势湍急。锦曦和燕七还有朱棣早已不见踪影，想来人一落入水中便被水势冲向了下游。

青衫蒙面人看了眼倒地受伤呻吟的侍卫，森森然地道："不留活口！沿河搜寻，活要见人，死要见尸。"冷冷地吩咐完，来人负手背向众人，眼中已露痛苦之色。

听到身边脚步声消失干净，四周恢复静寂，他才缓缓拉下面上黑纱，露出一张俊逸非凡的脸，赫然正是李景隆。

"锦曦，你真的会死吗……"他亲眼看到锦曦中了他的狼牙附骨箭。李景隆怔怔地看着山崖下的河水，突然一个纵身也跳了下去。

燕七一手拉着锦曦，仗着水性好，一边顺水往下游漂，一边挣扎着靠岸。

锦曦已痛得麻木，加上不会凫水。任燕七带着她随水漂流，意识渐渐模糊了。

不知过了多久，她感觉有只手把她从水里拖了出来。一个声音急切地唤着她的名字。锦曦晕晕沉沉地睁开眼，瞧见李景隆浑身是水，脸上焦急莫名，她张张嘴想喊他，眼一黑就晕了过去。

"啊！"锦曦被痛得惊醒。

李景隆站在床头，手上拈着一支带血的羽箭，他擦了擦额头的汗。一边给她包扎一边说："箭取出来就好了，养个十天半月就行。这伤药极有效，不会落下疤痕。"

锦曦这才发现肩膀全露在外面，脸一红，知道要取箭头只能如此，眼一闭不吭声了。为什么又是他救了她？他为什么这么巧出现？一连串问题冲淡了锦曦的伤感。

给她包扎好伤口，李景隆拉过凉被给她盖好，才长舒一口气道："还好及时。锦曦……痛吗？怎么会弄成这样？"

锦曦失血过多，很是疲倦，又羞于见他，闭着眼没有回答。

"你，你休息会儿，没事了。"李景隆也不多说，站起身走了出去。

没事了吗？朱棣怎样了？燕七呢？锦曦脑中充满了种种疑问，鼻端又嗅到了兰香。

她缓缓睁开眼，旁边几案上那盆素翠红轮莲瓣兰静静地吐香。锦曦眼前又冒出往日情景，轻若不闻地叹了口气，所有的疑问都得养好伤再说，她静静地睡了过去。

李景隆走出船舱，心情却久久不能平静，他回头看了眼紧闭的舱房，他也不知道自己为何明明狠了心下令要取她性命，从水中捞起她时又心慌意乱，见她伤势沉重，只恨自己怎么会用附骨箭。

"锦曦，不要怪我，我不过是接到消息想来看看你，谁知瞧到燕卫掳走你的侍女，这才起意布局。若不是朱棣要跟着你来，我只想见见你的……你为什么要挡在朱棣面前，为什么要拼死护他？你真让我痛心！"他望着天际喃喃自语。眼睛中充满了嫉妒的怒火。

朱棣水性极好，跳崖之后没多久便上了岸，摸出贴身荷包里藏着的信号放出。不多时，燕卫便寻了过来。

"沿河查找！"朱棣下了令，顾不得浑身水湿，带领人马飞奔回松坡岗。林间空无一人，除了地上的血迹连一支箭也没寻到。

"主上，清理得很干净，是训练有素之人。"

朱棣迈步走到山崖上，风吹过，猎猎卷起他的衣襟。心中后悔异常，不该小觑了这批贼子，只带燕七一个人前来。

疑问在脑中盘旋，谢非兰与燕七是被擒走还是跳了崖呢？是何人布了这个圈套要置他于死地呢？如果自己不陪谢非兰前来，那么，这个圈套就是针对她而不是自己。然而当时分明黑衣人想置于死地的人是自己和燕七。是看到自己来了临时改了主意还是对他的行踪了如指掌笃定他会前来？会是什么人呢？

朱棣想了良久，突问道："淮河水灾，赈灾之事太子早已布置下去，情况如何？"

"主上，这事是太子亲为，莫非中有蹊跷？"燕五大着胆子猜测着。

燕五一席话让朱棣微皱了眉，皇上令他视察灾情，如果严重，免受灾之地三年赋税，难道，真是太子借赈灾中饱私囊，怕他此行查出个中贪赃枉法之事？

可是这样不免太过显眼。而太子亲自操办之事，为何父皇又要令他前往巡视呢？

"集结船队，亮出旗号，通令各地官员。本王要明察！"朱棣沉声下令。

"主上，这么一来，不是查不出……"

朱棣转身嘲笑道："你以为咱们的行踪没被人发现吗？与其这般隐蔽着身份给人以可乘之机，倒不如亮在明处，奉着皇令弄得热闹点。不过，燕五，你另带人先本王一步前往凤阳吧。"

燕五眼睛一亮，恭敬地说："遵令！"

"叫燕十一好生送魏国公千金去凤阳皇城安置，不要露了行藏。"

"是！"

朱棣这才换下湿衣，记挂着燕七与谢非兰，只求上天保佑他俩平安无事。

上了船没多久，去找人的燕五就传书前来："岸边发现燕七尸体中箭而亡。谢公子不知下落。"

朱棣大惊，燕七毙命，谢非兰呢？难道……一瞬间，谢非兰马上的英姿，两个人的过结，今日他拼死相护的情景一一浮现心头，难道，那个粉雕玉琢的人就此丢了性命？他心里一急，狠狠地将燕五传书揉成一团，冷声道："传令下去，沿途设哨，搜寻谢非兰！"

锦曦一觉醒来，精神好了许多。她勉力撑起身体，右肩蓦地传来一阵刺痛。"嘶！"她痛得吸气。门一动，一名侍女走进来，见锦曦坐了起来忙放下手中的药碗道："小姐，别乱动，小心伤口裂开。"

锦曦一愣，这才发现长发披散下来，身上仅穿着一件兜肚，脸唰地就红了，讷讷问道："是你帮我换衣的吗？"

"是奴婢服侍的小姐。"侍女笑着回答。

锦曦暗暗松了口气，微笑着说："谢谢你，你的名字很好听，雨墨。"

"是吗？公子说，雨墨是种兰，花呈碧绿，上有斑点，像雨点似的。"雨墨轻声说道，一丝笑容在眸子里如花绽放。

"哦？你家公子是不是给身边的人都以兰取名呢？"

雨墨帮锦曦披上衣衫，细心地为她挽起男子发髻："小姐为何不以女装示人呢？男装潇洒，女装肯定更漂亮。"

锦曦见雨墨不肯回答她的话，眼珠一转又道："想必李公子府中所有的侍女都是以兰为名吧？"

"只有公子信任喜爱之人才会赐以兰名，公子身边最信任的侍从叫银蝶，那也是兰的名字呢。"雨墨骄傲地说。

"哦，这样啊，那你家公子最爱什么兰呢？"

雨墨目光转向几案上的那盆素翠红轮莲瓣兰，叹了口气道："小姐不知道吗？自然是几案上那盆兰了，公子以前犹豫不决，前些日子突然为那盆素翠红轮莲瓣兰取了名字叫非兰。"

非兰？他，他始终不能对她忘情吗？锦曦怔忡地想着，脸上飞起红晕，一丝甜蜜油然而生。这一瞬间，她几乎就想不管不顾李景隆是什么人，只要他待她好便罢。

雨墨在她身后没瞧到锦曦神色异常，自顾自笑着说："公子常说，他喜欢兰，所以只要是他身边亲近之人，都冠以兰名。以前啊记得公子从山中得了一盆仙荷青兰，取了名叫落影，后来听说与落影楼的落影姑娘同名就送她了。"

落影？锦曦心中一动，不动声色地笑道："只要是你家公子赐了兰名的人都是他亲信之人，雨墨定是极得你家公子宠爱了。"

"那当然，府中一百多侍女，能赐以兰名的不过五个人。"雨墨想起临走时公子叫上自己，让府中侍女们全嫉妒死了，忍不住就乐。

门突然被推开，李景隆出现在门口，他似笑非笑地瞧着雨墨道："雨墨与锦曦一见如故，锦曦，我把雨墨送来侍候你可好？"

锦曦分明感觉到雨墨手一抖，木梳已卡在自己发间扯着头发生痛。她吸了口气，见李景隆脸色一变，已步入房中："怎么了？"

"伤口有点疼。"锦曦按下心中疑虑，含笑着解释，"多谢李兄救命之恩，锦曦应无大碍了。"

雨墨福了一福，轻声道："奴婢告退。"

李景隆慢慢走到床边，端起药碗温柔地劝道："把药喝了，会好得快些。"

锦曦轻皱了下眉，接过药碗一饮而尽。"李兄，在救锦曦之时可见到锦曦身边之人？"

李景隆故作惊诧地瞪大眼："还有人吗？我这就吩咐下去，好好找找。"

锦曦见状不觉叹气，她暗运内力，觉得没有大碍就要下床。

李景隆伸手阻止她："锦曦不用着急，再养上几日再说。"

"我有急事在身，不能耽搁。"

"再急的事，你现在伤还未好，也不宜出行，有何事，景隆自当效力。"李景隆淡淡地说道。

"府中同行侍女被掳，锦曦着急想探听她的消息。"锦曦暗自盘算，朱棣遇刺兹事体大，不宜宣扬，不管他是否平安，自己心中还是珍贝更为重要。便随口编了个谎言告诉李景隆自己与侍女同行，结果遇到贼人，那人武功高强，射伤了自己还掳走了珍贝。

李景隆松了口气，目光看向锦曦，心又跳了起来。听锦曦这般解释，他就明白她不欲张扬朱棣遇袭一事，她的侍女被掳又的确属实。

李景隆嘴边掠起一抹笑容，眼前这个女子遇事不慌不忙，说话真真假假，她一如当日郊外比箭时给他的印象，心机不浅。

想起锦曦还兰断情，拼死护着朱棣，他心里的火腾地就升了起来。

他生怕燕王立她为妃，着急请人上门提亲，被徐辉祖断然拒绝。想起太子看锦曦的眼神，李景隆明白朱标在徐辉祖的鼓吹下看上了锦曦。他不惜用落影去转移开太子视线。在这时魏国公让锦曦去凤阳，徐达的心意已明明白白。魏国公想把她许给燕王，徐辉祖断然拒婚想让锦曦嫁给太子，锦曦无论如何都不会是他的。

想到此处，李景隆心中一痛，凝视着锦曦缓缓开口道："锦曦，我舍不得别人辱你半点儿，所以一把火烧了玉棠春。自从知道谢非兰便是徐锦曦，你可知道我日日去你府中看你，看你在园中读书，在绣楼绣花，我看着你一颦一笑已把你刻在心上。燕王寿宴，你可知道听说皇后与朱棣不喜欢你，我心中有多高兴吗？我第二天就请媒人去提亲，锦曦，为什么，为什么要拒绝我？"

锦曦低下头来，与李景隆相识至今的情景历历在目，他护着她，对她好，她不是没有动过心。嘴里泛出苦涩，她低头轻声道："我本以为你不是那样的人，多情公子只是你展现与世人的外表，可是……你并非真的只是空留了个外表，不是吗？"

"你在吃落影的醋吗？"

锦曦抬起头，双眸清亮，神色坚定异常："当时我便说过，你以后想说，就不必再说了。我岂会与一株兰花争风吃醋？"

雨墨喜滋滋地情不自禁泄露了兰花的秘密。锦曦感激李景隆用落影转移开太子视线，此时却突然明白了，落影是李景隆的人，是他的一步棋！他可以不动声色灭了玉棠春，说是为她，又怎么不是在为落影当花魁扫清障碍？

他送落影给太子，是解她的围还是接近太子？锦曦越想疑惑越多，灵台越发清明。如果说当日李景隆的温柔与送兰的深情让她青涩的心有了心动的感觉，就算雨墨无意透露兰之秘密时她也觉得心动。然而转眼之间，锦曦的心便坠入了谷底，李景隆越发捉摸不透。

她对他的感觉，有甜蜜心动也有恐惧和害怕。

"锦曦并未许诺过公子什么。"她慢慢地开口道。

李景隆望着锦曦，她肤如青瓷，眉若修羽，垂眸时两排凤翎似的黑睫，微翘的鼻子，浅粉色的双唇，他突然想起藏身树上见到她的如瀑长发。一冲动走到床边，抬手便拂散了刚梳好的发髻，黑发倾泻了满肩。

锦曦微张着嘴吃惊他的举动。

他猛地站起，眼中露出伤痛之色。他连她都可以杀，他本以为他的心已硬逾铁石，可是见她跳下山崖却为她心急，为她心疼，为她生恨。李景隆痴痴地看着她，俊脸板着，双瞳颜色渐深，像两粒晶石闪烁着忧伤的光。他一字一句地说："既然无意，景隆也不愿勉强，再养几日，我便送你离开。"

李景隆走后，锦曦才感觉房间内压力一松，她抬起头，目光触及那盆素翠红轮莲瓣兰，想起雨墨所说已命名为非兰，又叹了口气，说不出是喜是忧，是酸是甜。

再过了些日子，船行进淮河。锦曦伤势渐渐地好了。也不知道李景隆用了什么秘方，右肩处只留下淡淡的红痕。

雨墨再来侍候她，已变得沉默，服侍完她便告退，再不多说一句。锦曦沉浸在自己的思索里，也不再多问。

偶尔步出船舱再遇到李景隆，他淡淡地问问锦曦伤势如何，再不谈别的。

船不大，处处布置精巧，锦曦闲来无事，时常四处走动。李景隆也没告诉她哪儿能去哪儿不能去。锦曦闲步便进了书房想找两册书消遣。

她翻着书，听到舱外有脚步声朝书房走来，便站了起来想打个招呼，突听到两人一前一后走至舱门前正说着："燕十一掳走一女子，据说是魏国公府千金……"

锦曦一惊，自然地隐在了帷幔后面。

舱门被推开，进来两人，一个人道："公子，接下来要怎么做？"

李景隆想了想道："消息可属实？"

"绝对属实，只是不知燕王为何要掳魏国公府千金，且在第二日，有线报说镇外松坡岗燕王被袭，小姐也是那时受的箭伤。"

"燕王掳走了珍贝？没道理啊，珍贝顶着我的身份，好歹也是魏国公府的大小姐。"锦曦一掀帷幔走了出来。

"你先下去。"李景隆吩咐下属退下，抬步走到锦曦面前道，"下人探报，掳走你同行侍女的是燕王标下亲卫之燕十一。至于为何就不得而知了。"

锦曦再镇定也为这个消息感到震惊。如果是朱棣掳走珍贝，那么房中的书信又是怎么回事？这一切都只是朱棣的苦肉计？他为什么要这样做呢？锦曦想不出朱棣这样做的原因。回想当日情景，松坡岗一战绝非演戏。

她沉思的时候，李景隆寒着脸道："锦曦原是这般不信任景隆！"

锦曦脸涨得通红，虽然拒绝了李景隆，她也能感觉他对她总有着特殊的情感。"不是，只是想燕王遇袭是大事，所以才隐瞒，对不起！"

她瞧到李景隆隐忍地笑了笑："算了，锦曦心中没有景隆，不说也是自然。"

"不是这样的，你，一直待我好。这条命也是你救的，锦曦实在惭愧。"

李景隆怔了怔，温柔地说道："原本是景隆自然而为，不应图报的，只是，我……"

他目中似轻轻燃起了一点儿火焰。锦曦瞧得一愣。

一抹笑容从李景隆嘴边浮起，他伸手抬起锦曦的下巴，喃喃道："锦曦，我怎么又控制不住自己了呢？"

他的声音沉沉得如海底的香木，发出醉人的味道。锦曦觉得头有点重，思维如煮开的糨糊，慢慢地变黏稠，慢慢地转不动。瞬间，一个轻轻的吻如羽毛般抚过她的唇，带着一点儿凉意，微微的痒。

她睁大了眼看着他，看着他双眸中自己的影子如水波荡漾。

"非兰，只做我的非兰可好……"带着蛊惑的声音与他的唇正要印上她的。

雨墨的话在耳边响起，落影原也是他的兰，锦曦一抖，猛然清醒推开他，夺门而出。

李景隆呆住，恨恨地一掌拍在书案上，俊脸上闪过一丝怨恨。手拂过书案上的机关，地板上翻出一道暗门，他闪身而入。

下面是底舱密室，雨墨跪着，见李景隆进来，轻咬着唇拉开衣袍，雪白的背上密密印着鞭痕："公子！"

李景隆冷冷地说道："我不知道我的雨墨几时变得这么多嘴了。"说着已取鞭狠狠地抽上了雨墨的脊背。

雨墨低头伏地发出一声闷哼，痛得浑身发抖，背上再添一道血痕，印在雪白的背上分外夺目。

李景隆挥过三鞭停住手，问道："心里可怨恨于我？"

"雨墨不敢，是雨墨多嘴，雨墨再也不敢了。"说着，两行泪无声流下。

"哼！是我带你出来让你得意忘形了吗？你忘记怎生得来雨墨之名的？"

雨墨一震，顾不得上身赤裸，膝行扑到李景隆脚下抱着他的腿放声痛哭，"雨墨知错，公子，饶我这一回，雨墨再不敢多嘴！"

李景隆一脚踹开她，狠狠地说道："若不是锦曦见过了你，依兰园规矩你早没命了，每日三鞭便宜了你，回去之后，再把剩下的三十鞭补足了！"

雨墨捣头如蒜，知道已逃过一劫，连声呼道："多谢公子开恩，雨墨一定将功赎罪。"

将功赎罪？李景隆眼里露出一线讥讽，伸手抬起雨墨的脸瞧了瞧，突笑道："雨墨，你喜欢徐家小姐吗？你就跟了她吧。三十鞭也就算了。你，还是公子喜爱的雨墨。"

雨墨不知所以地看着李景隆。

李景隆露出笑意，语气变得温柔："非兰不喜欢待在我的兰园，生在野地公子怕别人采了去，雨墨，你好好护着她。"

"是，公子，雨墨定不负公子所望。"

"过来。"李景隆轻柔地唤道。手一翻掌中多了一瓶伤药，用手指挑出一团抹在雨墨的背上，用手掌细细揉化开。他悠然地说道，"我家兰园之中，从未有带伤的兰。以后不会落下痕迹的。"

一股兰香在舱房中飘散开来，背上一凉，雨墨只感觉一双带着热度的手力度适中地抚过脊背，带来阵阵热力与酸麻的感觉，口中不自觉地溢出细碎的呻吟声："公子……怎么担得起这么好的伤药。"

"担得起，魏国公府大小姐的闺中姐妹，自然是担得起的。"李景隆不紧不慢地说。

雨墨一惊，"公子可是要送走雨墨？"

"怎么？你不情愿？"

手在她背上停了下来，雨墨身子一僵，回身扑到他腿上哀声求道："公子别抛弃雨墨……"

李景隆伸手拭去她脸上的泪，"当年便让你选了一回，你愿意做雨墨时便清楚兰园的规矩，既是我的兰，生如此，死，亦如此。"

雨墨眼中爆出光彩，忍不住伏在他腿上哭了起来。

李景隆轻抚着她的黑发，发如绢纱带来丝滑的手感。他伤感地看着雨墨道："从前我的雨墨可从来不敢怀疑，唉！"

雨墨哆嗦了一下，抬起头看着他道："但凭公子安排。雨墨只求公子……"

话未说完，李景隆已俯身吻住她，雨墨微喘着气热烈地回应着，两只玉臂已绕上他的脖子。然而李景隆并未继续，停住了这个吻，叹道："好一个梨花带雨，海棠含春。"轻轻把衣衫给她披好，站起身道，"你是明白人，公子得不到的，绝对会毁了，也不会留给他人。"

雨墨失望地看着他离开，突然间明白了一切。那位小姐，那位受伤后被公子从水中救出的人，原来就是非兰。她一闭眼，晶莹的泪顺着脸颊淌落。苦笑着想，谁说兰气度高洁不与争春，兰也分凡品、珍品。比起素翠红轮莲瓣兰，雨墨落影都不过是草罢了。

水天一色，两岸青山隐隐，远处一列船队正在缓行，眼尖如他俩已瞧到旗帜招展处黑色的燕字迎风飘扬。

锦曦穿着玉色长衫，头发高束以玉环相扣，立在船头衣袂飘飘，气度从容。

李景隆瞧了半晌才走过去，"锦曦……"

"李公子。"锦曦含笑一礼。

"你一定要和我生分吗？锦曦，落影是很早……"

"锦曦资质愚钝，无法了解兰之品性。以非兰之名男装行走江湖，非兰，意思是不是兰花！"锦曦含笑打断了李景隆的话，目光澄明，不带丝毫情绪。

李景隆被锦曦的有礼与平静险些气成暗伤，明明见她情动，此时的锦曦面带微笑，仿佛那天书房之事没有发生过似的。止住胸膛内那股子不舒服，李景隆眼珠一转展眉笑道："锦曦，你是吃醋吗？"

锦曦平平地道："我说过了，不会为一株兰花吃醋，何况，我早把你的兰花还给你了。"

李景隆笑容瞬间僵硬，心口掠过一丝不甘，他盯着锦曦，双眸转冷，"你是还给我了。景隆送出之物却断然没有收回来之理。"

锦曦一愣，秀眉微挑，眼神转冷，"你待如何？"

李景隆却是"扑哧"笑了："呵呵，说出来就好了，景隆可不是胡搅蛮缠之人！"

突然而来的转变让锦曦有点反应不过来，这才是真正的李景隆吗？喜怒变幻莫测。心里叹息，她居然为了他动情！压住心中的想法，夸张地拍拍胸："李大哥吓死我了，真以为你生气了呢？"

"呵呵，生气，其实还是生气的，因为，"李景隆一本正经地说，"锦曦，我喜欢你。"他恢复了平日展现于人前的浮浪模样，嬉笑着说，"燕王若知道非兰是女儿身，你说他会不会被气死？"

"你想让他知道吗？"锦曦一惊，她已经被李景隆瞬息万变的情绪弄得晕头转向，前一刻怒气冲冲，转眼情意绵绵，这会儿嬉皮笑脸。

"不，不想，我就盼着瞒着他一生一世才好，这样他就永远不会立你为妃。"李景隆毫不犹豫地说道。

锦曦以为李景隆要拿此事要挟她，听他这么一说便侧过头瞧他。顿时陷入一双深沉的双瞳内。李景隆坦荡地让她盯着看，半晌，戏谑地笑道："看够了吗？我说的可是真话？"

锦曦轻叹口气移开头，久久不语。

"锦曦，我是认真的，可是你父亲与你大哥一个人中意燕王，一个人中意太子，断不会允我，可是景隆只在意你的看法，你若愿意，我带你浪迹天涯也心甘情愿。"

李景隆真挚地说着。锦曦有点恍惚。长这么大从没有人对她这般表白过，还是她曾芳心大动的人。

她怔怔地站着，河风吹拂，李景隆的情绪，她难分真假，良久才幽幽叹了口气。

没过两日，远远地看到淮河上飘着绣着黑色"燕"字的大旗。

"咱们快要靠上燕王的船队了。"香风吹来，锦曦回头，李景隆身着暗绿长袍，衬得人精神抖擞。

不多时，船靠近燕王船队，李景隆提气报道："曹国公府李景隆求见燕王殿下。"

锦曦是头回见着这种高三层的楼船，随着距离的接近，她好奇地仰着头欣赏楼船的壮丽。一张脸突然从楼船船舷边探出来。朱棣居高临下地审视着锦曦，嘴一扯，眉眼间绽放出夺人的光彩。

锦曦看得一怔，见朱棣轻拍船舷，笑了："谢非兰，你居然还活着。"

什么话？锦曦翻了个白眼，心想，你居然也还活着。想着珍贝还在他手上，赶紧咧开嘴一笑。然后就看到朱棣眼中笑意更浓。

这是锦曦第一次看到朱棣真心诚意的笑脸，狭长的凤眼笑眯成了缝，长长斜飞入鬓似的，他开怀大笑着露出了一口雪白的牙，锦曦想起他掳走珍贝还能笑得这么张扬，突然就觉得脖子有点冷。借着船身滑过，她顺势低下了头。

朱棣身着白底绣五爪行龙袍，外披同质罩衣，金冠扣顶，袖袍被风吹得鼓了，威严之气毕露。他坐在华盖下的椅子上喝茶，两列燕卫红黑朴服箭衣，威风凛凛立在他身后。

李景隆与锦曦上了船，上前正欲行礼，被朱棣一把拉住："不必多礼啦！能与故人相逢，本王很高兴。"凤目从非兰身上意味深长地掠过，笑道："景隆，你怎么也往凤阳去啊？真是巧！"

李景隆笑嘻嘻地说："王爷，景隆打算去凤阳名山寻找珍品兰花，没想到竟意外在河中救起了非兰。听说王爷前往凤阳巡视灾情，就赶了上来。"

"非兰的伤可好了？"朱棣含笑朝锦曦走了一步，伸手就去拍锦曦的肩。

李景隆此时也似无意地跨前一步，拱手挡在了锦曦面前："王爷，非兰听说殿下救回了他的表妹，心急地一个劲儿催促景隆赶上王爷的船队。"

锦曦赶紧接过话头："多谢王爷，非兰一颗心总算落到了实处。对了，燕七大哥呢？"她始终挂念着护她跳崖逃生的燕七。

朱棣笑容不改："非兰，见到你本王真的很高兴，徐小姐现在中都皇城，不日就可相聚，燕七另有要事在身，不在船上。这一路行来，风景是好，却少了朋友。走，景隆，今晚咱们三人好好聚聚。"

说着，他一手拉着李景隆，一手拉住锦曦，大笑着朝舱中走去。

李景隆面色不变，边走边说笑话，眼神有意无意地瞟过朱棣拉着锦曦的手上。锦曦瞧着分明脸一红，却没法挣脱。只能安慰自己，现在是男子，这也不算失礼。

朱棣一边说笑心思已转过千百回。燕七死了，谢非兰被突然要去凤阳名山寻珍品兰花的李景隆救了，救她的时候却没看到燕七，这中间又发生了多少事情呢？

他一手一个，只觉谢非兰的手温绵嫩滑，手骨奇小，与李景隆俨然有别。不经意地侧头望过，谢非兰又无耳孔，再看脚下，绝无缠足迹象，难道他真是男生女相？但那只手握在掌心绵若无骨，感觉极为舒服，朱棣心中一动，手握得更紧，直行到舱房门口放开了李景隆却是牵着锦曦的手入席。

锦曦摆脱不得，心想，要是被朱棣看出来是女儿身倒真是麻烦了，怎么得了。

席间三个人坐定，仍是朱棣居中，李景隆与锦曦左右忝陪末座。

朱棣笑道："景隆，本王救了你的心上人，你拿什么来谢我？"

锦曦一愣，想起李景隆上门求亲之事，一下子变得极不自然。

朱棣看在眼里，便作恍然大悟状："原来非兰年纪虽小，对你家表妹已心存爱慕，呵呵，景隆，不是我说你，你虽自命风流，人才却不及非兰了。我若是徐家千金，自然也是倾心非兰的。哈哈！"

李景隆于是夸张地叹了口气说："非兰与表妹情真意切，做哥哥的怎么也不能夺人所爱，对了非兰，魏国公同意把女儿嫁你吗？"

"叔父早已默许，这才容得非兰护送表妹回凤阳。多谢李大哥成人之美！"锦曦顺竿而上。装男人装到底，把所有的退路先堵死。

"非兰，你那表妹，还是不娶为好，蛮横不知礼数，上次一见，本王差点被熏晕过去。你现在年纪尚幼，再过两年，本王另外为你寻觅温柔佳人便是。"

"王爷的美意非兰心领了，自幼非兰就发誓非表妹不娶。"

锦曦说得郑重无比，李景隆心里好笑，端着酒劝道："殿下莫要小看了非兰，景隆救起她之后，府中侍女雨墨日夜看护，非兰已决定收了雨墨为侍妾。哈哈，到了中都，少不得先叨扰非兰一杯喜酒！"

朱棣一怔，见锦曦连耳根都红了，更是玉面生俏。他暗想，莫非真是自己多疑？大笑道："如此先贺喜非兰了，本王先干为敬。"

锦曦端起酒碗，感激地看了李景隆一眼，也一饮而尽，心中却寻思起李景隆把雨墨送到她身边的用意。

"对了，王爷，此去凤阳巡视，一路可有收获？"

"哈哈，路途风景无限，却是在应天见不着的，心情愉快之际，又得景隆与非兰作陪，想必一路更不会寂寞。父皇生辰之时答允让我出来游玩，找了个巡视灾情的名头遂了我的愿而已。待在应天府也太闷了。赈灾有太子殿下亲力亲为，还能出什么乱子。"朱棣不置可否地说道，摆出一副游山玩水的模样。

李景隆也笑着说："是啊，皇上收伏天下，对凤阳最是顾念，年前修了皇城定为中都，这淮河决堤，皇上心中自然也是挂念的，不然也不会让太子殿下亲领赈灾了。"

"太子殿下做事历来稳妥，我不过就是借机游玩。四海升平，国库充盈，小小水患咱大明朝还没放在眼底。来，喝酒！"朱棣笑着劝酒，不再谈巡视灾情的公务。

李景隆当然也不再提，端酒慢慢饮下道："王爷这么开心，想必此行一定愉快。"

"呵呵，那是当然，"朱棣满脸喜色。他一语至此，再不多言，又端着酒坛劝酒。

李景隆想起，燕七死了，朱棣却道他外出办事，讥讽的笑容从嘴边似有似无地闪过，朱棣，你也有露破绽的时候吗？他神情变得更为愉快，也跟着起哄喝酒。

他二人均是海量，锦曦酒力平平，不多时已觉得头昏脑涨，便道："王爷，李大哥，非兰不胜酒力，先行告退！"

"好，今日见非兰平安归来，又得见景隆，真是开心，本王也喝了个七八分醉，都早些歇着吧。来人，引谢公子去客舱休息。"朱棣不容二人吭声，自然地安排锦曦留在自己船中，却对李景隆说："景隆，你既是去名山寻珍兰，你的坐船便跟着本王船队一同前往凤阳，到了凤阳，再走不迟。"

李景隆当即起身告退，看了眼锦曦让她小心不要引起朱棣怀疑，便回自家坐船了。

锦曦进了舱房，见里面布置华丽，她有些口渴，刚倒了杯茶，就听到朱棣清醒无比的声音传来："非兰，能告诉本王当日你与燕七的情况吗？"

锦曦猜到朱棣留下自己当是要问个明白，于是一五一十说了。

"燕七死了。"

"啊？当时燕七拉我跳崖之时，非兰中箭，燕七只是些许轻伤！"锦曦不由得大惊。

朱棣沉沉地看着她不语。

"你怀疑我?!"锦曦有点愤怒。

朱棣睥睨着她："我如何不能怀疑你？那群黑衣人如何得知本王要与你同去？去了之后招招都冲着本王来，对你却不下杀招。"

锦曦气得发抖，拼死护他，却招来怀疑，她冷笑一声道："王爷为何指使燕十一掳走我家表妹？那封信又怎见得不是你所写？"

朱棣凤目一张，寒意逼了过来："你是如何得知魏国公府小姐是我指使燕十一所掳？"

"哼，若要人不知，除非己莫为。人原来真是你掳走的！信是不是你留的就难说了！"锦曦明知那封信不可能是朱棣所留，不然，也不会赔上燕七性命，但见朱棣怀疑她，心里气恼，更生气他竟令人掳走珍贝。

"你！"朱棣气结。

"我什么？难道人不是你掳走的？你明知我与表妹情投意合，你掳走我的心上人是何用意？啊，你明知李大哥爱慕我表妹却偏不让他们见面，王爷又是何居心？"

朱棣原本只想整整谢非兰，掳走珍贝让他着急，以报被他摔倒在地的仇，现在却是百口莫辩，突想起被她一脚踹下山崖，怒气翻涌，双手抱臂傲然道："若问这居心吗，很简单，本王也看上你表妹了，决定请父皇赐婚，立她为燕王妃！"

"你，你无耻！"锦曦又急又怒。

朱棣看她惊怒，不觉好笑，心里的火气瞬间没了："别以为你救了本王就敢对本王无礼。实话告诉你，掳走你家表妹，就是为了报你一跤之仇。"

"现在王爷气平了？非兰不与你计较掳走表妹之事，更不会张扬出去，可好？"锦曦想了想，还是不愿惹怒朱棣，珍贝人好好地待在中都皇城，此事就算了。至于设伏的黑衣人，她不查，朱棣也不会放过的。

朱棣愣了愣，喉间溢出阵阵轻笑："非兰，你实在有趣，不急不躁，能迅速判定事情轻重。我掳你表妹，你摔我一跤，咱们扯平，再不提及。"

朱棣不怀好意地看她放松了表情，脸一沉："不过，你竟敢踹本王的……哼，这账又如何算呢？"

"殿下不是打过非兰一巴掌吗？也扯平！"

"呵呵"，朱棣忍不住就想笑，谢非兰可真懂得息事宁人，他就想逗她。"本王是何身份，你又是何身份？嗯？"

"王爷意欲何为？"锦曦记起李景隆临行前的眼神，告诫自己要忍，一定要忍。

朱棣故作沉思状，想了会儿道："燕七殉职，本王少了一个护卫，这样，你就做本王的护卫吧。"

锦曦气得使劲瞪了他一眼。

"两个月！"朱棣比比手指头，笑道，"就本王在凤阳巡视这两个月！两个月之后，本王不再追究你的大不敬之罪。"

"我还要护卫表妹，还要，"锦曦拼命地想，突想起李景隆说起的雨墨，一咬牙说道，"还要与雨墨成亲！"

"魏国公府的千金回凤阳老家就住在中都皇城好了。本王巡视一事吗，唉，不是本王说你表妹，她想必是喜欢跟着的，至于你纳侍妾吗，本王给你办个热闹的，必不会委屈了景隆的侍女！"

锦曦一愣，反应过来讷讷道："成亲热闹就不必了，那个，表妹会不高兴！"

"这么说，非兰是答应了？"

锦曦心想，先应下，等找着珍贝，请李景隆帮忙，及早离开便是。当下道：

"这两个月非兰听从殿下差遣。"

朱棣长声大笑着走出非兰舱房，谢非兰，你实在有趣，这两个月真的不会寂寞了。

他走回主舱，燕九早已肃立等候，见他进来便递过燕五信报。朱棣看了冷笑道："这凤阳可真是越来越热闹了，朱守谦马上要大婚，怎么也跑来了？都给我一一盯紧了。"

朱棣陷入了沉思。难道这次淮河决堤，朝廷赈灾有大文章？他淡淡地吩咐道："眼睛放亮点，父皇叫我前来巡视必有深意。再浑的水也要把搅乱的鱼看清楚了。"

"是！"

第二日便到达了凤阳码头，李景隆听说非兰要做朱棣两个月侍卫，惊诧从眼中掠过，深深地看了锦曦一眼，再不多言，也不提雨墨之事，上岸后便拱手告辞。

码头已被围得水泄不通，凤阳县令并一干当地官员富绅早早便伸长了脖子候着了。

锦曦站在朱棣身后，板着脸等仪式完毕。

朱棣却端着茶，慢条斯理地与地方官员寒暄。不知不觉，锦曦站了一个时辰，早已不耐烦之极，便东张西望四处打量。

燕王代天子巡视，凤阳码头人山人海。锦曦伸长了脖子，目光所及处不是人头就是旌旗招展，听朱棣还在缓缓地问受灾地方的情况，便叹了口气，觉得这护卫如此当下去，实在是闷得慌。

突然，她眼角瞟到一丝银光闪过，条件反射地挡在了朱棣面前，手中已抄到一把柳叶飞刀："王爷小心，有刺客！"

随着她这声大呼，码头上乱成一团。

凤阳县令吓得坐倒在地上，人群开始纷乱。燕卫纷纷拥上来把朱棣围了个结实。

然而，除了这把刀，便再无动静。

锦曦皱皱眉，往飞来时的方向看去，人群拥挤散开处，有一位头戴纱帽的男子看似与人群一同退去，但凭着感觉，他的气质却有鹤立鸡群之感。

锦曦不作他想，足尖一点儿已追了过去。还不忘回头喊了一声："保护王爷！"也就这一回头，她瞧见朱棣还端着茶在喝，丝毫不见慌乱，嘴边还带着一丝笑意。

她一愣，身形缓慢，就停下了脚步，看了眼消失在视线中的男子又施施然走了回来。

"怎么不追了？"朱棣含笑问道。

"没看清是谁发的刀。"

"王爷受惊，还是先去皇城歇息，本官一定严查缉捕刺客！"凤阳县令苍白着脸跪伏于地。

"啪！"朱棣突然变色，将手中茶碗狠掷于地，"本王初到凤阳就遇刺客，不过是巡视灾情，就有人敢前来行刺，有什么事情是不敢让本王知晓的吗？李县令，通令全县，本王代天子巡视，明日起连续三日坐镇县衙，受理各种诉状，举报投诉者，只要情况属实，赏银十两。"

"是，下官遵命！"

"还有，"朱棣寒着脸道，"若给本王发现有人阻止前来鸣冤举报者，杀无赦。"

李县令浑身一抖，深深地埋下头："是！"

"去皇城！"

队伍浩浩荡荡往皇城进发。朱棣乘轿，锦曦正要上马，朱棣对她招了招手："非兰与本王同轿吧。"

锦曦看了眼那顶大轿，众目睽睽之下与朱棣同轿？她想起朱棣的狡猾，不想担被他发现的风险："非兰做王爷护卫，骑马护着车轿便好。"

"这万一途中有人再行刺……"朱棣似乎为难地看着锦曦。

她无可奈何只能跟着上了车轿。

轿内甚为宽敞，锦曦规矩地坐着，朱棣突笑道："非兰为何在本王面前一直拘谨？本王很可怕？"

"王爷身份贵重，非兰只是个护卫。但答允王爷之事，自当尽心尽力。"

朱棣见她如此小心，觉得无趣："哦？尽心尽力啊？若是无人行刺，非兰不是无用武之地？这样啊，那每日安排人手时不时射点飞刀也好！"

"方才在码头是王爷故意安排的？"锦曦蓦然瞪大了眼。

"是啊，我见非兰站在身后甚是无聊，接接飞刀也好，省得那县令啰唆半天也说不到重点。"

锦曦瞧朱棣说得理直气壮，不由得气结，嘴一撇："说的也是，不这样，怎么找理由扔茶碗发脾气？怎么好当众立威办理公务？呀！王爷真是好计谋，以后再有飞刀，非兰肯定不接了，若是王爷受伤，还可以用这理由把怀疑的人抓起来慢慢审。嗯，这也不错，王爷就每日多安排点人手行刺吧，以王爷这身锦衣蟒袍，绝对不会误伤无辜之人。"

"你就这么盼本王受伤？"朱棣眼睛眯了眯，脸板了起来。

"这个没办法，谁知道那柄刀是真是假？谁叫……王爷不会武呢？"明知这是朱棣的痛处。锦曦偏生要戳他痛处，她叹了口气，突然眼睛一亮笑道，"传说中以金丝编成软甲能刀枪不入。反正王爷也不缺金子，弄一件穿穿，若是出府忘了带银子，抽根金线也不会被人说吃白食。"

朱棣眉一挑，声音已经转冷："谢非兰，莫要以为你是靖江王的表弟、魏国公的远亲就可以嚣张！既然做本王的护卫，这两个月你就小心点，别让本王伤一根头发，不然……"

"王爷每天都会找人来刺杀自己。非兰可没这本事护你周全，要知道王府的燕卫个个武艺高强，这护卫，非兰做不了，王爷另请高明吧！"锦曦想若不是没见着珍贝，她怎会低声下气答应做朱棣的护卫？！

"你不担心你的表妹？不担心魏国公斥责与你，不答应亲事了？"

锦曦心想，魏国公？我爹才不会斥责我为了珍贝做你护卫，怕是知道我为了珍贝这般抛头露面低声下气才会恼。

"多谢王爷好意！非兰受伤期间，雨墨衣带不解侍候非兰，非兰总算知道何为温柔乡便是英雄冢了，想想王爷说的也是，表妹大家出身，骄横刁蛮不知礼数，非兰歇了娶表妹的心思也罢。"锦曦笑逐颜开，大喝一声，"停轿！"

朱棣一愣，轿子一停，锦曦伸手便去掀轿帘。他伸手一把扯住她，也喝道："车轿前行！"

不等锦曦挣扎，他笑道："难不成你想在轿子里再摔本王一跤？"

锦曦愣住，使劲甩开他的手："我说不做你的护卫就不做。我已经修书回魏国公府，告知叔父表妹被燕王殿下安置在皇城，好着呢。"

"哼，谢非兰途中意图对魏国公千金不轨，被本王当场撞见，所以才令燕十一救出徐小姐……"朱棣说着目光如炬看向锦曦。

"不要脸，本末倒置，指鹿为马！你以为表妹会与你同做伪证陷害我？！"

朱棣悠悠然地接口道："若是魏国公得知本王欲立他的千金为王妃，你说，他会不会同意陷害你？"

锦曦大惊，她最怕就是这件事。珍贝假冒不外也是为了引起朱棣的反感，如果弄假成真就玩完了。她气鼓鼓地说："王爷不是讨厌我家表妹？你就不怕娶了她从此燕王府鸡犬不宁？"

"这你就错了，本王不知道娶了她再另寻佳丽？燕王妃头衔……只要她是魏国公之女就行，她人怎么样不重要。"

"非兰做王爷侍卫，两个月，记住，说好了两个月！"锦曦悲愤无比地说完，扭头再不理朱棣。

"本王侍卫可不是站在本王身边充样子就行了，十二个时辰不得离开本王身边。"

"什么？"

朱棣很有耐心地解释："就是说，本王用膳，以前是太监试过，本王不放心，从现在起由你来试菜。本王休息，你得站在殿外护卫……"

"难道你升堂我得站在你身后？你出恭，我得守在茅厕旁？"锦曦愤愤然接口，"还有什么？"

朱棣嘴角扯得很开，又露出雪白的牙，忍笑忍得浑身发颤："你很懂本王心意嘛，别的，燕九会一一告诉你。"他相当欣赏锦曦玉面上浮起的生气的红晕，像清晨阳光初升晕染出的朝霞。

燕王的日月

YANWANGDE
RIYUE

斗智斗勇
【第十一章】

110

到了皇城，锦曦跳下车，板着脸禀报："做王爷护卫之前，非兰可以先见过我家表妹不？"

"当然可以，请徐小姐偏殿一起用膳。对了，告诉徐小姐，莫要再浓妆前来。"朱棣扔下呆愣着的锦曦抬步走进西华门。

锦曦顾不得欣赏皇城的宏伟建筑，紧跟上朱棣解释道："非兰很久没见表妹，想与她单独相处一会儿，请王爷成全。"

"本王向来不喜欢下第二道令，你是想从前日起算两个月，还是想从明日起计算？"

当然是从前日！锦曦马上闭嘴，不吭声跟着他从西华门进入皇城。

锦曦就怕珍贝见了她露出马脚来。想起朱棣说的，为他试菜，天啦，珍贝见她如此会不会诚惶诚恐坐立不安？锦曦总觉得有什么地方不对劲，怎么就把自己陷于这个地步？她暗思，等见过珍贝，及早让她回魏国公府，自己了无牵挂，马上走人！

进了偏殿宫侍太监赶紧上菜，不多会儿就摆了满满一桌。锦曦吞了吞口水，无奈地站在朱棣身后。

"非兰！"珍贝刚进殿门惊喜地喊道，两行泪珠便落了下来。

锦曦赶紧上前一步，"别哭，我不是好好地来了吗？"

她背对着朱棣对珍贝猛使眼色，鼻子一痒，又想打喷嚏，退后一步好笑地发现珍贝还是浓妆艳抹。想起朱棣吩咐不要她浓妆，锦曦屏住呼吸一把抱住珍贝大声道："想死我了，表妹！你可受到惊吓？这些日子可好？瞧瞧，你这脸色难看的，怎么瘦了这么多。"

锦曦抱住珍贝的时候用手指在她背上写了一个"回府"字，珍贝瞬间领悟，顺势大哭大号："非兰！吓死我了。我要爹娘，我要回南京，我不待在这儿了，你送我回去！"

"放肆！"珍贝的浓妆看得朱棣胃口全无，耳中全是高声哭叫声，心里阵阵烦躁。目光凌厉地看向陪着珍贝前来的燕九和燕十一，那两人低着头，一脸无奈。他实在受不了猛喝一声，吓得四周的太监侍女腿一软跪倒一片。

锦曦放开珍贝，面带苦笑地回头看着朱棣，刚想张嘴，珍贝"哇"的一声哭得更厉害。她干脆扑到桌前，抬起一张被眼泪冲成几道沟痕的脸哭道："给王爷请安！我想回家！"

朱棣头昏得更厉害，他迅速地站起身甩开珍贝，"送徐小姐回房，明日备车轿送她回魏国公府！"

"真的？多谢王爷，非兰，走，咱们收拾东西去！"珍贝破涕为笑，拉着锦曦就要走。

"燕七！"朱棣沉声喊道。

珍贝和锦曦犹在往殿外走。

燕九和燕十一张手一拦："主上叫你！"

锦曦一愣，"叫谁？"

"你！"

"王爷在唤燕七……我？我什么时候变成你的燕卫？"锦曦回过头指着自己的鼻子吃惊地问道。

朱棣慢慢地说道："我说过，燕七不在了，少个护卫，你答应本王做本王两个月护卫，忘了吗？"

"是答应做你的护卫，可是……"

"燕七不在，后补的人仍叫燕七，若燕九不在，新补进来的人还叫燕九。"燕九好心地解释道。

锦曦目瞪口呆，当他两个月护卫，还没有自己的名字了？想起明日珍贝一走自己没了牵挂便可自由，锦曦决定忍。"王爷，何事？"

"试菜！"朱棣一甩袍子四平八稳坐了下来。

珍贝嘴唇颤抖，似看到什么怪兽似的，尖叫道："你居然叫魏国公府……"

锦曦用力一捏她的手，珍贝后半句话就便成了"你居然叫魏国公府的表少爷为你试菜！"。

朱棣冷冷地看了眼珍贝，她被他眼中的寒光吓得一抖，本想继续撒泼被硬生生吞回了肚，不忍心地看向锦曦。

"小姐，你明日由燕卫保护先行回应天府，我答应做王爷两个月侍卫，已经过了三天了，快得很，两个月一过，非兰就回去寻你。"锦曦只求珍贝早点走别拖她后腿。

珍贝含泪点点头，一步三回头地要走。

"燕十一，你把这道清炖鸽子送徐小姐房中，免得魏国公说我燕王府不讲礼仪，不知礼待他的千金！"

"是！"燕十一使了个眼色，一个小太监端起了桌上那锅清炖鸽子。

锦曦看到珍贝眼中露出一丝恐惧和绝望，心里已明白，这鸽子没准是大哥吩咐珍贝放飞的信鸽。她不禁失笑，温言道："小姐，你只要平安回到府，非兰就不用担心你了。以我的身手，谁欺负得了？"

珍贝点点头，含恨地看了眼小太监手里的鸽子，恨声道："本小姐要吃炖的岩鹰，鸽子早吃腻了！"杨柳穿风似的带着一身脂粉甜香步出了殿门。

"扑！"锦曦赶紧捂紧了嘴，她太喜欢珍贝了，也不知道她的机灵劲儿是大哥教的，还是自己的悟性。知道是朱棣的岩鹰抓了信鸽，便要吃回来。

"燕七！本王不喜欢下第二道令！"朱棣坐在桌旁心情极为不好。那个魏国公的女儿实在是……欠教训！

锦曦看了看满桌佳肴，腹中饥火又烧了起来。试菜吗？也不错！她朗声答道："遵令！"

尚食太监送过一只小银碗一双银筷。锦曦接过，一筷夹起一块熏鸭脯放进嘴里，肥而不腻，她迅速地吞下肚。太监瞧了她一眼，马上夹给朱棣。

锦曦出筷一挡："慢着，这么快？若是有毒还没有发作，你拿给王爷吃了……"

尚食太监手一抖，不敢动了。

"王爷，以我的经验，一般若是有毒必会在片刻之内发作。当然，有些是慢性毒，毒素会在积到一定程度才发作，所以，"锦曦又夹了一片吃了，挥挥手，"等我把这桌菜试完，如若无毒，王爷再安心享用吧！"

朱棣呆住。

锦曦端着碗围着桌子看了看，又夹起一筷子银鳕鱼吃了，顺便再盛了碗汤喝，接着落筷子如飞，每样菜夹了一筷子吃了。直到肚子已吃得撑了这才放下碗筷道："上茶！"

"还不能吃？"朱棣阴沉着脸看出锦曦想使坏。

"可以，当然可以，如果一盏茶工夫后燕七无事的话。"

朱棣明知道锦曦装怪，又是自己让她试菜的，气得半晌说不出话。

好不容易等到锦曦品完茶，尚食太监赶紧布菜。朱棣吃了一口，菜已凉了，眉一皱，还没说话。锦曦已先他一步喝道："照规矩是重新上菜还是热过？还是热热吧，重新上菜不是又要试一回？这淮河决堤，多少人没饭吃，传出去不知情的人还道燕王奢侈。"

朱棣于是眼睁睁地看着菜从眼前端走，再热过端回来。他也不动，瞧着锦曦道："燕七试菜！"

"不是试过吗？还是方才的菜啊！"

朱棣终于找到还击的机会，笑眯眯地说："若是有人在热菜过程中下毒，你不试，本王怎么敢吃？"

锦曦一愣，拿起银碗犯愁，她方才已吃得过饱实在吃不下。眼睛一转，每道菜夹了一小筷子吃了，不动声色等着太监给朱棣布菜，瞧他正要夹进嘴里的时候，运内功一逼，"哇！"吐了满地都是。

"王爷恕罪！不知皇城的菜如此好吃，菜色如此丰富，燕七试菜每道菜才夹两筷，太饱……"锦曦红着脸单膝跪地请罪。

朱棣掩住口鼻，气得不发一语拂袖而去。

锦曦这才慢慢起身，嘿嘿笑了起来："想整我，门儿都没有。看你还敢叫我试菜！"她绽出一脸的笑容对身边呆若木鸡的太监说："吩咐下去，自明日起，燕王每道膳食三菜一汤，不可超过一两银子！王爷是来巡视灾情的，你们如此铺张，希望落人口实吗？怎么？我说的话不算？我是王爷最信任的燕卫之燕七是也。记住了？！"一记眼风如刀扫过。

"谨遵大人令！"尚食太监吓得赶紧应下。

这才叫护卫嘛！锦曦整整衣衫，昂首阔步地走出殿门找朱棣去了。

朱棣寝殿在皇城西北角。此时天色渐晚，晚霞映照红墙黄瓦一片金碧辉煌。

锦曦心情很好，慢悠悠地边看风景边走过去。这是她第一次进皇城，只觉建筑恢宏，花木扶疏。皇城人少，偶听鸟投林轻鸣，心旷神怡。

想起朱棣还没用晚膳，锦曦觉得十分解气。还有一天，她想，过了明天，珍贝一走她也开溜，笑容越发灿烂起来。

刚走到荷池，就见燕九急急走来："燕七，王爷大发脾气，你怎么如此怠慢？你现在的身份是燕卫，这时候应该在王爷殿前值守！"

"燕九大哥，我想问问，不会就我一个人值守吧？"锦曦总疑心朱棣整她。

"王爷这次巡视，燕卫只出来十五人，外哨五人，五人另有任务，一人暗哨，值守只有四人，四人换班，今晚是我和你两人。王爷在府中也行军令的，你第一次轮值不知道便罢了，再有迟到，会被打二十军棍的。"

锦曦吸了口凉气想，朱棣真够黑的，这侍卫怕是不好当。她暗呼倒霉，才到皇城就轮到值夜，还好只是这一夜，明天一定开溜。"王爷身边不只这些侍卫吧？"

"宫中禁军哪及燕卫放心！看上去侍卫众多，燕卫却不能放松警惕。"

"你家王爷长在军中，却不会武功，真是奇怪。"

燕九不屑地笑了笑："武功又岂能在军中胜出？再好的武功能敌得过战场上的千军万马？王爷熟弓马骑射，一杆亮银枪使得出神入化，剑技也不差，王爷道上兵伐谋，运筹帷幄决胜千里，他千金之躯用不着和江湖高手对招。不然，拿我们做什么用?!"

锦曦撇撇嘴，心道，若是今晚有高手袭击，你家王爷还不是死定了。

燕九拍拍锦曦的肩道："燕卫个个武艺不凡，为的就是弥补这一缺陷，主人既然放心你做燕七，你武功当是了得，小心护卫主人，将来会有好前程的。"

好前程？锦曦暗暗发笑，明天溜了才是好前程。

说话间两人行到殿前，见每隔十步站了一名宫中侍卫。燕九恭敬地报道："主上，燕七与燕九前来轮值。"

"进来吧。"里间传来朱棣懒洋洋的声音。

锦曦走进内殿，见朱棣正倚在软榻上看书。一盏盘龙银烛烧得正旺，隐隐有香气传来。她不知道轮值是否就是站在朱棣面前，见燕九挺胸收腹站在离朱棣不远的柱前，她只好跟着站着。

朱棣看了一个多时辰的书才终于放下。锦曦站得不耐烦，就希望朱棣早点睡了，不用这样站着。

这时有宫女端着一盘点心进来。只见燕九上前一步问道："是什么？"

"是素丝小卷，小笼汤包，银耳八宝。"宫女低声答道。

燕九看了锦曦。她还是愣着，燕九只好轻咳了声做了个口型："试吃！"

锦曦哭笑不得，这晚上的消夜点心也要试啊？只得走上前去，见盘子一旁放着一只小碟和一双银筷子，她一样夹了一点儿吃过，宫女这才端给朱棣。

朱棣瞟了眼锦曦，眼中透出一抹得色。

于是锦曦想是不是还要再吐一次，她深深呼吸一下，听到朱棣喝道："你再敢吐，本王定打你三十军棍。"

"王爷，燕七只是呼吸一口消夜的甜香，一样只试吃了一口，不会过饱。王爷明鉴。"锦曦忍住笑毕恭毕敬地答道。

朱棣警惕地看看锦曦怕她捣乱，拿着筷子想吃又不敢吃的模样。

锦曦目不斜视，精神也跟着好了起来。不经意地看向燕九，见他一张脸红彤彤的，锦曦奇怪，再一观察发现那是忍笑忍的。她再也忍不住，哈哈大笑起来。

"咳，咳！"安静的殿内突然冒出锦曦的爆笑声，朱棣险些被茶水呛着，气得把杯子一放："谢非兰！你……燕九！"

"无端冲撞王爷，责军棍十下！"燕九终于出声，声音里还带着颤声，想必忍笑已忍成内伤。

"王爷，你动不动就打军棍，我不做你护卫成吗？"

朱棣哼了一声道："由得了你吗？男子汉大丈夫一言九鼎，你既答应了本王，怎么像个妇人？言而无信！"

锦曦心想，我就不是男子汉大丈夫，嘴一撇道："王爷算是说对了，非兰经常言而无信，叫王爷失望了，不过王爷言出必行，说明日送表妹返回应天当不会失言，非兰告退！"

她说着就往殿外走，笑嘻嘻地说："王爷，多谢你的晚膳和消夜，不错！非兰告辞！"

"放肆！你以为你是谁？说来就来说走就要走？"朱棣气极，这个谢非兰太嚣张了。

"王爷，忘记告诉你了，好像你不会武功，好像燕九的武功也不如我，好像咱们头顶上还有一名刺客！"话刚吐出，锦曦大喝一声跃起，挥剑刺向梁上。

燕九大惊，梁上传来阵阵轻笑声，锦曦已与一个黑衣人缠斗在一起。他跃至朱棣身旁大喝："有刺客！"

朱棣气还没消，就被眼前这场变故惊得呆了一呆，满腔怨气全发在黑衣身上。

见禁军侍卫拥进殿来，手一挥："射杀了！"全然不顾与黑衣人缠斗在一起的锦曦。

听他这样下令，还来不及反应，箭就飞了过来。

"还想擒我？你主子好像不把你的命当命呢！"黑衣人呵呵笑道。

"挡箭啊！"锦曦停止攻向黑衣人，心想我一心护你，朱棣你居然这么狠毒？她继而与黑衣人背靠背挡开箭支，还不忘狠狠地瞪向朱棣。

黑衣人突大笑起来："燕王机智果断，再打下去，你不想知道赈灾内情了？"

"停！"朱棣冷冷地看向黑衣人，"你不是来刺杀本王的，说吧，你有何目的？"

"王爷怎知在下不是想来杀你呢？"

"你伏在梁上很长时间，要下手有的是机会。"朱棣笑了笑又道，"这么蠢的问题你也问？"

黑衣人长笑一声："燕王，在下前来是一片好心。"说着从怀中掏出一物扔向朱棣。

燕九大喝一声："主上小心！"用身体挡下那卷物什。

黑衣人笑声再起："好个忠心护主的燕卫，告辞了。"说罢突然出手，锦曦只觉得眼前全是掌影，黑衣人武功竟高深至此！他踢飞几名侍卫，意味深长地回头看了眼锦曦，迅速闪身出殿，在一片"捉刺客"的呼声中消失在黑夜里。

"不用追了。"朱棣打开那卷物什，惊喜，矛盾，疑惑，一张脸变幻莫测。片刻他轻声道，"你们都出去吧，本王倦了，想歇息。"

"是！"

侍卫们鱼贯而出，燕九又回到内殿柱子旁站定。

"燕九，你也下去吧。"

燕九一愣，恭敬地答道："是，燕九告退。"

锦曦哭笑不得，想连她一起杀，这会儿突然就没事了？她摇了摇头，便想跟着燕九一同退出。

"非兰，你留下。"

"王爷还有何事？"

朱棣沉思片刻，似下了什么决定，对锦曦深施一礼。

锦曦吓了一跳，侧身避开："非兰受不起，王爷想说什么就说吧，这护卫非兰肯定做不了啦。"

"非兰，本王与你接触不久，但直觉告诉我，你绝非心存歹意之人，这一礼是谢你两次的相救之情。"朱棣正色道，"非兰，你可知本王来凤阳有多险恶了吗？这次赈灾必有天大的内情！他们不欲本王知晓，想置本王于死地，非兰，你说本王是放任不管保住性命呢？还是查个清楚明白，让灾民真正得到朝廷的恩赐？"

"当然是要让灾民得到朝廷的恩赐了！"锦曦想也不想脱口而出。

朱棣嘴边浮起一丝笑意："非兰，本王不与你斗气了，你留下来帮本王可好？要知道，本王单个是斗不过武林高手的。这里不比战场，却又比战场更凶险十倍。"

他的声音温柔诚挚，锦曦情不自禁地便点点头，能帮助灾民当然是义不容辞。

朱棣又是一笑："如此还是委屈非兰担当本王的侍卫可好？"

锦曦又点点头。

"明日升堂接受诉状，非兰早些去歇息吧，本王也非弱不禁风之人。非兰，本王若有得罪还请多多谅解！"朱棣又是一礼。

"王爷哪里话！这礼非兰不敢受，只要是为民解忧，非兰绝无怨言！"

锦曦于是告辞出了殿门。她总觉得哪里不对，又总觉得似没有什么不对。

燕九候在外间见她出来，忙道："燕七，走吧，我带你去侍卫居所。"

"不是要轮值守护王爷？"

燕九不好意思地笑了："侍卫居所就在偏殿，不用站在内殿的。"

锦曦恍然大悟，气结道："那，那今晚……"

"王爷气不过，你不让他吃晚膳……还有，消夜里，放了，放了泻药！"燕九吞吞吐吐说道。

腹中突传来阵痛，锦曦气急败坏捂着肚子，想起答应护朱棣彻查赈灾事宜，悔得肠子都青了，咬牙切齿道："茅厕在哪儿？"

燕九一指方向，锦曦如兔子一般飞奔而去。燕九再也忍不住呵呵笑起来，一转身看到朱棣站在殿门处脸上也露出了笑意。燕九赶紧止住笑，只听朱棣淡淡说道："吩咐下去做点养胃的，再送碗药过去，拉坏身体可不行。"

给一巴掌再给颗糖吃？燕九心里想着，嘴里却道："是！"

"等等，吩咐厨房为本王做点消夜。"朱棣板着脸说完，一闪身进了殿。

"是！"燕九低头答道，忍不住笑了。

　　锦曦骂完朱棣骂自己，然而大是大非她又分得清楚，护朱棣能让灾民得到朝廷恩赐，做他的护卫于民有利。想起朱棣整她，又不甘心。

　　她享受完厨房做的好吃的，又喝了药，躺在床上就想起那个黑衣人来。她进殿之时便发现了黑衣人的存在。她就想看完黑衣人袭击朱棣时的狼狈样再出手救他。然而黑衣人没有动静，她也不动。

　　黑衣人是谁？他交给朱棣什么东西呢？朱棣为何神情一下子就变了呢？是与赈灾有关的物件？这事，会牵涉到太子殿下吗？各种疑问涌上心头，锦曦翻来覆去睡不着。她瞪着天花板想，要不明天还是走了，暗中护着朱棣就好。她被自己两全其美的打算逗乐了，决定第二天送走珍贝就开溜。

　　锦曦安慰自己，暗中护朱棣，也是一样的，还自由。

　　第二天一大早，锦曦送走眼泪汪汪的珍贝，心里放下一块大石。她回到房中脱下燕卫朴服，换上自己的衣衫，想了想，只带了金银，空着双手就出了房门。

　　行到宫门前，两名侍卫挡住她："出宫令牌！"

　　锦曦一愣，抬头挺胸道："我是燕七，不认得了吗？"

　　"七爷见谅，王爷有令，出宫必须要有他的手令！"

　　"这样啊，那我去讨便是。"锦曦笑眯眯地说完，折身往宫内走，她知道现在皇城内除了燕王所居的太居殿，别的殿都只有值守太监宫女与巡查侍卫。出宫还不容易？锦曦走到一处无人的宫墙前，施展轻功几个起落便翻出了宫墙。

她走了会儿回头看看皇城笑了，"王爷，非兰告辞了，以后，你也不会再见着我了。"

锦曦听说皇上为上中都繁华，迁江南富户一万多人来凤阳，所以凤阳热闹不比南京差。她顺着街道随意地走着，突然感觉有道目光跟随着自己。

不慌不忙地拐进一条小巷。锦曦回头笑道："何人一直跟随在下？"

"锦曦！是我啊，表哥！"朱守谦露了脸，兴奋地说，"我就在想，应该是你，绝对不会错！"

"铁柱！你怎么也跑凤阳来了？"锦曦放松下来，没好气地问道。

朱守谦委屈地说："八月大婚，宫里派来了尚仪嬷嬷烦得我要命。听说你来了凤阳，就跟着来找你了。"

锦曦想哭，才甩掉了珍贝，又粘上了朱守谦，"你找我干吗？"

"和你一起行走江湖啊！"朱守谦眉飞色舞地说，"现在离八月还有两个多月，锦曦，我们一起行走江湖好不好？"

锦曦哭笑不得，"你是靖江王！你马上要大婚。你明年就要去广西封地。你是一府之主，怎么还胡闹啊？再说，你没有武功走什么江湖！"

"有你保护我啊！锦曦，你当我的护卫好不好？咱们就一路走一路玩，好不好？"

怎么又是护卫？！锦曦脸一板："不好！"

"锦曦，你一个人也不好玩是不是？不当我的护卫就算了，我当你的跟班成不？"朱守谦好不容易捞到这么个机会，哪肯放弃，牵了锦曦的手就走。

锦曦拿他没办法，和朱守谦感情又好，见他趁大婚前出来走走说得甚是可怜，便点点头跟着他往外走，刚走到街上，见人群纷纷涌往前方跑去。

"有什么热闹，去瞧瞧！"朱守谦也是个好玩的性子，拉了锦曦跟着人群往前走。

没走多久便到了凤阳县衙。衙门内外挤得水泄不通。朱守谦自带了王府侍卫，赶开路人让出一个空隙来。锦曦一下子明白是朱棣要开衙受理诉状，心里也好奇，便道："铁柱，我可不想和燕王打照面，你挡着点。"

她躲在朱守谦后面看。见堂前跪了一个老头，正哭着说："水淹良田七亩，房舍全无，老朽至今只领到朝廷三日的口粮，这些日子都是签了卖田契约才换到银子与粮食，如今水患已过，老朽一家人无以为生，求王爷为老朽做主！"

人群议论纷纷："太黑了，朝廷规定受灾之人每日可领粮一份，水退后还可领种子，怎么变成以田地换口粮了呢？""就是，谁这么黑心啊！"

锦曦见朱棣坐着没动，有侍卫呈上状纸，不多时让老头在供词上画了押。

接下来又有人上前，一个时辰看下来，朱棣竟接了十多份供状，大多是与这次赈灾有关。锦曦见午时快到，拉了拉朱守谦的衣袖，"我们走吧，表哥！"

只见里面跑出来一个燕卫，对着朱守谦一礼，"见过靖江王，我家王爷有请。"

朱守谦没办法带着侍卫往里走，锦曦正欲躲在散开的人群中混出去，已看到朱棣似笑非笑地看着她，只能硬着头皮走上堂去。

朱守谦走进堂内毕恭毕敬地对朱棣行了礼，"见过四皇叔。"

"免礼！呵呵！守谦哪，皇上可知你离开南京？"朱棣含笑同朱守谦说话，竟似没有瞧见锦曦一样。

"这个……"

"本王离开南京时记得皇上曾说，你八月大婚，这几月令你在府中好生看书学习礼仪，你觉得如果让皇上知道你私自离京，会怎样？"

朱守谦额上冷汗直冒，看了锦曦，脸色已变得苍白，"四皇叔，守谦不过是想出来玩几日……"

朱棣负手走到锦曦面前笑道："若论辈分，你也算我的皇侄，若是肯借你表弟当我两个月护卫，我便替你隐瞒了此事，你现在速回南京城，免得皇上突然想起你，找不着人。"

锦曦一怔，知道他该算账时绝不会含糊，不由得恨得牙痒，低声辩解道："非兰知道表哥来了，见见他也不为过吧？"

"哦，这样啊，"朱棣昨晚才礼贤下士想留住她，今天一早就不见她人，知道她是气恼自己在消夜里放泻药不辞而别。他也不说破，转头看看朱守谦，见他脸憋得通红，又笑了："守谦，非兰答应做本王两个月护卫。当然，若是靖江王不肯，本王也不会勉强，不过，如果答应了本王，少不得要签下这一纸契约。"他说完含笑看着锦曦。

锦曦看着朱守谦时红时白的脸，为难的样子不觉叹了口气："我签，两个月罢了。表哥，你莫要惹事了，速回南京吧，不要让皇上知道怪罪于你。两个月期满，我定回京喝你的喜酒。"刚跑出宫就被挡了个正着，这回好了，还要白纸黑字写下来，真够倒霉的。

她拉着脸不吭声。朱守谦却急了："这怎么能行，非兰！这要是传出去……"

"传出去怕丢你的脸是吗？想必王爷不会张扬此事的，是吧？"锦曦止住朱守谦毫不退缩地望向朱棣。

"这是自然，本王不是不会武功吗，不过就看上非兰一身本事了，守谦，你大可放心。"朱棣笑道。

朱守谦心想这下好了，直接送上门了，以后要是朱棣知道锦曦的身份可怎生收场。眼下却又容不得他不同意，若皇上知道他私出南京城麻烦更大，朱守谦是又悔又恨。

侍卫奉上纸笔，锦曦看了看上面写的："今有谢非兰，自愿做燕王燕卫两个月，绝不反悔。"她又想，签的是谢非兰，不是徐锦曦，怕什么？痛快地签了。

朱守谦悔恨地带着侍卫离开，却不忘放狠话："四皇叔，若是非兰少根头发，守谦少不得要去皇上娘娘面前理论一番！"

朱棣只笑着送他离开，轻声吩咐："回宫。"

回了皇城，锦曦只道没事，听到朱棣在耳边轻声了句："你答允做燕卫，这两个月你的命就是我的了，你若反悔，我便告朱守谦一状，皇上最恨不遵皇命之人。"

锦曦闻言气道："这两个月我做你的护卫便是，你别乱出花样整我，不然，我连表哥都顾不得了。要知道，人不为己，天诛地灭。非兰可不是讲信用之人。还有，我答应做你的护卫，那是看到这一带受灾百姓的面子上，不然，你的死活，我还真不放在心上。"

朱棣笑容僵在脸上，凤目一张，又是那种冷冷的目光瞟向锦曦。殿内安静了片刻才听到朱棣说："无趣！燕九，告诉她护卫该怎么做，混完两个月就走吧。"

"谢王爷。对了，月银多少？"锦曦开心地问道。

燕九一下子笑出声来。

"岂有此理！赶她走！"朱棣怒了。

"多谢王爷！契约拿来！"锦曦大喜，原来不做侍卫这般简单，"对了，是王爷毁约在先，王爷可不能因此参表哥一本，王爷说过，男子汉大丈夫当一言九鼎！"

朱棣仔细地盯着锦曦看，玉面上一双灿若晶石的眸子因为兴奋而灿灿生辉。

他心中一动，敛了怒容淡淡地说："本王收回所说的话，对不讲信用者，本王自然也不会以诚相待。你要走可以，契约不但不会给你，本王还会把你当成燕王府逃奴，悬赏缉拿，顺便再参上朱守谦一本。"

"明明是你赶我走！"

"是啊，那又如何，赶你走，你也可以求本王收回成命！"

"求你?!"锦曦怒极，眼珠一转对燕九道，"燕九大哥，请否容非兰与王爷私下聊聊？非兰有不得已的下情禀报。"

燕九看了眼朱棣，朱棣颇有兴趣地想非兰是否是面浅不肯当众讨饶，便点头同意。

等到殿内只剩下锦曦与朱棣。朱棣笑道："好了，你现在可以求本王了，没人瞧见……"

他只觉得身体一轻，已被锦曦甩上了睡榻。刚想出声，一床锦被兜头罩了下来，"谢非兰你……"

他的声音被堵在被子里闷声闷响传不出去，身上已结结实实被锦曦揍了几拳。然后眼前一亮，锦曦揭开被子退后好几步抄手望着他，"告诉你，非兰不会走，还要当你两个月侍卫，会好好保住你的小命为黎民百姓造福。王爷记好了，侍卫不是老妈子，非兰只保证你的安全，别的就管不着了。"

朱棣已气得眼前发黑，狠狠地瞪着锦曦说不出话来。

"技不如人，没办法啊！传出去王爷多没面子！叫人来抓我，还是和解？"

半晌，锦曦听到朱棣从牙缝里挤出一句话来，"以两个月为期，两个月之后，你休怪本王心狠手辣！"

"两月后，各凭本事喽！王爷能屈能伸，真乃大丈夫！"锦曦歪着头笑道。

"明日去名山。"朱棣按下心中的愤怒，眼下查赈灾是用人之际，谢非兰武功高强，虽说不把他这个亲王放在眼里，心中却有百姓。他打定了主意，接着说道，"黑衣人送来线报，前去途中有人埋伏想害本王，而名山不能不去！"

锦曦正色道："王爷放心，只要非兰在，定不会让贼子伤害王爷一根毫毛。非兰先行告退。"

朱棣一时半会儿有点接受不了她的正经，脸铁青着不说话，只见非兰捂嘴一笑，脸若初荷新开，"王爷大度，定不会与非兰计较，是吧？"

直到锦曦笑着离开，朱棣冷着脸还在想，敢打本王？本王还不会计较？你可真是太孩子气，"谢非兰，两个月，两个月后我不叫你哭出来我就不是朱棣！"

凤阳地形自北向南分别是平原、岗丘、山区。出了皇城一行人便向南行。

去名山的一路上朱棣倒真没为难锦曦，似乎已觉得不好玩了，留她做护卫不过是看上她的武功罢了。

锦曦记得朱棣说过黑衣人留下线索称名山会有埋伏。她想起李景隆正在名山一带寻找野生兰花，心中一动，催马前行至朱棣身旁问道："王爷，燕七究竟是怎么死的？"

朱棣斜飞了个冷眼，漫不经心道："本王被你一脚踹落山崖，你问我？"

"什么意思？"锦曦秀眉尾端扬起，声音里带着怒气。

被她摔了一跤，被她一脚踹在屁股上，还被她用被子蒙住打了一顿，还被她不放在眼里，朱棣骑在马上恶狠狠地想，什么意思？就是让你心里不痛快的意思！

"你怀疑我？"

朱棣微侧了侧头，不理锦曦。

"我说燕王殿下，好歹在松坡岗是我救了你！不然，你早成刺猬了！"锦曦翻了个白眼也不理朱棣了。

"是一箭穿心。"过了良久，她才听到朱棣沉声说道。

"不对啊，上次记得我告诉过你，燕七大哥拉着我跳崖的时候，他只受过一些轻伤，他怎么会又中箭呢？"锦曦很疑惑，对朱棣的拿脸拿色也有了几分了然，毕竟也是个亲王，她听朱棣开口说话，决定大人不记小人过，脑子全放在燕七中箭身亡的事情上。

朱棣意有所指地看看她，"所有的疑团总会有解开的一天，燕七不会白死。"

还怀疑她？锦曦哼了一声没有接嘴，转头观察起四周的情况，见眼前的地势渐有起伏，放眼处已到达丘陵地处。触目处水已退去，草木上还带着黄泥，远远看去，一道被水淹过的痕迹分外明显。她不由得叹了口气，"照这个高度，怕是这里的田地都给淹没了。"

"不仅田淹了，最奇怪的是洪水过后两月，居然没有补种庄稼，今年秋收无望了！"朱棣冷冷地接了一句，接着吩咐道，"燕十一，你去前面村庄瞧瞧，天色已晚，就在此歇息了。"

燕十一打马飞奔而去，半个时辰后回转，"王爷，该村名叫吕家庄，村里只有些妇孺老者，青壮年都去修河堤了。找着了村中大户，房屋还未被冲毁，已吩咐下去收拾行辕，迎接王爷。"

半个时辰后，马队进入了吕家庄。村子中等规模，住了百来户人家，低处的民房有些被水冲垮，只立着半堵墙，几根梁木勉强斜撑着，盖着竹席破布便又成了住人的地方。稍好的土坯房还没倒，房顶上却连苫房的草也不够，稀稀拉拉露着洞。山坡上的民房被水淹着的，也破烂不堪，摇摇欲坠。

村里人衣衫褴褛，面带菜色，用一双双惊恐的目光注视着衣着光鲜的马队。

锦曦瞧见一个妇人灰败了脸搂着个孩子，那孩子脏着脸，一双眼睛却黑亮得很，她随手从荷包里摸出一块碎银经过时不经意扔在妇人面前。瞬间她看到妇人灰败的脸亮了起来，死死地把银子握在掌心便趴在地上磕头。一声悲怆的声音从她喉间逼了出来："啊——"

那声音尖锐刺耳，仿佛一头野兽临终时的号叫。"咴！"锦曦的马惊得直立起来，她拼命勒马，惊了的马四蹄扬起，任她身怀武功也控制不住。

"马惊了，快闪开！"锦曦大喝道。

村内道路狭窄，听到锦曦的喝声，人们却很木然，似乎饿得再也动弹不了似的。

眼看马拼命挣脱缰绳，乱踢乱踏，锦曦眼泪差点急出来。

朱棣在她身前两步，本沉着一张脸看村子里的情况，听到锦曦大喝，他一惊回头，锦曦的马已蹿到他的马身后，朱棣正要跳下马来，自己的马却因为后面有情况扬起后蹄踢在锦曦所骑的马头上。那马更是惊怒无比，立起了前蹄。

　　眼见锦曦的马被惊得狂怒，转眼要踩在那妇人与孩子身上，山坡上突飞来一道灰影，伸手展开一个布袋笼住了马头，手稳稳地抓住了马的辔头。

　　锦曦惊惶地看着灰衣人沉着地死死拉低马头，生生被马带得移开了好几步，却又似钉在地上似的站定了，他浑身爆发出一种气势，马挣扎了几下竟不能移动半分，竟渐渐平静下来。

　　"王爷！"燕卫和侍从吓得跪倒一片。

　　锦曦惊魂未定，她有武功却从未遇着这种情形，只觉得心还在咚咚地跳着，连声谢谢都说不出口。

　　只见灰衣人温和地解开笼住马头的黑布，爱抚地摸着，口中喃喃道："莫怕，莫怕！"

　　朱棣回身看了会儿方淡淡问道："你是何人？"

　　灰衣人灿烂一笑，跪地行礼道："在下吕飞见过燕王！"

　　"你是吕家庄的人？"

　　"是。在下是吕家庄的猎户。"

　　"一身好武艺啊！起来吧！"朱棣浅笑道，"我这侍卫忒无用，若不是你，怕要伤及无辜了。"

　　"多谢王爷夸奖。"吕飞不卑不亢地回答。

　　"这村子里都是老弱妇孺，吕飞怎么没和别的青壮年去修河堤？"

　　吕飞抬起头来，目光炯炯地看着朱棣，"在下听说燕王会经过吕家庄，想投效王爷！特在此等候。"

　　"哦？"朱棣静静地看着他，吕飞安静地由他审视。片刻后朱棣展颜一笑，"以后你便是燕十七了。"

　　"多谢王爷！"吕飞绽开一脸笑容。

　　朱棣没再说话，催马前行。

　　锦曦还在愣，只见吕飞回头看了他一眼道："小兄弟，这马才惊过，我牵着好些。"伸手拉住马往前走。

　　锦曦又是一呆，这才反应过来，讷讷地说："谢谢。王爷说，你是燕十七，你便是他的燕卫了，不用为我牵马！"

　　吕飞回头笑笑："反正现在我也是走路的不是？"

　　锦曦这才发现吕飞是个很英俊的年轻人，瘦长的身形，黝黑的皮肤，一双眸子似星辰般闪亮，鼻梁很挺，嘴微微往上扬起，笑起来格外灿烂。她暗暗嘀咕比朱棣的皮笑肉不笑舒服多了。一念至此，锦曦脸一下子红了起来，心想，我怎么可以随便评论男人的长相？她忙稳住心神，打量起出现在眼前的吕太公府邸。

这是一座灰瓦砖墙的气派院落。院子四角还修有碉楼，上面站着守卫的护院。比起进村时看到的情况，吕太公无疑是这里的富户了。

"吕飞，哦，燕十七，"锦曦不好意思地解释了一遍，"王爷说你是燕卫，以后就要用燕十七这个名字了。"

燕十七耸耸肩不在意地说："跟了王爷，这是自然。看你打扮应该也是燕卫吧？怎么年纪这般小？你叫什么？"

锦曦尴尬地笑笑，"燕七。"

"哦，咱们名字里都带七，真有缘分。七弟，以后叫我十七吧。你想问吕太公怎么在洪灾过后似乎没啥损失对吗？"

"十七哥真是聪明，这就猜到燕七所想了。"

"吕太公早在洪水来袭前就离开了，洪水过后，重新修整了院落。"燕十七淡淡地解释道。

"那十七哥的家呢？受灾了吗？"

燕十七侧过身答道："我家是猎户，一直在山上，房屋还好，田也没种，倒是洪水赶了不少老鼠上山，倒也不缺口粮。"

锦曦闻听忍不住恶心，连忙引开话题，"吕太公很有钱吧？他怎么不接济点村子里的百姓？"

这时已到了吕太公府门口，锦曦翻身下马，不好意思地接过燕十七手中的缰绳，"十七，我自己来吧。"

燕十七离她很近，突然很奇怪地看她一眼，递过了缰绳道："七弟怕是大户人家出身吧？吕太公自己还在领朝廷的赈灾米粮呢。他家大业大，怎么会有余粮分给村里的人。"他嘴边扯出一抹讥讽。

锦曦一愣，见吕太公带领全家跪伏于地迎接朱棣。

朱棣上前扶起吕太公含笑道："本王叨扰太公了。请起！"他亲自搀扶起有着花白山羊胡的吕太公，态度恭敬有礼。吕太公也不拒绝，乐呵呵地把朱棣让进院内。

锦曦与燕卫鱼贯而入。燕十七站在她身侧，锦曦突然觉得吕太公看过来时眼角分明抽搐了一下。她自然地转过头看燕十七，见他气定神闲地站着，还是一身打着补丁的灰色布衣，没有半点不自然的样子。

"燕九，你带十七去换过衣裳。"朱棣吩咐道。

早有府中仆从前来引燕卫及侍卫休息。朱棣只留了燕十一在堂前与吕太公寒暄。

"燕七，这里房间有限，今晚你就与十七一起住！"燕九吩咐完就安排别的事宜了。

锦曦愣了愣，心道，只能和衣而眠了。她推门进屋，"啊！"摔上房门跳了出来，脸红得似煮熟的虾。

不多会儿，换好燕卫服的燕十七一脸诧异走了出来，"七弟，怎么了？"

"我……我看见只老鼠，想起你说在山上吃老鼠。我怕老鼠！"锦曦低着头撒谎。

"呵呵！七弟真是大家出身。洪灾过后没吃的，有老鼠吃就不错了。"

锦曦不好意思地抬起头，正撞进一双亮晶晶满含笑意的眼睛里，不由得分辩，"朝廷不是发了赈灾米粮吗？"

燕十七不屑地说："你进村时都瞧见了，村子里的人是什么情况。"

"岂有此理！朝廷为这次赈灾专程从江南运粮，太子殿下亲领赈灾事宜，要是王爷查出哪些人在贪赃枉法，定会上奏朝廷，哦，不，就地正法了！"锦曦想起村口见着的村民就生气。庆幸跟着朱棣做护卫，她暗想，只要朱棣肯彻查此事，她一定护他周全。

燕十七"扑哧"笑出声来，看向锦曦的目光更为柔和，"一百石粮食从江南运来，层层削留到灾民手中只得六成，那是正常的削留，要遇上赈灾的官员黑心，灾民只得三成，三成中又有两成霉烂，太子殿下亲领赈灾是不假，毕竟他远在南京……"

"燕七，燕十七，开饭了！"

燕十七笑道："我们身为护卫，只需护住王爷安全就是了，这些事，王爷自会操心，走吧，七弟。"

燕十一侍候朱棣和吕太公用饭，别的燕卫与侍卫都在院落内开饭，四张大圆桌上都摆着满满的一簸箕馒头，并三大盆菜，一盆猪肉绿豆粉条，一盆猪下水，一盆素白菜。走了一天的随从们纷纷甩开膀子吃。

锦曦拿了一个馒头，啃了一口便吃不下去，想起村里的人，雪白松软的馒头便哽在了喉间。她看了看埋头苦吃的人们，使出巧劲，看似夹菜，轻轻松松便偷了十来个馒头藏在身上，笑意盈盈地道："各位大哥慢用。燕七吃好了。"

她离开时总觉得有双眼睛看着她，也不回头，径直走到府门前。见大门紧闭便道："护院大哥行个方便开开门，燕七方才似有东西掉在进村的路上了。"

护院知道凡冠以燕姓的必是燕王亲卫，便利索地开了门，讨好地道："七爷走好，莫理村中的人，都是群刁民。好在太公府邸坚固不怕刁民哄抢，不过，七爷寻到遗失的东西后早些返回为好。"说着还递过一盏灯笼。

锦曦点点头，想掏钱打点，想起村里的人又舍不得了，便接过灯笼大摇大摆地出了府。

此时夜色已慢慢掩来。她走了一程突然转身回头对着树林道："出来吧！跟着我做什?"

燕十七从树后现出身形，微笑道："七弟对村子不熟，掉了东西，十七陪着你方便寻找。"

锦曦见他识破自己便笑道："十七哥，我其实是偷了些馒头，想拿给村里的人。"

"我知道，所以，"燕十七突然从身后亮出一个布包笑道，"我也偷了些馒头！"

两个人目光一撞，锦曦嘿嘿笑了，然后扮了个鬼脸，"走吧！"

她边走边看燕十七手中的包袱，佩服得五体投地，"十七哥，我实在藏不住了，最多也只拿了十来个馒头，你这个包袱里的馒头怎么弄出来的?"

"我可不想在众目睽睽之下把馒头往身上藏，我不过去了趟厨房而已。"燕十七爽朗地笑了。

"什么叫众目睽睽？我使的是巧劲，没人发现，除了你，咦? 十七哥，你眼睛可毒啊。同桌那么多人，怎么别人都没发现呢? 你真的是山中猎户?"锦曦突然变了脸，想起燕十七说不定是刺客，马上防备起来。

燕十七不理她自顾自往前走，"我见你个矮手短，正好想夹点菜给你，谁知道就正巧看到了。"

锦曦疑惑地看看他，心想，能想着给村里百姓偷馒头吃，想必也不会是坏人，没准儿真是凑巧了呢，便笑笑跟上了他，"我就说嘛，我怎么会这么倒霉，偷个馒头也会被人发现。"

两个人走进村落，断瓦残垣中隐隐有星点柴火的微光闪动。锦曦叹了口气走进第一户人家，见一对老年夫妻正端着一碗黑乎乎的汤你一口我一口地喝，不由得放软了声音："老人家，你们吃的是什么呢？"

"草汤啊。你是吕飞吧？"老人吓得手抖一抖，四只枯骨瘦如柴的手赶紧把手中的碗护住，似保护什么宝贝。

锦曦听得声音微弱，便用眼神询问燕十七。

"野菜树皮汤，附近野菜也快被抢光了。"燕十七简单地回答，伸手从包袱里拿出两个馒头放在炕边。

锦曦见少，便要再给，燕十七马上拦住了她，"多了吃得急会噎着。咱们走吧。"

锦曦跟着他出去，回头一看，见两位老人捧着馒头互相喂，眼圈就红了。

如此跟着燕十七在村里走了一圈，馒头就没有了，身上的金银也没有了。两个人默默地往回走，经过来时第一个窝棚时，锦曦又走了进去。

两位老人瞬间吓得呆住，她瞧见那两个馒头被掰了一小块下来，余下的被老大爷紧紧地按在胸前，似乎生怕她要回去似的。锦曦什么话也没说，从怀里掏出最后一个馒头又放在炕上，柔声道："不怕，慢慢吃，燕王爷奉皇令视察赈灾事宜，必会让大家吃饱饭的。"

她说完扭头就走。没走多远，就听到窝棚里传来如进村时那个妇女的悲伤的号叫："燕王爷啊——"

"七弟，你心肠真好，只是男人不该这般心软，不足以成大事！"燕十七静静地看着她，眼中闪烁着奇异的光芒。

锦曦突然觉得这道目光异常熟悉，又想不起来在哪儿见过似的。她想起村里的情况，疑惑地问道："十七哥，吕太公不是也在领朝廷的赈灾米粮吗？他府上怎么会有那么多白面馒头？"

燕十七笑了笑不说话。

"我觉得他府上肯定有很多粮食，我们偷点出来？"锦曦突发奇想，想弄更多的馒头给村里人。

"七弟，若是我们走了呢？吕太公府的护院会怎么对待分了他府中粮食的百姓呢？若是被吕太公嘱人抢了回来怎么办？"

锦曦嘴张了张，气馁地低下头。

"皇上令燕王巡查，定会还百姓一个公道，你跟在王爷身边，难道不了解王爷的为人？都说燕王出生在乱世，长在军中，最是讲规矩的人。"

锦曦哼了一声，想起自己最初不过是被他逼着做护卫的，现在却又盼望朱棣真能将看到的情形上奏朝廷，心甘情愿地护他。

"难道王爷不是能把百姓放在心里的人？我可是冲着这点前来投奔他的。"

锦曦心里叹气，也笑了，"皇上既然信任他，嘱他视察灾情，王爷定不会负了皇上厚爱的。"

燕十七点燃了灯笼照明，仔细地让灯光照着锦曦脚下的路："七弟，你小心。你这么小就做燕卫，又出身大家，武功了得，师承何处啊？"

锦曦一愣，打了个马虎眼："我哪有什么高明功夫啊，我表哥与王爷有些旧交，家中老父希望能随王爷历练一番，所以让我做燕卫，也就王爷巡察的两个月工夫罢了。"

燕十七若有所思地看了她一眼："我是说七弟与那些燕卫不同，倒像个有钱人家的小少爷。不过，你偷东西的功夫还真不错，如果不是我偶尔看到，还真没发现。"

"我家老爷子不就气我只会这些不入流的手法吗，马惊了都不知所措。"锦曦笑嘻嘻地撒谎。

燕十七突然停住脚认真地看着锦曦道："七弟放心，我一定会保护你的。"

锦曦一愣，燕十七已拎着灯笼往前走了。她默默地跟着，偷偷看去，燕十七的身影被灯笼的光拉得很长，一种温暖的感觉从锦曦心里泛出。她微微笑了，燕十七真的是个好人。

两个人走回吕太公府，刚进院子，就被燕九叫住，他一脸焦急地看着锦曦埋怨道："你去哪儿了？王爷唤你几次了，还不快去！王爷在东厢房等你。"

"我？"

"快去！"

锦曦迈步朝朱棣的房间走去，听到燕九在身后自言自语："真搞不懂，这样子还当什么燕卫，早被军棍打死了……"

她又翻了个白眼，进了房间，顺手把门掩上。

朱棣正坐在炕上看书，头也不抬冷声问道："上哪儿去了？"

"我又没跑！"

"啪！"朱棣把书一扔，猛地站起就想发火，看到关上的房门，想起她的武功手脚又缩了回去，气恼地说，"自作主张！拿些馒头就能抵事？幼稚！"

"有总比没有好！我倒奇怪了，王爷见了那些百姓还吃得下山珍海味？"锦曦挑衅地看着朱棣道。

"你身上的银两怕是早散完了吧？你那点银子能接济得到一村的灾民，接济得了这淮河流域十几万户灾民？"朱棣不屑地道。

"能接济多少是多少！银子是我的，我爱给便给。"锦曦不觉得自己做错了，硬声顶了回去。

朱棣深吸了口气，平静了下被锦曦的桀骜不驯带来的不舒服，对她有点无奈。他瞧了锦曦半晌，缓缓靠回炕上端起了一杯茶，朱棣觉得只要和她斗嘴，这个谢非兰说不过就要动手，压根不理不顾他的身份。他慢条斯理地喝了一口茶平息掉想把谢非兰狠扁一顿的冲动，方道："你答应做本王护卫，你就得听本王之令，不要坏了本王的大事！"

锦曦一愣，嘴硬道："我不觉得我把自己的银子给了村里的灾民就能坏了王爷的大事！"

"哼！谢非兰，你还嫩了点，你可知道这吕太公的女儿便是当今太子的侧妃？！"

"啊！"锦曦心中不由得更加愤怒，"难怪这吕家庄人人饥如菜色，偏他吕太公府可以有白面馒头吃，敢情太子殿下赈的灾都赈到自己岳父家了！"

朱棣吓了一跳，顾不得锦曦会揍自己，手一伸便掩住她的嘴，低声喝道："这种话怎么敢说？！你没有证据敢说太子不是，你不要命了？！"

锦曦一惊，知道自己失口说错话，却不想认错，轻咬着唇，神情倔强地站在朱棣面前，带着一丝扭捏一丝不服气的娇憨。

朱棣的心漏跳了半拍，突然又没了脾气，他对自己如此纵容谢非兰感到怪异，尽量忽略掉那种感觉。朱棣觉得她做事完全凭自己的感觉，是得和她说个明白，便道："你不是我的燕卫，我才这样和你说话。本王处事向来分明，现在不会和你为难，但两个月之后照样找你算账！我知道你武功高强，所以安排你和燕十七同住，你若真心保护本王，就好生盯住燕十七吧。"

"他人挺好的！"锦曦对燕十七印象很好，脱口而出道。

朱棣轻笑了笑："本王没说他是坏人，吕太公证实他的确是本村的猎户，太公说他是个不好惹的刁民，既做了本王的燕卫，前事不提，倒也罢了。非兰，你觉得他像个普通的猎户？普通的猎户见着本王还能如他一般镇定自若？"

"为何这般信任我？我不是才……才……"锦曦想说才揍了你一顿，又说不出口。

朱棣脸色一变，恨恨地说："本王说过，两个月后自会找你算账！不过，"他拿起书低下头不看锦曦，"好歹你也是靖江王的表弟，魏国公的远亲……"

锦曦忍不住笑了，"好歹非兰还跟着表哥唤你一声四皇叔，说起来也是亲戚是吧?"

朱棣听到这声四皇叔就想起上了年纪的老头子，恼恨得拿着书的手握出了青筋，冷冷道："下去!"

好拽?! 锦曦冲他撇撇嘴，转身就出了门。

朱棣这才放下书，燕十七的来头他心中有数，至少现在不会对他有威胁。让谢非兰有点戒心也好，若有个万一，也不至于措手不及。

但是不知为什么，让谢非兰和燕十七同住一间房总有点别扭。他摇了摇脑袋，把那种莫明其妙的感觉扔开不管。

"回来了? 王爷发现我们私自外出了?"燕十七枕在炕上悠然地问道。

锦曦瞧他如此悠然的神态，想想朱棣的话也有几分道理。燕十七的突然出现，与他不同寻常的气度的确不像普通猎户。便叹了口气道："是啊，王爷训斥一顿，身为燕卫不可擅自离开的。说是念在心系灾民，饶了我这一回。你初来，让我嘱你一声，以后不能再犯了。"

"我本来是山野之人，不懂规矩，以后不会了。"燕十七这样答道，锦曦却觉得他是在笑着回答，没有普通侍卫的诚惶诚恐。他还真不是普通人。

"睡吧!"燕十七开始脱衣服。

锦曦迅速吹熄了灯。

"熄灯这么快干吗?"黑暗中传来燕十七诧异的声音。

锦曦脸红着讷讷地说："对不起……我没看到你在宽衣。"

燕十七笑了笑，一双眸子在黑暗中闪闪发亮，突然一闭消失了，"睡吧!"

屋内只有一张炕，锦曦瞧了瞧，吹熄了灯，睡到了炕的另一头，"十七哥，我向来不喜与人同睡，我就睡这头好了。"

她似乎听到燕十七轻笑了声，又仿佛没有。躺下闭了眼让呼吸放得悠长平稳，慢慢地，她听到燕十七的呼吸声也绵长起来，慢慢起了鼾声，这才睡去。

清晨醒来，炕上没有燕十七的身影，锦曦一惊，翻身坐起。

见门一开，燕十七走了进来，"早啊!"

她放下心笑道："十七哥早！"

"你的头发乱了！"

锦曦一惊，伸手去摸，发髻好好的，便看向燕十七。

"这儿掉下来一缕，"燕十七走到炕前，伸手把散下来的那缕发绕回了她的发髻。锦曦赶紧戴好帽子跳下炕："饿了，吃早饭去！"

"这儿，都给你端回来了。"燕十七笑道，递过一盆面片，"你吃吧，吃完燕九说王爷有事。"

"谢谢！"锦曦端起面片就吃，筷子一搅，面里还卧着两枚鸡蛋，她稀里呼噜吃完，把碗一放说，"十七哥，我们走吧。"

"等等，"燕十七伸手用衣袖拭去她不经意掉在衣领上的面片，责怪道，"吃这么急！"

锦曦不好意思地笑了："昨晚没吃，饿了。"

一抬头，看到朱棣站在院子里看着她，那眼神颇有点奇怪，忙道："王爷已过来了，十七哥。"

燕十七笑了笑，转身出了房门。

"见过王爷！"

朱棣负着手看着他俩，一个高瘦英俊，一个玲珑俊俏，方才燕十七用衣袖给谢非兰擦拭汤水的一幕还在眼前晃动，他觉得刺眼至极，一时竟忘了自己来的目的。

"王爷？"锦曦又问了句。

朱棣马上回了神，淡淡地说："十七，吕太公的大公子邀本王上山打猎，本王也想领略下这附近的风景，你是吕家庄猎户，一同去。还有你，燕七。"他的目光和燕十七一撞又飘离开去。

锦曦以为朱棣是防着燕十七，心想，你防着他还带他去，不是多事？

燕十七看了眼锦曦轻声道："七弟，你去过山中狩猎吗？"

锦曦想，她就是山上长大的，只不过，没有打过猎罢了，便摇了摇头。

"山中狩猎，最怕是无防备之时突然冲出猛兽，如果遇着，措手不及之时，便施展轻功离开！"

锦曦愣了愣，这是什么意思？

燕十七拍拍她的肩，"我的意思是三十六计走为上，不要去理会别的，不要逞强。总之进了山什么都别怕，紧跟着我便是。"

第十四章

设伏鸡公山

YANWANGDE
RIYUE

　　吕家庄南去二十里便有一座山，当地人称鸡公山，因山形似一只大雄鸡而得名。正值七月，山上林木郁郁葱葱，听说密林深处十年前还有人打到过花豹，野味不少。

　　锦曦一路听燕十七讲这座山上还产药材等物，不由得问道："那晚我们去村里发馒头，两位老人家喝野菜树皮汤，你说附近野菜也快没了，为何不来此山呢？走二十里地也总比饿死在村里强啊！"

　　"此山已圈给吕太公了。"

　　锦曦看着山势连绵，方圆至少占地几百里，不由得吃惊地问："整座山都是吕太公的？"

　　燕十七笑了笑："吕太公常见我打野味就看我不顺眼，认定我是从他家山上猎的，他好吃野味，所以我猎三只，才准我拿一只，还恨我入骨。"

　　"我知道了，定是十七哥武艺好，拿你又没办法，自己又想不劳而获，所以心里既恨又想要你去猎野味献给他。"

　　"七弟真聪明。"

　　锦曦记得朱棣说过燕十七不像寻常猎户，便不经意地问道："那十七哥家中没人了吗？"

　　"没了，我是山里面狼养大的。后来吃村里的百家饭，再后来就成了猎户。"

　　"对不起，十七哥。"

燕十七伸手在她额头弹了一指笑道："七弟心善。"

朱棣正好回头，看到并骑的两人说说笑笑，脸色一沉便唤了声："燕十七！"

燕十七冲锦曦笑笑，拍马上前，"王爷有何吩咐？"

"吕公子道这山中有豹，你猎到过吗？"

"回王爷，听说是有，燕十七没有猎到过。"

吕家大公子轻浮地笑道："养大你的狼不是在此山之中吗？你看到了狼，怎么会见不着豹？"

"回大公子，有时候狼总比披着狼皮的人心善，就算是见到了，燕十七也不会去猎的。"燕十七静静地说道。

吕大公子大怒，狠狠地盯着燕十七道："你说谁呢？"

燕十七并不回答，把头偏过了一边。

吕大公子扬手就是一鞭抽过。朱棣马鞭一甩缠住了他的，笑道："吕公子瞧在本王面上何苦与一个侍从过不去？"

吕大公子闻言抽回马鞭笑道："王爷你可算捡着块宝了，这吕飞，哦，燕十七被人发现之时躺在狼窝里，自小就能听懂兽语，收了他，百利无一害啊。不过，被狼养大的人多少有几分兽性，王爷收了他可得当心！"

朱棣目光闪烁，笑道："有通兽语的人在身边，本王此次进山就有恃无恐了。"

吕大公子呛声道："这倒也是，此山圈为吕府财产，山间还修有别院，从别院往后山密林有小道可行，大多猛兽都在密林，定可让王爷大有斩获。"

"是吗？"朱棣呵呵笑了，眼中兴趣更浓，"那么本王一定要猎获一头猛兽才肯下山了。"

别院修在半山，上山路很好走，半个时辰便到了。到了别院，才发现原来此处是两山连接处，从别院往南望去，又一座山峰状似公鸡头，那才是真正的鸡公山。从别院处果然有一条小道可以下到深谷。

吕太公已连夜嘱人打理好了别院，还送有婢女上山侍候。

朱棣下了马，对燕九笑道："你们就在别院等候，燕七、燕十七随我前去便好。"

吕大公子穿了件大红武士服显出几分精神来，他带了十来个护院，笑道："有我护着王爷，绝对没有问题。"

一行人慢慢走下山坡，下到谷底，沿途倒也猎了几只撞上来的野鸡。

锦曦见谷底密林丛生，几可蔽日，偶尔听到山泉叮咚，越发觉得幽静。

燕十七一直站在她身边，这时突然说了句："七弟，你进了林子一定跟紧我。"

就这句话起，锦曦就觉得有种不对劲的感觉。

林子里安静异常，一行人走了几刻钟也无收获，吕大公子叹了口气道："王爷，想必是人多惊得野兽不肯出来，不如我们分头猎去，看谁收获得多。"

朱棣笑道："好啊，听侧妃嫂嫂说过，吕公子也有一手好箭技，正好比试一番。"

"如此便祝王爷好运了！"吕公子笑了笑，带领手下往东边寻去。

三个人站在林间，朱棣突然坐了下来："走了许久，歇会吧，十七，你去寻点水来。"

燕十七犹豫了下，看看锦曦道："王爷莫要乱走，十七马上就回转。"

他一走，锦曦便问道："王爷，你是拿自个儿当诱饵吗？"

朱棣凤目里光芒闪动，慵懒地说道："本王千金之躯，这等冒险之事怎么会舍得去做？非兰多心了。"他在无人之时还是叫她非兰。

锦曦叹了口气道："其实，你若想试燕十七或者是想引出想杀你的人，也不必要非兰陪着你啊！这下好了，就咱们两个人，你还不会武功，就那几手可以上阵杀敌的武艺，不是拿性命开玩笑是什么？"

"这两个月你的命是本王的，为本王死也是应该。"朱棣还是那副态度，锦曦却发现他目光时不时瞟向燕十七取水的方向。

她也着急地望着那个方向，希望燕十七不会是来刺杀朱棣的人。

"嗖——"林中突然破空飞来一箭。朱棣笑了笑拍拍手站起来，理所当然地看到锦曦挡飞那支羽箭。嘴里喃喃地道："果然来了。"

锦曦挡去一箭，回头便看到燕十七飞奔前来的身影，不由得大喜，伸手高呼道："十七哥！"

林中传来笑声："朱棣你死定了，这里风景极好，为你埋骨也算对得起你。"随着笑声，冲出几十条人影，向二人围攻而来。

燕十七听到声音如鸟一般掠了过来，突然有几人挡住了去路。他远远瞧见朱棣与锦曦被围在当中，心里着急，淡淡地说："凭你们也能挡我？"利剑出鞘，手手皆是杀招。

朱棣挥剑瞬间砍翻两人，冲锦曦笑笑："本王也非手无缚鸡之人，真当我好欺负来着？"

锦曦顾不上与他说话夸他武功，心想，面前几十个人，怎么敌得过？她脑中灵光一闪，朱棣怎如此镇定？他经过了松坡岗一劫，难道真的只会带自己与燕十七就进入密林？想起己方还有救援，不由得精神大振，接连刺中几名刺客。

对方似乎想速战速决攻势更紧，刀刀直扑朱棣。

锦曦一惊，这等高手自己绝不是对手，忙拉过朱棣挡在身前喊道："王爷，我们的人呢？"

"哈哈！是等你的燕卫吧？莫要等了，来不了啦！"为首一人大笑道，抽出弩箭射向朱棣。

锦曦挡在朱棣身前接下这一箭，只觉冲击力震得握剑的虎口发麻。听说燕九来不了，心里暗暗发凉，来人发招得更加猛烈。

"你是说别院的燕卫吧？本王没指望他们，不过，本王的燕卫也不止他们。"朱棣笑道。

来人一惊回头，只听密林地上、树上传出阵阵笑声，跳出几十个伪装了藏身于此的燕卫，这时燕十七也飞奔前来，与他们会合。

"撤！"

朱棣冷冷一笑："十七，这个人要活的！"

燕十七盯着那人浅笑一声："王爷放心，跑不了啦，是吧，吕大公子？不用蒙面了，你的身形燕十七认得。你换了衣服也不抵事。"

吕大公子见行迹败露，一把扯下蒙面布巾，狂妄地道："朱棣，你敢杀我？别忘了，我可是当今太子殿下的大舅子！我妹妹吕妃娘娘正受太子宠爱！"

朱棣摇了摇头道："你侵吞赈灾银粮，低价强行收买百姓的良田还敢刺杀亲王，我真不知道若是太子殿下知道你的所作所为会怎么想。给我拿下！"

随着他一声令下，密林中刀剑之声不绝于耳。燕十七与吕大公子缠斗在一起，锦曦不由得感叹，人外有人，天外有天，真是如此，眼前这两个人武功都不比她差。

燕十七身形飘逸，吕大公子刚猛有力，两个人斗在一起煞是好看。

"好看吗？"

"嗯。"

"若你不会武功，你也觉得好看？"

"我明白，不会武功之人自然是瞧不出高手如何过招的，王爷嫉妒？"锦曦漫不经心扔出一句，目光紧盯着打斗的两人，当是学习，看到燕十七绝妙好招时禁不住鼓掌欢呼。

朱棣想起燕九曾说自己早过了习武的年龄，虽然弓马娴熟，却断不能练成江湖高手，便哼了一声道："不会武功照样让人敬重本王，照样会打胜仗！"

"咦？王爷虽长在军中，却从没打过仗，怎么可以如此大话！"

"总有一天，王爷会挂帅出征，你再瞧瞧什么是千军万马的气势！"

两个人斗嘴之时，燕十七剑招一变，凌厉至极，锦曦瞧得有几分熟悉，又想不起来在哪儿见过。他似一只苍鹰身形展动，凌空击出一剑，吕大公子横剑去挡，只觉虎口一麻，手中长剑被震飞，大惊失色之际，肩口一痛，燕十七一剑已穿透了他的琵琶骨，口中立时发出一声惨号，跌倒在地。

吕大公子被擒，手下那几十人死的死伤的伤，剩下的，纷纷弃械跪地讨饶。

"绑了回别院。燕九他们该等急了。"朱棣看也不看吕大公子，转身就走。

锦曦笑嘻嘻地走到燕十七身旁赞道："十七哥好武功，什么时候也教教燕七。"

燕十七把吕大公子交给别的燕卫，温柔地说："七弟功夫也不赖的，只是，以后莫要再这样涉险，过了这两个月就回家去吧。"

锦曦点点头，与燕十七跟上朱棣回了别院。

别院里燕九等人也拿下几十号人等着朱棣回来。

"王爷，一共二十三人，无一逃脱。全录有口供在此！"燕九递上供词。

朱棣瞟了一眼闲闲道："不留活口，不要见血。"

"是！那吕家大公子……"

"录口供了吗？"

"不肯录！"

朱棣扫了眼燕九，燕九马上道："我亲自去。"

说话间侍卫们已动起手来。

锦曦看到被擒之人一片讨饶声，忍不住想替他们求情，还没开口，一侍卫掰住一刺客的头。"咔嚓"一声颈骨便断了。

她闭上眼，耳朵听到轻轻脆脆的一片折骨声，不多会儿又听到别院一房中传出阵阵哀叫，心知是对吕大公子用刑，她不忍看下去听下去，转身便走出了别院。

绿林青碧，山风送爽。她感觉身后有人，回头便看到朱棣。他沉着脸看着下面山谷突问道："觉得本王残忍？"

锦曦不知如何回答。

"你可知道本王若有半点心软不谨慎，便不能活着回南京了。"朱棣轻叹了一句。

山风猎猎吹起他的衣袂，锦曦突然觉得有点惭愧，为自己的心软惭愧，明明吕大公子是要他们死在山里，自己却还是心软。"王爷一早知道他要下手？"

"你忘了皇城那晚来的黑衣人？他送给本王的正是吕家庄这份厚礼！本王只是怀疑，并不确定，防患于未然而已，岂料他仗着是皇亲，连本王都敢杀。"朱棣眼中露出讥诮，"本王不过是用膳之时提了一下吕太公在凤阳收到不少人告吕府强买良田，吞了赈灾银两一事。还告诉吕太公莫要担心，必是刁民诬陷，谁让他儿子沉不住气，想杀了本王永绝后患。"

"你不是说他是太子侧妃的父亲吗？还生怕我说了闯祸似的。"

朱棣笑了笑："我的确也无证据，不过是看到他府上情形与村里百姓一个在天一个在地罢了。"

锦曦恍然大悟："你是巴不得吕府对你动手？好拿个实在？！"

朱棣横她一眼道："有时我觉得你极为聪明，有时却觉得你蠢笨至极！不过，若不是你与燕十七拿馒头给村里人，燕卫起了同情之心，吕太公自然会以为是我这个主子指使，不担心才怪！"

"那这下好了？有了他儿子的供词，吕太公便可以吐出从灾民手里掠夺的钱财了。"锦曦想到村里的人可以拿回田地，得到财物，对朱棣的斥责并不放在心上。

朱棣摇了摇头道："不行，本王要钓的大鱼还在后面。想这淮河流域多少良田被淹，这背后胆大包天的主谋另有其人。"

锦曦失声道："你，你莫不是……是想对太子……"她硬生生把那个想借机废了太子的话吞进了肚里。

"住口！本王怎会是你想的那种人！但是若真有贪赃枉法之事，为了一己私欲让民不聊生，本王定会在父皇面前据理力争！"朱棣狠狠地瞪着锦曦，眼中寒芒闪动，直看得锦曦心里发毛。

她不由自主地想，自古以来，哪个皇子不想登基成为万人之上的九五至尊，朱棣此时是真的为了百姓吗？

似看出她心中所想，朱棣脸色一变，"我以为你是性情中人，可以不畏本王权势，连本王都敢揍，原来不是！"他拂袖而去，临走时扔下一句话，"你武艺超群，我是想笼络于你，但不懂本王之人，留之何用?！你走吧！"

锦曦呆了呆，冲口便出，"当我是何人?！我说过的话也会做到，只要你是为了百姓，我肯定护你周全，凤阳差事一完，你留我，我还不肯！"

两个人恶狠狠地相互瞪着对方。良久朱棣嘴角一牵，"好，一言为定！离开吕家庄前面就进入名山山区，再告诉你一件事，那晚的黑衣人便是燕十七。"

锦曦看着他离开，心里反复咀嚼着朱棣的话。燕十七是那晚的黑衣人？他如何得来的消息？

燕王的日月

YANWANGDE
RIYUE

措手不及

【第十五章】

　　一行人下了山，那群藏身树林的燕卫又先行离开，锦曦只记得朱棣唤其中一个人为燕五。她嘀咕着朱棣究竟有多少燕卫？如果从数字排列，目前燕十七是最后一个，但显然不止这个数。

　　大明的亲王若是成年后最高可以达到九千近卫军。燕王虽刚过十七，才定下亲王俸禄，但是也不知道他的燕王府中有多少燕卫。想不出来便放弃，锦曦想，有多少人不是她能关心的数。抬头看到吕大公子神情委顿已昏迷过去，给弄在马上被驮了回去。锦曦马上就明白了，他的一身武功全被废了。

　　此时吕家庄与往常一样大门紧闭。角楼护院看到他们走近，远远看见大公子骑在马上，忙报与下面门房知道："燕王回来了。"

　　大门洞开，吕太公笑着迎了出来。看到被绑在马上的儿子浑身是血，气息微弱，不由得大惊，"王爷，这，这是怎么一回事?!"

　　"太公真的不知?"朱棣面无表情地问道。

　　"王爷，我儿他……"

　　"意图谋害本王。太公，咱们是一家人，明人不说暗话，本王也想知道是怎么一回事。"

　　"不可能，怎么可能？言儿怎么会谋害王爷?!请王爷明察!"吕太公跪了下来，以头触地，老泪纵横，抬眼间看向儿子完全是一位父亲的担忧。

　　锦曦心里不忍，看情形吕太公并不知情，此间所为全是儿子一手控制。

朱棣叹了口气道："吕大公子已签了供状了。太公，你说这怎生是好？"

吕太公只一味磕头，不多会儿额头已经见血，"王爷开恩哪！老朽就这么一个儿子。"

朱棣跳下马挽扶起他，往府中行去，随即又押着吕大公子进了府。

一进府中，朱棣亲自给吕大公子解了绑绳，吩咐扶他下去休息，直看得吕太公不知所措。他在花厅坐着悠然地喝了口茶，笑道："太公，此间无外人，只有我两名亲卫，随大公子前往的人本王已处理掉了，除本王亲卫，无人知晓是大公子所为。这是大公子的供状还有百姓的诉状，你一并收着，大公子不过担心本王上奏朝廷而已。你是太子岳父，和本王乃是一家人。本王毫发未损，此事就算了。"

吕太公好半天才反应过来，哭着跪地顿首道："那个不肖子啊！怎么这么糊涂！"

"太公，年轻人一时冲动也是有的。"朱棣伸手扶起吕太公好言劝慰。

锦曦听到这句话就忍不住笑，使劲把脸转过一边，朱棣不过十七岁，吕家大公子看上去比他还大，他这老气横秋的模样太可笑了。

"唉，太公，打斗之中没认出大公子，下属难免出手重，大公子武功已被废了，就当是个教训吧。"

吕太公听了狠狠地一跺脚，"孽障，死不足惜！王爷大量，这武功不要也罢！都是老朽教子无方啊！"

两个人相互一番谦虚恭维，仿佛侵吞灾民粮银田地、刺杀亲王的大罪不存在似的。锦曦看着朱棣，暗想，这朱棣城府之深，可见一斑，日后少打交道为妙。

当晚，太公府收拾酒席，款待朱棣与燕卫们。

锦曦记得朱棣说过，此时没有详尽的证据，就算拿了吕太公的儿子问罪，吐出米粮，也只是吕家庄一地。她笑着想，朱棣真诡，他是想让所有受灾的百姓都能得到朝廷的赈济。就是不知道能瞒过吕太公不。

"十七哥，王爷如此是不想打草惊蛇呢。"她对燕十七说道。

燕十七一笑："已经惊了，只好安抚一下，不知管不管用。"

锦曦听了这话秀眉微微一展，越发觉得朱棣没错，燕十七真的不是普通的猎户。看着满院的燕卫与侍卫除非值守之人全吃喝的高兴，她心里隐隐就觉得不安，总觉得刺杀亲王这等大事，真的就被朱棣与吕太公寒暄几句消弭掉了？

晚上她多了个心眼儿，和衣上炕，瞟了眼燕十七，见他也是衣服不脱，越发觉得燕十七神秘，也对自己的猜想多了几分肯定。

半夜子时，果然喊杀声四起，锦曦跳了起来，燕十七也跟着跃了出去。吕太公府四处火光点点，刀剑往来。一群黑压压的护院已冲进了朱棣及燕卫住的西院。

朱棣一身银色箭衣持剑站在院中，身旁站着燕九、燕十七及众燕卫。他轻笑了一声，弹了弹手中长剑，蓦然指着吕太公冷森森地道："本王放你一条生路，你却还想要本王性命，贪墨灾民赈灾银粮会被处以剥皮之刑，谋害亲王更是罪加一等！"

锦曦打了个寒战，她听说皇上最恨贪墨之人，常以元朝官吏贪赃腐败以致亡国的教训警示百官，贪污几十两银子的官吏都处以剥皮囊草的酷刑。想那吕太公料定朱棣一旦上奏全家性命不保，竟狗急跳墙想干脆置他于死地。

她一下子明白了，朱棣这次巡视肯定会被视为那些贪墨了赈灾银两官吏的眼中钉肉中刺。他在凤阳公开接受诉状，虽没当场断案，却引起了这一带的恐慌。想到这里，锦曦有些同情也有些佩服朱棣，他心里早就清楚这些情况，依然把自己置于危险之中。他不是向来给她以狡猾阴冷的印象，怎么突然之间不顾生死要硬碰硬呢？

这时她听到吕太公冷笑着说："燕王真是说笑，吾儿趁乱低购村民田产，克扣赈灾粮食，再加上刺杀亲王这等大罪，你真的不放在心上？老朽活了六十多岁，怎会被你等黄口小儿欺瞒过去！"

"太公可真是以小人之心度朱棣了，再如何你终究是太子殿下的岳丈，吕妃娘娘已怀有身孕，本王就算是想参你一本，多少也得顾虑太子殿下的颜面和兄弟的情分。你这样步步紧逼，就怪不得本王了。"朱棣淡淡地说道，遗憾地看了眼气得胡子发颤的吕太公。

"哈哈！"吕太公发出一阵狂笑，"好一个有仁有义顾念兄弟情分的燕王爷！你若是想着太子殿下又怎会在凤阳大张旗鼓查贪墨，明知这次赈灾是太子亲领事务，你真是居心叵测！你好，好一张利嘴！你若不是早有准备，早中了我在饭菜里下的毒！多说无益，今夜吕家庄便是你的葬身之地！等到你死后，我再一把火烧了庄子，投奔女儿女婿去！哈哈！给我杀！"

他话音一落，护院们便大喊着挥刀杀了过来。

"鸡犬不留！"朱棣注视他良久突叹了口气。

锦曦也跟着叹了口气，原来没有谁能揭过这一层。吕太公不肯授柄于朱棣，朱棣要做就做得滴水不漏。想起吕府恶行，她想也不想地就走向朱棣。

"放箭！"吕太公大喝道。锦曦一惊，却见角楼上没有动静。

"太公，角楼上是我的侍卫，不是你的护院。"朱棣平静地说道。

吕太公双瞳猛然收缩，抖着手对朱棣道："吕妃娘娘会为我报仇的！拼得一死罢了！"便领着身边的百十名护院高手冲向朱棣。

突见一剑光芒爆起，燕十七一声大喝冲向吕太公。他武功不错，接连斩杀好几名护院高手，直取吕太公。

"吕飞！"吕太公惊恐地看着燕十七越杀越近。身边护院如何是燕卫对手，纵是人多也被杀得节节败退。

朱棣胸有成竹地站着观战，锦曦只持剑守在他身边。本以为很快就会灭掉这些护院结束战斗，谁知就在两人放松观战之时，锦曦突然听到一缕风声破空袭来。她自然地抬手，"当！"的一声，手被震得发麻，被她手中长箭破开的箭支余劲未消冲着朱棣胸口射去。

朱棣猛地一侧身闪过，两个人正奇怪箭从何处来，只见墙头黑暗中飞落无数道黑影，个个身轻似燕，武功高强，缠住了燕卫游斗，形势瞬间逆转。

燕十七本已接近吕太公，不知从哪儿跃进几个黑衣人，再度挡住了他。他回头看到锦曦与朱棣已陷入包围，心中一急顾不得吕太公抽身回救。

他跃回锦曦与朱棣身边，挡住黑衣人高声喊道："七弟，护住王爷先走！"

锦曦目光所及之处见黑衣人个个功力不凡，燕卫勉强抵挡着，加上来者人多势众，己方瞬间转入劣势。显然在鸡公山设伏之后，燕五便奉朱棣之命另有安排离开了，此时吕太公府的燕卫仅有十来人，侍卫武功更差不抵事。她一咬牙喊道："十七哥，你保重！"伸手就去拉朱棣。

火光照射下朱棣一张脸冷若寒冰，笼罩在狂怒之中。他压根不理锦曦，提剑砍翻身边一个护院，越战越勇，翻手拿起一张弓使出连珠射法，黑衣人避之不及就连中几人。

这时黑暗中又飞来几缕破空声，锦曦听得分明，是高手所为。她顾不得朱棣周身杀气腾腾，伸手揽住他腾身躲过，那几支箭"夺"的一声射进一名护院身上竟穿身而过，直直没入院墙之中。

锦曦不由得大惊，只有用上了内力的箭才有这般威力，她冲朱棣吼道："他们的目标是你，难道你要留在这里让所有人全陪你去死？!"

朱棣在黑暗中没有吭声，锦曦知道他恼怒至极，恨黑衣人坏了他的大事，也不说破，护着他拍马离开吕太公府就往南跑。

后面箭支似长了眼睛一般往朱棣一人身上招呼。

"咦!"朱棣坐骑前蹄一软中箭倒下，他在马上长大，一个跃身落在地上，狼狈地倒地一滚，箭支"嗖嗖"钉在他身旁的地上，黑暗中隐隐能看到箭羽微微颤动。

锦曦已冲出一段，迅速回转马头，在朱棣避无可避之时挥落长箭，伸手一把将他扯上马，可怜朱棣头朝下趴在马背上，锦曦顾不得他的姿势难看，用剑身拍着马身，急促地赶马。眨间工夫，箭势偏弱，这才放了心。

奔跑至鸡公山下，天已微明。马口吐白沫，已累得不行。她回头没看到追兵这才放心跳下马。

朱棣咚的一声掉下马背，一手揉着小腹一手指着锦曦满脸是土气得说不出话来。他见已出了箭支射程，想要翻身坐起，没想到锦曦紧张逃命，一手肘杵他背上，又把他压回马背。朱棣正生气自己毫无形象可言，听到锦曦竟看着他咯咯地笑起来。

"你，笑什么!"

锦曦见朱棣灰头土脸毫无平时傲气可笑至极，他凤目中怒气腾腾狠狠地瞪着她，赶紧止住笑，一本正经地请教："马不行了，王爷，我们是继续顺着大路往前还是上山?"

"弃马上山!"朱棣果断地说。

"你是怕他们追来，我们马跑不动吗?"锦曦问道，回头往来路张望，心中挂念燕十七他们。

"他们脱险后自会寻着方向而来，见了本王留下的记号会找到我们。"朱棣明白锦曦的意思毫不犹豫地说道，"进了山，他们就找不着我们了。"

说着他狠狠地刺了马一剑，马吃痛顺着大道往前狂奔而去。"进了山，本王知道如何脱险。他们必定以为本王在山中，等他们把力量放在搜山之时，本王早已到了名山。"

锦曦点点头，见朱棣在路边留下暗记，两个人便顺着上次的路上山。

朱棣心情不好，不肯多语，锦曦却忍不住说："人都有失算的时候，我估计吕太公也不知道会有黑衣人帮他。"

"那箭法，很像咱们在松坡岗遇袭之人所发。"朱棣想的却是射向他的箭支。

锦曦一想，的确很像，箭法精准，且力道十足，是高手所发。"上次难道除了你不安好心外，还有人想劫走珍贝？"

"徐家大小姐？"

锦曦愣了愣赶紧回答："对，是表妹。如此分析，难道是来人看到你让燕十一带走她却没下手，将计就计写下书信？他怎么知道你要去？"

"这个问题，我一直想问你，那封信真的不是你自己写的？"

"朱棣！"锦曦怒道。

朱棣心里本来就不痛快，想得周全的布置居然被一群从天而降的黑衣人破坏，还狼狈出逃，回头冷冷道："你敢呼本王名讳！你不要命了？"

"哈！"锦曦气极而笑，"叫你名字又如何了？你又打不过我，哼！"不理朱棣，昂着头上山。

朱棣气结，一剑挥断路边小树。

"有那力气便省着点吧，去别院收罗点物品是正经。"锦曦轻声笑道，让朱棣吃瘪她心里痛快。

到了别院，锦曦正要进去，朱棣伸手把她往身后一拉："你武功高却无经验，跟在我身后。"

锦曦正要反唇相讥他没有武功，见他此举心里还是一暖，没再争嘴，小心地跟在他身后。

走近别院，朱棣和锦曦站了良久，他口中突然发出一阵清脆的鸟鸣声，然后扔了块石头进院子。锦曦凝神一听放了心，笑道："里面无人。"

别院早已空无一人。她正要进去，突然想起被处死的那几十个人，便问道："上次你处死的刺客尸体在何处？"

"在林中挖坑掩埋了。"

"那么多人。"锦曦打了个寒战。

朱棣看了她一眼好笑道："这就怕了？若是让你上战场，死的可不是几十人了。"

"你又没上过战场……"

"我自幼便在军营长大。"朱棣停住了嘴，有点吃惊自己为何没自称本王了，不自然地指着厨房道，"去那儿看看有什么可带的。"

两个人搜罗出一包白面，一包大米，还有几块干肉，看着活鸡活鸭也带不走便作罢。临走时朱棣又卷了些物什。

锦曦指着放食物的大包对朱棣道："我要保护你，东西你背！"

朱棣看了她一眼怒道："别忘了，你是我的护卫！"

"我背着大包袱怎么保护你？！这时候摆什么王爷架子？你明明比我高大！"

怒气在朱棣胸口冲撞，想起技不如人，谢非兰若是弃他而去，也的确不行，认命地背起了包袱往后山行去。

临走之前，他小心地抹去两个人进屋的痕迹。

"我们去哪儿？"

"我嘱燕五他们在密林中设伏之时便看过此山地形图了，跟我走吧。"

两个人刚走下小道，便听到别院所在的地方传来声响，朱棣拉住锦曦往坡下一藏低声道："来得好快！"

"怎么办？"

"跟我走。"朱棣带着锦曦离开小道，从另一侧慢慢下谷。"这里也能下去，他们若从小道下谷，与我们相距不过百丈。我记得东南方有处水潭。"

两个人慢慢地下了谷，朱棣凭着记忆找准方向往南走了不远，果然出现一汪水潭。

水潭位于一处凹地，三面是山，一面向着密林。水面平静无波，风景极为秀丽。

"下水，水底有一个洞，通往外面，只要屏住呼吸一会儿过了洞就可出去。当时燕五他们便是从这里潜入谷地的。"朱棣紧了紧身上的包袱，下了水。

锦曦哭丧着脸看着他："王爷，我，我不会水！"

一听锦曦居然不会凫水朱棣彻底呆住，这时远处林中已有动静，还有犬吠之声。他心里焦急，尽量地放松神情道："有我在，你什么都不用做，深吸一口气就行。你内功好，心里不要慌，闭了眼睛，我带着你就行。"

锦曦想起在府中水池里也差点淹死，看着水一脸为难。

"闭上眼睛，深呼吸！"朱棣低吼一声。

锦曦咬咬牙深深吸了口气屏住了呼吸，身体一凉，水一下子没到了头顶，锦曦心里发慌，手刚一动就被朱棣紧紧地拉住。他带着她往前游动，锦曦慢慢地睁开眼，水中朱棣像鱼一样灵活，回头看看她指指下面。

锦曦明白那个洞口是在水底便点点头。她不知道手脚该怎么动才能下去，瞪大了眼看着朱棣。

她的模样让朱棣想笑，他伸手突然搂住她的腰一用劲便向下潜去。锦曦紧闭了眼，朱棣的手放在她的腰间让她瞬间极不自在。

她明显感觉似进了个洞，然后又不知道该怎么游，就觉得自己像条死鱼似的被朱棣拖着往前，过了许久她有些气闷，屏住的那口气似要用尽，突然身体一轻被朱棣抬出了水面。

"呼！"锦曦大大地呼吸了口新鲜空气，缓缓睁开眼，看到四周青山隐隐，正位于一条溪流之中，身后露出一个半藏在水中的洞口。"终于出来了。"她高兴地说道。转过头朱棣正含笑看着她。

"多谢王爷！"话一出口锦曦就发现朱棣还搂着自己，一惊之下便推开朱棣，岂料此处水还深着，足可淹没她的头顶，推开朱棣后，锦曦猛然沉进水里，这次她没有事先闭气，一口水便呛进了嘴，手才挥了一下，又被朱棣捞了出来。

"你不会水，还推我?!"朱棣好笑地看着锦曦紧紧地抱住他呛咳不已。

水珠从她的发梢、脸上滑落，青瓷一般的肌肤似雪后初霁，带着因呛咳浮现的嫣红。他心中一动，手紧了紧，触手处腰肢细软，不由得有些疑惑。行动已先一步快过他的思维，朱棣突然松了手，锦曦又一个扑腾落下了水。

朱棣朗声大笑起来："一路欺负本王，真当本王好惹的吗？喝两口水死不了人的！"说着便笑嘻嘻地看锦曦溺水。

"救命！啊！"锦曦惊慌失措，上次呛水的经历又印在脑海里，只顾着喊救命，真的呛进了肺，一阵刺痛传来，手挥得一挥便往下沉。

朱棣瞧得够了，伸手捞起她，随手就把她扛在肩上，往岸上游去。锦曦倒挂着，腹中积水呕吐了出来，直咳得说不出话。

上了岸朱棣像扔条麻袋似的把她扔在地上，蹲下来得意地说："叫你还敢对本王不敬！"

锦曦恨极，慢慢调整了内息，睁眼看到朱棣嘴角噙了一丝笑容，烧起一堆火来。

她大步走过去，心想我要是不教训你，我就有负我爹的威名。

没等她走近，朱棣便瞧出了她浑身的杀气，闲闲地说："君子报仇十年不晚，咱们还在逃命呢，两个月后本王会找你报仇，何不等到那时？"

锦曦停住脚恨恨然地说："好！你说的，到时候别成天拿什么王爷来压我！"

"难道本王只会这个?!"朱棣再一次被她刺伤自尊心，冷了脸生火不理她。

"你如果不是王爷，你真以为我会怕你？若你拿王爷的帽子压我，不比也罢，没兴趣！"锦曦知道朱棣每次都气比不过她，就专用这些话挤兑他。

"一言为定！"朱棣嘴里硬邦邦地吐出几个字。

"成交！"锦曦看了看身上，浑身还在滴水，便运起内功烘干衣裳。

一睁眼，朱棣赤着上身正在烤衣裳。她迅速地转身脸涨得通红："那个包袱里的米还在吧？我去砍根竹子。"

见她兔子一般又消失在林间，朱棣嘴一扯，这个谢非兰怎么如此怕羞？他凝视着锦曦消失的方向陷入了沉思。不多会儿，他穿上了烘干的衣裳，去拿包袱里的米，锦曦砍了根竹子拖着走了过来。

"我不会做！"

朱棣不屑道："我猜也是。"他熟练地把米放进竹子，切下几块干肉还撒了些东西在上面，用树叶封了竹子，架在火上烤。

锦曦奇怪地问道："你是王爷，怎么会做这个？"

"在军中之时听军士们说的。没做过，知道怎么做，试试便知。"朱棣隔会儿便翻翻竹筒，似不经意地问道，"非兰与徐家大小姐是青梅竹马？听说徐小姐幼时便送往栖霞山庵堂？"

"哦，我与表妹一起长大。那会儿她还在山上，叔爷一直嘱我护卫于她。"锦曦结结巴巴又开始撒谎。

"原来是这样，从不知道守谦还有这么个远房表弟。"朱棣似笑非笑地看着锦曦，瞬间便掉开头去，"好了，应该可以吃了。"

锦曦伸手去拿竹筒，烫得一甩。

"呵呵！"朱棣见她狼狈轻笑了起来。

锦曦气急败坏地看着他喝道："不准笑！再笑我就揍你！早告诉过你，我就是喜欢说话不算话！"

朱棣摇了摇头，用片树叶包住竹筒用剑一劈。竹筒裂为两半，露出白生生的米饭，夹杂着干肉的香气。

锦曦顿时吞了吞口水。

"动不动就威胁我，那不要吃我做的饭了。"朱棣深嗅了口香气说道。

"不吃就不吃！"锦曦赌气离开火堆，远远地坐在树下。

朱棣见她恼了，叹了口气唤道："谢非兰，你怎么像个女人似的？这么小气？过来吃饭。"

"说了不吃！"嘴里硬撑着，喉间却有口水吞下。

朱棣捧着一筒米饭走到她跟前："说过这两个月不与你斗气了，账咱们以后再算，嗯？"

锦曦有点心动，却还是下不来台。

"这次是本王不对，不该用一筒米饭羞辱你，可是你要是饿着了，怎么保护本王？"朱棣啼笑皆非地哄着她，见锦曦赌气的模样，语气更加温柔。

锦曦伸手拿过竹筒，狠狠地咬了口饭，含混不清地说道："记住，不是我要吃你的饭，是你求我保护你，求我吃的！"

朱棣听了哭笑不得，看到锦曦腮边粘着的米饭，伸手便拭去。猛然想起燕十七也这般给她拭过，脸一沉，哼了一声站起来走到一边。

"顺着这条溪流我们就可以出山往南，进入名山地界。"

锦曦点点头，突然疑惑地问道："咱们看到的情况还不够多吗？为什么一定要去名山？！"

朱棣眼睛望着面前的青山说道："燕十七交来的情报上说名山有人要杀我，且那里是赈灾银粮的中转地，我也很想知道一些东西。那些刺客必定以为我还在鸡公山里，让他们在山上搜寻，拖住他们几日，本王便到了名山了。以本王的英明神武，这些人，一个也跑不了！"

"英明神武还被逼进这穷山恶水里！"锦曦想朱棣还真够自信的，忍不住又出言讥讽。

"你说什么？"

"我是说，王爷玉树临风。木秀于林，风必摧之。风必摧之……"

朱棣哼了声偏过头不看锦曦。

锦曦越想越开心，想起一棵大树长在山顶先被风吹落了所有的树叶然后被雷电劈烧成光光的一根木桩子，自顾自笑个不停。

朱棣嘴一弯说道："比三保笑得还傻。"

锦曦没有听清，便问了一遍："三保是谁？"

"我的小太监！哈哈！"朱棣一语得胜竟比得了父皇的夸奖还要高兴。

说她像太监不男不女？锦曦气得脸色苍白，半天噎着说不出话来。

山中之夜清朗寂静，能听到夏虫低鸣。火堆噼里啪啦烧着，锦曦想起家来，她想还不知道珍贝回府后，大哥与父亲知道了会是什么样子。想起大哥想让太子娶她，就难受至极。又想起李景隆，他不是在名山中寻找珍兰吗，不知找到了没有。

"在想什么?"朱棣见她脸色时喜时忧,时而还轻声叹息,出声询问道。

锦曦双手撑着头,看着火光出神,"想我表妹平安回到应天没有。"

朱棣低低笑了起来:"非兰,若是没有记错,你才十五岁吧,这么小,怎么成日惦记女色?"

"八月份表哥就娶王妃了。"锦曦又想起了朱守谦,抬头瞪了朱棣一眼。

"我让他回南京是为他好。父皇母后待他视如己出,若是知道他私自跑出来,有他受的,加上大婚,礼部的人也会寻他。他日后还要去广西封地,广西指挥使徐成知他对婚事如此怠慢,去了广西必恼恨在心。"

锦曦没有说话,朱棣说得有道理,但是她就是不想应和他。想起那纸契约,心里又是一阵恼怒:"那纸契约可是你逼非兰签的。不过,我才不怕。"

朱棣诚挚地说:"契约不过两个月而已,我与非兰相处,已觉得非兰心中有百姓,男子汉大丈夫谁不想建功立业,非兰可愿追随于我?"

"不愿。"锦曦毫不迟疑就吐出这个答案,她对建功立业没兴趣。

朱棣靠在树上,凤目半睁半闭,睨视着锦曦突然明白了什么,慢条斯理道:"那么非兰的志向又是什么呢?"

"仗剑江湖,看遍河山风景,遇不平之事便出手。多快意!"

"如果,你没了武功呢?"

锦曦怔住,没了武功怎么行走江湖,自保都难,哪儿都去不了。说不定出门只有受欺负的份儿,自己还是个女的。

朱棣看她呆愣住,呵呵笑了起来:"瞧你,一听没了武功就跟天要塌下来似的。"

锦曦越想越恐怖,无意识地用树枝在地上乱画:"没了武功要受人欺负,也不可能随心所欲了。要是在府中……"她没有说下去,悲哀地想如果没有武功,她怕是出不了府门,只能待在高墙大院里做那个娴静读书的闺秀了。

瞧见她脸上流露出的淡淡的伤感和沮丧,朱棣突然有些不忍,露出笑容道:"我说谢大侠,本王你都敢打,这天下便没多少人是你不能打的了。本王都怕你的功夫,你还担心什么?"

锦曦被他的语气逗得笑了,一双明眸在火光闪烁中发着亮光,心情一下转好,嘿嘿笑道:"王爷,你是不是那种睚眦必报的小人呢?"

朱棣懒洋洋地道:"两个月后,本王会让你讨饶的。"

"嘿，王爷，两个月后非兰决定隐身江湖，你当你的亲王，我做我的游侠，咱们碰不着面啦。"

朱棣加了一把柴，眼睛一闭，嘴角勾起一抹神秘的笑容，轻声说了句："到时看吧。早点睡。"

第二天一大早，天还蒙蒙亮朱棣就醒了，他瞟了眼冒着青烟的火堆，悄悄走近锦曦想仔细瞧她，脚步放得像猫儿一样轻。

"王爷如此有闲，不如去做点吃的！"锦曦闭着眼说道，"做好叫我。"

朱棣停住脚，不甘心地去拾柴生火，锦曦听到他嘟囔了句："有武功就了不起……"她微微睁开眼，朱棣走在青色的晨曦中。锦曦就开始想，李景隆的背影是飘逸的，燕十七的背影是精干的，朱棣的背影其实看上去蛮英挺的。

朱棣抱着柴回来的时候，锦曦还愣愣地看着他。他看了看自己："怎么了？"

"我睡迷糊了，"锦曦猛地打了下自己的头，跳了起来，"我找水去。"她飞快地离开，留下一头雾水的朱棣。

离朱棣有点距离了，锦曦还在拍脑袋骂自己，这怎么是个女儿家该去想的？不知羞耻！她匆忙地绕出树林寻着水声到了溪边，洗了脸，用竹筒接了水，正要返回时，河里漂来了一片竹叶。

她看着那片竹叶顺水漂来，在她的记忆中，水边是没有竹林的，这片竹叶只有一个可能，是从上游昨天朱棣做竹筒饭用的竹子上带下来的。锦曦拿着竹筒飞快地跑回去，边跑边喊："朱棣！我们快走！追来了，快……"

她的声音戛然而止。

朱棣懒洋洋地站在树旁，脖子上搁着一把雪亮的短刃。他苦笑着说："人家追了一天一夜，我们睡了一晚上，脚程差不多。"

"王爷为何不怕？"他身后的青衣蒙面人问道，看到锦曦时握剑的手忍不住又往下沉了沉。

朱棣含笑看着锦曦，慢慢地说："有非兰在，本王为何要怕！"说完还眨巴了下眼睛。

锦曦心里暗骂，死到临头还不忘魅惑人！她出去打水未带长剑，便笑了笑："王爷的意思是……你干吗不一剑杀了他以绝后患！"话还未说完，她已抄起竹筒将水朝青衣人泼了过去。同时脚尖一点身形展开，掌风激在水上化为水箭射向青衣人。

青衣人右手持剑压在朱棣脖子上，若是闪避锦曦拍击来的水必然要放开朱棣。他左手揪住朱棣的衣领已将他人甩了起来。

他万万没有想到，不会武功的朱棣也是弓马娴熟，朱棣借力翻身只听衣裳发出"刺啦"一声响，青衣人手中一空，朱棣就势往旁边翻滚。这一愣神的时间，锦曦已冲到他面前，一掌正印在青衣人胸口。

她使出了全力，青衣人闷哼一声，脚步跟跄着后退了一步，一丝鲜血从嘴角溢出。锦曦哪容得他反应，脚尖挑起地上长剑，挽出剑花朵朵刺向青衣人。

青衣人蓦然反应过来，避开剑锋，偷空放出一枚响箭，也就在这电光火石间，锦曦一剑刺进了他的胸膛。

锦曦一抽剑，见青衣人已经死了，她低下身子从青衣人身上拿出件物什，若有所思。"王爷，我们赶紧离开！"锦曦强行压下心里翻腾开来的思绪说道。

朱棣沉思了会道："我与燕五他们的约定地点在前面那座山头……"

锦曦只是着急："再不走就迟了。边走边想吧！"

朱棣笑了笑道："非兰，你会轻功，你往那边方向弄点我们行走的痕迹，我们不走，等他们过去。"

锦曦不解，朱棣便道："你先照我说的做，回头我再和你解释。"

锦曦看了看青衣人，目光复杂，她有点担心朱棣一个人在这里。

"不超过两炷香工夫，你必须要回来，这里，我处理一下。"朱棣笃定地说道。

等到锦曦走后，朱棣看了看四周，在青衣人身后有一丛藤萝和树纠结在一起。朱棣小心掀起藤萝，果然看到有令他满意的一处凹陷。他脱下外衣，用剑削尖竹子顺着凹处用力挖下，土全接到衣裳上。不多会儿，地面与岩壁相连的地方就出现了一处可容两人的坑。

锦曦跑回来时四周安安静静，朱棣不见踪影，青衣人还躺在地上，没有新的打斗痕迹。她吓得小声喊道："朱棣！朱棣！"

林子里还是一片安静，锦曦急得眼泪花都冒出来了，脚一软就坐到了地上，哽咽道："我回来晚了。这可怎么办啊！"

朱棣藏在藤萝后面"扑哧"笑了。

锦曦吓得一个激灵，循着声音找去。朱棣怕她破坏了布置忙道："我只想试试外间能发现这里不。"说着便钻了出来。

他仅着月白中袍，身上密密挂满了藤草，锦曦破涕为笑，又嗔怒道："吓死我了知不知道！呵呵，你这样子好好笑！"

朱棣脸一板，手拎出一大圈草叶编织的东西扔给她："裹在身上，进来！"

锦曦想了想明白朱棣的主意，也裹上草叶，与朱棣一起挤进那处小凹缝。地方很小，两个人坐在坑里，头顶处全是藤萝草叶。

细碎的光线透下来，锦曦问道："若是你突然发出声音怎么办？"

"哼，本王不会。"

"我是想说，你如果不小心弄出声音，我会把你打晕！"锦曦想的是如果有万一，她就打晕朱棣，引开来人，凭她的功夫，逃命不成问题。她猛然想起燕十七所说，施展轻功离开的话，难道，燕十七是在提醒她不用顾虑朱棣吗？

朱棣气得胸膛又一阵起伏，想想要是有个万一也只能如此，闷声不说话了。

"你想知道是谁想杀你对吗？"沉默片刻后锦曦问道。

"对。他们绝不会想到，我们还停留在这里。"

"我们要在这里待多久？"

"他们找来为止。"朱棣一点儿不急。

锦曦叹了口气："那我希望他们早点来，早点走。"

朱棣奇怪地看她一眼："你是学武之人，怎么这点定力都没有？"

"你为什么有？"坑小，锦曦与朱棣几乎靠在一起，她不好意思地朝旁边移动。

朱棣伸手搂住她低喝道："别动！我估计不出一个时辰就会有人来。"

锦曦只好不动，听他轻声说道："幼时父皇教我们，每天出城健步，跟着马跑，不行就用鞭子抽，每天寅时就要起床，久了，骑在马上睡着也不会倒。坐在书案前拿着笔，睡着笔也不会掉，还不会发出鼾声。"

"那你不是很惨！肯定挨打最多。"

"不，太子与二皇兄挨打最多，因为，我每次都跟着他们，不会跑在第一，也不会跑在最后。而太子与二皇兄人人都想争第一……众人瞩目的焦点会是他们。"

锦曦侧头看去，朱棣的侧脸在光影下散发出一种柔和的光，他的嘴说话的时候嘴边的线条牵起，像是带着笑意。锦曦想，就是那双眼睛不一样。

太子殿下的眉眼与秦王殿下的眉眼都很相似，都是那种卧蚕眉丹凤眼。燕王却是剑眉丹凤眼，长长的斜飞入鬓角似的。比起太子、秦王，燕王身上似乎更多了一重凌厉，就从他那双眼睛里，哪怕是同样的目光，他看人的时候总会给人一种压力，像是在蔑视一切。她清楚地记得他背对着太子殿下与秦王殿下凤目微张时眼中透出的冷然寒光。

"……父皇对我很好，母后也是，虽然我长得并不像他们，父皇总是说我是他最有能力的儿子，母后总是夸我最有孝心……"

静静的树林，淡淡的光线，藤萝遮掩的地坑里，朱棣似乎忘记身处险地，不远处还摆放着一具尸体，他沉溺在儿时的回忆中。那些回忆对他来说就如同这个树林的上午一样，温和，恬淡，甘美。是宫里嬷嬷们抖着肥硕身躯迎面带来的乳香味，是小三保在他出城跟着马跑时偷偷塞进他衣袖荷包的鲜奶甜饼子。

朱棣的声音像是在呓语，比藤蔓间透进来的天光更轻柔。锦曦硬着身子不多会儿就觉得不耐，在他的话语声中慢慢放得柔软，依在他的肩上，安静地听他说。

锦曦能感觉到那种轻柔里带着的痛楚，心里涌出一股怜惜，突然就可怜起朱棣来。不过是接了个巡视赈灾的差事，就有小命不保的可能。"唉！"

"为什么叹气？非兰，我很怀念小三保做的牛肉馅饼，没那些馅饼，父皇对我们的勤练我早撑不下去了。今天我似乎又闻到了那种香气……"朱棣微笑着说，他吞回了后半句话，对锦曦跟着他护着他让他觉得温暖。

锦曦没听懂他话中的深意，叹了口气道："要是他们今天一天不来，我们就待一天，两天不来，我们就在这里打洞当老鼠了。"

"龙生龙，凤生凤，老鼠生的会打洞……要是我们能打洞，将来我们的儿子不也是老鼠？"朱棣轻声笑了起来。

锦曦脸一红："你胡说什么！"

"我是说我娶我的王妃，你娶你那表妹。"朱棣漫不经心地说道，眼风轻掠过锦曦美丽的脸，心里又是一跳。

锦曦转开脸，为自己的误解脸红。她心里传来一种奇怪的感觉，秀眉一扬，轻声对朱棣说："来了。"

她吐出的气息温暖而芬芳，朱棣怔了怔，见锦曦如临大敌，将手掌放在面前土壁上一边感觉来人的脚步震动，一边向他比画着对方的人数。

来了十七个人，朱棣才看清她画下的数字，只听离他们不远的地方响起了一个声音："在这里！"

锦曦一抖，朱棣已紧紧握住她的肩。两个人大气也不敢喘一口，缩成一团听见脚步声渐渐加重，不多会儿头顶前方已站满了人。

"主上，他是被一剑穿心而死，胸口中掌。燕王不会内功，这掌定是他的燕卫所为。"

"找个地方葬了。"一个暗哑低沉的声音响起。

锦曦仔细辨听着声音，似有熟悉感，又似极陌生，脸上便浮起了恍惚的笑容。

"主上，发现踪迹往西南而去。"

"追，绝不能让朱棣逃脱！他身上带有在凤阳收到的诉状，太子殿下严令，一定要找到他！"

片刻后听到来人挪走尸体的声音，往西南方远去的声音。林子里慢慢又归于平静。

从来人口中听到太子殿下这四字时，朱棣狠狠地握住了锦曦的手，她没有挣扎。良久锦曦感觉了下，外面确已无人，方松了口气低声道："你握痛我了。"

朱棣缓缓放开手，凤目低垂掩住一片伤心。他突然掀起藤萝站起来，急声道："他们追不到便会返回，赶紧离开。"

两个人跳出坑，原样封好藤萝。朱棣带着锦曦便往东南方向行去。

走了很久眼前还是山，锦曦奇怪地问道："怎么还没走出去？"

"鸡公山是名山余脉，我们已进入名山地界了。"朱棣简短地回答。

"来人说你收到的诉状是在你身上吗？"

朱棣一剑砍断面前的藤萝开道，擦了擦汗道："本王早已遣人送回南京了。"

锦曦不由得佩服："王爷高瞻远瞩，不过，别人难道会料不到吗？"

"猜到也无妨，他们不知本王如何送出的又怎生拦截得住？"

锦曦见朱棣满额是汗，便说道："要不我俩换换，走没走过的路累得很。"

"不必，这种事还是本王来做得好！"朱棣奋力砍断一根粗藤，喘着气回答。

"这就怪了，你没内力怎知我会不如你？"锦曦不服气地答道。

朱棣一怔，侧身道："你来！本王手也酸了。"提着剑退开。

锦曦瞟了他一眼，长剑一挥轻松开路。朱棣跟在后面心里极不是滋味，不阴不阳地说："看来你的武功与内力用在这上面最是有用，以后要不跟了我，专司灶房砍柴一职？"

"这样啊，看来王爷内力没有蛮力却也不少，这开山辟路一事还是王爷来做的好！"锦曦笑嘻嘻地收了剑，站在路边不动了。

朱棣此时偏偏不想动手了，懒洋洋地说："本王没力气了。"

"没关系，反正刺客要杀的不是我。我也没力气了。"锦曦心想那就比谁更心慌吧。两个人大眼瞪小眼对峙着。

朱棣横下了心不服软，干脆坐了下来，望着天边尚未落下的太阳，喃喃道："太阳就快下山了。"

"又如何？"

"你以为他们不会追来吗？"

"要擒要杀的是你！我呢，施展轻功还怕不能逃命？"锦曦靠在树上笑眯眯地一点儿也不生气。

"你之所以保护我，是为了这淮河受灾的十来万百姓。我若是没命了，你怎么对得起那些受灾的百姓？"

"反正诉状已经送走了，你就算没命，百姓还是一样能得回公道。我早说过，你的命我还真不关心。"

她总是这样挤兑他！总是让他又恨又拿她没办法。朱棣站起身大步走向锦曦，凤目里燃烧着火焰，居高临下看着锦曦一字一句地说："谢非兰，莫要以为本王离了你便不能活着走出名山！哼！"说完就往山上攀去。

锦曦撇撇嘴，提了剑也往山上攀去，她足尖一点已与朱棣站在一起，两个人互瞪一眼开始劈开缠绕挡路的杂枝藤蔓，这会儿竟是谁也不服谁，不多会儿就走到一面山崖下。

"呵呵！"锦曦望着如刀削的峭壁得意地笑起来，正想回声问朱棣需要她帮忙弄上去不，转头竟看到朱棣抠着石缝如壁虎一般趴在岩壁上。

"你做什么？"她吃惊地问道。

朱棣不作声，奋力往上爬着。好不容易在半空中踩稳，回头轻蔑一笑："区区山岩有何困难！"

锦曦叹了口气，脚尖一点施展轻功跃到他身旁，伸手就去拉朱棣。

朱棣一手挥开，冷冷地看着她道："本王不受你恩惠，这山岩，本王还没放在眼里。"说完又开始往上爬。

锦曦一愣，心想看你能撑到几时！她也不急，一会儿跃到朱棣头顶，拉着株藤蔓晃荡着："王爷，太阳真落山了，你要是摔下去，连尸首都不好找呢。"

"太阳落山才好，"朱棣喘着气道，"知道登最险的山什么时辰最佳吗？就是夜晚，看不到身下的悬崖，看不到前面还有多高多长的路，轻轻松松地就上去了。"

他硬撑着回答，脚下一滑，手正用劲卡进石缝，瞬间便擦破了皮。锦曦刚想拉他，看到朱棣眉紧蹙着，凤目中露出坚毅，手又缩了回来，默默地看着朱棣咬着牙又往上爬了一截。

晚霞渐渐由橘色变成灰紫，只余一丝儿光亮。朱棣的外衣早被青衣蒙面人撕破，仅着一件白纱中衣，早已污浊不堪，山风吹来，从上往下看，朱棣像被风吹着的一片纸，单薄地贴在岩壁上，他爬得很慢，从锦曦的角度看几乎没有什么变化似的。

她看了会儿，突然笑道："王爷很怕欠我恩惠吗？"

朱棣努力地抓紧石缝，半晌才逼出一声："不是怕欠你，而是本王不屑！"

锦曦听到笑了笑，突然扯起一根粗藤荡了下去。她贴近朱棣不怀好意地冲他一笑："王爷不屑吗？非兰还非助你上岩不可，这叫打落牙齿，你也只能和血吞了！"

"你——"朱棣气得才吐出一字，已被锦曦提住施展轻功往崖顶跃去。

朱棣紧闭着嘴侧头看着锦曦，恨不得手里有刀砍了她拉住自己的手。片刻工夫，两个人便上了崖顶。

锦曦把朱棣放开笑道："非兰去看看地形，王爷若是心里不痛快，爬下山再自己上来一次也行。"

朱棣气得脑袋发晕，一屁股坐在地上，明知与她一起就是如此争吵不休，总是惹得自己轻易就生气。识实务者为俊杰，朱棣马上平静了下来："本王有护卫在，何必劳神费力，咱俩合作吧，你不会做吃的，本王做，你看地形之时看看有没有野味。"

这么快就恢复平静了？锦曦诧异地露出笑容："好，合作，这话听得，成交！"说完跃了开去。

朱棣嘴边露出一抹笑容，望向锦曦的目光中带着暖意，他喃喃道："其实你真的很心软，你不知道吗？"

他借着最后一抹天光看到不远处有块岩石状若老鹰嘴，下方凹进一大块。前面又立着几块大石，正好可遮挡火光，于是收集地上枯叶干枝引出一堆火来。

不多会儿，锦曦拎了两只兔子回来，见朱棣已把火生上，便把兔子扔给他。

"给我干吗？"朱棣疑惑地看着锦曦递过来的兔子。

锦曦脸一红："我不会剥兔子。"

朱棣叹了口气，接过兔子看了看走向一边，嘴里嘀咕道："会武功不会剥兔子，谢非兰，你在野外会不会被饿死……"

她从没做过这种事情，这能怪她？"王爷，这边下去挺好走，是个山谷，很大。"锦曦转移话题。

朱棣用剑剥了兔子皮弄得满手是血，拎起血淋淋的兔子走过来。

锦曦侧过头不想看，怕看了没胃口吃。

"你可以杀人，又怕这个？真不知道你是什么样的人。"朱棣用树枝穿了兔子，专心致志地烤。

香气渐渐弥漫开来，锦曦坐在一边咂巴着嘴，肚子里的馋虫成群结队地往上爬。朱棣取下兔子撕下兔腿给她。

锦曦边吹边啃，没有调料别有一番香味，烤得恰到好处，一口咬下满口流油，啧啧赞道："朱棣，你以后若不做亲王就去做厨子好了，包管银子赚得盆满钵满。"

"本王的手艺岂是凡夫俗子可以尝的？哼！"朱棣边啃兔子边说。

一只兔子转眼没了影，又烤。

锦曦眼巴巴地等着，突然觉得有人在窥视着他们，霍地站起。只听一声狼嚎，一团黑影对着她直扑过来。

"王爷小心！"她一腿踢过去，那只狼在空中转了下身竟躲开了。

狼似知晓厉害，停了下来，一双幽幽的目光像鬼火盯着两个人。眨眼间工夫，黑暗中闪亮了无数的绿眼。

锦曦两手是汗，与朱棣靠着山壁，朱棣握住了根燃着的树枝。

这群狼对火的畏惧并不大，头狼稳稳地踩着步子向他们靠近。两个人心里发苦，一日来体力消耗得差不多，晚间居然还要对付一群狼。

朱棣把火把往前晃了晃，狼不为所动。他突然扔掉树枝坐了下来。

"朱棣！"锦曦气急败坏，朱棣怎么就放松了呢？

"本王累了，扎顶轿子抬本王下山！"

"你别做梦了！"锦曦紧张地看着面前的狼。群狼扑过来，她都没把握自保，他还想着什么坐轿下山。

"哈哈！王爷好眼力！"一个清朗的笑声传来。

锦曦先是一惊，心中涌出一股狂喜："十七哥！"

燕十七从山岩后露出身影，走进狼群里。狼自然分开路，他突然发出一声狼嚎，头狼跟着叫了一声，十几条狼长啸起来，声音起伏不绝，远远地回荡在山间，分外凄凉。

他拍拍头狼，那狼似能听懂他的话，在他身上蹭了蹭，依恋地嗅嗅他，转身跑开。转瞬间崖上又恢复了寂静。

"十七哥！"锦曦扑了过去。燕十七呵呵笑着，星眸里流露出浓浓的感情，握着锦曦的肩上下打量了一番，见她没有受伤，这才放下心来。

朱棣在旁瞧着，脸色便沉了下来，几时非兰见他会有这般高兴？不悦至极，重重地咳了一声！

燕十七一惊，回头正色地拜倒："燕十七见过王爷！"

"免礼！"

"十七哥！"锦曦高兴地扯着燕十七的衣角。看到燕十七瘦削的身影，亮若星辰的眸子，心里就涌起一股暖意，似乎有了他，情况就会好转，再不怕追来的人了。

朱棣坐着未动，锦曦对燕十七的亲热劲儿让他心里又一阵翻江倒海的不舒服。他淡淡地问道："燕九他们呢？"

"王爷，他们在谷底，咱们这就下谷吧。"

朱棣站起身，燕十七已解下身上披风给朱棣披上，眼睛落到朱棣手上，眉心皱起一道深痕："王爷手受伤了？"

"无妨！"不知为何，他此时极讨厌燕十七的眼睛，觉得太亮。

锦曦这才想起必是朱棣逞强攀崖时弄伤的。她瞧了瞧三个人，只有燕十七身上干净点，提了剑说道："十七哥！"

燕十七似懂她的意思，翻出衣襟让锦曦割下一幅。锦曦拿着布条不待朱棣反对拉过他的手仔细为他包扎好，低声道："对不住，王爷，你手受伤还让你剥兔子皮，其实我会剥的，就是瞧你不顺眼。"

朱棣听到前面一句心里一甜，听到后面一句又笑不出来了。

燕十七扎了火把递过一根给锦曦："七弟，小心了。王爷，咱们走吧。下山一个时辰即可。"

三个人走下山崖，果然路变得好走。

只听燕十七道："名山受灾者达五万余人，听说王爷替天子巡视，前几日便涌上官道候着了。黑压压的人望不到边似的。"

"名山总不成也有个吕太公吧？"

"洪水过去两个月，种子还未发下来，秋收无望，今冬会饿死人的。"

朱棣没有说话，三个人都安静了下来，山间只见两团火光闪烁。走了一会儿，燕十七停住脚，吹出一声口哨，对面林子里也回了一声，然后拥出几十号人。

锦曦运足目力看到正是燕五、燕九、燕十一等人，心里不觉松了口气。

众人见了朱棣纷纷叩首。

朱棣疲倦地摆摆手："休息一晚，明早整装去名山！"

燕王的日月

YANWANGDE
RIYUE

分道扬镳
〔第十七章〕

164

队伍行至名山小溪镇，当地官员已得到传报，官道两旁黑压压全是前来迎接的百姓。小溪镇临小溪河，淮河大水，这里泄洪不及，全镇连带附近七十三个村落全被洪水淹没。

大水退去时，连山坡上的庄稼也未能幸免，颗粒无收。

朱棣见百姓拥挤，堵住去路，朗声道："本王替天子巡视灾情，各村百姓可公举一个人前来陈述情况，言者无罪！"

听到他这句话，百姓才让开一条道来。人马进了小溪镇，镇很大，街道平整，就是往来行人稀少，偶尔见得几个避让队伍跪在路边的，也都衣衫褴褛，面带饥黄。

朱棣入得镇来，直接去了镇上衙门，径直端坐在堂上。

七十三村村民代表、镇上官员及运粮使密密跪在堂下，等候朱棣问话。

锦曦第一次见朱棣办公，觉得他沉着冷静，不说话的样子颇有几分威严。这一来倒让人忽略了他的年龄。

朱棣慢条斯理地呷了口茶，又上了热巾敷脸。锦曦站在一旁嘀咕，他干吗不带个丫头帮他捶背？

只见朱棣动了动胳膊，锦曦忍不住就笑了。

朱棣眼睛瞟过去，燕卫训练有素，黑红箭衣，明亮挎刀，威风凛凛挺直如标枪。他冷着脸看不出喜怒，堂下诸人哪敢发出半点声响，堂上只听见清脆的茶碗碰瓷的声音，越发显得静寂。偏偏右边站着的锦曦憋笑憋得难受，小脸涨得通红，身材娇小因忍笑而颤抖，破坏了整个气氛。

燕十七拉了拉锦曦的衣角。她不明所以地抬起头，正对上朱棣恨铁不成钢的眼神。锦曦咧嘴无声地笑了笑，挺直了腰，然后努力把嘴抿住。朱棣看她滑稽，竟呵呵笑了起来。

堂上气氛为之一变，明显能感觉众人长吐了一口气。

"镇令何在？说说镇上情况吧。"朱棣笑着出声询问。

小溪镇镇令上得前来，匍匐于地道："王爷，下官小溪镇镇令王海。小溪镇七十三村，三千一百一十二户村民受灾，本应领粮一千零二十石，谷物菜种三百斗，至今只到粮四百三十石，谷物菜种四十斗，这，镇上已饿死五百七十三人，请王爷明鉴啊！"说罢以头触地，四周百姓闻听，悲声四起。

朱棣敛了笑容，寒着脸问道："运粮官是何人？"这话却是问向燕五。

"回主上，淮河漕运使刘权。"

朱棣略一沉思，刘权是秦王的人，难道二皇兄也有份？"刘权何在？！"

一武将当即出列："刘权见过王爷！王爷，刘权只管运粮，不管调配。"

"哦？调配又是何人？"

刘权精明的小眼睛闪了闪，半晌才轻声道："这次赈灾，是太子殿下亲自调配安排。"

"混账！你是说太子殿下不给小溪镇的百姓调配足够的粮食吗？！"朱棣霍然变色，大声斥责刘权。

刘权很无奈地道："具体臣不清楚，臣只管接多少粮，就运多少粮。"

朱棣明白了，这样一推皮球最终还是要从上查起。他冷冷地看着面前跪着的诸人，慢声说道："本王不是来审案的，只是把看到的听到的如实上报皇上罢了。你们怎么调粮，怎么运粮，不是本王的差使，各村推举一人录上证词押上手印，本王带回南京面呈皇上。王海，此事由你负责！"

"卑职遵命！"

朱棣放下茶碗，负手踱步走到刘权跟前细细打量了他一番。刘权低头只看到一双薄底皂靴停在面前，背脊上瞬间落下如针芒般的目光，不觉抖了一下。朱棣在他面前沉默了会儿，见他不安地微微移动了下身体，嘴边噙住一丝了然的浅笑，突发问道："这里去南京走水路几日能到？"

"……回王爷，五天行程。"刘权愣了愣才回答，心中疑惑朱棣怎么就来小溪镇走走过场就要回南京了。

"安排行船，本王出来一个月有余，该看的也看到了，行水路回南京复命。"

"是！"

锦曦一盘算，从凤阳出来沿南不过走到小溪镇，南方还有两镇未去，朱棣这就回去了？想想朱棣自有安排。他离开凤阳，自己与他的约定就算完结了。

这就要走了吗？隐约的失落感随之而来。这种空落落的感觉让锦曦吓了一跳，自己是不舍吗？

为什么呢？自己应该雀跃高兴才对，为什么会有不舍？一路与朱棣吵吵闹闹，紧张逃命，就没个轻快的时候，眼下似乎一切都过去了，朱棣将回南京，自己解脱了，不再是他的护卫了，为什么会心里难受？

"山中辛苦，今晚本王要好生歇息了。"朱棣说道，目光浅浅地在锦曦脸上一转，见她眼神迷茫，便走过去轻声在她耳旁说道，"听说本王要回南京，舍不得是吗？"

锦曦像炸了尾巴的猫浑身的汗毛都竖了起来，冷哼一声，露出灿烂至极的笑容，竟大呼小叫道："终于自由啦！十七哥，今晚上我要大吃一顿！"

朱棣看着她蹦跳着跑开，心里涌出一股伤感，真的一点儿不舍都没有吗？随即一抹冷色出现在他眸中，非兰，你总会回南京的不是吗？

吃过晚饭，燕五找到锦曦和燕十七道："王爷令你二人夜探刘权营帐。不得暴露身份。"

"那王爷的安全……"燕十七有点犹豫。在燕卫十八人中，他的武功最好，锦曦其次。他们走了，着实不放心。

燕五笑了笑："王爷自有安排。"

看着两人离开，朱棣悄然出现，目光久久凝望着两人消失的方向。良久才道："都准备好了吗？"

"现在就可以启程了。"

朱棣站立了会儿，闭上眼眸，耳旁又响起她的轻笑声……"走吧！"

锦曦与燕十七换上夜行衣直奔刘权营帐。

刘权扎营在小溪河边。这里原有个水军营盘，从江南运往各地的粮船都要经过小溪河码头。刘权运粮至此便建中军营帐调度指挥。

锦曦与燕十七如两只鸟轻轻地接近大帐。

此时已是戌时末牌，除了巡夜兵丁，营盘内静寂无声。燕十七微皱了眉，觉得气氛怪异，低低地附在锦曦耳边道："有点不对劲，你待在这里，我去瞧瞧！"

锦曦一把拉住他摇了摇头，笑了笑，要与他同去。

燕十七粲然一笑，轻声说道："我功夫比你好，你留在这里。"

锦曦一怔，燕十七已轻轻地跃了过去。心中只觉得温暖。燕十七从来给她的都是这种暖意。等了良久没有动静，思量片刻，锦曦也跃了过去。

刘权大帐内灯火通明。锦曦靠过去时，燕十七正好回头，责备地看了她一眼，拉住她就离开。锦曦不明所以，两个人身形刚动，只听一声锣响。四周冲出无数兵士将他二人团团围住。

刘权笑着走出来指着他俩道："果然今夜有客前来。何方高人哪？"

燕十七缓缓拔出长剑。锦曦已感觉到燕十七的紧张。一路行来，燕十七都轻松自如，他的戒备让锦曦感到奇怪。

刘权一挥手，围住他们的人散开，竟露出一排弩箭手，人人手持劲弩。

这种劲弩在三十丈之内可透身而出，力量刚猛，可连发三箭。距锦曦与燕十七不过十丈。这么短的距离，纵有再高的武功怕也不能全身而退，她目光落在右腕上，心想实在不行只有动用裁云剑。但此剑一出，天下皆知，以后的日子就不能平静了。

"哈哈！原来刘将军是太子殿下的人。既知我们是燕王的人，想查看一下明天起程的坐船，怎么，太子殿下令刘将军对付自己的皇弟吗？"燕十七朗朗笑道，他运足了内力，声音传得极远，就是想让营中众兵士知晓。

锦曦不知燕十七为何这样说，却看到刘权脸色一变，喝道："哪来的贼子竟敢冒燕王之名！挑唆太子殿下与燕王关系！放……"那声箭字还没出，他身后阴影处有个低低的声音冒了出来："慢着！"

不知刘权听到了什么，狠狠地瞪着他们改口道："若弃剑投降，本将军便饶你们不死！"

燕十七看了眼锦曦。两个人大喝一声，挥剑便往外冲去。

那些士兵怎抵挡得住，瞬间便杀出一个缺口。

眼看两人就要杀出重围。一个黑影几个兔起鹘落挡在了他俩面前。

又是一个武功高强的青衣蒙面人。她一愣神间，燕十七和青衣蒙面人已斗在一起。锦曦见过燕十七和吕大公子过招，这时见到他和青衣蒙面人相斗，又一阵惭愧，觉得自己所学全是花拳绣腿，上不得台面。

士兵蜂拥而上。刘权大呼道："生擒那小子！"

听得此话，往她身上招呼的势头便软了几分。锦曦借机冲到燕十七身旁，与他合力相斗青衣人。

青衣人武功高绝，与两人相斗仍战成平手。锦曦发现自己加入反而让燕十七处处回身相救。她翻身跃开，夺得一把劲弩，扣响机栝，三箭直直往青衣人飞去。

青衣人用剑磕飞箭支，燕十七借机挥剑直上。锦曦见有用，不由得大喜过望，连夺数个劲弩，大呼道："让开，看我射他！"

燕十七旋身收剑，身影伏低往后退去，青衣人暴露在锦曦射程之内。他突然一手扯落脸上面巾，再掩上，锦曦彻底呆住，嘴皮哆嗦着喃喃道："大，大哥！"

燕十七低头之际没有看到青衣人的动作，冲回锦曦身旁见她愣着，拉着她大喊一声："走！"

他带着失魂落魄的锦曦离开，刘权人马也不追赶。两个人跑回镇上，进了后院，燕十七正想去复命，却被燕五挡住："王爷已歇息了，吩咐明天走水路回南京。"

"我们去探刘权营帐被围，他们早有准备。"燕十七轻声回报。

燕五笑了笑："知道了。"

燕五似乎对今晚的情形并不放在心上，两个人满腹疑问回了房。锦曦还在想大哥怎么也到了小溪镇，他怎么会与刘权在一起。

"我明白了，王爷已起程回应天了，今晚是想支开咱们。"燕十七猛然反应过来。

锦曦回过神来："朱棣回应天了？"

"我想是这样的。王爷今晚悄悄起程，明天我们再大张旗鼓走水路回去。今晚是遇巧了，我想刘权等的不是我们。他也防着有人在船上动手脚。"

"真的吗？刘权不会害燕王？"锦曦异常高兴，她心里害怕大哥想要加害燕王。

"那个青衣蒙面人你认识？他怕伤到你。拦我们，只是想留住你而已。"

锦曦低下头不语，片刻后抬起头来道："十七哥，你帮燕王到底是为什么？真是为了灾民吗？"

"我是太子的人。"

锦曦霍然站起，指着燕十七口吃地问道："太子，你……燕十七……"

"太子殿下总领赈灾事宜，皇上却派燕王巡视灾情，若燕王有个三长两短，岂不是太子所为？太子殿下对赈灾情况早有所闻，派我来保护燕王，同时也瞧瞧是些什么人敢阳奉阴违造成这次赈灾银粮不能送到灾民手中。这个回答你还满意吗？"燕十七含笑看着锦曦。

"你，你不是吕家庄的人？"

"呵呵，是，我正巧也是吕家庄的人，跟了太子不到一年。"

"可是吕太公是……"

"太子已经知道，他绝不会因为是吕妃娘娘的父亲就姑息此事！"

"那晚的黑衣人呢？"

燕十七静静地看着锦曦："我本想一剑杀了吕太公，省得太子为难，突然冒出的黑衣人不是太子派来的。定是有人想以此做文章才救出吕太公一家人。"

是何人呢？让朱棣处处误会太子殿下。锦曦陷入了沉思。

"十七哥，哦，吕飞，燕王回了南京，你也没必要当燕卫了，还是叫你本名吧。多谢你告诉我。"

燕十七眸中闪出亮光，"我已习惯了这个名字，燕十七就燕十七吧，我喜欢你叫我十七哥。"

锦曦受不住他炽热的目光，低下头道："你是太子的人，便不能再用这个名字了。我明天不和你们一起走了，我们就此别过吧。"

"如果你是燕七，我便是燕十七，永远会保护你的十七哥。"燕十七意味深长地说了这句话。

锦曦蓦然抬起头，燕十七的目光温柔而坚定，她似明白了什么，又糊涂着不愿去深想，对燕十七深施一礼，"非兰告辞！"

"非兰，我……"燕十七眼中露出热烈的光来。他早知道她是女儿身，一颗心跳动着厉害。一路上她的善良她的活跃都牵动着他的心，此时他忍不住想要吐露心意。

锦曦匆匆打断他，不欲他再说，脑子里嗡嗡直响，半晌才听到一个不像是自己的声音在说："你是太子的人，燕王必不会留你，你还是别做燕十七了。我和王爷之间的约定已经过了。非兰不会再做燕卫。我有亲人在此，就此别过！"

她夺门而出，留下燕十七呆呆地站着。非兰是女儿身，却做了朱棣的燕卫。

今晚的青衣人是她什么人？她为何要拒绝自己？燕十七英俊的脸上满布疑惑。

"什么人？"他感觉有人靠近。

青影一闪，正是今晚的青衣蒙面人，他从怀中拿出一枚令牌亮了亮，沉着声音道："明日从水路回到南京之后，找燕王说明身份，留在他身边。"

燕十七默立良久，突然问道："你是非兰何人？"

"她早晚会是太子的女人。"徐辉祖怜悯地看了眼燕十七，淡淡地说完，转身离开。没有惊动后院里的燕卫。

太子的女人？燕十七失魂落魄。非兰竟会是太子的女人？难怪，难怪她听说了自己的身份要跑开。他断然没有想到徐辉祖一心想把锦曦嫁给太子，绝非他以为的情况。想起太子之令，燕十七慢慢倒在床上，沉思起来。

　　锦曦一口气跑出镇，却又迷茫起来。原本打算回老家瞧瞧，遇着朱棣后，又想着怎么样护着他为灾民讨回公道。眼下朱棣回了南京，自己该去哪儿呢？

　　燕十七眸中透出的感情她不是不明白，这一路上他给了她太多的温暖和照顾，燕十七如阳光般的笑容一直在眼前回荡。可是才有了李景隆的前车之鉴，锦曦的心一时半会儿还接受不了别的。她脑中混乱至极，又不想见了大哥被他带回府去。

　　她抬头看了眼头顶的群星，找到闪烁的北斗星，认清方向，继续往南。锦曦想，听说凤阳的禅窟寺甚有名气，玉蟹泉沏茶别有一番风骨，韭山洞山水绝佳，反正漫无目的就去瞧瞧好了。

　　不几日便行至凤阳县郊的韭山。平地拔地而起一座巍峨山峦。山峰钟灵毓秀，颇有点鬼斧神工之感。

　　锦曦向路上的樵夫问明禅窟寺方向，慢悠悠地骑马上山。走了一程，山道险峻异常，抬头望去，半山起云雾岚气缥缈，群山滴翠，若入仙境一般。她看了看山路，仅供一人躬身经过，便把马放了，拿了包袱走进去。

　　两山夹壁石缝中青天被割裂成小块。一块飞来巨石压在头顶，锦曦啧啧称赞，真是神来之笔。穿过曲折山道，眼前一亮。只见群峰似浮在云雾之中，偌大一个山谷远望涤尘。锦曦深吸一口气，满足地站在谷口。

　　歇息一会儿，她又顺着山道前行，不经意回头，身后幽谷叠翠，身旁鸟语花香，雾凇飘浮。那是另一个世界了。行了一个时辰，眼前又是一亮，不禁赞出声来："好一处柳暗花明又一村！"原来上得山来，面前一大片开阔地，不远处一座禅寺，正是禅窟寺。

她细细欣赏了会儿苏东坡的题词，迈步走进寺院。

中院一个小沙弥正在扫地，锦曦双手合十道："小师父，在下初到宝地，听说寺院分洞中景，洞外景，不知何处是我佛参禅地？"

小沙弥脆声答道："洞中景，洞外景，天下景，皆是我佛参禅地！"

锦曦一愣，呵呵笑了，这小沙弥是和自己说禅来着。她一本正经道："天下景如是，何来禅窟寺？"

小沙弥不过十岁左右，被她考住了，黑亮的眼睛闪了闪不知如何回答，只听一个声音悠然道："有你在的地方我便立地成佛。"

锦曦心往下一沉，最不想遇到最怕遇到的人偏偏就遇见了。她回头时藏住心事露出惊喜的笑容："你怎么也在这儿？"

李景隆一袭天青长衫，带着一身儒雅隽秀，含笑站在寺院门口。仔细瞧了几眼锦曦带着惊喜的脸，见她目光清明，不似伪装，这才笑道："来了些日子了，日上竿头，你也累了，我们去吃这里的素斋可好？"

能说不好？李景隆怕是不会这样轻易放她离开。锦曦心里飞快地转动着主意，笑着跟着他去。

寺院后山搭了间竹亭，李景隆耐心地告诉锦曦："怀素大师的素斋一般人可是吃不到的。全是山中野生的，大师只取长于自然之物。他说一切有因有果，自然轮回。你尝尝。"

锦曦自从来了这里，感觉心便静了下来，是祸躲不过不是吗？她想得明白后，心情放松下来，夹了一筷子吃了，眉梢一挑："微苦，清淡，我很喜欢。"

"锦曦为何道微苦清淡呢？为何不说清香回味？"

"因为这野菜我虽叫不出名，其味就是微苦，说它清淡，因为大师就没有放油。不过滚水一沸罢了。任何菜若以大师取材之道，那是强求不来别的滋味，一切都来自本心，犹如人生，该是什么就是什么，强求不来。"锦曦淡淡地说道。

李景隆细细咀嚼锦曦说的话，说者无意，听者有心，李景隆暗想，难道锦曦知道了什么吗？他抬眼似不经意地观察锦曦，她脸上只有品素斋的惬意，看不出丝毫端倪。

"既然在山中偶遇，听闻此山中有一泉名玉蟹，锦曦可愿一同前往一观？"李景隆浅笑着邀请。

"既是如此，李大哥请前面带路。"锦曦脸上始终带着笑容。

吃过午饭，两个人便去玉蟹泉。山势曲折，一处天然岩壁挡住了去路，脚下的石板路却伸进了岩壁，李景隆含笑说："随我来。"

身形一折，似挤进了岩壁。锦曦跟着过去，哑然失笑。岩壁看似一整块，其实却是后面的山壁紧靠过来，中间有条小道可通行，还比较宽敞。

进去之后一蓬飞雨似的泉水从山缝中挤出，飞洒而下。下面一汪清潭，点点跳动着水花激溅。空中散开的水雾便润湿了锦曦的脸，夏天的热意一点点从身上抽离出去，当真沁人肺腑。她脱口赞道："好水！好泉！"

李景隆拿起竹筒取了水递给她："尝尝！"

锦曦接过喝了，入口清洌甘甜，笑道："用来烹茶当是佳品，不知此间可有好茶？"

"有，为了此水，景隆备有好茶。"说着李景隆用竹筒取了两筒水装了，泉边有处空地砌了张石台，望出去满谷绿意尽收眼底。"此处品茶锦曦可还满意？"

锦曦走到石台坐下，上面已摆有茶海小炉。

"景隆可有福气吃得一盏锦曦亲手煮的茶？"他定定地望着锦曦。

避开他的目光，锦曦垂下眼眸微笑："锦曦便以此茶谢李大哥相救之恩！"说罢轻挽起衣袖露出一双皓腕。右手腕上一只盘花银白镯子轻轻晃荡，更衬得肌肤如雪。

她轻车熟路地选茶洗茶，烹煮浇杯一气呵成，馥郁的茶香瞬间弥漫在空气中。玉蟹泉飞溅轻落的水雾溅湿了她的面颊。一双眼波如墨玉浸在水中越发莹润。

"请！"锦曦递过茶去。

李景隆尤在痴痴地看着她，充耳不闻。

"李大哥！"锦曦又唤了一声。

李景隆如梦初醒，苦笑着接过茶，轻嗅茶香浅啜一口，喃喃道："不知锦曦可愿与景隆一起看尽天下河山，品茶忘忧？"

锦曦端起茶也浅啜一口，目光望向极远的地方，似要把这一切印在心里，李景隆的话，她不是不动心，而是……"李大哥，听过一句话吗？人生如茶，世事如茶，转瞬香散，只得一时浓香。"

"茶如人生，茶如世事，香去复聚，难得一世知己！"李景隆目光淡定。

锦曦静静与他对峙，突笑道："李大哥，跟随燕王去名山锦曦寻得一品兰，"她目不转睛地看着李景隆，手伸开，一朵干枯的虎斑兰放在她手心里。"这是什么品种的兰花？"

李景隆心如坠到谷底，他放在手中的茶，极不舍地嗅了口茶香轻声道："这是虎斑兰，也算兰中盛品！可惜凋落了。"

"唉，当时锦曦并不知道，山中青衣蒙面人一心要我和燕王性命，我便用剑把它摘了下来。"锦曦摇摇头似乎甚为可惜。

"其实兰已凋落，锦曦原不用拿给景隆看的。"

"若不给你看，我怎么知道这是什么兰花呢？又怎么会确定，那日的刺客便是你的人呢？日日思量，今日终得答案，痛快！"

"呵呵，心情如此好，锦曦可愿与景隆切磋一番？"

"如此提议甚好，李兄千万手下留情！"锦曦轻轻移步往外，李景隆不紧不慢地跟着，回头看着那桌残茶，闭了闭眼将锦曦素手烹茶的样子刻在心里，终化为一声叹息。

"上次在兰园，锦曦感觉李兄武功高强，这次当尽全力！"紫色长衫迎风翻飞，锦曦精致的脸上被风吹起一缕伤感。

李景隆低下眼眸，手指尖已颤抖起来，真的要把她毙于掌下吗？"锦曦，你再想想！"

"我迷茫之时不会想，清醒之时更不用想了。"

李景隆眼中飞快掠过惊喜，急切说道："你也曾对我动过心……"

锦曦将那朵虎斑兰弹出，看它被风吹得翻滚着跌落山谷，眼神变得清明："是，你潇洒英俊，胸有丘壑，武功非凡，世间女子心仪于你也是正常。锦曦也曾对那盆素翠红轮莲瓣兰心动不已。然而人非草木，更不能以草木自居。"

李景隆苦涩一笑："世间女子哪及锦曦你回头一顾？再珍贵的兰花也配不上你的。"

"锦曦让李兄三招，一谢赠兰之美，二谢提亲垂爱之意，三谢相救之情。"锦曦一字一句地说道，"李兄不必容情，放手一搏方为人生快事。锦曦若死在你手上，也是技不如人。"

"只是切磋罢了，锦曦怎说得这般严重？就算你知道刺客是我派出去的，我也不忍心对你下手。"李景隆忍不住说道。

"是吗？那……"锦曦美眸一转，俏皮地笑了起来，"那我不想切磋了，反正也打不过你，吃喝游玩已经尽兴，锦曦就先行一步下山啦！"她转身就走，大摇大摆，后背空门大露，竟似一点儿也不防着他。

李景隆听得呆住，双拳紧握，手背青筋暴起。放她走吗？让她去告诉朱棣密林中的青衣蒙面人是他？被锦曦杀了的死士身份就是虎斑兰，他看到那朵虎斑兰便明白，是从死士身上取下来的。若是旁人得到也不会起疑，偏偏在船上雨墨多嘴无意说出他亲信之人必以兰为名。其实他安插的死士没有赐以兰名，每人却有标明身份的兰花。

锦曦看似轻松地走着，却在全心戒备。她原本看到那朵兰花，再听到陌生中带着熟悉的声音，就怀疑是李景隆。果然用兰花试探，一切真相大白。她知道武功不及李景隆，唯一能利用的就是李景隆对她的倾慕。

亮出虎斑兰后李景隆便要和她切磋一下，她便明白，他想杀她灭口。锦曦看看右手腕，心想，师傅，非常之时，锦曦不得已要用它了。

一步再一步，那道紫色身影离他越来越远。李景隆心中不舍，矛盾异常。想起朱棣知晓此事的后果，他一咬牙跃身飞向锦曦。

听到后面风声的瞬间，锦曦深吸口气回过头，在看到李景隆眸子时，她决定再赌一次："李大哥？"

锦曦故作诧异地望着飞奔而来的李景隆，满脸的不解。

李景隆站在她面前，玉树临风，脸上带着微笑，压根儿不像是想杀她的样子。他注视着锦曦温柔地说道："锦曦，你真聪明！"

锦曦心想这多半是逃不过了。自己总是心软，不肯相信，这下试探出麻烦来了。自作孽啊！她心里苦笑着骂自己笨，脸上还是一副诧异神情："李大哥，你说什么？"

"呵呵，锦曦，你叫我如何不爱你？"李景隆忍俊不禁，目光如山风轻轻抚过锦曦脸上的每一寸表情，"第一次遇见你，是在郊外比箭，你就装出一副天真的模样，让我与朱棣两人于心不忍，疏于防范，还想着不让你们输得太惨。结果却败在你手中，那时我就想，你真是善于伪装呢。"

"李大哥！"锦曦打断他，低下头轻咬着嘴唇，心中急速地转动，"锦曦怎么是在装呢？锦曦只是个小女孩而已……"

李景隆温柔地打断她："我很喜欢。"

锦曦没有说话，心中浮上一层讥讽，看上去是多么深情，可惜的是他是决定杀她灭口的。她想想就好笑，于是笑嘻嘻地说："能得大哥青睐，锦曦三生有幸呢。"

还笑得出来？李景隆真想狠狠地亲她一口。他摇了摇头道："不用装啦！锦曦，不管你装着不知道，其实我们都明白。在松坡岗放箭的是我，杀死燕七的是我，救走吕太公的是我，在山中追你们的人还是我！"

李景隆平静地看着锦曦，一如在松坡岗下令向她放箭之时坚定了决心。

锦曦叹了口气，一个口口声声说爱上你的人，还带着满脸温柔。她第一次觉得了解李景隆是什么样的人了。她收去天真无知的脸色，微笑着问道："你不是太子的人，为何要故意说是太子下令呢？难道你是秦王的人？"

"你们果然藏身在附近。"李景隆笑了笑，"我只是不确定，又没找到你们人，急于往前追赶。那样说，只是以防万一。这不，燕王还是会对太子起疑。对了，我也不是秦王的人，这次赈灾我获利最多罢了。我爹不想让我出仕为官，我养这么多人却需要大笔银两。"

原来李景隆才是这次赈灾坑苦百姓的人，锦曦皱了皱眉："李兄不知你此举坑苦了百姓？"

"我只是在中间做了个商人。不管太子殿下还是秦王殿下，我通通不管，我只管赚我的银子罢了，不做官，我总得养活自己不是？我不赚这些银子，也会有别的人去赚，像吕太公之流。"

李景隆说得越多，锦曦心越凉，他如果不是下了决心要杀自己便不会让自己知道这么多事情了，也罢，做个明白鬼吧，说不定靠着裁云剑自己还有三分活命机会。

锦曦一路行来已将周围地势看了个清楚明白，微笑道："还有最后一事锦曦请教李兄。"

李景隆客气地说："锦曦之问，景隆有问必答。"

"你为何相救吕太公，为何要阻杀燕王？你反正也赚了银两不是？先前以为你总会投靠太子殿下或秦王，你既是为自己赚银子，何苦要搅进来？"

李景隆微微一笑，"锦曦，你真是单纯。有吕太公在手上，太子能对我不好点儿？杀了燕王……一是因为你，我早说过，我得不到的，他也别想得到，我舍不得杀你，就杀了他吧。二来也是因为他自己，我和朱棣从小一起长大，我太了解他，与其日后有个劲敌，不如早下手除去。再有，都说与你听可好？"他语气越来越温柔，"自然是有人出了大笔银两不想他查出什么来。做生意，朋友间总是有些往来的。我赚了银子，朋友高兴了，不好吗？"

"多谢李兄诚恳为锦曦解惑。现在心情又好了，还是老话，我让李兄三招。"

"不必，你让我三招便再无还手之力。"

锦曦一抖长剑，娇笑道："李兄不承情，锦曦便无礼啦！"说话间已攻出一剑。

一青一紫两道身影在山间缠绕相斗。锦曦轻功好，仗着轻功左躲右闪。

李景隆知道她武功不如自己，纵是下了杀心，却又盼着能多拖得一时再结果她的性命。百招转眼就过，锦曦额头挂汗，已撑不下去，她心一横，在李景隆一剑刺来时，用手软软去格，长剑便被磕飞，帽子被削落，束发玉环断成两截，一头青丝如水般倾泻。

她暗暗把最后的力气留着，以图出其不意使用裁云剑。

李景隆长剑指着锦曦胸口，见她长发飘飘，紫衣如雾，脸上露出惨淡的容光。胸口一紧，想起当日躲在树上看到她时的情形。想起为她心情激动不已的日子，想起生怕皇后娘娘看上她选她为燕王妃的时候，想起从水里捞起她看到长箭透身而过为她心痛后悔的一刻。此时长剑逼近了她，剑尖却在颤抖。

锦曦已准备抖出裁云剑，刺伤李景隆逃命。突听到他清清淡淡地说了句："我不杀你，锦曦，我不知道放过你我会不会后悔，可是，现在我要下手杀了你，我肯定会后悔。你走吧！"说着收起了长剑。

"你不怕让燕王、让皇上知道这一切？"锦曦心道你让我知道所有的事情，放过我不是等同于自杀？

李景隆胸有成竹地笑了："我忘记告诉你了，这次的生意你大哥也有份。还有，皇上猜忌功臣已非一日两日，你若说出去，魏国公府和曹国公府两府俱毁罢了，我还能依靠我的力量抛弃身份自保，你呢？你大哥呢？你父亲母亲呢？"

锦曦哑口无声，她万万没有想到大哥没有刺杀燕王，却也在借机大发横财。她哂笑一声："这样啊！那你刚才对我动杀机干吗？"

因为，我不想冒险，因为，我得不到的也不想让别人得到，我宁可你死在我手上，可是，我舍不得，还是舍不得！李景隆心中大喊着，脸却侧过一边："我们做笔交易，你保住这个秘密，我就永远不会做危及魏国公府的事情。如何？"

锦曦笑了："好！其实我只是看到灾民心中不忍，诚如你所说，你不赚这银子，总有人会去赚，至于查案的人，是别人，不是我，也不是我的家人。你若被查出来，大哥若被查出来那是罪有应得。就此别过，青山绿水，后会无期！"

她施展功夫似一片紫云飘然而去。

"锦曦，你这次真的离开了吗？"李景隆贪婪地看着那抹紫色消失在视线中，重新回到玉蟹泉，坐在一桌残茶旁，端起未喝完的茶慢慢饮下。

"转瞬香散，只得一时浓香。"他嘴角一抽，"我得不到的，别人也妄想，特别是你，朱棣！只是因为你是燕王，所以徐达老儿便想把女儿嫁你！因为你是燕王，而已！"说到此处，手中青瓷杯被捏成了碎片。

锦曦下得山来，才发现背上冷汗浸透了衣衫，李景隆若是心狠手辣，这条小命就丢在韭山上了，想到此处心里一阵后怕。

出了一线天，她看见自己的马还在林中闲逛吃草没有跑失，不由得大喜，翻身上马拍拍马头道："乖马儿，赶紧跑，万一他改变主意就惨了，我还不想死啊！"

马似乎听明白了锦曦的话，四蹄扬起飞快地离开韭山。

此时离凤阳已经不远，锦曦放松了缰绳，慢悠悠进入了凤阳城。

远远地望见皇城金碧辉煌，巍峨耸立。她想起整朱棣的时候，脸上情不自禁露出笑容。朱棣能被李景隆视为对手，想必也是不差的。

他们太复杂，锦曦轻轻晃了脑袋，还是过自己的日子最好。

她想起朱守谦大婚在即，少不得在八月赶回南京，心里便琢磨给朱守谦买点什么礼品回去，还有爹娘，出府快两个月了，总得带点东西回去孝顺。锦曦下了马，在城中闲逛。

凤阳山建有皇城，绕皇城周围达官贵族、江南富商修建各式庭院，楼台亭阁精美绝伦，锦曦随意走进一间客栈坐下，点了小菜便笑着问小二："若说送礼，这凤阳城最美的是什么？"

"公子是头回来凤阳吧？皇上亲赐凤阳之名，这凤阳城最美的是花鼓姑娘还有就是凤画，以画凤为主，其中当属城西老陈家为一绝，年年上贡。如若送礼，当以凤画为尊。"

锦曦心中一动，但是凤画可不是一般人家能用的。

小二看出锦曦心中所想，笑呵呵地说："寻常人家的凤尾翼为四，王公家的可为五，亲王可为七，皇后娘娘专用为九。皇上年年都让江南丝坊绣成贡品呢。"

锦曦想，如果能做一幅绣品送给未来的表嫂也是心意了，当即求教，吃过饭便寻往凤阳最有名气的濯锦坊。挑好礼物包好正要离开，门口施施然走进一个人。

锦曦头皮发麻，轻声喊道："大哥！"

徐辉祖意外遇到锦曦，松了口气，终于可以带她回去向爹娘交代了。他嗯了一声，沉着脸接过她手中的礼品盒子，回头吩咐道："不要在凤阳滞留，备好车马，回南京。"

不待锦曦出声，又说了句："玩够了，该回府了。"

锦曦无可奈何地跟着他出门，想想本来也要回去，就没再说什么。

跟在徐辉祖身后走出濯锦坊时，锦曦突然瞧见门坊角落画了一枝秀兰，心中一紧，难道，这个地方也是李景隆的产业？

徐辉祖绷着一张脸，直到出了城方沉声道："这两个月你可玩得开心？"

"还好！"

"哼！"

他的态度让锦曦恼火，究竟是谁去赚赈灾银子，也不知道事情败露会有多大的罪名？一念至此，锦曦反唇相讥："大哥这几月也过得很滋润啊！赚了多少昧心银子？"

"不该你知道的就不要问！半路道听途说的事情也相信？"徐辉祖脸色一变，又轻轻吐出这句话来。

锦曦目不转睛地盯着他看："大哥知道我说的是什么？大哥又如何知道我是听旁人讲的？不该我知道的，那么皇上想知道呢？"

"锦曦！"徐辉祖突然种无力感，眼前的锦曦一脸正气，与当日山上庵中见到的楚楚可怜的妹妹判若两人。自从知道她会武功，她的行径大胆得让他吃惊，也让他把握不住。

"我说错了吗？你怎么可以这么糊涂?! 这银子也能赚的吗？大哥！"锦曦顾不得与他斗嘴，她最担心的就是东窗事发，想起皇上的凌厉手段，锦曦就觉得浑身发凉。

徐辉祖嘴边露出一抹无奈的笑容："大哥岂是贪财之人，这事，大哥有苦衷你就不用管了。"

"大哥，你怎么会来凤阳？还去了小溪镇？那晚刘权严阵以待的是何人？"

徐辉祖漫不经心地答道："珍贝都和我说了，大哥只是担心你，那晚，不过是防有人在燕王坐船中动手脚罢了。还有，燕十七与你……"徐辉祖没再说下去，缓缓闭上眼睛道，"我已告诉他，你迟早是太子的女人！"

"大哥！"锦曦羞怒，"父亲尚在，锦曦的终身大事由不得你做主！停轿！"提起这事她就生气，没想到大哥还没有断把她嫁给太子的心思，心里鄙夷至极，再不想与他同轿回南京。

车轿一停，锦曦就要跃出，脑后风声袭来，她随手一挡，兄妹俩便在轿中打了起来。她如何是徐辉祖的对手，几个回合过去，被徐辉祖一掌拍中心口，锦曦胸中一闷只觉得天旋地转便晕了过去。

"女儿家会武功实在麻烦至极。"徐辉祖叹了口气，捏开锦曦的嘴喂下一丸丹药，吩咐道，"星夜兼程回府。"

锦曦醒来打量四周，已在自己绣楼中，知道回了府。她坐起身突觉浑身绵软，一提内力竟空空如也，心里大惊，大哥废了她的武功？她心中一急，泪珠滚滚而下，当日和朱棣说起若无武功之时的惶恐袭上心头。

"小姐！"珍贝进门，见锦曦坐起身子惊喜地大呼起来，"想死珍贝了！少爷说你在外重病一场，小姐感觉可好些？怎么了？"

她瞧见锦曦满脸是泪，吓了一跳，转身就往门外跑："我去叫少爷！"

锦曦开口正要喊住她，又想见到大哥问个明白，她咬牙起了床，坐在锦凳上梳头。徐辉祖不紧不慢地进了房，柔声对珍贝道："你回房等我。"

珍贝红着脸离开，锦曦"啪"地把梳子扔在妆台上回头怒视着大哥："你刚才说什么？你把珍贝怎么了？"

"母亲做主，让我收了她做我的侍妾而已，她不过是记挂着你，还非要来侍候。"徐辉祖边说边自得地坐下端起茶悠然地喝着。

锦曦叹息，珍贝一直心慕大哥，也算遂了她的心愿。"你废了我的武功吗？！"

"没有，一个月之后自然而解。守谦大婚，我可不想我的妹妹被人看成是野丫头！"徐辉祖放下茶碗道，"对了，父亲去北平了，府中我做主！在外奔波两个月，晒得黑了，家里静养些日子吧。太子听说你回来，明日便来府中看你。"

太子要来？让她没了武功就是为了太子要来？锦曦看着大哥得意地步出房

门，气得一股脑把妆台上的东西全摔了个粉碎。

第二天，太子果然来到府中。

锦曦被两个粗使丫头强行扶到凉亭坐着等候太子，她又不敢给太子脸色，只闷声不语。

"锦曦，你瘦了些，与四弟凤阳一行很辛苦吧？我都听说了。"朱标温言说道。今日方见锦曦女装示人。她男装玉雪可爱，英姿飒爽，女装却比秦淮花魁落影更显明丽。

锦曦此时浑身无力，倒让这种无力的温柔遮住了眉间英气，平添了几分柔弱，脸上轻笼着一层淡淡的忧郁。

朱标震撼不已，眼睛里再无别的色彩，痴痴地对牢锦曦。

锦曦被他看得满面通红，低声道："日头大，锦曦大病一场，身子受不住，这就回房了。"

侍从早被徐辉祖支开，锦曦咬牙撑着起身，脚步虚浮，太子已伸过手臂稳稳地扶住了她。她身体无力，恨得直翻白眼。"锦曦唤侍女前来便是。"

"没关系，你是辉祖的妹妹，我与辉祖是儿时玩伴，他的妹妹自然也是我的妹妹。"朱标极享受这时的软玉温香，明明从凉亭到绣楼不过几步路，却缓缓地行了片刻工夫。

锦曦强忍着恶心回到绣楼，说什么也不肯让太子进屋。

朱标微笑道："好生歇息，改日我再叫太医来瞧瞧。"

语气中的亲昵之意毫不掩饰。

锦曦勉强一笑，掩上了房门。

太子离开不久，徐辉祖便笑着出现："锦曦，太子对你钟情得很哪！你要知道如今常妃身体虚弱，燕王凤阳之行回来，皇上大怒，若不是吕妃身怀子嗣，当场就赐她白绫了。东宫空虚，你是魏国公长女，这是你的机会，将来……"

"大哥之意是这是锦曦入主东宫的最佳时机？"

"是，也是将来我徐氏一族最好的机会！"徐辉祖顾不得锦曦的情绪说道。

"大哥，锦曦再问一声，你真要送我进宫？"锦曦伤心而愤怒，怒目而视，"我要见母亲，她绝对不会让你这么做！"

徐辉祖笑了笑："娘去栖霞山小住了，要守谦大婚才回。"

"好，好，"锦曦气得什么话都不想说，目光中已浮现一层水雾，她看向徐辉祖，伸手拿起旁边的花瓶用力砸碎，决绝地说，"你我兄妹之情从此便如此瓶！"

"大哥，是为你好，也是为家族好！"徐辉祖愣了片刻缓缓说道，"父亲回府，我便会禀明父亲太子心仪与你，日日来府中探望，这事也会宣扬出去，你嫁太子便势成骑虎。太子殿下更会恳求皇上赐婚。"

锦曦眼睛一闭，两行清泪滑落："你竟不惜败坏亲妹的名誉……滚！"

等到太子再来，锦曦便闭门不见，卧床不起。

徐辉祖只是冷笑，太子见不着人也不恼，每天都送来大堆礼品讨好于她。

锦曦不知道该如何办。没了内力，自己走路也要侍女搀扶。大哥下令闲杂人等不准进入后院，连朱守谦也不知道她回来了。锦曦形如软禁，十来天下来，心里早已不耐烦之极。

然而这日起床，竟在窗台上发现一朵兰花。锦曦四处看看无人，拿起那朵兰花仔细瞧了瞧，只是一朵普通的兰花。她知道必是李景隆的讯息，暗想，难道解困还得靠李景隆么？李景隆想杀她灭口，想必知道她的情况又留兰示意要帮她。她该不该接受呢？

等不及她想明白，当晚子时，李景隆悄然出现在她绣楼中。

看到锦曦衣裳穿得好好的不点灯坐着，李景隆哑然失笑："等久了么？看到我惊喜么？"

"不知道大哥给我吃了什么药！浑身无力，你有解药吗？"锦曦单刀直入，不想废话。

"啧啧，以为你困了十来天看到我会有惊喜呢！一句思念也无，多伤我的心啊！"李景隆摇头叹气，手却切上了她的脉，寻思一会儿，突然一把拉她入怀，"这样多好，锦曦有武功景隆可不敢接近。"他在她耳边轻声说道。

呼出的热气激得锦曦耳朵一痒，脸也烫了起来。她庆幸是晚上，窗户透进的月光瞧不分明，双手用力一推李景隆，他双臂一收揽得更紧："锦曦，很早我就想抱抱你了。"

锦曦困在他怀里挣脱不得脸上已起了怒意，张嘴便要大声喊人，一枚丸药送入她口中，李景隆戏谑的微笑："利用不成，就当我是贼么？"

锦曦一吞口水咽下丸药，恼道："男女授受不亲！"

李景隆轻笑着放开她，极为不舍地摇头："我只是不喜欢你大哥如此对你罢了。要下手也应该是我来！我帮你恢复内力，讨点利息也是应该的，你忘了，我是连灾民银子都会赚的黑心商人。记住我们的约定，你什么都不知道。不然，我要讨的利息怕你付不起。"

锦曦觉得腹中一股热力上腾，知道药已起效，脸一扬便笑道："若是我宣扬出去是你想杀燕王呢？"

李景隆笑嘻嘻地看着她："朱棣会以为你说笑话呢，因为，你能听出在树林里是我的声音吗？说不定那根本就不是我呢？说不定……在韭山之上我说的全是谎言呢？你半点证据都无！"

"只要我说，总有人查，不是吗？你还想以一副浮浪无知的花花公子面目示人？成天掩饰不觉麻烦？"

"呵呵，内力一恢复就开始知道威胁人了？"李景隆不恼反喜，俊逸的脸在月光下无害至极，"眼睛看到的，不见得就是真的。耳朵听到的，也不见得就是真的。你真傻，我说什么你便信什么！"

"李景隆，我突然想起传说中有个江湖组织，有独特的情报网，有功夫一流的杀手，你不是爱兰吗？那个组织正好就叫一品兰花。"

"呵呵，我正疑惑你这么聪明怎么就想不起来呢？你看到虎斑兰便知道是我，那你想到了一品兰花，想到我手上有多少能让魏国公府灰飞烟灭的东西吗？或许这些东西都没有什么，连你大哥背着太子倒腾粮食赚银子为东宫收买力量也没有什么，只是，皇上正愁如何让功臣回家养老，或干脆眼不见心不烦，他会喜欢的。"

"为什么？为什么你要让我知道这么多？为什么你不避讳我？！"锦曦觉得李景隆不会无缘无故告诉她这些，想起他说的话，虽然明明恨他公然威胁，却不得不承认他说的一切都是真的。

李景隆看着窗外的月亮，轻声道："知道你还兰时我不能回答你的问题的痛苦吗？锦曦，你要知道，高处不胜寒，走上这一步就永远没有停止的一天，你知道什么是痛苦吗？我得不到你会痛，你不爱我，我更痛！可是，你知道怎么解除我的痛楚吗？知道秘密却无法说出才是人世间最痛苦的事情。我，不过想要让你尝一尝罢了。"

他的声音像风一样轻，在夜半无人之时轻若蚊蚋，却带着浓浓的恨意。

锦曦浑身如浸冰潭，硬生生打了个寒战。她吃惊地看着他，情不自禁后退一步，指着他说："你走！我不要看见你！"

"我会看见你的，譬如在靖江王大婚的时候，譬如，在以后无数这样的夜晚，我也就来了，轻声告诉你我又做了些什么事情。锦曦，你看，你若不嫁给我会是多么痛苦！"李景隆呵呵笑道，翻身跃出窗外，走时又叹了口气道，"锦曦，我对你终究不能忘情。我可没有把握能把你从东宫里救出来。我把落影送给了他，他还是不肯放弃你，我虽得不到，总不能让朱标一次得俩吧。"

他如一抹乌云飘然而去。锦曦无力地坐下，她实在不知道李景隆到底想干什么，又是救她助她恢复内力，又是吐露秘密以她的家人相要挟。

她盘膝而坐，将内力行遍周身。默默地思考李景隆的话不知不觉已天色微明。才合上眼睛，就听到珍贝和大哥的脚步声。

徐辉祖微笑道："收拾一下，太子妃请你进东宫。珍贝，帮锦曦梳妆打扮。"

锦曦脸色一变："大哥，你这样对自己的妹妹不免太过卑鄙！"

"锦曦，大哥是为你好，珍贝！给她梳妆！"

锦曦气得呼吸急促，胸膛猛烈地起伏着。等到徐辉祖离开，最后一丝兄妹之情也绝掉。她抬起头泪眼蒙眬哽咽道："珍贝，对不起！"翻手一掌砍在珍贝颈上，打晕了她。

收拾了些细软带在身上，跃出府来，锦曦一片茫然。去找母亲评理，母亲向来慈厚，定回来找大哥说理，大哥只要阳奉阴违，自己断无第二次落跑的机会。想了半天，她决定去朱守谦府上避避。

才出得府来，她突然觉得脑后风声传来，难道是大哥追来？锦曦下意识地反应回身一脚往后踹去。

"啊！"锦曦回头和身后之人同时发出了一声惨叫。

朱棣被一脚踹在胸口，踉跄着后退几步，扑地一下跌坐在地上。他脸色发白，指着锦曦你了半天也没抖出句完整的话来。

锦曦满脸出门遇鬼的惊诧。见误踹了朱棣也急得要命，这里离府不远，刚摆脱大哥又伤着了朱棣，心中暗呼倒霉，朱棣也是她惹不起的人啊！她慌慌走过去拉朱棣："你怎样了？对不起，我以为是，是小偷！"

朱棣被她踹中胸口闷得半响发不出声。这会儿缓过劲来了，气得声音发颤："好，谢非兰！你是非要和本王过不去是不是？你以为你是谁，见了本王你不是捧就是踹！好好，往日的账今天一并算了！来人！给我拿下了！"

本来几名燕卫就被锦曦一脚踹翻燕王的变故惊得愣了，再听燕王言下之意她还不止一次对王爷下手更是听得呆住。

燕九等人只知道谢非兰是靖江王远房表亲，武功不俗，王爷凤阳巡查"借"来做了几天护卫。小溪镇锦曦不辞而别，今日在大街上看到她正想打招呼。燕王高兴地摆摆手不让他们惊动她，自己走到谢非兰身后，然后就被踹飞在地。

三个人心想，谢非兰胆子真够大的连燕王都敢踹，还在大街上，一时竟忽略了朱棣下的命令。

"王爷，这不是误会吗！"锦曦急切地分辩。

朱棣见没有动静，往后一瞧，几名在凤阳与锦曦相熟的燕卫还在发愣。丢人现眼！朱棣心中起恨，从地上站起来，见刚换上的素锦已沾上了泥沫子，用手拍了拍，眯缝了眼冷冷地道："怎么，当了几天燕七就真是兄弟了？"

燕五、燕九与燕十七这才回过神来，大喝一声："谢非兰，还不束手就擒。"

锦曦嘴张了张，足尖一点转身就跑。眼前暗影一花，燕十七已笑嘻嘻地挡在她面前，眼睛突对她眨了眨。

她回头再看，燕五和燕九已堵在身后。锦曦异常无奈，苦着脸道："王爷，可否过了今日再说？非兰亲来王府赔罪？"

朱棣寒着脸瞧着她不说话。锦曦目光望向他身后，脸色一下子变得苍白起来。大哥正急步朝他们走来。

"十七哥，你擒了我！别让我落在徐辉祖手上。"锦曦低声道。

燕十七眼中闪过诧异，手上却未停半分，锦曦故意过了两招就被他擒住。

"带回王府！"

"燕王爷！"徐辉祖急了，远远便高声唤了一声。

朱棣回过身，嘴边噙着一抹了然的笑容，"原来是魏国公的大公子，何事？"

"见过燕王爷！"徐辉祖抱拳一礼，"不知表亲非兰何事惹王爷生气，她年纪尚幼，王爷大度便饶她这回，辉祖感激不尽。"

"哦，也没什么，她不过答应做我的燕卫，却不辞而别，本王的亲卫岂是想来就来，想走就走的？徐公子见谅！回府！"朱棣淡淡地抛下这句话，早有侍从牵过马来，他翻身上马就要走。

徐辉祖急了，拦在马头，"燕王爷，父亲走时再三叮嘱辉祖照顾好非兰，她若是不辞而别定是另有隐情，请王爷看在父亲面上饶她一回，待我回府问明详情再亲来王府赔罪。"

"不必了！国有国法，家有家规！本王王府向来以军法治府，回府！"朱棣说到最后却是冲着燕十七说的。

燕十七当机立断带了锦曦直奔燕王府。

徐辉祖正欲再说，朱棣脸一沉，"徐公子，若是谢非兰真有苦衷，本王自当看在魏国公分上不予计较。"猛地对马抽了一鞭，扬长而去。

徐辉祖又气又急，气的是朱棣不买账，急的是怕他发现锦曦的身份，又不敢说破，白吃了个哑巴亏。他计上心来，匆忙往皇宫而去。

燕十七带着锦曦跑了一段程路，轻声问她："怎么惹上魏国公府的大公子了？"

两个人同骑，他拥着锦曦，嗅着她身上传来的淡淡清香，声音已放得极柔。

锦曦尚惊魂未定，没注意到燕十七的异常，见离开大哥了便笑道："十七哥，你放开我，我这就走啦，刚才多谢你。"

燕十七看到燕五和燕九在便摇了摇头，"非兰，我可不敢放你。王爷说了要擒你入府的。"

锦曦急道："那不是为了躲我，躲我表哥吗？不然我早跑啦，你放了我行不行？我不能被燕王抓到的，刚才是两害相权取其轻，你不放我，这不是前门赶虎后门进狼吗！燕王要报仇的。十七哥！"

燕十七一惊，心想她真的摔过燕王还踹过燕王，要是放了锦曦，燕王面前可如何交代？低头看到锦曦仰起脸瞧着他，心一软便道："我放你。"伸手就去解绳索。

这时朱棣刚好拍马赶到，猿臂一伸，已将锦曦掳过马去。燕十七手一动又收住，无奈地看着朱棣带着锦曦跑开。

朱棣有意报复，想起吕家庄逃命时被锦曦横卧在马背上吃尽了灰泥，此时原样照搬。锦曦挣扎起来，他同样一掌拍她背上："哼！早说过本王会讨回来的，哈哈！"竟放声大笑起来，心情格外舒畅。

"你这个趁火打劫的小人！"锦曦扭着身子大声开骂。

她倒转着身体极不舒服，偏偏朱棣又狠抽了马几鞭子，他胯下本是神驹，扬开四蹄风驰电掣般狂奔起来，一下子就把燕十七他们远远抛在身后。

锦曦被颠得头昏脑涨，朱棣没有内力也有力气，死死撑住她的背不让她动弹。她一张口满嘴兜风，灰沙扑面，只得紧闭了眼暗暗叫骂。

朱棣直接纵马进了王府才停下。他一把扯下锦曦扔在地上，蹲在她面前微笑着说："谢非兰，当初本王所说的话今天一并实现，本王府中行的是军法，本王算算啊，顶撞本王挨军棍二十，不服军令挨军棍四十，逃跑嘛本来是打死了事，折成军棍六十，还有，你还摔了本王一跤，踹过本王两次，加起来一共是两百军棍，啧啧，可惜了。"

锦曦坐在地上听他啰唆了半天脑子才清醒起来，燕十七做做样子绑得不甚紧，她又有武功，此时一个翻身站起，又是一脚将朱棣踢飞，足尖一点就往外跃去。

"抓住她！"朱棣见她被绑忘记了她会武功，见锦曦要逃脱急声大喊道。

他王府向来规矩多，这一呼，竟跳出十来名侍卫去拦锦曦。

此时锦曦已摆脱绳索，双手一自由便和侍卫打起来。王府内设有练兵场，摆着十八般武器。锦曦随手取下一根长枪舞得虎虎生风，逼得侍卫们近不了身。

然而侍卫越来越多，她又瞧见燕十七他们急奔进府，心念一动大喝一声甩出一招神龙摆尾，扫翻面前一圈侍卫，施展开轻功已跃到朱棣身旁，在燕十七他们到达时，用枪逼住了朱棣。

"你可知道你犯的是什么大罪?!"朱棣一点儿也不着急，进了王府，就不怕谢非兰跑了。

锦曦叹了口气："王爷，你的二百军棍早打死几个谢非兰了，这不是你逼的吗?"

"你若现在投降，本王可以考虑只打你一百军棍。"

"不行呢，王爷，非兰体弱，挨不住！"

"那就五十吧，五十军棍，一笔勾销。"朱棣不知为何，突然想笑。

锦曦"咦"了一声："王爷，你现在是我的阶下囚，怎么还这样嚣张啊?"

"是吗? 你以为进了我这燕王府，你还能出去?"

燕十七紧张地看着锦曦和朱棣，心中大急，挟持亲王，砍头也不为过，非兰知道自己在做什么吗?

锦曦对上他的眼睛，心中暖暖的。她想了想道："王爷，非兰不辞而别是有苦衷的，这次在大街上是误会，王爷高抬贵手放了我行不?"

她不想和朱棣为敌，心想冤家宜解不宜结，还是服软的好。

朱棣偏偏不是这样想的，闲闲地看着面前黑压压的侍卫道："你说我这些侍卫们愿意吗? 让本王栽这么大跟头，一句话就想抹了?"

"你想怎样?"

"我，"朱棣想难道真的打她五十军棍，看她被打得鬼哭狼嚎了事? 他不想。他笑道："不如，你便写下卖身契，做本王的家奴如何?"

锦曦大怒，脸上还带着笑，"这样啊，王爷，不如我们单独谈谈? 当这么多人谈不太方便。听说王爷府中花园内有座烟雨楼，建得美轮美奂，王爷可愿带非兰一观？"说着用枪尖戳了朱棣一下。

"也是，跑马半日，这大热天的，也渴了，就去烟雨楼吧。"朱棣面不改色，微笑着往后花园走。

锦曦回头看见紧跟着的侍卫叹气："听说烟雨楼风景绝佳，能遍观花园奇花异草，不过，人多了再好的风景也没了，王爷可否不让你的侍卫跟着？"

"那是当然，看风景的人多了，颇坏兴致。你们不必跟了，三保，去弄点冰镇酸梅汤来！"朱棣后腰被枪尖顶得生痛，眉头也未皱一下，真当带锦曦去花园赏景一般。

两个人进了烟雨楼，锦曦收了枪道："委屈王爷了，这里没有外人，非兰向你赔礼了，前几次总是误伤的多，看在非兰在凤阳拼死相护的分上，咱们扯平可好？"

朱棣悠闲地往椅子上一坐，微侧着头看着锦曦："若本王不肯呢？"

锦曦也往椅子上一坐，冷冷地道："那没办法了，横竖是不行了，我就挟持王爷出府然后亡命天涯得了。"

门口传来通报声："王爷，三保送酸梅汤来了。"

"进来吧！"

门轻轻被推开，锦曦看到守在门外的燕十七，他朝她看了两眼，摇了摇头。锦曦想惨了，连燕十七都没办法偷偷放她走了，这如何收场呢。

外面进来一个清秀的小太监，十一二岁左右，低着头端着碗冰镇酸梅汤，头虽低着，却忍不住瞟了眼锦曦和她手中的长枪。

三保把汤放在桌上站在朱棣身边不走了。

"出去！"锦曦命令道。

三保猛地跪在地上，"这位公子，让三保与王爷一起吧，还能伺候王爷，三保没有武功的。"说完连连磕头。

"唉，你起来吧！"锦曦见这小太监忠心，心一软便去扶他。

三保一下子抱住她的腿大喊道："王爷快走！"

朱棣跳起来就往外跑。

锦曦大惊，若让朱棣逃出她就惨了，一狠心踢开三保，手中长枪一甩，暗自庆幸取了杆长枪，隔了一丈多远枪尖刃口便压在了朱棣的脖子上。

"三保，你伤着了吗？"朱棣不敢动了，出声询问三保。

身后传来三保的哭声："没呢王爷，三保没用。"

朱棣轻轻移动了下，枪尖跟着他动，他慢慢转过身又回到桌旁坐下，叹道："三保，你出去吧，以后别再做这种傻事了，这位公子不会伤害我，我们有事要谈。"

三保磕了个头，一步三回头地走了出去，临走时带着泪光的脸恨恨地瞪着锦曦。

她很无奈地冲朱棣笑："多没意思啊，王爷！你说吧，你到底想怎样？"

朱棣笑了笑，"不怎样，你愿意，咱们就耗着吧。"

耗着？锦曦哭笑不得，她只想离开啊。她正要再说，门口再次传来声音："王爷，太子殿下来了，正在前厅等候王爷。"

朱棣看了眼锦曦，懒洋洋地说道："若是太子殿下知道本王被你挟持，再传到皇上耳朵里。"

锦曦脸色一下子白了，这事闹大可就不好收场了。她咬着唇，推开窗户，明知暗处有侍卫藏着，一提枪就想冲出去。

朱棣叹了口气，他真是服她的气了，这样也不肯认输服软。以为他真的什么都不知道吗？"非兰，你就好好在本王这里待着吧，好歹你也救过本王，本王也救你一回。"

锦曦闻言吃惊地回头，见朱棣嘴边噙着一丝笑容，凤目中闪动着她不了解的光芒。

"你待在这里，等本王见过太子后回来，哪里都不要去，等本王回来再说，嗯？"朱棣目光越发的柔和。

锦曦不知道该不该信他，可是太子会突然前来，肯定是大哥通风报信。她对上了朱棣的目光，那双总是给人压迫感的眼睛这时毫不退缩地看着她。

"我，我信你这一回。"她脱口而出。

朱棣绽开温柔的笑容，他低低地说："等我回来。"

锦曦看着他走出烟雨楼，还是没有从震惊中清醒过来。不是他要报仇？然后自己就挟持了他，然后……然后怎么就变成这样？

她想着朱棣的那个奇异温柔的眼神，端起桌上的冰镇酸梅汤一口气喝下，这下觉得暑热全消，脑袋也清醒了些。

难道朱棣知道太子殿下是为她而来？他那么聪明应该猜得到是大哥去搬的救兵。既是救兵，为何朱棣又不让她出去呢？还让她一定好好待在这里等他回来？他，难道知道她的身份了？

门突然被打开，燕十七冲进来，拉住锦曦道："王爷去见太子殿下，赶紧走！"

"王爷说让我等他回来。"

"你笨啊，你要等他回来再和你算账？赶紧走！"朱棣一出去，就遣开了侍卫，燕十七便寻了空来救锦曦。

锦曦想，也好，赶紧走，以后再莫要和朱棣照面了。点点头道："多谢十七哥！"

"笨蛋！"燕十七爱怜地看着她，拉着她的手出了烟雨楼，一直来到花园围墙。"快走！到时人不见了，反正你会武功，不会怀疑到我身上。非兰，你自己小心，若有事，你就去城东破庙写张纸条塞在神龛下。我便会知道消息。"

"十七哥，"锦曦感动得不行。燕王府不能久留，她对十七抱拳一礼道，"非兰告辞，这就寻我表哥靖江王去，若是没有消息，定是我随了他去广西。你也保重。"

朱棣出了烟雨楼心情明朗，换过轻衫慢悠悠往谢荷轩而去。他眼前所有的一切都格外醒目。灿烂的阳光，浓密的树荫，绿水清波中一池粉荷……在盛夏季节突出了色彩与感觉。

远远地，谢荷轩中那个明黄的身影不耐烦地往返走动着，朱棣笑了笑，真着急了吗？

他三步并作两步走进轩中，先行国礼："臣见过太子殿下！"

朱标虚扶一把口中笑道："好了四弟，起来吧！"

朱棣笑着站起坐下："大哥，今日怎么有闲来我府上了？"

"还说！魏国公府徐大公子求到我门下来了，我说四弟啊，好歹非兰也是魏国公的侄子，他一生戎马，朝廷栋梁，你这般不给面子，等魏国公从北平回来，这可怎生收场？"朱标素来温文尔雅，对弟弟们爱护有加，几时用过这等责备的语气。

朱棣低下头显得很委屈。

朱标脸上又浮现出温和的笑容："四弟，看在大哥面上，不和她计较了，嗯？"

"大哥！你有所不知，那个谢非兰答应做我的燕卫，中途跑了，我不抓她回来，以后怎么服众?!"朱棣沉着脸，凤目瞟过朱标一眼，瞧他眉尖一蹙，忙又笑道，"大哥，我岂是胡来之人？我不会把那个谢非兰怎样的，不过关她几日便放回去，绝不会伤她分毫，只不过，总得让她吃点教训，大哥，我对府中侍卫也好有个交代不是?"

朱标见朱棣不肯放人，正欲动怒以太子身份带走锦曦，朱棣话锋一转却又是说得于情于理。可是把她放在朱棣府中叫他如何放心？朱标眼前禁不住又浮现出锦曦俏丽的身影，想见她的冲动在心里折腾了良久。他叹了口气道："我去瞧瞧她，训斥一顿也就算了。"

"大哥，我已修书飞马向魏国公言明此事，徐家大公子不用这般着急，玉不琢不成器，谢非兰无视规律，肆意妄为，父皇从前常告诫我们不能骄奢淫逸，我看啊，谢非兰再不给点教训，空有一身好武艺也是废人一个。"朱棣端着茶慢条斯理地说他的道理。听到朱标说要去见非兰，心想，无论如何也不会让你见着她的。

四弟还不知道谢非兰的身份，朱标心里轻松了一点儿，笑道："那四弟打算如何给她点教训？"

"也没怎么，放她去田庄做几天杂役就好。"

"不行！这不是公然侮辱魏国公?"朱标一阵心疼，马上出声反对。

朱棣叹了口气道："那大哥觉得呢？"

朱标心想，我觉得现在让我把人带走最好。"四弟，我看你抓她回来，非兰心中必定恐惧，早已知错了，这也有半日工夫了，还是放她走好了。"

朱棣似笑非笑地看着朱标说了句："大哥就是心软，才抓就放怎么行？这样，三日，我就软禁她三日。大哥，那徐辉祖不过是担心被魏国公训斥，此事我已报与魏国公知晓，他必不会生气，你也好交代啦。"

朱棣软硬兼施，一时半会儿倒叫朱标不好再插手管这事。可是来一趟人都见不着，总觉得不妥。他站起身笑道："许久也没见非兰了，四弟带路吧，我瞧瞧她去，再劝劝她好生反省。"

"大哥，"朱棣坐着不动，"软禁她三日罢了，大哥这般心急干吗？不过是魏国公府的一个远亲，值得大哥屈尊降贵地去看她吗？大哥这一去，臣弟何苦还要抓她回来吓吓她？倒像是请她回来当菩萨似的。"

朱标闻言一愣，知道是自己心急了。他自是不方便告诉朱棣谢非兰的身份，且有意纳她为侧妃，这可怎么办呢？朱标心一横，脸便沉了下来，心道，难道以我的太子身份要个人都这么难吗？不把我放在眼里？他正欲开口。

只见燕九急步走进谢荷轩："王爷，谢非兰跑了！"

"什么！"朱标和朱棣大惊失色，朱棣的脸顿时气得铁青。他在这里与太子殿下周旋，她居然借机跑了？再三叮嘱让她等他回去，居然她就跑了？！

"王爷，怕是追不上了！"燕九小声地说道。

朱标心一松，寻了个理由赶紧离开嘱人去寻。

朱棣却是怒气冲冲地跑回烟雨楼。楼内空无一人，桌上的酸梅汤碗空着，好啊，还喝了我的酸梅汤，徐锦曦，你真是太没良心了！枉我想真心待你，帮你解去太子之围，还不计前嫌，连你挟持我的大罪都当烟消云散。你真是不讲信用之人！我，再也不会信你！

朱棣在凤阳便知非兰是女儿身，在看到徐辉祖时便肯定了谢非兰便是徐锦曦。太子好色，坊间更传闻太子倾慕魏国公府大小姐，日日前往府中探望。难道徐辉祖真要把她送给太子？所以锦曦才会跑？想起太子的态度，朱棣心中一慌，他轻轻一拳击在书案上，沉声唤道："燕影。"

"王爷！"燕影轻轻巧巧地出现。这是个长相平凡无奇的男子，憨厚的脸，平常的五官，正是没入人群之中也不会给人留下深刻印象的那类人。

"你是燕卫中轻功最好之人，燕卫十八骑没见过你，别的燕卫也不知道你的存在，本王有一事托付于你……"

燕影离开之后，朱棣轻声笑了："锦曦，要不，再让你多玩些时日？你今日不信我，他日后悔就怨不得我了。"

靖江王娶妃

【第二十章】

YAN WANG DE
RIYUE

八月初二，大吉，宜婚娶。

靖江王府张灯结彩，朱守谦换上了大红吉服，头戴金冠。锦曦叹了声："原来表哥也是一表人才呢!"

朱守谦笑呵呵地敲了下她的头："锦曦年底也快十五了，不知道将来谁有这福气。"

"说什么呢? 别忘了，你大婚过后就要去封地的，我和你一块儿去。"锦曦给他拉了拉衣袖，心里总觉得有些伤感，"怎么突然就觉得表哥成大人了呢。"

"娶妻成家，自然是大人了。"朱守谦挺了挺胸膛，往日的嬉皮笑脸没有了，努力地端出一副庄重的样子，"好了，我这就去接新娘了，锦曦，你好好待在府上，没人知道的。等我明天进宫谢恩后，应酬完，最多十日，我们就走。"

"铁柱! 记得啊，瞒着我大哥千万不能露马脚。"锦曦唠叨了不知多少回，想起朱守谦的粗枝大叶忍不住还想提醒，"还有啊，我娘回来了，你多探探口风，还有……"

"知道啦，还有姑父，几时回来对不对?"朱守谦少有见锦曦这样，疑惑顿生，"锦曦，不就是你想跟着我去广西玩吗，我去求姑母不就行了? 怎么总觉得你很紧张似的，是不是另有隐情?"

锦曦轻咬了下唇，她怎么好和朱守谦说大哥趁父亲不在，想把她嫁给太子的事。说起来也是丢脸至极，见朱守谦疑惑便强作欢颜："大哥知道了，我就不能和你去广西玩了。父亲回来了，你觉得他会准我去吗？"

朱守谦想想也是，想起日后去了封地，非皇诏不得回南京，锦曦若是不去广西，真的相见就难了。他笑道："我知道啦，哥哥一定让你如愿，我也想让锦曦一同去呢，那地方，人生地不熟，虽说是我的封地，总还是不及这里。"

他的语气里自然就带上了一层伤感。锦曦知道他自小无父无母，皇上、皇后视若亲生，也把魏国公府当成自个儿家一样，这样去广西，总有离乡背井的无奈。

"铁柱，你放心，我去广西，嘿，就做你的护卫，总之帮你在广西站住脚我再走，反正我也不想待在府里。"锦曦绽开一个大大的笑脸宽慰朱守谦。

"锦曦，"朱守谦心中感动，眼跟着露出暖暖的笑意，甩甩衣袖转了个圈，"我接你嫂子去啦！"

拜了天地，新娘送回洞房。

朱守谦心里高兴，陪着前来道贺的诸人饮酒。

太子朱标、秦王朱樉、燕王朱棣、李景隆、徐辉祖等皇亲国戚纷纷送上厚礼。

朱标故意左右观望一番奇怪地问道："守谦，今日你大婚，怎么没见着你的表弟谢非兰呢？"

此言一出，全桌的人都把目光投向了朱守谦。

太子与徐辉祖嘱人在南京城中四处寻找锦曦，如果燕王没有说谎，锦曦唯一能来的地方就是靖江王府。朱标轻飘飘的一句话，桌上顿时安静了下来。

朱守谦憨憨地笑着，眼睛看了眼徐辉祖，意思我怎么没见着锦曦？

徐辉祖便叹了口气道："多半是怕了燕王，非兰不敢来了。"

朱棣不动声色也跟着叹了口气："若她出现，本王也不会再怪罪于她，瞧在靖江王面上，又是成亲的大喜日子，非兰要是在府上，唤出来，本王和她的账一笔勾销了。"

"呵呵，如此守谦先代非兰多谢四皇叔！"朱守谦再笨，也看得出眼前这几人都想找到锦曦，如何肯吐露实情。

李景隆今日穿得特别花哨，绛红绡衣大袖深衣，潇洒中带着不羁，摇晃着一把折扇微笑看着这桌人逼问锦曦的下落。

秦王与他一样，也不着急，似乎所有的事都与他无关。

朱守谦守口如瓶，太子极似失望，朱棣也不多话。眼看就要冷场，一声娇斥响起："景隆哥哥！"

李景隆身上汗毛竖起，暗暗叫苦，知道定是阳成公主去求了皇上、皇后，放她来靖江王府玩。他眉一皱，毫不吝啬地把一杯酒撒在了袍子上，晃晃悠悠站起："哎呀，景隆醉了，王爷，可有方便之处让景隆更换衣衫？"

大家都知道阳成缠他，也谅解了李景隆的装醉。

"阳成！没大没小，没看到太子殿下在？"朱棣低斥道。他冲李景隆眨眨眼，意思是本王帮你一回，你要懂得记情。

李景隆也回眨了下眼，在银蝶的陪同下跟着王府侍女进了后院。

阳成眼睁睁看着李景隆醉着离开，心想哪有那么巧的事，不是避自己是什么？她心高气傲，又被朱棣一呵斥，眼泪花就冒了出来。

朱标赶紧安抚阳成，不满地看了朱棣一眼，"四弟！"

"见过太子哥哥，二皇兄。"阳成吸吸鼻子问安，眼睛却紧盯着李景隆的背影。

"阳成乖，过来，大哥给你个任务。"朱标对这个妹妹也很心疼，一改平时端重温和的形象，露出几分恶作剧的微笑，"你帮哥哥们瞧瞧，靖江王妃漂不漂亮？"

阳成注意力马上被转开，破涕为笑，想起顺便还能去找李景隆，高兴地说道："还是太子哥哥最好！阳成这就去！"

一桌男人全哄笑起来。

朱守谦也想知道，但是又怕新婚妻子被阳成吓着，有点担心。刚起身想跟着一块儿去就被秦王拉住。"守谦，少安毋躁。阳成是女孩儿，就是活泼了点。不会欺负你的王妃的。"

太子与朱棣看着朱守谦涨红了脸，也跟着偷笑不已。

不多会儿，阳成从后院跑了出来，一张脸变得苍白无血色，走路跟跄。

几个人相互望望同时离桌："怎么了？阳成？"

朱守谦更是着急，看了眼抽泣的阳成，不知道新房里发生了什么事，抬脚就往新房走。

听到身后阳成哽咽着："他，他……"

"怎么了？谁敢对公主不敬？"朱棣冷声问道。他对阳成严厉，也最是护短。

阳成哇的一声哭出来，脸埋在手里："景隆哥哥，他，他喜欢的是男人！"

几个人面面相觑，李景隆什么时候好男风了？不过到后院换件衣衫而已。

"阳成，别哭，你看到什么了？"太子温言问道。

阳成抬起脸，她的心事全写在脸上，从小时候起她就喜欢俊美潇洒的李景隆，没想到去新房时，正看到李景隆抱着一个身形瘦小的侍卫，脸上还带着迷人的笑容。那笑容阳成再熟悉不过，可是李景隆却从来没有对她这样笑过。阳成伤心至极大喊了一声掉头就跑。

"阳成！"朱棣见她只是哭也跟着着急。

"景隆哥哥抱着小侍卫，他，他喜欢的原来是男人！"阳成终于吼出一句，掩面大哭着冲出靖江王府。

"不长眼的东西，还不跟着公主！好好送她回宫！"秦王呵斥愣着的小太监。

太子、徐辉祖和朱棣心中都转着同一个主意，那个小侍卫是不是锦曦扮的？三个人同时起身笑道："原来景隆好男风，这倒是稀罕事儿，去瞧瞧什么人能把阳成比了下去。"

几个人不约而同地加快脚步赶上朱守谦往新房而去。

锦曦知道新王妃被送进了洞房，毕竟好奇，就换了侍卫服悄悄溜出房间去瞧热闹。

正巧李景隆进了后院换衣裳，一眼就看到了她。李景隆见锦曦穿了身侍卫服鬼鬼祟祟地站在新房门口探头探脑不禁哑然失笑。

他摆手让银蝶不要多言，狸猫似的轻手轻脚走到锦曦身后，锦曦感觉身后有人，猛地一回头，嘴张得老大，满脸懊恼之色："怎么是你！别说出去！"

"我有何好处？"李景隆得意地笑了笑，所有人都在找她，没想到得来全不费工夫。他贴近锦曦，"太子、秦王、燕王还有你的大哥都在前厅，你说，我若大喊一声会有什么后果？"

他无赖地瞧着锦曦，带着猫捉到了老鼠的兴奋。

锦曦恨得银牙紧咬，慢慢离开了新房门口，往身后的长廊阴暗处退去。

李景隆知道她不服输，又怕把事惹大，"想带我到安静之处说话吗？"他的脚步不紧不慢地跟着。

锦曦似不经意地回头看了一眼，庭院内悄然无声，大红灯笼安静地燃起一院喜庆。她咧嘴笑了笑，一掌无声无息就拍了过去。

李景隆早有防备，侧身躲开，顺势就揽住了她的腰用力往怀里一拖："锦曦，我很怀念抱住你的感觉。"

他的手很巧妙地夹住了锦曦的，用力一抱，锦曦挣扎不动，埋头就狠狠地咬了他一口。

李景隆抖了一下却没有放松，在她耳边喃喃道："咬狠一点儿，最好留个印记。"

"你，你无耻！"锦曦不敢大声喊叫，低声骂道。

"呵呵，说对了。"李景隆露出了迷人的笑容。

然后便听到阳成的尖叫声："景隆哥哥！"

锦曦一惊抬头，远远看到一个娇小玲珑、贵气十足的少女脸变得苍白，瞬间掉头就跑。她脸上飞快掠过一抹红晕，用力一挣，李景隆加大了手劲。

"你放手啊！要是太子他们寻来我怎么办?！难道你也想让我被我大哥弄进东宫去?！"锦曦气极。

李景隆突然变得严肃，"锦曦，听我说，她只看到了一个小侍卫，且隔了那么远，你去藏好，不要露面，今日之事不要提及，我要安排。"

锦曦疑惑地看着他，李景隆难得地收了嬉笑之色变得正经，她有点反应不过来。

"怎么? 还想我抱?"李景隆轻声笑了起来。

锦曦这才发现他已松开手臂，羞得掉头就跑，"你无耻！"嘴里骂着，心里却相信李景隆必有办法应对太子诸人的询问。

李景隆笑着看她走远，低唤了声："叫剑兰来。"

这边一行人跟着朱守谦走到新房院内，果见李景隆温柔地看着一个小侍卫，眼中情意无限。

朱守谦汗都急了出来，那小侍卫身形分明就是锦曦。他尴尬一笑，"这李景隆，何时看上我府中侍卫了。"

李景隆慢慢地望过来，拍了拍那小侍卫的手，对众人笑道："靖江王府中侍卫也有这等绝色，景隆讨了去可好?"

这时那小侍卫抬起头，一张清纯的小脸上两丸黑瞳闪闪发亮，看向李景隆的目光中带着爱慕，闻声轻轻跪下，"王爷，剑兰……请你成全。"

他一露脸一吐声，朱守谦心中便放下了一块石头，太子燕王和徐辉祖却是失望至极。朱棣不动声色地笑道："唉，景隆原来好男风，以后来我燕王府，我必叫那些个俊美的侍卫离你远点了。"

"呵呵，景隆开口本王岂有不成全的道理。剑兰，你收拾下便去吧。"朱守谦回过神来，暗道李景隆你这片刻工夫便勾了我的侍卫去，我靖江王府还有安全可言吗？想着不是锦曦，也就做个顺水人情，这般变了心的侍卫留着也没意思。

李景隆闻言大喜，笑道："多谢王爷成全，害王爷少了个侍卫，这样吧，明日我便送两名侍卫过府，以谢王爷之情。"

朱守谦哪敢要他的人，忙摆手道："景隆不用客气了，我立妃后就要去广西封地，用不着那么多人。"

"都走到新房门口，守谦，不介意我们去瞧瞧新娘子吧？"秦王笑呵呵地打了圆场。

众人目光又聚到朱守谦身上，哄笑着一定要闹新房。

推开新房的门，屋里聚集着侍女和嬷嬷。她们见了新郎官笑着行了礼，递给朱守谦一柄秤道："称心如意！"

朱守谦满脸兴奋，轻轻挑开盖头，蓦然怔住。

新王妃不过十五岁，玉色的肌肤，怯生生的神情，一双水汪汪的眼睛，柔美至极。那眼波随着盖头的落下往朱守谦脸上轻轻一转，见到屋里这么多人，又垂下了眼帘，脸嫣红娇媚。一时之间，新房内寂静无声。

嬷嬷又递上百合、糖藕、交杯酒，朱守谦如坠云中，一一吃了。众侍女脆生生地喊着："百年好合，年年佳偶……"他眼中只有美丽的新娘，别的都听不到了。

所有的人都吃惊地看着新王妃，她实在是像极了非兰。

太子心驰神往，想起锦曦穿了女装打扮的模样。李景隆目光复杂，朱棣似也怔住。

"洞房花烛春宵一刻值千金，该让王爷与新王妃歇着了。"嬷嬷笑逐颜开地下了逐客令。

几个人这才回过神来。

太子哈哈大笑，拍着徐辉祖的肩笑道："辉祖，你们徐家果然出美人儿！"

"太子夸奖！"徐辉祖最是镇定，太子如此牵挂锦曦，若锦曦真嫁了太子，他日必受恩宠。

李景隆是去徐府提过亲的，此时最见不得徐辉祖的嘴脸，不阴不阳地笑道："听说徐家大小姐今年及笄，景隆是没有这个福气的了。"

"听闻魏国公十月返京，到时上门提亲者怕是要把门槛踩破吧。"秦王接口笑道。

太子与徐辉祖交换了个眼神，心照不宣地笑了。

朱棣什么话也没说，把一切都看在眼里，心道，秋天吗？哼，本王明日就进宫。

酒席散后，所有人都回了府，朱守谦心知锦曦无事，心满意足地留在了新房。

一道黑影却飘进了王府后院，细心地找着标记所在的房屋，翻身跃进窗内。

"你又来说你的秘密了吗？"锦曦等了很久，没有回头懒懒地问道。

"呵呵，"低沉的笑声从李景隆身上发出来。他拉下蒙面黑巾大马金刀地坐了下来，"靖江王妃和你有三分挂相，锦曦，你可知道，太子对你势在必得。"

"父亲不会准允。我也不会嫁给他。"

李景隆看着她，两个人没有点灯，任由清幽幽的月光从窗外照进来。"锦曦，不知为何，和你在一起这样说话，心里很平静。"

"你说吧，反正不让你说也不成，我听了还是左耳进右耳出，说完我就能舒服地睡了。"锦曦淡淡地回答。

李景隆"扑哧"笑了起来："哎呀，景隆好男风的言辞明日就会传遍南京城，我为了你做这么大牺牲，不就是听我说几句话吗？锦曦真是心狠。"

锦曦回头看着他，突然叹息："你在表哥府上还种了多少盆兰花呢？"

"你就这样担心那个草包？"李景隆有些不满。

"对，他是草包我也担心他。"

李景隆紧抿着嘴，与锦曦毫不退让的目光对视着，片刻后无奈地说道："好吧，你担心他，靖江王府我也没种几盆兰，因为他是草包。今日为了你还带走一盆兰，种了两年了，可惜。"

"怕是别有用途吧？表哥马上就要去广西，那儿可能偏不适合你的兰花生长呢？"

"呵呵，锦曦真是知我甚深呢，你真说对了，对我一点儿没好处的事我可不做，今日就算是一箭双雕吧。"

"还有要说的吗？我困了。"

李景隆笑着站起身，"早些歇着，我走了。对了，朱棣知道你的身份吗？"

锦曦摇了摇头。

李景隆怀疑地看着她，"朱棣这般精明，你与他山中相处那么多时日，他竟会不知？锦曦，我早说过，我得不到的，也不会让别人得到，尤其是朱棣！我定会护着你平安到广西的。"

等他走后，锦曦突然不想睡了，她讨厌走哪儿都被李景隆盯着的感觉。虽然可以平安到广西，她现在却不想去了。可是父亲还没回来，回府是不行的，她能去哪儿呢？

燕王的日月

YANWANGDE
RIYUE

兄弟求娶

【第二十一章】

202

朱守谦第二日带着新王妃入宫谢恩。朱元璋与马皇后欣慰地看着朱守谦，朱元璋温言道："守谦，你终于成家立室，十日后就启程去封地吧！"

"皇上！"朱守谦眼中露出不舍，又不敢多言，低声答应，"守谦遵旨。"

"皇上，守谦一直在身边长大，又是你唯一的亲侄孙，以亲王仪可好？"马皇后轻声进言道。

在朱元璋封的十个亲王中，朱守谦是唯一的外姓亲王，只享亲王半仪，此时看到他要离开，朱元璋想起去世的侄子，眼中微湿，微笑道："皇后所言极是，吩咐内务府另改金册金印，以亲王仪仗出京。"

朱守谦闻言大喜，哽咽道："皇上娘娘待守谦如此亲厚，守谦极是不舍……"

"王爷！"靖江王妃轻声唤了他一声。

朱守谦止住泪伏地谢恩。两个人正欲退出，内侍传报："太子殿下、燕王殿下求见！"

朱元璋笑道："让他们进来吧。"

太子身着明黄贡锦温文尔雅，燕王还是一身银白锦衣英气逼人，两个人走在一起，燕王虽才十七，个头已和太子一般无二，这时走进殿来，朱元璋与皇后瞧着，心里都极为满意生出这么出色的儿子来。

"皇儿有何事？"

太子朱标与燕王朱棣是在殿外遇到一起，此时一起进来，听到朱元璋问话，朱棣心里着急，生怕太子先提亲，他又居后不能先行开口。

朱标微笑道："儿臣请安来的。"

朱棣心里一松开口笑道："儿臣却是想请父皇母后做主，为儿臣提亲。"

此言一出堂上几个人都愣了愣。

朱标心思一动，朱棣想娶何人？难道凤阳之行他已知锦曦身份？不等朱棣开口，他抢先答道："儿臣除了请安，正有一事与四弟相同，吕妃怀有身孕免于责罚，可她父亲大哥却敢侵吞灾银，现不知下落。常妃身子弱，东宫无主，儿臣听闻魏国公长女性情娴静，知书识礼，想请父皇做主求娶为妻。"

朱元璋瞧着平素性格温和的太子有纳妃之意，且如此急迫，不觉一愣，"纳魏国公长女为东宫侧妃？"正在思索间，突然听到朱棣大声说："父皇，儿臣想求娶的正是魏国公长女。"

马皇后吓了一跳，怎么突然间两个儿子同时看上魏国公长女？还同时在殿前求娶？她有些不知所措地看向朱元璋。

朱守谦和王妃站在一旁也愣住了，他万万没有想到还能看到这一出。瞬间便明白锦曦避到他府中还想与他一同去广西的原因。

朱元璋慢慢平息了心里的惊疑，看着两个儿子默不作声。两个儿子同时求娶，该如何是好？

马皇后瞧了他一眼，微笑着说："还真是巧，怎么都同时求娶魏国公之女呢？"

朱标脸色已不好看，明明他是太子，照理他说了出来，朱棣无论如何也不该同时求娶。他看了眼朱棣，与他差不多高的朱棣沉着一张脸和他对视着。

从小朱棣话就不多，兄弟几个看起来是好，他却与秦王走得更近。朱标看不懂朱棣狭长凤目中的情感。他却感觉到朱棣的不退让。今日为个女子不退让，他日呢？也就在这时，朱标对朱棣起了杀心。

过了半晌朱元璋打破了殿内的静寂，他有点疲倦地摆摆手："知道了，你们下去吧。"

朱标、朱棣、朱守谦齐声道："儿臣告退。"

出了乾清宫，朱标微笑道："四弟，这事怎么这么巧？"

"大哥，东宫之内，美女如云，诚如落影姑娘，虽无名分，但你不差她一个。"朱棣静静地说。

朱标看过去，朱棣凤目中露出坚定之色，他微叹了口气道："原来你是知道的。"

"不仅知道，而且她已与我定下鸳盟，凤阳之行，臣弟最大的收获就是她，也只有她。"朱棣一字一句地说道。得到锦曦的心如此迫切，他都不知道从什么时候起就在意她了，甚至敢与身为太子的大哥当着父皇母后的面同时求娶，还不惜撒谎。

"只有她吗？"朱标微微嘲笑道，他想起朱棣擒了吕家大公子杀回吕家庄之事。若非一品兰花暗中搭救，吕太公落在朱棣手中，不知道这太子之位还坐得稳不。朱棣说凤阳收获只有锦曦，这是在承诺凤阳之事到此完结吗？

朱棣凤阳之行回来，皇上龙颜大怒，连降吏部十三司俸禄，杀凤阳县令，发海捕文书追拿吕太公一家，吕妃身怀有孕又在深宫才仅罚她禁足寝殿。怒斥东宫詹士府数十名官员没有好生辅佐太子，同时又让太子代天子之责祈雨祭天，以示太子地位稳固。

难道朱棣手中还有别的东西能把凤阳之事再掀波澜？朱标心中百转千回，温润的眼睛瞬间变得凌厉异常："前些日子去四弟府中，她是被四弟抓去的，四弟真与她定有鸳盟吗？"

"大皇兄，她是我带走的，不是抓去的，她不过不想进宫而已。"朱棣懒洋洋地回答，嘴边露出一丝极温柔的笑容。

"哦？既是如此，她为何逃走呢？想来是不肯在四弟府中罢了。"难道二人真有私情？朱标想到平时锦曦对他的冷淡心中一紧，出言讥讽道。

朱棣眼眯起，想起非兰逃走心里就恨，看着朱标突然说了句："听说有个江湖组织叫一品兰花，大哥可熟？"

朱标一愣，吕太公被拿住，一品兰花已找到他奉上了吕太公及儿子的人头，绝了他的后患。再怎么说，吕太公也是他的岳丈，若是活着，多少也无颜面。难道朱棣连这事也知道？难道他在暗中早已布下眼线盯紧了自己？朱标气涌上来，顾不得平时的斯文形象，恨声道："你难道忘记硕妃娘娘是如何死的么？"

朱棣脸色瞬间变得苍白，凤目转红，狠狠地瞪着朱标。相传他的母妃是因不足月生下他被皇上疑心另有他染被处死的。他才五岁，阳成才三岁。五岁的孩子已经记事了。从小这个秘密就藏在他心头，不敢吐露半句。这时被朱标提起，悲愤像石头重重地压在了心头。

他哑着嗓子慢慢道："我从小就在母后身边长大，听说母妃是病故的。大哥言下是另有隐情，请告诉臣弟，感激不尽！"

两个人之间顿时暗潮激涌。

朱标心知说错了话，这等宫闱隐秘本来就是皇宫中的禁忌，他干笑了一声看向朱守谦："守谦，你说，锦曦会在哪儿呢？"

朱守谦在一旁打了个寒战，他再粗枝大叶也看得出这两人之间起了争斗之心。听到朱标问起，忙干笑两声道："守谦不知。"

"若是她知道我与四弟都很想见她，不知道她会想见谁呢？"

"这个……守谦还要回府收拾行装，二位皇叔少陪！"他扶着王妃赶紧离开。

朱守谦一走，两个人之间的空气又凝固了。

"四弟肖似硕妃娘娘，主意拿定便是不改了。大哥素来很喜欢你这点。"

朱标想说什么？他知道是谁进了谗言让父皇处死母妃的？朱棣眉心皱了一下，又似无波无澜地还未来得及形成一道深痕又消散了。他嘴角轻轻扯开，笑容如阳光般顿现："是啊，从小母妃便道我性子倔，大哥二哥性情温和，也总是让着我。"

朱标想起锦曦的样子，心里总是舍不下，可是因此与四弟结仇……他的目光落在自己的明黄锦衣上，上面绣的金龙贵气异常，便笑了："这事真是碰巧了，自郊外比箭遇到她，我就认定是她了。"

"臣弟与大哥一样。"朱棣平平地说道。

朱标回头看了看奉先殿，弹了弹衣袍，傲然地笑了笑："既然如此，听天由命吧！"

朱棣目光神色转黯，片刻后抬起头来目光坚定："大哥日后九五之尊，臣弟只想在封地平安过一世。"

朱标沉默了。

风吹起两个人的衣襟，吹散了许多东西。朱标想起小时候朱棣不爱说话，是自己一直陪着他，逗着他玩，才慢慢打破隔阂。听到朱棣这样说，他心里也叹息一声，转过身走下白玉石阶："北平地方不错，有心仪之人相伴，四弟想必会过得快活。"

若是能以锦曦换来朱棣一生顺从戍守北边的承诺，朱标想，那就放弃吧。

朱元璋有点头痛，他负手在殿内走了几步，突然回头问道："上回棣儿生辰，你不是见过天德的长女，说无妇德且骄纵？"

马皇后也很疑惑，燕王府花园内的一幕历历在目，浓妆艳抹的脸，被刺扎了手大呼小叫毫无淑女风范，不似有教养的大家闺秀……还有棣儿厌恶不屑的神色，她缓步走到朱元璋身边柔声道："臣妾细想了想，这事似乎有点奇怪，臣妾亲眼所见，魏国公女实在配不上棣儿，可如今竟兄弟二人争相求娶，皇上，魏国公几时回京，咱们再好好问问他？"

"传言天德自幼将长女送往栖霞山庵堂养育，去年才接回府中，庵中长大的孩子常听佛法宣扬怎么会无德？皇后确定当日看到的真是天德之女？"朱元璋有点不相信。

马皇后又回忆了一遍："当时她与徐夫人在一起，口口声声唤她娘，这个，臣妾应该不会弄错。"

"要烦皇后传徐夫人进宫一趟了。"

"皇上，若是魏国公之女足以匹配皇儿，这兄弟俩给谁？"

朱元璋愣了愣，沉默了一会儿道："朕再想想。"

皇后宣传徐夫人入宫的懿旨送到魏国公府。徐夫人赶紧换上诰命衣饰，正待出门之时被儿子拦住了。

徐辉祖轻声道："娘，若是皇后问及燕王寿宴时你身边的女子，你便道是我的侍妾便好，不然便是欺君了。"

徐夫人叹了口气道："终是躲不过的，也只能如此，好在你也收了珍贝。若是娘娘要见锦曦呢？这孩子，怎么去了凤阳连封家书也不写。嘱人去凤阳寻她回来吧。"

"是，儿子这就找人去办。对了，娘，听说太子与燕王同时求娶，锦曦她……"徐辉祖犹豫了下，还是坚定地说道，"太子殿下对她情根深种，娘可想得清楚了？"

徐夫人诧异地看了眼儿子，沉声说道："这事老爷拿主意，娘知道，你，终是想让锦曦嫁给太子，但也要问问锦曦的意思才好。她回府才一年多，娘还舍不得她出嫁，唉！"

一丝羞愧从徐辉祖脸上掠过，但想起若是锦曦嫁了太子，将来可位登皇后宝座，他又硬下了心肠，"太子温文尔雅，气度学识无不令人叹服，燕王军中出生，才华不及太子，武艺只是平凡，别忘了，他的出生……娘，这是锦曦的终身大事啊！"

"我知道了，辉祖，你可知道，嫁给太子，她只能是侧妃啊，岂不委屈了锦曦？就这样吧，见过皇后娘娘，等你父亲回来再议吧。"

坤宁宫内马皇后和蔼地请徐夫人坐下，漫不经心地问道："夫人可知本宫今日唤你来所为何事？"

"请娘娘示明，臣妾愚钝。"徐夫人很有礼貌地表示着自己的谦恭。

马皇后听了便笑了："夫人如此多礼，那日棣儿生辰花园中陪伴夫人的必不是长女千金。"

徐夫人惊叹道："娘娘说得极是，乃是小儿辉祖妾室。小女身体虚弱，从小就送往庵堂静养。那日正巧染上了风寒，便没去燕王府赴宴。"

"哦？那么本宫欲见见令千金，可有大碍？"

"小女眼下在凤阳老家，听说那里有名医可调养身体。娘娘恕罪。"

马皇后听了便想，难道是棣儿去凤阳巡视见过了徐小姐？可是太子又怎么想求娶呢？她温言笑道："徐小姐身体要紧，不知虚弱成什么样？宫中名医甚多，改日回府去瞧瞧。"

徐夫人忙道："就是体弱，倒也没病。"

"既然是在凤阳，能否先呈上画像一观？皇上也想瞧瞧，天德是开国元勋，皇上常念叨着呢。"

徐夫人想，锦曦哪有画像啊？听了皇后这话只能硬着头皮回答："臣妾感恩铭内。"

"令千金可许人家了吗？"

"未曾。"

"哀家现有一难题，太子与燕王同时求娶，皇上也很为难，不知夫人能否为本宫解难？"马皇后单刀直入地问道，目光炯炯地看着徐夫人。

太子与燕王，徐夫人心中转过数道念头，终于欠身回答："此事由皇上娘娘定夺便是，老爷必定也是这样想的。"

马皇后叹了口气，喃喃道："如今哀家与皇上都很犯难，太子东宫空虚，棣儿又到立妃年纪，手心手背都是肉啊。照说此事也是皇上定夺，哀家却是大为好奇，想见见令千金，不知可否由凤阳回转南京？"

"这是小女之幸，已遣家人去凤阳接回了。娘娘宽心。"徐夫人想起锦曦一去数月，半点消息全无，若是皇上怪罪下来，可怎么是好？不由得焦虑起来。

"呵呵，夫人不必为难，窈窕淑女，君子好逑，哀家只是好奇。见夫人秀丽端庄，不知令千金肖似何人？"

"小女，小女与臣妾相似。"

马皇后见徐夫人眉目如画，想起当年谢公二女美貌，不觉莞尔。对徐夫人识进退的言谈大加赞叹，便笑道："若令千金回南京，进宫来陪本宫住些时日吧。"

"谢娘娘恩典。"徐夫人心里又喜又忧。

喜的是锦曦不嫁太子也会嫁燕王，忧的是若是寻不到锦曦可怎么是好。

徐夫人离开之后，朱元璋从内堂走了出来。马皇后嫣然一笑，"皇上都听仔细了？"

"若是肖似徐夫人，必定是个美人，如有徐夫人这般风姿，也当得起将来的皇后了。"朱元璋抚须笑道。

"哦？皇上的意思……"

"太子东宫空虚，常妃常年理不了事，吕妃娘家又太对不起朕，是该给太子寻个将门虎女。"

"可是棣儿……"马皇后很是担心。

"我知道，你是心疼他，可是朕想的却是以后的江山社稷。棣儿最像朕，可是治天下还是太子温和为好。"朱元璋下了断语。

"太子别的都好，唯独好美女，这男儿若是沉迷女色……"

"皇后不必担心，现在朕也是说说罢了，等徐家千金进了宫再看吧。"朱元璋停了停看着皇后说，"若棣儿是你亲生，这江山朕定传给他。"

"可太子也不是我亲生。"

"太子为人谦和，如论守成，太子是最佳人选。棣儿若肯为太子打下江山，那是最好不过。"

"想起硕妃，臣妾始终觉得亏待了棣儿。"马皇后叹息了一声。

朱元璋眼中露出一丝伤痛，眸色渐渐变得深浓："若不是立嗣立长，朕会立棣儿。可是立了太子，断不能改。棣儿若有心，太子也不会是他对手。这是天意，皇后就不要再为他委屈担心了。"

两个人正说着，内侍通传："太子殿下求见。"

朱元璋看了眼皇后，闪身进了内殿。

"给母后请安。"

"皇儿有何事？"马皇后温言问道。

朱标垂着轻声道："儿子前日与四弟同进求娶魏国公之女，回宫之后总是难安。今日前来，想取消前意，儿子不打算求娶了。"

马皇后惊疑地看着朱标，为什么又不想娶了？"这又是为何？"

"古有孔融让梨，儿子早已立妃，东宫中也有侍妾无数，四弟尚未娶亲……儿子只是听说魏国公长女性情娴静，知书识礼，四弟，四弟却是与之有情。儿子很惭愧。"朱标再舍不得却也知道轻重缓急。

朱棣在众兄弟中军事天赋最高，若得之应诺将来为他的江山保平安，得一猛将，好过兄弟反目。他与谋臣商议之后，决定放弃锦曦。

其中一谋臣道："殿下将来荣登大宝，何愁后宫无美？"

就这一句话，他便定下心来。

马皇后瞧着他笑了："这事由得你父皇做主，母后转告皇上便是，你退下吧。"

朱标退出殿外。马皇后缓步行到内堂，见朱元璋正在沉思。她不便打扰，静静地等着。

"皇后，棣儿是答允太子将来忠心于他了。唉！"朱元璋叹了口气。

马皇后不解地道："难道这不是皇上所希望的吗？"

"一个男人若肯这般放弃心爱的女子，得不到的总是最好，朕是怕将来太子……"朱元璋忧思重重。朱棣可以表忠心放弃，太子也表示不再争着求娶，"能让棣儿做出这等决定，天德之女必不同凡响。朕要再想想，颁旨下去，招徐家长女速速进宫。"

然而内侍却回禀道徐家千金身体病弱，送往凤阳老家休养。

朱元璋冷冷一笑："真当朕是傻子吗？传旨下去，十月初八，若见不着人，就当抗旨论处。"

内侍赶着前去颁旨。这一旨圣意下去，魏国公府就乱了套。

锦曦没有消息，皇上又下旨让她进宫，徐夫人愁眉不展等待着从凤阳传回的消息。

徐辉祖眉头紧锁，锦曦会在哪儿呢？如果燕王不知，李景隆是否知道呢？他温言对母亲道："儿子再去打听。"

徐辉祖来到秦淮河边，自从落影跟了太子，李景隆常去之地便是夏晚楼。徐辉祖大步走进去，老鸨瞧着伶俐地迎上来："这不是魏国公府的大公子吗？是什么风吹来夏晚楼了？看茶！大公子，今儿来是想听曲儿还是寻个知心姑娘啊？"

"我想见流苏姑娘。"徐辉祖忍住老鸨身上传来的浓烈的脂粉香答道。

老鸨抿着嘴笑了："不巧啊，大公子莫非不知道，最近曹国公府的李公子日日与流苏写字作画来着，流苏除了他不另见客啦。"

徐辉祖轻笑出声："他在便好，我找的就是他。"

老鸨见徐辉祖似笑非笑地看着她，忙尴尬笑了笑："原来是见李公子啊，这个嘛……"

徐辉祖见老鸨站着不走，扔出一锭银子："我在这儿等他。"

"小红，快去通传一声！"老鸨喜滋滋地把银子纳入袖中高声唤人去请李景隆。

等到茶凉，徐辉祖耐心不在的时候，李景隆裹着一身香风出现在花厅门口："徐公子！不知这么急找景隆何事？"

"皇上下旨传锦曦入宫。"

"这关我何事？锦曦是你妹妹，不是我的。"李景隆心中惊诧，脸上堆出满不在乎的笑容。

皇上传锦曦进宫？难道是因为太子与朱棣争相求娶？李景隆心中刺痛，打定主意偏不让徐家如愿。

徐辉祖见李景隆没事人似的站着，连眉毛都不抖一下，轻叹口气："李公子若是有锦曦下落，辉祖全家感激不尽。"

"锦曦与我全无干系，我怎么会有她的消息，不送。"李景隆说完转身就走。

他利落地回拒让徐辉祖闷了口气，却又说不了什么。如果不在李景隆府中，又会躲到哪儿去呢？朱守谦大婚之日神色不似假装，徐辉祖没有办法，只能又去靖江王府碰运气。

朱守谦听得他来，忙叮嘱锦曦藏好，急急在前厅相迎："大哥！守谦不日将去封地，瞧我这里乱的。"

徐辉祖坐下喝了口茶，开门见山地说道："皇上为太子和燕王同时求娶之事下旨让锦曦进宫，眼下她不知去向，家里已急成一团。若是找不到她，皇上怪罪下来可如何是好？"

朱守谦一愣，想起太子和朱棣在殿外相争一事，心不在焉道："是啊，如何是好呢。"

"我找遍了南京城，凤阳也无她消息，她会去哪儿呢？"徐辉祖仔细地留意着朱守谦的神情。

"是啊，她会去哪儿呢？"朱守谦只得又跟着发出疑问。

"唉，没想到皇上会下旨让她进宫吧，从凤阳回南京不过六七日工夫，现在过去四天了，锦曦还不见人，这可怎么办啊？"

"若是找不到她，皇上会怎样？"朱守谦很担心皇上会迁怒魏国公府。

徐辉祖忧虑地说道："会迁怒父亲吧，唉！若是恼了，让锦曦进宫做女官就麻烦了，不知道何年何月才能还家。算了，我再去找找吧。"

他说完急匆匆地走了。

朱守谦想了想还是决定告诉锦曦。

"如果我在凤阳失踪了呢？"锦曦突然冒出的话吓了朱守谦一跳。她白了眼朱守谦道，"我这一进宫不是嫁太子便是嫁燕王，若皇上不欲他兄弟二人相争，杀了我怎么办？最不济是谁也不让我嫁，就把我留在宫里，没一条路是我想走的。就让我失踪好了，这事也不能怪到爹娘头上。"

朱守谦拍掌道："好，就失踪，谁也找不着，日后我私下与姑父说起，省得他老人家担心。"

锦曦摇了摇头："守谦，我不能跟你去广西了，我若是玩失踪又在广西出现你便是抗旨的大罪。你日后也不要着人去传消息，若是能亲自见着父亲，便告诉与他知道，否则，不要通传消息。知道吗？"

"可是你若失踪，姑母姑父不知会急成什么样，你忍心吗？"

锦曦想起爹娘，又想起自以为对自己好的大哥，眼睛里便浮起一层泪影。她无力地坐下，为人子女，岂能这般不孝。可是偏偏却是自己不想走的路。她轻声问朱守谦："可知我父亲几时回来？"

"听闻是十月。"

"好，我这就去北平寻父亲。家中母亲拗不过大哥，我又打不过他。他一心想让我嫁给太子，以后好富贵一生。我实在与他无话可讲。"锦曦拿定主意，这么一来，若是凤阳找不着人，还能拖上一拖。锦曦相信父亲定会为自己做主。

她歉意地对朱守谦一笑："铁柱，不能陪你去广西，那里人生地不熟，嫂子是广西指挥使徐成的女儿，原也是想到了这点，你对嫂子好，那徐成也会对你好的，再怎么说，他也是我们徐氏一族的人。"

"锦曦，不用担心我，我却担心你呢。"

锦曦觉得前景似迷似雾，下山不到两年，就有身不由己的无力感。纵是如此，想起还有一身武功，可以自由往来，比起别的大家闺秀已是好了许多，便笑道："这事冷上一冷也好。我也不知道朱棣怎么会突然冒出这个想法。还是见了父亲再说吧。"

第二十二章

白衣赠马

YANWANGDE
RIYUE

当晚锦曦便收拾包袱趁着夜色出了靖江王府，此时南京城正在修建，她寻到一处空隙出了城。月色当空，锦曦独自在路上行走，夜凉如水，树林阴影清晰可见。太子的意思她早知道了，却断然没有想到朱棣会为她在皇上面前与太子相争。为什么呢？锦曦心如乱麻。

若是有马就好了，锦曦摇晃了下脑袋，寻思找个地方休息。突然想起燕十七曾告诉她如有事可去城东破庙。锦曦辨认下方向，往城东而去。

离城两里真的有座破庙，锦曦远远瞧见里面升了一堆火。她迟疑了下，想到也许会是过夜的乞儿，便走了进去。

破庙里坐了个身穿布衣的人，三十左右年纪，身形高大，浓眉虬髯，却露出憨憨的笑容，一张脸显得极为和善。

"兄台请了，在下赶路，城门早已关闭，才寻到此处想落脚歇息一晚。"锦曦笑着说道。

那个人也回了个笑容说道："在下尹白衣，也是错过时辰，所以只能在破庙借宿一夜。"说着让开一处地方让锦曦坐下。

他的嗓音暗哑低沉，锦曦觉得他的笑容很有几分熟悉，蓦然就想起了燕十七温暖灿烂的笑容，心头一酸。她怎么敢接受十七的深情？此时的她对感情一事敏感困惑之极，深知以后再不能由得自己做主，十七的温暖只能是心里印下的阳光光影，照暖的心房，却摸不着触不到不能拥有的。

过了会儿，尹白衣从灰堆中掏出两个白薯，递了个给锦曦："公子不嫌弃便吃一个吧。"

锦曦笑着摇头："你吃吧，我还不饿。尹兄是去南京城做什么呢？"

"亲戚在南京做生意少个帮手。我去相帮于他。"尹白衣笑了笑说道。

"哦？尹兄听口音，是凤阳人士？"

尹白衣边吃白薯边道："对，我是凤阳人。今年家中受灾，朝廷两度赈灾难关是渡过了，不过，种田却种不出前程，投奔亲戚，想到南京寻寻出路。"

锦曦才从凤阳回转，心里就起了怜悯，想起皇上二度赈灾便笑道："朝廷对凤阳一带受灾百姓两度赈灾，百姓应该有好日子过了吧？"

"唉，虽是如此，百姓还是难啊。"尹白衣叹道。

锦曦仔细观察尹白衣，见他天庭饱满，眼睛清明，虽身着布衣，面目无奇，却另有种气度在里面："如此先恭贺尹兄在南京城大展拳脚找到前程了。"

"对啦，还未问公子如何称呼，白衣相面算命也是极准。长夜漫漫，不如由白衣为公子算上一算。"

锦曦笑着伸出手去。"在下谢非兰，尹兄瞧出什么没有？"

尹白衣仔细看了看锦曦手纹，又看了看她的面相，面露惊疑之色："公子，你怎是男生女相？且贵不可言。奇怪！"

锦曦一惊，笑道："尹兄说中一半，非兰正是男生女相，家中也有几亩良田，贵不可言却没说对了。"

尹白衣摇了摇头又道："谢公子的命相肯定是贵不可言，非富即贵。正犯桃花啊！"

锦曦心中又是一动："家中正张罗着给在下定亲，尹兄再看看，这亲能成吗？"

尹白衣仔细又瞧了瞧笑道："能成！你瞧，这姻缘线中途虽有波折，往下却是平坦无分岔，必是良缘。"

良缘？锦曦苦笑，伸回了手兴趣全无，靠着墙合上了眼："多谢尹兄吉言，明日还要赶路，睡吧。"

她听到尹白衣呼吸声慢慢平稳，渐有鼾声传来方睁开了眼睛。锦曦看向神龛，当中一破败的大肚弥勒佛憨态可掬。锦曦轻轻站起身，走到弥勒佛旁打量，供桌上灰尘积了寸许厚，她没有找到能留下纸条的地方。

燕十七告诉她这里，必然有可供传递消息的地方。锦曦仔细地又找了一遍，终于发现弥勒佛嘴微张，似有油光。她拿出一张纸条，上面写了，失踪，兰。三字。回头看了眼尹白衣，手一扬，那张纸条便飞进了佛像嘴里。

至于怎么取出来，是不是燕十七留言的地方她便不管了。

锦曦相信燕十七肯定能猜出她的意思。她走回火堆旁闭眼休息。她睡着睡着，突然感觉有人接近破庙。锦曦大惊跳了起来，见尹白衣还在睡，便蹑手蹑脚跑到庙门口张望。月光下，十来个身着侍卫服的人正团团围住破庙，也不再靠近。锦曦凝神一看，暗暗叫苦，来的正是魏国公府的侍卫。她寻思定是在等大哥。

想起大哥的武功，锦曦沮丧不已，自己肯定打不过，难道就这样被大哥捉回去？

正心焦不已的时候，尹白衣睁开了眼睛："小兄弟，你走来走去的做什么？"

"实话告诉尹兄，我家中想为我定亲，非兰是偷跑出来的，家人找来了。"

尹白衣瞧她脸色灰白，突然咧嘴笑了，"嘿嘿，小兄弟遇到了我，不妨事，跟我来。"

锦曦惊疑地看着他，尹白衣走到神龛前对她招手："你躲这下面，来人我来打发。"

锦曦反正出不去，一头钻进神龛下面，被灰尘呛了下，强自忍住。过了片刻，外面拥进一群人来。

"这位兄台，可见过一衣着华丽的小公子吗？"徐辉祖盯着尹白衣问道。

"没见过。你是何人，怎么半夜寻到破庙里来了？"尹白衣装着困乏打了个哈欠。

"我手下一路跟她进了这里，怎么会就没人了呢？"

锦曦一颗心提到了嗓子眼儿，见徐辉祖的脚步往这边移动，吓得不敢动弹。

尹白衣不知做了什么，锦曦只看到地面火灰被风带起，然后就听到大哥哑着嗓子道："在下寻的正是亲弟，兄台何苦要横加插手，多管闲事？"

"我最厌别人扰我清静，请吧。"尹白衣淡淡地说道。

"你给我出来，非兰！"徐辉祖恨恨地对着神龛说道。

锦曦从神龛下爬出来，不敢看大哥的眼睛。

"和我回去！"

"大哥，我去北平寻父亲，爹说了算！你就当我在凤阳失踪了吧，这样也可以交代了。"

"你!"徐辉祖一掌打来。

尹白衣身形一展挡在了锦曦面前:"我答应过小兄弟,他不愿意回去,你何必苦苦相逼呢?"

徐辉祖敌不过尹白衣,见锦曦躲在他身后一副倔强表情,不由得气得脸色铁青:"你就算寻到了父亲,也改变不了什么!哼,回去!"

锦曦松了口气,转身谢道:"多谢尹兄相救,原来尹兄竟是高人,非兰有眼不识泰山。"

尹白衣嘿嘿笑了:"我只是觉得与你有缘罢了。这武功,不提也罢。"

如此一折腾天已蒙蒙亮了。锦曦便与尹白衣告别,往北平方向而去。

锦曦一走,尹白衣微微笑了笑便走到佛像前看了看,又绕到后面,在佛像背后摸索了片刻,手触到了一个机关,轻轻一搬,佛像后面弹开一个洞口,他取出了字条,看了看又塞回了佛像嘴里。

想了想锦曦走的方向,尹白衣飞身跟了过去。

锦曦走在往北平的官道上,八月天热,时近午时地面已蒸出一地热气。锦曦走得累了,看到茶棚口中饥渴,便走了过去。

她大口喝完茶,问茶博士:"请问往前多久才能见到集市?可有马卖?"

"往前二十里有集市,不过,这大热的天,"茶博士摇了摇头,觉得顶着日头走路前去实在辛苦。

锦曦很无奈,总不能在茶棚坐一下午吧?

"咦,那不是谢公子!"

锦曦回头,见到尹白衣背着包袱擦着汗走来。"尹兄不是去南京城寻亲?"

"哎呀,本来是去投奔亲戚,到了南京,却听说亲戚生意搬到了北平,只好去北平寻亲。"尹白衣愁眉不展。

"哦?在下也是去北平寻亲。"

"你我结伴上路如何?瞧谢公子身单瘦弱,又衣饰华丽,正是强人看中的目标啊。尹某不才,正好可保护公子。"尹白衣咧开嘴笑道。

锦曦也跟着笑了起来,尹白衣恰巧救了她,又恰巧去北平,天下间有这么巧的事吗?他是什么人呢?连大哥也不是他的对手,他若想跟着她,她有什么办法可以甩掉他?锦曦故意露出高兴之色,"有武功高强的尹兄相伴,自然求之不得。"

尹白衣笑道："尹某打算此去北平投亲不成，便投入军中，混个好出身也好回家光宗耀祖。"

锦曦见他脸上笑容如破庙中弥勒佛般笑得憨厚，对他的防备心更重，不知道他为什么要救她，也不知道为何他要一路跟随，现在敌友不分又甩不掉便笑道："如此小弟性命便托给尹兄了。"

两个人喝完茶便上路，走了一会儿，尹白衣停住："小兄弟，等我会儿！"

锦曦不明所以，见尹白衣走到林边摘下些树叶做了两顶帽子，往她头上扣了一顶乐呵呵地道："如此便不惧酷热了。"

到了傍晚两个人走到了集市，锦曦发现尹白衣特别心细，给她要了间上房，自己去睡了下房，见他一袭布衣想是囊中羞涩，当下便拦住他道："尹兄，钞由小弟来会可好？"

"不好，"尹白衣正色道，"尹某虽与兄弟结伴同行，却不能让兄弟会钞，下房也没有什么，能睡人就行。"

锦曦不再勉强，尽管疑虑未去，却对尹白衣好感又多了一层。

早上两人去看马，尹白衣选了匹极便宜的杂马，锦曦骑了匹高头大马，回头看到尹白衣大个头却骑老马，自己小个子却骑大马，忍不住就笑了："尹兄，你不觉得可笑？"

"不觉得，有马可骑已好了很多，况且，"尹白衣露出一个得意的笑容，"我这匹老马，脚程却比小兄弟要快得多了。"

锦曦不信，当下两人便赛起脚程，初时她的高头大马远超老马，行了百里路，老马却赶了上来。锦曦大为佩服赶紧讨教。

只见尹白衣拿出一个酒袋喂给马喝，笑着解释道："小兄弟可知道唐时秦琼的黄骠马？"

"尹兄不会是说那个小集市上你正选了这么一匹黄骠马？"

"哈哈，正是！"

锦曦不由得对尹白衣刮目相看，赞道："此去北平，正有马市交易，尹兄不要说你的亲戚正是做马生意的？"

"呵呵，又猜中了，小兄弟聪慧过人哪！在下祖传有相术，相马相人都是一流的准。现在连年开战，做马生意稳赚不赔啊。"

锦曦想起父亲，不由得笑道："若是尹兄想投入军中，在下倒可以引荐，军中正少尹兄这样的人才！有一身好武功，还会相马，在军中必能如鱼得水。"

尹白衣摇了摇头，"在下的心愿就是赚些银两，实在不行才会投军，不过，还是谢谢小兄弟了。"

两个人一路行来，锦曦与尹白衣又多了几分亲近，称兄道弟聊得好不开心。

走了十来日，终于到了北平。两个人进城后锦曦对尹白衣道："尹兄若是有事，可往元帅府寻我，在下姑父正是魏国公。"

尹白衣似吓了一跳，忙拱手道："原不知小兄弟竟有如此显赫的亲戚，一路上多有冒犯了。"

"尹兄不必客气，与尹兄同行，非兰收获甚多，不必太过拘礼。非兰告辞。"锦曦笑着拱手为礼，打马而去。

尹白衣目送着她，目光中带着一丝满意与兴味，轻叹了口气转身离开。

锦曦跑过街角又转了出来，远远地看到尹白衣离开，难道，自己是以小人之心度君子之腹？尹白衣真的就是恰巧出现救了自己，又恰巧亲戚真的来了北平？

锦曦心里始终放不下，细想一路上尹白衣除了照顾自己还真没有什么可疑的地方。可是普通人怎么会有那么好的武功呢？她百思不得其解，掉转马头进了元帅府。

徐达早已得报，见锦曦风尘仆仆赶来，长舒了一口气。他拉着锦曦左看右看呵呵笑了："锦曦啊，府中来信称你失踪，可吓死为父了。皇上圣旨一下，若是找不到你，为父可不好交代啊。"

锦曦一听心凉了半截，巴巴地望着父亲道："锦曦进宫不是嫁太子就是嫁燕王，弄不好皇上一生气，怕害了他的皇子，留锦曦在宫中不嫁，或随意赐婚给他人，这怎生是好？父亲，锦曦求你，不要让锦曦进宫去。"

徐达想了想笑道："你来了先住下，为父十月返京，这还有些时日，锦曦说得也没错，若是皇上恼了，随意赐婚他人，为父也舍不得。"

锦曦这才高兴起来，住进了后院。

徐达当即修书一封嘱人快马送信回京。

朱元璋收到信后哈哈大笑，对马皇后说："这个天德，不愧是我大明王朝的第一将啊，有勇有谋，他的女儿如今在北平，他请朕宽饶于他，十月携女回京。"

"听说天德极疼那孩子，因为三岁就送往了庵堂养育，回府不过一年多，他是怕皇上两位皇儿都不给，另行赐婚啊。"马皇后笑着摇头。她与徐达也是相熟，对他的举动看得一清二楚。

"天德担忧也是正常，不过，朕可不能由着他的意思来。来人，传旨，召魏国公立即携女返京！朕还非得看看他的女儿不可。"

这一纸圣意三百里加急送往北平。徐达叹了口气递给锦曦："你若是真不愿嫁，为父也不勉强，只是，锦曦，你觉得你自己的意愿和魏国公府上下几百口人命孰轻孰重？你觉得为父能做得了主吗？"

他静静地看着锦曦。

锦曦低下了头，双膝跪倒在地："父亲，锦曦断不会嫁给太子，他，他与大哥实在让锦曦倒足了胃口。"

"燕王呢？"

"锦曦不明白燕王为何会突然求娶，凤阳之行一直是以男装出现，化身您的远亲叫谢非兰。"锦曦老实地说道。

"你不喜欢燕王？"

"嗯。"

徐达试探地问道："锦曦有心上人了？"

锦曦闻言大窘："父亲何出此言？"

徐达抚了抚长须，眼中露出深意："锦曦，你跑来北平，原是被你大哥逼的，他一心攀附太子，想东宫空虚，日后你的富贵不可限量。为父却看好燕王。"

"父亲，难道，只能嫁给亲王才是好归宿吗？"

"锦曦，你不明白。你先起来，"徐达拉起女儿，走到门外看了看，掩住房门道，"你可知道你表哥靖江王朱守谦父母双亡之事？"

锦曦摇了摇头。

徐达缓缓说出了往事："你母亲与守谦之母是姐妹。她们的父亲是大将谢再兴，我亲眼看到了岳丈投降张士诚被杀，守谦的父母也是投降张士诚被杀了。守谦虽被皇后娘娘带大，可这往事他是不知道的。"

锦曦吓了一跳："怎么会是这样？！都说是病故。"

徐达摇了摇头："我与守谦父母算是连襟，岳父如此，连襟如此，皇上建国后对功臣多有猜忌，但皇上却没有株连，我已经感恩不尽了。若是皇上愿以皇子相配，那么对我们一家人还算念旧，若皇上没有这个意思，恐大祸不远。锦曦，你明白我的意思吗？"

"父亲！"锦曦脸色苍白，"难道父亲要以锦曦的终身去试？"

"为父听闻太子和燕王求娶于你，也不知道该高兴还是该忧虑。总之就是看皇上的意思了。锦曦，你原谅你大哥，他也是担忧这些，所以一心想把你许给太子，以保家族平安。准备一下，我们便回南京吧。进宫之后，若是皇上不喜，不赐婚于你，你心愿达成，父亲马上辞官归田，希望能平安过完余生。若是皇上赐婚，锦曦，请你看在府中数百条人命的分上，答允亲事，不管是太子还是燕王。"徐达恳切地看着女儿。他知道锦曦聪慧孝顺，性子却倔强，所以坦诚告之。

难道，跑来北平就得到这个结果？锦曦脸色苍白紧咬着嘴唇不语。

徐达走出厢房突然喃喃自语道："皇上最好的地方就是不会株连，对你母亲、对守谦都是极好。"

锦曦一愣，眼睛亮了起来。父亲是提醒她，就算定了亲，就算嫁了人，她若有什么动静也不会牵连家人吗？

成群的鸽子围绕着府邸轻飞，荒凉的鸽哨一圈圈在碧蓝的天空中荡漾开去。

她瞧着那团鸽影规律地掠过头顶，禁不住陷入沉思。随父亲回南京进宫该以何种面目出现呢？是斯文纤弱的大家闺秀还是飒爽冷静的本来面目？

人喜欢同情弱者。锦曦想皇上与皇后乐见的肯定是循规蹈矩的魏国公府的千金，而不是会舞刀弄枪的女子吧。她突然转念又想，若是皇上皇后不喜是否就能摆脱与太子或是朱棣定亲的命运呢？

父亲的话语又在耳边响起。再忠心的臣子，再明白圣意不可妄加猜测，却仍是想揣摸、想了解。一生戎马，半生浴血。功成名就之后解甲归田也不是件容易事，连大明朝最有勇有谋的父亲也为难。

锦曦犹自望着天空陷入冥想，"锦曦，府外有人牵了匹宝马求售，你去瞧瞧！"徐达怜惜地瞧着女儿。

宝马？锦曦的好奇心被逗了起来，她抛开愁思，走一步是一步吧。该来总会来，她是魏国公府的长女，不能太自私。也就一瞬间的想法，心境变开朗许多。

"尹兄?！"锦曦惊呼道。

"啊！谢，谢小姐！"尹白衣似乎被锦曦的女装吓了一大跳。

"抱歉，尹兄，徐公乃是家父。"锦曦微笑着解释，目光疑惑地瞧着白衣，不知道他是何用意。

尹白衣露出了憨厚的笑容，不好意思地说："男儿当建功立业，白衣听闻谢小姐与徐元帅是亲戚，就来此献马，想谋一个出身。此马非凡品，是亲戚马场在草原中无意捕捉到的，白衣驯了些时日，还算听话，只看谢兄弟与它是否有缘了。"

锦曦瞧了他两眼，目光便被他身侧的大黑马深深吸引。

这马从头到脚不见一丝杂色，马头玲珑，身长丈许，见有人近身，蹄子便刨动起来。

锦曦定定站在离它一丈开外的地方目不转睛地看着它。那马见她不再靠近，渐渐安静下来。锦曦又往前走了一步，那马又开始不安，却看定了锦曦，然后喷了喷鼻子又转开头去，似是不屑一顾。

锦曦一怔，已被那马的眼睛深深吸引住了。马眼睛宛如两颗水晶，荧光四射，又带着一丝温柔，锦曦不由自主地便走了过去。

"小心咬你！"尹白衣赶紧出声喝止。

锦曦对着马笑了笑，那马刨了刨蹄以示威胁，见锦曦依然笑着瞧它，便把大大的马头低下嗅她，然后望着锦曦。两个人大眼看小眼对视了一会儿。那马又不安地刨着蹄子，两耳也背了过去。

"你要生气了吗？"锦曦轻声问道，慢慢伸出手去。

"咴！"那马猛地往后一扬头长声嘶叫起来。

尹白衣紧紧拉住辔头。

锦曦微微一笑，站在马面前一动不动。良久之后，那马似通人性，低着马头左嗅嗅右嗅嗅，突然伸出舌头舔了她一下。

锦曦咯咯地笑了，伸手去摸它，大黑马站着没动，似乎是接受锦曦的爱抚。"我叫你驭剑可好？"

大黑马似乎极满意这个名字，摇头晃脑逗得锦曦直笑。

"恭喜小姐，此马灵性，见了别人可没这般好性子，看来是认你为主了。"

"多少银子？"

"我不要银子，只是爱马如痴，现在还不太想和大黑马分离。小姐可愿收白衣为侍从，将来再看能否谋个好出身。"尹白衣谦逊地说道。

锦曦想了想笑道："我每月算你月钱三两可好？"

"多谢小姐，这月钱……太多了吧。"尹白衣憨厚地笑了。

"不多，尹兄身怀绝技，屈身为侍从太委屈了。"

尹白衣只是憨笑，锦曦便再不问别的。江湖中常有深藏不露的高手，尹白衣来历可疑，锦曦却极喜欢他的笑容，和燕十七一般温暖灿烂的笑容。

九月下旬，锦曦便与父亲徐达一起，骑着驭剑，带着新收的侍从尹白衣返回南京。

带着沐浴后的芬芳，围上纱绫的腰子，罩上鸦青色的水洗纱大袖衫，系上同色系浅湖青的百褶长裙。裙上绣着绮丽的缠折枝花纹，幅摆一圈卷云饰，用金丝银线绣就微沉地压在脚面上。

"好好，转过身子娘再瞧瞧！"徐夫人欣喜地瞧着盛装后的锦曦。

短身大袖衫与长裙的搭配使锦曦的身段越发显得窈窕。轻轻一转，六幅长裙似秋水微荡，迤逦露出一种纤弱的风情。

"锦曦，你，是大脚，记着别走太大步，这样轻步，最多只微微露点脚尖出来就好，别让人瞧见你的脚！"徐夫人瞧了瞧又吩咐侍女道，"去把长裙裙边改改，再放一分出来，一定要遮住小姐的脚。"

"娘！"锦曦有些无奈，试衣便试了一个时辰，一边试一边改还有完没完？

"这是进宫，若是让别人知道你是大脚，魏国公府的脸往哪儿放？"徐夫人嗔怪道。她拉着锦曦坐在铜镜前，小心地挽起锦曦一半的发丝用支金丝攒花簪细致地绾好别起。铜镜里便出现一个云鬓如雾，眉若修羽，眼似横波的美人。

锦曦轻叹了口气，眉梢微拢，又淡淡舒展开去。

徐夫人抽了口气："锦曦像足了小妹，明艳逼人……"说着声音便哽咽起来。

锦曦知道她想起了姨妈之死，拍了拍母亲的手，展颜笑道："娘，这不好好的吗，女儿无灾无病，只是进宫面圣罢了，不会有什么事的。"

"锦曦啊，皇上要见你，还不是为了太子和燕王同时求娶，看不上也就算了，若是你的言行出了差错，魏国公府不是平白遭人耻笑？唉，当年送你上山，怎么就忘了缠足这一茬呢？"

"皇后娘娘不也是天足？没准儿啊还喜欢锦曦不是小脚呢。"锦曦尽力地安慰着母亲。视线所及之处，满屋子都是三寸金莲，看上去的确秀美。

珍贝也掩嘴轻轻笑了："还是小姐好，走路都带男儿风气，珍贝跟着小姐怎生都走不快，羡慕死了。"

徐夫人嗔了珍贝一眼叹道："皇后与皇上那是乱世结缡，一样上战场的，可非平凡人家女儿可比。现在天下太平，这女人若是一双大脚，怎么嫁得出去？"

"娘，你总不能叫我现在缠足吧？"锦曦呵呵笑了，要是如珍贝一般走路也慢悠悠的，还不急死她。

"锦曦，你可要给我记住，不准大步！珍贝，给我弄根布绳来。"

锦曦大惊，"干吗？"

"娘想了想，还是拴上绳子好些，免得你一不留神步子大了，这脚要是露了出来，整座南京城都会笑话魏国公千金是大脚！"徐夫人觉得这个办法好。

锦曦哭笑不得："我不习惯，一跤摔了咋办？"

"你就得小心，不能摔！"

"娘！"

徐夫人一心不愿让人知道锦曦是天足，下定决心要这么办。

等到打扮停当，锦曦站起身轻抬了下脚，苦着脸道："娘，这一尺是不是短了点？"

徐夫人恨铁不成钢地看着她，叹了口气道："瞧瞧娘。"

她脚步微抬，竟每一步都在一尺之内，长裙压脚，行走间带出风摆杨柳的款款风情。"看到没？你啊，就是习惯了大脚，一步走出去，竟和你大哥一样，这怎么能行！"

锦曦试着抬了抬脚，一个趔趄，忙扭动身子站定，叹了口气，还不如像僵尸一样蹦跶着走路方便。她弯下腰就要去解足踝的绳子："不行啊，娘，我以后练习可好，这样，我怕真要摔跤出丑了。"

徐夫人一把拉住她的手："不准解，这是面圣啊！锦曦，你只需记得脚上有这根布绳，走路小心，会有宫侍搀扶你，就好了。万一你忘了，这一步迈出，就是笑话！娘不准！"

锦曦正欲争辩，一名侍从急急走进房内："夫人，老爷在催了。"

"裙子改好了吗？"

"好了夫人。"侍女伶俐地咬断线头，小心给锦曦系上。

锦曦无奈地小步移动着脚，生怕又扯住绳子绊倒。珍贝抿嘴笑着扶住锦曦："我的小姐，你习惯了就好啦，珍贝小脚也一样走路呢。"

就这样一行人慢吞吞地走到府门口。锦曦看到马车，实在忍不住为难地望着母亲："我怎么上去啊？"

侍从端来一个踏足凳放下。珍贝扶住锦曦小心地迈上一只脚，锦曦赶紧以金鸡独立的法子站稳，再看看面前的车轿，足尖一点竟跃了上去。她没看到母亲的脸黑了黑，得意地坐进轿子："好了，娘，没问题了。"

"锦曦啊！"徐夫人见她轻跃上轿，心脏都要停了，大家闺秀怎么能跳上跳下？她忍不住又要念叨。

徐达好笑地看着夫人，想她也是一片苦心便道："夫人，不会有什么的，回去吧。"

徐夫人答应着，又急步走到轿前掀起轿帘叮嘱道："锦曦，你万不可把绳子给我解了！娘，娘也是为你好。"眼圈竟然红了。

锦曦叹了口气笑道："知道啦，你放心，我绝对不会丢人现眼。"

车轿稳稳前行，锦曦看看自己，再伸伸脚，望着足踝间那段绳子出了半天神。想动手解了，想起母亲殷切的眼眸，又放弃。

"魏国公这边请，皇上等候多时了。"

徐达看了眼女儿示意她安心，便跟着太监先行进殿。

锦曦扶着宫女的手，小心移动着脚步，腰板挺直，目不斜视。眼角却不时扫向宫女脚下，见仍是小脚，不禁羡慕，小脚还能扶着大脚走！她想，若是出丑就先崩断了绳子再说。她一边想一边看着皇宫。

不知道转了多少处宫室，终于到了坤宁宫外。等了片刻，一个太监尖声传报道："徐锦曦觐见！"

锦曦心里马上紧张起来，轻抬脚步以小碎步移进殿内，不敢抬头，跪伏着行礼："锦曦见过皇后娘娘，请娘娘金安。"

马皇后端坐殿内，只觉一抹青影轻飘飘地移进殿内，听到清脆的一声，便忍不住笑了："起来吧！"

"谢娘娘！"锦曦磕了个头便要站起，马上想起脚上拴的绳子。偷眼望了望皇后，双手用劲一撑，大袖衫盖住了身体，不动声色地站了起来。

屏风后的朱棣看到这动作"扑"的一声便笑了，赶紧掩住嘴。马皇后听到后面的声音清了清嗓子掩饰道："过来，让哀家瞧瞧。"

锦曦低着头慢慢走近。

朱棣为锦曦刚才那个用力直直地跳起的动作惹得发笑，憋得险成内伤。他搞不明白锦曦为何要这样起身，表面看上去倒是没什么，他眼睛可比马皇后犀利多了，一眼瞧出锦曦几乎是像木偶似的直立。

这会儿他见锦曦移着小碎步低着头慢慢走近，只觉黑发如云，窈窕纤弱。朱棣愣愣地看着，如今的锦曦怎么也不像他所熟悉的那个人。

"抬起头来。"马皇后柔声说道。她见锦曦移步，慢吞吞地走近，行进间清丽之极，已有了几分好感，生怕吓着了她。

锦曦眼眸低垂，瞧着离皇后越来越近，目光便落在皇后凤裙掩不住的一双天足上。听到皇后温柔的声音，便听话地抬起头来。

马皇后微微一怔，听到屏风后面有吸气的声音，知道朱棣被锦曦的容光所摄，赶紧又咳了一声。

锦曦秀眉微动，她听到屏风后有呼吸声，难道是皇上偷偷看她？这么一想，锦曦便紧张起来。

"来人，赐座！"马皇后见锦曦轻移步，以为她是小脚，站不了多久，便吩咐下去。

锦曦依足规矩，坐了小半锦凳，微低着头等待马皇后说话。

"锦曦是十月生辰是吗？"

"回娘娘话，是十月生辰。"

"平时喜欢在家看书？爱看些什么书？"

"回娘娘话，《烈女传》、《女戒》也没有多看别的，只识得几个字罢了。"

朱棣在屏风后面越来越迷惑，这个轻言细语举止柔弱的美人真是谢非兰？他隔了纱屏又不好探出头来，只觉得明明是谢非兰的脸，可又不完全像，一颗心突上突下，既觉得她这样美得让人抽气，又觉得有种极陌生的感觉。不知不觉脸往前贴，只听"咚"的一声，额头竟撞上了屏风。

声音极大，锦曦吃惊地掩住嘴，遮掩笑起来的嘴。若是皇上发的声响，怎么敢笑？

"小清，去看看，哀家哪只猫又调皮了。"马皇后面不改色地吩咐道。

侍女小清赶紧应着走到屏风后面，见朱棣正捂着额头龇牙咧嘴，忙福了一福，指了指外面。

朱棣摇摇头，顺手把怀里的猫递给小清。

锦曦忍住笑，端坐着看小清抱了只雪白的猫出来，团团地窝着，可爱得很，眼睛便跟着猫打转。

"锦曦，来，陪哀家去御花园凉亭坐坐，老闷在殿中也不舒服。"马皇后生怕朱棣露面，站起身来。

锦曦见她伸手，忙大步向前去扶，脚步一带，一绊，整个人便往地上倒。她暗呼糟糕，正要使出轻功稳住，想起不能让皇后知道她会武，便非常不雅地摔倒在地上。

等她抬起头来，面红耳赤尴尬地望去，她听到屏风后面闷闷的笑声，再看马皇后用宽袖掩住了嘴。内侍全低着头忍笑。锦曦哀叹着，娘啊，你可害死我了！她沮丧地想哭，直想找个地洞去钻，想到皇后还在等她，赶紧从地上撑着跳起来赔罪："娘娘恕罪……"

马皇后打断了她的话，只伸出了手来。锦曦赶紧扶住了她，心中忐忑不安。

马皇后看了她一眼，没有吭声，任由锦曦扶着她往外走。她本是大脚，走路步子快，锦曦扶着她却行得慢，又不敢迈大步了，心里连声叫苦。

走出殿外，马皇后突然停住，喝退了左右，打量了锦曦半天，看得她浑身不自在。锦曦正在疑惑马皇后要做什么，就听到她轻声问道："你脚上拴着绳子吗？一尺长的绳子？"

锦曦脸瞬间涨得绯红，讷讷不敢言声。

马皇后拍拍她的手笑了："我曾经也这样做过，不起作用。"

锦曦吃惊地看着马皇后，对上一双慈爱温和的眼睛，她低下头不好意思地笑了。

"得，今日就这样吧，不用解了，皇上怕要等急了。我喜欢你，锦曦。走吧。"马皇后握住锦曦的手，放慢脚步走向御花园，"皇上面前可小心了，别再摔着，嗯？"

"是，谢娘娘！"锦曦轻声道，心中感激莫名。没想到马皇后这么和蔼，又犯嘀咕，皇上等急了，那屏风后面的又是何人呢？

朱棣笑着从屏风后面走出来。站在空无一人的坤宁宫，想起锦曦摔倒的样子又咧开嘴呵呵笑了起来。

"锦曦,你真美,原来你也有害怕紧张的时候!嘿嘿!"朱棣喃喃自语,心不知为何有些飞扬。

他想起锦曦明丽的面容,纤弱的身影,莲步移动间长发飘飘,心中涌起一种怜意,原来她换了女装那么美丽!难怪太子对她念念不忘。他又想起锦曦男装时俏丽的模样,那股飒爽英姿不由得痴了。"究竟哪个才是真的你呢?"只一愣神,又坚定起来,"我要你,不管是哪一个。"

他想起对太子的承诺,谢非兰与徐锦曦两张脸在脑海中交替出现,他觉得一切都是值得的,太子放弃,只要自己想,锦曦必然嫁他。想到这里朱棣不由得又惴惴不安起来,若是父皇母后知道锦曦不是普通的大家闺秀,是否不喜欢呢?

"三保!"他出得殿来唤道。

"主子!"

"你去打听一下,皇上娘娘对魏国公长女如何看的!"

三保点了点头,机灵地眨眨眼,一溜烟跑得没了影。

朱棣盘算起来,心想等我娶了你,看你还敢忤逆我!她恐怕只能是今天这副淑女模样,一不留神穿着长裙还会被踩着裙边摔倒,朱棣嘴边不自觉地便浮起了笑容。他暗自决定,以后,你就乖乖地做我的王妃吧!那些武功,还想揍本王,门儿都没有!

马皇后带着锦曦与一群侍女太监来到凉亭时朱元璋正和太子在下棋。身后两名宫侍轻摇羽扇扇起凉风徐徐。

远远地就听到朱元璋的大笑声。待走得近了,马皇后温柔地笑了笑:"皇上总是赢岂非太过无趣?"

"儿臣见过母后!"太子恭敬地起身行礼。目光落在马皇后身旁的锦曦身上掠过一丝惊艳,怔怔地没有再言语了。

锦曦目不斜视,跪地给朱元璋请安。宽大的长裙如湖水漫开,抬起头来时,两名掌扇的宫侍也呆了呆,手中扇扇的节奏打断了。

朱元璋显然心情很好,眼睛在太子身上转了一圈又暗了下去,漫不经心地问道:"听说你娴静在家,酷好读书?"

"只识得几个字罢了。"锦曦没得到允许不敢抬头,低着头轻声回答。

"听说,"朱元璋顿了顿接着道,"栖霞山庵堂的师太说,你参悟佛理,对弈自有一番心得?"

　　锦曦还从没在地上跪这么长时间,听朱元璋语气越来越淡,轻描淡写中却道出早已调查过她的迹象,她拿不准朱元璋是否知道她会武功,当年师傅教她,也是在后山无人时练习。没有抬头,看不清朱元璋的表情,她只是直觉朱元璋对她没有多少好感似的。是因为太子和朱棣的同时求娶担心伤害到自己的儿子吗?

　　心中瞬间转过各种猜测,口中却温顺地回答:"山中清寂,偶尔对弈。"

　　"起来吧,与朕下一局。"

　　"是,皇上!"锦曦刚要起身,猛然想起足上还拴了根该死的绳子,她又磕了一个头,看似用手撑着站起,捏着裙边时却毫不犹豫用袖子挡着抽掉了一只脚上的绳子活结,轻盈地站了起来。

　　现在锦曦最担心的就是行走间千万不要踩着解开的绳子,也千万不要让人看到她脚上还拖了半截。唯一能做的就是又迈着小碎步挪到朱元璋对面。

　　"坐吧,来,皇后与太子也来瞧瞧。"

　　锦曦执黑先行,脑中已飞快寻思,是该赢该输,还是下成和棋?她选取了最保守的下法,在左下角轻落一子。

　　朱元璋并未看棋盘,只盯着锦曦,一枚白子落在了正中天元上。

　　锦曦不敢直视皇帝,心中开始打鼓。什么意思?都说棋讲究的是金边银角石肚子。皇上非要落子在中盘天元。若不是棋艺一流有恃无恐,就是告诉自己他是高高在上的皇帝!是该拍他的马屁赞他豪迈呢,还是不理睬?

　　任脑子里各种念头纷纷涌出,她只敢规矩地再在边角落下一子,形成燕双飞格局,护住一角地盘。

　　朱元璋落子如风,眼睛几乎就没看棋盘,嘴里却说:"想当年,朕与天德商讨战法,天德行兵最有诡异,又屡出奇兵,有勇有谋啊。"

　　锦曦心里"咯噔"一声,皇上这是意有所指,是说自己从燕双飞占去边角并无父亲攻城略地的勇猛,布局平缓只勉强能守而无后招谋略吧?她想了想轻声道:"锦曦只懂一二,皇上多加教诲。"落子还是老老实实。

　　下至中盘输赢立现。白子气吞山河,霸住了整个中原。黑子只占边角,养了两气勉强活命。

　　锦曦于是弃子认输:"皇上气魄非凡,臣女高山仰止不能及也!"

　　"哈哈!天德有如此知进退的女儿朕很喜欢!"朱元璋笑着,心中甚是痛快。徐达的这个女儿棋力一般，难得的是对着皇帝还能处之泰然，不带惊恐之色。

这样的女儿的确不错。他想起太子看锦曦的眼神又有些担心，装作不在意地问道："锦曦，你回府不到两年，听闻守谦与你最是合得来，你觉得守谦为人如何啊？"

怎么问到表哥了呢？锦曦思虑了下答道："靖江王性情憨直。"她选用了个最折中的描述。不知道朱元璋是何用意。

"听说，他最听你的话，守谦在南京城是出了名的骄横，怎么在你面前就成憨直了呢？"

锦曦一惊，这可叫她如何回答？她坐在朱元璋对面，只觉两道如炬的目光牢牢地盯着她，硬着头皮装傻："啊！表哥素来对家人很好，锦曦少有外出，别的不知。"

"哦？守谦如何待家人的呢？听说仗着皇后疼他，在外可是跋扈异常！"

朱元璋声音彻底冷了下来。

锦曦赶紧站起回道："表哥最是舍不得皇上与娘娘，他性子直，得罪人也不知道。不明白的人说他仗了皇上皇后疼爱不知进退。明白如皇上当知表哥是何等人。"她一脚皮球又把问题踢了回去。

朱元璋锐利地瞧着她。说话细声细气，举止斯文有礼，容色气度无一不是上上之选，只是这太子存了心思，就算已放弃，将来呢？他还得好好想一想。

他站起身来，锦曦还是恭敬地低着头，做足大家淑女模样，背上冷汗已冒了出来。

只听朱元璋笑道："朕不打扰皇后乘凉了，回宫。"

太子侍立其后，跟着离开，眼睛却恋恋不舍地在锦曦身上打了好几个来回。

虽是低着头，锦曦却感觉得到太子目光一放过来，皇后与皇上的目光便跟着粘上了身子。她轻声道："恭送皇上。"

眼风瞧着那双明黄衣袂消失在视线中，也不敢抬头。

"好啦，锦曦，过来坐。"马皇后柔声唤道。

锦曦心里一松抬步就走过去。一脚踩到那半根绳子，整个人又是往前一扑，她悲愤地想难道又要摔第二次？然后胳膊一紧，身子便稳稳地立住了。

她一惊回头，看到朱棣正拉着自己，赶紧行礼："锦曦见过燕王殿下！"

马皇后知道就里，用扇掩了嘴轻笑不已，没有责怪她，目光望向朱棣，"棣儿来得好快，你父皇与太子刚离开。"

朱棣眼尖瞧见了锦曦脚下的绳子露出了一截，不动声色地上前一步踩住，"儿臣听说母后在此纳凉，正经过这里便来请安。"

马皇后看了眼锦曦，她脸色绯红，面带娇羞，更添丽色。朱棣长身玉立，剑眉入鬓，英气勃勃，她很满意地笑了，"这是魏国公千金，你们见过的吧？"

锦曦不知如何回答，朱棣却抢先说了："儿臣在凤阳曾邂逅过徐小姐。"

邂逅？锦曦想笑又不敢笑。马皇后见她站着不忍心地唤道："锦曦坐着吧，这大热天的，你身子又弱。"

"谢娘娘！"锦曦脚一动便被拉住，眼睛往下一瞧，朱棣的脚正安然地踩着那截该死的绳子，她抬头看了眼朱棣，他正似笑非笑地瞧着她。

锦曦马上笑道："大夫说我长期坐着不动，最不利身体复原。锦曦还是站着回娘娘话吧。"

此言一出，朱棣马上松开了脚，撒娇似的走过去挨着马皇后坐了，还拿过宫侍手里的扇子殷勤地扇了起来："母后，这下可凉快多了吧？"

锦曦回了皇后的话，就只能站着，心里气得很了，又不敢露出半分。肚子里把朱棣骂了个半死，有意无意间对上朱棣含笑的眼睛更是趁马皇后不注意便回瞪过去，一边却赔着十万分的小心与马皇后搭话。

朱棣趁机把锦曦上下左右看了个遍，直到马皇后见锦曦脸越来越红，头越埋越低轻斥道："忙你的去吧，别在这儿碍着我与锦曦说话。"

朱棣方讪讪地站起身行了礼离开，走到锦曦身边的时候轻笑了一声。

锦曦知道他是在故意讥笑她，却还要把礼做足，压住心里的火轻声细语地欠身道："恭送燕王殿下。"

马皇后不知就里，越看两人越是对眼，太子已明确放弃，她又喜欢锦曦，心中对这门亲事已有了谱。

回到府中，锦曦回了爹娘宫中之事。徐达听了皱了半天眉，听锦曦说起朱元璋言行，心中便有了忧虑。这时已是月兔高升，宫中早已落匙封门。一个太监却来到魏国公府宣徐达连夜进宫。

一家人的心都提了起来，不知皇上有何要紧事需深夜宣入宫中。

锦曦想伸手一刀缩头也是一刀，回了房换上夜行衣就去找朱棣算账！

锦曦黑巾蒙面轻轻跃进燕王府，刚落地，一阵掌风袭来，低头侧身旋腰避过的同时，她飞起一脚把偷袭者踢落。

"非兰!"来人跃开压低了嗓子唤了一句。

锦曦收势发现正是燕十七，高兴地眨巴了下眼睛。

燕十七脸上浮起笑意，拉过她的手把她带到僻静处，轻声责怪道："你不知道燕王府的布置，还好今夜这里是我值守，若是被别人发现，可怎么办?"

"十七哥。"锦曦再见燕十七心里有无数的话想对他说，又不知从何说起，低头嘿嘿地笑了。

燕十七以为非兰是来找他，心中一暖，忍不住搂了她入怀，"非兰，我很想念你，看到庙里的纸条了，不知道你会玩失踪去哪里。"

他的头抵在锦曦头上，怀抱温暖而安全。锦曦心中感动，觉得十七才像自己的大哥。甜甜地笑了。

十七捧起她的脸叹了口气道："非兰，等太子登基，我带你仗剑江湖潇洒一生可好?"

锦曦抬起头，八月的星光全沉入了十七的双眸内，缓缓转动着锦曦明了又陌生的情绪，吸引着她的心坠入温柔的湖水里。他就这样瞅着她，纵然没笑，眼底却盈满笑意。他的脸庞散发着一种光，意气飞扬。锦曦有些沉迷，也有些困惑，迷茫地轻声重复着他的话："仗剑江湖，潇洒一生……"

父亲的话蓦然闯进了脑中，她如何能因为一己之私而陷父母于险地呢？尤其在这当口，才入宫见了皇上，且父亲也去了宫中，若是接受燕十七，圣旨一下，该如何是好？锦曦一下子清醒过来，轻轻推开了十七，"我不能，十七哥，我走啦。"

"非兰！"

一股酸涩涌上胸口，闷得她说不出话来，不敢回头看十七的脸，低低扔下一句："我，有想要保护的家人。"

燕十七呆住，看着锦曦一个纵身跃出府去，他懊恼地一拳打在树上。每回都是如此，非兰为何不肯答应他？明明她眼中有泪光浮动，明明她见他是这么高兴！燕十七想不明白，英俊的脸上布满疑惑。

身后风声响起，一道身影飘过。

"谁？"

"是我。"

燕十七不再问了，坐在山石上沉默着。

"阿飞，她不是你能得到的人，不要陷进去。"来人静静地瞧着燕十七。

燕十七别过脸："为什么？为什么每个人都告诉我她不是我能得到的人？！"

"大哥是对你好。我走了。你好自为之。"

燕十七目中露出一丝痛楚。若如蒙面青衣人所言，她是太子的人，将来太子登基，她，便会是后宫嫔妃。非兰，她会安心待在宫墙之内？她那么善良，那道宫墙里的生活怎么可能适合她？燕十七柔肠辗转，此时想的却是如何才能与非兰远走高飞。

英俊的脸上渐渐露出一丝坚毅。燕十七双拳紧握，只要非兰愿意，他一定带她走。

锦曦出了燕王府，四周一片静寂。她跑了一会儿放慢了脚步，想起初见燕十七时看到的阳光乍现，想起燕十七星眸内的温柔情意，双颊变得通红。转瞬间又被夜风吹散。"十七哥，我不能答应你啊！"她长长地叹了口气。

回到府中，她去了马厩，大黑马亲昵地把头在她怀中拱来拱去。锦曦叹了口气。

"小姐怎么会在这儿？"尹白衣拿着一葫芦酒憨笑着走进马厩。

"可以请我喝酒吗？"锦曦突然想喝酒。都说一醉解千愁，不知酒真的能解愁否。

尹白衣笑了笑，搬来张梯子上了房顶："小姐可愿上来喝？"

他又掏出一小葫芦酒递给锦曦，望着头顶的星群喃喃自语："要是在塞外能看到比这更美丽的星星呢。"

锦曦挨着他坐下。府内安安静静，只有头顶群星璀璨。这里有她的父母家人，不知道父亲深夜进宫会有什么变故，也不知道大哥若是希望落空将来还会不会理会她这个妹妹。二娘三娘身怀有孕，将来她还会有两个弟弟还是妹妹？皇后温柔可亲，皇上却是百般试探。自己会何去何从？会被下旨嫁给太子还是朱棣？还是被随意赐婚给一个陌生人？

"白衣，你去过塞外？"

"我去关外马场揽过活。"尹白衣喝了口酒，突然望住锦曦说，"小姐，我看你眉间有愁，你年纪尚小，眉间就有忧思，这可不好。"

锦曦淡淡地笑了："那该怎么办呢？不去想它吗？"

"这倒也是，怎么办呢？"尹白衣憨憨一笑，饮下一口酒道，"何以解忧，唯有杜康。"

小口啜了口酒，一股热气从喉间直烧进了心里。下山一年来的事情如走马灯一般在眼前晃动。她偏过头看尹白衣。他相貌平凡，这些日子只老实地待在马厩，只和大黑马亲热。锦曦轻声说："白衣，你这般五大三粗，却取了这么个斯文的名字。"

"一样，取啥都一样！"尹白衣嘿嘿地笑了。

"你说，要是喜欢一个人会是什么样呢？"锦曦低声问道。

尹白衣发出爽朗的笑声来："问白衣这样的粗人吗，喜欢就是想和她在一起，没有别的。"

"哦，"锦曦有些懊恼，原来自己不是喜欢燕十七？她不死心地又问道，"那觉得他特别好，和他在一起特温暖呢？"

"你对大少爷是不是这样呢？"

锦曦歪着头想了想，从前是这样的，大哥总是照顾她，对她好的，除了太子一事翻脸外，大哥给她的就是这种温暖的感觉。难道，自己对燕十七就是这样？

尹白衣笑了："有没有你特别讨厌，一见就想和他斗嘴争吵，而且特别想捉弄的人呢？"

"朱棣!"锦曦冲口而出。

尹白衣呵呵笑了:"小姐,你不喜欢燕王爷吗?"

锦曦这才想起是去教训朱棣,没想到遇到十七,听他表白,心中一乱竟忘了。她不好意思地别过头,半晌才道:"他总是与我作对,我气不过……"

尹白衣愕然瞧着她,似松了口气,朗声笑了起来,"原来是这样,小姐,是不是特别好玩呢?"

锦曦不知不觉已饮下半葫芦酒,有了醉意,听尹白衣一说,想起欺负朱棣的点滴,高兴地笑了。

尹白衣饮下一大口酒,轻哼道:"花似伊,柳似伊,花柳青春人别离,低头双泪垂。长江东,长江西,两岸鸳鸯两处飞,相逢知几时。"

缠绵小曲在尹白衣口中却唱出一种凄凉哀伤,锦曦禁不住转头瞧他。

尹白衣平淡无奇的脸上带着一丝寂寞,双眸内闪过水光。这个看似憨厚粗放的人竟也有伤情之事?

锦曦不喜欢打听,想到那句"鸳鸯两处飞,相逢知几时,"喃喃念了几遍,体会不到相思,却感染了相思。想到两人分离牵挂千里,不知别后几时相逢的场景,心一酸便落下泪来。

"最痛苦的事情莫过于无法与人说,相思便是如此,思之欲狂思之欲哭无泪。小姐,好奇心重,不好。"尹白衣叹道,"酒已尽,星欲睡,回府吧。"

锦曦似懂非懂地回到绣楼,想起尹白衣的话辗转反侧,久久不能成眠。才合上眼不多会儿,就听到楼梯被踏得噼啪作响。

"小姐!小姐!"珍珠的声音响了起来,珍贝做了大哥侍妾,还是来侍候她,徐夫人觉得不妥,把身边的侍女珍珠唤来服侍锦曦。

珍珠性子急得多,锦曦闭着眼懒懒地问道:"出了什么事跑这么急?"

"老爷从宫中回来了,正唤你去书房呢。"珍珠吞了吞口水,上气不接下气地说道。锦曦一惊,难道……

她翻身爬起,套上外衫,顾不得长发披着没梳,急急地奔向书房,身后珍珠又如珍贝般看得目瞪口呆,这像个小姐样子吗?珍珠愣了愣,大呼道:"哎呀,小姐,你还没梳头……等等我,小姐!"

锦曦一颗心上上下下时起时落,盼着父亲能带回一个好消息,又害怕听到一个坏消息。她冲进书房时,见父亲满脸喜色,母亲面带微笑,大哥沉着脸似不服气。

平息了下呼吸，她望向父亲。

"呵呵，傻丫头，爹不是好好的吗？瞧你，跑这么急！"徐达抚着胡须温柔地看着女儿。锦曦真的长大了，如夫人一般美丽的面容，窈窕的身形，眉宇间多了股英气。燕王实在是好眼光哪。

"锦曦，过来。"徐夫人温柔地唤道。

锦曦走近母亲挨着她坐下，眼睛在父亲和大哥身上巡视了一圈，她突然地心慌，又不好意思开口询问。

"毛毛躁躁的，哪像个快要出阁的人呢。"徐夫人用手梳理着她的长发，手指灵活地挽起发髻，随手从自己头上取下一支玉簪给锦曦别好，满意地瞧了瞧对徐达说，"老爷，锦曦可是越来越像小妹？越来越水灵了。"

"还不是像你！"徐达难得当着孩子含情脉脉地说道。

徐夫人瞋了他一眼，拉住锦曦的手，只觉入手冰凉，便问道："这孩子，怎么手这般冷？"

"爹！太子将来是一国之君，他看上了锦曦，锦曦却嫁给燕王，这日后，日后可怎么办？难道就真的这么定了？"徐辉祖似再也忍不住脱口而出。

"放肆！"徐达怒喝一声，"圣意已定，照我说，例来君王最忌朋党，你看似聪明才华满腹，却早早把自己暴露人前，他日太子若有什么事，你就是首当其冲的替罪羊！"

徐辉祖不服气地道："太子性情温和，为人厚道，皇上厚爱之。儿子如今得太子倚重，他日前途不可限量，忠君一世又有何不好？"

"好好好，"徐达连说三个好字，气得脸色铁青，"你自去做你的太子忠臣，何苦要把妹妹献给他？你难道不知太子好色？！将来后宫嫔妃如云，你怎么忍心让锦曦去争宠？"

"但凭锦曦，绝对艳冠六宫，难道我这个做大哥的会不替她着想？！"

父子俩在书房争得面红耳赤，锦曦似在看与己无关的闹剧，她连出声询问的兴趣都没有了。一切都这么明显，父亲进宫一晚，带回的消息就是皇上赐婚给燕王。

她轻飘飘地站起，招呼也顾不得打，慢吞吞地往门外走。

徐达与徐辉祖这才停住争吵，望着锦曦脸色苍白地离开。

"锦曦！"徐达心里突然有些愧疚，想起儿女婚事本应父母做主又好过了一些，他柔声道，"皇上昨晚亲口提亲，皇上说他与我布衣之交，患难与共 20 年。

自古以来，相处较好的君臣往往互相结为亲家，然后说你贤淑，问我，许与燕王，以为如何？"

徐达脸上显出一种激动，皇上居然这样提亲，那是多么荣耀的一件事啊！"锦曦，你可知道，父亲有多感动吗？太子立常将军之女为妃，其他皇子娶大臣之女，皇上也从没这样说过。能得皇上如此垂爱，为人臣子……"

"父亲！"锦曦回过头来，目中露出怜悯之色，"父亲心喜，锦曦也很开心。不知，不知还能待奉爹娘多久。"

"锦曦。"徐夫人当即红了眼睛，涌出万般不舍。

徐达知道锦曦不想嫁，又早早与她说明了情况，见她这么懂事，一时之间竟不知如何回答。

锦曦看着大哥讥讽道："大哥，燕王虽地位不及太子，他日大哥在南京城待得不顺心，北平燕王府随时欢迎大哥前来。"

"你！"徐辉祖气结无语，冷哼一声道，"你以为朱棣是小角色么？我告诉你，诸王之中，最不好对付的人就是他。"

"大哥说对了，不过呢，顺便再告诉你，我现在就去揍他！"锦曦后悔昨晚上没把朱棣揍清醒。

书房内三个人面面相觑。

徐达有点怀疑听错了，又问了一句："锦曦，你说什么？你要揍谁？"

"我要揍，揍那个想娶我的人！"锦曦现在也不怕了，抬头挺胸地走了出去。

徐达腿一软坐了下来，沙场浴血不知砍杀了多少人，也从没吓得腿软过。愣了愣神，他吼道："你还不去把你妹妹拦住！这，这要是……唉！"

徐夫人早已惊得呆住，说不出话来。

徐辉祖心想，我倒要看看你如何揍朱棣，求之不得。没准儿朱棣还不敢娶你了呢。想是这样想，又怕万一传到皇上耳中，怪罪下来确实担当不起，一掀袍子追了出去。

锦曦出了府却没有往燕王府去，她沿着秦淮河走了许久，才坐在柳树下放声痛哭起来。她不是任性之人，虽然有些刁钻，却也识大体，听得父亲这么一说，自己是断然要嫁给朱棣的了。可是心里郁闷得紧，这一哭之下，对朱棣的新仇旧恨全部勾了起来。

想起昨晚没有打成朱棣，她收了眼泪，见天色暗沉下去，目中露出狡黠与邪恶，施展开轻功，在夜色掩映中跃入燕王府直奔烟雨楼。

她轻钩住房檐一个倒挂金钩透过窗缝往下张望，朱棣正在看书。锦曦得意地笑了笑，破窗而入。

"锦曦？"朱棣惊喜地扔下手中的书看着她意外地出现。

"朱棣，我是来找你算账的！"

"今天听说父皇提亲，魏国公准了。"朱棣顾左右而言他，这才是对他最重要的消息，心中的喜悦无法自抑。

锦曦大恨，指着朱棣道："你，还不是因为你！你要报复，你在凤阳山中便说你要报复，你明知我不想嫁你，你便想了这么个方法害我是吧？明告诉你，我今日就是来揍你的！"

她生气的模样也这般迷人，朱棣笑得更温柔："你知道本王是你惹不起的就好，乖乖回府等着嫁给本王吧。"他心中高兴，见锦曦气得紧了，脸涨得通红，越发娇俏迷人，说话间已将她看成了自己的人。

"你以为你这露着笑脸，我就会放过你？！"

朱棣的笑容让锦曦怎么看怎么讨厌。他居然想出娶她的法子来折腾她！锦曦瞪着朱棣想，要不要杀了他，就不用嫁他了？

这般讨厌我？还想打我？朱棣不想招待卫出来擒住锦曦，往榻上一躺，双手枕在脑后，笑着道："只要不打脸，随便！"眼睛一闭不理锦曦了。朱棣想起锦曦最容易心软，放松了身体赌锦曦不好下手。

锦曦看朱棣像看个怪物，他就这样自然地躺在榻上，一副事不关己的模样。她歪着头瞧他，朱棣的脸很瘦，灯影下鼻梁挺直，剑眉飞扬，那双丹凤眼上覆着一层长而油亮的睫毛，落在眼睑下斯文秀气。她一时半会儿还真不知道该怎么下手。若是朱棣不服气挑起她的怒气还好办点，这招以退为进着实让锦曦踌躇。

等了片刻似没有等到拳头落下，朱棣嘴角微微动了动，一抹笑意似有似无地在唇边显现。锦曦脑子猛然清醒，看着那抹笑容暗道，你以为这样我就下不了手？你以为我就会手足无措不知如何是好？你真的就不会有反应？

莹亮的眸子闪出一丝了然与笑意，然后她飞起一脚踹在朱棣肚子上。

"啊——"只响了半声，便闷在了喉间。朱棣瞪圆了眼睛，弓着身体，想出声，可惜锦曦一脚踩在他的丹田气海。朱棣呼吸不畅，脸色发白，骤然睁开的凤眼飞快地闪过痛苦和惊愕。

锦曦弯下身子轻轻拍了拍他的脸，哧哧笑道："出乎意料是吗？你以为我很容易心软，有时候还会迷糊一下，所以，你大开方便之门，想让我在下手前就消了火气？"

朱棣缓过气来嘴一动笑了，长发散落在肩上，棱角分明的唇因为瞬间的惊痛有点发白，越发衬得那个笑容楚楚动人，若不是凤目中闪动的寒光，锦曦几乎真的以为自己在欺凌弱小。

他慢慢地放松四肢，一手枕着头，一手微垂在榻前。"我说过，随便！只要不打脸！"

"由得你挑吗？我打你脸会如何？"

"嗯，明日我要进宫，父皇母后会问起，不说实话是欺君，说实话魏国公会被训斥教女无方。我是为你好。"

锦曦同意他的说法，她也不想给父亲找麻烦，脚尖一勾一挑已把朱棣翻了过去，一掌拍在朱棣背上，听到他一声闷哼，便笑了："我今日揍你，你还想娶我？你不怕娶我过门，比陈季常还惨？你说声后悔，想悔亲不娶，我就放过你！"

"哈哈！"朱棣被她一掌拍得心差点从嘴里跳出来，听到这话用尽力气笑出声来，"徐锦曦，你还真能下手，这般示弱你都下得了狠手。明告诉你，不管你是谢非兰还是徐锦曦，我娶你娶定了！本王在凤阳说过，两月之期一过，你休怪本王心狠手辣！今日让你再打一次，这会是你最后一次折辱本王！"

锦曦倒吸口凉气："你好狠，实话告诉你朱棣，我不会悔亲，不会陷我魏国公府抗旨不遵，人嫁给你，你守不守得住丢脸的是你燕王府，不会是我父亲！"说着又是一脚踹下。

朱棣灵活地一个翻手，手已拿住锦曦的脚，他皱了皱眉不屑地道："这么大的脚，难怪进宫时要拴根绳子走路装闺秀！"

不提当日之事便好，一提锦曦更是羞怒，想起打也打了，反正朱棣就是要娶她进门报仇，一不做二不休，以后的事以后再说，脚腕一动力已把朱棣从榻上挑得飞了起来，"砰！"的一声朱棣摔在了墙边。

"徐锦曦，你狠！我要不报此仇，我就不叫朱棣！"他慢慢从地上爬起来，心中的怒火终于被锦曦勾了起来，朱棣猛地扑向她。

锦曦轻蔑地侧身一闪，顺势一掌又拍了下去，谁知朱棣生生扛住了这掌，不管不顾地使出摔跤角力的手法死死地抱住了她。

锦曦羞愤异常，一肘敲中朱棣的背，朱棣死也不放手，凤目浮起一层淡淡的红色，竟是拼命的打法。

她再怎么下手，也有分寸，让朱棣吃痛，却不敢打残打废了他。朱棣没想到锦曦下手如此之重，原以为她会剃头挑子一头热，发泄下怒气就打不下去了，脑子里还想着当日在宫中锦曦羞怯怯的模样。这会儿被锦曦惹得极怒，也跟着拳打脚踢起来。

"你，你不要脸！"朱棣本来比锦曦高大，抱住她的腰死不放手，直把锦曦抵在墙上，用头使劲撞她。

锦曦气得一手撑住他的头，一记掌刀敲在他颈上。朱棣身体一软松开她，晕过去前还狠狠地瞪着她。

推开朱棣，锦曦长长地喘了口气，只觉得一颗心跳得厉害。她瞪着朱棣想，是你逼我，你明明想报仇所以逼得我嫁你，想报复……"是你让我打的，说不打脸，随便！朱棣，可怪不得我！"她打了朱棣，心里却没有半分喜悦，想起从此和朱棣成了死敌，始终高兴不起来。一跺脚也不管朱棣，转身出了门。

朱棣清醒过来时，三保正跪在榻前流泪。他摸了摸酸痛的后颈，凤目中寒光闪烁："徐锦曦，我娶你娶定了，你不敢打死我，他日我必报此仇！"

"主上，还是不要娶那个女人了，她，她有什么好？"三保记恨锦曦挟持朱棣，现在还把朱棣打成这样。

听了三保的话，朱棣不怒反笑："我就是想看看她哭着讨饶的模样，我就不信断了翅膀，拔了毛她还能厉害到哪里去！吩咐下去，这次立妃大婚，给我操办得越风光越好！"

三保打了个寒战，点头应下，想起朱棣的个性，又心喜起来，就盼着看锦曦哭的样子。

清澈的月光从窗口洒进来，锦曦就呆呆地坐在窗边瞧着。山中的月色和此时的月色有什么不同吗？

她想起十岁那年收到爹娘送来的锦衣，雪白的缎子，披在身上能感觉衣料如水般贴着肌肤流淌。上面娘用银线绣着缠枝青萝，宽大的衫袖，六幅长摆。她只能穿给师傅看，在月光下偷偷出了庵堂，跑到后山草庐唤师傅。

就在那晚师傅教了她飘花掌。

锦曦站了起来，闭着眼睛想象在山中清月下衣袂飘飘，酣畅淋漓地跳跃，扭身，摆腿，发掌……山里的风是多么怡人，带着薄荷的味道，丝丝凉意沁人肺腑。她在房中轻身旋转，缓慢使出掌法，突然腰如折断般往后平平倒下，水袖掷出，掌若落花碎影点点挥出……

"疏影横斜……"她轻声念着这招。

"啪，啪！"房间里突轻声响了两记掌声。

锦曦一惊，身子一晃，一只手突然顺势搂住她的腰。她借势一脚踢去，来人用手轻轻挡下，锦曦迅速变掌为肘杵向来人胸口，听到一声"嗤"笑，来人又用手挡开，搂在她腰间的手轻轻一捏，锦曦觉得身上竟似突然消失了一般，来人手上再一用劲，让她保持着纤腰下弯的姿势。

"你放手，李景隆，明人不欺暗室，你夜半又闯我绣楼作甚？！"锦曦怒道。

李景隆低声笑了："你真美，锦曦，为何闭着眼？觉得这姿势太过不雅？"他扣在锦曦腰上的手又往下沉了一沉。

锦曦叫苦不迭，缓缓睁开眼睛。李景隆俯下身子，深邃的眼睛牢牢地锁住她，薄唇微启带出一个笑容来："你在发抖……"

"你想怎样？"锦曦几乎瞬间就恢复了镇定。

李景隆闻言轻轻托起她，松手，退到两步开外。

"似乎我来的时候都有月光呢，锦曦。"

锦曦冷笑一声："李公子如果说自己是狼，喜欢逐月而出没，我也不奇怪。"

"他真是可能得到你呢，锦曦，我是来向你道贺的。"李景隆微微侧过头看她。

"不必！没什么可庆贺的！"

"没有吗？呵呵！"李景隆突然笑了，脸在月光下露出一个邪美的笑容，"锦曦你真的太让我意外，呵呵，你居然真的揍了他一顿，怕是朱棣长这么大，唯一这样揍他的人就是你吧？"李景隆怎么也忍不住笑，压着声音，胸膛大力地起伏着。

锦曦无奈地撇嘴，他又知道了，他的兰花也种到了燕王府吗？这个人时不时就会突然出现在她眼前，不管她听不听，总是会吐露他的秘密，又漫不经心地提醒她泄密的后果。让她生恨，又拿他没有半点办法。

"我很想知道，等我嫁入燕王府，李公子还会这样出现在我和朱棣面前？"锦曦打足十二分精神与李景隆相斗。她悠然地倒了杯茶自顾自饮了，也不管李景隆。

李景隆又听到额头青筋突突跳动的声音，居高临下的气势像被戳破的皮球瘪了下去。他尽量让语气平缓，却怎么也忍不住恨意："锦曦，你可真让我大开眼界！这是闺阁女子说的话吗？"

"你不是爱吐露秘密吗？不说实话，无人可说多么痛苦！我没什么秘密，就只好说说大实话了。"锦曦笑意盈盈，方才被李景隆制住手脚的气恼随着手中的茶，一饮而尽，半滴不留。

她眼波流转，神色兴奋，似想起了什么高兴的事情"我也很好奇，你说朱棣突然发现你夜半跑来房中瞧我会是什么样？他的表情一定很……好玩！呵呵！"

李景隆失态不过瞬间，听她这么一说，也给自己倒了杯茶："这茶很好，是什么茶？"

锦曦习惯了他岔开话题，随口答道："雪露红芒！"

"还记得韭山玉蟹泉边你烹的茶吗？也是雪露红芒。说起这雪露红芒还有个故事，据说云南普洱下关一带都是以马帮驮茶入京进贡，经过秦岭之巅时突遇飞雪，当场冻死数十人，送往京里的贡茶便少了三分之一。还有三分之一的茶竟埋进了雪堆里，贡品少了，自然是要补上的，再有马帮运来经过上次飞雪之地时，有一个运茶的拾到了一块茶饼，心想做不了贡茶便自己喝了，没想到……"

他说到这里停了下来，饮了口凉茶笑道："这茶凉了别有一番滋味，锦曦，你的茶，别人再也煮不出那种味道。"

锦曦被他的故事引出了好奇，又不肯问，便静静地坐在窗边不语。

"呵呵，"李景隆忍不住好笑，悠然自得地说，"我知道，你想知道来历，倒也沉得住气，唉，我说，在你面前，想不说都忍不住。"

锦曦还是没有吭声。

李景隆叹了口气接下来道："那人拾到茶饼后，掰了一块煮了。见汤色红亮，与平日见到的茶饼并无不同，一嗅其香，却带有雪后清新，再饮下一口，又有一种温和馥郁从腹中腾起。然后，就遣人又去找，结果呢一共找到三十二块茶饼，魏国公劳苦功高，皇上赐赏了两块茶饼……"

他穿了件蓝色绸缎长袍，用金色、银色及浅蓝色盘绣着寿字花纹，这一端茶微笑，袍子一展，月光下竟有波光粼粼之感。

月光下的海看似平静，掀起波浪足以覆顶。锦曦提醒着自己，李景隆绝不是来废话的，她开始变得小心，李景隆一说她就记起来了，当日在玉蟹泉李景隆带了茶，那茶就是雪露红芒。一块茶饼有十斤重，十岁时父亲送过一块来山上，茶味特别，醇香怡人，她很珍惜，几年来一直喝这茶，回到府中，父亲见她喜欢，也给了她。一时之间倒不知道这茶的珍贵。

"皇上也赐了你父亲一块是吗？"

李景隆摇摇头，"我父亲是皇上的义子。"

"皇上义子很多。"

"我是想告诉你，皇上赐了我一块。而且，我知道，你爱饮此茶。"李景隆轻声说道。

锦曦缓缓转过头盯着他。李景隆的眼神深不见底，锦曦的眸子如猫一般闪闪发光。她突然想哭："你，你什么意思？"

"我的意思吗嘛，你不明白吗？只有最得皇上信任之人才会得此赏赐，你说，我是皇上跟前的什么人呢？日后我若想找你说秘密，我当然不会出现在燕王府，你自到曹国公府兰园，我沏茶相候！"

"若是我不来呢？"

"我既然知道，连这个都知道，你说，我还有什么是不知道的呢？皇上会乐意听到他忠心的臣子的一举一动的。"李景隆绕了半天弯子，终于吐出了真实的意图。

李景隆是皇上秘密设的棋子？那么那个江湖组织一品兰花是皇上刺探情报的组织？锦曦被这样的推断惊得呆了。可是她也知道，一旦被他威胁一次，就会有下一次。她已经以不吐露他的秘密为代价，断不会让李景隆得寸进尺。

"我如果嫁给燕王，你以为，我会半夜出府来你兰园，让燕王蒙羞，让我爹颜面无存？魏国公府的小姐，是不会做这种事的！随便你了，我累了。"锦曦冷冷地回拒。

李景隆轻笑出声："我怎么舍得让你背负这样的罪名呢？我是想帮你呢，锦曦，你不是不想嫁吗？你不是想嫁了朱棣然后让燕王府鸡犬不宁，或者玩一次失踪吗？你说，还有谁比我更能帮你？"

"与虎谋皮，如饮鸩止渴，李景隆，我的事我自会处理，你的秘密我也听了，你请便，顺便再告诉你，我再讨厌朱棣，再不想嫁他，他，比起你来，还是好上一百倍！"

锦曦眼也不眨地与李景隆对峙着。她看到黑暗的海浪在他双瞳内翻涌。李景隆没想到锦曦拒绝得如此干净彻底，心中气恼，那种得不到的不甘，眼见她即将出嫁的郁闷直直逼上胸膛。他从未有这么后悔，后悔为什么不早在韭山上杀了她，省得自己听到皇上亲口向魏国公提亲，求嫁朱棣时心痛难忍。

"锦曦，我还会找你，不管你嫁不嫁人，不管你嫁给谁！"李景隆扔下这句话转身就走，走了几步又停住，似说给她听又似喃喃自语："不找你，我的秘密说与谁听呢？还有什么，比见着你有苦说不出更快意呢？"

锦曦看他跃下绣楼一闪身没了影，才发现冷汗已打湿了衣襟。她头痛地想，李景隆还真的没说错。每次见到他都情不自禁地想，他又要打什么坏主意，每次都打起十二分精神去应付，还不能告诉任何人，原来李景隆没有说错，尹白衣也没有说错，没有比知道秘密却不能吐露更能折磨人的了。

可是，锦曦傲然地笑了。李景隆你终是会有怕的人，你吐露的秘密太多。韭山上你就说不想与朱棣为敌。我不能对付你，自然会让朱棣来收拾你。

这一刻，锦曦下定决心，一定要摆脱被李景隆牵制的处境。兵者，诡道也。李景隆或虚或实，她却能肯定，朱棣也不是好惹的主。

第二十五章

猎狐

YANWANGDE
RIYUE

得知锦曦与朱棣定下婚事，朱守谦赶紧求皇后通融，准他开年后再去广西封地。马皇后素来宠他，想起他孤单单地离开南京，心中不忍便答应下来。

朱守谦得了圣意，高兴地成天腻在魏国公府陪锦曦。靖江王妃是个温顺无主意之人，朱守谦对她和颜悦色已是知足，也常来陪伴锦曦。

她听朱守谦说过，知道自己与锦曦有三分像，见了真人却真的呆住了，拉住锦曦道："姐姐哪有三分像呢，也就一分罢了，若得锦曦三分，都不知道会是什么样子。"

锦曦足不出户，闷得发慌，靖江王妃与朱守谦都算是亲密之人，当即亲热地对王妃说："我与姐姐还真的很像呢，锦曦为姐姐画幅像可好？"

扶王妃坐好，锦曦凝神冥想了会儿，挥笔细细勾勒。待到画成，靖江王妃一瞧便笑了："妹妹这一画，当真以为两人不分呢。"

锦曦笑道："咱们徐家的人都有个特点，你瞧这眉眼，母亲常说我像小姨，其实眼睛却是更像父亲。"

靖江王妃点头同意。两个人说笑会儿，锦曦叹了口气。

"妹妹烦恼什么呢？"

"纳采、问名、纳吉、纳征、告期……"锦曦掰着手指头细数，仰起脸看着园中树木早已落完绿叶的枝丫发呆，"秋天过了，亲事定在正月，没几日可留在府中了。"

靖江王妃安慰道:"都说燕王英俊神武,皇上娘娘宠爱,锦曦是嫁过去做堂堂正正的王妃,必不会受委屈的。"

是啊,人人眼中,燕王年青俊美,干练有为,皇上宠爱,可是谁知道他心中对我有恨,这嫁过去,他不会委屈我,他会报复我!锦曦越想越烦。说是嫁出去的女儿泼出去的水,可是这一嫁过去,难道真的就能脱身而逃?

李景隆虎视眈眈,大哥撑掇太子钟情,再怎样,也不是未嫁的自由之身了。顶了个燕王妃的名头,能去哪儿呢?又如何对爹娘交代呢?

靖江王妃见锦曦眉宇间忧色更重,突笑道:"锦曦啊,你和魏国公从北平回来这几月待在府中哪儿都没去玩吧?要不,出去走走?你看这冬日暖阳晒得人多舒服,去骑马打猎想必极有乐趣。"

听她这么一说,锦曦想起尹白衣送的马来。那匹公马被她取了个名叫驭剑,都很长时间没去瞧了。她笑道:"姐姐也好骑术?"

"待字闺中时曾与父亲学得一二。"靖江王妃见锦曦雀跃也跟着高兴起来,嫁入王府前后也有半年时间,没有骑马潇洒过了。

两个人相视一笑,唤来侍女备好骑马装便要出城一游。

徐夫人怎么放心得下,便叫徐辉祖与朱守谦带侍卫陪同,一行人浩浩荡荡出了城。

锦曦图得方便,换了男装,一行人中便只有靖江王妃还是女装打扮,戴着面纱一身火红骑马装,如众星捧月。

徐辉祖无力回天,想起锦曦出嫁未免伤感,这些日子倒对锦曦越发好了起来。尹白衣人马不分,也骑了一匹马跟着出行。

到了城北平原,侍卫策马赶出不少野兔野鸡,靖江王妃父亲是广西都指挥使徐成,骑射俱佳,出了王府正觉得天地宽广,朱守谦小心在旁护着,心中满是喜悦,对锦曦笑道:"今天就看咱们俩的了,你瞧他们,没一个有兴致!"

锦曦含笑点头,与靖江王妃纵马奔出,张弓搭箭射取猎物。

她心里感激这位同族王妃,手下留情,让王妃玩个尽兴。不多时,两个人便收获甚丰。

正谈笑着,灌木丛中一道红影闪过。

"啊,是火狐!"锦曦惊叹道。

众人循声望去,只见不远的山坡上一只全身红毛的狐狸转着黑漆漆的眼珠望着他们,然而一溜烟往林中钻去。

"我去捉它！"锦曦来了兴致，拍拍驭剑就冲了过去。徐辉祖和尹白衣自然紧随其后。锦曦的驭剑确是宝马，不多时就把徐辉祖和尹白衣远远地甩在了身后。

尹白衣突然一勒马笑道："大公子，驭剑是神驹，我们追不上的。这里应该没有什么危险吧？"

他说的是疑问，听上去却是肯定的语气，徐辉祖望了望前方的小黑点也停了下来。

锦曦跟着火狐去得远了，张弓搭箭瞄准了火狐，却又放弃，有点舍不得一箭洞穿它，只驱了马一心想活捉那个小东西。

那火狐似是知道危险临近，刁钻地东奔西窜。锦曦大黑马再是神骏，进入山林脚力施展不开。眼见抓不到了，锦曦叹了口气，拉住马打算返回。

只听一声狼啸，驭剑前蹄扬起，"唊"的一声，没有后退，开始不安地刨起蹄来。

然后火狐出没的地方飞起一道黑影，出手如电，捉住火狐尾巴将它倒掉了起来。

"十七哥！"锦曦惊喜地唤道。

燕十七披着漫天的阳光提着火狐走了出来。

驭剑倒退了几步，马耳后伏，戒备异常。

锦曦跳下马来，拍了拍驭剑安抚它。

那只火狐在燕十七手中似奄奄一息。锦曦不忍道："你把它打死啦？！"

"它装的呢。"燕十七抖了抖，火狐便挣扎起来，嘴里吱吱地叫着。

"放了它吧，十七哥。"

燕十七笑了笑，"你摸摸它吧，追这么久。"

锦曦轻笑着伸手去摸火狐，触手皮毛滑不溜手，在掌中似团火焰，想了想便接过来，放在地上。

火狐看了眼锦曦，再看了眼燕十七，一溜烟跑了。

"非兰，还是叫你锦曦吧，怎么瘦这么多？"燕十七有些心疼。

"你不是跟着燕王，怎么来这里了？"锦曦避开了他的问题。

"我特意来等你的，锦曦。听说……正月里你便要嫁给燕王了。"燕十七有点艰难地问道。他等了许久，等到问出这句话才知道有多难开口，心里盼着锦曦露出哪怕一丝痛苦，他一定带她走。

锦曦不敢看他的眼睛，知道燕十七对自己一片痴情，假装摸着驭剑的头轻笑道："是啊，没几天了。这些日子在府中跟着母亲和侍女一起做女红呢。"

"锦曦，你以后……以后有什么打算吗？"燕十七星眸中闪着阳光，满怀着希望。

依然不变的矫健身影，阳光似的笑容，对她温柔贴心。锦曦回想起那时一起偷馒头，凤阳一行十七的相护，不由得黯然神伤。

答应他，给他希望，与他远走高飞……燕王妃与侍卫私奔吗？她苦笑，燕王受不得这种委屈，魏国公府担不起这个罪名，皇上丢不起这个脸。

"燕王，在凤阳……他一心解救灾民，他人很好。"锦曦轻声说道。

"可是，你不喜欢他，你不想嫁他！"

"十七哥，我是徐锦曦，不是谢非兰！"锦曦勇敢地抬起头，不出所料对上燕十七灿若星辰的双眸，"我，我没有心仪之人，却有家人要守护，燕王的才识也是万里挑一。有夫若此，锦曦知足了。"

锦曦说完，再和燕十七相处下去，那种想要与他一起抛弃一切自由行走江湖的念头又会冒出来。她翻身上马娇笑道："十七哥，我大哥他们肯定等得急了，我，先走一步啦！还好你捉了火狐，摸一摸也算不虚此行了。"

她正要驾马离去，燕十七跨前一步握住了辔头，他轻声道："这马，我牵着好些！"驭剑似乎知道没有危险，格外温驯。

他再不说话，牵着驭剑缓步走出树林。冬阳照在林边，草原上衰草泛黄，要等到下一个春夏，绿意才会再来。

锦曦望着燕十七沉着坚定的步子，瘦削的背影，想起吕家庄初见时他为她牵马的一幕，鼻子一酸，险些落下泪来。

淡淡的阳光笼在一人一骑上，就这样缓缓地往前行去。

锦曦有好几次想夺过缰绳打马飞奔而去，终是不忍。她坐直了身子，闭上眼任寒风吹拂。

当初为了一株兰花为李景隆动心，如今李景隆让她避如蛇蝎。

缘定朱棣，两个人从相识到现在不是斗嘴便是赌咒发誓要报复对方。朱棣让她心悸无奈。

只有燕十七，从初见到现在，护着她，痴情于她，一般无二。

她想起和尹白衣在房顶上看星星那粗壮汉子哼出的缠绵小曲儿，脑中想起苏轼的一首词："墙里秋千墙外道。墙外行人墙里佳人笑。笑渐不闻声渐悄，多情却被无情恼。"

满心愧疚，满怀的伤感，锦曦初尝愁滋味。

燕十七步履悠闲，似在欣赏风景，握着缰绳的手却很用力，手指关节因为用力而泛白。锦曦的眼泪终于掉了下来，她没有去擦，生平第一次感觉到了无奈与酸楚。

远远地看到了人影，那边也发现了锦曦，几骑马飞奔而来。燕十七停住，锦曦反手拭去脸上泪痕。

"我走了。"燕十七说完正要松开缰绳。

来人飞入视线，锦曦吃惊地看到前面之人正是朱棣。

朱棣一身银白窄袖蟒袍，腰束玉带，披着黑色苍狐大氅，头束金冠，英姿勃勃。胯下骑的居然也是一匹黑马，紧跟他而来的是大哥徐辉祖和尹白衣。

"锦曦。"徐辉祖的目光担忧地在锦曦与燕十七身上打了个转。

锦曦笑着答道："差点就捉到那只火狐了，正巧十七哥也在捉它，可惜给它跑了。等急了吧大哥？"

"你平安就好。"徐辉祖见锦曦笑得灿烂，这才松了口气。

朱棣没吭声，神情却是愉悦之极。锦曦这才知道，原来朱棣凤目含情竟是这般缱绻入骨，浑身如沐暖阳春风。他高兴成这样？不会是越想杀人越高兴吧？锦曦一直微笑着想，刻意让自己看上去也很高兴。

朱棣远远地就看到一人一骑缓步从草原深处走来，沐浴在阳光里的画，让人瞧着……就想破坏掉！忍不住飞马奔过来。他清了清喉咙，咽下涌上的怒意，越发笑得温柔。

燕十七的手再度握紧了缰绳，又缓缓放开，躬身行礼道："王爷！"

朱棣瞥他一眼，笑道："十七习惯给锦曦牵马了，还记着吕家庄马惊了她不知所措的样子？哪像会武功的高手呢。"说着走到锦曦身边，温柔中带着丝丝宠溺。

锦曦分明感觉到冬天的寒风露出刀锋般的利芒逼近了身，情不自禁地微挺了下脊背。

两匹马马头相蹭极是亲热，锦曦询问的目光落在了尹白衣身上。

尹白衣还是憨憨地笑着，目中已露出惊叹之色，指着朱棣胯下那匹大黑马说："小姐，真神奇，这样的宝马居然像是一对。"

"哈哈！赏！"朱棣高兴地大笑起来。

锦曦脸一红，偏过头去，看到燕十七低下了头。她心中一酸，轻声道："大哥，我们回去吧，表哥和嫂子肯定等久了。"

徐辉祖应了声，对朱棣一抱拳，"王爷冬猎愉快，辉祖陪锦曦回府了。"

"大公子且慢！"朱棣唇边带着温柔的笑容，"锦曦，我陪你回府可好？"

锦曦一愣，越发觉得朱棣居心叵测。明明苦大仇深，他偏生要体贴温柔。锦曦眉心微微一皱，还未及苦了脸就又笑着展开，目光似有似无从燕十七的僵硬的背上扫过，把那细小的一个起伏看得仔细。她笑着想，给了朱棣冷脸，十七就会不顾一切带走她，那么，对朱棣好呢？嘴里已柔声回答："如此有劳王爷了。"

朱棣嘴边只噙着一笑，那一笑的温柔实实在在要把人溺毙，若论装腔作势朱棣竟也不输李景隆，一念至此，锦曦忍不住终于打了个寒战。

"冷么？"朱棣马上解下肩上大氅给锦曦披上，"今日看似有阳光，风吹着还是凉，披上吧。"

他侧着身子给锦曦系上带子，锦曦僵坐在马上一动不动。朱棣系时脸背对着众人，如同第一次郊外比箭，凤目中飘出挑衅的寒意，冷冷的目光在锦曦身上打了个转，等回过头去又是满面春风："走吧。"

两匹黑马愉快地小跑起来，嘚嘚声和谐至极。

锦曦借着马奔跑的时候悄悄一回头，见远远的草原上燕十七的身影成了个小黑点，孤单地站在长草中，她眼睛里渐渐有了丝湿意，双腿用力一夹马腹，让奔驰的速度把燕十七的身影和那丝酸楚被风吹散。

到了府门前，正要下马，朱棣早她一步稳稳地把手伸给了她。

她看着面前的手居高临下地审视着朱棣，心中的怒意渐涌，他非要这样做样子给所有人看？还要让她陪着他演戏。

"这里有很多人。"朱棣含笑看着她，用目光告诉她不要乱来。

本小姐最不怕的就是被人威胁！锦曦下巴一扬："大哥！扶我下马！"

徐辉祖从后走来，当仁不让地伸出了手。

"多谢燕王殿下送锦曦回府。"锦曦扶着大哥的手轻盈地跳下马。低头正欲进府，突然想起身上还披着朱棣的大氅，锦曦伸手解开系带，双手捧着大氅嫣然一笑："王爷！"

朱棣半点看不出气恼，顺手接过大氅关切地说道："天凉，我为你猎得火狐做件大氅。"

锦曦一愣，想起放走的火狐，急声道："锦曦不缺保暖之物，王爷好意心领了。"

朱棣眉梢一动，似笑非笑地说："本王想送未婚妻子一件礼物也要拒绝吗？本王可真是难过。"

他又想干吗？锦曦狐疑地看着朱棣，硬着头皮道："那火狐看上去挺可爱的，一件大氅不知要猎多少火狐，锦曦不忍，王爷还是打消主意吧。"

"哈哈！"朱棣朗声笑起来，"都说狐狸是通人性的。本王的未婚妻子心地善良，那些火狐能制成大氅护锦曦温暖一定心生感激，能常伴锦曦左右是它们的福气。就这么定了，早些回府歇着吧！"

好好的一件大氅到了朱棣口中，锦曦只觉得要是穿在身上，那些火狐狸会不会形成怨气缠着她？这样一想，鸡皮疙瘩顺着双臂就爆了出来。

尹白衣回到马厩旁的小木屋，轻轻推开了门。进了屋，他没有点灯，轻声问道："你来了多久了？阿飞？"

燕十七慢慢从角落走了出来。他的步子像山间的豹子，每一步都优雅踩着节奏，矫健有力，眼中有不同寻常的疑虑和怒气，"为什么，从前不告诉我她是魏国公府的千金！"

尹白衣平静地看着燕十七，良久才道："我劝过你，她不是你可以得到的女人！"

"大哥！"

"是大哥才会劝你！"

燕十七身体突然绷直，双拳一下子收紧，星眸中涌出一种复杂的情感，缓缓开口："在吕家庄我承诺过，要保护她。"

尹白衣低下了头，突然轻声道："阿飞，锦曦只是把你当哥哥……"

"我只要她高兴。"燕十七打断尹白衣的话，她心中有没有他都不重要。

"你难道忘记了你的身份？你是受燕王令投入太子门下，此时又受太子令重回燕王帐下，你身上的担子有多重你明白吗？"尹白衣声色俱厉，身上散发出逼人的怒气，锦曦眼中的憨厚消失得无影无踪，"你若是带走锦曦，便是对燕王不忠！你难道忘了燕王大恩？忘记谁为咱们报了家仇？"

"你为什么是我大哥？！我为什么是你的弟弟？！"燕十七突然愤怒起来。

尹白衣不敢看他的眼神，转头望向窗外，银白的月光在庭院内蒙上淡淡的清影，心中一阵酸楚一阵无奈："阿飞，大丈夫有恩报恩，有仇报仇，出身没有选择，你既然是我的亲兄弟，你就不能带走他的王妃?！"

燕十七颓然坐倒在椅子上。半晌抬起头星眸中露出了哀求："难道没有别的法子？我，我不能看着她不开心！"

"她一定要成为燕王妃！燕王爱上她了，你还不明白吗？"

"可是非兰不喜欢燕王！"

"阿飞，你始终都叫她非兰，你不愿意把她当成徐锦曦，当成魏国公的千金不是吗？"尹白衣的话像针一样刺进燕十七的心，痛得他眉头一皱。是的，在他心中，魏国公府的千金与那个活泼灵动的谢非兰是两个人。一个高高在上，永远不能触及，一个是和他一起偷馒头送灾民，可以痴心携手之人。

"我恨你，大哥，你太残忍！你难道忘记你自己在大漠……"

"啪！"尹白衣一记耳光打在燕十七脸上，目中露出痛苦之色，他厉声道，"正是因为知道，所以早劝过你不要动情！"

燕十七嘴角溢出一丝鲜血，英俊的脸抽搐着，他喃喃道："为什么，要让我在凤阳遇上她？为什么要让我以为她只是普通的女子？为什么不早告诉我?！"他低吼出声，飞身跃出了房门。

尹白衣无力地坐下，看了看自己的手，轻声自语："不管是早告诉你还是现在让你知道，你都会陷进去的，阿飞，不要怪大哥，不要……"

过了十日，朱棣果然遣人送来火狐大氅。徐达和夫人欣慰地笑了，觉得锦曦嫁入燕王府必不会受委屈。

锦曦看着那件红得似血的大氅，止不住的恶心，连用手摸一摸的欲望都没有，直接让珍珠收进了箱子底层。

接着便是宫中各种赏赐贺礼纷纷送到。太子、秦王、阳成公主礼品异常贵重。阳成公主送了枝红玉镶金点翠攒花步摇，做工甚是精细。锦曦听母亲道阳成公主向来受朱棣宠爱，听说这支步摇是阳成公主过世的母妃遗物，赶紧派人送回去，又百般感谢。

岂料步摇又送了回来，侍从道："公主说步摇是一对，这支是过世的硕妃娘娘特意留下送儿媳的。"

锦曦只得收下。一支步摇也就算了，朱棣又送来一套首饰，凤冠、项饰、手镯一应俱全。

凤冠金丝编就，上缀点翠凤凰，并挂有珠宝流苏，珍珠颗颗浑圆，眼睛都快被晃花。

徐夫人啧啧称赞："燕王真是有心，就这顶凤冠，不知耗银多少！"

锦曦拿起凤冠，入手甚重，马上明白朱棣心思。心想，如果能以生铁制成，朱棣怕是还要往里灌点铅才称心！

再看那些项饰手镯，无一不是加足分量，连靖江王妃瞧着也笑着说："妹妹嫁得如此有心的夫婿有福啊！"

听得锦曦胸脯阵阵起伏，脸气得绯红，人人当她害羞。

锦曦盯着这些首饰苦笑，大婚当天还非得从头戴到脚。她猛然想起朱棣笑她大脚，在一堆明晃晃的首饰中果然看到一双绣鞋。

鞋面是红缎，灯光下闪闪发光，鞋尖一双明珠光华晕开。她看了会儿，伸手拿起，果然不出所料，鞋底是白玉制成，红缎上以金丝拉线绣就花饰。锦曦咬牙切齿地想，就这双鞋，穿上和一脚踩进稀泥带起两斤泥有何差别？

正生气时，又看到那幅鸳鸯红盖头，连巾角都坠有明珠。岂有此理！锦曦一拍桌子站了起来。屋里徐夫人、靖江王妃并一众侍女都吓了一跳。

"这些东西太过奢华，不利燕王节俭名声，也有负皇上教导，全部退回燕王府去！"她冷冷地说道。

"呵呵！锦曦此言差矣，燕王早已奏明圣上，这些服饰都是由礼部赶制出来的。锦曦不用担心了。"徐夫人笑着解释。她明白眼前之物已是极奢，但哪个做娘的不希望女儿嫁得风光呢？

风光？他摆明了是整我！锦曦无奈地看了母亲一眼："娘，这些一上身锦曦就走不动了。"

"傻孩子，新娘子不用自己走的，燕王这番心意娘省得，礼重是心意，正好你步子可以小点，若被瞧见你是大脚，这会引人耻笑的。"

锦曦翻了个白眼想，难道成亲一天，都要运足内力才穿得动这身服饰？

再看曹国公府的贺礼，锦曦关注李景隆自然瞧得格外仔细。见送来的是金丝银线绣就的斑斓凤画，凤是七羽，翱翔在天空中，凤首低垂，凤喙正对着一株兰花。

还想着你的兰花？做梦！锦曦不怀好意地笑了笑，吩咐珍珠把画中兰花拆了。

珍珠不明所以，见锦曦坚持便细细拆了兰花。锦曦绷了绣绷，在兰花位置绣了一树梧桐。树身银丝斑驳自然形成一个棣字。

等到画绣好，锦曦嘱侍从送去燕王府。

朱棣打开画不明所以，问道："你家小姐可曾说过什么？"

"她说，王爷想把婚事办得风光，花轿不能马虎，亲选凤阳凤画为轿帘，想必花轿会美轮美奂。"

朱棣斜斜地瞟过一眼："告诉你家小姐，本王自然会把婚事办得风光点，平平安安地成亲！"他把平平安安四字咬得甚重。

来人走后，他又把那幅凤画拿出来看了看，目中露出笑意，手指在凤喙上点了一点道："人人以为凤栖梧桐，锦曦，你却是恨不得连树根都啄来吃了！本王真是期待成亲那一天呢。"

洪武九年正月二十七日，大吉，雪后初霁。燕王娶妃。

锦曦静静地凝视着铜镜中的自己，满头青丝被一缕缕轻巧地绞成一股混以金丝盘起，露出颀长白皙的颈项。

眉若翠羽修成远山笼烟，眼似横波饰以花黄，唇如点樱玲珑小巧，肤胜莹雪隐见华光。

侍女小心为锦曦穿上红色大袖衣，系上大红凤尾罗裙，外套大红绣金对襟比甲。轻轻为她披上绣凤霞帔，小心地把垂着的金玉坠子的一边搭在她胸前。

珍贝扶着锦曦，珍珠拿着那双锦曦痛恨的玉底红缎攒珠绣鞋给她穿上。锦曦动了动脚，尺寸正好合脚，她想起揍朱棣那晚他就握了一下她的脚，竟然就记住了尺寸。他的心思细密至此？

她怔怔地由侍女们打扮着，听到母亲笑道："转过身给娘瞧瞧。"

锦曦听话地移动了下脚，凤尾裙轻轻漾开。这原是用绸缎裁剪成大小规则的条子，每条都绣以花鸟图案，另在两畔镶以金线，碎逗成裙。她一动之下，如孔雀开屏，金线闪闪发光，美不胜收。

喜娘据说有一双南京城最巧的手，经她打扮的新娘能平添丽色。如今见着锦曦的模样笑眯眯地开口道："银姐做喜娘三十年，还从未见过比小姐更美的新嫁娘呢。"

徐夫人笑得合不拢嘴，亲执了朱棣送来的九翚四凤冠压在锦曦头上。

锦曦觉得头一沉，情不自禁便挺直了脖子，心里暗暗叫苦，这样压一天，脖子不断也会僵硬。

还没等她说话，徐夫人又拿了簪钗头面给她插在头上。锦曦头大如斗哀叹一声："娘！不用了吧！"

"这样好看！"徐夫人沉浸在打扮女儿的喜悦中，当锦曦的话是耳旁风。又拿过项饰手镯给她一一戴上。锦曦的手自然坠下，肩往下一沉。

"站直了！锦曦，多少人看着你，你撑也要给我撑过去！"徐夫人轻斥道。

锦曦嘘了口气，挺直了背。

她觉得自己像个衣服架子，再不能动弹半分，心中对朱棣的恨意更重，瞪着眼瞧着镜中被红缎金线珍珠包裹得只露出半张脸的自己生气。

打扮停当时辰还早，珍珠扶着锦曦小心坐下："小姐，再过一个时辰，王爷就该到了。"

"一个时辰?!"锦曦有点不敢相信，难道自己就要全身挂满这么重的东西坐上一个时辰？她觉得自己内力再好，也不可能一直这样，伸手就把手镯项饰摘了下来。

珍珠愣一愣，死命地捉住锦曦要去摘凤冠的手，惊慌失色大喊道："小姐，不行呢，这个绝对不行！"

"珍珠！"锦曦可怜兮兮地看着她，"我不摘可以，我能不能在榻上躺着?"

珍珠为难地看着她头上的凤冠，咬咬牙道："我给你扶着！"真的就伸出手来扶着锦曦的脖子。

锦曦啼笑皆非，想想她若不扶，自己的脖子就不是自己的了，便半靠着珍珠的手休息。看着沙漏越发觉得时间过得慢。

"珍珠，燕王还没来?"锦曦忍不住问道。

珍珠却以为她心急想瞧新郎官，抿嘴打趣道："小姐，你着什么急啊，快啦！要不，我去看看?"

锦曦赶紧点头。珍珠一出去，锦曦就把插的首饰、凤冠摘了下来，脖子已经酸了。朱棣就想看她的狼狈样？锦曦想，凭什么要他如愿？她动了动身子，顺势倒在榻上闭上了眼睛。

背才挨着睡榻，耳边就响起一声惊呼："天啊，锦曦，娘不过出去一会儿工夫，你怎么就把自己弄成这样！快，快叫喜娘进来！"

锦曦无可奈何地坐起身，重新又顶上了重重的凤冠，屋里忙成了一团。

终于听到外面隐隐传来丝竹声，锦曦长舒一口气，来了。她觉得自己现在就不行了，腰一挺站着笔直，抬步就往外走。

"等等。盖头！"徐夫人拿起盖头迎头罩了上去。

锦曦被压得头往下落，手突然被握住。徐夫人哽咽起来："锦曦，你千万忍着点，娘知道有点重。"

如果徐夫人能看到锦曦盖头下的脸，肯定会目瞪口呆。锦曦翻了翻白眼，深深呼吸把头抬了起来："没事，我有功夫！"

"哎呀，锦曦！你千万不要露什么功夫，天啦，你的脚，你，你再这样大步走，我非得再给你拴条绳子不可。"

锦曦叹了口气，看着脚下委屈地说："娘，我已经走不动了。"

"唉，你们怎么还在这儿？燕王已经到大厅了！"徐辉祖急急过来催道。

听到这话，不知为何锦曦心里一酸，眼泪便掉了下来，不管想不想嫁，总之是嫁了。不管和朱棣合不合得来，她还是顶着燕王妃的头衔。锦曦轻声开口道："娘，锦曦不会给魏国公府丢脸……"

徐辉祖再不愿锦曦嫁给朱棣，心里也一阵凄然，柔声道："大哥带你过去。"

这是兄妹俩自徐辉祖想把她送与太子争吵后第一次出现了和谐，锦曦伸出手去让大哥牵着自己缓缓走进大厅。

她听到人声鼎沸，从盖头下瞧见人们的脚，目光落在停在自己面前的一双粉底皂靴上，然后另一只坚实有力的手从大哥手中接过了她的手。

燕王的手干燥温暖，稳稳地握住她的。锦曦心里一颤，手里有些出汗。这只手牵着她向父母拜过，然后带了出去。

刚迈出厅堂门口，锦曦手上一痛，朱棣竟在使劲。她冷笑一声，用力回握了过去。耳旁轻轻传来一声闷哼，她一笑，放开了。这种小伎俩换成是软弱的闺秀会出糗，放她身上，还不知道谁吃亏呢。

紧接着听到一声高呼："良辰吉时到，新娘进花轿！"

喜娘换过来扶住她，掀起轿帘让她进去轿中。轿帘放下的瞬间，她瞥见银丝绣就的梧桐，满意地笑了。

她知道，这顶轿子将绕过半座城才到达燕王府。李景隆必然会看到他送的这幅凤画，他会明白自己是不会服输的。

兰草总是草，梧桐终是树。锦曦想，她再不想嫁朱棣，终究还是借了朱棣这棵大树挡住李景隆的要挟。她与朱棣之间的纷争总是闹性子惹出来的，朱棣再可恶，也不会任由李景隆威胁他的王妃。这一瞬间，锦曦有些失神，不想嫁的嫁了，不想依靠的还是依靠了。

"起轿，奏乐！"

鼓乐声响彻云霄，轿身轻轻一颤已缓缓往前行去。

她坐在轿子里凝神定气，把充斥耳间的乐声人声统统封闭在心神之外。锦曦无可奈何地承认母亲说得有理。新娘子不需要走路，甚至一切都可以不管，会有人带着自己把那些仪式进行完的。

虽然教了无数次，锦曦没上心，也记不住。她也不紧张，锦曦想自己是太不重视了。若是朱棣知晓，他会不会气恼？她马上否定了自己的想法。朱棣，是巴不得自己出个什么错，或是被他送的首饰压个半死就更高兴，他怎么会被她的想法左右呢？

"落轿！"

轿子颠了颠落了地，打断了她的思绪。

锦曦下了轿，扶着喜娘的手一步步踏上红毯，跨入府门的时候，她的心跳了一跳，仿佛从此步入了另一个世界，一种前所未有的恐慌袭上心头。这一瞬间，锦曦才真正感觉自己是出嫁了。她脚步迟疑了一下，那双手又一次稳稳地牵住了她，朱棣温柔中带着冷漠的声音在她耳边响起，"没退路了！"

她一愣，朱棣没再给她犹豫的时间，径直带她进了大堂。

接下来她就像木偶似的云里雾里被带着行完礼。本以为就此结束，眼前突然一亮盖头被揭开。锦曦下意识挺直了背，抬起了下巴。

她听到一阵吸气声，眸子有点疑惑地望向朱棣。

他有点怔忡地望着她，锦曦也是一愣，两个人互相被对方吓了一跳。

朱棣眼中的锦曦裹在一堆金器之中，雍容华贵里泛出一种清雅。她睁着剪水双瞳带着迷茫与天真瞅着他，一副娇怯怯的模样。从他的角度看去，那凤冠竟比她的头大上两倍似的，朱棣顿时觉得细细的脖颈撑不住那顶凤冠，心里不自觉涌起怜惜。

而在锦曦眼中，穿着大红织锦缎洒线绣龙宽袖锦袍的朱棣，腰束金镶玉带，头束双龙抢珠金冠，贵气四溢，喜气洋洋。或许是喜庆之色冲淡了那双凤目中带出的寒意吧，他的目光温柔得似要滴出水来。锦曦不解地眨了眨眼，觉得他不像是与自己有仇的燕王朱棣。

这一瞬间，两个人都没有注意到旁人。更忽略掉了太子投来的惊艳目光与李景隆眸中闪过的嫉恨之色。

"王爷王妃共饮交杯酒！"司仪继续按部就班地唱喏。

两只白玉酒杯端来，锦曦还愣着，朱棣端起酒杯递了一只给她。锦曦回过神接过，她不知道杯子底座系了根红线，随手一扯，朱棣眼见不妙，暗骂一声，身子欺了过去，手一伸搂住了锦曦的腰，脸险险擦过她的耳边轻声说了句："你敢把这根红线扯断了试试！"

锦曦这才发现红线的存在，有些尴尬地打量着红线的长度。没等她想清楚该怎么保持距离地喝掉这杯酒，朱棣手一紧已带她入怀，两个人相距不过一拳。锦曦自然地伸手就想推开他。

"你是要所有人看笑话么？"

朱棣轻若蚊蚋的话听在锦曦耳中如闻雷鸣。她没有再动，与朱棣同时举杯，同时饮尽。酒香在两人之间弥漫开来。朱棣的手稳稳地撑在她的腰间没有放开，锦曦蓦地脸红起来。

"你原来也会像女人似的害羞？本王很喜欢，继续保持！"

热气与酒气扑在她耳边。锦曦听到那句话就清醒过来，微挣扎了下。朱棣轻笑一声，并未放手。

四周欢呼声响成一片。朱棣似对四周扫视了一圈，竟朗笑出声，不发一言揽着她的腰转向府外行去。

锦曦不知道下一步要干什么，这时清醒了一点，感觉无数的目光落在她身上。羞涩感再次从心底腾起，她轻轻低下了头。

"别！"朱棣没看她，带着笑意的声音响起，"你一低头，本王担心你脖子折断。"

锦曦想起夸张沉重的凤冠是朱棣送的，听他取笑，脸气得通红，又不便发作，僵直了背，高昂着头缓步走到府门口。

燕王府门前人山人海，众人只觉眼前一亮，燕王妃明丽无双的面容隐藏在额前点点珠光中显得如梦如幻，轻倚在燕王怀中娇羞怯弱的样子直叫人怜进了心里。

只听鞭炮放响鼓乐大作，人声喧哗起来，欢呼声掌声响成一片。

"看，那白狮好威风！"

"红狮更灵活！"

她一下子明白，是双狮朝贺。

锦曦定睛看去，一红一白两只狮子沿着足下炮仗燃放腾起的烟雾摇头摆尾，白狮威武矫健，红狮活灵活现。双狮时而搔首弄姿，时而腾跃翻滚。

四周叫好声连绵不绝。

"王爷王妃为灵狮点睛！"司仪大声唱着。

随着这声喊，双狮摇晃着脑袋奔到二人面前伏下身子，狮头张扬。

侍女端过朱盘，朱棣与锦曦一人拿起一支朱笔。她看了眼朱棣，见他稳稳地在红狮眼中点上朱红。锦曦微微一笑，依模画样，拿起朱笔也往白狮眼中点去。

突然狮嘴一张，一股淡淡的青烟喷在锦曦脸上。锦曦猝不及防，吸进一口，身体一软，手中朱笔摔落，针刺般的疼痛从四肢百骸中升起。

"啊！"她呼的一声便倒了下去。天旋地转中，她看到燕十七星眸中露出惊恐冲了过来。

朱棣只来得及接住她软倒的身体。锦曦看他满脸慌张，只笑得一笑："你，报仇啦……"胸口闷痛，张嘴就喷出一口血来。

"锦曦！"朱棣蓦然变色，打横抄抱她起来，头也不回奔入府中狂吼道，"传太医！"

所有的人被这个变故惊愣。燕卫早反应过来，不待朱棣吩咐，已和披着白狮服的两人对打起来。

燕十七呆了一呆，缓缓收回手来，眼睁睁瞧着朱棣抱了锦曦进去，一回头看到那两人怒气涌起，大喝一声跃了过去。

行刺的两人只挡得几招便知不是燕卫对手，默契地对望一眼突然咬破口中毒囊自尽。

而燕王府已乱成一团。太子与李景隆正在厅中，听到外面突然喧闹，然后朱棣面色铁青抱着奄奄一息的锦曦进来，两个人不约而同抢上前去急声问道："怎么了？"

朱棣不理两人，抱着锦曦径直往新房走去。

锦曦在他怀中似越来越冷，朱棣一颗心突上突下，心慌莫名。小心把她放在床上，朱棣抬手取下凤冠扬手扔在一旁，锦曦似舒服了一点儿，头动了动。

"锦曦！"朱棣急唤了好几声，锦曦再无反应。他回头喊道，"太医呢？！"

"王爷，让我瞧瞧！"不知从哪儿钻出来的尹白衣沉着地说道，浓眉紧锁，平淡无奇的脸上同样乌云密布。他不等朱棣应声，伸手把住了锦曦的腕脉。触手处脉象时沉时浮，时而不见，尹白衣面色越来越沉重。

"她究竟如何？是中毒了么？"朱棣急切地问道。

"王爷，"尹白衣似难以启口，顿了顿道，"王爷，白衣要替王妃驱毒，白衣有把握，请所有人先出去。"

"四弟，别急，总有办法的。"太子这时才有机会插嘴说道，眼中闪过一丝幸灾乐祸的光。锦曦今天美的似仙子，他嫉妒朱棣。瞧她这副半死不活的模样，心中竟有隐约的喜悦。似察觉到自己心中的念头，太子讪讪地偏过了脸。

李景隆站在旁边目不转睛看着床上的锦曦。她脸色苍白，嘴边那抹血迹特别刺目，心中有些不忍，而锦曦大红的喜服又刺痛了他的眼睛，暗暗哼了一声。听到白衣说能够驱毒，李景隆眉挑了挑，侧过头看着白衣不信地问道："你不是个小小的侍卫吗？你也会解毒？知道是什么毒？"

"白衣不才，对药理略知一二，不管是什么毒，白衣尽力一试。"尹白衣不卑不亢正视着李景隆，目光平静淡然，却有一种自信的光芒闪动。

李景隆心里暗暗吃惊，目光往朱棣身上一瞟，见他对尹白衣并无半点置疑，心里已有了几分肯定。看来朱棣对锦曦是志在必得，这个尹白衣怕是他的人了。

燕十七静静出现在门口，见里面挤了一屋子人，隐隐只能看到被朱棣摔到一边的凤冠，一角红罗垂在床边，心中一紧，碍于房中众人，强自按下冲到锦曦床前的冲动。这时听尹白衣要为锦曦驱毒，忍不住出声道："需要十七帮忙吗？"

尹白衣目光威严，瞪着燕十七，把他欲说的话全逼了回去："不用，王爷留下吧，请太子殿下、李公子回避。不要让人打扰我！"

太子叹了口气走了出去，有意无意地瞟了燕十七一眼。见太医已赶到新房门口，太子正想让他进去，尹白衣也瞧见了，轻声道："太医不管用！"

朱棣心中又是一紧，太子便挥了挥手对太医道："外间候着吧。"

李景隆站在房内，早收了嬉笑之色，若有所思地盯着尹白衣没有说话，心里犯了嘀咕，难道他真的能解锦曦之毒？

朱棣沉声道："景隆也请早回府吧。"说完转过了身。

李景隆与朱棣目光对碰了一下并未如往日般回避，他突笑了笑："景隆心事王爷早已知晓，只可惜魏国公不肯答允亲事，这个时候，景隆怎会安心回府呢？"

若是换了从前，朱棣必是为终于能窥得李景隆本色而高兴，如今，他没了心思。

两个男人的目光久久胶结在一起，燕十七也曾与朱棣这般对视过，朱棣却没感觉到危险。从小一起长大的李景隆平日里的眼神总是飘忽不定，此时安静而坚定，毫不退缩。朱棣突然觉得不管是骑马比箭、斗酒对弈，李景隆似乎都掩蔽了真正的实力。

也就瞬间的工夫，朱棣肯定了长久以来的感觉。任李景隆衣饰如何华丽，表露的只是吃喝玩乐游戏人生都不是他的本来面目。

为了锦曦吗？朱棣嘴角微微一动，淡淡地吩咐道："若景隆放心不下，前厅歇着等候便是。来人！"

侍从恭敬地对李景隆行了一礼："公子请随小的来。"

李景隆偏过头，目光所及处，锦曦没有半点生气，尹白衣气定神闲似胸有成竹。他没有理会朱棣的话，急步走到床前，伸手就去搭锦曦的腕脉。

尹白衣出手一格，冷声道："李公子请自重！"

"景隆对医术也有几分体会，想确认一下罢了，多一人确认不是更好？"李景隆望着朱棣说道。

"不必了！她已是我的王妃，生死已轮不到你操心了。"朱棣傲慢地盯着他。

"原来锦曦在王爷心中生死并不重要，若是魏国公知晓初嫁之女竟是这般待遇……"

"若我的王妃有什么不测，魏国公自当与本王一起缉拿真凶。景隆不怕耽搁了王妃病情？"

李景隆缓缓收回了手，转身往门口走去，经过朱棣身边时轻声道："景隆珍爱之人，关心则乱，王爷见谅。"

朱棣一怔，见李景隆走出去时背影萧索，突叹了口气道："她现在是我的王妃！景隆……"

李景隆停了停，回头苦笑一声，"她不再是非兰。王爷放心。"

两个人的表情由猜忌到针锋相对，此时竟似相互谅解。而眼睛交接时却又明白对方的虚伪。

朱棣心里冷笑，李景隆你在本王面前露出一次马脚，休想再蒙蔽于我！他面无表情示意尹白衣关上房门。

尹白衣走到门口，燕十七犹自站在那里，他低低叹了口气，"相信我！"

燕十七眼睛亮了起来，背过了身体，守护着新房。

尹白衣关上房门，回身蓦地跪倒在地："王爷责罚！燕影无用，没有保护好她。"

朱棣这才大惊，手指向他竟在颤抖，"你，你救不了她?!"

"能救，只是，王妃一身武功便废了！"尹白衣低声说道。

朱棣心头剧震。他慢慢走到床边。

锦曦脸色惨白如纸，在大红嫁衣的映衬下越发显得无力。朱棣抬手取下她的项饰、手镯，目光落在那双玉底红缎攒珠绣鞋上。想起定制这些东西时还特意暗示礼部加重分量，酸楚之意在胸腔中来回冲撞，他感到内疚。

她穿这么重的东西心里不知道有多恨自己呢，朱棣眼角抽搐了下。想起当日在凤阳山中问起锦曦若是没了武功会如何时，锦曦的茫然与伤感。

"没了武功要受人欺负，也不可能随心所欲。要是在府中……"

当时自己是多么高兴，还暗暗想有一天能废了她的武功，断了她的翅膀报仇……"只能是这个结果吗?"

尹白衣望着静静伫立的朱棣说道："这毒名叫独憔悴，只对习武之人有效。中了此毒，当时看似情况危急，其实第二日便会醒转，三日后与常人无异，将来想起武功尽失只能独自伤心憔悴。此毒只是传闻，从未见过，习武之人均视下毒之人为江湖公敌。燕影是从师傅口中得知。王妃中毒后的表象与脉象极似中了此毒后的模样，燕影因此断定就是此毒。"

"你是说下毒之人只想废了她的武功? 是何用意呢?"朱棣沉思起来。

"燕影道运功驱毒只是幌子，王妃明日会自然醒转。没了武功，王爷难道不是也这样希望的吗?"

是啊，从前就想废了她的武功，好生出口气，可是现在……朱棣叹了口气道："这毒的名字……她真的会伤心憔悴的。燕影，你好好想想，真是无解?"

"王爷，或许王妃没了武功更好！"尹白衣一咬牙说道，"难道王爷忘了她曾经几次三番仗着武功……"

朱棣突厉声喝道："燕影! 是你擅自做主下的毒?!"

"燕影不敢，只是……"尹白衣低下了头。

"你会解毒是吗?"朱棣心情一下子放松，知道尹白衣是忠心护主，不会对锦曦下毒。他伸手拭去锦曦唇边的血迹，手指触碰，小心翼翼仿佛在碰最娇嫩的花儿。

"王爷，记得白衣给你服过一粒秘药吗? 那是我师傅花二十年研制出的秘药，天下间只有一枚，可让王爷百毒不侵……王妃只是没了武功，性命无碍，还不会仗着有武功多有想法……"

"她没了武功……"朱棣想起锦曦有武功真的是个麻烦，然而看到锦曦苍白的面容，他的骄傲之心油然而生，难道自己就真制不住她么？他伸出手腕："本王既然百毒不侵，本王的血自然可解百毒，放血！"

尹白衣跪倒在地："王爷，您再三思！"

"放血！"朱棣微笑起来，凤目眯了眯，笑容直达眼底，充满了邪魅，"可否有令她暂时失去武功的药物呢？"

尹白衣佩服得五体投地，"王爷高明，如此一来可保王妃武功不会尽失，二来也可让下毒之人不会心生警惕。"

"燕影，你最近心变得极软！"朱棣话锋一转，似笑非笑地看着尹白衣。

尹白衣心思转动，便明白朱棣说的是告诉燕十七锦曦外出狩猎之事，跪地请罪道："燕影不会犯第二次，王爷明鉴。"

"起来吧！"

尹白衣站起身给在朱棣腕上放出一碗血来喂锦曦服下，过了片刻又放了一碗，如此这般连续三次，朱棣的唇已变得苍白，目光却粘在锦曦身上不肯移开。

"王爷，王妃应该没事了，再服些汤药清下余毒就好。您的身子骨……"

朱棣松了口气，任尹白衣给他包扎好伤口，笑了笑，"我没事。还以为解不了呢。"

尹白衣叹了口气，佩服地看着朱棣，想起燕十七神色又变得黯然，"我喂她吃了化功散，王爷随时可给她服解药。燕影告退。"

"白衣！"朱棣看见锦曦面颊慢慢转红的同时吐出了两字。

尹白衣目中狂喜，张大了嘴不敢相信。

"你以白衣身份投入我燕王府，将来，必有你出头之日！"

"多谢王爷！"尹白衣当上燕影之后，只能做个影子在暗中行动，他是燕卫中唯一的燕影。此时得朱棣亲口承诺可以堂堂正正地站到明处，他日可依功提携，自是喜不自胜。

"下去吧。"

"是！"拉开房门，尹白衣对焦虑的燕十七笑了笑，"走吧，去歇着，王妃无事了。"

燕十七还要回头望向新房，尹白衣一把搂住他的肩，"十七，你答应过大哥。"

十七身体一震，又挺直了胸，星眸暗淡又重新亮起，"我明白，她没事便好。"

　　朱棣握住锦曦的脚轻轻一勾脱下了绣鞋，称了称那双加了料的鞋，随手一甩，再用手掌量了量锦曦的脚，"扑哧"笑出了声。他仔仔细细反复比画了下长短，喃喃道："再大的脚也不过本王手掌大而已，锦曦，你醒来后发现武功尽失会是什么样呢？本王很期待呢。"

　　他想起在宫中踩住锦曦脚上的绳子，害她站了半日，心里得意之极，俯下身子靠近了她，手指从她脸上划过："嗯，你的眉很好看，浓黑油亮，你的睫毛也是，黑羽蝶似的……但这张嘴吗？辱骂本王，倔强得很呢……若是服软会吐出什么好听的？"

　　锦曦正在酣睡中，药力发作，额上密密浸出一层细汗来，脸色更显嫣红。朱棣怜惜地伸出衣袖拭去。见她的唇已恢复红润，鲜艳欲滴，忍不住低头轻啄了一下，"很软，有点，甜。"他又亲了一下，顺手拿起她的手看了看，胸腔里爆发出低低的笑声，"还想揍本王？没了内力如同搔痒，呵呵，本王让你揍，就怕你的手会痛。"

　　朱棣越想越开心，报仇的时候终于到了，脑中闪过各种想法，英气逼人的眉宇间跳动着一层兴奋。

　　"春宵一刻值千金，呵呵！"朱棣站直身体喝道，"来人！"

　　房门推开，守在外面的侍卫垂首道："王爷！"

　　"嘱王妃的陪嫁侍女与喜娘进来服侍，给我看紧了，不准任何人进房门半步！"

　　"是！"

　　朱棣浑身轻快，整理了下衣衫，施施然前厅敬酒去了。

　　得知王妃无事，燕王府的气氛恢复了热闹。见朱棣满面春风走进来，在场的人都舒了口气。

　　李景隆心里诧异万分，面带微笑着问道："王妃无事了？"目光却掠过朱棣大红袖袍中闪过的一角白布。朱棣受了伤？

　　朱棣心中明白，也含笑作答："无事，不妨碍洞房花烛。"

　　他说的时候直勾勾地瞅着李景隆，大红吉服平添几分潇洒，得意之情溢于言表。也就刹那工夫，朱棣满意地看到李景隆眼角抽了一下，快意瞬间涌上心头，笑容更加灿烂。

"虚惊一场，如此恭喜王爷了，只可惜刺客自尽，查不到这幕后主使之人！"李景隆恍若方才新房之中并无与朱棣争执过，脸上微笑依然。

"既是如此，当敬新郎一杯才是，新王妃国色天香，令人羡煞！"旁边有人起哄，喜庆之意融于满堂笑声中。

朱棣大笑着接了，来者不拒，任谁也劝不住。他本已失血过多，已在强撑，才几杯酒下肚，步履踉跄，头晕眼花。朱棣靠在侍卫身上，睨着众人："本王少陪！这……这就见王妃去了！"

太子抢前一步皱了皱眉道："四弟妹真的无事了？四弟万不可强撑！"

"大哥不必担心哪，喜娘正陪着她等本王去呢，哈哈！"朱棣笑着回了，转身往新房行去，走了两步又停下，深深一躬，"多谢大哥关心，如此一折腾，呵呵，别是一番滋味！明日还要进宫谢恩，小弟先行一步啦！"

李景隆还是微笑，笼在袖中的手已悄悄握紧。难道尹白衣真的能驱出独憔悴之毒？为何朱棣的手腕会受伤？他突然没了信心，目光随着朱棣的背影移动，就有一种冲动想去瞧瞧。

一只手突然搭在他肩上，李景隆一抖，回头看到笑嘻嘻的朱守谦，掩饰道："靖江王的酒还没喝够？"

朱守谦知道李景隆去魏国公府提过亲，想起平日里李景隆总是瞧不起他的模样，此时心中痛快大笑道："锦曦得此好归宿，又是虚惊一场，啧啧，为此当浮一大白！"

"哦？靖江王有兴致，景隆自当奉陪！"李景隆正找不到人撒气解闷，反手就取过酒坛拍开泥封大口饮下，挑衅地扬了扬眉。

朱守谦哪肯示弱，也拎过酒坛喝酒。

等到夜深，宾客散尽，两个人还在斗酒。

朱棣几乎是被抬进了新房，他知道自己是失血过多而体软，并无大碍，挥手遣开珍珠与喜娘侍女，靠在床边瞧着锦曦出神。

为什么有人会想要废掉她的武功？是不想让她顺利进洞房吗？朱棣冷声地笑了。难道明日她醒了就不能洞房？

李景隆表明对锦曦钟情，所有的一切反常都是正常，为何自己的感觉却这般不同？朱棣静静地坐了良久，邪魅地笑了。

他伸手解开锦曦衣襟，看到一片温玉软香，脑中一热，听到心脏扑扑的急跳声。他闭了闭眼镇定了会儿，吹熄了红烛。

房间内暗了下来，清冷的月色从窗户格子洒进来，借着月光朱棣脱下了吉服，拂落了纱帐。

手指触到锦曦温润如玉的肌肤，情不自禁血脉贲张，他叹了口气喃喃道："真是要人命！"扯过锦被将锦曦裹住，做完这一切已然没有了力气，闭上眼就昏睡了过去。

燕王的日月

桩桩
zhuangzhuang
著

下

河北出版传媒集团公司
花山文艺出版社

图书在版编目（CIP）数据

燕王的日月（全二册）/ 桩桩著 . —石家庄：花山文艺
出版社，2014.7
ISBN 978-7-5511-2030-2
Ⅰ．燕… Ⅱ．桩… Ⅲ．长篇小说–中国–当代
Ⅳ．I247.5
中国版本图书馆 CIP 数据核字（2014）第 156291 号

书　　名：**燕王的日月（全二册）**

著　　者：桩　桩

责任编辑：李　爽
责任校对：李　伟　李　鸥
装帧设计：姚姚工作室
出版发行：花山文艺出版社　　（邮政编码：050061）
　　　　　（河北省石家庄市友谊北大街 330 号）
销售热线：0311–88643226/32/24/28/29
传　　真：0311–88643225
印　　刷：北京合众协力印刷有限公司
经　　销：新华书店
开　　本：700×1000　1/16
印　　张：33.25
字　　数：640 千字
版　　次：2014 年 7 月第 1 版
　　　　　2014 年 7 月第 1 次印刷
书　　号：ISBN 978-7-5511-2030-2
定　　价：45.00 元（全二册）

目录

CONTENTS

下册

第二十七章 情动·269

第二十八章 幽兰之约·280

第二十九章 凤阳治军·296

第三十章 和解·309

第三十一章 凤目泣血·321

第三十二章 巧解佛经·330

第三十三章 宫闱秘事·346

第三十四章 就藩北平·352

第三十五章 齐心·363

第三十六章 接管燕王府·378

第三十七章 奔丧·388

第三十八章 仇恨·399

第三十九章 出兵·409

第四十章 太子薨·421

第四十一章 风云变·431

第四十二章 靖难之始·441

第四十三章 恨难消情难断·453

第四十四章 血战·465

第四十五章 生离死别·477

第四十六章 景隆闯宫·491

第四十七章 重逢·500

第四十八章 发如雪·512

情动

YANWANGDE
RIYUE

"啊!"

刺耳的尖叫声吵醒了朱棣,他睁开眼,锦曦坐在床上惊慌失措。

"醒了吗?"

"啊——"锦曦又发出一声凄厉的叫声,一把捞过锦被裹住自己,情不自禁往后退缩。

朱棣笑了笑下了床,边穿衣服边说:"今日要进宫谢恩,本王没时间与你解释,回府之后再问吧。来人!侍候王妃沐浴更衣!"

锦曦反应过来,脸一红喝道:"你出去!"

朱棣听了这话怔了怔,邪邪一笑,大步走到床前,连人带被把她抱了起来。

锦曦大惊,伸手去推,只觉手软绵绵的竟使不出什么力气,心中一慌,提起丹田气,内息空空荡荡,她张了张嘴,脑中白光闪动,眼泪就滴落下来,"你狠,朱棣,你真是狠!"

她抬手一巴掌轻轻脆脆扇在朱棣脸上,朱棣抱着她大笑着迈步走入屏风后面,当她在扇风。

"你废我武功!"锦曦胸膛起伏,头抵住朱棣哭了起来。

"扑通!"朱棣把她扔进了木桶,居高临下望着她,"误了进宫是大事,回府后再与你细说原委。我想,你也不愿被人瞧魏国公府的笑话!本王也丢不起这个人,你若一直哭下去,本王便独自进宫。我给你半个时辰,打扮停当!"

锦曦浸在水里，泪水涔涔而下。脑子里一个声音在说，不能，不能让别人看笑话，她骄傲地抬起头，"从宫里回来，王爷会给锦曦一个满意的答案吗?"

朱棣瞥她一眼，锦曦赶紧往水里沉，"呵呵，衣衫是本王脱的，洞房花烛已经过了，你已是本王的人了，难道还怕本王看? 半个时辰，你若迟了，本王便独自进宫!"说完一甩衣袍离开。

锦曦恨得一掌拍下，水花溅起，她脑子晕了，现在却顾不得去想发生了些什么事，只知道要在半个时辰内打扮好。

"珍珠!"

站在屏风外的侍女赶紧进来:"王妃!"

锦曦没看到珍珠，顾不得问她去哪儿了，心想一切都等回宫再说，便对侍女喝道:"半个时辰内把我打扮好! 快点! 我全身无力! 该死的朱棣!"

侍女见她怒骂燕王，惊愕得不敢多嘴，齐齐动手为锦曦沐浴。

朱棣在外间听到，哼了一声，眉梢眼角却全是笑意。"来人，去把尹白衣叫来。"

"是! 王爷!"

尹白衣进来时，朱棣悠然地坐在外间喝粥。

"都下去吧!"遣下侍从，朱棣才慢慢地站起来，眉头微皱，"白衣推断是何人所为?"

"太子得不到，有可能。李景隆表现反常也有可能。秦王……也不可小觑，白衣心中最大的怀疑人选却是徐辉祖，他极不喜欢王爷，一心想让王妃嫁给太子。"尹白衣说出了自己的猜测。

朱棣负手在房中踱步，回头道:"王妃醒了，因为武功尽失发脾气。今日要入宫谢恩，怕是宫中早知昨日发生的事情了，她必须完好地出现在宫里。从宫中回来再和她解释吧，只是这几日都给我盯紧了，任何人往来，只要不伤着她，就不要多打扰了。"

"王爷是想……"

"他会出现的，迟早罢了。"

"王爷这两日注意休息，你手上还有伤。"

朱棣扬了扬手，笑道:"自然是为救王妃挡刺客而受的伤，你说，王妃会为之感动吗?"

尹白衣愣了愣，咧开嘴笑了，粗犷的脸上闪动着了然的温柔。"属下祝王爷与王妃伉俪情深，白头到老。"

朱棣只笑不语。

"公子，燕王与王妃今日入宫谢恩，皇上皇后极为高兴，赏赐丰厚。责刑部破案。"

李景隆目光凝视在那盆素翠红轮莲瓣上，恍若未闻。

银蝶展开另一张纸卷瞧了瞧，未读。

天气寒冷，兰园中的兰被小心地罩上了棉纸罩，像一棵棵小蘑菇星罗棋布在园中。李景隆叹了口气，小心揭开一个纸罩，里面是极普通的春兰，他轻抚着兰叶，叶面上几丝淡黄色的经络挺拔秀美。李景隆又想起锦曦长发垂地微风轻扬的样子，心中烦闷，手指用力掐下一片兰叶来。

"公子，燕王妃与常人无异，据宫中线报，燕王夫妇伉俪情深，燕王不顾礼仪，始终陪伴在王妃身边，皇上皇后听说大婚遇刺之事，也没有责怪燕王。"银蝶思量再三，斗胆将纸条上的内容念了出来。

"伉俪情深……哼！"李景隆冷笑了声，手中的兰叶在他手中抚弄着，指尖那抹绿意在风中微微颤动，似耐不住他的指力。

银蝶小心地看了他一眼，垂下眼眸叹气。

"你叹什么气呢？你家公子风度翩翩，像是落入情网之人？"李景隆没有回头，慢声说道，脸上浮现出一丝笑容来，"燕王夫妇三朝回门之时，把这片兰叶送给燕王妃！"

"是！"

李景隆长吐一口气，在兰园中即兴打出一套拳法。兰园中但见锦衣俊逸，身形潇洒至极，等到收掌，他呵呵笑了起来："我怎么就怀疑独憔悴的毒性呢？锦曦，以朱棣骄傲的性子，你会提剑想杀了他是吗？"

笑声在兰园中回荡，他蓦地噤声，脸色变得铁青："你居然敢把兰花改绣成梧桐，还做成轿帘招摇过市，锦曦，你胆子实在是太大了！你以为靠住了朱棣，我就拿你没办法吗？！"

李景隆并没猜错，从宫中回到王府，锦曦便冷了脸，瞅着朱棣让他给个解释。

"不错，今日表现真的不错，连本王都相信王妃情真意切，温柔斯文呢，呵呵!"朱棣想起锦曦没了内力,武功变成花拳绣腿,就忍俊不禁。

"王爷答应过锦曦,从宫中谢恩回府,便告知锦曦究竟发生了什么事!"人在屋檐下,不得不低头,内力反正也没有了,锦曦只想知道是何人下毒,为什么一早床榻如此凌乱而自己却没有什么不适。

朱棣转过身,心情如银白素锦上的四条团云龙在腾飞。他含笑道:"你中了毒,是尹白衣救了你一命,我已收他做我王府幕僚。你中的毒叫独憔悴,意思是说要么保命,要么没了武功,本王怎么忍心让新过门的王妃死于非命呢?自然就保命了,你的武功么……自然就没了。呵呵!"

"何人下毒?!"锦曦心沉沉地往下落去,死撑着不肯哭出来,哑声问道。

"这个么……刺客自尽,死无对证。还在查。"朱棣老老实实地告诉她,脸上的笑容越来越灿烂。

锦曦站起身,挺直了背:"锦曦能否见到侍女珍珠?"

"当然,你是本王的王妃,难道见个人也要向本王禀报?"朱棣走到锦曦面前,对她服软的表现极为满意。

朱棣屡受锦曦欺负,这时扬眉吐气,走到锦曦身边伸手轻佻地屈起手指抬起她的下巴,"你也有想哭的时候?还记得本王在凤阳说的话么?天意啊,老天都要派个人来废了你的武功,不过,如果你听话,本王没准儿能寻到解毒之物,恢复你的武功呢?"

"啪!"锦曦气闷已久,再听朱棣嬉笑得意,一扬手就打了过去。朱棣没想到锦曦说打就打,俊脸上顿时浮起几道红痕。

锦曦知道自己这巴掌倒是出了气,朱棣就不肯放过她了。她抬起下巴倔强地看着朱棣,打定主意,绝不认错!

朱棣震惊地看着锦曦,这个女子没了武功还敢这么嚣张?!他盯着锦曦,凤目中涌起怒气,拦腰抱起了她。

"朱棣!你落井下石,心胸狭隘,亏我三番五次护你性命!"锦曦气急败坏地挣扎着,不住捶打。朱棣压根儿不当回事,抱了她径直往房中行去。

锦曦挣扎不过马上认清现实,高声叫喊着:"王爷,锦曦知错了!"

朱棣冷冷一笑,"实话告诉你,你的武功就是本王废的,本王言出必行,你以后休想再动本王一指。现在知错,晚了。"

"救命啊!"锦曦大惊,想起今晨床榻上一片凌乱,心里越来越慌,顾不得是在王府中,大喊着挣扎。

一直守在新房外的燕十七的拳头捏得死紧，眼一闭冲了过去，"禀王爷！刺客有消息了！"

锦曦猛然噤声，头一低埋在朱棣怀里，两行清泪汹涌而下。

朱棣低头看了看她，更加愤怒，燕十七是吗？见了燕十七就变得这么乖？他一脚踢开房门笑了起来："查出何人指使，送份厚礼给他，告诉他本王非常满意他送的贺礼！"

燕十七额头青筋暴起，星眸中隐隐有种痛，刺激着他不顾一切地要冲进房内。

"十七！"尹白衣低喝一声，硬生生拉住了他，"你做什么？！"

"放手！"燕十七目中呈现怒意。

"胡闹！她是王妃！十七！"尹白衣拉住燕十七就往外走。

燕十七早想带锦曦走，碍于锦曦身份，此时见锦曦在朱棣怀中挣扎哪还忍得住，一掌切下，尹白衣没想到他这般忍无可忍，被燕十七拍得一个趔趄后退几步，正要出掌，房门口竟走出锦曦和朱棣。

朱棣手轻轻扶在锦曦腰间，锦曦浅浅地笑道："十七，方才王爷的吩咐你听清了吗？我还得加上一句，王爷谢他，我可不谢，你要查出这个人，也帮我废了他。"

她扬起脸对朱棣嗔怪道："没有武功你开心啦？！咱们比箭去，谁说没武功我就不能赢你！白衣，你做中间人，好生瞧瞧锦曦的箭技！"

朱棣只含笑看着她，目中情意绵绵之至。

燕十七呆愣住，转身就往外走，脸涨得通红，暗暗骂自己多管闲事，人家夫妻俩调笑，你紧张什么？！一种尖锐的痛在心底里泛开，等走出后院，四下无人时，燕十七蓦地一拳击出，院中一块太湖石应声而碎。

燕十七只觉痛快，忧伤随即涌来，他足尖一点迅速地奔出了燕王府。

直到看不到燕十七的背影，锦曦才收了笑容，转身疲惫地走回房中，"王爷，你想怎么样？我没武功了，你觉得还不解恨么？我让你打回来可好？"

从门口望过去，锦曦委顿地坐在梳背椅上，冬日的阳光照在她身上，却带不起丝毫暖意。朱棣心里说不出的郁闷，得意与兴奋消失无踪，他跺了跺脚走出房门，对尹白衣淡淡地说了句："找珍珠来陪着她。"

尹白衣叹了口气，等到朱棣走远才来到房中温言道："王妃！"

"白衣！"锦曦眼泪止不住往下落，睁大了眼睛满怀希望地说，"你深藏不露，定有救我的法子，是不是？白衣，我不会没有武功，不会……就这样待在王府一辈子！"话才说完，已放声大哭起来。

尹白衣不知如何回答，他瞧得清楚，燕王对锦曦有情，而眼下锦曦却怎么也不肯接受他。两个人一般骄傲，他甚是为难。看锦曦哭得厉害，心里又极是不忍，在房中转得几转，有了主意。

"锦曦，王爷心高气傲，你屡次折辱他，你站他的角度想，你会如何？"

锦曦委屈，从一开始明明是朱棣惹她，明明自己中毒没了内力，还要受气？她擦干眼泪站起身道："明朝回门，我自会求父亲遍寻名医，我，我再也不回燕王府了！"

这本是赌气之语，尹白衣听了暗自心惊，劝慰几句叫来珍珠陪着锦曦，赶紧去禀报朱棣。走在路上尹白衣不住摇头，怎么自己成了和稀泥的呢？

朱棣说不清楚自己为何会这样对锦曦，就想逗着她玩，惹哭了又心疼。听尹白衣说完，一拳打在桌上："你要本王去赔小心？放眼王朝，此事传出，我燕王府声名何在？本王颜面何存？"

"王妃没了武功……王爷可知道，习武之人若是没有武功是多么难受？她已有超出寻常人的忍耐力，王爷何苦在这当口还要出言刺激她？王爷三思，莫要中了别人的奸计，刺客为何对王妃下独憔悴？白衣思前想后，还是恢复王妃功力为好。"尹白衣苦口婆心地劝道。

朱棣一醒，是啊，为什么指使刺客之人会让锦曦武功尽失呢？难道想看到的就是他与锦曦斗气吗？他咬牙道："好毒的计谋，好狠的手段！"

"王爷，是否让王妃恢复武功呢？"

"不！他迟早会出现的，明天去魏国公府，给我盯紧了，本王倒想知道他还能玩出什么花样来！"朱棣眸中闪过深思，站起身往后院走去。

尹白衣见朱棣寒着脸，生怕他又与锦曦斗气，小心道："王妃她……"

"她心气高，本王便与她打个赌，若是她赢了，本王马上还她武功！"朱棣对此事已想得明白，嘴角勾出一丝笑意。

锦曦坐在绣棚前绣花，她画了幅自画像，像中女子明眸善睐，长发飘飘。她骑在马上张弓搭箭，胯下大黑马神骏扬蹄，风带起衣袂翻飞，眉间透出一股英气。

如果没了武功，画幅像安慰下自己也好。锦曦唇边掠起似有似无的苦笑，将那股痛心与懊恼扔开，她想自己从来不是受了打击会一蹶不振的人。短短时间里，她已想到父亲没有武功一样驰骋沙场，自己没有的是内力，武功底子还在，身体较常人不知灵活了多少。

"青云衣兮白霓裳，举长矢兮射天狼！"锦曦喃喃自语，手飞针落，专心致志地绣着画像。

珍珠有些撑不住，打了个哈欠劝道："小姐，明日回门，今儿早些歇息吧。"

"你先睡吧，我还不困，你再移个灯烛过来。"锦曦睡不着，也不敢睡，她怕停歇下来，那种悲伤与抑郁会像潮水般将她淹没了。

新房设在烟雨楼旁的来燕阁，朱棣本打定了主意去找锦曦，走到来燕阁外又打消了主意。他回到烟雨楼，推开了向西的轩窗，从这里整个后院尽收眼底，而来燕阁近在眼前。

他就一直坐在轩窗旁安静地看着锦曦画画，然后坐在绣棚前绣花。

她绣了一个下午，连端进房内的晚膳也没有动。等到晚来风起，来燕阁的窗户关上了，朦胧的灯光映出锦曦的身影，朱棣还稳坐窗前沉思。

小三保看出了端倪，时不时进进出出，有意无意地说说打听到的情况。

朱棣没有阻止，也没有询问，痴痴地瞧着，凤目中闪动着复杂的光。

"主子，给你热了壶花雕。"小三保知道若叫朱棣关上窗是不可能的，体贴地烫了酒送来。

朱棣端起酒杯，见正是青瓷，想起生辰时与李景隆饮酒，李景隆把青瓷喻做女人的肌肤，嘲弄地笑了。自己是从何时为她心动的呢？在凤阳么？还是在城中第一次争斗给了她一巴掌时？

"主子，想抚琴一曲吗？"小三保机灵地提议。

抚琴？朱棣眼睛眯了眯，侧过头饮下一杯酒不屑道："我说三保啊，你主人岂是这等无用之人？要学那些酸腐之人以琴传情？"

小三保低下头，心道你不屑学酸腐之人，看一晚上窗影了，还不酸？嘴里却道："主子岂是那些酸人可比？奏出的琴音也是铿锵有力。"

"呵呵！"朱棣不觉有些微醺，站起身笑道，"取枪来！本王没抚琴的雅兴却有舞枪的兴致！"

"可是王爷，你的手……"小三保有些担心。

"这点小伤算什么，若是在战场上，流更多的血也死不了！"

月光下，后园花木扶疏。朱棣一抖银枪，挑开朵朵银花，冬夜中扫起一片雪雾。身形矫健，枪如游蛇吞芒。

"好！主子好枪法！"小三保兴奋地拍起掌来。

"枪挑八方兮灵蛇，寸芒蔽日兮独锋！驱鞑虏兮驰骋，丈夫之志兮四海！"朱棣舞至兴头，慨然长歌。枪尖急吐，扭腰回身蓦得掷出。

银枪"夺"的一声刺入树干，红缨颤动，他哈哈大笑，郁闷从胸中一扫而出。

"啪！啪！"清楚两声掌声传来。

朱棣斜斜飞去一记眼神。

锦曦青衣劲装，头发束起，神采奕奕站在园中，缓缓吐出一句："如今可与王爷公平一战，王爷可有兴趣？"

她的脸在淡淡的灯光下散发着一种傲气，眼睛灿亮，微抬着头逼视着他。

朱棣一手抚上树上银枪，曼声道："公平吗？也是，本王在王妃手中屡次受挫，如今机会难得，王妃若败在本王手下怎么说呢？"

"从前凭着有内力胜了你，你总是不服，心有怨气。我嫁入了燕王府，不情不愿也得顶了这头衔。王爷可愿与锦曦打个赌？"锦曦听得院中有人舞枪，开了窗户，见朱棣身手矫健枪法精奇忍不住喝彩，她心痒难忍，想知道若是没了内力会是什么样子。

刻意避开朱棣魅惑的眼神，锦曦手一翻，三尺青锋稳稳握在手中。

"呵呵，王妃想赌什么？"朱棣漫不经心地用力一拔，起出银枪，随手挽了个花枪，姿势优雅漂亮。他素袍银枪，站在白雪之中玉树临风。

锦曦看得一呆，原来朱棣也有潇洒的一面，她定了定心神朗声道："若锦曦赢了，王爷不得再为难于我，这燕王府任我自由出入，王爷自去纳侍妾，你我井水不犯河水！"

朱棣心中大怒，脸上慢慢浮起讥讽的笑容："原来我的王妃是想顶个空名头！本王若是输了，王妃自便，只要不丢我燕王府的脸就行！可若是本王赢了，王妃最好规矩点，好好学学如何侍夫的！"

锦曦咬咬嘴唇，大喝一声，剑如疾电刺向朱棣。

朱棣冷冷一笑，长枪摆开，迎了上去。

两人都抱了必胜的心态，招招都是狠辣。朱棣舞着长枪枪尖寸寸不离锦曦要害。锦曦身法灵巧，剑术阴柔，揉身近击，竟战了个平手。

一来二往，锦曦力气便已不济，剑招一缓，朱棣长枪挑来，锦曦险险扭腰避过，枪如毒蛇吐信扫落她束发玉环。那一头长发便如水泻下。连他也打不过了吗？心里的悲伤直化成热雾冲上眼眶。

"呵呵！锦曦，你还不认输吗？"朱棣知道她没有内力，力气远不如自己，枪法施展开来不再让她有近身的机会，就想耗尽她的力气。

锦曦想起赌约，想起往日随意欺负朱棣，如今毫无胜算，两日来的伤心齐齐涌上心头，喉中一甜一口鲜血喷出。

朱棣吓了一跳，赶紧收势。

锦曦心口闷痛，却挺直了剑，趁机逼了过去，剑身一抖，在朱棣愣神间剑锋已压在他脖子上。锦曦惨淡地瞧着朱棣，脸上却有一抹笑容："王爷，你输了。"才说完，腿一软就跪倒在地。

朱棣猛地甩开手中的枪，抢上一步抱起她，厉声喝道："三保，找太医！"

锦曦固执地看着朱棣，要他许下承诺。

"你不用想了，赌约作废！"朱棣狠狠地说道，脚步未停，把她抱进了烟雨楼，小心放在床上。

"你输了王爷！你不能，不能言而无信！"锦曦压着心悸，勉强地吐出这句话来，就昏了过去。

朱棣瞪着锦曦，胸腔里那股又酸又痛的感觉折磨着他。见她晕过去，气得一巴掌猛地拍在床柱上。突看到窗边的绣棚，他走过去揭开罩锦，露出那幅绣了一半的骑马射箭图。朱棣心中的怒气消失了，手指轻抚过马上的锦曦，长叹一声，她是这般伤心？是自己逼的吗？瞬间朱棣对锦曦心事有了几分了解。怔怔地看着绣像拿不定主意。

小三保领着太医疾步进入房内，太医细细把脉后道："王妃是急怒攻心，忧思所致，王爷不必担心，吐出淤血也是好事。"

朱棣这才松了口气，遣退众人后，他小心拂开锦曦散落的长发，喃喃道："怎么这么倔？锦曦，你太骄傲了。"

他小心脱了锦曦的外衣，拉过锦被盖好，本想离开，心念一转又留了下来，低声笑了："我就缠住你了又如何呢？"

朱棣搂住锦曦，让她靠在胸前，锦曦软软地倚在他怀中一动不动。这时候的锦曦是最柔顺的，她骨架小，削肩细腰，长发如水般散落。从朱棣这个角度看下去，锦曦面色苍白，露出莹润玲珑的下巴，他心里怜意顿生，手紧了紧低声道："若不是怕你离开，我还你武功又何妨呢。"

第二天早晨，锦曦醒来，睁眼便瞧见朱棣仅着中衣抱着他，"啊！"的一声便叫了出来。

"习惯就好，我的王妃！"朱棣闭着眼懒洋洋地说道，手却搂得更紧。

锦曦用手想撑开他，那股子力气朱棣就当不存在似的。她想起昨晚之事，羞恼地低喝一声："你输了便不再为难我的。"

"锦曦，你可真伤我的心呢，你嫁给我不过三天，就想弃我而去吗？"朱棣翻身覆上，凤眼慵懒地凝视着她。

"我，我只想让你明白……"锦曦侧过头不敢看他。

朱棣热热的呼气喷在她颈边，接口道："让我明白你没有武功照样能欺负我是么？我让你欺负便是，绝不生气，绝无报仇之心！"

锦曦有些讶异，没想到朱棣轻易服软，轻咬着唇半晌才道："你明知道结这亲非我所愿。"

"结这亲非你所愿，却是我之所愿！"

他的语气懒散中带着坚定。锦曦秀眉扬起，一双疑惑的眼睛黑乌乌地转个不停。朱棣收起了嬉笑，嘴角微翘，凤目牢牢锁住她的眼神，一脸正经。她脸一红，用手撑着他的胸道："王爷自重！"

"呵呵！你是我的王妃，你让本王如何自重？"朱棣见锦曦脸红如霞，俏丽不可方物，突发奇想问道："锦曦，你害羞是吗？"

与朱棣贴这么近锦曦实在不习惯之极，又被说中心事，扬手就是一巴掌打了过去，朱棣伸手捉住，送到唇边摩挲着浅浅一吻，喉间溢出轻笑声："在这里打不要紧，打成习惯了，本王的面子往哪儿搁呢？"

锦曦使劲抽手不管用，气鼓鼓地说道："没面子，你休了我好啦，反正……"反正我也不想嫁你。这句话还未吐出，双唇已被吻住。

朱棣吻得甚是缠绵，力道不大不小，偏偏不让锦曦有摆脱的机会。见她吃惊地瞪大了眼呆住，朱棣伸手蒙上她的眼睛，轻声呢喃道："我喜欢你，锦曦，在凤阳我就知道你是女儿身了。"

锦曦脑中白光闪过，说不清道不明的感觉。直到朱棣抬起脸，仍呆呆地望着他。

"锦曦，是我笨还是你笨？我居然在山中才知道你是女的，白白与你斗气。做我的王妃，我知道你想行侠江湖，你武功若是恢复，我答应不管你。"

锦曦犹在发呆，朱棣好笑地拍拍她的脸，"起来梳洗，今日我陪你回魏国公府。"说完坐起身，唤侍女进房侍候。

锦曦收拾停当，脑中还迷迷糊糊的。朱棣喝着茶等她打扮好，看了她一眼笑了起来："等等，"他站起身伸手把她发间的花簪扶了扶，歪着头瞧了瞧，又解下腰间翠玉弯下腰亲手系在她的丝绦上："那次郊外比箭，我舍不得给你，这是母妃送我的生辰礼。"

玉佩是块龙形翡翠，锦曦拿起来瞧了瞧，上面有一行字："龙行天下。"骇了一跳，忙不迭地想解下。

朱棣伸手挡住："当年父皇送给母妃的。"他眼中闪过一丝伤痛，转眼便消散了，也不再解释，牵了她的手走出房，见外面风大寒冷，便问道："送你的火狐大氅呢？"

锦曦这时才回过神，觉得朱棣就像变了个人，听他提起那件火狐大氅嘴一撇，"我怕狐狸冤魂缠着我。"

"呵呵，我说着玩的，听你大哥说你极喜欢那只火狐，只身追了去，这才下令去猎的。"

朱棣的话似冬阳般温柔，锦曦偷眼看去，他的鼻梁也很挺，唇棱角分明，剑眉修长，加上勾魂的丹凤眼原是十分清朗帅气的人。她感觉牵住自己的手大而温暖，心中顿时涌起一分甜意，羞涩地低下头笑了。

上了马车，朱棣也未骑马，亲自搀扶了她陪坐在轿中。

"你出去！别人瞧着笑话。"锦曦有几分不自在。

朱棣不动，"你习惯就好了。"

锦曦把头转过一边，不敢瞧他。

朱棣满意地笑了，低低说了句："一直不知道你怕什么，原来，你最怕羞了。"不待锦曦反应，掀起轿帘上马陪同。

为什么会这样？锦曦暗暗问自己，心中不是为了燕十七心酸吗？怎么满心满脑想的都是朱棣？往日与朱棣争来斗去，此时竟另有一番甜蜜。她偷偷掀起一角帘子，正对上朱棣含笑的眼睛，那双凤目寒意不在，带着款款情意。锦曦缩回手，捂着嘴嗤嗤地笑了。

到了魏国公府，朱棣自与魏国公寒暄，锦曦去见母亲。

徐夫人最是关心闺阁之事，打量了锦曦半天悄声询问。

"娘，挺好的。"锦曦含糊地回答着，想起朱棣抱着她睡，扭捏起来，浑身上下散发出的娇羞之色让徐夫人放了心。

三天回门，再见自己出阁前住的绣楼，别有一番亲切。珍贝陪了锦曦上楼，嘴快地说："小姐成亲那天，吓得老爷夫人着急得不行，还好王爷遣尹公子回府传信说小姐无事，太可怕了。不知道刺客是什么人呢。"

锦曦笑了笑，几日来已想得明白，结果已经这样了，总要往好的方向去想，没有武功再伤心，可天下不会武功的人多了，也一样能做自己喜欢的事情。何况，如果找到师傅，没准儿还能解去独憔悴的毒。

第二天入宫，皇上皇后也问及此事，下令务必查个水落石出。燕十七道有线索，也不知道查得怎样了。是什么人想让自己失去武功呢？原本以为是朱棣，可与他纵是争斗，也不见他用卑鄙招数。朱棣的温柔让锦曦空落的心感觉到甜蜜，竟冲淡了失去武功的伤心。她相信终会有水落石出的一天，倒也不急。

"珍贝，你与大哥好么？"

珍贝脸一红，轻轻摸着小腹，"我有了。"

锦曦吓了一跳，高兴地笑起来，赶紧拉珍贝坐下："你怎么不早说？还陪我在园中走这么久，你坐下，我倒茶给你喝，"她随手去拿茶壶，一抹绿意映入眼帘。锦曦心中一跳，拈起一片兰叶。

难道李景隆半夜还来绣楼吗？她马上否定了这个想法，兰叶新鲜，必是李景隆知道她今日回门留下的。他想说什么呢？

她细细地看着兰叶，上面隐隐的几道痕迹。锦曦凝目细看，心突突地跳了起来。她稳稳地倒了杯茶递给珍贝："今晚我留下，想和母亲说说话儿。"

朱棣听锦曦说要留在魏国公府住一晚，眼睛就盯着锦曦打转，脸上看不出喜怒，所有的情绪都化作唇边若有所思的一抹浅笑。

这样的神色让锦曦心里发虚，始终不敢看朱棣的眼睛，然而那片兰叶让她心动，让她只能选择留在府中。锦曦硬着头皮道："我想陪娘一晚。"

徐夫人不知就里，微笑道："锦曦就是小孩儿脾气，这嫁出去的女儿，回门就成了，都在南京城里，又不是天远地远瞧不见了。"

听到母亲这样说，锦曦大急，她今晚非留在府中不可，眼珠一转撒娇道："珍贝有孩子了，锦曦有体己话对她说。"

她抬起头小心地看了眼朱棣，见他还是不说话，咬咬唇便激道："王爷这也不肯？"

"嗯。"朱棣见她眼珠乌漆漆地转个不停，想笑又忍住，心里又总结了一句，锦曦心虚时就会这样。他不想逼她太紧，但又想看她会怎么办，沉住气等着。

锦曦听到朱棣嗯了声，嘴翘了翘，顾不得父母在堂，侧过头气道："难道嫁入王府连在家住一晚都不行吗？"

"锦曦！"徐达很疑惑，出声呵斥她，看向朱棣时却又满面堆笑，"王爷，锦曦从山上回府两年便嫁了，不舍也是有的……"他不知道锦曦为什么这样想留在家里，以为是初嫁还不习惯，出声呵斥锦曦，说话的口气还是向着她的。

朱棣听到徐达出声，轻轻笑了，他拉住锦曦的手柔声道："瞧你急的，知道你不舍得离府，明日我来接你。"

准了？锦曦大喜，眉开眼笑，却忽略了朱棣眼中闪过的算计。

出了魏国公府，朱棣对锦曦笑笑，"天冷，回去吧。明日等我。"

锦曦目送朱棣离开，长舒一口气。不知为何，她对朱棣隐瞒，有点心虚，总感觉朱棣的目光浅浅一瞥就看破她的心事似的。

天黑后锦曦回到绣楼休息。

徐达与夫人没有察觉丝毫异样，叮嘱珍珠好生侍候着。锦曦想，今晚李景隆一定会出现。她点着烛火，砌了一壶香茶静静地等候。

子时刚过，门外悄然出现一道人影，极有礼貌地敲了敲门。

"李公子几时这般有礼了，平时不是爱走窗户的吗？"锦曦静静地说道。想起兰叶上压出的"独憔悴"字痕，一颗心怦怦急跳，如果不是李景隆下的毒，便是他有解药。

她想起被大哥下药失去内功的时候也是李景隆解的毒，不论是哪一个答案，她都要留下来探明真相。

门吱呀一声被推开，李景隆闪身而进，弹手间灭了烛火："我想与锦曦安静地待一会儿，不想被人打扰。"

"我都忘了，李公子出现必有月夜清辉，见不得人间烟火的。"锦曦讽刺地说道。

李景隆跨前一步，伸手抓住锦曦手腕。

"放手！"锦曦使劲一摔，手腕剧痛，她怒目而视，"别忘了，我现在是燕王妃！"

燕王妃？李景隆上下一打量，冬夜朗月映得满室清辉，锦曦穿着王妃的品级服饰，雍容高贵。这身服饰像根刺扎得李景隆惊跳起来。

"哼！"他用力将锦曦拉进怀中，扣住她的下巴狠狠地说道，"我得不到的，他也别想！你忘了我说过的话了！"

"啪！"锦曦用力挥出一掌，指着李景隆骂道，"你休想，你纵是下毒废我武功，我也不屑于你！"

李景隆目中阴郁更深，突然低低笑了："锦曦，我就是喜欢你的性子，你怎么这么聪明，就知道毒是我下的呢？不是还不能肯定么？"

锦曦冷冷地看着他："你留下兰叶约我今夜来此等候，是想告诉我，你能解我中的毒吗？"

"呵呵，本来是的。"李景隆心情大好，心道，朱棣，你真是帮我大忙了。

"你走吧，我知道是你，刺客当场自尽，死得干净利落，没有证据，现在拿你也无办法，毒，不用你解了，此毒你能解，天下必有解此毒之人。何况……"锦曦嫣然一笑，"何况有我夫君在我身边，他自会保护于我，这武功不要也罢。"

"哦？若你不在意武功，你何必特意留下来？"李景隆现在一点儿也不着急，他慢慢地逼近锦曦，低下头在她耳边轻声说，"锦曦，我怎么会不管你呢？

我下毒，不过是不喜欢看到你们洞房花烛，对你小施惩戒罢了，我怎么忍心废你武功呢？今日约你，本就是想为你解毒的。"

什么意思？就是不让洞房之夜顺利？下了毒又来解？锦曦疑惑地看着李景隆，这个人做事总让她琢磨不透。

李景隆叹了口气，"锦曦，你眨巴眼睛的时候我总是忘了提防于你，其实你现在才是最危险的。"

"我有什么危险，我连武功都被你废了。你想为我解毒？你就这么好心？不是不希望看到我嫁给朱棣吗？"

"呵呵，如果我告诉你，你的毒早解了，你的内力无法恢复是因为朱棣另对你下了化功散，你相信吗？"李景隆淡淡地吐出这句话来。

他的声音轻柔悦耳，锦曦听入耳中，如响鼓重槌狠狠地敲打着她的心，痛得她情不自禁地后退两步，惊恐地看着他，难以置信。她的毒解了？朱棣对她下化功散？锦曦秀眉微蹙，手按着心脏的位置，不使劲按着，就止不住破心而出的尖锐的疼痛。

冬夜的月光映着院中的白雪，渐渐地将寒气带入锦曦的骨子里。她想起朱棣的那个吻，温柔的拥抱，缠绵的话语。他看她的眼神，他对她的告白……他轻声呢喃说喜欢她，他要她做他的王妃，他说他知道自己想行侠江湖，说如果她武功恢复，他答应不管她。

锦曦失魂落魄的模样让李景隆生出一阵快意。

"怎么？受伤了吗？难过了吗？"李景隆笑着，突然神色一变猛然握住锦曦的双肩，"你喜欢他？"

"不!"锦曦尖声喊出来，挣脱他退到窗边。

她的反应比看着她出嫁更让李景隆嫉恨。他咬牙切齿瞪着她，良久才从怀中掏出一只玉瓶放在桌上："这是解药，锦曦，你仔细想清楚，想害你的究竟是谁。"说完跃出了绣楼。

锦曦心头剧震，等到李景隆离开，她才软坐在地上。想起自己对朱棣居然有了好感，居然相信了他，居然留恋他的拥抱、他的浅笑……原来，他从来没有放弃要报仇，原来，他在凤阳所说的每一句话都是真的……锦曦埋着头哭了起来。

她原以为和朱棣之间的过往都是闹性子的打打闹闹，至少光明磊落，也不会真的记恨。朱棣亲口说的话犹在耳边，他说他不会报仇，就算她又给了他一记耳光，他也不着恼。可是现在，锦曦心里一片灰暗，对朱棣才起的好感瞬间变成了仇恨。

他怎么可以，怎么可以这样欺骗她？锦曦心如刀绞。

也不知过了多久，寒气入侵冻醒了她。锦曦睁开眼，白雪映着月光带来满室清辉，如霜似雪在楼板上结了浅浅一层。

她闭上眼使劲把玉瓶握于手中，指节因用力而发白。矛盾异常。一个声音是服下李景隆给的解药，另一个声音小声说再信朱棣一回。她万分作难，不愿相信李景隆所说，但直觉却告诉她，李景隆没有撒谎。

在她放开心防之时，居然得知这样的一个消息，锦曦喘了口气，只觉得心悸。

李景隆下毒在先，朱棣下毒在后，他们，口口声声说喜欢自己……锦曦摇了摇头，心里一片凄苦。

她把玉瓶贴身藏好，点燃烛火，对镜自觉，细心临下一幅自画像。

像中的锦曦头梳桃心髻，插着阳成公主送的那支红玉镶金点翠攒花步摇，手从步摇上抚过。听说阳成与朱棣同为一母所生，今日回门，她心里开心，特意插了想讨他高兴，锦曦颤抖着手取下步摇放在桌上，不忍再插戴。

幽幽叹了口气，紫玉狼毫轻勾画下裙衫。今日穿的是王妃品级服饰。鸦青色大袖衫，外罩同色比甲，魏紫百褶罗裙，斑斓绣凤滚边花饰。

画到腰间所系丝绦，她的手抖了抖，想起朱棣俯身为她系上玉佩那一刻的心驰神摇，他的深情温柔，自己满心欢喜，羞涩无言，不觉又落下泪来。

画像完成，锦曦怔怔望了半晌，在留白处凄然题下："林花谢了春红，太匆匆。无奈朝来寒雨，晚来风。胭脂泪，相留醉，几时重。自是人生长恨，水长东。"

她把画用玉石镇纸压在桌上。想了想，又将李景隆送来的那片兰叶一同压住，摆上那支步摇。看看天已泛着蓝灰色，锦曦留恋地望了一眼绣楼，打开门走了出去。

徐达和夫人起来，见侍女们面带喜色，齐声道："老爷，夫人，请往偏厅用早膳。"

二人狐疑地走进偏厅，锦曦笑着迎上前来："给父亲，娘亲请安！今日锦曦要回王府了，一早起来为爹娘做早膳。"

"哦？锦曦亲手做的吗？为父可要好好尝尝。"徐达心里宽慰，锦曦回府两年却从不知道她善厨艺。

锦曦扶着徐夫人坐下，亲自为她盛了一碗红豆糯米粥，笑着介绍："这是干丝小笼，蟹黄蒸包，拌蜇丝，还有这个，是女儿今晨收集梅花上的雪制成的雪露虾饺，娘，你尝尝。"

徐夫人夹起一个虾饺咬了一口，鲜甜无比，笑着拍了拍锦曦的手道："锦曦嫁了人，真是懂事许多呢，燕王真有福气！"

徐达呵呵笑了，柔和地对锦曦说道："以后又不是不能回府，你有了两个弟弟两个妹妹，都盼着你回来逗着玩呢。"

"好啊，我可喜欢逗他们，小猪似的……"锦曦见徐夫人皱眉赶紧把后半句话说完，"小猪似的粉嘟嘟的，可爱极了。"

"哈哈！锦曦真会说话！"徐达笑得合不拢嘴。

一名侍从垂手走进报道："老爷，燕王已前来接王妃了。"

徐达和夫人笑逐颜开，携了锦曦道："瞧瞧，当初还不想嫁，瞧瞧燕王多疼你，一早就急着来接你回王府了。"

锦曦勉强地笑了笑，心里隐隐又有一点儿希望，希望李景隆说的全是假的。她对父母福了福道："锦曦这就回王府了，爹娘保重，勿以锦曦为念！"

走到前厅，朱棣穿了身绛红深衣，金色滚边，还带着一身喜庆。见了锦曦，他微笑着走上前来，自然地扶住了锦曦的腰轻声说道："怎么没睡好的样子，昨晚想我了吗？"

锦曦移开脸不肯看他，低头不语。

朱棣意味深长地又道："不想本王，难不成锦曦留在府中与情郎私会？"

"你说什么?！"锦曦秀眉一挑，面带怒意。

"呵呵，本王可记得从前的非兰最是大气，怎么，开句玩笑都受不了？"朱棣嘴角一弯，凤目中又闪动着锦曦看不明白的神色。似挑衅似戏谑似伤心，种种情感在他的眼中沉淀，偏偏那朵笑容像雪里腊梅，开尽颜色，灿烂至极。

锦曦久久注视着那双眼睛，薄薄的眼皮，将风情展现，极尽魅惑。她低低自语："你怎么可以有这样的眼神，能在心里藏住那么多事呢？"

"什么？"

她说得极轻，像一声叹息飘过。朱棣没听明白，挑了挑眉，告辞徐达与夫人，便搂着锦曦上了马车。这次他没有骑马，与锦曦一同坐进了车轿里。

锦曦心中有事，不想搭理他。朱棣也不说话，倚在软榻里盯牢了她。

他耐心很好，昨晚尹白衣守在魏国公府外守到一青衣蒙面人潜入后院，看到锦曦绣楼有灯影一闪映出两个人影，锦曦留下来原来是为了与人私会！

尹白衣道来人武功奇高，而且防备心得，居然跟丢了。朱棣只觉得脸上火辣辣的，堂堂燕王妃，居然借回门之际与人私会绣楼！来人不管是不是下毒之人，就锦曦隐瞒此事，就够他光火。

朱棣想到此处，伸手就捞起锦曦坐在自己身上。不等她挣扎，手撑住她的后脑狠狠吻了下去。

锦曦困在他怀中，又在车轿内，不敢弄出声响，只闭紧了牙关不让他进入。

朱棣哼了一声，手在她腰间一捏，锦曦吃痒不过，才一张嘴，朱棣已大模大样地吻得深了。他反复蹂躏着她的红唇，辗转吸吮，直至锦曦呼吸不畅，软软地倚在他怀里。"我想你，锦曦，我一日也不愿让你离开我身边。"

温柔的情话像一把刀在凌迟锦曦，她再也受不了，泪眼蒙眬地望着他轻声道："我没武功了，你能让我恢复武功吗？"

她的神情是这样凄楚，双眸带着一线希望一丝企盼，锦曦想听到他说一声好，想听到朱棣告诉她，只不过是在和她斗气，逗逗她罢了。

"呵呵，没有武功就这么难过吗？我会保护你，锦曦。"朱棣深深地看着她，让她恢复武功，她就可以随意去见那个神秘的黑衣人？她会跑得无影无踪，让他找不着她，让他控制不了她。朱棣心思转动，打消了还她武功的念头。

锦曦低下头，两滴泪落下，她哽咽道："这独憔悴的毒真的不能解吗？"

"本王会遍寻神医找到解毒良方，恢复你的武功。"朱棣温言劝道，搂着锦曦淡淡地笑了，"怎么，锦曦怀疑我？"

"不是我怀疑你，是你不说实话，难道我中的毒真的没有解吗？"朱棣的话让锦曦万念俱灰，她一字一句慢慢地说道。

朱棣的手僵了僵，恼怒地问道："是昨晚你见的神秘人告诉你的吗？他是谁？毒是他下的？为什么不告诉我？"

锦曦想离开他的怀抱，朱棣双臂一紧厉声喝道："是谁？你瞒着本王去见的人是何人？！"

"你以为我是不守妇道吗？问得这般理直气壮！你为什么不对我说实话？"朱棣一吼锦曦更是气愤，管不了是在车轿中，也吼了出来。

说话间已到了王府，朱棣阴沉了脸不管不顾地抱着锦曦下了马车。周围侍从面面相觑，不敢出声。

锦曦羞愤至极，把脸埋在他胸间不敢见人。

进了来燕阁朱棣放下锦曦沉着脸道："看来有必要好好和你谈谈了。"

"谈什么？那你告诉我，既然解了独憔悴的毒为何又要对我用化功散？"

"来人为何想废你武功？本王在新婚之夜放出话去你所中之毒已解，并无大碍，就猜他必会去找你。你以为，你想留在魏国公府的神色犹豫闪烁，本王会瞧不出吗？实话告诉你，本王早令尹白衣和燕卫守在魏国公府外，可惜却叫他逃了……锦曦，你真叫本王失望！告诉我，是谁？来见你的人是谁？！"

朱棣一想到锦曦瞒着他就愤怒不已，面如寒冰狠狠地瞪着她。

"你解了独憔悴，又给我下化功散，是因为不想让下毒之人觉察么？为什么却每次说我的毒解不了，我的武功不能恢复？！"

朱棣不想让下毒之人觉察，想引出幕后之人，又何尝不是想借机欺负一番锦曦，免得她急起来开打自己又赢不了。听锦曦这般问，那点心思无论如何是不想让她知晓的。

他侧过头冷冷说道："让你知道了，怎么引得出那下毒之人？"

是这样吗？一股喜悦突然就从心里泛起来，原来是这样吗？自己竟错怪了他？锦曦的心雀跃起来，伸手扯住了朱棣的袍角："那人已露痕迹，你可以解了化功散还我武功了。"

"不行！"

"什么？"

朱棣慢吞吞地说道："本王还是觉得你没有武功的好。告诉我，那人是谁？！敢破坏燕王娶妃，胆子不小，究竟是何人？"

锦曦猛地明白了，笑容凝固在脸上，为什么要对我下化功散？为什么不在解毒之后对我说明原委，我自会配合引出下毒之人！原来……原来你所说的话全是虚言，你，你心里念念不忘往日受我折辱之仇！你压根儿就没忘记在凤阳之时说的话，我真是傻。竟以为你不会报复我，竟以为……竟以为你真的喜欢上我。锦曦又怒又伤心，觉得自己被朱棣要了，而且是用最卑鄙最无耻的手段骗得她动心动情。"呵，下毒之人怕是遂了你的心愿吧？朱棣，你睚眦必报，枉我……枉我还……你出去！"

他让她动心，让她信任他，让她沉醉在他的温柔他的怜惜之中，没想到，真正算计她的人却是他！剪水秋瞳中泛起点点水光。

朱棣见她护着那人，始终不肯吐露实情，怒气也越来越重。"来人！给我看住王妃，不准她出这房门半步！锦曦，你想明白，我才是你的夫婿！你，你居然祖护那个对你下毒、坏我大婚喜事之人！你什么时候想明白，什么时候再出房门！"说完拂袖而去。

他不肯给她解药，还下令禁足？锦曦望着朱棣的背影气得浑身发抖，摸出玉瓶，两行清泪夺眶而出。吃了解药受李景隆恩惠，中他离间之计，可是不服解药，武功便不能恢复，只能受朱棣的气。想起朱棣的专横霸道，一咬牙服下了解药。

片刻之后，丹田热气上扬，锦曦缓缓导运内力，惊喜地发现武功已经恢复。锦曦高兴地跳起来，以为我没了武功就任你欺负？她不屑地撇撇嘴，脱下华服，换了劲装悄然离开了王府。

一条瘦削的身影在月光下慢慢走出来，挡在了她面前。

"十七，你也要拦我吗？"

燕十七一直关注着锦曦，见她身形已知她武功恢复了，带她回去还是放了她？燕十七想起尹白衣的话有些犹豫，然而眼前的锦曦却又让他心疼。

怜惜地瞧着她，成亲不过几日，锦曦就明显消瘦了。他的眼睛在黑夜里灿灿生辉，他的笑容让锦曦看到了冬日温暖的阳光，"锦曦，不管你做什么，我都会帮你。我，我想过，你若在王府过得好，我便做你的护卫，你若过得不好，想离开，我就陪着你。"

热泪滚滚而下。从大婚到现在，短短几日锦曦先有中毒失去武功的伤心，再有李景隆毒蛇般的挑唆，朱棣对她从温言好语到冷言冷色，锦曦何尝经历过这些？听了燕十七的话，暖意油然而生，喉间如同哽着一个肿块，锦曦哽咽地喊了声："十七！"

"你走吧。"燕十七当机立断。

"想走哪去？"尹白衣高大的身躯挡在了面前。

两人一怔，燕十七缓缓拔剑挡在锦曦身前，"我知道不是你的对手，但是，我却能拖住你。锦曦，你快走。"

"王妃，你可曾想过你这一走，王爷会有多伤心吗？"尹白衣苦口婆心想劝锦曦回头。

"白衣，"锦曦已想明白一切，淡淡地笑了，"你看似平凡，一直都深藏不露，你是他的人不是吗？他伤心？他何曾为我想过？明知失去武功对习武之人是多么痛苦的事，却忍心这样对我。我信任于他，他却不肯解去化功散之毒。

他口口声声对我情深义重，却不顾我的感受，却反过来怨我隐瞒于他。我既然决定离开燕王府，便再无人能挡得住我。"

尹白衣有些无奈，低下了头，"对不住，王妃，我还是要带你回去。十七，你不要忘记你的身份。"

"对不起，我，顾不得那么多了。"燕十七沉声道，"出招吧！"

"慢！"锦曦笑得很狡猾，手一翻亮出一柄匕首，"带我的尸体回去？"

"王妃！"尹白衣头开始痛起来，他管不住锦曦只能对燕十七开吼，"你可知道你这么做的后果？"

"我只是燕王府的一个侍卫，想与你过过招罢了。"燕十七明白锦曦的意思，脸上笑容顿现，耍起了无赖，"我可没有看到王妃。"

尹白衣恳切道："锦曦，你可知道，你中毒之时是他放了三碗血才解你的毒，你不知道他当时有多着急。他是皇子，没有犹豫半分，恨不得把全身的血都给了你才好……"

朱棣温柔的样子又在脑中浮现。锦曦心中一痛，心乱如麻，分不清哪个才是朱棣的真心，偏过头轻声道："我，只是出府散散心，他居然不让我出房门！我想寻个清静地好好想想。"

"那晚我与潜入你绣楼之人交过手了，此人武功深不可测，看似一人，其实暗中却带有众多高手护卫，王妃，你为何不肯说出他是何人？王爷不过气你这点而已。"

能告诉他们是李景隆吗？锦曦想起李景隆的手段打了个寒战，那是条毒蛇，反复无常猜不透心思。她低声说："我，在绣楼留有东西与王爷，我想出去散散心，留在府中，又会与王爷争吵相斗。我走了。"

"王妃！"尹白衣跨前一步，长剑指着他，燕十七星眸中神采漾动，"我一直想和你比，今晚月色撩人，月下过招想必很是惬意！"

尹白衣看着他俩终于叹了口气，想起往事，心一软背过了身："王妃，你几时回府？"

"三年，三年后我定会回府，那时，朱棣就算休妻，我也认了。"

尹白衣对锦曦一拱手："白衣会如实回禀王爷，如何处置，依王爷令吧！"离开前，他突然说道，"王妃，你的马，我给你牵出来了。"

锦曦震惊，心头一热喊道："白衣你……"

尹白衣平凡无奇的脸上露出了笑容，居然和燕十七的笑容有几分相似，明朗若阳光，在阴沉的黑夜里带来些许温暖。

锦曦再不多言，翻身上马，消失在黑夜中。

"还不去?!"

"大哥?"燕十七惊喜交加。

尹白衣肃声道："王爷令你暗中保护王妃，十七，你……你知道该怎么做!"

燕十七再不迟疑，往锦曦消失的方向追了过去。他知道，他如何不明白呢？只是，如今只要能在锦曦身边，他便知足。

黑暗中尹白衣陪着朱棣悄然出现。朱棣目光中盛满不舍，默然伫立。

"去把绣楼里的东西取来，对外说王妃身体不适，送至南方调养。"

"王爷! 白衣不解……"

"本王不想她勉强留在王府。终是本王心狠，明知道她若没了武功会伤心欲绝，却为一己私心难为她。"朱棣没有再说，负手缓缓走在寂静的长街。锦曦，三年，我们便扯平了。三年后你若不回来，我也会捉你回来。

唇边漾出淡淡的苦涩，朱棣问自己，这个赌值得么？脑中闪过初见锦曦时她马上骑射的英姿，大街上被自己打了一巴掌时红了眼睛的委屈模样。她在凤阳松坡岗上为了救他一脚踹他入水。虽说被逼做他的护卫，却是死命护他……惊诧，愤怒，心喜，情动……冬日的寒风扑面而来，带着刺骨的凉意，朱棣呵呵笑出声来："白衣，你说本王这个王妃娶得冤不冤？"

尹白衣钦佩地回答："能得王爷垂爱，王妃之福。"

朱棣没有再说话，他默默地想，锦曦，你明白本王的心意吗？他的眉皱了皱问道，"十七……"

"王爷放心。"

"多情却被无情恼……难为你们兄弟二人了。"朱棣喃喃自语。

一丝激动从尹白衣脸上掠过，"能觅明主，白衣之幸，十七之幸!"

回到王府，朱棣了无睡意，他推开来燕阁的门，点燃了烛火，窗台下绣架上那幅骑马射箭图还未完工。朱棣欣赏了会儿吩咐道："从今日起，任何人不得再入来燕阁，这里的东西一样也不许动。"

第二日，朱棣亲去魏国公府告之徐达锦曦大婚之日余毒未清，已送她去江南寻医解毒去了，同时取回了锦曦留在绣楼的画像与留下的物什。

画像中的锦曦穿着燕王妃的品级服饰，拿着她摘下的步摇，朱棣有些黯然。难道她已打定主意再不做他的王妃留下的最后一幅肖像画么？他突然注意到锦曦腰间丝绦上自己亲手系上的玉佩，锦曦离开，可是那块玉佩却没有留下。他目中露出狂喜，心中一块石头才落了地。

那片兰叶已经枯萎，上面原有的淡淡划痕早已模糊。锦曦不愿说来人是谁，却留下这片兰叶，是何用意？朱棣细细地观察兰叶，没有什么发现，便有些烦躁。

锦曦不可能无缘无故留下这片兰叶。大婚之日想废她武功之人必是她所熟悉的人。难道这片兰叶也是对她下手之人留下的？

朱棣凝视着兰叶良久，吩咐道："三保，你去打盆水来。"

他把兰叶浸在水中片刻再捞起，用纸蒙在上面轻轻按压着，兰叶渐渐在纸上形成水痕。朱棣仔细观看，心脏漏跳了半拍似的，长吐出一口气来，"果然是下毒之人。"

凤目中闪过锐利与寒意，此人先以此引诱锦曦留在魏国公府，发现她毒已解掉再告诉她中了自己的化功散。锦曦恢复武功自然是服了那人给的解药。

朱棣狠狠地把纸揉成一团，咬牙切齿道："好毒的心肠！好缜密的心思！"难怪锦曦知道一切，难怪锦曦听到自己不肯解她的化功散会那么伤心。这人是算准了自己的心思，也算准了锦曦必会伤心。

是何人想破坏他与锦曦呢？锦曦不肯吐露那人姓名又是为何呢？朱棣陷入沉思中，脑中飞快地闪过大婚之日众人的面孔。

太子？秦王？李景隆？朱守谦？

"锦曦，你口中不说，实则已告诉本王一切了。"朱棣若有所思地笑了。"三保，传扬开去，本王府中一珍品名兰，号国色天香，花团锦簇，冬日居然怒放，特开赏花宴。"

三保一呆，小心回禀："王爷，咱们王府这品兰花冬日如何开花？"

朱棣似笑非笑地说："唐朝武则天冬日以绢笼火盆催花早发……本王这盆国色天香自然也能。赏花宴就定在三日之后吧。"

赏花宴？国色天香开花？讥诮之色从李景隆眼中一闪而过，笑容可掬地对燕王府侍从道："回禀王爷，景隆准时赴约，现在就迫不及待想一睹名兰芳容了。"

"王爷还道，他于花草并不放在心上，赏花宴上若兰得知己，拱手送之。"

"如此多谢你家王爷，不知谁有幸能成国色天香的知己人呢。"李景隆感叹一句。目送着侍从离开，他唤来银蝶问道："国色天香是夏兰，初夏开花，冬日从未有见，你觉得呢？"

锦蝶想也不想便答道："燕王府的兰若不开花，还开赏花宴，岂不惹出笑话？小的以为此事甚为怪异。"

李景隆哈哈大笑，朱棣这哪是请人去赏兰，分明就是起了疑心。朱棣以为他会这么笨么？"银蝶，太子殿下养的兰长势如何？"

银蝶会心一笑："太子殿下以为那种极普通的春兰是传说中的银丝蕊兰，东宫之中小心呵护，再过些日子花开吐芳，有了燕王的赏花宴，太子殿下必也会开一个赏兰会了。"

李景隆惋惜地摇了摇头道："太子殿下人中龙凤，唯对美色太过沉迷，心不够狠，可惜了。"

二月春风似剪刀，带着丝丝寒意扑面而来。枝头早春的嫩芽冒出了青绿的一点，春天步子再缓，也一步步逼近了南京城。

燕王府烟雨楼外新搭起了赏花亭，收罗了早春鲜花，姹紫嫣红，缤纷绚丽。亭外以银白色绢绡围成了布障阻隔寒风，从外往里看，诸般颜色朦胧隐现，美不胜收。步入其间，立时便被花束拥簇，地下铺有地龙，花香被暖风一熏香味更重。更有娇俏侍女只着纱罗穿梭往来，小心侍奉。燕王府竟有着难得一见的暖玉温香。

太子朱标眼底盈满喜色，眉宇间却带着忧虑，正待斥责朱棣铺张，朱棣拱手笑道："皇兄不知，此事早已奏请父皇母后，听闻国色天香早春花开，正是我国运兴盛之征兆，今日赏花宴又别出心裁，将展示的盆花投注卖出，所得银两用于赈济贫困人家。"

连这样的事也事先请奏？朱标暗道朱棣心思不仅缜密且聪明地寻了个好理由。既来之则安之，他微笑着罢手示意朱棣免礼："如此好事，难为四弟了。"

"臣弟新婚，主意是锦曦所出，母后乃向佛之人，闻之甚是心喜，已命人送来体己一千两，订购早春桃一盆。"朱棣满面春风地说道。

"呵呵，母后带头，大哥当然也订购，不知那盆早春花开的国色天香标价多少？"朱标想起东宫内的银丝蕊兰，心想若能得国色天香，一来名好意佳，二来他也起了开赏兰会募捐之意。等到三月春来，兰花吐芳，父皇必定心喜。

朱棣眼波流转，"大哥原来中意国色天香，听闻李景隆也是爱兰如痴，此兰定当让与大哥，就不知景隆会否与大哥争抢了。大哥不会介意价高者得，多募些银两与贫穷人家吧？"

"当然不会，不然，又怎会有投注的乐趣呢。弟妹出的好主意，怎不见弟妹人呢？"朱标丝毫不以为忤，话锋一转问起了锦曦。

还记挂着吗？朱棣瞧太子不起，在他心中，太子还对锦曦念念不忘实在是将来的祸端起源，而这番暗中防范却不能让太子知晓。他神色一黯，低头道："之所以开这个赏花宴，也是为锦曦祈福，她身子弱，大婚之日中了毒虽然解了，却余毒未清，已送往江南休养医治。"

朱标心中惊诧，想起锦曦才嫁，便和朱棣分开，隐隐有点儿喜悦。她的容貌终难忘记，记得锦曦喜兰，对那盆国色天香更是心动。

"王妃身体抱恙？"李景隆略带焦急的声音冒了出来。

终于来了么？朱棣叹了口气，勉强地笑了笑，"今日赏花宴，尽兴便好，王妃只是去江南休养罢了。来人！引太子殿下与李公子入座。"

李景隆目光在朱棣脸上打了个转，去江南休养？她是解了化功散怒极离府而走吧。怎么一点消息都没有？心思转动的瞬间，他轻声对银蝶吩咐道："今日燕王赏花宴，去把府中的银丝蕊兰送来添景！"

朱标听闻，眉一展，"东宫之中的银丝蕊长势甚好，不知曹国公府的如何？"

"太子殿下说笑了，我府中均是普兰凡品，哪能与东宫胜品相提并论呢。"李景隆轻描淡写地带过，请太子先入席。

银丝蕊？是锦曦留下的那片兰叶么？虽已枯萎，仍能清楚认出叶片上根根银丝。一丝了然从朱棣凤目中闪过，不待人察觉，瞬间便已消失。

等到人齐，盆花由娇俏侍婢玉手捧出展示。听说皇后出一千两订购早春桃，南京城中被邀请的名士贵人纷纷解囊投注，一盆矮枝红梅竟出价到三千两。片刻之间，数十盆鲜花已有其主，纷纷摆在主人面前，获得之人微笑而得意。

然后丝竹声起，歌舞尽现。酒酣耳热之时，秦王突然笑了："我说四弟，你就别卖关子了，早些把那盆国色天香抬出来大家开开眼吧，着实心痒难耐想一睹奇花。"

笑声四起，朱棣凤目一转，满意地瞧到众人脸上的期盼之色，轻拍了两下手掌。只见两名身着粉红纱罗的侍女轻步移出，手中抬着一个描金朱漆大盘，上面搭了个纱笼，隐约露出兰之抽茎绿叶，叶高两尺，甚是茂盛。

朱棣走到兰花旁，小心翼翼揭开纱幕。

只见白玉盆中几苗兰叶亭亭玉立，绿叶上丝丝黄金般的线条从叶尖勾到叶根。中间冒出三箭花蕊，魏紫花开，雍容华贵。

太子失声道："这不是银丝蕊吗？不是国色天香！"

众人一片哗然。朱棣脸色一变，抬手将纱笼全部揭开，吃惊地问道："银丝蕊？不是国色天香?！"

"东宫之中，有十盆银丝蕊，只是还未开花，银丝蕊是春兰，三月底花开，花期可长至夏初。绝不会错！"太子肯定地说道。

朱棣面如寒冰，咬牙切齿喊道："燕三！那个花农呢？竟敢这般欺骗本王，让本王险些犯下欺君大罪，大开赏花宴丢脸到家，给我拿下了！"

燕三应下，过了会儿急急奔进道："王爷，花农已潜逃！属下已派人前去捉拿！"

这时银蝶正捧着一盆银丝蕊进来，叶片也有丝丝黄金线，不同的是这盆银丝蕊叶片上的黄丝略粗，一叶上仅得一根丝，品相端庄，中间也冒出了花箭，尚未开花，却能明显看到将来花开色泽碧绿。

李景隆叹了口气道："这才是真正的正品银丝蕊，又名金玉良缘。其花似绿玉，其叶有黄金线条相衬。"他忍住笑，在朱棣揭开纱幕时便对眼前这幕戏了然于胸。朱棣果然如他所料，必定想找出下毒于锦曦之人，很不巧，太子自是嫌疑最大。

太子吃惊地上前细看，想起自己爱若珍宝的兰，指着朱棣那盆问道："那此兰又是什么？"

"这不过是普通的春兰罢了，只不过，向来长在云南山区，少有传到此处，所以常被误以为是银丝蕊。虽然看上去华贵，可这魏紫么……红得不正，紫得不透，红配绿为俗，紫配绿为无品，所以不能登大雅之堂。东宫怎么会误以为此兰是银丝蕊呢？何人这般大胆，竟敢戏弄太子？"李景隆露出疑惑的神情。

朱标再好的涵养也气得不轻，玉面带寒道："原是有人以珍兰名义献上，骗得本宫好苦！哼！实在可恶！"

朱棣也跟着叹了口气，"算了，此兰本王以五千两标下，为贫苦人尽份心，也不枉此赏花宴了。"

众人见风使舵，明明一个大笑话，却半点不敢拿募捐之事玩笑，纷纷附和道燕王心胸宽广。

不等赏花宴完，太子心情不佳先行告辞。

李景隆的银丝蕊倒成了大热门，为南京一富商出价一万两买下，宾主皆欢。

朱棣心中答案昭然若揭，宴后终于露出笑容。

"王爷好计策，原来是太子殿下。"

朱棣随手拈起桌上干枯的兰花悠然道："非也，本王确定是李景隆！"

尹白衣有些不解。朱棣转动了下那枝枯兰："锦曦房中书页里有三枝兰，两枝春兰，一枝素翠红轮莲瓣兰。而春兰被太子视若珍宝，本王在东宫之中早见过太子养的兰花。李景隆岂有不知之理？"

"李景隆意在让王爷误会太子下毒？！"

"说对了，不然，他怎么会捧出真正的银丝蕊呢？本王向来把兰当成草来养，他生怕本王不知道，心急露出马脚。本王原对兰不在意，可是王妃爱兰，本王多少总得了解一些以博王妃欢心。"朱棣笑得甚是狡猾。

尹白衣佩服之至，轻声问道："既然知是李景隆，王爷打算怎么办呢？"

"李景隆一向以玩世不恭的外表迷惑于人，本王与他从小一起长大，今日方才肯定他另有面目，传话下去，给我盯紧了。本王要知晓李景隆的一举一动！切记，他隐藏这么深，不可小觑！"

"是！"尹白衣应下，又迟疑道，"他知道王妃不在王府，那王妃……"

"十七一直有消息传来，她不会有事。"朱棣想起锦曦负气而走，明知有燕十七保护她，心里仍不免惦记。嘴角微微露出嘲讽，"她还小，总会长大了。三年，就三年吧。"

凤阳治军 【第二十九章】

YANWANGDE
RIYUE

　　锦曦那日离了王府，心头阵阵迷茫，天地之大竟不知往何处去。她重回栖霞山，等数日也没见着师傅。山中空寂她耐不住性子，终于还是打马南行，沿着去年凤阳之行的路线痴痴回想与朱棣的一点一滴。

　　燕十七远远跟着，见她所到之处无不是思念朱棣，心中明白锦曦已对朱棣生情。暗自神伤之余，也不现身，只盼就这样陪着她一直走下去。

　　这般走走停停，三月春天已至。水患已过，凤阳恢复了往昔繁华。洪武帝令秦、晋、燕、吴、楚、齐等王治兵凤阳。

　　消息传开，锦曦心中一动，竟起了投军的冲动。是想见朱棣还是学木兰从军呢？或者两者都有，她打定了主意，竟自往兵营行去。

　　魏国公府的千金，燕王正妃，居然想去从军？跟着她的燕十七马上明白了她的心意，不由得啼笑皆非。他顾不得别的，从暗处跃出拦住了锦曦。

　　燕十七的突然现身让锦曦惊喜又心慌，生怕朱棣知晓了她在凤阳。

　　那双黑乌乌的眼眸滴溜溜地转动。燕十七哑然失笑，"我担心你，偷偷跟来的，王爷，不知情。"

　　锦曦这才放了心，十七总让她感觉温暖。锦曦叽里呱啦告诉燕十七自己的打算。

　　燕十七满面愁容，苦着脸道："锦曦，你别忘了，你是燕王妃，事关皇家体面……"锦曦若是游山玩水倒也罢了，她居然要从军！燕十七觉得头痛，军中规矩森严，若犯了什么军令，这让他如何交差？暴露锦曦身份，岂不是扰乱军营？

"十七，你要去告诉朱棣也行，不过呢，他既在奉王令治军，三月后还要与诸王大比，我有法子让他赢，你帮我吗？"锦曦想起自己的计划狡黠地笑了。

燕十七知道锦曦顽皮起来天不怕地不怕，看她神色便知她想要进军营恶整燕王。是帮还是不帮呢？他盼望着锦曦一直这么快乐，犹豫间瞧到锦曦信任且企盼的眼神，心头一热便是什么也顾不着了。"好，我与你一同去从军！"

锦曦摇了摇头："这可不行，我只有一份文书，十七，你若在军营现身，我就玩不了啦！"

文书？燕十七有点迷惑。

锦曦微笑着拿出一封书信，嘿嘿地笑了："父亲遣帐下虎翼将军吕西前往凤阳助燕王治军！"

"你怎么会有？"

锦曦满不在乎地说道："我去父亲书房，拿了份空白文书填上就行了呗！"

燕十七吓了一跳，这也能行？

吕西自然是有其人，不过，此时正在中山侯汤和军中，奉令备边延安。就算朱棣去问父亲，文书再到延安，查明后再往凤阳，少则一个月，多则吗，两个月。足够自己折腾了。锦曦得意之极，歪着头对燕十七道："先说好，若是你漏了机关，我就再不理睬你！"

这般娇嗔之下燕十七岂有不肯之理？想着锦曦若能出气，没准儿就与燕王修好，燕十七只有推波助澜的份儿。他沉吟片刻道："锦曦，你最好弄个面具再易容，保管王爷认不出。岂不是……"燕十七坏坏地出主意。

锦曦拍掌笑道："原来十七哥也有调皮的时候！"锦曦想起朱棣被整的模样，忍不住笑逐颜开。她当下易容戴了面具，与燕十七约好联络方法，前往皇城求见朱棣。

秦、晋、燕、吴、楚、齐王治兵凤阳，各王分治三千军士，以三月为限，三月后校场大比，上奏天听。

燕王分得三千军士校场点兵完毕一瞧，这些士兵水平参差不齐，看看诸王分的士兵，同样情形。起点相同，如何胜出？士兵弱质，三个月就能全面提高？六王均铆足了劲儿要在三月后大比得胜，难度自然是有的。他也不急，喝令明日起众军士校场点卯，便回了皇城。

这是锦曦第二次进中都皇城，心里有了准备，不再张皇惊奇。她站在殿中等燕王接见，寻思若是白衣在场，会不会将她当场戳穿，心里不免有些紧张。

事隔两月相见。锦曦却觉得犹如初见朱棣，怔怔地看着他，往昔的争吵、温柔——浮上心头。她本刻意混入军营恶整朱棣，此时心却淡了，就想这么瞧着他，不想移开眼睛。

"魏国公亲荐，吕将军来助本王，实朱棣之幸！"朱棣顺手把文书递给白衣。

锦曦回过神，挺了挺胸。她换上了军服，宽大的甲胄掩饰住娇小的身形，平添几分威武。这模样燕十七都道认不出她来。

朱棣边看文书边上下打量着锦曦，褐黄的肌肤，银色面具挡了半张脸，一双眼睛炯炯有神。那眼神……朱棣总觉得熟悉。"吕将军战场杀敌戴着面具，现在可揭下让本王一观？"

锦曦紧张得手心出汗，庆幸自己听了燕十七的话在面具下又弄张人皮面具戴着，她沉住气掀起面具又迅速覆上："幼时胎记，实为不雅，王爷受惊了！"

朱棣心中失望，见那胎记从吕西左脸印下，看上去着实骇人，听她嗓音暗哑，已经释然，便笑道："大丈夫安能以貌取人！吕将军习惯戴面具，本王不欲勉强。如今六王凤阳治兵，分得军士不是新兵便是体弱之人，三月后大比，不知吕将军可有计谋为本王分忧？"

"吕西得侯爷令相助燕王，有一个条件，不知王爷……"

"但说无妨！"

锦曦刻意无视尹白衣探寻的眼色，哑着嗓子道："治军有三策，一策为得其心。古有云：得众而不得其心，则与独行者同实。三千军士首先得归心抱团。二策为知己知彼，孙子《谋攻篇》中言："上兵伐谋，其次伐交，其次伐兵，其下攻城。"王爷若想在六王中胜出，就必须要知道其他王爷手中军士及练兵的情况。然人形而我无形，则我专而敌分，防范我方军情被刺探。兵因敌而制胜就是这道理。三策为正军纪，所谓用兵之法，教戒为先，军纪不明，难以服众。"

朱棣眼中露出惊奇，白衣凝视着锦曦眉头一皱看向了朱棣。

两人目光一碰都觉得这位虎翼将军有点水平。朱棣微微一笑："吕将军的条件是什么？"

"如果王爷请我治军，首先，当众拜帅授印！其次，若王爷不遵军纪，同样军法行事。"锦曦大胆地道出。一句话要了燕王的兵权，想想让他三拜请将，日后……锦曦嘴边掠过得意的笑容。笑又如何？有人皮面具挡住，就一张死人脸，你也瞧不出。

朱棣沉着脸盯着锦曦，觉得她的眼睛贼亮。他素有容人的肚量，嘴角一弯："要本王当众授印并无不可，本王理当身先士卒，以正军风军纪，只不过……三月后若不能胜出，吕将军对本王如何交代？"

话锋一转，把难题扔给了锦曦，意思是我做到这份上了，你若不能取胜，总要给本王一个交代。

锦曦泰然自若，"若是王爷应允之事做到，而吕西不能胜出，愿受一百军棍。"

朱棣摇了摇头："这倒不用，若吕将军败了，自当回归汤侯爷本部，胜了便于本王账下听令！"如果这个吕西只是纸上谈兵，回到汤和帐下，汤和自然没面子会处置于他，若是胜了，自己手下又多一得力大将，何乐而不为。

"好，吕西这便与王爷同立军令状！"锦曦贼笑，败了就三十六计走为上，更何况，她还没打定主意要在军营呆满三个月呢。等你知道我是假的，我早走了。一念至此，她险些笑出声来。

两人在军令状上画押时，朱棣嗅到一丝若有若无的幽香，愣了愣，香味又没了。他摇了摇头，只道自己感觉错了。

吕西告退后，朱棣看着墨汁淋漓的军令状，总觉得有些不妥。

"王爷，白衣这就遣人去北平魏国公处打探。"尹白衣微笑。

"白衣，其实吕西说的三策你也明白的，不是么？"朱棣淡淡地说道，回转身眼神锐利地看着白衣，"你只是对让本王亲自做表率犹豫不决，所以踌躇？"

"王爷，其实您也早想到了，不过，吕西来得正是时候，让他做，比王爷自己做好。"尹白衣没有否认。

"去吧，早些探明回报，还有……快两月了，十七没有消息传来。"朱棣也没有回应白衣的话，眉心聚集一抹焦虑。

"白衣明白，王爷请放心，若是十七有负王爷，白衣知道该怎么做。"

朱棣负手静静地思索。三千军士对他而言治军不是难事。难的是如何得胜，又不让自己锋芒太过。有了吕西这只出头鸟……朱棣凤目中闪过意味深长的神色。

随即眉宇间又笼上愁思。父皇加强各王府亲卫，燕王府亲卫已达三千六百人。此时又分令六王凤阳治军，明摆着是要自己的儿子分掉开国诸将手中兵权，用自家人守卫江山。想起和太子争娶锦曦之事，将来就算远在封地，太子登基，他不会报复夺妻之恨？自己承诺安安本分，可是帝王心意难测……还有个李景隆，深藏不露，他又相帮哪方呢？朱棣想起太子讥讽母妃，目中涌出恨意。

父皇一直宠他，只因太子居长，便把江山给了他。六王治军均野心勃勃，争相想在父皇面前邀宠。事情明摆着，诸王分治一方，是否心中都服太子就说不准了，若此次得胜，朝中分权一事便占主动，将来的事，谁也说不清楚，只能把能争的兵权夺在手中方能安心。

就算避安封地，也绝不任人宰割！他一拳狠狠击在书案上，下定了决心。

三月春至，杨柳枝头上绽出万千绿枝。都说春意盎然，凤阳这一年的春天格外知趣，早早地染绿了山野，草木蓬蓬勃勃地在水患后肆意生长。凤阳的灾情已经过去，朝廷重赈随着贪官的查处一一落到实处，这让淮中淮南一带迅速恢复了生机。

锦曦想起去年的凤阳之行，处处惊险，步步惊心，不觉感叹。除了吕家庄吕太公父子莫名失踪，背负了最大的贪污罪名，皇上降了吏部十三司的俸禄，杀了凤阳县令。开国以来最大的贪污案，惩治却是最轻的一回了。她自然想起太子担纲主事，李景隆与大哥从中倒卖获利一事。

若是从李景隆口中吐露的事实让皇上知道……哪怕是让父亲、让朱棣知晓都又会卷起滔天巨浪吧？锦曦有些黯然，她还是自私地想维护大哥。李景隆没有错，得知秘密不能吐露才是最痛苦的一件事。

中都皇城坐落在凤凰山侧，景致悠然。绿意丛林中琉璃瓦映射阳光，锦曦微微眯了下眼睛，避开刺眼的光芒。好在一切都过去了，朝廷接连三次拨银赈灾，来的时候刻意走得缓慢，一路行来，庄稼地郁郁葱葱，心里也安慰不少。

大哥绝对不是贪财之人，他背着太子敛银，为东宫做事而已。锦曦相信这个答案。大哥能把她的幸福都托付给太子，他对太子的忠心显而易见。虽然太子位置稳固，但诸王各领封地，将来坐大，太子还是早有防备的好。

她想起当时父亲的叹息，道众人劝说皇上如此分封亲王，将来恐朝廷难以控制，皇上不以为然，仍坚持己见。

皇上终归是相信血浓于水，而忌功臣掌权的。锦曦下了结论，只盼父亲能早日明白，不以战功与姻亲为傲，解甲归田安享天伦之乐才是最好。然而父亲本已有心，却因皇上主动开口提亲而感动莫名，若将来家中因此惹祸，自己该如何是好呢？

风朗朗吹来，隐约传来阵阵呼喝声。锦曦清醒过来，前面就是校场了。兵来将挡，水来土掩，将来的事现在想破头也没有办法。何况父亲征战半生，也非有勇无谋之辈，岂是自己的经历能及得上的。

锦曦轻笑了声，觉得自己是杞人忧天了。

她迈着轻快的脚步走向校场，里面练兵的声响大了起来，大地隐隐震动。锦曦情不自禁又想起李景隆来。他获取大笔银两就为了维持他手下人的开支？他不是培养着杀手四处接活，难道他也另有所谋？

李景隆是锦曦最看不透的一个人，他在她面前时而温柔缠绵，时而威胁相逼。她不懂他想要的究竟是什么，也看不出来他相帮的人是谁。若是太子便也罢了，若是别的人呢？锦曦一凛，将来皇上驾崩，李景隆若不站在太子一面，以他的阴险狡猾，天下岂不大乱？

"吕将军！"

带着怒意的声音彻底拉回了锦曦的神志。她嘴角往上一扬，负手站立："我知道军中是辰时点卯，现在是巳时末牌了。"

燕九大怒，他随燕王来到凤阳，特任命他为帐前裨将点卯官。今日燕王道要拜将授印，早早集合军士在校场等候。眼见偌大的校场已被分成六块，别的王爷已整军操练，唯有黑色燕字旗下的营盘一片宁静，燕王不催，但他如何不急。

锦曦已越过他，大步向帅帐行去。

燕九愣了愣，赶紧跟上，心道，等进了帅帐，我就要请军棍立军威！

朱棣高坐在上，两旁将士甲胄鲜明，眼观鼻站得纹丝不动，军容甚为齐整。

锦曦进得帐来，左右一打量，见有精神者莫不是燕卫，而那三千军士中原有的统领站是站直了，却偷着懒。

要说这站姿，若真是挺胸收腹并腿提气着实累人，锦曦听得父亲说过，军中的老兵自有办法，看似站得精神，其实早放松了腰腿，做个样子罢了。

她笑了笑对燕王一揖，"末将见过燕王！恕末将甲胄在身，不能全礼！"

朱棣等了这么久，心里明白这个吕西是特意要让他等了。他心中好笑，难道吕西真要学古人请将，先磨其心志，试其心诚，再三顾茅庐摆足架子好立威？他慌忙站起，大步走到锦曦身前，托起她的手臂笑道："吕将军多礼了！请前往点将台受本王三拜!"

锦曦站直身体,目光撞上朱棣,见那对凤眼中并无恼怒,反而带着温暖的笑意,不免嘀咕起来,朱棣真不简单。

"王爷!点卯官燕九有事禀报!"燕九忍不住插口。

朱棣暗笑,他不生气,不意味着无人生气。

"今日王爷拜帅,吕西夜观天象算好时辰,正是巳时末牌午时一刻为佳,点卯官之事回头再议吧!"锦曦抢过话头,头也不回出了帅帐,径直上了帐前搭设的点将台。

台高三丈,下方列队成行的三千军士尽收锦曦眼底。

见一戴着银面具小个头将军登上帅台,下方便起了嗡嗡的议论声。锦曦头也不回地喝道:"朱棣何在!"

燕九与鱼贯而出的众将士倒吸一口凉气。这个吕西居然直呼王爷名讳!

朱棣顿了顿,抬腿上了高台,朗声道:"本王奉诏治军,三月后与诸王大比试。三千军士集结于此。本王甘愿让出帅印,拜虎翼将军为帅,听令吕将军调遣。将军受朱棣一拜!"他一掀袍角,单膝下跪,双手奉上帅印。

下面嗡嗡声越发大声起来,显然朱棣以亲王之尊拜吕西为帅大出众军士意料。

锦曦见朱棣认真虔诚,倒也佩服。故意不接帅印,眼神冷冷地从军士脸上一一扫过,见燕卫涨红了脸怒意不可自抑,而原有军中统领露出的却是看好戏的神色,她缓缓开口:"众人不服,这帅印接了也无用是吧?"

朱棣跪了足足一炷香的工夫,手也举酸了才听到她吐出这么一句,知其心意,并没把锦曦的冷落放在心上抬头大声说道:"掌帅印者即为主,自朱棣起,若有对吕将军不敬者,军法从事!"

真懂事!锦曦心里乐翻了天,脸上还是冷冷的神色,伸手接过帅印说道:"委屈王爷了!"虚扶一把让朱棣起身。

朱棣刚站直身体,锦曦见他隐隐甩了下腿,知道他少有这般跪过,微微一笑大声道:"燕九何在!"

燕九不情不愿地抱拳一礼,懒懒地回答:"燕九在此!"

"本帅即令你为掌令官,燕卫全部留下,余者由朱棣带队,三千军士围着校场跑十圈!"

此令一出,下面一片哗然,连朱棣也是一愣。

"二十圈！"

校场划分六块营盘，背立盘结，外面留下大片空地，但若围着校场开跑，则所有的人都能看到朱棣带头开跑。以他的亲王之尊，颜面何存？

"点香五炷，五炷香时间一过，未跑完二十圈者当月俸银罚没！反之……"锦曦微笑着看着下面哗然的军士，慢吞吞地说，"最先跑完二十圈的前三百名这月俸银加倍，点香！"

朱棣不理燕卫急得想要拔刀杀人的神情，解下佩剑，带头开跑。他下了点将台也不理众军士，一溜烟跑了起来。

脑中晃过吕西得意的眼眸和嘴角的讥讽。他知道吕西要立威，而且拿他开刀，却又无可奈何。朱棣心中只想着军令状，若是这般整他还赢不了，吕西你就怪不得本王了。

身先士卒，原来是这重意思！朱棣想起父皇在幼时令人骑了马，众皇子身负重物跟着马奔跑的情景，心想，这二十圈还难不倒本王！脚步加快，远远地领跑在前。

不过多会儿便经过秦王帐前，朱棣故意忽略掉二哥眼中的诧异，反而扬手示意，面带笑容。他知道，第一圈跑完，兄弟们就都会跑出来瞧热闹了，心里叹气，吕西统军什么都好，就是这点不好，自己该沉下脸表示不满还是继续带笑鼓励士气呢？想到三月后大比，朱棣一身热血又沸腾起来，实际点最好！

燕王带头开跑，三千军士只愣了一愣，生怕这位刚接帅印的将军再加圈数，想起俸银能加倍，纷纷呼喝着跟着朱棣开跑。

锦曦眼中掠过一丝满意，朱棣太懂事了，都舍不得折腾他了。不过，军令状也立了，赢不了太丢人，她一心学父亲治军，这时倒也不全是想整整朱棣。便安坐点将台候着朱棣与军士跑完。

校场内三千人刚开始队伍还整齐，五圈一过就跑得毫无章法，脚步杂乱扬起沙尘，一时之间，校场内混乱至极。

"奉茶！"锦曦安然坐在椅子上吩咐道。

左右全是燕卫，没有人动。

"掌令官！本帅刚才之令应是谁做？"

燕九气得胸膛大力地起伏，硬邦邦扔出一句："燕五！"

"拖下去责五军棍！"

"什么？！"

锦曦侧头看了燕九一眼，目光远远地落在白袍银甲的朱棣身上，喃喃道："王爷身子骨还行，一直领先。想必跑完后还有体力……"

燕五马上出列，想也不想就解了甲胄，走到帅台一侧喝道："燕九掌刑！"

燕九再不敢多言，左右军士全下场跑圈，只得叫两名燕卫执了军棍打下。大声报着数，语气中带着悲愤。

锦曦只顾看场内的军士，这五军棍全然没放在心上。燕五领完军棍复命，她手伸出，燕五赶紧去端了茶水奉上。

于是锦曦舒服地坐在帅台上，无视燕卫想要杀她解恨的目光，喝着茶瞧着朱棣领着三千军士在校场狂奔。

那抹银白色的身影矫健轻盈。锦曦想到在凤阳山中躲藏时，朱棣曾说小时候皇上清晨训练他们出城跟着马跑步的情景。可惜，这里没有三保的点心。锦曦想着肚子就饿了。抬头看太阳已过竿头，她站起身来道："燕九留下看香记数！其他燕卫陪本帅用膳！"

众人对望交换着眼神，心不甘情不愿地答道："遵令！"

"看来都饿得没力气了，这般小声，你家王爷怕是更饿吧！"锦曦也不着恼，淡笑着说道。

燕卫生怕她又生出什么主意折腾朱棣，大声回答："遵将军之令！"

锦曦满意地点点头，下了点将台，又回头对燕九笑了笑："五炷香，二十圈，若你敢徇私半分，我便叫你家王爷再跑二十圈！"

燕九的主意被锦曦道破，低下头气得不语。暗道王爷怎么想出拜此人为帅的，吕西压根儿就摆出想整王爷的样子，自己堂堂燕卫，竟被她当成小厮呼来喝去。

锦曦哈哈大笑着走了。她明白燕卫的心理，对朱棣的表现实在满意，心想等我吃饱喝足，再来看你的模样！

午时，秦王与诸王惊奇地看着朱棣灰头土脸还带着军士在校场狂奔，听说朱棣今日拜将授印，领命围着校场跑二十圈，都笑了起来。此时诸王已收兵午膳歇息，竟为了看燕王身先士卒领跑，全跑了出来看热闹。

偌大的校场内只听到脚步声、喊叫声，那三千军士十圈过后队伍早已散乱。等过了十五圈，掉队者便多了。

朱棣拼命跑在最前面，见二哥三哥关注，别的兄弟同情，明知锦曦的用意，心里也不舒服起来。回想锦曦透过面具闪烁的眼眸，不知为何总有种熟悉的感觉。

他回头看看身后的军士，个个汗流浃背，喘气不已，自己倒还罢了，不过饥渴难耐，这些军士体力明显不支，能跟上自己脚步的只有几百人，三千人被长长地拉散成一支散兵游勇。他抬手大呼道："还有五圈！大家努力！吕将军道前三百名有双倍俸禄可拿！跟着本王跑！"

明显的振奋了精神，众人步伐变得有力。朱棣笑了笑，这就是吕西要的效果吗？他边跑边唤过一名统领耳语一番。

那名统领马上喊着号子，呼喝声一出口，士气又振作了些。

等锦曦吃饱喝足坐上帅台时，队伍稀稀拉拉地跑到了终点。

"回将军，二十圈，完毕！"朱棣喘着气上前回令。

他身上沾满尘土，额头还挂满汗珠，明明累得紧了，身体站着笔直，凤目中依然注满神采。

"王爷辛苦了。"锦曦看着香，五炷香刚好燃到尽头，"燕九，有多少人在香燃完前跑完二十圈？"

"二百二十七人。"

"三千人，只有二百二十七人?!"锦曦摇了摇头，体质如此弱，怎么上战场？"传令下去，这二百二十七人这月俸禄加倍，从本帅俸银中支取，不够的燕王补贴，王爷可有异议？"

你下的令，我贴银子？朱棣气馁，面不改色地笑道："这是当然！"

锦曦望着还在校场蹒跚跑圈的军士，冷冷道："朱棣听令！"

"末将在！"

"你去校场，陪着最后一名军士跑完二十圈，他跑不动你就背他跑，总之，三千人每人二十圈必须跑完，一人未跑完，全军不得休息！"

朱棣气结，这个吕西是不是和自己过不去？自己不是要多跑五六圈？

"怎么？以王爷之尊不肯？"锦曦开始激将。

"领命！"帅也拜了，二十圈也跑了，难不成功亏一篑？朱棣认命地跑到队伍的最后一人面前，对喘着粗气的士兵和蔼地说："本王陪你跑完二十圈，你若跑不动了，本王背你跑！"

那士兵喘着气连话也说不完整，见朱棣笑得亲切，眼泪猛地流了下来，哽咽道："小人何德何能，让王爷如此照拂！"反手拭干泪，咬牙狂奔起来。

朱棣见他激动至此，若有所思地望向帅台，阳光反射在锦曦银色的面具上，瞧不清她的面目神情，脚步停顿，见那名体弱军士玩命地往前跑，笑了笑，赶紧跟上。吕西是想要军士诚服于他的礼贤下士吗？他暗暗对自己说，过了这第一天，就好了。

等到三千军士二十圈全部跑完，锦曦紧接着再下一令："选第二批到达终点之七十三人补进前二百二十七人成立小队。最末之三百人成一队，有特殊才能者出列！"

缓缓从散乱的队伍中看过去，锦曦补充道："哪怕是能做饭菜者也算特殊才能，出列！"

队伍稀稀啦啦站出两三百人来，蔫蔫地回报："我会做饭！"

"我箭术好！"

"我有家传刀法！"

"……"

"俺，报元帅，俺是家传手艺，砌，砌灶台……算不算？"回答的人是个憨厚粗壮的年轻人。

下面一阵哄笑声，有人答道："俺老婆生了八个，一年一个，这算不算？！"

锦曦脸羞得绯红，因有面具挡着别人瞧不出来，她冷冷地望着那个调笑的兵士，冷笑一声："有那力气，你再跑十圈吧！三炷香里跑完十圈就算！"

兵士一愣，红着脸不敢再说话。

如此又分成一队。

锦曦朗声道："还有两千一百人，现在操练，燕九，让每人持木棍，棍头裹以布袋装满白灰，中者为伤，一炷香，开始！"

朱棣一直冷眼旁观，吕西用意明显。治军先得知晓军中将士实力，燕九想端茶与他，被朱棣瞪了回去，闷声不响地陪立在旁，等着操练结束。

一天下来，三千军士被分成了六个队。三百体力最好的先锋，三百体力最弱的后卫，三队中军，又以上中下分队，最后三百有特殊才能者为一队，锦曦却没说用途。只是分别以金木水火土将这三百人分成了五队。

太阳偏西，她这才下令解散，言明日辰时点卯，三卯不应者，军容不整者军法从事。

"王爷！您带的一百燕卫，不入军中，只保护你的安全可好？"

朱棣尚在思索，闻言扬了扬眉，指着散去的军士道："吕将军难道看不出来原来的统领不堪重任吗？"

"难道事事都要王爷亲自领军？"锦曦微笑着回答，转身下了将台，伸了伸腰道，"本帅累了，回营休息，王爷也早些歇息吧，明日还有几十圈要王爷带头跑呢。"

朱棣被闪了下腰，呆住。今日给吕西面子，让她立威，自己才领头开跑，明日还要折腾他？

"怎么？王爷觉得自己体力尚好？"锦曦回头看着朱棣。

夕阳下，朱棣衣袍带尘，疲惫不堪，嘴紧抿着，眼里闪动着不满与怀疑。背挺得笔直，浑身散发着威严，睥睨着锦曦，心道，你是故意要折腾本王吗？

锦曦见他如此不免叹了口气，心道，这是你自己招惹的，可怪不得我。她返身回了将台坐着，悠然地说道："看来精神真的不错……朱棣听令，再去跑上二十圈。"

燕九大怒："吕西你欺人太甚！王爷从早上到现在滴水未沾，你胆子也太大了！"

朱棣伸手拦过燕九，淡然一笑："遵吕将军令，燕九给将军把茶沏好！"如果白天吕西是要看军士体力，划分组队，这会儿就是明摆着要整他了。吕西是要已入营帐休息的将士都看着，都明白一个道理，授印后，他的话就是只能服从的军令吧！

朱棣觉得自己笨了一点儿，怎么需要再跑上二十圈才明白吕西的用意呢。眼下却不是他能讨价还价的时机，他除了不带怒气地跑还能怎样？心里已把这笔账记下了。

锦曦挑眉看着燕九："不服气，你就陪你家王爷跑吧，本帅计数！"

朱棣跳下点将台，跑了起来。燕九一跺脚，陪着王爷跑，跑不动还能带他跑，总比站在这里干瞪眼着急强，他赶紧跟了上去。

天色渐暗，五王已然回宫，锦曦默默地注视着朱棣越来越慢的步伐，长叹一声，悄悄下了点将台，吩咐等候的燕卫道："王爷跑完，好生扶了回去侍候着。"

也不管燕卫愤恨的眼神，独自出了校场。她也不明白为什么看着朱棣在空寂的校场奔跑的身影，就看不下去似的。晚风吹在脸上甚为舒适，她知道朱棣一天未进水米，不过，也只有这样，才能让三千军士从此听令于她。

想到这里，锦曦心里的内疚减轻了些。想到明日，她忍不住回头，那抹银白色的身影远远地奔跑在校场上。有些踉跄，却一把打开了燕九伸过的手，她轻轻笑了。

朱棣跑完回到点将台一看，沉下了脸，"吕将军呢？"

"将军先走了，请王爷早些回宫安置！"燕十一低声答道。

朱棣灰头土脸，疲惫不堪，一猫身瘫倒在椅子上，燕五赶紧递上茶水，朱棣一口饮尽，抹抹嘴笑骂道："明日燕九燕十一随本王到校场，其他人宫中待命！"走了就算了，他现在没精神也没体力去想吕西怎么就走了。

"主公，燕五也想去！"燕五挨了五军棍着实没想明白，一心想瞧瞧吕西明日又如何治军。

朱棣白他一眼："你这性子，再来挨军棍？"

燕卫都低低笑了起来。燕五显然有些委屈，嘟囔了一句："白衣在就好了。"

白衣？朱棣想起今日白衣去打探燕十七消息了，心里又蒙上一层阴影。燕十七与尹白衣不同，他，毕竟对锦曦有情啊。想起锦曦离家出走，朱棣总不得劲，身体一下子软了："弄顶软轿来，你家王爷走不动了，这吕西，贼狠！"

"主公，我看那吕西摆明了针对你！先前跑圈是做给军士看，人都散了还叫你跑二十圈，一天没沾水米，铁打的身体也受不住啊！"燕九愤愤地说道。

朱棣懒懒地坐着，大口大口地饮茶，头也没抬便道："这你就说错了，我敢保证吕西这般整法，这三千人三月后定是最强的队伍。有我这个亲王带头，下面的人不尽力都不成！"

"主公今天不是身先士卒了吗？"燕九不服气地说，吕西的用意看明白了，但明显也有整王爷的意思，他就不信朱棣会看不出来。

朱棣站起身，腰酸背疼，还真是很久没有这样活动过身体了。好在年轻身体结实还扛得住，他歇了会儿见轿子来了又改了主意，都做到这份上了，还是撑着骑马回宫吧。

朱棣回到宫中，舒舒服服泡在热水里，泡得都快睡着了，听到小太监在外通报："吕将军求见！"

"让他候着！"朱棣不想起身，在校场吕西持的是将令，现在吗，他是王爷不是？朱棣闭着眼睛笑了。

锦曦回到住所，总还是觉得该向朱棣说明一番。虽然朱棣拜将，他毕竟才是三军真正的统帅。是想说明情况还是有些担心他呢？锦曦避开了这个问题，用前者说服自己。

等到茶凉，朱棣还没出来，锦曦有些不耐烦，催促小太监再去请。

小太监见她面具覆面，夜晚烛火下有几分邪气，赶紧跑进内堂再报传。

朱棣半睁着眼舍不得起身："吕将军等急了？让他候着，茶凉了就换一盏。"

锦曦听了朗声道："王爷今日困乏，吕西告辞，明日辰时校场见！"她知道朱棣必是恼她今日太过，所以在内堂摆谱，心想也不急这一时，说完起身欲走。

"请吕将军进来！"吕西必有要事相商，朱棣有点不好意思起来，赶紧吩咐小太监请锦曦进来。

"啊！"锦曦大踏步入内，正瞧着朱棣从木桶里起身，赤裸着上身，麦色的肌肤上水珠闪烁，黑发披散在肩上，腰背紧绷露出的肌理有力健美。锦曦的脸瞬间变得通红，她猛地低下头道，"打扰王爷了，吕西在外等候！"

朱棣正伸着手，两个小太监侍候他更衣。听到锦曦的声音偏过了头，奇怪地看着她红着脸走出去，那身形……锦曦脱了甲胄，换了常服，朱棣脑中猛地跳出了锦曦身着男装的样子，顾不得袍带还没系好三步并作两步追了出去。

"锦曦！"

锦曦被这声大喝吓得呆住，瞠目结舌地瞧着朱棣挂着松散的袍子飞奔了出来。还来不及反应，身体已重重地撞进了他的怀里，脸贴上了他的胸膛。阵阵有力的心跳。震荡着她的耳膜，嗅到他浴后清新的气息，锦曦脑子一晕，竟忘记自己是戴了面具化名替身而来。

那具温软的身体抱入怀中，朱棣才知道对她的思念有多重，他加紧了双臂的力量，生怕抱不住她。一颗心咚咚直跳，他激动地想，没错，是她！朱棣抬手掀掉了锦曦的银面具，下面的人皮面具让他一呆。

锦曦这才回过神，一把推开他，佯装大怒喝道："王爷请自重！"

"你的脸，不是，可是，你的身体是，本王抱过那么多回，还会弄错么？锦曦！真高兴你回来！"

朱棣平静中带着激动的声音让锦曦惊诧。她突然不知道说什么好，一跺脚道："明日校场见！"

"你就不敢看着我的眼睛说谎吗？"朱棣缓缓走近两步，死死地盯着她。

锦曦无奈至极，抬头间与朱棣呼吸可闻，她方要后退，又被朱棣眼中浓烈的情感镇住。那双狭长的丹凤眼透出喜悦与激动，眼神中带着笑容，仿佛是最炽热的光消融掉她心里的冰。

她愣愣地站着，任朱棣的手抚上脸，然后她看到那张棱角分明的嘴微启，轻吐出一句："原来是人皮面具！"

脸上一凉，那张面具被揭了下来。朱棣拈在手中瞧了瞧，"还真怕被我认出来？"

锦曦想起出走的原因，咬着唇一把抢过面具道："王爷别忘了，你亲自拜帅，咱们立有三月的军令状！"

朱棣突然就抱起她来，不待她挣扎便道："我们谈谈，定下赌约可好？"

"你，你放我下来！"

腰间一紧，朱棣手上用劲脚步却未停，直直抱了她坐在榻上，把头埋进了她的发间："锦曦，你今天捉弄我还不够吗？我堂堂亲王，居然当众拜自己的王妃为帅，还遵军令跑了四十多圈，我累得贼死呢。"

他的声音低低地在耳旁呢喃，他没有大怒要她禁足，也不提往日之事，志忐不安的心放下一半。听朱棣说得可怜，想起当时情景，笑出声来。

朱棣手一收，像抱孩子似的抱得更紧："我没内力，打不过你，怕你走了。别走……"

锦曦的委屈汹涌而出，粉面含嗔，拳头顺势就捶上了朱棣的胸。眼泪扑扑地直往下掉，骇了朱棣一跳。忙不迭地抬手去擦。

他放锦曦走是知道她心中不痛快，自己又抹不开这个脸，如今锦曦换个身份回来，不管什么原因，却是回到他身边来。朱棣的气在拥她入怀时早已烟消云散，思念在心口奔腾，只盼她再也不走，什么软话都顺顺溜溜地说了出来。没想到锦曦反而越哭越大声。

零碎言语中朱棣只听清楚了一句："你们都骗我！"

心蓦然就收得紧了，想起锦曦不甘不愿地嫁他，出嫁当日就被人下毒，自己为一己私心化了她的内力，还出言威胁，她如何不恼。朱棣叹了口气抬起她的脸轻拭去滴落的泪，见怎么擦也擦不干似的，只好搂紧了她温言道："我只是气你不肯说出那人是谁，是李景隆吗？"

锦曦一惊，朱棣居然知道了。

"别哭，我知道了，那片兰叶泄露了他的秘密，若要人不知，除非己莫为，回想他的一言一行，我怎么会不知道呢？他早知道谢非兰就是徐锦曦，早就在我生辰时去你府上提过亲了，以我对他的了解，若非上心，他怎肯如此。"朱棣轻言细语解释道，如果再瞧不出来，他就真是傻子了。

"我与景隆从小长大，对他始终觉得疑惑，他有武功，却不露行迹。他爹李文忠是我朝猛将，父皇倚重，怎么会生出这般不中用的儿子?！可是我百般观察，他滴水不漏。一个防范严密的人本身就说明了问题。他对你下毒，不外是想让你恨我更深罢了。他见你毒解，功力却失，自然就猜到我不肯让你有武功，顺水推舟就给了你解药，知道必然我们会大吵……我说对了吗？"

锦曦像看怪物一样看朱棣，他不仅说对了，而且就像是看着发生似的。她不敢相信朱棣心思竟也如此细密，一个李景隆她看不透，朱棣何尝又能看透呢？她心里有了疑问，越发不敢相信朱棣。

"锦曦，相信我，我是你相公，白发不相离的良人……"朱棣温柔地印上她的唇，轻轻一触便已收回，放开了双臂，含笑看着她。

那眼神坚定而诚挚，嘴角带出的温柔蛊惑了锦曦，她的手指无意识地在朱棣胸膛上划来划去。手突然被捉住，朱棣戏谑地微笑："今夜想洞房？"

锦曦大窘，跳离他的怀抱，手足无措地绞着双手。

朱棣往后一倒，斜靠着床柱，披散的黑发，敞露出胸膛，那双眼睛因为斜偏着头看似飞进鬓角去，偏偏剑眉压下，嘴角含笑，把一身贵气与邪魅不羁显露得淋漓尽致。

"也罢，我们再赌三个月好吗？"朱棣轻吐出一句，眉梢一扬，成功地看到锦曦本已害羞侧过的头转了回来，剪水双瞳中泛出好奇。她真的还小，才十五岁呢，朱棣暗叹一声，接着道，"三个月，给你，也给我一个机会。你试试能否治军，不要说嫁了我就圈住了你。也给我一个机会，瞧瞧我是否配得上做你的夫君！"

锦曦茫然，朱棣这般好说话吗？今晚这一切怎么和从前大不一样，他没有发怒，没有揭穿她非要她循规蹈矩做他的王妃，也没有威胁她……甚至让她将吕西假扮到底。她还是皇上赐婚给他的王妃，若是被人识破，他颜面何存？！他为什么这样待她，真的是因为，因为喜欢了她吗？

脑子里乱成一团时，朱棣温暖干燥的手又拉住了她，声音里透出了疲倦："快子时了吧，明早还要应卯的，将军！"

锦曦"扑哧"笑出声来，朱棣闭上眼一使劲，抱住了她，顺手拂落纱帐，"我抱你睡可好？锦曦，我今天跑了四十六圈。"

见她不再挣扎，朱棣放心地睡了过去。

轻轻的鼾声传来，锦曦悄悄睁开眼，朱棣沉睡的容颜迷人至极，她轻轻笑了，头慢慢靠在他的胸口，迟疑了一下，落了下去。

不知过了多久，朱棣才微睁开眼，不敢移动分毫怕惊醒了她，感觉到胸口顶住的重量，嘴角一弯笑了，目光看向帐顶。李景隆做了什么让锦曦不肯吐露他的秘密呢？他有这般心计私下里又在图谋什么呢？朱棣脑中开始想这些他没有对锦曦言明的事情。

低头看过去，微弱的灯光下，锦曦长睫像排凤羽，齐整地在眼睑处落下一圈暗影，呼吸平稳，蜷成一团缩在他怀里。是什么让她这般天不怕地不怕的性子有所担忧？朱棣几乎可以肯定李景隆用了什么法子逼得锦曦如此。她不肯说，是因为还不够信任他吗？

"有我在呢，锦曦！"朱棣闭上眼，下巴枕在锦曦头间。温婉的身子告诉他这一切不是梦，他真的拥她入怀，这样的感觉让他生出一种强烈的保护欲。暗想着如何遣人盯李景隆更紧，如何让锦曦全身心地信任于他，迷糊中想着，这才真睡了。

记挂着点卯，卯时锦曦就醒了，她才一动，朱棣的手又收得紧了。锦曦睁开眼看过去，他还在沉睡中，锦曦知道昨天折腾他累了，今天他能在辰时赶到校场么？她坏坏地笑了起来，暗道，朱棣，你可别怨我又拿你开刀！

锦曦轻手轻脚地移开他的手，猫一样悄无声息地下了床，穿戴整齐出了内殿。值守的小太监正耷拉着脑袋瞌睡，锦曦没有惊动他，抿着嘴出了寝殿。

才走出去，锦曦就呆住，燕五与燕三一左一右站在殿外神采奕奕地值卫。那目光充满了惊诧不信。

"咳，"锦曦轻咳两声，面具与人皮面具掩饰住了涨红了的脸，"与你家王爷秉烛夜谈治兵之道，时间可过得真快啊！"她成功地看到听了这番解释后二人恍然大悟的神情，心情舒畅地离开了。

"咚咚咚！"三声鼓响后，校场三千军士已列队齐整。

锦曦安坐在帅帐中目光沉沉从两旁将士身上扫过。"燕九，今日辰时点卯，可有人不到？"

燕九急得额上挂汗，所有人都应了卯，偏偏他家王爷还没到，燕九自然想到朱棣是累坏了。

"嗯？"锦曦心中明白，却哼了一声，死死地盯住了燕九。

"回将军，只，只有……王爷未到！"燕九无可奈何地回答。

两边将士齐刷刷地把目光看住了锦曦，都等着看这位新拜帅印的将军如何处置。

"依军令该如何？"锦曦倒也不急。

"军令……"燕九脸色刷白，扑地跪倒在地，"昨日王爷领跑四十多圈，他是天皇贵胄，当今的四殿下，身子娇弱，请将军饶恕他这一回。"

娇弱？！锦曦忍笑险成暗伤，还好有面具挡着看不出来，若是朱棣听到下属如此形容他，他会不会狠揍燕九一顿？

"军令如山，岂可儿戏！"锦曦刚说完，朱棣已大踏步走了进来。她脸一沉，喝道，"拿下了！依军令应三卯不到者责军棍二十！"

朱棣一愣，左右将士面面相觑，如何敢上去拿他？

锦曦凝视着朱棣，慢条斯理地说道："怎么？不敢啦？！王爷，您说呢？"

朱棣今晨一醒已过卯时，见锦曦人已不见，心知要糟。他气得很，明明昨晚还是好好的，今天就故意又要拿他开刀。他能怎样？不遵军令，昨天不仅白跑，今日起三千将士再也不会听令，他嘴边慢慢浮起笑容来："燕九，起来！吕将军，朱棣点卯未到，理应受军棍二十……"

锦曦瞧着他半分害怕的样子都没有，似乎二十军棍轻飘飘的不算什么。锦曦气结，她本想让朱棣服个软，将士必然为他求情，呵斥一番也就算了，照样立军威，没想到朱棣就接过口去，反让她下不了台。

"不过，吕将军，本王是什么身份，普通将士也不敢动手，不如，将军亲来可好？"朱棣转手就把这个难题扔起锦曦，眼中露出挑衅的意味。

锦曦无奈，只得应下，"本将军亲自执刑！"

她走下帅座，与朱棣并肩出得帅帐。朱棣突低声在她耳边说："你打我也认了。"

锦曦耳朵烧得通红，狠狠地回道："打烂你的屁股，别怪我。"

"好啊，今晚……本王有福了。哈哈！"朱棣大笑出声，趴在刑凳上还对锦曦眨了下眼睛。

锦曦操起红黑色的军棍喝道："不服军令者，以燕王为例！"

众将士围成一圈，王爷受军棍毕竟不雅，众人自动转身。锦曦瞧了一眼，见朱棣唇边笑容更灿烂。她停下军棍喝道："全部散开！"

朱棣脸一沉，知道她想干什么了，狠狠地瞪着她不语。

锦曦缓缓对点将台下三千将士说道："本将军今日亲自执刑，王爷点卯未到本应受军棍二十，但天之骄子责罚可以他刑代之，本将军便罚王爷五军棍，余者率众围跑校场二十圈代之！可有不服！"

"将军英明！"三千将士心服口服。

众目睽睽下，锦曦下手毫不手软，噼里啪啦的棍子，狠狠落在朱棣身上，完了把军棍一扔亲自去扶朱棣。

"今晚上你等着。"朱棣气得只能这般威胁。

锦曦笑了笑："跑完二十圈再休息吧！"

晚上，锦曦自然地又来了朱棣寝宫，才看到她，朱棣已连声大喊起来："痛死本王了！都给我滚！"

燕九恶狠狠地瞪了锦曦一眼，阴阳怪气地说："吕将军难不成还想与王爷秉烛夜谈？然后拖累我家王爷无法应卯？"

秉烛夜谈？朱棣趴在床上呵呵笑了起来，"燕九，你们退下吧。与吕将军秉烛夜谈本王获益良多！吕将军既然能应卯，本王自然也能！"

看到左右无人，锦曦揭了面具，一巴掌打在朱棣屁股上："还敢取笑我？！"

"哎！锦曦，你就不心疼我？"朱棣翻转身，撑着脑袋戏谑地笑着。

"真的会疼？"锦曦怀疑地问道。

朱棣一把拉过她来："疼也没关系，不疼你就不会来瞧我了。"

锦曦娇笑出声："我那时使的巧劲，怎么会疼？"

"巧劲？你就巴不得所有人都知道燕王爷挨了军棍！居然在众目睽睽之下打我屁股！你说这传了出去，我颜面何存？我的心在痛啊！"朱棣气的是这点，明明众将围了没人瞧见，偏偏锦曦还让三千将士观刑，这不明摆着吗？

锦曦嫣然一笑："我不过是提醒王爷，千万让我的身份保密，万一泄露出去，这脸可真丢大了。"

"你，"朱棣气得狠狠地吻下去，"就知道你不安好心，三月比试一过，你就给我自动消失！"

锦曦撑住他咯咯笑了："你说，若是皇上想见见赢了比赛、治军有方的吕将军，该怎么办呢？"

难不成你还想继续？用这个法子保留身份不乖乖地在府中当王妃？朱棣眯缝了眼睛，心里盘算着，半晌才无可奈何地叹息一声："锦曦，王府的高墙困不住你，我答应你，走哪儿都带着你可好？"

"我，我能不能也留在军中？"锦曦不敢相信地问道。

朱棣伸手拔下她束发的玉簪，拈起一缕发丝把玩着，"当然，本王还想有个武艺高强的侍卫呢。"

锦曦大喜，猛地扑进他怀里娇笑道："朱棣，你真好。"

看她毛茸茸的脑袋在怀里乱动，像只小兽，朱棣满足地叹气，"我想明白啦，还是做谢非兰时最像你自己。我不用王妃的身份拘着你，嗯？"

锦曦第一次有了是朱棣妻子的感觉，那种甜蜜一旦盈满心田，就再难弃去。李景隆也好，燕十七也罢，再及不上朱棣分毫。她的心满满的沉沉的幸福感。莹玉般的肌肤透出浅浅的红晕，灯光下粉面带娇，诱人至极。

朱棣瞧着痴了，一个翻身压上去，却痛呼一声。

锦曦笑得如花枝乱颤，挨了五军棍，再使巧劲也会痛，加上领跑二十圈，又与众人一般操练一天，朱棣腰腿屁股酸疼得很，欲望又起，神色尴尬至极，终于咬牙切齿道："秉烛夜谈，本王有的是时间与你'秉烛夜谈'！"

他翻身躺下，轻喘着气，手搂着锦曦不肯放，突然轻朗地笑了起来。

锦曦闭上眼蜷在他宽大的怀里，"为何这次一定要赢？为何一定要找个人来替你治军？"

她的话让朱棣的心再起涟漪，忍不住说道："锦曦，你真是聪明绝顶！这么快就明白一切了。这次赢了，父皇会准许王府亲卫达到最高配置，我会拥有九千燕卫，你说，这诱惑大不大？"

诱惑大，风险也大呢。锦曦想到将来会随朱棣前往北平，拥兵自重，将来太子登基会不设防？自古皇帝都在意拥兵自重的人，眼下皇上是顾虑开国功臣，南京城传来消息，皇上下令废中书省和丞相，原是左丞相兼太子太保的父亲手中的实权也所剩无几，空有魏国公和太子太保的名分，除非领兵出征否则连军权也无。

皇上恢复周制，分封诸王，也是为了制约功臣。燕王的封地在北平，属全国九大边塞要地，自然统兵会多。然而，太子会否这样想就不得而知了。

朱棣想找个替身，自然是想一箭双雕，既能得到燕卫，又不隐藏实力。她叹了口气道："我无论如何都会帮你！"

朱棣凤目猛地睁开，紧紧地抱住了她，"锦曦，与我一起，今生今世，朱棣绝不负你。"

锦曦笑了笑，突然一巴掌打下，朱棣痛得闷哼一声，"还有怨气不？还想着废我武功不？"

朱棣趴直了身子，闷闷地说："你打啊，小时候，母妃打过我一次，当时怨她，现在想挨她的打都不行！"

锦曦第一次听他说起硕妃，不由好奇，"母妃是什么样子？"

朱棣目中现出隐痛，"我幼时便过世了，母妃很美，招人忌。母后膝下并无子，我、大皇兄、二皇兄便是母后一手带大。一般无二，父皇独爱我，却立了大皇兄为太子。我不争什么，可是锦曦，我总不能任人宰割。"

怜意从心底里涌现出来，锦曦伸手拂开朱棣的黑发，银铃般的笑声从嘴里溢出，"没想到啊，看似威严的燕王爷，也有这般孩子气的时候。"

她的笑声冲淡了朱棣的愁绪，他闭着眼道："锦曦，你总是让人难以捉摸，说你好动好玩，你什么事都了然于心。不过……"他一下子翻过身体沉沉地压在她身上，"你当真以为我就会受你一世欺负？"

锦曦眼也不眨，"我有武功，你没有！"

"是么？有武功我就制不住你？"朱棣恨恨地说道，寻找着那片红唇吻下去。

锦曦伸手一挡，打了个呵欠道："明日还要点卯，王爷！"

朱棣泄气地倒下，"你说，再这么'秉烛夜谈'我屁股岂不是要被你打烂？"他搂住锦曦闭上眼睡了，嘴角飘起一缕笑容，嘟嚷着，"三月后赢了大比，我要你做我的王妃！"

"睡吧！明日我不再来。"

"不准！"

"三月后不随你回南京！"

"好，明日我来寻你！"

"燕九他们会识破，宫中太监会传出去，五王会知道，南京城会传遍，天下人会取笑……"

"徐锦曦，你再敢说下去，我现在就要你！"

红烛缓缓吐出温柔的光影，锦曦顺从地靠着朱棣安静地睡了，他轻轻的鼾声在头顶响起。锦曦想，她与一年前不同了。初下山回府时对一切都新鲜好奇，只想着江湖游荡快意人生，如今却想与朱棣一起，福祸共担。羞涩慢慢爬上她的脸，睁大的剪水双瞳中多了另一个人的身影。

从这日起，锦曦白天以人皮面具加银面具露出的死沉沉的表情治军，朱棣身先士卒做表率，时不时还表达一下对这个小个头将军的无可奈何。一人唱白脸一人唱红脸，三千将士既服气吕将军的威严，又佩服朱棣以皇子的身份与大家同甘共苦。

如此一来，士气与体能技能迅速提高。三千军士辰时围校场跑圈之时再无当初散兵游勇的感觉。齐整的队伍、饱满的士气引得别的亲王总投来羡慕的目光。

朱棣急切地找锦曦"秉烛夜谈"燕卫再无怀疑。然而却觉得吕将军实在"不识抬举"，她常对前去的燕卫吩咐道："回禀王爷，道本将军累了，有事明日校场再议。"而王爷气恼一阵后第二日对吕将军更加和颜悦色。燕卫纷纷叹息，不知吕将军是何许高人，竟得王爷推崇至斯！

而军纪严明后，锦曦的重心更放在那三百有特殊才能之人身上，她为这三百人取了个名字叫秘营，分成金土水火土五队后每队单独训练，面授机宜，并不与别的士兵混杂。

三月之期转眼即过，队形、骑射、对练，攻击。朱棣稳占上风，秦王位居第二。治军一完，六王便纷纷打理行装回南京面圣复命。

锦曦也要走了，她终于帮朱棣赢了这场治军大比，施施然去"秉烛夜谈"。

"不行！你得与我一起回南京！"朱棣一口回绝。他怀疑地看着锦曦，想起与她合谋赢了这场大比心里甜蜜异常，听到她要单独和燕十七回去又恼。虽说尹白衣已照锦曦所说和燕十七取得联系，但是他就是不想再放她与别的男子单独在一起。

成亲之前草原猎狐，锦曦和燕十七如同画中人从长草深处漫步而出的情景还历历在目，想起那情景朱棣就不舒服。

"难道要燕卫和侍从都知道你和治军有方的吕将军同回南京，然后皇上召见时一并见了？天下人取笑燕王爷惧内，王妃治军连王爷一并治了？"锦曦好笑地看着朱棣。走到他身边逗他。

朱棣闷声不响地搂住她，嗅着她发间的清香不肯说话。

锦曦呵呵笑了，抵在他宽厚的胸膛，很满意朱棣在她面前流露的醋意。这证明他在意她不是吗？

"锦曦，我不放心。"

"不放心我的安全还是不放心我与十七？"

朱棣轻抚着她的发缓缓地说："我不放心李景隆！"

锦曦吓了一跳，抬头看去，朱棣剑眉拧成一团，凤目深沉如夜。这是朱棣第一次当面说李景隆。她自知有些事是不能让朱棣知道的。朱棣嫉恶如仇，大哥却是太子的人。去年淮河水患，大哥是背了太子敛财为太子做事，自己则以保守秘密换得李景隆不会对父兄不利。这些事断不能让朱棣知晓，不然，一本奏上，让自己如何自处，朱棣也会难办。所以，除了李景隆下毒一事，别的情况她从未在朱棣面前说起。

锦曦藏住心事，俏皮地笑了，"担心他又下毒啊？"

朱棣深深地看着她，她既不愿说当然有难言之隐。嘴角扯开，也笑了，"是啊，我不放心你与十七单独上路，这样，我让白衣和十七一起护你回南京？"

提起尹白衣，锦曦就退后了两步，哼了一声，"你当我真不知道他是你的人？早在看到你骑的大黑马我就知道啦！你说，你让尹白衣一直跟着我，你是否与我父亲也达成了协议？"

朱棣凤目中露出惊叹，低声笑得得意，"锦曦，你真聪明，聪明得让我……

现在就想要你!"

他跨前两步,眼前一花。锦曦稳稳地站在他身后,慢条斯理道:"王爷,你也别气馁,我可不想今夜'秉烛夜谈'后,明日你寝宫里就多了燕王妃!"

朱棣气结,喃喃道:"果然还是没有武功的好。"

"你说什么?"

一张大大的笑脸映入眼帘,朱棣满面春风,带着谄媚的笑意从身后搂住她,"锦曦,那回南京,你是我的王妃,你总要听我的吧?"

锦曦脸一红,靠着他不肯说话。

朱棣急了,转到她面前威严地说:"就这么定了!"

锦曦羞得脖子都红了,低了头不肯看他。等了良久见无动静,便飞快地抬眼瞟去。

"哈哈!"朱棣终于等到这一刻,心情痛快至极,她害羞的模样深深地刻进了心里。他交抱着双臂笑得直喘气。

锦曦恼羞成怒,一跺脚拎起面具奔出,走了一程又回过头嗔道:"王爷记住,回了南京城把那三百人的秘营讨来了做亲兵!"

"遵令,将军!"朱棣笑着点头,见她快步走出又唤道,"锦曦……"

回头间,朱棣凤目中浓烈地写着爱恋与渴望,锦曦低声说道:"过了秋天……"脸颊更热,她覆上面具,大步走了出去。

过了秋天,朱棣年轻的心蓦然飞扬,秋天,锦曦就十六了。

远远看着燕字大旗迎风招展,燕王队伍缓缓出了皇城。锦曦痴痴地瞧着。尹白衣牵着马远远地看着山崖上与锦曦并立的燕十七,眼中也露出了担忧。

燕十七的目光却是一如既往黏在锦曦身上,也瞧得痴了。他低叹了口气,十七什么都好,终是看不透这个情字。

寻到燕十七时,他也劝过,燕十七只是淡淡作答:"我护她一生就好。"

"十七哥!"锦曦收回目光,对着凤凰山轻声道,"从前锦曦只道能畅游天下,不受礼法拘束必是快乐自在。可是,我……"

燕十七心中明白,再到凤阳,心境已经发生变化,若他一心想带了锦曦远走高飞,便不会想法子把锦曦引到朱棣身边了。这时看到锦曦凝视朱棣远去的队伍,那目中透露的深情心下了然。见锦曦顾着他,暗叹锦曦善良,心中暖意顿生,轻声打断了锦曦的话,"我只盼着你平安喜乐便心满意足。"

锦曦缓缓转过头瞧着燕十七，那双堪比星子更亮的眼眸中清澈如水。她喃喃道："十七，这凤阳，真是个好地方。"

"是，能让我认识你，是十七一生之幸！"燕十七身躯更加挺直，突笑道，"不知十七能否再有荣幸，与锦曦结为兄妹？"

锦曦心头一震，心知燕十七是为免朱棣心中不痛快，慧剑断情。她只有感激，秋水眼眸一红，水雾蒙眬，轻笑道："好，你我便在此结为兄妹！"

"大哥！"燕十七回头唤道。

尹白衣诧异地望着，缓步走上前去。

"锦曦，我从来没告诉过你，白衣是我亲大哥。大哥，我欲与锦曦结为兄妹，你可愿意？"

"白衣荣幸之至！"尹白衣触到燕十七企盼的眼神，心中酸楚，黝黑的脸上露出欣慰的笑容。十七终没有辜负他的心意。他正担心燕十七跟在锦曦身边，燕王心中不痛快，如果能义结兄妹，让燕王放心，十七坦荡相伴，不会有损王妃名声，这实在是再好不过，咧开嘴呵呵地笑了。

锦曦抿了嘴笑，"难怪我初见白衣便觉得他的笑容实在熟悉，此时你们二人并肩站着……白衣，你若能剃了胡须，肯定与十七肖似！我看看？"她眨巴着眼睛竟十分的渴望。

尹白衣和燕十七都被锦曦的调皮逗得笑了，"将来总有一天，会让你瞧见的。"白衣虽然粗犷，说话间眼里装满了思念。

锦曦瞬间想起在府中马厩房顶看星星的夜晚，知道白衣必有伤心事。其实白衣除了那个笑容与黝黑的皮肤，和燕十七真的不像亲兄弟。她此时仔细观察，觉得白衣的相貌似有人为痕迹，白衣不说，她也不再相问只记在了心里。

当下三个人撮土为香，结义凤凰山。

尹白衣粗犷威武，燕十七矫健英俊，锦曦秀丽无双。山风吹得三人衣袂翻飞，尹白衣肃然道："吾等三人义结金兰，同生共死，福祸共当。苍天为证！"

燕十七凝视锦曦，诚挚说道："十七与兄长自幼家中大难，幸得燕王相助报了家仇，能与王妃结义，是十七之幸，锦曦，十七从来一诺千金，定会护你一生！"

锦曦热泪盈眶，盈盈拜下，"大哥，二哥，锦曦有礼！"

等站起身时遥望苍茫大地，锦绣江山，锦曦只觉胸襟顿时为之一开。

三个人并未想到，此番结义，将来的燕王大军之中便多了冷面三将。

"又是一年秋天了，秋天猎狐可是最好，锦曦，那件火狐大氅你终是不喜，我另去猎别的与你做披风可好？当是，你的生辰贺礼？"朱棣腻在锦曦房中不肯走，秋色越来越浓，已见初冬白霜，心里的盼望越来越重。

锦曦静静地坐在绣架前飞针引线，一只凤凰栩栩如生。

见她不理，朱棣不禁吃醋道："这是你回府之后给母后绣的第几件东西了？我的呢？"

"这不是给母后的，是贺吕妃娘娘生下皇太孙！吕妃娘娘要以此做皇太孙满月时的霞帔。"锦曦白了他一眼，

洪武九年十一月初五，皇太孙朱允炆呱呱坠地，洪武帝令百官朝贺，足见对这个孙子的重视。

然而朱棣却心中有气，听锦曦这般回答，伸手便扯了她起来，"不准做！"

他紧抿着唇，剑眉微蹙，一双凤目中透出浓浓的怒气。锦曦算是摸着他一点规律，知道朱棣即将发怒，眼珠一转娇笑道："好，不做了。"

见朱棣还是不吭声，锦曦手若兰花，十指纤纤轻轻在他腰间一挠。朱棣"嗤"笑一声，惊跳起来，脸便再也绷不住，又气又笑地瞪着她，干脆退开几步喝道："这燕王府中，真是没了家规了，竟胆敢时时戏弄本王！本王……"

"本王还是觉得你没了武功好，是吗？"锦曦笑嘻嘻地接了口，欺了过去。

怀中那颗毛茸茸的小脑袋又钻来钻去。朱棣彻底投降，搂住锦曦长叹一声，

"真该让魏国公好好瞧瞧他教出来的女儿！"

锦曦不管这些，低头闷笑。她心头记挂着绣品，这幅绣品是大哥特意嘱人送话，道吕妃娘娘知她绣艺精湛，央求太子务必求得一幅做霞帔。时值皇太孙临世，吕妃生皇子有功，加之一直居处深宫，竟又重新受宠。这绣品东宫既然开口讨要，少不得还是要绣了去。

朱棣不喜大哥是詹士府的人，更对当时和太子金殿求娶有心结。见不得与东宫往来，除了必须出席的礼仪，既便是锦曦每月进宫向皇后请安，朱棣也嘱人盯得紧，生怕她进宫遇见太子和李景隆。

"我说王爷，只这一回，若是不做，恐太子生怒。要知道你现在可是锋芒太露，诸王中除了秦王殿下，就燕王府亲兵最多呢。"锦曦见朱棣脸色转霁，赶紧说道。

朱棣何尝不知这些情况，只恨自己没有太子尊贵，竟要连累锦曦日夜赶做绣活。夜里他每每从烟雨楼上凝望来燕阁，见到锦曦累了眼仍挑灯赶工就心痛。吕妃是什么东西？她父兄现在还未归案，一个侧妃竟敢开口讨要绣品，还限定在皇太孙满月之日东宫大宴时用做霞帔。手紧紧地揽住锦曦，朱棣长叹一声："不知道父皇怎么想的，二皇兄三皇兄早已赴封地开衙建府，偏偏留我至今。"

秦王晋王早在封地大兴土木建造王府，凤阳治军后均已赴任。独占鳌头的朱棣却迟迟没有接到皇令起行，让他待在南京气闷不已。

"守谦哥哥去广西只差没有一哭二闹三上吊，皇上百般抚慰方勉强成行，怎么王爷却念着早日去了北平荒芜之地？真是想不明白！"

朱棣笑着刮了下锦曦的鼻子，她还小，不明白北平虽荒凉，却是北方边塞重地，若能镇守一方，领军上阵抗击北元建军功立军威是一事。最重要的却是每个男子心中都有的占有欲，巴不得早早独立，自有领地与队伍，懒得在南京城做听话的乖儿子。

从凤阳回来，与锦曦感情日益增厚，朱棣在朝中无事，多了时间陪锦曦骑马狩猎，抚琴下棋，日子过得倒是悠然，然而锦曦才满十六，还未来得及成礼。朱棣便总有不踏实的感觉，黏锦曦越发紧了。

想起那幅绣品，朱棣便拧眉。锦曦除了绣饰品送给母后父兄，都是些鞋面荷包之类，平日极少碰针线。她贪玩好动，宁可陪了自己骑马射箭，连自己求了许久的物什也无暇顾及。吕妃如何得知？由不得朱棣把怀疑的目光放在徐辉祖身上。

"锦曦，"他把头抵在锦曦头上，轻声道，"日后我们去了北平，自然有我们独立的小天地，我断不会再让你劳心费神地讨好谁。"

"反正都要送礼，就送这个吧，我还有凤目未绣，你放开我啦，明日就是东宫大宴，今晚赶好就成了。"

"不，让珍珠帮你绣就好。"朱棣忍不住打横抱起锦曦走向内室，"凤阳之时，你说过到了秋天就满十六岁了。"

红晕薄生双颊，锦曦见朱棣日夜把她生辰挂在嘴边，又羞又恼，一拳轻捶在他身上，"不行，明日东宫大宴，你让我……"

剩下半句话声渐不闻，朱棣忍住笑在她耳边厮磨，喷出的热气熏红了锦曦的耳朵，"过了明日，你搬来烟雨楼？"

锦曦几不可见地轻点了下头，埋在朱棣怀中再不抬起。

最后一缕霞光消失不见，内堂之内红烛越发明亮，两人依偎着无声。

珍珠立在堂外轻声禀报："王爷王妃，晚膳已经备好了。"

朱棣看了眼锦曦，她就这么窝在怀里睡着，知道接连数日赶绣那幅霞帔着实累坏了。他轻轻把锦曦移到床上给她拉好锦被，走出内堂瞟了眼窗台前的绣棚道："那幅霞帔王妃道还有凤目未完成，你帮王妃赶绣了，莫要打扰她。"

"是!"

锦曦心中记挂绣品没睡多久便醒了，走出内堂见珍珠正好收针。她走过去瞧了瞧见凤目用黑色蚕丝以斜滚针法绣出，凤目晶莹有神，便夸道："珍珠，你手艺越来越好，这凤目比我绣得精神多了。"

"小姐，那是绣线好，我还从未见过这种丝线呢，似黑金一般，绣上去就感觉凤凰似活了一般。"珍珠喜滋滋地说道。

锦曦接过绣线一瞧，灯光下隐有光芒转动，用手微微一绷，韧性十足，随口便道："以后便进这种绣线吧!"

她低头欣赏绣好的霞帔。宫中规矩侧妃不能穿明黄和大红，吕妃喜欢紫色，锦曦心细早问过大哥探知吕妃在宴会中打算穿绛紫色深衣。她又生怕行差踏错，特意遣人进宫问过吕妃后才选了浅紫贡缎为底。

此时已经绣好的五彩祥凤腾跃而上，以金线为主，在浅紫缎面上跳跃闪烁，生动灵活。想来能配吕妃服饰，锦曦满意地让珍珠拆了绣架，两人合作绣好霞帔边角，并在帔角连缀上浑圆的明珠，等到做完，天已微明。

锦曦长舒一口气，打开窗户透气，揉着酸痛的脖颈抬头便瞧见朱棣正坐在烟雨楼窗边怒目而视。目光对视中，锦曦抱歉一笑，朱棣却哼了一声离开了。

正小心嘀咕着朱棣肯定又不痛快，房门便被推开，朱棣大步走进来，拦腰抱起她便往外走。锦曦措手不及赶紧吩咐珍珠："小心收置了，等会儿要送进宫去。"

"又是一个通夜不睡，怎么得了！"朱棣抱了锦曦低声斥责道。

锦曦搂住他呵呵笑了："我可是有内功护体，你可没有呢。"

"我要是有内力，还容得你这般嚣张？"说话间朱棣抱着她进了烟雨楼，屏风后已备好热汤。"泡个澡去乏，我令人放了解乏的草药。"

锦曦脸一红，却没有挣扎，着实累了。

朱棣解开她的腰带，动作轻柔至极。锦曦却不待他回神，已翻身跃起，脱下深衣远远抛出，趁深衣挡住朱棣视线时，已稳稳地坐在热汤中，舒服地闭上了眼睛。

这点便宜也占不了？朱棣好笑地摇摇头，亲执木勺往她头上浇水，"成亲之时，锦曦中毒，本王可是什么都看完了，小气！"

锦曦享受地靠在木桶边上，舒服得直叹气："没想到啊，堂堂燕王为我洗发，难得！"

朱棣突然低下头撑住木桶狠狠地亲了她一口："还不赶紧睡会儿，今天要去赴宴，可不要顶着黑眼圈去丢我燕王府的脸！"

"遵命，王爷！"锦曦闭上眼睛，心里一片平和，有朱棣在旁，似乎天塌下来也有他撑着。想起朱棣也是一夜未睡，一颗心都暖了，却什么也说不出，只感受着顺着水流一起淌在发间、身上的朱棣的体贴。

与朱棣相处这几月，朱棣心急却甚是知礼，搂了她睡也从不越矩。以前她总以为李景隆是最不可测之人。如今却觉得朱棣的心思却是她猜不透的。他也不避讳她，而偏偏她所想之事，朱棣料中者十之八九。

锦曦喃喃道："你与李景隆达成了什么交易呢？"

她明显感觉浇水的手顿了顿，狡黠地笑了，再不接口。

朱棣却放下木勺捧了她的脸正色道："锦曦，我只是答应将来他可以来北平做生意。北平需要的江南之物，由他提供。你知道……"

"我知道，他是商人嘛。却偏偏不想让人知道他有钱！"锦曦隐去李景隆从前的诸般威胁笑道。她很奇怪，以李景隆的性子，怎么可能不提前谋划，把触角伸到北平。

朱棣被锦曦的话堵住，笑道："好吧，告诉你，他答应我永远不会再来找你！"

锦曦蓦然睁大了眼睛，朱棣答应李景隆这般好处只换来这么一个条件？难怪这几月未见李景隆。

自己还在纳闷他怎么会放手。心中一阵感动，伸手轻轻摸着朱棣的脸。觉得那笑容甚至比十七的还要灿烂。

水汽在室内形成朦胧的氤氲，朱棣目中的情感越来越浓，似不受控制地便往水汽最浓处瞟。锦曦呆住，"啊！"的一声双手抱在胸前，恼道："不老实！"

朱棣俊脸涨得通红，计算着时辰又扼腕叹息，头也不回地走了出去，边走边喊："三保！去把珍珠叫来服侍王妃更衣，顺便把王妃日用物品全搬过来！"

锦曦笑得忍不住使劲拍水，朱棣有时就这般可爱，他心思再深，做的事再多，却不避着她显露自己的情意，生怕她不知晓似的。

她闭上眼睛，默默运功。混杂着草药的热汤随着内力潜行全身，片刻后，锦曦睁开了眼睛，精神好了起来，唤了珍珠换好服饰与朱棣前往东宫赴宴。

就在锦曦含笑递过礼盒，吕妃打开看时，那神情由喜到怒顷刻间变化。她正疑惑，吕妃已迈步走来，没等锦曦回过神，脸上已脆生生地挨了一掌。

这一切来得是如此突然，锦曦目瞪口呆，手笼在大袖衫中紧握成拳，震惊与气愤同时冲上头顶。她没动，似乎刚才什么事都没有发生过，吕妃也没有冲她挥来清脆的一掌。

"我，我去请太子殿下做主！燕王妃，你欺人太甚！"吕妃狠声说道，眼睛转瞬就红了，泫然欲滴。

锦曦与在座的女眷都清楚地看到吕妃手中的霞帔。锦曦绣了好几个日夜的浅紫凤凰霞帔被吕妃拽得紧了，凤首扭曲，凤凰双目不知何时起变得血红，越发显得狰狞。

"凤凰泣血，大凶啊！"不知哪位低声惊呼道。

锦曦猝不及防，她压根儿就没想到吕妃竟会出手打她。听到吕妃怒斥于她时，才发现原来漆黑乌亮的凤目转成了血红之色。

凤目泣血是不祥之兆。更何况吕妃的父兄因凤阳贪污之事而未结案，吕妃因此被贬禁足宫中，生下皇太孙才重获恩宠。

她瞬间就明白了吕妃愤恨所在，是何人陷害于她？想挑起太子与燕王不和还是有别的原因？这么做何人才能获利？锦曦脸上热辣辣的痛，心思却迅速转到那幅霞帔上。

明明看着珍珠绣好凤目，自己还赞绣得传神，怎么今日突然就变成了血红之色？

珍珠的声音尚在耳边响起，"小姐，那是绣线好，我还从未见过这种丝线呢，似黑金一般，绣上去就感觉凤凰似活了一般。"

是绣线的原因？珍珠从未见过这种似黑金一般的绣线，自己也没见过。只当是为了绣霞帔从针线篮中随意找出来的。平时也没注意过这些小东西，没想到竟给人以可乘之机。

宫中赴宴的女眷见吕妃竟掌掴燕王妃，均吓得不知所措。

秦王妃柔声劝道："此事定有什么误会……"

"汝川满月竟献上这样的贺礼，讥讽于我便也罢了，可怜我的孩子……"吕妃失声痛哭竟奔出殿去。

锦曦叹了口气，众目睽睽之下，自己亲手递过了霞帔，也看到吕妃拿出来时凤目就已经变色。事已至此，总是要个交代。太子会如何处置此事？会惊动皇上么？锦曦飞快地想着能产生的种种后果。

"太子殿下请燕王妃前殿一行！"一名太监急急地前来相请。

锦曦"哇"地哭出声来，喊道，"吕妃竟如此辱我，我，我有何面目见燕王！"竟一头往柱上撞去，骇得一众女眷赶紧拦住。

锦曦只哭闹不止，理也不理前来传话的太监。

秦王妃喝道："还不快去请太子殿下燕王过来！"

"不！我自去见过太子殿下，还我一个公道！"锦曦站起身，哭着往前殿行去。

还未入殿，吕妃的哭声便已传来。锦曦脚步顿了顿，嘴一扁，委屈吗？我也会！她踉跄着奔进殿内，目光一触及燕王，倒真的委屈起来，眼圈一红，便掉下泪来。

大殿之上已坐满了皇子与文武百官。太子身着明黄五爪龙龙纹服贵气十足，见锦曦入得殿来，沉着脸看过去，目光触到锦曦明丽的面容升起复杂的情感。见她委屈的模样，眉头一皱责备地看着吕妃。

"怎么回事？"太子沉声开了口。

自她踏入殿内，朱棣的目光就没有从她身上移开过。为了这幅霞帔，他瞧着锦曦几个日夜都坐在绣架前，昨晚更是绣至凌晨才赶工完毕。没想到居然有人拿这个做文章。目光所及处，锦曦莹润如青瓷一般的肌肤上隐有红痕，吕妃敢打她？朱棣脸颊一阵抽动，已是怒极，咬着牙强行压制住，凤目中如同凝结了一层寒冰。

"臣妾安分守己，从不过问宫外之事。知父兄有负皇恩，更是小心做人。可是汝川无罪，在这满月宴上出现大凶之兆是何道理！"

吕妃哀哀地哭着。太子素来温和的脸变得沉重起来。吕妃父兄始终是他心头的一根刺。凤阳赈灾是他一手操持，皇上独遣了燕王前去巡视。虽然凤阳赈灾一事，皇上并没有斥责他半点，还令他代天子祭祀。

更有江湖杀手组织提了吕太公父子人头献上以绝后患。然而今日见着凤目泣血，又戳到他心中痛处。竟有人念念不忘凤阳之事么？太子心中恨极，却偏偏不愿就此事再提，他恨铁不成钢地看了眼吕妃，此事还非得哭到大殿来丢人现眼，女人！

朱标沉默片刻，并没有发怒，只是轻声道："燕王妃一片好心，怎会用凤目泣血影射于你，现凶兆于汝川满月宴上？不可胡闹了。汝川满月，正是大喜之日，定是有人掉包了霞帔，想用此等卑劣手段离间我与燕王的兄弟感情，爱妃怎可上当？退下吧！"

淡而轻的声音让人嘘嘘不已。席间众官员面露同情之色。

朱棣微笑道："太子殿下说得极是，锦曦与吕妃娘娘素无怨仇，断不会做出这样的事。此事既然与燕王府贺礼有关，臣弟自然查个水落石出，为吕妃娘娘出气！"说话间已走到锦曦身旁，不舍地瞧着她脸上淡淡的红痕，手伸出稳稳地握住她的，轻轻用力示意。

席间众兄弟的目光随着太子与朱棣打转，轻易不敢开口。

吕妃却猛然抬头喊道："燕王殿下说得轻巧！我……燕王妃亲手递过贺礼，敢问这霞帔莫不是燕王妃亲手绣制？！"

锦曦故作大怒状，"我有那么笨？！"

吕妃没料到锦曦直截了当地否认，不觉一愣。

"我就笨得让所有人都知道是我故意绣来讥讽娘娘的？"锦曦哽咽道，头一低扯住了朱棣的衣袖，"我没有做呢，王爷！"

这一声楚楚可怜至极，殿前诸人也跟着想，是啊，燕王妃不可能做得这般明显，见锦曦娇怯怯的模样便起了同情之心。

朱棣长叹一声，"太子殿下，臣弟便有千般不是，也断不会让王妃做出这等事来，今日之事若不还燕王府一个清白，只好请皇上明断了。"他隔了衣袖捏了捏锦曦的手，以示明白她的心意。这时候锦曦镇定自如，满月宴上必要讨个说法出来，这般委屈示人，多少博得人同情之时，又不会让人觉得燕王妃有心计。

"四弟不要难过，本宫相信断不是王妃所为。来人！将霞帔送内庭司。爱妃，你不必着恼，此事定会查个水落石出！今日汝川满月，本宫奉皇令设宴，不必为了这等小事坏了喜庆！"太子说完举起酒杯，殿前诸人不管心中如何想，纷纷举杯应和。

"明明是燕王妃亲手送上，臣妾还问过她是否出自她手……"吕妃不忿，仗着皇孙撑腰，竟大声说道。

"好啦！这般明显栽赃之事，本宫怎会相信？锦曦聪慧，怎么可能用这等拙劣手法？"太子打断吕妃的话，那双曾经温柔如春水的眼眸变得冷漠，"就算是锦曦用错了绣线，终是她一片心意。什么凤凰泣血，无稽之谈！本宫倒觉得这凤目如红宝石一般，较之寻常黑目更显尊贵！"

吕妃为何如此不识大体纠缠不清？用错了绣线？原来太子也是疑心重重的！锦曦心念一转，竟露出了无限的委屈，嘴一扁，"还是太子殿下英明，这是怎么回事啊？锦曦明明用的是黑色绣线，凤目怎会转成血红呢？真是！"

她正欲上前辨认，手一紧，竟被朱棣握住，"就算是王妃亲手绣制，她与吕妃有何冤仇，非得做这般明白让人一眼瞧出是王妃所为？"

朱棣慵懒地站着，语气轻淡，薄薄的眼皮飘出一缕威仪。手用了劲，偏不肯让锦曦出言辩白。

"皇上驾到！"太监高呼道。

洪武帝走进殿前，显然已知情。进得殿来让众人平身，目光凌厉地从吕妃与锦曦身上掠过，淡淡地吩咐了声："请吕妃与燕王妃偏殿歇息，殿前吵闹成何体统！我的皇孙呢？抱来给朕瞧瞧！"

吕妃不再言声，锦曦的心往下一沉。她终于明白为何皇上不让朱棣去封地北平，也明白为何会有人陷害于她。皇上为保太子地位，加之朱棣凤阳治军大比独占鳌头，已是在借机打压朱棣。

不管此时最终查明与燕王府无关，朱棣必定会小心翼翼，俯首太子。自己早瞧过了，霞帔确实是自己绣的，那凤目的针法也确实是珍珠所绣。至于为何会由黑转红都不重要了，查得出元凶也不重要。重要的是燕王府让人钻了空子，就这点皇上便可大做文章。

她移步出殿，小心地将众人眼神纳入眼底。父亲是忧虑的，大哥眉头紧皱，李景隆却在微笑。

锦曦似乎又想起朱棣为李景隆开出的条件。她心中冷笑，他是没有再来找她，他却有的是办法让她知道，他不会放手。

只能忍，诚如朱棣所说，到了北平封地，天高皇帝远，懒得再受这些肮脏气！

朱棣不舍地看着锦曦低着头受了呵斥退下，又不敢殿前造次。见皇上笑着逗弄皇孙，听百官奉承笑逐颜开，心里难受，只能咬紧牙关忍着。

洪武帝离开时，脚步顿了顿叹道："吕妃养了这么久性子怎么还是这般不识大体，皇孙百日竟为了衣饰大吵大闹，常妃卧病，太子要好生管教才是！还有燕王妃，年轻浮躁，就留在皇后身边诵诵经养养性吧！"

"恭送皇上！"殿前众人跪送洪武帝离开。

想起今晨还嘱三保将锦曦物品搬来烟雨楼，此时一句圣旨便叫两人拆分，连下旨查清真相都无。明里斥责吕妃更多，实际却惩治的是锦曦。朱棣恨不得大声质问，想起当年不知何人撺掇一句话就要了母妃性命，生怕一冲动更对锦曦不利，死死地压住了火气。

回到燕王府，朱棣唤来珍珠细心问明情况，拿着黑金般的丝线看了又看，往水里一沉，只见瞬间绣线黑乌退却，泛出血红之色。

朱棣长吁一口气，轻声问道："王妃嘱你收好霞帔，可有别人碰过？"

珍珠见绣凤目的丝线转红，吓得哭了起来。她把霞帔包好便没有再管，直到锦曦进宫拿走。

知道做这事之人必是细心至极，断不会让人发现，绣线自然也是混入寻常丝线之中的。他挥挥手让珍珠下去，唤来燕三嘱道："速遣人入宫，照顾王妃！知会阳成公主一声。"

"是！"

锦曦住在坤宁宫东侧的柔仪殿内。

跟在太监和宫女的身后她目不斜视。经过乾清宫侧的月华门步入大内六宫所在地，一步一步走向皇城的最深处，不是不害怕的，只觉宫门一重深似一重，越走越离身后的世界更远。

晚上听到宫门下匙的声音，她禁不住一抖，汗毛竖起。踏进柔仪殿的瞬间，锦曦恍惚有种感觉，燕王府的自在一去不复返了。

她心里明白以父亲的威望和身份皇上不会让她居住在大内太久，但远望层层宫墙在冬日的余晖中慢慢涂上浓重的黑影，被困住的感觉越来越重。

皇上下了让她随皇后诵经的旨意，临时在柔仪殿侧耳房里增加了佛堂。马皇后温婉和蔼地嘱了太监宫女小心侍奉于她并送来《金刚般若波罗蜜经》一卷。

跪在锦团上瞧着面前的经书，锦曦不停地翻白眼，嘴唇翕动，以身后侍立太监听不清楚的声音暗暗咒骂着。

马皇后特意安排了宫女小青来侍候她。锦曦心中明白，这晨昏定省的两次诵经必不可少了。

要她诵经？还不知道要诵多久。锦曦苦笑，对着清灯，还真的是修身养性了。她合上眼睛轻声道："门外侍候吧！诵念佛经要诚心，我不喜人打扰。"

小青与张公公恭敬地退到耳房门口肃立，也不走开，等着锦曦诵完今日的晚课。

锦曦知道不让他们瞧见自己诵完经书是不可能的，背对着他们，开始默默练功。内功运行两个周天，一双眼眸睁开荧光更甚。她暗笑，这样练功却如在山中一般，反正小青和张公公也瞧不出端倪。

她估计时间差不多了，便招了招手。小青赶紧上前扶她起来，笑道："坤宁宫红姑来了，送来皇后娘娘赏赐的礼物，听说王妃虔心诵经，不敢打扰，在前殿候着呢。"

锦曦柔弱地笑了笑，也不使劲，懒懒地由小青扶着去了前殿。

今日才是她第一天住在柔仪殿内，在坤宁宫陪着马皇后用过晚膳回到这里小青就提醒她要诵经一卷。这时锦曦才有空仔细打量这座殿宇。

"这是以前硕妃娘娘住过的。"说这话的是坤宁宫尚宫红绡，她三十岁左右年纪，看上去面目和蔼，举止端庄有礼，颇得皇后宠信，宫里人都尊她一声红姑。

锦曦赶紧见礼："多谢红姑指点。"

"王妃有礼了。"红姑对锦曦行跪礼，不顾锦曦阻拦，一丝不苟地做完，这才起身笑道，"皇后娘娘怕王妃住不习惯，遣红姑前来探望，王妃有什么需要尽管吩咐小青与张公公。"

"谢娘娘关爱，锦曦感动莫名。"说的都是场面话，锦曦觉得累。

红姑又温言道："皇后娘娘道皇上令王妃诵经，嘱红绡问一声王妃可习惯？盼王妃体谅皇上心意。"

体谅皇上的心意？锦曦忍耐着想嘲笑的想法。

她看书最喜欢兵法、传奇故事，都是寻常闺秀看也不敢看的奇书淫书。对于佛经，山中常听师太念诵，每每听及便觉瞌睡虫来袭。让她诚心诵经与其说这是皇上的心意和厚爱，不如说是罚她比面壁思过还重的刑。

锦曦此时却只能堆了笑脸，软言回道："世尊传佛法，对其弟子须菩提道，书写此经，手具般若，身根胜也。受持此经，心具般若，意根胜也。读诵此经，口具般若，舌根胜也。锦曦诚感皇上大恩，谢皇后娘娘赐经。"

"王妃聪慧，今日诵经便有此心得，皇上与娘娘必定欣慰异常！"红姑满意地笑了，留下皇后赏赐便告退。

锦曦这才舒了口气，虽不念经，山中十年却也不是白过的，听师太们论佛法耳朵都听起茧了。这般回答皇上与皇后会满意吧？

想起这是朱棣母妃住所，锦曦油然生出一丝亲切。仔细打量这间殿堂，见陈设不见奢侈，大方整洁，她住的是偏殿，听说硕妃所居正殿一直锁着，不由得好奇，便想去瞧瞧。但今晚显然不行了，她也不习惯身边站这么多人，便道："我有些乏了，你们都下去吧。"

"嫂子！"门外传来一声娇呼。

阳成蹦蹦跳跳地跑了进来，笑嘻嘻地一行礼，身后跟有两名宫女一名太监，捧了诸多物什放下。

锦曦心中一惊，她就是朱棣的同胞妹妹阳成公主？猛然想起朱守谦大婚时，阳成见到李景隆搂住她不放煞白了脸奔走的样子，生怕阳成认出她来。

阳成也是头回见到锦曦，并没有把她和当夜那个娇小的侍卫联系在一起。见锦曦与自己一般年纪，美丽中带着端庄，就笑了："阳成能有这样美的嫂嫂，四哥真是有福气。"她拉住锦曦左看右看，嚷道，"这下好了，以后我在宫中有伴了。"

见她没认出来，锦曦放了心。听到阳成的话她忍不住又想翻白眼，阳成这一举动竟似暗示她将要在宫中呆很长时间似的。

"去去，我和王妃说体己话。"阳成不耐烦地喝退左右。

锦曦就想起了去了广西封地的朱守谦，也是这般大大咧咧地呵斥下人，对直性子的阳成生出好感来。

见左右下去，阳成才附在锦曦耳边道："我四哥急得不行，知道后宫不能传书信，求了我许久让我做你们的信使呢。"

锦曦的脸红了红，啐道："我可没什么对他说的。"

"真的没有？难为本公主深夜来此，明儿四哥准骂阳成了。"阳成不信，嬉笑着非要锦曦说。

"今日诵经，得一体会。你不嫌肉麻就传呗！由爱故生怖，由爱故生惧……"

阳成"哧"地笑了："这哪里是《金刚经般若波罗蜜经》！是由爱故生忧，由爱故生怖，故离于爱者，无忧亦无怖。这是《佛说鹿母经》里的，嫂子，你又逗阳成玩了，胡说一气。"

锦曦嘿嘿一笑便道："好吧，佛说要牢记六波罗蜜于心，这最难一关吗……便是诵经！跪得我腿都软了。"

阳成咯咯直笑，"好吧，我就原话告之四哥，让他在家中也诵经陪着你。"

送走阳成，锦曦却是真的累了。她躺在床上叹气，这般传消息真是不容易。

由爱故生怖，由爱故生惧……朱棣自是知道自己是惧李景隆的，自然会知道凤目变红是李景隆下的手。至于六波罗蜜，一布施，二持戒，三忍辱，四精进、五禅定，六智慧。最难就是忍辱，朱棣自然知道自己的动向。

想到这里，锦曦的心稍稍安定。

说也奇怪，每当锦曦想要偷空去瞧硕妃原来住所时，总找不出机会。不是小青时时侍候在侧，就是那个须眉皆白的张公公乐呵呵地跟着她。就连夜间她偷偷起身，才走到庭院中，便会有人闪出，问她有何吩咐。锦曦暗自疑惑，显然硕妃住所有人暗中看守，她却不敢大意，大内之中高手如云，她生怕一不留神被皇上知晓再不肯放她出宫，也间接害了朱棣。

锦曦猛然惊醒，从什么时候起，自己贪玩好动的性子开始变得这般沉稳了？是因为朱棣么？是因为自己认了燕王妃的身份不敢再踏错半步吗？

她想着师傅的话幽幽叹了口气，望着红墙上空的天发呆。不和皇子接触却也嫁了，而且那个人，正渐渐地填满她的身心。相思，原来是这样！锦曦微微地笑了。她缓缓在佛前跪下，翻开经书喃喃念道："如是我闻，一时，佛在舍卫国祇树给孤独园，与大比丘众千二百五十人俱……"

漫长的宫墙下，朱棣骑着马在玄武门外徘徊。

自锦曦入宫之后，洪武帝只准他每月一次进坤宁宫请安。突然之间，眼前这座皇城变得高大森严起来。原来随意入宫变得如此艰难，一道圣谕让朱棣生平第一次感觉到皇权的重要。

他无奈又不安地驱马缓行。阳成带出来的话，在笑闹中瞬间让他感觉到锦曦的聪慧与机智。

大明律，但凡进了大内后宫，夹带书信者杀无赦。他只能出此下策，托阳成带话。想起柔仪宫的老人，朱棣嘴角带出一丝的微笑。

瓦蓝的天空下，他漫不经心地朝皇城瞥去一眼，倨傲的面容在阳光下像雕像般坚定。"十七，曾经有猎人进山猎虎，见虎脖子上竟然系了枚铃铛，猎人很好奇，是谁给老虎系上的呢？如何敢接近这等猛兽不伤毫发还能为它系上铃铛？他很想试试解下来，你说，他该怎么办？"

燕十七星眸渐亮，遥望皇城露出习惯的灿烂笑容："解铃还须系铃人！王爷，你想出办法来了？"

朱棣看着不远处的钟山笑得格外狡黠，马鞭一指道："我猜，钟山之上，还有一人在遥望皇城，赏景品茗！"

李景隆的确在钟山之上，从这里远远望去，皇城大内尽收眼底。初冬的寒风吹得颈边的银狐毛微微颤抖。他站立如松，喃喃道："锦曦，你可耐得住宫里的寂寞？皇上的经不好念的。"

"公子，起风了……"银蝶小心地说道。

李景隆仿若未闻，"锦曦，你说，为何每次都是这样？我害了你，偏又想救你？"

起风了吗？心也吹得凉了，由凉而变酸。他嘴里一片苦涩，再盯着皇城瞧了会儿，回转身往山下走去，边走边吩咐道，"通知落影，让她趁吕妃失宠，服侍好太子。让雨墨进宫，好好侍候小皇孙！"

"是，公子！可是……"银蝶想起先前诸多安排，费尽心机才让燕王受到皇上打压，同时分了燕王夫妃，这时却又要弄她出来，忍不住就多了句嘴。

李景隆回身冷冷地看了她一眼，"留是皇上的意思，这放，就由我替皇上拿主意了。"

一个月后，朱棣终于借进宫给皇后请安时溜进了柔仪殿。

此时并不是早上诵经时间，锦曦讨厌宫中女官与太监围着她，干脆跪坐在佛堂中练功以示对皇令的顺服。

檀香轻燃，香花果食供奉。素灯如豆。

缨珞幢幡宝盖遮住了外面的视线，朱棣心脏"怦怦"乱跳，佛堂幽静昏暗，他只瞧到锦曦纤细的背影，房顶一片明瓦投下一柱亮光笼罩在锦曦身上，衬出一种出尘的美丽。

他静立在佛堂门口，心里不知是悲是喜。片刻后才轻步走进，见锦曦闭目双手合十虔诚得很，嘴边飘过一缕笑意，凤目中涌出怜惜。一种想拉起她转身离开大内再不回头的冲动撞击得胸口隐隐生痛。千言万语夹杂着种种复杂的情绪。让他喉间如堵了块硬物，久久说不出话来，带着呼吸也粗重了。

"不是说了不要打扰我诵经的吗？"锦曦以为是张公公又借着什么换花添果加香油来探虚实，眉微扬，淡淡地责问道。

她的声音原来是这么柔和，又隐隐带着刀锋之气。才一个月，他的锦曦就由个无忧无虑的小女孩变得懂得保护自己了。朱棣微一闭眼，睁开时凤目含笑，放松了身体打趣地接口道："没想到才过一月，我的王妃便这般性静了。"

锦曦身体微微颤动，心里激动莫名，手藏在袖中指甲不知不觉戳痛了柔嫩的掌心。千般委屈瞬间涌上心口，长睫一颤，已溢出一滴泪来。

她没有回头，生怕回头是一个梦境。佛说孽障由心魔而生，她抬起头，高坐莲台上的观音微笑地瞧着她，真的不是梦吗？

"朱棣……"一声轻呼脱口而出，锦曦挺直的背一软，手撑在地上，缓缓地含泪回望。

阳光浅浅拉长了他的身影，锦曦几乎瞧不见他的面目，只觉得浑身无力，想要再喊他一声也是不能。

朱棣只愣得一愣便大步走近，在锦曦身旁半跪下，伸手搂住了她。

熟悉的气息扑面而来。锦曦所有的委屈在这刹那间爆发。她软软地倚在他怀里，撒娇似的呢喃："我要回家……"

手指轻弹，那滴泪便在指尖颤抖滚动，搅起思念似潮汹涌奔腾。锦曦的话让朱棣只觉得心酸无比，只顾着搂紧了她在她耳边咬着牙说道："等不了多久了，锦曦……"

锦曦把头深埋在他胸口，让滑下的泪被他的锦袍吸干，良久才扬起一张笑脸："我知道。就是想撒娇……"

朱棣心痛地看着锦曦消瘦的面颊，那双秋水般明亮的眼睛显得更大，盈满了信任、依恋与坚定。

他埋下头贪婪地嗅着锦曦发际的清香，窝在她颈边闷声叹息："锦曦！"炽热的唇轻印在她优美如天鹅般的脖子上。

锦曦回身搂紧了他，朱棣双臂一紧，直把她嵌入怀中。她的味道让他渴望，渴望着吮吸与占有。吻如雨点般落下，狂热不能自抑。

成亲这么久，这一刻朱棣再也压不住对锦曦的渴望，他要她是他的。

酥麻的感觉从脚指头升起，锦曦轻轻地吐出一口气，一声嘤咛轻溢出喉间。双眸如水，双颊酡红，如饮琼浆。

"锦曦，你是佛派来的妖精，引我入地狱……"

朱棣喃喃念着，猿臂一伸已抱了她站起，大步走进经幡后轻轻将她放在榻上。

锦曦仰视着他轻声道："这是佛堂！"

"佛祖不会怪罪。我参的是欢喜佛！"朱棣双手撑在身侧，覆盖了锦曦的天空。

他低下头，噬咬着锦曦圆润如珠的耳垂，双手不停，解开了她的深衣。

微微的凉意带着陌生的感觉袭上心头，锦曦只觉得身体空荡荡的，无端地生出害怕又期待的感觉，手便自然撑在朱棣胸口，挡着他接近。

朱棣握住她柔软的手，亲吻着嫩如青葱的手指，舌尖调皮一舔，锦曦痒得一抖，还未来得及说话，一个温热湿润的唇便覆了下来，带着朱棣所有的思念和热情卷入心里。锦曦神志渐渐模糊起来，呼吸间只有朱棣熟悉的温柔和浅浅的霸道。

她轻哼了一声，好不容易拉回一点儿神志半睁着蒙眬的眼道，"这是大内……"

话还未说完，身上一凉，一只略带着薄凉的手掌停在她心跳最烈的地方，激起密密的鸡皮小粒子，她一吸气，自然地往上一拱身就抵上朱棣坚实的胸膛。

"抱着我，锦曦！"朱棣暗着嗓子道。他的手与唇代替了他的心在她身躯上掀起风暴。他要她感觉他的存在，相信他，只相信他。

那种酥麻和热度一波波地让锦曦在痛苦与快乐中徘徊，明明伸手快到捉到又偏偏差着几分。"朱棣！"她轻呼一声，似恳求似难过，扭动着身体想要摆脱。

而那双干燥温暖的手偏不让她如愿，牢牢地定住她的身体。锦曦只觉得朱棣身体一僵，一种尖锐的痛瞬间袭来，手指便深深地陷入他的肌肤中。

感觉到她的不适，朱棣停了停。锦曦有力的拥抱让他感觉她的存在，她就在他的怀中，与他密不可分。隐忍的痛苦让他深深地吸了口气，额间滴下晶莹的汗，努力撑到难以忍受之时，朱棣双手搂得更紧，感觉到怀中的身体在缓缓变得柔软，忍不住一动。

一声轻吟从锦曦口中溢出，绵绵长长带着无尽的妩媚。

朱棣终于长吐一口气放肆起来。紧紧地封住了她的唇，把她的低呼她的惊慌她的轻颤她所有的情绪全纳入口中。

"你是我的女人！"低沉而霸气的宣扬伴着一道白光从锦曦脑中闪过，深深地刻进了心里。

在檀香苏灯中，宝华端庄的菩萨温柔地看着世间男女最真挚的裸情炽爱。

她无力地攀附着他，全身心地信任着他，由他掌控她所有的感觉。他让她在天堂与地狱间轮回，耳鬓厮磨缱绻缠绵。

他滴落在身上的汗滴，像飞射而至的火箭瞬间点燃烈火燃烧。等待热情快至熄灭感觉余烬清冷，他却有无穷的热情吹来排山倒海般的风把星星之火鼓动起燎原之势。

她开始疲惫、后退、抗拒。而他却步步紧逼，逼迫她与他共舞。直把她胸中最后一口空气抽出，发出如小兽般的呜咽。

"锦曦，曦……"他身体僵硬着埋着在她颈边，似在叹息，只吐出一个悠长的语音。像最华丽的贡缎，带着绚烂的色彩和沉甸甸的质感包裹着她。那如玉似冰可媲美最细致青瓷的身体在他身下变得柔若无骨、媚似春水。

锦曦半睁着染着浓浓情色的双瞳定定地瞧着朱棣。修长的剑眉，墨黑的眼仁，披散的长发与她的柔柔纠结，那双狭长凤目中盛满喜悦。她嘴一动，一朵妩媚的浅笑缓缓怒放。

大手轻拂开她额边被汗水濡湿的黑发，朱棣轻轻移开身体，抖开锦被把她紧紧地裹住。"佛祖为证，今生今世，你都是朱棣唯一的妻。"

眼眨巴了一下，渐渐地红了。锦曦闭上了眼不肯看他，清亮的泪从眼缝中沁出。身上重量蓦然消失，锦曦一惊睁开眼。朱棣戏谑地轻笑："舍不得我吗？"

她脸一红啐道："也不知危险，这是大内后宫！"

低低的笑声从他喉间溢出，随着胸膛起伏越来越大，他竟哈哈笑了起来。

锦曦急得伸手就去捂他的嘴。粉藕般的手臂才探出便被捉了个正着，连人带被搂进了他宽厚的怀里。"小东西！"朱棣把她的手塞回被子里，突然得意起来，"你今日怎么不用武功踢我出去？"

锦曦害起羞来，耷拉着脑袋不语。

朱棣也不说话，起身穿好衣衫便抱了她起来，直直出了佛堂耳室。锦曦吓得一颗心扑通直跳，虽说朱棣敢在大内放肆必有准备，她却生怕有个万一。

若有万一，也必与他一起。一念至此，眼便睁开了。

"相信我就好。"朱棣低头看了她一眼，走进寝殿。

他的手臂坚实有力，步伐沉着稳定，胸膛宽厚而温暖，锦曦埋下头偷偷笑了。

屏风后已备好热水，锦曦不知道他如何做到的，只笑了笑，便浸进水里。温热的水缓解了身上的酸疼，她轻哼了一声。

朱棣点点她的鼻子，满脸的内疚怜意，也不说话，温柔地帮她洗浴，细心地为她穿好衣裙。

锦曦闭了眼浅浅地笑，生怕一睁眼这只是梦。

他从后面抱住了她低语道："快午时了，我没时间了。你告诉我的，忍耐。锦曦，我一月才能进后宫一回。不得宣召来不了，你等我。"

"阳成……"锦曦记得让阳成提醒他的话。

"嗯，她说与我听了，锦曦，以后不要再担心李景隆，是我的事了，知道么？张公公是我的人，三保的干爹，记下了？"朱棣舍不得离开，却只能抓紧时间把要紧的说了，"母后最是心软，她的话，你记在心里，她必是高兴。父皇节俭，月里总有几日去御菜园。锦曦，你认识菜蔬吗？"

锦曦又好气又好笑地嗔他一眼："我只认得猪肉，你这么大个头的！"

目光撞到一处，均是细细碎碎如阳光般的笑意。这一刻，锦曦眉目舒展，风情毕露。

朱棣伸手从她颈中拉出那块刻有龙行天下的翠玉浅浅一吻："佛堂张公公会处理，你去榻上歇着便是，不喜欢诵经……我带了《今古传奇》《游侠列传》藏在佛堂内。你只管瞧着玩去。"

锦曦没有再问若是被发现怎么办。她相信朱棣，既然敢在大内后宫与她缠绵，必有他的安排，只微笑着不说话。

窗外传来清脆的鸟鸣声。朱棣深深地看她一眼："我在王府等你回来。"毅然松开手，大踏步走了出去。

锦曦身体一软，泪便冲了出来。她哭过又笑，暗骂皇上好没道理，非要让她尝遍相思才肯放她回家。

相思么？她想起与白衣看星星的夜晚。"相思最苦，偏爱相思。"锦曦恍恍惚惚，朱棣给予她所有的感观触觉，所有的缠绵激情还停留在空气中。心里酸痛又喜欢无限。想起他说的欢喜佛，他说她是他的女人，剪水双瞳中笑容顿现，脸跟着红了起来。

小青的声音在外面响起："王妃，你在哪儿？怎么殿内没人值守？"

锦曦缓步移出，慵懒地笑道："我沐浴更衣来着。没人值守么？人呢？"

小青气急败坏："这些不懂规矩的丫头，不知跑哪儿去了，怎么敢让王妃沐浴无人侍候？！"

"我向来喜欢独自沐浴，小青，我有些饿了，可备好膳食？"

小青打开食盒拿出菜肴，嘀咕道："今日可真怪，害我等好久，厨房小六不知哪来那么多事，缠着我到现在才回。"

锦曦暗笑，想起朱棣，红晕便浮了上来。她夹了两筷吃了，想起朱棣的嘱咐便问道："柔仪殿不是自己有小厨房么？我想自己做几道菜，不知宫中哪里可寻的新鲜菜蔬？"

"可去御菜园向守园的秦公公讨要。王妃想要自己下厨？"

"我想做几道菜孝敬母后，她喜佛之人肯定也喜欢素食。"

小青是皇后派来的，听到锦曦这般孝敬皇后，高兴得眉开眼笑，连声答应陪锦曦去御菜园瞧瞧。

锦曦已和守御菜园的秦公公混得熟了。然而半个月来，她却从未遇到过皇帝，心中不免有些着急。

马皇后却对她做的菜赞不绝口，锦曦便讨了旨，不仅每天都来菜园摘菜，还在园中边角种了一分地。

说也奇怪，自从朱棣走后，她的心竟然平静下来。这日，她跪坐在佛前悄悄地翻开经书，本想看朱棣夹带进来的传奇小说，翻开一页见居然还是佛经，锦曦隐隐奇怪。她回头看了看，张公公与小青站在佛堂门口。

她叹了口气，张公公是自己人又如何，这大内之中总还有别的人，如果不是张公公单独值守，她如何看得了传奇小说？

锦曦懒懒地翻开佛经，正嘀咕着又一个无聊的早晨，一缕兰香害她打了个喷嚏。

"王妃，凉着了是吗？奴婢去拿件披风来。"小青旋身离开了佛堂。

张公公见人走远了才快步走进来，从袖中拿出一卷书放在锦曦手中，和蔼地笑了："王妃多保重。"

锦曦接过，瞥了眼见是《今古传奇》，偷偷地笑了。

张公公又回到门口站好。锦曦没有看那本传奇，轻轻翻开了佛经，书页中果然出现了一瓣兰花。她凝注目力仔细看了又看，不见丝毫端倪，不由得纳闷。

锦曦将兰花放于袖中，细看那页佛经，反复看了数遍，冥想起来。

这日上午她小睡后又来到菜地，瞧着地里的莴苣翠绿欲滴，竟生出喜悦来。这是在宫里待着最好玩的事情。

柔仪殿里的宫女太监都知道燕王妃下田种菜不喜欢人站在垄边上瞧着，每次只带了张公公或是小青去，嘱他俩在御菜园外守着，自己一个人前去。

秦公公常年守园也是寂寞，难得锦曦笑语嫣然陪他说话，态度又好，还不时带些吃食零嘴与他，见着锦曦也格外高兴。

一老一小站在地边上聊菜蔬的话题。

锦曦穿着碎花常服，襦裙精干短小，头发也简单挽了个小髻，拿起水壶浇水。十二月的天气，她劳动着倒也不觉寒冷，脸红扑扑的甚是可爱。

"秦公公，把布巾递给我！"锦曦伸手拿过布巾，竟一片片去擦拭莴苣上的灰。

她种的这一分地里只有十来棵莴苣，还有一垄空心菜，被她这般呵护，倒像是种的花了。

"怎么样？我种的还不错吧！"锦曦叉着腰得意非凡。寻思着挖一棵莴苣今晚给皇后做菜，又有些舍不得下手。

"你种的有朕种的好吗？"身后一个威严的声音传来。

锦曦吓了一跳，回转身，看到秦公公已退得远远的，田垄边独自站着身着明黄团龙皇袍的皇帝，目光复杂地瞧着她。她三步并做两步跳上田垄便跪了下去，"臣媳见过皇上。回皇上话，臣媳只是闹着玩的，比不得皇上亲种。"

"是吗？怎么朕瞧着你种的菜棵棵青翠，比朕的菜品相好很多啊！"

锦曦心中大惊，这话回不好可是惹祸上身的。她眼珠一转，心下已有了主意，轻声回答道："如果以地比做天下，皇上忧心天下，广施恩泽。臣妾却只能是守着这一分地，也只有能力侍弄这一分地，地少则专心，所以种菜当养花般精细。可若是扩大田地，却断不能了。所以，臣妾比不得皇上亲种之地。"

洪武帝脸上渐渐露出笑容，"起来回话吧！"

"多谢皇上！"锦曦站起身，不敢抬头。终于见到了皇帝，他会不会放她回去呢？

洪武帝看了眼锦曦种的莴苣不动声色地说："若是你能种好一分地，你说棣儿他能种好多少地呢？"

这话问得真刁钻。锦曦暗自忖道，自己肯定不能比过朱棣，那么说少了会让朱棣抬不起头，说多了便是有野心。她心一横赌上了。

锦曦露出甜甜的笑容，眨巴着眼睛道："王爷么，他一分地也种不好！"

洪武帝脸色转暗，隐有怒气，"你是说朕的儿子连地也不会种？"

"不是啊，是因为臣媳可以种地，还能下厨，王爷就顾着吃了，哪还有心意种地呢！"锦曦俏皮地说道。

"哈哈！天德的女儿果然会说话！有乃父之风啊！"洪武帝笑了。

锦曦舒了口气，她没有正面回答皇帝的话，却间接地说明朱棣与她恩爱异常。不图江山，只顾小家欢愉。

　　洪武帝慢慢地顺着田垄往前走着，时不时问起一些有关种菜的事情。锦曦小心谨慎地回答了。眼见日头高挂，已近午膳时分，锦曦心中惴惴不安，皇帝还没有停下来的打算，不知道他心中所想。

　　"听皇后说极喜欢你做的素菜，今日午膳朕便在坤宁宫用，你就着你那一分地的菜做两道吧！"洪武帝突然说道。

　　锦曦一愣，心中大喜，赶紧回道："臣媳这就去准备。"

　　"对了，朕唤了棣儿一同进膳，去吧！"

　　锦曦惊喜地抬起头，正撞上洪武帝带着笑意的眼睛。她脱口而出，"皇上真是太好了！"

　　"呵呵！朕让你待在宫中见不着棣儿就是不好吗？"

　　锦曦的脸腾地红了，扭扭捏捏地说道："不是……"

　　"不是么？那在宫里再住些日子……"

　　"皇上！"锦曦心急，唤出口又黑了小脸，不安得很。

　　"说说，这些日子念《金刚般若波罗蜜经》对什么最有心得？"洪武帝被锦曦逗得大乐，放柔了声音问道。

　　锦曦这下是真的着急了，对佛经她压根儿不喜欢看，脑子里飞快搜寻着在庵堂里师太们的语言，同时想到皇上为什么要问这个，难道让她看那部经书是有深意的吗？是想让她领悟什么呢？数种念头也只在心头一掠而过，她想起了夹着兰花花瓣的那页佛经，赌上了："臣媳愚钝，经书所言道理浩如烟海，臣媳日前对世尊一言所动。"

　　"说说看。"

　　"应如是生清净心，不应住色生心，不应住声香味触法生心，应无所住而生其心。"她朗声念出那段佛经，凝神屏气道，"世间万物都逃不过一个心字，心大则天大，所谓无欲则刚，无所求则生清净心，知足常乐便是这个道理。可是……臣媳惭愧，一心念着王爷，不能脱俗，想回王府了。"锦曦脸上露出沮丧，娇憨至极。

　　"哈哈！"洪武帝哈哈大笑，眼中欣赏之意甚浓，这么快就参透他的意思了？还连敲带打提出要求。他想了想笑道，"时辰已不早，还不快去做菜！若做得不好吃，朕就还留你在宫中诵经！"

锦曦大喜，行了一礼，兔子一样跑去自己的地里摘菜了。

洪武帝轻轻叹了口气，那个活泼娇憨的背影，在菜地里忙活的样子，多像从前的硕妃。让他心生怜意，不忍再为了太子打压朱棣。

想起锦曦的回答，他欣慰地笑了，或许是自己太多疑，毕竟都是自己的儿子。手心手背都是肉，如何因为棣儿的优秀就毁了他呢。或者，他身边有这般聪慧的王妃，知晓能力之所及，知晓不能强求，偏安北平，平安度一生吧。

锦曦亲自端着做好的菜移步进了坤宁宫，一颗心怦怦跳了起来。自佛堂一别，她已有大半月没有见着朱棣。虽说皇上今日话里的意思是要放她回去，然而圣意难测，就怕皇上临时又改了主意。

她按下心里的担忧，微笑着走了进去，眼角余光已扫到一群站立侍候的宫女太监后，八仙圆桌上坐着的三个人。锦帔绣凤的是皇后，明黄衣饰的是皇帝，喜穿银白袍子的肯定是朱棣。她抿嘴一笑，轻盈拜下："臣媳来迟，皇上娘娘恕罪。"

"赶紧着，还不快接下王妃手中的菜！"马皇后吩咐道。

锦曦递过菜盘这才站起身来，还未来得及笑出，便凝固在脸上，居然，那个忝陪末座的竟然是太子朱标。她心中失望到了极点，却不能表露出来。

轻轻移步到桌前，她从尚食太监手中将菜盘放置到桌上，恭敬地说道："这是一分地里的菜，凉拌莴苣，炝炒的空心菜。"

洪武帝仔细地盯牢了锦曦的每一个神情，见太子眼已看直了，便轻咳了声道："皇儿，你有口福，来请安撞上了，尝尝你弟妹亲自种的亲手做的味道如何？"

太子方回过神来，心中惊诧才一月未见，锦曦容光更甚从前，更有种温婉柔美从骨子里渗出来，抬头的瞬间，仿佛带进了阳光，耀得满室生辉。他心中嫉妒，又知她夫妻二人分离甚久，此时想到若让燕王得了锦曦，心里顿时不是滋味，夹了筷莴苣吃了，勉强赞道："弟妹好手艺！"

"哦？皇儿说好，朕也尝尝。"洪武帝不动声色吃了，放下筷子对锦曦道，"瞧见是太子不是棣儿失望吗？"

他说这话时眼神蓦然变得锐利，锦曦暗骂皇帝刁难，说不失望，没准儿就留她再在宫里待着。说失望，她敢吗？敢对皇帝说失望？明明是他告诉她朱棣要一起来用膳的。

"没见到王爷臣媳很失望，"锦曦轻声回答，话锋一转又道，"但是王爷不仅没吃到臣媳做的菜，而且皇上吃得高兴还会有赏，他会更失望，如此一比较，臣媳很满足了。"

马皇后捂了嘴直笑："锦曦啊，你就只和棣儿比较吗？"

"他是臣媳的天，臣媳最能比的人就是王爷了。"锦曦只能露出小儿女的娇憨在皇后面前撒娇。

"好！朕赐你这块翠玉，以后，燕王府的天一分为二，你与棣儿共掌王府！"洪武帝说着从怀中掏出一块翠玉来。

锦曦大喜，忙跪下接过。她一怔，这块玉分明是块凤玉，也雕有四字：凤行天下。

"与棣儿身上那块是一对，你，好生收着。还不出来！"洪武帝往屏风后唤了一声。

朱棣喜滋滋地从屏风后转出，瞧着锦曦，怎么也忍不住眼底的关切。他大步走过去，跟着跪在锦曦身旁道："多谢父皇母后！燕王府以后儿臣绝不会只手遮天。"

马皇后"扑"地笑出声来："怎么？天下间没有这样的事，你父皇让你难堪了？"

朱棣带着笑容道："怎么会？要知道儿臣娶的是将门虎女，圈了她在王府，太委屈她了。"

锦曦赶紧低头做闺秀道："皇上的意思是要臣媳好好整治这王府的内务，为王爷分忧。怎敢真的与王爷平起平坐，有违祖训。"

洪武帝这才满意地点点头，对朱棣道："还不快多谢你大哥，是他求情，你们也真是太年轻，弄个贺礼也要出错，在我皇孙的满月宴上闹腾。"

朱棣忙转过头对太子一礼："多谢大皇兄！"

太子已隐去所有的情绪含笑扶起他："吕妃恃宠生娇，连累弟妹受罚。"

洪武帝和马皇后相视一笑，洪武帝亲执了兄弟二人的手道："朕之子嗣中最喜你二人，又同是皇后带大的，只盼你兄弟二人齐心，不生嫌隙。"

太子与朱棣齐声答道："定谨遵父皇教诲。"

锦曦这才明白洪武帝意思。他打压了朱棣怕他心中生恨，又想看着兄弟和好。百般试探于她。见她一门心思摆弄的只是那一分田地，佛经上说的是知足常乐，与其说是分一半权力与她，不外是要她好好劝着朱棣安心做他的王爷。

可是那块他曾送了朱棣的龙形翠玉是什么意思呢？她明明在接过玉时瞧到马皇后和太子眼中闪过的伤感和嫉妒。

龙凤行天下，这是可比天子的寓意。这般当着面赐给她，太子心中是何滋味？要不然，这块玉就是自己把它想得太重要了。

一念至此，锦曦想定是自己多心，不然，盼着儿子和睦的皇帝怎么会当着太子的面赐凤玉给她。

"好了，你做的菜很对朕的胃口，这就回府去吧。"

听到这句话，朱棣已紧紧地握住了锦曦的手，对着皇帝皇后行足大礼，离开了坤宁宫。

瞧着二人走后，洪武帝站起身道："去解了柔仪殿正殿的锁，里面的旧物，都送至燕王府，日后也不需人守。就说，是皇后的意思。"

"是！"太监答道，迅速地走了出去。

洪武帝转身对太子道："朕定下的太子终不会改变，你不用心中惴惴不安。"

太子赶紧跪下回道："儿臣不敢！儿臣告退。"

"你记着，你的兄弟全偏安一隅，为你守卫江山，也就是这一隅罢了。"洪武帝说完摆手让太子退下。

洪武帝走到马皇后身边，执了她的手笑道："柔仪殿解了锁。朕答应过她，解锁之日便是对棣儿有交代之日，相信硕妃必不会再怪朕当日不顾她已嫁过人强要了她。"

马皇后黯然道："皇上，当日之事也怪不着谁……"

洪武帝想起当年的那一幕，心里隐隐犯酸，突笑道："今日见锦曦，隐隐是硕妃当日柔中带刚的模样，我很喜欢她。"

马皇后目中流露出担忧："皇上，锦曦很好，也很孝顺，别的都没有什么，但标儿对锦曦……"

洪武帝笑了笑，"朕最是头疼此事，但现在已有皇孙，标儿再好美色，若不能过这关，他也不配做将来的一国之君！"

马皇后大惊，"难道皇上是故意今日让他瞧着锦曦美貌？这，这可是剂猛药！"

"如果不是立嫡立长，你以为，他真的能胜过棣儿？"洪武帝目中露出精芒，帝王威严尽露，"两块玉，朕都送给了棣儿，若太子贪图美色，挑衅棣儿，便是他前程尽断之时。只是标儿性情温和，知书识礼，想必不会辜负朕的心意。

他做国君，比朕要宽厚得多了。"

"皇上一心为标儿打算，他定不会辜负皇上的心意的。"马皇后微笑着说道，与洪武帝的手握得更紧。

他们二人都没注意到，侍立在侧的太监中有心人已悄悄把这番帝后的对话记在了心里，为将来埋下了祸根。

燕王的日月

宫闱秘事

YAN WANG DE
RIYUE

【第三十三章】

346

李景隆跪在洪武帝面前，恭敬沉默。

"你以为太子只会迷恋一个女人吗？"洪武帝冷然问道。

瞧着那双绣了团龙云饰的薄底皂靴停在面前，李景隆平静地回答："落影没有入宫，对太子而言，这样的女子可望而不可及，终带着相思意，也就这缕情思便能缚紧了他。"

洪武帝看着李景隆，这么多年他一直为自己办事，收集大臣资料、刺探机密，甚至秘密处决目标。他的忠心一旦没有了，会是什么样？李景隆一旦不站在太子一边，将来他会支持何人？他停在李景隆面前没有移动脚步，良久从袖中拿出一个荷包扔在他面前："这是你母亲的遗物……你可怪朕一直不曾告诉你？"

李景隆浑身一颤，长这么大，这是他亲耳听到皇帝说起他的身世。他抖着手抚摸着荷包。荷包已经旧了，看得出是被人经常抚摸。他沉声问道："我……我母亲是何人？"

洪武帝沉吟良久道："他日太子登基之时，我会告诉你。"

"谢皇上隆恩！景隆一心辅佐太子，绝无二心。"李景隆没有抬头，目光死盯着停在他面前的那双脚，他当然明白皇帝的意思。

这么多年他一直违背父亲意愿，成立一品兰花，奉皇帝密诏办事。洪武帝对他并不多加管束，他要敛财聚势都由得他。只要每次密令下达，他尽心尽责便可。

有时候李景隆也想，究竟是为什么皇帝会在他七岁那年秘密前来见他，还带了大内高手来暗中教他习武？他只知道当时皇帝对他说，他不是李文忠亲生，若想知道身世，就只能听他安排。也可以选择第二条路就是死。

他只是个七岁的孩子，李景隆想不明白这般严肃的话题和极其机密的事情皇上怎么就能在他七岁时告诉了他。他没有选择，也不想顺着父亲的意思平安浪荡地过一世，好奇与想知道一切的冲动让他隐忍下来。

不可否认，皇帝对他甚是照拂，从不多问他做了些什么。如纵火灭了玉棠春，如在凤阳赚取赈灾银子，如一品兰花接了别的任务去杀人。他隐约感觉到皇上是知道的，但是却从没多问过他一句。

"燕王妃很聪明……"洪武帝拉长的声音再在他耳边响起。

李景隆伏地叩首道："传闻燕王妃性静，在府中未嫁之时便博览群书，聪慧且识礼。"他在心里苦笑，锦曦，你看，我终还是护着你。

看着面前的李景隆，洪武帝目光凌厉，语气转冷，"有多少事……朕是不了了之的？"

李景隆一惊，洪武帝真的知道？他低声应道："都是过去的事了，那时，她还不是燕王妃。"

"哼！你当棣儿大婚之日出那么大的事朕不知道？如今她是燕王妃又如何？"

李景隆呆若木鸡，心念一转口中已喊起冤来，"皇上明鉴。确实与景隆无关，景隆当日大醉，只是不忿当日魏国公拒亲。绝对不敢造次。"

沉默弥漫在奉先殿上，没有抬头，李景隆也感觉到洪武帝眼神如芒落在他背上。他咬牙撑着，不让身体有丝毫颤动，不让心底如惊涛骇浪般的思绪泄露分毫。良久之后才听到洪武帝轻缓的声音，"日后，多运点江南的菜蔬去北平。"

"是！"李景隆冷汗遍布背脊，轻声应道。

"没事多陪陪我的皇孙，多教教他。朕准曹国公世袭罔替！"

李景隆松了口气，磕头谢恩："谢皇上隆恩。"

离开奉先殿，冷风吹来，李景隆这才发现中衣已被冷汗湿透。他捏紧了手中的荷包，黯然神伤。慢慢地唇边露出冷冷的笑容。

锦曦，这些能在一开始就告诉你吗？诚如你还兰时所说，我的秘密太多，且不能信任于你，你不会接受我。可是，我怎么就能接受我自己呢？

反复思考着洪武帝说的每一句话，李景隆心中慢慢浮现出一个清楚的影子。

是什么让洪武帝在七岁时就选中了他？是因为他的母亲？

母亲，是多么遥远的名词。曹国公府内有他的母亲，就凭这一个秘密便真想要他一生为太子忠心？不仅为太子，还为太子的儿子，不到两个月的皇孙？李景隆在心里说，不是不能对太子忠心，却绝对不是为了那个身世之秘。

回到王府，锦曦搬进了烟雨楼。她细细向朱棣说出皇上所问的一切，拿出了那瓣兰疑惑地说："若不是这兰提醒，我根本不知道皇上究竟想让我参悟佛经中的什么道理。"

朱棣叹了口气，拥住了锦曦喃喃道："锦曦，你太美太好，所以他们都舍不得伤你。我不过利用了这点，把你日渐消瘦隐忍不住的消息传了出去。我舍不得，他们也不舍得。你怪我吗？"

"王爷，我以前觉得看不透李景隆，如今发现，你们俱是一般深沉，这人心呢，可真真是悟不透呢……不过，我相信你。"锦曦俏皮地笑了。

别人与她无关。李景隆为何要帮她，就算是帮了她，最初害她的也是他。她不想去想，细想下去，就有太多的为什么要想了。

她拿出洪武帝赐的凤玉和那块龙形翠玉，还是觉得奇怪，"不是天子，有这样的玉终不是好事呢。"

龙凤行天下，朱棣目中再次浮出深思。他把两块玉并在一起，龙凤交合，发出璀璨夺目的光芒，像一泓湖水……"凤阳治兵，我不仅得了九千亲卫，还得了件宝物。"他拿出一柄鲨皮银吞口的剑来。

只一按机栝，剑便从鞘内弹出半尺寒芒。

"倚天剑！"锦曦惊叹。

"这是父皇私下赐我的。道远去北平，以此剑斩尽元寇，让我守护北方要塞！"朱棣流露出一股豪情。

锦曦轻抚着腕上的裁云，暗想要不要告诉他呢。想起师傅说起，若不到危机时分，断不能动用此剑，也许，这一生也用不着吧。

她温柔地笑了，手一探，已从朱棣手中夺得此剑，还剑入鞘，撇撇嘴不屑道："王爷，你说上战场杀敌也会带着我的！"

朱棣好气又好笑地看着她，摇了摇头，"你啊，生怕就待在府中闷着了。我还不知道哪天才能启程去北平呢。"

"还不是怪你锋芒太露，皇上为太子起了猜忌之心吗？"

"若真是如此，为何将龙凤翠玉和倚天剑都赐给我呢？皇上有皇上的用心……"朱棣想了想道，"好吧，那就多在府中陪你，练兵习武就变成闺房之乐吧！"说着走近了锦曦，眉梢眼角都荡着淡淡的笑意。

锦曦脸一红，想起宫中佛堂来，狠狠一跺脚，啐了他一口转身就走。

朱棣也不追，悠悠然跟在她身后进了内堂，趁她轻笑的时候捉了她入怀。

"你不怕我用武功踹你出去?!"锦曦涨红了脸歪着脑袋看他。

怕！我怎么不怕？但你真当我没办法吗？朱棣噙了丝不怀好意的笑来，只顾搂着她在她耳边落下浅浅的吻，呢喃道："你说如果每个女人都这般不听话，岂不是翻了天了？"

锦曦一愣，只觉身体绵软，气极道："你怎么使出这等……"

"我什么也没做，只不过，日前宫里送来母妃旧物时顺道送了点香料给我。我不过燃了一点试试罢了。"朱棣呵呵笑道，抄抱起锦曦大步走向床榻，见她娇怒红晕遍布的脸不由得痴了，温柔地拂落她的长发，拈起油亮的一缕送到唇边一吻。

锦曦不服气地一掌挥过去，软弱无力地落在他胸前。朱棣执了她的手故作凶狠样："还敢打我?!当日凤阳之时本王便发誓一定要报仇！哼，敢打我，看我怎么收拾你！"

"等我……有你好看！别忘了皇上说过，这王府内我有一半的权力！"锦曦见朱棣动手解她衣衫，又羞又恼，不甘心地吼道。

朱棣也不急，在她耳边轻声说："你要是有我的骨肉，你舍得让我好看吗？"

锦曦一愣，见朱棣脸上带着一种满足与爱怜，心似醉了一般伸手搂住了他，突然发现力气恢复了有些讶异。

"本王可不稀罕那些宫中物什！"朱棣偏了身子，撑着头看她。

棱角分明的唇微翘着，凤目中沉淀着倨傲的神情。锦曦忍不住伸手抚上他的唇，手指慢慢往上移到他的眼睛，叹息道："刚开始认得你时，我可讨厌你这眉眼，真如守谦哥哥所说，是长在头顶上看人的。不过就说了句去玉棠春，变脸可真快啊！谁知到了端午，还出手和我抢着捧花魁！"

朱棣板着脸哼了声，想起当时比箭被她巧技抢先，端午当晚又被她摔了一跤，实在太没面子。

锦曦察言观色，知道他心里不痛快，便把话题转到一边："我还是和守谦哥哥去了玉棠春，结果，唉，李景隆居然火烧玉棠春，也不知道到最终他是救了我，还是在害我。"

朱棣一激灵坐直了身体，严肃起来："是李景隆？"

锦曦点了点头，便把李景隆意外救了她和朱守谦之事说了。

朱棣的脸色越来越不好看，抱住了锦曦道："你知道天子脚下出这等大事，照父皇的意思会大怒，彻查。然而，却是不了了之。还有你中毒之事，虽交代严查，也是不了了之。我想，李景隆的神秘，父皇定是知晓的。难道，一品兰花……"

两个人对视一眼，均为这个惊天秘密震惊。

皇帝自登基建国，贬功臣，夺军权，杀了不少人。这些难道都是李景隆在暗中帮助？

朱棣缓缓道："锦曦，你是我的王妃，我从不想瞒你。我也有我的人。若不如此，不能自保。我的燕卫十八骑一直是我的贴身死士，另有燕翼暗中负责别的事务。日后，这些都交给你了。我要我的王府如铁板一般，水泼不进，连根草也别想长，更别说李景隆的兰！"

锦曦叹了口气，想起当日李景隆的难言之隐，她要的是朱棣这般的信任，是这种不分彼此的亲密无间。锦曦勾下他的脖子轻吻了下他："我说王爷，这些事原就是该我为你分忧的，不是吗？"

她眉目如画，浅笑嫣然，朱棣一呆，已笑了起来："本王被李景隆一激差点忘了，若是被他人知晓面对王妃这般丽色，还板着脸说事，岂不被人耻笑本王不解风情？"说话间已深深吻了下去，"锦曦，在大内佛堂，我那般大胆总想着母妃会保佑我，若是有个万一，我和你一并领罪便是了，瞧见你，便什么也顾不得了。"

锦曦心中感动，嫣然一笑："我也是。"

朱棣被勾起记忆，激情退却，搂锦曦入怀，满心的温柔牵动。闭上了眼道："母妃是被父皇处死的，有人进谗言说，母妃生下的孩子不是龙种，父皇当时盛怒……锦曦，我时常会觉得孤单害怕，害怕这一世就我一人，如今有你就好。"

"不会的，我细观面相，你与太子秦王长得不像，可是你却与皇上神情最为肖似，这宫闱之中秘密太多，不能为人道的事也太多，莫要为一些传言乱了心神才是。我总觉得皇上是极喜欢你的，不然，也不会赐下宝剑和翠玉了。"锦曦温言安抚着朱棣，她也不知道从何时起，他就填满了她的心，纵然为他身死也是应该，只盼着他能开心一点儿。

朱棣想起李景隆手上略略用了点劲，李景隆为什么如此得皇上赏识，他的一品兰花中杀手如云，行踪诡异。这么多年相交也只能窥视一斑。没想到他真的应了自己的感觉，是个极厉害的角色。

"他亦正亦邪，我都分不清他是在帮谁，他自己又有何好处了。"

朱棣低头看锦曦，突然就吻了过去，霸道地不准她再有空闲去思考别的人。

烟雨楼中红烛吐蕊，爆出一室热情，暖洋洋的不似冬日。

经历过皇孙满月风波之后，朱棣果然除了正常进宫请安，办理差事，放九千亲卫于郊外大营不管。成日只陪了锦曦四处游玩，时不时去东宫逗弄小皇侄。

偶尔也会遇到李景隆，甚至看到雨墨带着小皇侄，他还像少时一样与李景隆打趣，邀他饮酒作乐。李景隆没有再提及锦曦。

就连太子偶尔问及，朱棣也只淡淡回答锦曦身体不适，从宫中回去后突然喜欢了佛理，成日窝在佛堂诵经。

百般示弱加上刻意隐藏锋芒。洪武十三年三月，皇上终于下旨令燕王就藩北平。

朱棣沉稳地接了圣旨，准备行装，携了锦曦去魏国公府辞行。

两年，锦曦望着府门泪光盈动。为了能让朱棣早日就藩北平，这两年她几乎没有回来过，就是出府游玩也只带了燕十七还有白衣随行，从不铺张。

"我扶你！"朱棣伸出手来。

这一瞬间锦曦想起未嫁他之时出府狩猎，他也这样伸出手来，当时却是做做样子。如今吗……锦曦嘴角一弯，高声喊道："大哥，扶我下轿！"

徐辉祖叹了口气，无奈地走到车轿前小心道："对不住了，王爷！"

锦曦搭着大哥的手利落地跳下轿来，朱棣瞧得胆战心惊，一把从徐辉祖手中揽过她，责备道："你给我小心点，要是惊了胎气，看我……"

未来得及说出的后半句话消失在嘴边，眼中的锦曦比以前更动人，清纯中带着些许成熟的风韵，眉眼如水，嘴已嘟了起来。

他暗暗咒骂，动作却更加轻柔，扶着她走进府去，想起徐辉祖便回头笑道："锦曦就这个脾气。"

徐辉祖这才反应过来，连声唤侍女扶过锦曦，这才小声问道："我快做舅舅了？"

朱棣笑逐颜开地点点头。

徐辉祖感慨万千，那个娇柔蛮横的妹妹居然要做母亲了？眨眼间工夫而已。他摇了摇头笑道："听说皇上下旨三月上旬便要起行，锦曦……我只是担心。"

"多谢，本王自会照应好她。"朱棣含笑回绝，他不会放锦曦独在南京。好不容易盼到今天，北平自是他的天下，他自会照拂好妻儿。

锦曦与母亲说了会儿话，想起出嫁时回门，看到兰叶，在绣楼里瞧见李景隆，算一算，竟然有三年没有见着他了。

往事如风吹过，那时的少女情怀，锦曦微微笑了。李景隆不管是什么人，他没有再来找她相吐秘密，以后去了北平也不会见到他了吧。

想到此处，锦曦站起身道："娘，我去绣楼瞧瞧。"

"锦曦，我陪你去吧。"珍贝已出落成风姿婉约的少妇，熟络地扶起锦曦。

我有这么娇嫩吗？锦曦目光在自己平坦的腰上一扫，不禁失笑，却由得珍贝扶着她慢慢走向后院。

"锦曦，这几年你大哥时常记挂着你，你不回府，他也常嘱人打听的。"

"我知道，府中时不时就会接到大哥送来的物什，珍贝，大哥是挺好的人。"事过境迁，锦曦对当时大哥想把她嫁给太子的心境了然也释然了。

绣楼没有变化，还如当日离开府中的摆设一模一样。锦曦知道必是爹娘还有大哥给她留住了，那份亲情油然而生，拉住了珍贝的手道："我此去北平，还不知什么时候能回南京，你帮我多照顾爹娘。"

"放心。"

锦曦留恋地看了眼只住过两年的绣楼，拾步来到园中。

春天又来了，园里花草焕发了生机，她懒懒地坐在美人靠上，笑道："我独自在这儿静静，你去忙吧。"

珍贝笑了笑离开了。

锦曦瞧着水池发愣。朱棣就藩北平，百事待兴，还不知道此去又会有多少事等着要做呢。想想再不用像在南京城一样韬光养晦，可以大施拳脚，她兴奋地笑了。

不经意抬头时，锦曦吓得"啊"叫出声来。

园中大树新发绿叶中，李景隆痴痴地看着她。

锦曦迅速地左右张望，心里着急，手下意识地护着了小腹。

李景隆轻轻跃落在她面前，微微一笑，"你要走了，我来送送你罢了。"

"你想怎样？"

"锦曦，我不过是来送送你，你说，我能怎样？燕王还在前厅，瞧不见你人，不多时便会来寻你，我再瞧你一眼就走可好？"李景隆的声音一如从前他每晚趁月而来时的轻柔。

一身浅绿袍子衬着他越发的风神俊朗，那眉眼锦曦再熟悉不过。她哑然失笑，自己怎么还是怕他？三年未见，他的出现依然会让她绷紧了神经。

"三年了，锦曦，我真的一面也没来瞧过你。"一缕伤感在眼中慢慢蓄积，"从前，我倒是常穿了这样的绿色袍子，隐在树上瞧你。"

瞧着锦曦瞪大了眼睛，李景隆叹了口气，"你居然比从前更美，"他语气突然一变，厉声道，"我得不到的你以为我真的就能让他得到?! 做梦！"

锦曦打不过他，又顾及腹中的孩子，只能眼睁睁看着李景隆在她面前发怒。

"锦曦，我说过，知道却不能为人言的事是最痛苦的事情，你要随他去北平，是打定主意不再回南京，在北平遥遥，可是，我今日却要再告诉你一个秘密！"他离锦曦很近，嘴里呼出的气在她脖子上激起一层鸡皮小粒子。

"你害怕了？害怕你也只能听着。"李景隆冷笑道，"别以为靠住了朱棣就摆脱了我。实话告诉你，皇上之所以送那龙凤行天下的翠玉给你们，就是想着有朝一日，太子不争气，这天下便是朱棣的了。我巴不得这消息被太子知道，被朱棣知道，还记得佛经上说的么？应如是生清静心……若是被朱棣知道，你说，他会不会有野心？若是被太子知道，你说，他会不会想要朱棣的命！"

"啊！"锦曦捂住耳朵不想再听下去，她有怀疑，却没李景隆这般来得笃定。九五之尊，君临天下，哪个男人不想？眼前的李景隆，生生吐露秘密，不管是朱棣还是太子知晓都是天大的祸事。朱棣若无此心倒也罢了，可是怀璧其罪?！

"你真是个魔鬼！我真是庆幸当初没有与你纠缠！"锦曦一字一句地说道，"如今我是燕王妃，李公子请自重！你若再不离开，我便唤人前来。"

"你敢吗？你不怕我扔你下水池，你肚子里的孩子……"李景隆一点也不着急，反而欺身更近，趁锦曦木立之时，伸手挥落她的发钗，后退了一步啧啧赞道，"我最喜欢你散落长发的样子。"

锦曦怒极顾不得别的，翻掌袭了过去。

李景隆侧身闪过，身形飘忽已贴在她身后："若是燕王看到他的王妃与景隆这般亲密，你说他会作何感想？"

锦曦回肘就是一拳，手臂一紧已被李景隆握住，"锦曦，不要动怒，动怒对孩子不好，我只是想你待在王府两年，怕闷坏了你，我逗你玩的。"

他松开了锦曦，笑了笑，"不知道为什么，就像是你对我动怒，我心里却极是欢喜。三年未见，锦曦，我太想念你。"

李景隆说完就走，临走之时又回头道："我绝不会让朱棣有机会君临天下。朱棣若偏安北平也就罢了，若是他敢起兵，景隆必定会让他大败而归。你记住了。"

锦曦胸口烦闷欲吐，才一张嘴竟吐出血来，眼前一黑就摔倒在地。

燕十七奉朱棣令来后院寻锦曦，远远地瞧见她倒在地上，一惊，跃了过去。

锦曦面色如纸，长发披散，唇边还隐挂着血丝，迷糊中被搂进一个温暖的胸膛。她努力睁开眼见是十七，微微一笑："十七，我……别让王爷知道。"

燕十七顾不得其他，探手把脉，见锦曦脉象不稳，伸手抱起她来，"闭嘴，不要说话。有我在，不会有事。"

锦曦撑着一口气死死地抓着十七的衣襟哀哀地企求。

燕十七知道必是有什么变故，抱了她径直回了绣楼。一脉真气缓缓地注入锦曦经络之中。过了良久，锦曦才缓和过来，神色依然委顿。

"告诉我，出了什么事？"

锦曦眼中浮起一片水雾，却坚定地摇了摇头，"我，我不小心，又不敢用内力，就跌了下去。心里担心孩子，气怒攻心这才吐血。现在没事了。"

燕十七见她不语，暗自决定查个水落石出，脸上带着灿烂的笑容，"你躺会儿，我去请王爷过来。"

锦曦这才松了口气，慢慢地审视自己，除了精神不好，别的都无大碍。她放宽了心，阖上眼慢慢想李景隆说的话。断不能让朱棣瞧出半分不对，也断不能让朱棣知晓。该怎么对付李景隆呢？锦曦开始盘算。

温暖的手停在她脸上，锦曦听到一声叹气，睁开眼，朱棣满面怒容瞪着她。她心中发虚，咧开嘴讨好地冲他笑。

"转个身怎么就成这样了？还有武功，有武功连走路都不会了？"朱棣听得燕十七说锦曦摔了一跤，吓得魂飞魄散，见她没事放下心来，又忍不住发脾气。

锦曦扯了他的衣袖轻晃着撒娇。

朱棣好笑地看着她娇憨的模样，再有气也烟消云散，只板了脸训道："你得答应我三件事，不然，从现在起我就不准你下床。"

见锦曦眨巴了眼睛，他沉声说："第一，以后，不管你去哪里，十七或是白衣必跟定了你，不准再遣开身边的人。第二，北平王府才建好，百事待兴，你生下孩子之前，不准插手任何一件事！第三，不准仗着有武功就飞来飞去，要吓死人的！"

"王爷，你其实第三点是想说，最好日后不要用武功欺负你吧？"锦曦调侃道，话才说完，居然吐了起来。

朱棣哭笑不得，又是唤人又是给她抚背，叹息道："瞧你这样子，我觉得你还是没有武功好！"

锦曦又吐又呛难受得不行。

徐辉祖跟着侍女赶来瞧见，忍不住又道："还是让锦曦在南京生养吧，她这样子去北平……"

"不，我要去！朱棣！"锦曦大急，顾不得在人前便直呼朱棣名讳，手更紧紧握住了他的，力气之大让朱棣暗暗皱了下眉。他拍拍锦曦笑道，"我带你去，不会让你一个人留在这里。"

锦曦这才放心。若是独自留在南京，她实在怕李景隆又出现。

徐辉祖挥手遣开侍女，关上房门离开，留下他夫妻二人。

锦曦只闭了一会儿眼便睁开，见朱棣坐在床头目不转睛地瞅着她，酸楚就冲上眼睛。

"怎么了？你歇会儿，我去前厅和魏国公闲谈几句，晚点来接你回府！"

朱棣还没起身，锦曦又拉住了他，睁着那双明若秋水的眼眸，楚楚可怜。

朱棣只好回身坐下，"今天怎么回事，锦曦？"

"我，我一个人害怕。"锦曦伸手抱住朱棣，不肯让他离开，把脸藏在他的胸前不肯抬起来。

朱棣沉吟会儿道："我们现在回府？"

锦曦大喜，使劲地点头。

朱棣脱下披风裹住她，抄抱起来，低头看了她一眼道："你有事瞒不住我，在这里不肯说，回府说与我听。"

锦曦呆住，不知朱棣如何瞧出来的，讪讪地道："我，就是想回府，这里倒呆不习惯了。"

"上次你初嫁回门，这次告别双亲去北平，你又看到兰花还是兰叶了？"朱棣大步向前，沉声问道。

他只是揣测，并无实据，然而，锦曦来时欢天喜地，这会儿却巴不得离开，朱棣心想，叫我不生疑都难。

走得几步见锦曦没了声音，低头一看，已沉沉睡了过去。脸色苍白没有血色，那排凤羽似的长睫在眼睑下方扫过一排阴影，显然已疲倦至极。他怜惜地瞧了瞧，脚步放得更轻，手抱得更稳。

洪武十三年三月十一，燕王朱棣带着锦曦，由燕卫左右护卫队计六千多人从南京出发前往北平，开始了他的藩王生涯。

冬去春来，锦曦的肚子一天天大了起来。朱棣说什么也不准锦曦插手王府中的事务，不管锦曦如何吵闹威胁，朱棣铁了心不予理会。

知道是为自己好，锦曦也不敢拿孩子开玩笑，见几个月下来，朱棣明显的黑了瘦了，就盼着早点生下孩子，把府中事务接管过来。她嘴里也不说，但每晚却等着朱棣办完事回来才睡。

朱棣不知道锦曦性情好动外还有这样的韧性，也就这一招，便逼得他不得不放缓了手里的事务，生怕锦曦等得太晚，睡眠不足。

站在院子里，看到寝殿窗户上透出的锦曦做绣活的身影，朱棣叹息的同时心里又有一种感动。这种感觉是大婚前他从没有过的，闭上眼想象锦曦的模样，棱角分明的唇扬起温柔的笑容。

她等着他，不论黑夜再长，冬季再冷，终有一个人在等着他。

有时候，哪怕一灯如豆，也能驱散黑夜里所有的孤寂。

三保掀起厚重的棉帘，一股暖热的气流扑了过来，瞬间融化了纱帽上的轻雪。朱棣解下银鼠缀边锦里披风递给三保拿着，搓了搓手轻轻走进里屋。

锦曦却早听得分明，扬起一张笑脸便扑了上去。朱棣赶紧伸手撑住她的肩，免得锦曦西瓜似的肚子撞着了，接着便苦笑："还这般莽撞，伤着孩子怎么办？说过多少次早睡了，就是不听！"

锦曦低下头，揉着他的锦袍不吭声。

朱棣小心捧起她的脸，原来的一张瓜子脸变得圆润，便笑笑点了点她的鼻头："珠圆玉润！"

锦曦听了赶紧摸摸自己的脸再看看圆润的身材，沮丧极了："你也不让我做事，走哪儿都唤一堆人伺候着，我数了数，今天我从房中走到院子里再围着院子走了一圈一共才一百三十七步。你知道吗，这身后至少跟了十个人，我就像拖了个大扫帚，多累啊！还不如不走，不走能干吗啊？一个时辰就端一回吃食来，我，我真成猪了！"

"呵呵！"朱棣被她说得哈哈大笑，猛地把她抱了起来，"称称，看多重！"

锦曦搂着他的脖子，使了个千金坠，朱棣只闪了闪身又稳稳地站住了。见锦曦面带诧异便笑了笑："白天忙活，有时顾不得脱甲胄，力气倒见长了！"

脸色又是一变，放了锦曦坐在榻上，冷声道："到临盆还不到一个月，居然还敢使内力！"

锦曦一呆，哼了声扭过了头。

"还敢哼？不服气？！信不信你生下孩子我就让白衣废了你的武功！"

"你敢？！"锦曦跳了起来。

吓得朱棣赶紧接住她，简直拿她没办法。脸色变了又变终于气急败坏地扭了扭她的脸，"我说着玩的还不成吗？你到底想要怎么样啊？！"

就想看你着急，就是挺着大肚子哪儿都不能去心里不舒服。锦曦闷声不吭，倒下去扯过被子盖住："睡了。"

朱棣轻笑着摇头，侍女为他换下厚靴、轻袍，这才挨着她躺下。

他也实在是困了。初到北平，没想到王府的官员设置、各衙门安排一天到晚就忙不过来。他知道在北平要建立自己的王国，军队的战斗力少不了，每天都会抽几个时辰去军营。头才挨着枕头，人已发出轻轻的鼾声。

锦曦揭开被子，侧头看着朱棣，费力地抖开被子给他盖住。她重新躺下，看着几乎和视线相平的肚子喃喃道："再忍十来日，出来我就揍你！"

听稳婆道女人生孩子不仅辛苦还危险，朱棣做好了万全的准备。晨起时见锦曦皱着眉喊痛，便唤进稳婆侍女一干人在床前侍候着。

他放了王府事务不管，陪着锦曦。

屋子里跪倒一片人求他在外间候着。锦曦也赶他走，朱棣没办法，只好在外间坐着等消息。

听说男子进了血房会有厄运，生怕他闯了进去，燕十七和白衣寸步不离地守着他。

朱棣不过坐了半个时辰，就让白衣唤稳婆出来问情况。

白衣好笑地看着他回道："王爷，没事的，锦曦是习武之人，身体底子好。"

"这不是急吗？"朱棣难得的急躁。

燕十七沉稳地守在门口没有吭声，面沉如水，心似浇了瓢滚油，焦虑不安，支着耳朵听动静。

足足两个时辰，里间安安静静。侍女隔了半个时辰便出房来回报一次，每次都道时辰尚早，不急。

不急？朱棣看着守在门口的燕十七和白衣，实在坐不住，拂袖而去，留下白衣和燕十七面面相觑，都以为朱棣坐着不耐烦出去走走。

谁知朱棣转到寝殿后面，左右看看无人，推开窗户就翻了进去。刚跳进去就听到整个房间里的女人发出阵阵尖叫。

"嚷什么？有什么是本王不能看的？"朱棣拍拍身上的雪尘，没好气地说道。

话才说完，他就吃惊地发现房内并没人注意他，全扑到床榻那里。他一惊，跑了过去，就看到锦曦披头散发地坐在床上，手中倒提着一个血糊糊的婴儿，一巴掌打在他屁股上。

"哇！"孩子发出惊天动地的哭叫声。

然后房内的稳婆、侍女全吓得又一阵尖叫。

"哭出来了，抱走！"锦曦疲倦地舒了口气，躺了下去，心想真够累的。

朱棣呆呆地站在房内，被锦曦的举动吓得傻了。

"哎呀！王爷！"稳婆这才看到他，赶紧抱着孩子磕头，"恭喜王爷，是男孩！母子平……安！"

朱棣心神全不在孩子身上，这才回过神吼道："怎么回事？"

"刚才一个不注意，他突然就出来了，我就起身拎了起来，听说要打一下屁股才好！"锦曦闭着眼说道。

朱棣几步奔过去，见床上一片狼藉，锦曦脸色苍白。他不知道是该笑还是该哭，伸手摸摸锦曦的脸，转身指着侍女和稳婆骂道："怎么就不顾着王妃，生孩子的时候都死哪儿去啦？！"

"王爷，王爷息怒……明明，还不到时辰。"面前跪倒一片人，心中都在想这王妃真是个异数，哪家女人生孩子不是死去活来的，偏偏燕王妃阵痛刚过，转身工夫就居然把孩子生出来了。

"哈哈！是男孩！锦曦，是男孩！"朱棣骂完见婴儿红彤彤的小模样又开心起来。

锦曦闭着眼力气突然就用尽了似的，听朱棣哈哈大笑，嘴角抽出一抹笑容，终于生了！朱棣轻轻在她额上印上一吻，附在她耳边轻声道："好好休息，还有，锦曦，你太强悍了，你真不愧是我朱棣的王妃，好样的！"

锦曦喃喃道："朱棣，你要再让我生孩子，我跟你急！"

"嘿嘿，反正你生得顺了，小事一桩吗！"朱棣背过锦曦嘟囔了一句，兴高采烈接过孩子推开房门走了出去。

燕十七听得里面尖叫声此起彼伏，急得就想冲进去。

门一开，朱棣抱着孩子走出来，在燕十七和尹白衣的注视中得意地举着孩子笑道："是男孩！"

"恭喜王爷！"

燕十七嘴动了动，想问起锦曦又压了下去，灿若星子的眼眸怎生也掩饰不住那份焦急。

朱棣看了他一眼，大笑道："这孩子是锦曦自己生下来的！她没事，好着呢！十七，瞧瞧孩子，他居然不哭不闹！"

燕十七伸手碰了碰孩子的脸，低下头笑道："真是个好孩子。恭喜王爷！"

月冷风清的夜晚，燕十七默默地坐在房顶上。风声掠过，他伸手抄住酒葫芦，拔开塞子仰头喝下一大口酒，热辣辣的感觉从喉间直烧进了心底。

"呵呵，"他朗声笑了起来，锦曦还是那个英姿飒爽的谢非兰，锦曦平安生下孩子，居然还是自己生的，她可真是……

尹白衣的手稳稳地停在他肩上，微微地用力。

燕十七诧异地看他一眼，又饮下一口酒，"今天真的很高兴，大哥!"

尹白衣"扑哧"笑了，坐在燕十七身边，两人对望一眼，哈哈大笑起来。

酒意渐浓，燕十七目中涌出浓浓的情感，遥望天边最亮的星子轻声道："多谢你，大哥。"

尹白衣沉默了会儿道："如果她一直这样平安，幸福……你就满足了吗?"

"我，"燕十七苦笑，"我瞧着她嫁人，瞧着她为他生孩子，我，真是又高兴又难过。"

"离开吧，十七，你还年轻，我就知道你看不开，结为兄妹也是权宜之计!"

一月寒冷的风吹得屋顶黑瓦上结上了冰霜，形成浅浅的一层灰白色。燕十七不管不顾地躺了下去，神志却更为清醒，灿烂的笑容在唇边绽露，"大哥忘了么? 太子嘱我留在燕王身边，他日必有用到我的时候，我怎么能走呢? 我若走了……"

"但是，你忘不了她!"尹白衣声音严厉起来，今日燕王离开后他就瞧到燕十七守在门外焦急不安的模样，仿佛，仿佛里面的锦曦似在为他生孩子一样。这样的情绪、这样的情感，继续留下来，将来若克制不住有个万一……他打断了自己的想法，既心疼十七，又念着要报燕王的大恩。

燕十七倒空了葫芦里的酒，闭上眼睛，刺骨的风吹来，眼前又闪过与锦曦相识的点滴。睁开眼，那双星眸比天边的星子还亮还冷。锦曦以为自己真的当她是妹妹，燕王并无二话。但是嫡亲的大哥却瞧得分明，"大哥，你不用担心，十七可以发誓，绝不会越雷池半步。难道，连我心里的念想都不准我有吗?"

黑夜里隐隐传来一声婴儿的啼哭，转眼被风吹得散了，"你听，大哥，锦曦有了孩子，有了王爷的照拂，我能给她的，他都能给的……你骂我不争气也好，愧对祖宗也罢，我这一生都只想做她的护卫。振兴家业、光耀门楣的事，大哥，全靠你了。"

他想起锦曦离开南京前在魏国公府里吐血晕倒的事情，涌起一股强烈的保护欲望。如今在北平，远离了家人，她要是再有什么事，她找谁去? 燕十七坐起身定定地望着尹白衣，不曾躲开他的眼神半分。

尹白衣摇了摇头，"王府事务繁重，王爷一心要做北平霸主，与驻军相抗衡，你留下也好。"

"多谢，大哥！"

　　燕王府来了客人。朱棣听报偷看了眼锦曦，摆了摆手道："让客人落雪轩等候。"他抬脚就想走。

　　"等着，"锦曦笑意盈盈地站起身来，从奶娘手中接过孩子，哄了哄，先他一步出了房门。

　　朱棣叹了口气，跟了上去，他就不明白，锦曦什么时候变这么聪明的。走出房门，阳光映得屋上残雪耀眼，他微微眯了眯眼，不悦地说："爷们儿的事，你去干嘛？"

　　锦曦回过头来，微显丰满的身子被比甲包裹得凹凸有致，相比原来的单薄，更显出一种风韵来。她低头哄着儿子道："怎么，王爷是嫌我太'珠圆玉润'，不好意思让我见客？"

　　阳光在她身上打上一层金边，浅紫色比甲边缘衬着一圈白狐毛，肌肤隐隐透着玉般的光泽，红唇带着浅笑，低头哄儿子的模样比从前更让人心动。朱棣暗道，这样子不是不好意思让你见客人，是怕客人见了你又再起心。心思转到这份上，更是说什么也不想她出去见那个人。

　　"你以为你有武功，皇上赏了你凤玉，这王府就真的由你做主了吗？在王府中你只是我朱棣的女人！回去！"朱棣沉了脸喝道。

　　锦曦扁了扁嘴站着不动，一副你奈我何的模样。

　　"你怕是不知道我王府中的家法！"朱棣横了心，就怕锦曦从此无法无天，今天非得治治她不可。

"你请家法去啊!"锦曦以为朱棣说笑,她见朱棣偷眼瞧她,眼神中有丝担心,一猜登门而来的人必是李景隆。她生下孩子,他怎么会不来?她还在奇怪李景隆怎么就不露面了呢。

锦曦就想抱了孩子去见他。李景隆没见到她怎么会死心?况且,这里是北平,不是南京,她铁了心要面对李景隆。心里痛恨李景隆时不时说些话来威胁她,也不想活在他的阴影里。

两个人各转各的心思,朱棣却被锦曦激起一丝怒气来,明明为了她好,锦曦不仅不听还这种态度。他冷冷地哼了一声喊:"三保,世子抱走!"

锦曦皱了皱眉不解地看着朱棣,"你怎么了?"

"给我回房去,今天不准出房门一步!"

三保小心地走近锦曦,伸手欲接过世子。锦曦想和朱棣说明抱孩子去看李景隆的事,手一挡,三保一个趔趄差点儿摔倒。

朱棣气往上涌,这王府上下都唯王妃之命是从,都是自己宠出来的!他大踏步走过来,拉着锦曦往房间里走。

锦曦站得稳了,朱棣拉她不动,怒气便真的上来了,"燕三!"

"你怎么了?"

"怎么了?你不看看你的态度!你这是和你夫君说话吗?本王敬你爱你,不意味着你就能为所欲为把本王的话当耳边风!"朱棣冷冷地说道。

锦曦一听他口口声声以"本王"自称,便知道朱棣真火了。她不明白为什么朱棣突然就发脾气,赔了笑脸道:"是,你是王爷,是我的夫君,是这王府的天!行了吧?走吧,去见客人去!"

"说了不准去!燕三,把王妃带回寝殿,今天不准她出房门半步!"朱棣见她嬉皮笑脸,转过身去。

燕三对锦曦行了一礼,"王妃!"

锦曦怒气也起来了,明明拉下脸来示好,他什么意思?"下去!"

燕三为难地看了她一眼,低声道:"王妃,这……"

"燕九,燕十一!燕十七!送王妃回去!"

锦曦看着为难的几个燕卫,往十七看过一眼,一跺脚叫道:"朱棣,不就是李景隆来了,我不见他,他也会来见我!"

话一出口觉得不对,又改口说道:"这么长时间没看到他,我还在奇怪呢!"

几名燕卫尴尬地低下头，燕十七咳了一声道："王妃……"

锦曦猛然一醒，在说什么呢，便道："王爷，你，我回房说与你听。"

朱棣脸色已经越来越黑，喝道："都伫那儿干什么？当本王说话是放屁？"

这话一出，燕三猛地抬头上前一步。燕十七已跃上前去，手一探趁锦曦不注意拿走了孩子，低声道："现在别闹！"

锦曦一愣停了下来，她想朱棣是不是有什么误会，停手后见他还背着身子，便又喊了他一声："王爷！"

朱棣拂袖而去，留下锦曦待在庭院里。"朱棣！你怎么啦！"

看到那个银白锦裳的身影越走越远，锦曦大怒："谁敢拦我！"

四个人齐齐挡在她面前，"怕是王爷心里有什么事，所以不想让你去，王妃，还是先回房吧！"

"走开！"锦曦的火气被挑了起来，跃身飞起拍出一掌，几名燕卫又不敢伤她。

燕十七挡了两掌急道："锦曦！"

"你若还是我二哥，你就不要拦我！"锦曦听到燕十七喊她名字，眼睛瞬间浮起水雾。

燕十七却怕锦曦如此冲动，让朱棣当着李景隆的面下不来台。他不知道李景隆的事情，却从锦曦的脸色中敏感地察觉这个人的不寻常。顾不得别的燕卫在场，大喝道："锦曦，你做娘的人了怎么还这样冲动?！你是燕王妃，你这样冲去找王爷算什么！胡闹！难怪王爷不准你出房门！"

锦曦一愣，缓了下来，是她错了么？怎么莫名其妙都黑了脸吼她？心里突然酸楚难当，扭头跑了回房。

燕十七叹了口气，把孩子交给奶娘，低声道："我去寻王爷。"

燕三和燕九站在房门口都摇头，不知道今天燕王夫妇闹的是哪一出。

朱棣心中发堵，走到落雪轩前却停了停，待到走进去，脸上已露出了笑容，"景隆，好久不见！什么时候来的北平？"

"听闻王妃顺利生下世子，景隆正好有货从江南到北平，就过府拜望！"李景隆穿了件玉色的长袍，外罩同色罩衣，领间露出一圈银灰色的狐裘，丰神俊朗，举止沉稳了许多，眉宇间依然带着股玩世不恭的神色。

朱棣一进来，他便感觉不到一年时间，燕王身上就多了几分刀兵之气。穿着常服，那股气透体而出，李景隆心中诧异，对朱棣越发揣摩不透。

从前的朱棣性情倔傲，好军事，以军法治府，据说贴身燕卫十八骑个个武功了得，也不见得有多突出。今日一见，却有种天地间惟我独尊的气概。真是就藩一方，成北平霸主了吗？但是所得情报却不是这样。

北平原有驻军朱棣碰也未碰，被燕王府庞大的官员事务安排缠绕。就是去兵营，也不过瞧瞧燕卫左右队的日常练兵罢了。

李景隆打量朱棣的同时，朱棣同样也在观察他。李景隆没有了在南京时的浮浪之气。今日穿着虽然奢华，却显出一种尊贵和大家之气来。

自从知道李景隆会武功且功夫高强，朱棣就起了心。他嘱燕卫详查李景隆的生意，让他大为吃惊。不是李景隆生意做得大，而是他不仅有神秘一品兰花组织，还经营着江南的丝绸茶叶。就这两点，李景隆的手段已不敢小觑。

"景隆，从前我答应过你，江南到北平的货物由你供给，这次带了什么好东西？"朱棣含笑问道。

李景隆马上反应过来，当时朱棣答应这一条件时，说的是，让他从此不再找锦曦。他呵呵笑道："江南的织物，还有，新鲜菜蔬和蔬菜种子。来之前皇上特意吩咐说，北平菜少，怕王爷吃得不习惯。种子是皇上与娘娘吩咐一定带上的，说在北平试种种，看能不能种出来。"

朱棣赶紧起身，面南一礼，"谢父皇母后恩赐，朱棣……"他满脸都是激动之色，情知李景隆全瞧见眼里。又回身一叹，"北平荒凉，哪及南京繁华。这里太冷，且气候干燥，景隆来北平不知还习惯否？"

李景隆笑笑，"习惯，只要有美女美酒，怎么都习惯！"

朱棣哈哈大笑，连声吩咐来人整治酒席，唤来府中歌伎献舞陪酒。

席间李景隆只字不提锦曦，朱棣却主动唤人去抱了世子来。

不多时奶娘抱了世子前来，轻声道："王妃听闻故人前来，吩咐说，今日太晚不便见客，明日请李公子琴音水榭赏雪景！"

朱棣暗暗拧眉，不动声色地笑道："王妃盛情，景隆莫要辜负。王府事务繁忙，明日本王就不陪景隆了，让王妃替本王招待景隆也是一样。"

李景隆似不经意地瞥去一眼，含笑看着世子道："世子真是可爱，王爷好福气啊！景隆明日自当整治礼物答谢王妃美意。"

送走李景隆，朱棣的脸才慢慢冷下来，我不让你见，你就偏要见是吗？他漫步走到寝殿外，挥挥手让燕三和燕九离开。三保机灵地掀起棉布帘子让朱棣进去。

只听里面传来一声娇喝："王爷，妾身累了，请王爷移步书房歇息吧！"

朱棣脚已迈了一半进去，听到这句话怒气更重，哼了一声，转身就走。来到书房却唤来白衣道："李景隆三天前便到了北平，却谎称昨日才到，给我吩咐下去，盯紧了，无论他见了什么人、做了什么都给我查清楚了。还有，白衣，明日王妃在琴音水榭请李景隆赏雪，你亲自去，看明白李景隆借这一机会想要干什么！"

尹白衣低声答应下来。他前脚才走，燕十七便求见朱棣。

又来一个！朱棣暗想，当我真不知道你的心思？沉了脸让三保叫燕十七进来。

"王爷！"

"何事？"

燕十七好笑地看着朱棣佯装看书，好心地提醒道："有两件事想要禀报王爷！"

"说吧！"朱棣的语气始终淡淡的。

"锦曦似乎有什么事在心里藏着。我怀疑与李景隆有关。"燕十七细细把来北平之前锦曦吐血晕倒的事告诉了朱棣。他想，这可能就是锦曦今日想抱了孩子去见李景隆的原因。他想了很久，不想瞒着朱棣。

燕十七相信自己从小在山中与狼群为伍养成的野兽般的敏感。此时朱棣若是知道比不知道好。

朱棣越听越恼，把书一扔，冷冷道："为何不说？"

燕十七想了想答道："锦曦如此，必有难言之隐，早说不见得是好事。"

"王妃的闺名也是你叫的吗？"朱棣想起锦曦让燕十七知道也不告诉他，心里的火一跳一跳，当日锦曦待燕十七的温柔模样全浮现出来，想起她居然让他吃闭门羹，更是气恼。

燕十七如当年在吕家庄一样，没有躲开朱棣的目光，坦然地站着："她是王妃，也是我结义的妹妹。我做燕卫是报王爷大恩，也是为了她。十七并无歹念。"

朱棣当然明白，却极不好受，瞪着燕十七半晌突然气泄了，一拳打在书案上，"我就是不想让她见李景隆，当日我便怀疑，有什么事不能告诉我？我一并担了，最恨她瞧不起我。"

不是恨她瞧不起你，是生怕她心中不在意你。燕十七在心里暗自说道，想起当年锦曦和朱棣的一番斗气，微微叹了口气道："锦曦才十八岁，孩子气重。她若真的恼了，也是说走就走的。"

朱棣一惊，想起锦曦当日离开燕王府的事，又是担心又是气苦，怔怔地说不出话来。

"还有，王爷，你的书拿倒了。十七告退。"燕十七身形一动，飞快地离开书房。

朱棣低头一看，可不是，书是反着看的，气得笑了。想起燕十七，心生怜意。这时静下心来，想起燕十七的忠心和痴情，也叹了口气，喃喃道："锦曦，爱你的人太多，真怕你心里没有我。"

和锦曦在凤阳治军和好如初回到燕王府，两人又经历皇孙满月风波，饱尝相思之苦，再也没分开过一天。朱棣在书房里走来走去，了无睡意，想去找锦曦又拉不下脸，这里不是南京燕王府，打开窗户便能瞧到锦曦的来燕阁。

三保见他时而微笑，时而皱眉，却是坐立不安的样子。心中偷笑，大着胆子道："王爷，今晚月色不错，记得当日你在王府花园中舞枪，三保真想再瞧瞧，不知王爷武艺可有进展？"

朱棣一醒，笑逐颜开地骂道："还不取枪来！"

他漫步走到庭院中，见正殿内灯火未熄，知道锦曦还没睡着，心道，每晚都等我，今晚我不来，你能睡着吗？他邪邪地冲三保一笑，脱下外袍，露出银白紧身内袍，银枪一摆，月夜雪光中只见枪尖挑出银花朵朵。

"王爷好枪法！"三保故意大声赞道。

朱棣见殿内没有动静，大喝一声，身形矫健，一条灿烂银枪舞得水泼不进。他苦练武艺，心知没有内力，不是江湖高手，却尽可能地把枪法剑法骑射练得娴熟。

锦曦不让朱棣进房，心里却极不好受。听到院内三保大呼小叫，知道朱棣练枪。没好气地想，半夜三更练什么枪！猛然想起刚嫁他时没了内力，逞强去和朱棣比试的情景，目中温柔浮现。她回身吹熄了灯，悄悄走到窗边观看。

灯光一灭朱棣就没了劲，又不肯让锦曦知道他是故意练枪的，想到她不理不睬，酸痛的感觉在胸腔内冲撞，银枪一甩，舞得更为用心。似乎所有的情绪都随着银枪刺出而发泄了。渐渐地忘记了练枪的目的，真的练起枪来。

一套枪法使尽，他喘了口气看到房内还是黑漆漆没有动静，气得把枪往三保怀里一扔，折身便进了书房。

锦曦却一直站在窗边，想起朱棣练枪英武俊逸的身形，痴痴地笑了。朱棣离开去了书房，锦曦便开始后悔，又拉不下脸去找他，叹了口气上床想睡，翻来覆去睡不着。见月影移西，院子里清辉一片，披上斗篷出了房门。

书房的灯光还没熄灭，锦曦隔了花树瞧着，想去找朱棣，又不好意思，呆呆地站在院子里瞧着一树梅花出神。

院子里的守卫却瞧见了。今夜正是燕九值勤，他看到锦曦站在院中时不时往书房瞥去一眼，心中好笑，想了想便走上前去行了一礼道："王妃，冬日寒冷，你才生了世子不久，这般赏梅不宜太久，当心着凉！"

锦曦侧过头，曼声道："怎么，当真听王爷之令不让我出房门半步？连这院子都来不得了吗？"

燕九忙恭敬地说："王妃既然有雅兴，燕九不敢打扰，燕九告退。"他故意说得大声，说完就走。眼睛偷偷地看向书房，心道，我看王爷能忍到几时。

存了看戏的心思，知道两人从前斗气成习惯了，燕九窝回耳房摸出酒来边喝边从窗缝里往外偷看。

书房内没有动静，烛火也没熄灭。锦曦不甘心地站在院子里，不多会儿身上便觉得冷。"阿嚏！"她打了个喷嚏，搓了搓手。突然看到书房里的灯灭了。

从凤阳和好到现在，朱棣对她百依百顺，现在却不理她。明明是自己先发脾气，这时锦曦却委屈起来。狠狠地踢了梅树一脚，转身回房，心想，再也不理朱棣！

她和燕九的对话还有在院子里的举动全落在朱棣眼中。见她凉着了，朱棣一阵心疼就想出去，想起锦曦的嚣张又忍了下来。这时看到她冲梅树撒气，嘴边的笑容越来越浓，见锦曦气鼓鼓地回了房，朱棣咧开嘴无声地大笑起来。满意地窝进了睡榻。

他转动了下身子，竟有种兴奋，心里盘算着明日该如何逗锦曦，似乎又回到了初识时斗气的时候。

这一想，竟一夜无眠。

朱棣瞧着晨曦浸染，跳起来活动一下，洗把脸精神更好。想起今日锦曦约见李景隆，又皱了眉。锦曦与他斗气，见了李景隆还不知道是什么脸色，他心里的气早没了，想也不想便走向寝殿。

锦曦还没起来，看了一晚上月亮和梅树，又是心酸，又是失落。回到房里见一室冷清不禁潸然泪下，哭了不知多久困极睡着。

朱棣咳了几声见没有反应走进去坐在床边，板着脸道："今日本王要去兵营巡视，你代本王招待景隆吧！"

锦曦迷迷糊糊听到，想睁开眼，眼皮重得很，身体酸疼，心想莫不是真受凉了？只哼了一声。

还装？朱棣暗笑，继续板着脸，"岂有此理！王妃当真不把本王放在眼里！竟敢不起身回本王的话！"说完拂袖而去。

锦曦听得明白，心里更气，又没气力和他说话，见他走了，想起今日要见李景隆，便硬撑着起来打扮妥当。吩咐侍女把琴音水榭布置好了，披上斗篷就出了寝殿。

她觉得脚步有些虚浮，刻意放得缓了，扶着侍女慢慢走了过去。寒风吹来，锦曦脑袋反而冻清醒了些。进了水榭靠在软椅上，强打精神等着李景隆。暗想不会这么倒霉，让李景隆瞧着她病蔫蔫的模样吧。

已时，李景隆依约前来。

锦曦神采奕奕，剪水双瞳在他脸上转了转笑道："李世兄风采依旧，别来无恙！"

李景隆笑道："锦曦，没想到你生了孩子更显韵味，王爷好福气！这可是你第一次主动想见我，为什么？"

锦曦淡淡地笑了，"云南的茶，不过是往年不舍得喝的陈茶，李世兄勉强笑纳！"她提起水壶开始温杯，一丝不苟地沏茶。

李景隆眼睛微眯了眯，露出针一样的锋芒。当日在韭山玉蟹泉，锦曦便这样煮过一次茶。今日她重新为他煮茶，神态自然，语笑嫣然倒叫他看不懂了。从来都是他掌握一切，锦曦的主动打乱了他的心思。

"李世兄请！"锦曦把茶杯移过。

李景隆默然地端起，嗅了嗅茶香，浅啜一口，果然是雪露红芒，韭山上煮过的那种茶！

"我和你没有什么客套话讲，"锦曦慢慢地抬起头，逼视着李景隆毫不退让，"事情你也清楚，你告诉我的，我也没法告诉别人，你以为这就是痛苦？你很得意？不过，今日我想与你打个赌！"

李景隆转动着茶杯，心里疑惑，锦曦何时变得这般强势了？他不动声色地笑道："锦曦，你想要什么，我能办到的，我都能为你做。"

"你不是拿皇上赐的龙凤行天下的玉威胁我吗？不是说只要王爷起兵，你绝不会让他得逞吗？你要我知道了这一秘密，不敢让王爷知晓，怕勾起他的野心，又畏惧于你，怕你告诉太子相忌于他。我和你赌十年。这十年之内你不吐露北平的举动，十年之后，我必会助王爷成一方霸主。不管将来如何，你若没这心气，那你现在就可以去向太子进言，让他防范王爷，甚至去皇上面前说道，让他打压王爷！"锦曦气定神闲地看着李景隆。神色轻松，似开玩笑又似认真。

十年，你以为十年后的朱棣就有这能力让我惧怕他？李景隆讥讽地想。嘴里却道："十年，你觉得十年后朱棣就能赢我？告诉你，他一生都不可能，只能偏安于此，还要看看太子将来是否高兴！"

脑袋很重，身体酸软，锦曦保持着灵台的清明笑了，这笑容宛若春花绽放，李景隆瞬间又回到了魏国公府的后院树上，被她的笑容迷惑。这才发现她今日穿着浅紫色的大袖衫，水榭生着火盆，暖意融融。

"锦曦，我答应你。只是十年太长，让我再好生瞧瞧你。"李景隆目不转睛地看着锦曦，喉间溢出轻笑声，"你真聪明，我怎能忘了你，锦曦！可是我也很伤心，你为了燕王百般设计，竟连当日未出阁时的装束都记得扮了来迷惑我。"

锦曦脸一红，有些咳嗽，掩住嘴轻声道："被你识破了，随你吧。不管朱棣如何，我总是随他一起的。"

见她轻咳，李景隆皱了皱眉责备道："怎么这么不小心？是不适应北平的气候还是生产之后体质弱了？请了大夫瞧过吗？"

锦曦听得他关心，身体一抖，手臂上就起了层鸡皮小粒子，禁不住苦笑起来。李景隆就是如此，转眼是魔鬼，瞬间工夫就能化成温柔可亲之人。被他一语识破，锦曦蔫蔫地靠在椅子上笑道："没有大碍，受了点寒罢了。"

"我是吃了猪油蒙了心了，竟答应你。"李景隆见锦曦明丽的脸上隐着病容，脸也转得红了，不用试也知道她在发热。腾身站了起来背对着锦曦道，"十年，我答应你，我在北平所探得的消息，绝不会对燕王不利。十年之后，但凭燕王福气吧。"

他慢慢走出水榭，停了停轻声道："锦曦，这次是你赢了。"

看着他消失，锦曦一下子泄了气，身上出了密密一层细汗。李景隆往日说的话全在脑子里浮现，她早猜到他的一品兰花必是为皇上办事。在韭山煮茶时便是用的这种雪露红芒，她清楚地记得李景隆后来告诉她这种茶来历时的情景。

"我是想告诉你，皇上赐了我一块。而且，我知道，你爱饮此茶。"

"我的意思吗，你不明白么？只有最得皇上信任之人才会得此赏赐，你说，我是皇上跟前的什么人呢？"

锦曦微微笑了，以往知晓李景隆说的秘密只觉得痛苦，今日却能利用他说的秘密定下十年之约。不知道这十年能否为朱棣赢来自保的能力。

她缓缓起身，因为放松了心神反而支撑不住，唤了声："来人！"身体一晃就昏了过去。

迷糊中锦曦感觉床前人影晃来晃去，像群苍蝇在眼前飞。她有些不耐地挥了挥手，一双大手握住了她的。那双手略微粗糙，干燥温暖。是朱棣吗？她轻轻地睁开眼。

朱棣眉心纠结，担心地瞅着她。锦曦便露出了浅浅的笑容，"我病了！"

那张英挺的脸瞬间沉了下去，凤目里满是带着怒气的寒意。两个人就这么相互瞪着，锦曦突然想起昨天的事，心里的委屈就涌上来了："你走！"

"哼！"朱棣冷哼一声，动也不动，目光锁住锦曦。

这眼神直让她想起初见朱棣时，他背对众人对她露出的寒意和威胁。锦曦便使劲想抽出手，却纹丝不动。她一急就想运内力，朱棣冷冷地说道："你当有武功就是神仙啊？有这力气就别晕倒在水榭里！"

两个人都是桀骜不驯的人，朱棣语气生硬，锦曦也犯了倔，偏不让他握自己的手，使出全身的劲去拉扯。

她昨晚受了凉，一晚上没睡好。今日又打起精神对付李景隆，全然不知身子烧得厉害，看似用足了劲，却轻飘飘没有半分力气。

朱棣总算找着锦曦柔弱的时候，觉得两根手指头就能拎起她来。见锦曦涨得满面通红，忍不住微微一笑。

"你欺负我！"锦曦低吼出一句，靠着棉枕无力地喘气，眼泪就冲了出来。

朱棣好不容易逮着机会，就想借机训她，手松开站了起来，吩咐道："把药端过来！"

"我不喝！"

"王妃不喝，你们就跪请，什么时候她把药喝了，你们才起来。"朱棣说罢站起身就走了。

三保满意地点点头，觉得王爷终于有王爷的样子了。当日锦曦拿枪胁迫燕王的一幕记忆犹新，见朱棣冷然离开，他就大模大样地站在房门口看情况。

隆冬腊月，烧着火炕，摆着火盆，寝殿温暖如春。因为王府初建，一时半会儿还未来得及铺设火笼。一群侍女太监就这么跪在冰冷坚硬的石砖地上哀求锦曦服药。

锦曦听得心中烦闷，又不忍心。暗骂朱棣奸诈，撑起身一口将药喝完。她实在气不过，操起药碗对朱棣消失的方向摔去。听到瓷碗清脆的碎裂声，心里的气才仿佛找着一个发泄口冲了出去。

她无力地躺下，又是伤心又是心痛，只哭得一小会儿，便沉沉睡了过去。

朱棣在书房听三保低头贼笑着说完情况，恨铁不成钢地瞪他一眼："你这是对本王忠心耿耿呢，还是巴不得王妃与本王闹得越大越好？"

三保正高兴着终于治了锦曦一回，绘声绘色把锦曦气极摔碗捂被窝里哭的情形添油加醋说了一通。猛的听到朱棣没好气的话，吓得一哆嗦便跪了下去："奴才当然是盼着王爷与王妃好的。"

当我眼瞎了没瞧见你幸灾乐祸的样子？朱棣瞪他一眼，埋头处理王府官员呈上的公务。"去，把燕十七和白衣找去陪王妃解闷。"

"是!"三保轻身蹑脚退出书房，摇头想，明明忍不住又想威风一回，又舍不得了。明明问得详细想知道王妃情况，还端着架子支使别人，干吗不自己去？三保迅速得出经验，在王府里还是唯王妃之命是从的好。

朱棣这回下了狠心，锦曦养病期间不准她出房门半步。

锦曦也犯了浑，干脆待在房中不理不睬，把侍女全赶了出去，连燕十七和尹白衣都不让进去。每餐照吃不误，还换着花样点菜。

三保几次提着食盒前去，锦曦一见是他拎起食盒就砸，别的侍女却无事。朱棣知道锦曦瞧三保是他的贴身太监，打狗看主人，这是做给他看的，直气得发抖。

过了几日侍女回报锦曦身体好了。他只"嗯"了声便不再问。

三保小心地赔笑说："王爷，王妃身体好了，我看水榭那边的梅花开得正艳，今日要不请王妃赏梅？"

朱棣心中一动，又拉不下脸来，便冷冷道："去，就说本王在水榭赏梅，让王妃为本王抚琴添趣!"

三保得了令，一溜烟跑到寝殿，又不敢进去，站在门口大声说："王爷请王妃赏梅，抚琴共乐!"

他自动把朱棣居高临下的语气给改了，正想着听了这话王妃该顺着梯子往下走了。

"珍珠，去把水榭的梅给我折几枝回来，放殿内瞧瞧就是了。"锦曦慵懒地靠在躺椅上不理三保。

三保一听就急了，"王妃，王爷……王爷挺惦记您的，您就去吧！"

惦记？锦曦火气还没消，抬手摘下金钗当成暗器射出，三保话刚说完，金钗就擦着脸颊"夺"的一声插进了门框中，钗头珍珠尤在颤抖。

他吓得脚一软，跪了下去，一把鼻涕一把泪地就哭起来，"王爷真是在惦记您，你不喜欢三保，他每日都细问小紫她们，在房内干什么，睡得可安稳，吃了什么，您换着花样要吃江南的菜蔬，王爷知道前日就嘱人去加急运来。每天晚上王爷在书房忙碌，每晚都睡不好，他都这样了……三保求您了，您就去吧，别再让王爷伤心了。"

锦曦听得又酸又痛，看到三保哭得伤心，知道把他吓坏了。此时劝也不是，不劝也不是，恨恨地站起身来喝道："你再哭，我就再不理你家王爷！"

三保一呆，马上擦干眼泪，抽咽着看着锦曦。

燕十七伸手拉起三保温言道："你去回王爷，王妃过会儿就到。"星眸望向锦曦含着一丝怜惜。她是爱上燕王了，才会这样。

"锦曦，你这般撒气就不对了。王爷也是关心你，才不想你出房门，好好养病的。他听说你晕倒，比谁都着急。从兵营拍马赶回，一个时辰的路，墨影身上落了不少鞭子，大哥瞧着都心疼。王爷是爱马之人，平时他常亲自给它喂料刷洗，不假人手，舍得这般抽它鞭子还不是为了你。"

"别说了，我只是气他故意要摆威风……"

燕十七对小紫使了个眼神，小紫赶紧把大氅给锦曦系上。是那件火狐大氅，燕十七瞧见，想起当年在草原为锦曦捉得火狐时的情景，心中一痛。想起她心中挚爱是燕王又平静下来，他耐心劝道："锦曦，若是你心中真没有王爷，我绝不劝你。你才十八岁，但是总也是当娘的人了。"

锦曦没有说话，默默地迈步出了房门。她不是不感动，也不是不明白，就纳闷朱棣为何如此生气。是自己过分了吗？无视朱棣的身份，还用武功欺负他？

离水榭还有些距离，锦曦停住了脚步。

洞开的水榭窗户前，朱棣穿着银白锦袍，脸隐在貂毛围脖中，俊逸潇洒。锦曦的心便咚咚跳了起来。没见着他时生气，看过这一眼，只有思念。想起这些日子的冷战和三宝说的话，不禁潸然泪下。

"王妃！"小紫见锦曦停下脚步，心中有点着急地喊了她了一声。

锦曦带着泪嘴角轻浮起笑容。似有意无意地，声音大了起来："梅有什么好看的，前几日才看了，回去！"

转身的瞬间，她分明瞧到朱棣恨恨瞪过来的目光。锦曦笑容更深。

就走了？没什么可看的？朱棣想杀人的心都有了。自己这般示好，她居然不领情？

三保见朱棣脸色铁青，讷讷道："王爷，三保可能传错话了，王妃不知道你在……"

还想帮她说话？朱棣看着锦曦的身影，那抹红色在雪地里尤为刺眼，轻飘飘地走远，蓦然发现她又瘦了。心里酸得不行，反而起了一股倔强。"我倒要看看她能撑到几时？"

从这日起，朱棣也不让白衣再当门神。锦曦也不出房门。

朱棣却每晚在院子里练枪。想起锦曦初嫁时那晚的比试，他就等着看锦曦能忍到什么时候。

听得院子里三保呼好声阵阵，锦曦待在房里左思右想，对朱棣的气早就消了，就等着找机会和解。

这晚听得朱棣又在院子里耍威风，锦曦想起与李景隆定下的十年之约，再也按捺不住。换了衣裳，推开窗，脚尖轻点，如鸟般轻盈迎上了朱棣的银枪。

手中长剑与枪尖一触，借力荡开。

朱棣收枪一瞧，锦曦换了紧身衣，眉目如画，睥睨着他，"王爷深夜练枪，枪法精进，妾身想与王爷再赌一回可好？"

明知道我没有内力，赌什么？朱棣见终于引出她来，心中高兴，又知打不过锦曦，脑子一转懒洋洋道："武功内力本王没有，赌什么？"

"便不用内力，只比招式，王爷也不敢?!"锦曦开始激将。

不用内力？朱棣嘴边噙得一抹意味深长的笑容。

"王爷若赢了，我便从此不用武功对付王爷，若是输了吗，这王府内务明日起由我掌管！"

不论是输是赢，都对朱棣大有好处。明里输了让锦曦掌管内务，但本来就是她的分内事，若是赢了……朱棣目中已露出兴奋。不用武功，锦曦还不是他案板上的鱼！"看枪！"

锦曦当真没用内力，只凭着身体灵活与剑式精妙和朱棣缠斗。

她原本打定主意要接过王府内务，免得朱棣成天忙里忙外。想想朱棣是堂堂燕王，坐镇北平，自己总是仗着武功忤逆于他，让他下不来台，心里也是愧疚，若朱棣赢了，她真的不再用武功欺负他。

锦曦起了退让之心，而朱棣却志在必得。几个回合下来，锦曦就吃惊地发现朱棣的武艺当真不差，在枪法上是狠下过功夫的。自己放话说不用内力，这怎么抵得住他凌厉的枪法？本想认输投降，见朱棣嘴边不怀好意的笑容，瞬间就明白他的意思，不仅脸红起来。

这一分神，朱棣枪尖一挑打飞了她手中的剑。锦曦吃惊地看着朱棣得意，恨得一跺脚，转身就回了房。

朱棣把枪往三宝怀里一扔，慢条斯理地往寝殿行去，"本王今晚在此歇下了！"

三宝低着头闷笑不已，朱棣扬手就是一巴掌，笑骂道："去，把我给王妃买的紫玉镯拿过来！"

进了房间，锦曦却背着他躺下，一声不吭。

朱棣捉住她的手。锦曦一用劲就听到朱棣笑嘻嘻地说："不用武功，你才说的。"

锦曦脸一红，恨恨道："时辰不早，王爷回书房吧，别耽误了你的公事！"

"我的王妃要接管王府内务，我留在这里就是谈公事！"说话间已将紫玉镯抹进锦曦腕中。侧着头欣赏了会儿道："锦曦，紫色衬着你的肌肤格外好看呢。"

"我才不用你讨好！反正这些日子王爷都一个人习惯了，有公事明儿犀照阁议！"

"你还在生气？你只有生气才叫我王爷！"

锦曦脱口而出，"你生气还自称本王呢！"她说完忍不住想笑，头不自然地偏过一边。

朱棣拂过散落在她脸颊上的发丝，柔声道："是我不好，我只是想告诉你，不用怕李景隆，万事有我在。我不想他瞧到你的模样。"

"我还想让他瞧到我抱了孩子高高兴兴地出现，让他得意不了呢。"

锦曦说完，朱棣便笑了。两人目光中都闪动着对李景隆的算计，两人没有说话，就相互这般对望着。

过了良久，锦曦才扯了扯他的袍袖轻声道："朱棣，我不习惯……"

"什么？"

锦曦声音更轻，手指在他胸前划来划去："这里太大，很冷清。"才说完，就哭了起来。

朱棣长叹一声，伸手抱了她入怀。"不哭，我错了。"

"你说不哭就不哭，你不想想这些日子你就这样对我?!"

朱棣突然抱着她道："那晚我看到你踢梅树了。"

"哎呀，是谁成天半夜练枪的，扰人清梦!"

见被她识破，朱棣有几分不好意思，嘴硬道："明明我练枪时你熄灯睡了，好哇，躲在旁边偷瞧我练枪的英姿!"

躲开他炽热的眼神，锦曦打了个哈欠装睡："比剑累了。睡啦。明儿去犀照阁给你说正事。"

想睡？朱棣轻轻一笑吻了下去。

燕王的日月

YANWANGDE
RIYUE

接管燕王府

【第三十六章】

378

北平燕王府建于元皇宫的基础上。建筑方正，大明门进去两侧千步廊环抱形成中轴线。依中轴线先后建有两殿一阁，犀照阁是幢两层挑檐建筑，位于王府中轴线的最末端，是燕王就藩北平时新添的建筑。

揭去了原来皇宫的黄色琉璃瓦，红色的宫墙依然保留下来。原有的两大殿分别成为朱棣接见王府官员处理政务的场所以及他的书房所在地。而犀照阁却是燕王府的军机重地。

初夏时分，风朗朗吹得天空如洗。

锦曦换了窄袖襦裙，端庄中显出富贵之气，微笑地坐在犀照阁里听朱棣讲解王府各部情形。

审理所、典膳所、奉祠所、典定所、纪善所、良医所、典仪所、工正所，管理王府仓库的大使、副使……

锦曦眼睛随着朱棣如数家珍地报来，已越瞪越大。目光由惊叹转为心疼，原来生孩子这一年多，朱棣居然要处理这么多事情。

朱棣好笑地瞧着她，柔声道："知道你生孩子那些日子，我是怎么熬过来的？还想管吗？"

锦曦吁了口气，眨巴了下眼睛笑道："这么多人陪我玩啊，不错！"

"玩？"朱棣哭笑不得，伸手轻轻弹了下她的额头，这么庞大的机构还不算内庭中上百名的太监侍女，好玩？他理解不了锦曦的心意。

"是啊，好玩！我在王府闷得发霉了。除了在寝殿描描绣绣，逗儿子玩，那些太监侍女有什么好玩的？就说小紫吧，与我熟了，也没多少话。"锦曦抱怨地说道，暗暗决心一定帮朱棣分忧。

朱棣笑道："难道你没有强拉了十七白衣出去骑马？我的那个鹿皮箭囊真是库房里找出的皮子做的？还有，听说棋盘街上新开了三家江南绸缎庄，一家酒楼，一家客栈，听坊间传言来头极大，据闻北平布政使和都指挥使并无插手，难道全是李景隆的产业？"

锦曦脸涨得通红，嘴硬地道："当然打的是李景隆的旗号，难道燕王府还要出头做这些？"

"哦？李景隆如此相帮于我，图什么？"朱棣不动声色地诱锦曦说出她与李景隆的约定。锦曦说了好多回要在犀照阁和他说正事，他就猜是说这事。

他也不急，知道锦曦是为他好，可也足足压了半年就看锦曦要做些什么事。

锦曦见朱棣目光闪烁，又露出那种了然于胸的神情，知道他什么都明白。她对朱棣一直有摸不透的感觉。他心思细密，如同当年在凤阳治军，不喜欢自己出头，常在不知不觉中让别人去帮他做了。除了军中之人觉得他礼贤下士，肯和军士一同吃苦外，燕王府的官员常觉得政务都是由白衣帮着处理的。

"王爷，我一直在想，皇上眼中的你是什么样子？"

"当然是听话，有点能力，打仗应该可以，别的事不见得。"朱棣毫不犹豫地说道。

"别人都道王爷有勇无谋呢。"锦曦嫣然。

朱棣板下了脸："这就对了，有勇有谋，可不是好事。"

锦曦赶紧接了一句："王府事务繁忙，想来有勇无谋的王爷是忙不过来的，不还有王府的军队和守卫王府的侍卫吗？你一个肯定忙不过来。我可是和李景隆达成了十年之约！"

十年之约？朱棣剑眉挑闪了一下，白衣告知他那日在琴音水榭，太液池边锦曦与李景隆煮茶赏梅。他叮嘱了白衣要知晓谈话内容，白衣却道李景隆武功高强，不敢靠近。锦曦居然和李景隆达成了十年之约？

心中有些惊喜，又有丝疑惑，以李景隆的心思，锦曦是如何做到的？

锦曦见他等着自己解释，得意地扬开了笑脸，"李景隆的一品兰花王爷还记得吗？"

"嗯。"

"我猜这一品兰花可不是简单的江湖杀手组织！因为，李景隆的言词间已透露一个信息，他，是皇上在民间的耳目！"

朱棣笑了笑，他已经猜到了，这就是锦曦和李景隆定下十年之约的原因吗？想起李景隆一走，锦曦便晕倒，一股温暖和愧疚之情在胸口翻搅。锦曦还是没说出如何办到的，他也不想问。两人在对视之间已将对方的身影深深地印在了眸底深处。有些东西已不必再说出来。

凝视锦曦良久，朱棣走过去从后面抱住了她。

锦曦微挣扎了下，嗔道："这是犀照阁！王府的军机重地！"

"没外人……"朱棣把头靠在锦曦肩上，在她耳边呢喃，"辛苦你了。"

热热的呼吸扑在耳间，锦曦甜甜地笑了，为他做什么也是值得的。她转过身搂住朱棣叹息道："瞧你，生孩子这一年，这么多事情怎么忙得过来？交给我吧，反正我也无事。"

朱棣呵呵笑了，手收得更紧，目光像温暖的阳光定定地看着怀中的锦曦："我不舍得。"

"王爷！"锦曦抬起头正色道，"你忘记皇孙满月时……"

不用她再说下去，两个人心中都明白，要想在北平偏安一隅，要想不再被人宰割，就必须要有实力。

锦曦想起龙凤行天下的玉佩，忽轻声道："王爷可有野心？"

朱棣朗声大笑，"怎么，真当你嫁了个草包？！我早明白了。只是，锦曦，我只想这样，像现在这样……足矣！"

阳光透过二楼的花窗照在他们身上。朱棣心中温意融融，目光柔得似要滴出水来。他是做父亲的人了，有妻如此，夫复何憾！

良久，锦曦才轻轻推开他，指着外面说："你瞧，枝头又绽新叶了，时间过得真快！朱棣，你只管带好你的军队，专心你的军事，这王府事务，就交我了。"

"就藩时朝廷赏赐给我的武功中护卫、武功左护卫的将士现有六千人。"朱棣算了算数目，忽笑道，"现在告诉我，当日在凤阳你弄的三百人的秘营如今打算怎么办？"

"渗入北平布政使，都使挥使帐下，以及百姓之中。"锦曦胸有成竹。朱棣就藩北平，但是北平的军政却不是他说了算。名义上是要向朱棣报备，实则直属南京朝廷管辖。"没有自己的人，一旦有什么事，我们就是孤立在王府之中，况且，燕王府开支巨大，秘营中众人都有一技之长，散入城中做点生意赚点银子也是应该。顺便告诉我一些城中趣事也好。"

朱棣"啧啧"两声，背着手围着锦曦转了两转，见她小脸上满是得意之色，忍俊不禁地笑了，"我这才知道我的王妃真会装啊！比李景隆还狡猾！初次见你，你就弄出副天真烂漫的模样引得靖江王上刀山下火海也要保护于你，本王也着了道，还想着如何不让你们输得太难看！"

锦曦故作忧郁地叹气："女子无才便是德，王爷嫌弃于我也是应该的！"

朱棣一步迈到她跟前，抬起她的下巴正色道："我在佛堂里说的话你都忘了么？今生今世，你是我朱棣唯一的妻！别的男子如何想我管不着，我喜欢的就是这样的你！"

他严肃的模样逗笑了锦曦，幸福的感觉油然而生，眼里已浮上一层水雾。锦曦不好意思地侧过头，朱棣却不放，戏谑地说："如果再娶侧妃，我估计你会把我蒙在被子里狠揍一顿再扬长而去！我可不敢冒这个险！"

锦曦低下头落下泪来，朱棣的话胜过最甜的蜜语，她不感动都难。母亲曾说过，王府之中以她为尊，可是朱棣要娶侧妃，也是她阻拦不了的。

伸出手指抹去她脸上的泪痕，怜惜之意油然而生。他温柔地吻上锦曦的唇，柔嫩的唇瓣像香甜的花，引着他不停地辗转吮吸，恨不得咬下吃进肚里。吻慢慢加重，星星之火已成肆虐燎原。

锦曦微喘着气回应着他，突然想起皇宫大内佛堂里的第一次，想起这是犀照阁军机重地，忍不住笑出声来。

"专心点！"朱棣有些不满。

"王爷！你怎么尽挑这种地方？锦曦要去看儿子了，听奶娘说，儿子好静，但特别爱吃，肥得很。"锦曦想起佛堂就想起孩子来。

儿子名叫朱高炽。转眼间就半岁了，肥得逗人直乐。

朱棣少有时间瞧儿子，听锦曦这么一说也笑了："三保道高炽不哭不闹，一拿食物诱他，就把眼瞪得龙眼般圆。我就纳闷了，他是像谁啊？锦曦，拿食物诱你，你也瞪大了眼睛吗？"

锦曦想起在凤阳山中两个人逃生时，坐在地坑里朱棣曾说过的话，抿嘴乐了："是谁回忆起三保偷塞进袖子里的点心口水长流的？我看啊，儿子就跟你一个馋样！"

朱棣脸微微一恓，凤眼微眯了眯，喃喃道："看来得生个像你的儿子才行……"长臂一伸，已抱起锦曦来，"大内佛堂我都不怕，我还在意这犀照阁？"

埋头在他胸前，锦曦感觉到前所未有的安心。眼睛偷偷往门口一转，知道楼下有燕卫守着，不得召唤擅入犀照阁者杀无赦，又见四周没有床榻，就等着看朱棣着急。

"瞧也没用！"朱棣被锦曦偷偷摸摸的样子逗笑了。环顾四周，见并无床榻，坏坏地瞧着正堂中的书案。

锦曦吓了一跳，刚要挣扎。朱棣已将她放在书案上，手覆上了她胸前心跳最烈的地方。"跳这么急，是怕吗？锦曦！"

他的声音深沉中带着诱惑，锦曦微睁开眼，刺目的阳光让眼前的一切都变了颜色。她闭上眼伸手摸上朱棣的剑眉，顺着那道斜飞入鬓的痕迹轻轻划过。然后是他的眼睛，挺直的鼻梁，最后停在他的唇上。"我真是快活，快活得让我害怕会失去！"

锦曦清朗中带着慵懒的语气，闭着眼在阳光下耀眼的肌肤，微启双唇道出的缠绵依恋瞬间消灭了朱棣的情欲。

抱起她退到椅子上坐着，锦曦的头就靠在他的胸前。膝上些微的重量与双臂间的温柔给了他一种实在的感觉。

谁也没有说话，午后的犀照阁安静下来。

风轻拂过。

阳光晒着衣衫，渐渐带来醺然的睡意。

朱棣嘴角噙笑抱着锦曦慢慢睡着。

他们都不知道，这样宁静的初夏，偎依的情浓，即将被打破。

天气渐热，锦曦就把琴音水榭设成书房，王府内部事务均在此处理。她委任尹白衣为王府总管，王府各部官员上递事务均让尹白衣在大殿上接了。

刚开始尹白衣总是恭敬地把当天所有的折子都整理好交给锦曦翻阅。锦曦嗔道："大哥，你成天累死我啊？"

尹白衣笑了笑："锦曦，咱们义结金兰是回事，这王府中事务处理又是另一回事。"

锦曦看着白衣，随手拿过一本折子瞧了瞧道："皇后娘娘病了，奉祠所上报为娘娘立生祠祈福，需银一万三千两……大哥，你觉得呢？"

"建生祠倒是不错，不过，"尹白衣瞬间明白锦曦的意思，笑道，"还不如出银五千两，以皇后娘娘名义广为布施北平穷苦百姓的好。"

"是啊，今年天旱，收成不好，这一来既省了七千两银子，百姓多念叨娘娘，在家设香火供奉，比召集工人建生祠好得多了。想必娘娘也会心喜的。"锦曦也笑了起来，"这样，五千两银中，两千两从王府用度中省下。"

尹白衣赶紧应下。

"大哥！"锦曦诚挚地说道，"类似这些事情，大哥便做主了，报个结果给我就是。实在拿不准的再给我瞧吧。"

她见尹白衣默肯，站起身走到水榭栏杆处，望着清波浩渺的太液池缓缓说道："大哥，我知道，你一直对十七和我心里有疑虑。相信我，也请相信十七，好吗？"

尹白衣升成王府总管，燕十七却只肯做锦曦的贴身侍卫。

白衣苦笑，锦曦心思缜密不输燕王。他回头往水榭外瞧了瞧。燕十七抱了剑似对水榭之内的情况不闻不问，目光看向水天交接处。白衣知道若是唤他一声，回过头映入眼帘的必是十七如阳光般灿烂的笑容。

他沉声道："大哥多想了，锦曦，不要见怪。"

见他捧了厚厚一摞折子出去，锦曦方舒了口气。回头间隐约瞧到燕十七背立的身影，她轻不可闻地叹了口气，瞬间那抹忧郁便化开了。

锦曦坐在凉椅上喝了口茶，漫不经心地对小紫说道："唤库房总管大使副使来吧。"

燕王府仓库总管大使叫肖平，是从南京王府里跟过来的老总管。五十岁年纪，留着山羊胡，一双小豆眼，精瘦身材，一看就是个精明人。

副使叫王山，也是原南京燕王府的人。三十来岁年纪，黄色蜡黄，腆着肥肚子，眼睛一笑便眯成了缝。而他的笑容让锦曦觉得王山从来就没睁开过眼睛。

锦曦翻了翻手中的账册，朱棣可真是穷！现在府中库银仅五万多两，就方才给皇后娘娘布施祈福就得花去五千两，还不用说置办礼品送去南京。

初到北平，要养那么多人，也真是难。这五万多两银子要开销八百人的王府护卫、一百多名太监内侍的月银以及王府开销，能撑多久呢？

"见过王妃！"肖平和王山恭敬地束手站在她面前。

锦曦合上账本，想了想问道："今年各处田庄役户收成多少银两？"

"回王妃，是八十八万七千三百四十一两。"肖平迅速地回答。

"哦？为何这才五月，就只有五万多两库银？"

肖平愣了一愣，看向王山。

王山忙回道："王妃有所不知，实际上开春收的银两只得四十多万两，别的收成要等秋收之后才能齐全，但是今年天旱，秋收还不敢望。如今王府各处还在修建，府中众人开春新制薄袍，所有人的月银一月开销就是两千多两。还有，王爷为王妃新添首饰，王爷宴请北平布政使，都指挥使，重礼相送，王爷新在府内建校场，王爷……"

锦曦听了暗暗计算，她本就是对这些情况了如指掌，接掌府中事务已过半旬才唤来两位库房总管。等到王山笑着说完，她轻声问道："如依两位总管看，这五万库银能支撑到秋收？"

肖平和王山对望一眼，均低下了头："照库中支出情况看，最多两个月。"

两个月？王府一个月就要花银两万五千两？其中各部官员的俸禄还是朝廷支付。六千将士的饷银也是从兵部支付。没银子，燕王府怎么立足强大？

"肖平，王山，你俩都是南京燕王府中的老人，原来王府一月开销多少？"

"回王妃，一千五百两。"

锦曦霍地站了起来："一千五百两？如今却是原来的十七八倍！"

两位大使额头冒汗。新迁北平，官员增多，王府修葺，加上地方各种关系以及从江南购置大批菜蔬食品千里运来，这些让银子如水般花了出去。

锦曦这才缓缓说道："据我所知，库中所存之物多是江南丝绸绢帛，明日我嘱燕三来领了去。从现在起，每月各处所月钱造册必我阅过后再行发放。王爷以后再为我买首饰支银也找我。还有，从现在起，停止从江南运送菜蔬水果。所有人的膳食都照地方风味来。"

"王妃，这，这怎么行？北平青菜水果短缺，您和王爷怎么习惯得了?!"肖平急道。

锦曦微微一笑，坐下来不紧不慢地说道："北平别的东西没有，萝卜白菜土豆却是有的。还有，我已嘱人在太液池东侧开辟菜园，皇上早吩咐过了，在北平种点菜蔬出来运南京以示孝敬。府中现在的太监，身强力壮的没事都种种菜去。"

种菜？王山笑眯了眼，王妃怕是在痴人说梦吧。

瞥见二人质疑的脸色，锦曦又道："肖平，你照我的嘱咐去办，还有，从今天起王山我另调作他用，库房现在空虚，用不了两个大使总管。你先退下吧。"

肖平看了眼王山退了出去。

锦曦目不转睛地盯着王山，也不说话。

王山初初还笑着，渐渐地讪然，忐忑不安，不知王妃调他做什么，笑容慢慢隐去了。

锦曦这才满意地笑了，"别紧张，我就是想看看你不笑的时候眼睛是什么样。"

王山哭笑不得，抹了把头上的汗不敢出声。

"我要你去做做生意。"锦曦笑道，"我查过了，你在南京燕王府之时便喜欢背着肖平把库中堆积已久的东西拿去变卖……"

王山腿一软就跪了下来，冷汗透衣而出，嘴里只连声喊道："王妃饶命！王山求你别让王爷知晓！"

"混账！"锦曦一拍桌子站了起来，"知道为什么我骂你吗？你难道不知道这王府中的事务王爷已交给我处理？别让王爷知晓，你以为，不让王爷知晓就万事大吉?!"

王山这才知道触了锦曦的霉头。他在南京燕王府任副总管之时，已知朱棣以军法治家，但是偏偏对钱财看得极轻，那时又无多大开销，皇上皇后的赏赐更是没有数。听得锦曦发怒，知道这位王妃受尽王爷宠爱，哪敢辩白，跪在地上磕头如捣蒜，口口声声喊着："王妃饶命！"

"不用磕啦！仔细给我听好了。"锦曦见王平骇得头磕得青紫一片，不忍心喝止了他，慢慢说道，"我知道，你变卖了些物什，隔些日子又原样低价买回来充数，所以精明的肖平也被你瞒过了。"

见王山一愣，锦曦又道："你是个中翘楚，胆子也大，不让你做生意是埋没了你。念在你对王爷忠心耿耿，自己赚个差价却不忘原件补齐了。我这就有生意交你去做。"

王山听得此话，知道命便保住了，涕泪俱下道："多谢王妃！"

"现在谢我无用！"锦曦淡淡地说道，"明日燕三把府中那些江南绸缎取出会交给棋盘街上的店铺去卖了。燕卫出入那些地方也着实不方便，你即日起便是棋盘街上三家江南货物店的老板，还有福字客栈和福字酒楼的老板。我要你在三天内把账理清了，一个月内我要见着银子。"

王山狂喜，眼睛又笑得眯成缝。

"记住，不管你用什么办法，一个月，我要见着现银！还有，有人猜测你的身份，不妨说是曹国公府的公子李景隆的商号。你知道皇上重惩贪墨，燕王府也不例外。但是呢，这几家店我心中有数，一月三万两现银，你多赚的就是你的红利。"锦曦笑着看到王平眼睛越听越大，脸上已泛了兴奋的红光来。

"多谢，王妃！红利王山不敢要！"

"怎么不要?！就这样，你下去吧！"

王山如踩在棉花堆里，在王府，他的月银每月四两，去做生意，红利该是多少?他有些算不过账来，心脏怦怦跳动，第一次觉得王妃的不简单。

过了月余，朱棣突然发现吃习惯的江南蔬菜换成了白菜土豆黄瓜，当时没问。接连数日还是如此，眉头便皱紧了问道："锦曦，怎么江南运送的蔬菜还没到吗?"

锦曦不动声色地吃着，头也不抬答道："我不让从江南运了。王爷，一筐青菜耗银一两，贵死人了，千里送来，一筐只有半筐能吃，既然来到北平，还是习惯这里的吃食吧。今年收成不好，王府吃江南的鲜蔬，也说不过去。"

朱棣无味地放下筷子叹息道："可是你怎么习惯得了?"

锦曦睁大了眼，突然站起来笑道："走，我带你去看我的菜园。"

拉着朱棣的手走到太液池边上，只见湖边开垦出两三亩地，居然全种上了菜，他突然看到奶娘抱着七八个月大的朱高炽走在田边，瞧见他们，朱高炽口齿不清地呓语："啊——"

看到那张笑逐颜开的小脸，朱棣的心蓦然疼了起来，沉了脸不理锦曦。

"皇上有御菜园，燕王府也有的话，我想皇上会很开心。"锦曦知道犯了朱棣的大忌。他最看不得她吃苦。

见朱棣板了脸不理睬，锦曦笑着说道："库银新增四万两，往后还会增加，可以买马，给将士多发银子。对啦，我又置了新衣……"

朱棣紧紧地抱住了她："锦曦，你连首饰都不让我买！"

"我是怕王爷一不留神买的东西送了别家女子。不知道你银子花什么地方，我难受！"锦曦瞪圆了眼睛。

朱棣被逗笑了，"这样好不好?江南的东西，少让人运点来，将来，我定疏通了运河，不叫北平这般荒芜！"

锦曦呵呵笑了，"我早让商号做起这生意了。"

"那为什么成天吃土豆、白菜？"

锦曦嘟起嘴说："问题是我想多赚银子，舍不得自己吃，全拿去卖了！"

"哈哈！"朱棣朗声笑了起来，"没想到我还娶了个财迷！"

清脆的笑声回响在湖岸边。朱棣突然拉了锦曦的手，"本王今日得空，帮你摘菜去！今晚我要吃这田里种的菜！"

洪武十五年秋，皇后病逝。

朱棣呆呆地站在太液池边，皇后过世的消息传到燕王府后，他便一个人来到这里，三保去请他午膳，他并不搭理。回报锦曦后，锦曦沉默了下道："不要去打扰王爷。"

她慢慢地走到湖边，远远地看着朱棣的身影笼罩在阳光下，他站着没有动，高大的身影似与湖边景致融为一体。一种无法言语的哀伤顺着风飘过来。

马皇后并不是他的生母，却是从小带他长大的。

锦曦想起初次进宫，马皇后的慈爱，两行清泪潸然而下。

秋色渐浓，天高云淡，白杨树被风吹得哗哗作响。

一前一后，一高一矮两条人影就这么静静地站着。天地间遍布浓浓的忧郁。

"小时候，父皇总是严苛，求情的总是母后。"朱棣似乎已经知道身后的锦曦，低沉地开口。

锦曦走前几步，握住了他的手。

风吹起池水泛起层层涟漪，似两人的心已然乱了。

"我其实很黏她，可自从知道母妃是如何死的，心里又恨，恨她是皇后是六宫之主却无法做主护得母妃一命。她越是对我好，我心里越是难受。我不知道该怎么办，那皇城之内只有我一个人似的。父皇的赏识与夸奖，我只觉得是在争一个地位。在众兄弟中争得一个将来。"

朱棣的声音很淡，平平静静。锦曦的手使了一点儿力，想让他感觉还有自己的存在。

"你，有我，还有儿子。"她有点艰难地吐出这话，并不知道该如何安慰他。

朱棣回过头，那双凤目泛起了淡淡的红色，"你说，我的母妃不是他的结发妻么？"

锦曦大惊，她从来没有听过朱棣这般称呼皇上。下意识地左右看了看。

"每次你这样的时候，锦曦，我就觉得你可爱得紧！"朱棣微微笑了笑。眸子里闪过一丝怜意，"什么时候你才不会怕？不用担心有人会威胁到你？"

锦曦努力露出笑容，"我哪儿怕啦？我连你都不怕。"

朱棣笑出声来，"是啊，我就喜欢你不怕我，这样，我才感觉到，我不是一个人。答应我，永远不要怕我，不要离我太远。"

"嗯，我答应你。永远都在你身边。可是，你这不就要走了吗，至少两个月。"锦曦有点沮丧。

朱棣叹了口气道："其实你可以和我一同去，但是，我不想你去，明白吗？"

锦曦略微一想，便明白朱棣的意思，在北平的生活是两个人的世界，去了南京，就不一定了。她点点头道："我也不想临时万一有什么事，我会拖累你！"

朱棣眉一皱，握住她的双肩认真地说："不是怕你拖累我，我是怕有个万一……"

"万一皇上又让我进宫？或者让我待在南京为皇后念念经什么的？"锦曦了然地笑了，不过两年，但是谁也猜不透帝王的心思。

洪武十三年，以擅权枉法的罪名处死了丞相胡惟庸，连太师韩国公李善长也下令由大理寺严查，更牵涉几千人被处死。案发后仅一个月，皇上便撤掉了丞相，撤销了中书省的设置。皇上的手段怎能让人不防？

如果看到皇后过世，想起将来……皇上会不会为太子考虑将有才能的儿子全废掉？还有莫测的李景隆，他会不会推波助澜？锦曦垂下了眼眸，对已告老辞官的父亲充满了担忧和想念。不敢再想下去。

两年的王府生涯，锦曦已脱离了原有的稚气，出落得更加端庄大方。做事也不像从前那般冲动。她把心里担忧的这一切都深深埋在心底。

有些事情不捅破还好，就怕她的一句话，再有龙凤行天下的玉佩，倒叫朱棣会多想。

锦曦什么也没说，轻声道："你一天没吃饭了，我下厨给你做几样小菜。"

朱棣点点头，携了锦曦的手慢慢走回永寿宫。

明天一早他就得起启程赶回南京奔丧。

这是她和朱棣来到北平后两年第一次分开。锦曦想着就不舍，什么也没说，亲自动手给他收拾行装。

朱棣看在眼中，见她没吭声，只埋头理东西，心念数转，左右瞧了一眼，低头就在锦曦脸上亲了一口。

红晕瞬间布满锦曦的脸，她后退半步，紧张地往四周一瞧，见三保小紫等人都低着头不敢笑出声来，再瞧朱棣，头抬着，背负着双手，若无其事的模样。嘴紧抿着仍然带出一丝忍耐不住的笑容。不由轻捶了下他的胸，低声嗔道："没个王爷样!"

"哦，我的王妃说我没王爷样子，是这样吗?"朱棣目光往周围一转，语气严肃。

"王爷英武无人能及!"三保讨好地跟了一句。

朱棣又瞪他一眼，"你是说王妃不对?"

三保尴尬地摸摸头道："王爷，我去瞧瞧黑妞草料喂好没。"向小紫使个眼色，两个人一溜烟地跑了。

锦曦好笑地看着他逼走众人，轻摇了下头。朱棣有时这种带着一丝孩子气的举动总让人很窝心。

他满意地伸手拉锦曦入怀，得意地说道："这下不用害羞了?"

"你啊!"锦曦嗔怪了一声，推开他俯身整治行装。

长发绾起，仍有几缕散乱垂下。朱棣给她挽在耳后，从身后抱住了她。他的气息温暖热烈扑在脸上。锦曦有些恍惚，反身就扑进了他的怀里："我，不安。"

"我知道，一定小心谨慎。"朱棣吻了下她的头发，安慰地说道。

"你能不能……"锦曦有点难以开口，眸子里露出一丝犹豫。

朱棣笑了笑，敲了敲她的头道："傻瓜，还有什么事对我难以启齿的? 我听说魏国公近来身体不好，思女成疾，王妃也是忧郁成疾，我去恳请父皇恩准接魏国公来北平小住些时日。"

锦曦心头一颤，不敢相信地瞧着朱棣，她的眼眶立即濡湿。

"笨！不准这样看我，就像我不回来似的。"朱棣手蒙上锦曦的眼睛，感觉指间温热湿润，他轻叹了口气，抱紧了锦曦道，"我们夫妻一体，没有什么为难的。"

秋夜静谧，晚风徐来，吹掉了锦曦心里的那抹阴影。

她温柔地靠着他，呼吸着朱棣身上熟悉而强烈的男子气息，有点眩晕的感觉。

"锦曦，你真美！"朱棣的唇从她耳边掠过，成功地惊起一片绯红，灯光下锦曦脸部线条柔和地勾勒出绝美的弧度。引诱着朱棣一点点去品尝。

"行李……"

锦曦话还没说完，朱棣已粗暴地扯开她手中衣袍，搂紧了她的腰，让她与自己的身躯贴得更近更紧。

吻似雨点般落下，然后带着火一般的热情燃烧了她的感觉。

此时的朱棣似有无穷精力，辗转吮吸着她的双唇，让锦曦感觉嘴上略微疼痛，而他的手却无比温柔，像风一般轻抚过最娇嫩的花。

然后是炽热浓烈的索取，像秋天染成艳红的黄卢叶不顾留住原本的绿意，一簇簇肆意尽情挥燃属于自己的颜色。

不在乎常青，不在乎永远。只要这一瞬间的释放。

锦曦重重倒在才拢好码成堆的衣衫上，触手柔软的丝绸料子带着丝沁凉让赤裸在外的肌肤激起微麻的感觉。

身体的火热与空气的清凉形成鲜明的对比。犹如朱棣给她的感觉。背部的凉意让她弓起身去接受他的温暖，随之而来的热度又让她无力地倒下，感觉那丝凉意带来的刺激快感。

朱棣忘乎所以的狂热和不厌其烦的温存引诱让锦曦忍无可忍地溢出呻吟。忍不住轻轻摇动腰肢想摆脱，却又贴得更近。

这一刻，她想与他一起，分分秒秒再不分离。他的血与她的融合在一起，他是她的，她，也是他的。

朱棣似乎知道她所有感觉，一遍又一遍，让她从喘息平复再到疯狂之巅。

锦曦慢慢迷糊起来，弱弱地蜷在他怀中，双腿因为过度用力还在微微颤抖。她闭着眼呢喃："听说死囚在临刑前会吃点饱饭。"

"嗯？"

"会踏实地走向死亡。"

朱棣喷笑，搂着锦曦的身躯笑得停不住抖动："天下间怕没有女子会在这种时候说这样的话！我的王妃！"

"我是说，带着我的气息，你会记得回家的路。"锦曦困得睁不开眼，又舍不得睡，强撑着想和朱棣多说会儿话。

朱棣轻叹一声，"我会回来。好好睡。"

"你的行装！"锦曦推开朱棣欲起身。

他一把撑住她，拉过被子小心给她盖好，戏谑道："还有精神收拾行装？"

锦曦往被子里一缩，黑凤翎般的长睫动了动，老老实实地睡了。

听到她的呼吸声变得悠长平稳。朱棣这才不舍地把目光从她脸上移开。轻手轻脚下了床动手把散的衣衫整理好。

本来是可以明早让三保来做的。想起锦曦坚持自己为他收拾，她说过，要带着她的气息。朱棣认真收拾起来。

几乎没阖过眼，他睁眼看了锦曦一晚，想了一晚的心事，想了一晚的她。

寅时三刻他就起了。锦曦惊觉一动，朱棣已盖住她的眼睛："睡，不准起来！"

锦曦没有再起。听到窸窸窣窣穿衣服的声音，洗脸的声音，靴子踩在地上慢慢移向殿门口的声音，终于，消失。

她再也睡不着，披上衣衫起了床。

外面还是黑漆漆的天，锦曦倚在门口，远远地瞧见一点儿灯笼的影子消失在黑夜中。她的眼泪忍不住流泻一脸。

原来，是这般的不舍。

原来，从现在就已生相思。

朱棣站在南京城外，心里感叹。两年多而已，为何有恍如隔世的感觉？他闭上眼深深吸了口气吩咐道："换孝服，进皇城！"

皇后崩。洪武帝恸哭，下旨葬孝陵，谥曰孝慈皇后。

朱棣依礼戴孝。

然而两个月过去，皇后葬礼已毕。洪武帝却迟迟不下旨让朱棣回北平。

朱棣住在皇城内的燕王旧邸度日如年。

此次来北平，他只带了燕卫中的九人，还有侍从三百名。尹白衣燕十七全留在了锦曦身边。如今皇上心情不佳，递折求见也不理不睬。朱棣更不敢明目张胆与百官走动。只嘱了燕三和燕九偷偷去打听消息。

烟雨楼还是老样子。秋天那池碧荷已然枯零。朱棣默默地回想十七岁生辰时皇后隔了帘子为他选妃的情景。

一晃七年过去。

他无事可做，背负了双手漫步走在荷池边。三保小心地跟在后面。谁都知道皇上不说让燕王回北平，也不说留他的原因，王爷心里肯定烦闷。又不肯四处走动。成天待在府中看书下棋练枪。

"还记得王妃胁持本王那事吗？"朱棣在水榭前停住了脚。

三保就知道一提王妃王爷就会开心，眉飞色舞地道："王妃当时太厉害了，三保差点儿吓着尿裤子！"

"呵呵，三保，你一直很忠心！"朱棣唇边露出了笑容。

他想的却不是锦曦，而是当年在这里为了锦曦与太子周旋。

太子朱标送了很多礼物来，人也未曾露面。燕三探得太子为前来南京奔丧的众兄弟都备了厚礼。

然而秦王、晋王都被准许离开了南京。靖江王朱守谦听说因为在广西无法无天，整得当地起了民怨，被皇上召回拘在原靖江王府内管教。

自己呢？朱棣苦笑，不是在北平成了霸主，激起民愤，而是在北平过得太顺了。所以没有明令，这情形和朱守谦的管教又有多大的区别呢？

"王爷，燕九有事禀报！"

朱棣回转身，见燕九目光中闪烁着深意，眉间却带着隐忧。

他没有吭声，慢悠悠走进水榭。

秋天的残荷支离破损，带着凄美之意。水色浅碧，偶尔游鱼吐出一个个气泡。朱棣目光久久盯着水面的气泡，一个个冒出来再一个个破掉。

燕九跟了进来。三保懂事地守在水榭门口。

"听闻日前太子被皇上训斥了一顿。"

"是为胡惟庸和李善长案还在严查之事？"朱棣淡淡地问道。从洪武十三年查到洪武十五年，还没有停止。

太子东宫想必也有人被牵连。东宫官员众多，上书求太子，太子心一软便去求皇上。

燕九继续说道："皇上龙颜大怒，扔下一根荆杖让太子去拾，荆杖上遍布尖刺，太子无从握手，皇上便说……便说……"

"皇上说是在为他除掉荆杖上的刺，让太子好握得舒服点是吗？"朱棣见燕七吞吞吐吐不好说出口，怒意上涌，接着他没说完的话急声道。

燕九垂下头，脸色发白，不敢看向朱棣。

"哈哈！"朱棣突爆出一阵大笑，吓了燕九一跳。他猛然抬起头，目中满是悲愤："主公！我们……"

朱棣凤目睥睨着他，自嘲地说："我们好好地在燕王府呆着，约束下人，谁敢在这当口露出半点不敬与怨意，就地杖杀了。"

燕九咬紧牙关道："谨遵主公之令！"

"王妃的家书可到？"

燕九这才想起，赶紧从怀中掏出锦曦的来信双手呈上。

朱棣接过信，挥手让燕九退下。

他没有拆开信，拿着信的手抓得很紧。

"锦曦，这是让我唯一能欢愉的事。"朱棣有点舍不得看，坐在水榭对着一池残荷静想心事。片刻后他霍然站起，一拳狠狠打在廊柱上。锦曦临走前说的话犹在耳边响起。她在等着他，还有他的儿子，还有他的六千燕军。

朱棣目中渐露坚毅之色，绝不能这样盲目地等着。

"王爷！有位僧人上门化缘！"一名侍从老远地跑来，三保机灵地拦下，问明情况便轻声禀报。

僧人？化缘？朱棣扬了扬眉，可真会找地方！"给他一百两银子，当是为皇后娘娘布施！"

没过多久，三保又回报道："王爷，那位僧人不肯走！"

朱棣眉心一皱。

"让侍卫赶走他！"三保见他不悦忙说道。

朱棣想了想道："请他到水榭来。"

如此奇怪的僧人。一百两可不是小数目，不走必有目的！朱棣沉吟着。他很好奇，如今燕王府门可罗雀，居然还有僧人拿了银子赖着不走。

"老衲见过燕王殿下！"

"大师，每逢秋至，荷必枯萎，可有办法让枯荷逢春？"朱棣没有问他的来历。只觉这僧人慈眉善目，须发皆白，看起来似乎是位得道高僧，便有意出言一试。

"阿弥陀佛！枯荣轮回，生生不息。荷枯是荣，荣是枯，何必逢春！"平缓的声音响起，不疾不徐。

朱棣冷冷一笑："明明残荷败叶，大师强自说它没有调零，岂非睁眼说瞎话，欺骗本王呢?!"

老和尚笑了笑，伸手拉住一茎枯荷轻轻拔出，露出下端黑乎乎的莲藕笑道："王爷请看，枯的不过是表象罢了。"

他的声音依然平缓，听在朱棣耳中却如响雷一般。他强忍着心中的震惊与喜悦板着脸道："出家人不能妄杀生，大师此为不是毁了它的生机？"

"我佛慈悲，肯以身饲鹰，为的不过是一只鸽子的性命！能说鸽命重过佛祖的血肉之躯？王爷难道比不过一截莲藕？"

朱棣俯身拜下，"大师恕朱棣鲁莽，请指点迷津！"

老和尚轻抚白须受了朱棣一拜，呵呵笑道："王爷该拜老衲，只此一拜！倒不是要为王爷解忧，而是老衲云游，未来得及赶上曦儿成亲！"

朱棣大惊，这才想起还没看锦曦来信，顾不得失仪，急急拆开信纸看了，"夫君如晤。一去两个月迟不见归，甚为惦记。锦曦心感皇后疼爱，立志为娘娘吃素三年以示孝道。师傅云游归来，代锦曦探望。府中甚好，勿念！"

"老衲法名道衍，阿弥陀佛！"道衍法师微微一笑。

朱棣大喜，恭敬地行了一礼，"方才不算，请受本王一拜！"

一双手轻轻托住他，让他不由自主地站直了身体。

"王爷莫要多礼。老衲早算准会有这么一劫。"道衍成竹在胸拦住了朱棣，"王爷莫要心急，先请老衲饱餐一顿再说。"

说着他就向水榭外走，朱棣紧跟着他，不知道道衍葫芦里卖的是什么药。

行到水榭外，道衍随手把刚才拔出的黑糊糊的莲藕递给三保，"素炒！"

朱棣有点吃惊，转眼间这个道衍法师就似剥掉了金衣的泥菩萨，没有高深莫测的感觉。他呵呵笑了，想起锦曦的性子来。见三保拎着莲藕傻愣着，就轻斥道："还不照办？设宴烟雨楼！"

上了一桌素席，道衍吃得眉飞色舞，席间不置一词。

等到香茶奉上，朱棣除了微笑着陪吃，也不发一言。

道衍嘿嘿笑了，"怪不得曦儿倾心于你。忍得住，还不错。王爷，老衲直言，你太冷静！"

朱棣默默咀嚼道衍的话，凤目掠过一道光亮："大师是觉得朱棣太稳重对么？"

道衍摇了摇头道："非也，不是稳重，而是冷静！"

冷静？老实待在府中太冷静？

"王爷可是九月十二赶回南京的？"

朱棣点点头。

"十月十四皇后入孝陵，十月二十三秦王离京，十月二十四晋王离京，十月二十六王爷上书皇上求见被拒，十月三十王爷再进宫求见，皇上身体不适，拒王爷于奉先殿外。"道衍轻吹了下茶沫子，慢条斯理喝了一口，继续说道："今日已是十一月二十一，王爷在王府休养沉寂整整二十一天……"

朱棣冷汗直冒，自己还等着皇上先出招。心灰意冷就想大不了一死谢恩罢了。他长身站起，恭敬地对道衍深揖一躬道："朱棣太冷静，父皇越发生疑，大师教训得对！"

道衍颇含深意道："锦曦那丫头都想出办法了，她为了你，居然肯吃三年素。父子总有血肉亲情，唯今之计，只能孝感动天。"

朱棣呆住。信里透着四个信息。锦曦想念他，担心他。府中一切平安。为示孝道食素三年。她的师傅前来为他解困。锦曦的心思他瞬间了然，思念更甚，恨不得明日便剖明心意，让皇上放了他回北平。

"皇上礼佛，老衲已为皇上说法三日。王爷明日若进宫，定有好消息。"道衍站起身，不等朱棣相送，自顾自地离开了。

朱棣第二天进宫，洪武帝终于召见。

听闻燕王妃茹素三年行孝道，朱棣在府中建佛堂供长明香火每日诵经，眉头一皱。脸上却一丝儿笑容也瞧不见。

"听说皇后病时，王府奉祠所请为皇后立生祠，结果你却以皇后名义布施五千两，是嫌建生祠费银太多吗？"洪武帝淡淡地问道。

朱棣赶紧跪倒以头触地道："儿臣为父皇母后粉身碎骨也难报生养之恩，哪会舍不得银子！父皇明鉴！"说着声音已哽咽起来。

洪武旁注视他良久，冷笑一声，"你有多少俸禄当我不知吗？初到北平要花多少银子当我算不出来？能省七八千两银子，当然弄些取巧的办法！"

朱棣猛然抬起头，凤目中满是委屈，已瞪得眼红了。北平燕王府开销的确大，若不是锦曦开源节流，这个王爷当真要捉襟见肘。想起锦曦开菜园，府中众人学习适应北方吃食，洪武帝的话语像北方冬天的风刀，一刀刀割得心火辣辣地痛。

他压着心里的愤怒，想起道衍说他冷静的话语。猛地放声大哭直叫冤枉。

洪武帝不动声色地看着他。良久目光才慢慢变得柔和，他轻叹一声："为什么呢？"

朱棣知道已过了一关，抹了把眼泪道："锦曦道，听闻当日群臣请祷祀，求良医。母后便说'死生，命也，祷祀何益！且医何能活人！使服药不效，得毋以妾故而罪诸医乎？'儿臣想以母后名义布施，能使百姓受益，铭记母后恩德，这，比祈福更会让母后开心。"

洪武帝不仅动容，想起皇后的一语一颦，伤感地说道："起来吧，你母后过世，父皇甚是难过。"

"父皇母后情投意合，相濡以沫。"

洪武帝疲倦地摆摆手道："你娶的媳妇儿有如此孝心，对皇后言行牢记于心，朕很喜欢。北平今夏天旱，也不能全让你担着。来人，拟旨：燕王与王妃孝嘉可表，加禄米千担，赏银万两，另拨银十万赈北平受灾百姓。着燕王领要塞军士屯田，固守北方大门，破蒙元余孽！"

朱棣心中大喜，忍着想要欢呼雀跃的欲望，凤目含泪道："儿臣定不负父王期望！"

走出奉先殿，风一吹，朱棣这才发现汗透重衫。铅灰色的云低低地压在皇宫殿堂的上空。他只望了一眼就想念起北平的秋高云淡，再不想回头。

想起锦曦临行前托付的事情，只能叹口气。朱棣苦笑，自身难保，怎么还敢提接魏国公养老之事。

他启程回北平之日，钟山之上李景隆默然北望。

秋风吹落松针如雨，发出沙沙的轻响声。李景隆喃喃道："锦曦，你居然能预见到今日，能得你实为朱棣之福！还有九年，锦曦。时间会过得很快的。"

十七年春正月，洪武帝召徐达返，令其镇北平。

正月十五刚过，徐达离开南京赴北平就任都指挥使。

锦曦正在逗朱高炽玩，听到一声久违了的熟悉呼喊，蓦然泪湿。

她缓缓回头，父亲清癯的面孔映入眼帘，那双眼睛还是锐利有神，两鬓已显花白，额间已有深深的皱纹。威武依然，瘦削更显风骨。

"父亲！"

徐达有几分错愕，一愣神又反应过来，在他印象中的锦曦是会扑过来，扬起笑脸拉着他的手臂撒娇。这几年，变化可真大。

他紧走两步到锦曦面前站定，还未说话，一个稚嫩的声音响起："外公！"

三岁多的朱高炽抬起下巴看着他，小脸肥得像红苹果，露出白生生的小虎牙。

锦曦反手一抹泪，笑了起来，"告诉外公你是谁？"

"我是小猪！"朱高炽嘟起小胖脸蛋得意地宣扬。似乎对着徐达还眨巴了两下眼睛。

"哟，是我的小外孙哪！"徐达兴奋起来，猛地抱起朱高炽，觉得似抱了个小肉丸子，沉甸甸的，只抱得一会就放下他喘起气来。

锦曦吓了一跳，朱高炽虽说重了点，孔武有力的父亲还不致如此，她眉头一皱，上前帮父亲顺着背低声埋怨道："听说这两年您老人家身体不好，怎么还领旨前来？有哪儿不舒服吗？"

徐达温和地笑了笑。侧头见朱棣站在殿门口，似已来了很久。

礼不可废，他起身正欲向朱棣行礼，锦曦一把拽住他，"父亲，他是你女婿。你要向他行礼，置锦曦于何地？！"

"锦曦！王爷，都是从前宠坏了。"徐达轻斥了一句。

朱棣并不生气，笑着迈步进来，温言问道："府中无外人，魏国公不必再施虚礼，不然……呵呵，来了就好！锦曦成天念着您。"

他吞下后半句话，深深地看了锦曦一眼，两年了，终于让她瞧着了家人。锦曦脸上闪动着兴奋的光，这让朱棣很满足，很受用，恨不得让徐达来北平的人是自己。

念头转到此处，朱棣突然觉得不对。皇上就不怕徐达徇私，把北平驻军全交到自己手里？换汤和蓝玉博友德来北平不行？偏偏就召回了已告老还乡的徐达重披战袍驻守北平。是在又一次的试探徐达，还是自己呢？

锦曦抿嘴一笑道："父亲，我下厨做几道菜，高炽，你不要闹外公哦！"

"知道了，娘！"朱高炽乖乖地回答，不黏朱棣，跑到徐达身边紧挨着他，好奇地打量着传闻中厉害无比的外公。

"锦曦这几年变化很大，王爷！"

"是，"朱棣由衷地说道。锦曦比起从前，脱去了少女的稚气，更多了种少妇的成熟典雅。她就像秋季最甜的果实，散发着诱人的芳香。

触到朱棣怜爱的目光，徐达宽慰地笑了。

"外公，你打仗厉害还是父王打仗厉害？"朱高炽冷不丁冒出这句话来。

两个人相视一笑答道："皇上打仗最厉害！记住了？"

朱高炽扑闪着眼睛表示记住了。

朱棣望了他一眼笑道："魏国公不知，高炽其实不喜欢打仗，文静温和，带他去骑马也意兴阑珊。实在不像我和锦曦！"

"这你就说错了，这孩子特别像锦曦，也挺像王爷的。不信，我试试他。"徐达呵呵笑着，转过身对朱高炽说，"你说等会儿你娘做的菜，外公要是不喜欢吃怎么办？"

朱高炽不过三岁多，想也不想便答道："夹给娘亲，她必然感动！"

朱棣一愣，哈哈大笑起来："三岁见终身，这孩子看似憨厚文静，但心思敏捷懂得算计，且懂得维护他人颜面，是成大事之人。多谢魏国公！"

徐达微微笑了。想起从前锦曦刚从山上回来时一副弱不禁风的模样，后来才得知她不仅弓马娴熟且还会武功。

此时见朱棣心喜得意，想起朱棣刚才眼神中透出的复杂心思微微笑了，他自然不能以朱棣为例，道破他同样也是心思敏捷懂得算计之人，却以锦曦为例说道："王爷就没上过锦曦的当？"

朱棣笑得越发爽朗，大方地承认："被她骗得惨了，头回郊外比箭，守谦带了她来，还以为她连弓也拉不开。"

徐达跟着笑了。目光涌现忧虑，瞟了眼朱高炽没说话。

朱棣会意，唤人带走了高炽。正色问道："魏国公可是想起了靖江王？"

徐达重重点头。

朱守谦被拘回南京管教后，又被皇上斥责，遣回凤阳软禁。对这个外姓侄儿徐达深感怜悯。

若说朱守谦真犯了什么大过倒也没有，只不过他到了广西俨然广西一霸。他从前在南京仗着皇上皇后宠爱，骄横霸道也就算了，广西却是他的封地。皇上还健在，他便想割据一方。皇上有他父亲和祖父的前车之鉴，如何容得下他。就算朱守谦性情耿直，并没有独霸一方的想法，摆出来的势头就由不得皇上不猜忌了。

徐达沉思片刻，见左右无人方小声道："当年群臣上书道皇上分封诸王驻守一方恐诸王坐大，危害朝廷。守谦怕是……"他轻轻比了个手势。

杀鸡给猴看？朱棣叹了口气。自己虽说镇守北平，然而北平政务由布政使把持，军队受都指挥使节制。自己依皇令领军士屯田，然而这些都不是自己指挥得了的队伍，手中唯一能用的是武功左队与右队的六千人马。且必须驻防在城郊。

皇上虽然明义上是令皇子镇守一方。其实实权还是牢牢掌控在朝廷手中。

"王爷，徐达长年驻守北平，这里多是我带出来的兵，今日照皇上旨意再次驻守北平，多少年了，也没见见我手下的兄弟。不知王爷是否有兴致，见识一番他们操练的成绩？"徐达似乎真的是在感叹昔年与军中弟兄同甘共苦的岁月。目光凝视着朱棣又充满了深意。

朱棣心中感动，想起远在南京对北平时时关注的父皇，又迟疑起来："魏国公，皇上为何要派你驻守北平？朱棣实难消心头之疑。"

"王爷，兵者，诡道也。虚实皆有之。徐达老暮，今后蒙元来袭，还全靠王爷领兵去抗敌。锦曦是我的掌珠，老臣不忍藏私罢了。"徐达清癯的脸上闪过一丝坚定，轻叹了口气道，"朝中老将所剩无几，说到底还是血浓于水啊！"

他这话说得极重了。一语双关，既说出皇上猜忌老臣，杀贬不留情。又道出朱棣若是前往北平驻军大营也无碍。毕竟皇上还是希望自己的儿子能掌了军权。

话已至此，朱棣便心领神会。徐达是让他不用想得太深，稀里糊涂就想借徐达任都指挥使时，把力量渗透进军队，将来以防万一。

而这个万一，若干年后朱棣回想起来，不得不佩服魏国公徐达的远见卓识，他被赞为智勇双全的开国第一功臣，名副其实。

父亲到来的欢乐并没有持续多久。

十七年三月，曹国公李文忠卒。李景隆袭曹国公爵位。

锦曦感觉十年之约，努力的不仅是燕王，李景隆也加紧了步伐，巩固着自己的势力。若是从前，她或许想不了太多。

然而几年的王妃历练，加之对朝廷政务的熟悉。锦曦不得不担心。唯一能安慰的是父亲的驻守与默认让朱棣放开手脚在暗中扩张着在北平的势力。

他一点点打造着自己的王国。夜半无人时，朱棣轻声在她耳边呢喃："锦曦，我再不要与你分开，也再不要让你过担惊受怕的日子。我有野心，我的野心也仅限于自保。"

所有的努力都是为了自保。

然而，就在这年秋天，魏国公徐达突患背疽，微动身体都扯着心窝剧痛。燕王遍请名医也无法根除。

都指挥使府中。锦曦素衣襦服，亲手煎药侍奉床前。

看着父亲越来越差的脸色，锦曦突然就觉得好景不长。"父亲，师傅说这种背疽需要一种特殊的药引，他已前往云南山中寻找，病肯定会好的。您放宽心。"

徐达微喘着气点点头，他也相信道衍大师。看到锦曦熬红了双眼，接过药喝了道："锦曦，爹没有看错燕王，他是人中龙凤，对你情深一片。就藩至今，连个侍妾都没有，还别说侧妃。也好在你争气，有了高炽，这又有了。不知道这次是男孙还是女孩。爹很开心。"

锦曦脸微微一红嗔道："就算没有，他敢再娶，看我不打得他满地找牙!"

徐达骇了一跳，又呵呵笑了起来，此时的锦曦还是当年那个娇憨柔弱的小丫头。笑起来扯着身上阵阵剧痛，他狠狠地喘了口气，努力忍着，不想锦曦担心。

"王妃，大公子来了!"侍从急急报道。

锦曦站起身来，四年多了，她还是头回见到大哥，高兴地站起身，扶父亲躺下："我先去瞧瞧。"

"大哥!"

听到这声呼唤。徐辉祖背部僵硬起来，缓缓地回身。厅堂门口俏生生站着一个明丽的少妇。脸圆润依稀还能见着瘦削时的清丽，连身比甲勾勒出丰润的身形。

他有些恍惚，这个人是他娇小秀美、嚣张俏皮的小妹锦曦?

四年不见，徐辉祖气质更为沉稳。

见他站着没动，锦曦有点手足无措，轻轻抚摸着肚子道："再过六个月，你又会有个侄子或是侄女了。"

一道惊喜掠过徐辉祖眼底。难怪锦曦显出丰满，她又有孩子了。看来燕王甚是宠她。他大步上前，握住锦曦的肩好好端详了一番，小心地扶她坐下，责怪道："怎么一脸疲惫不待在府中?"

"父亲，病重!"一句话才说完，对父亲的担心当着大哥的面全宣泄出来。两行清泪从眼中涌出，锦曦忍不住哭了。

"知道，大哥是带了圣旨前来。皇上知道父亲病重，令我前来探望。"

锦曦一惊，她现在听到圣旨、听到皇令就心里发虚。忙拭干泪问道："皇上说什么了?"

徐辉祖摇了摇头，好笑地看着她，"带我去见父亲吧，把圣旨传了，咱们兄妹俩再好好聚聚。"

兄妹二人来到房中，锦曦扶起父亲面南叩首谢恩。她心疼地想，人都下不来床了，还磕什么头? 又怕被有心人瞧见传了出去，治大不敬之罪。

勉强礼毕。她给父亲擦拭痛出的冷汗。徐辉祖掏出皇上亲笔书信念道："朕闻天德重病，甚为记挂，遣子辉祖代朕探望，也解天德思子之情。忆当年天德神勇，创下不世功业，盼康复再为大明建功立业。"

徐达老泪纵横感动得无以复加。连声道："辉祖,你这就回京,代为父谢皇上大恩!"

"父亲!儿子多留几日侍奉您,锦曦有孕,不能太过劳累!"徐辉祖不同意马上回南京。

徐达眼一瞪:"锦曦也不许日日过府,这府中有大夫婢女侍从,你快马赶回南京代为父叩谢皇恩就是尽孝了!听见没有!"

徐辉祖无奈,见老父企盼地望着他,神情激动,叹了口气,嘱咐锦曦注意身子,立时回返南京。

徐辉祖前脚一走,徐达在锦曦腰部一瞟,也赶她回府。

房中渐渐安静下来。他想咳嗽,又不敢,一咳起来牵扯全身都痛。徐达侧卧在床上,想起那封书信,冷笑了一声,两滴浊泪从眼角溢出。

"再为大明建功立业?"徐达喃喃自语,自己多大岁数了?这几年死了多少人?七十多岁的太师李善长与己交好。全家七十余口全圈府中,还是戴罪之身。自己曾是太子太保兼左相加封魏国公,还要建功立业?这功,这业,也到头了。

如果道衍大师能寻到治病药引,除了这病痛,能老死田园就是功德圆满了。

他突然想起一事,挣扎着起来,忍住病痛抖着手细细写下一本名册,小心地贴身藏了。

十八年春正月,洪武帝怜徐达病重,召其返回南京,以示皇恩浩荡。

锦曦挺着大肚子坚持为父亲送行。

朱棣拦不住,紧跟着她生怕有个意外。

几辆油壁车停在北平都使挥使府前,徐达整装待发。锦曦扶着朱棣的手下了马车,见天地肃杀,雪花乱飞,心中顿起不祥之感。

她几步快走到徐达躺卧的油壁车前几乎是哀求道:"父亲,锦曦求您,病这么重,从北平到南京,一路颠簸怎么受得了?不如回皇上无法动弹,来燕王府养病可好?"

徐达摆了摆手,锦曦的心意他明白,可是他却不得不回啊。"王爷,锦曦身子沉,这冷风似刀子一样,赶紧让人扶她去歇息,我有话与你说。"

锦曦动也不动,徐达突然发火,"你这孩子,怎么像是我的女儿?不讲礼义廉耻!爷们说话是你听得的吗?"

朱棣吓了一跳,赶紧劝慰锦曦:"回头一五一十全说与你听。"

锦曦叹了口气，泪眼蒙眬，转过身轻声说道："父亲，我知道，你是怕我担心，怕我要生孩子担惊受怕，锦曦不怪你呢。"

徐达心里一酸，锦曦怎么如此懂事！刚生下来就抱她上山寄养，真回到府中不过两年就嫁给燕王。这番自己回去，怕是再也见不着了。他毕竟大风大浪经过，是久经沙场之人，硬下了心肠看着锦曦搭着侍女的手慢慢消失在视线中。

朱棣怕他担心，微笑着把锦曦自己生下朱高炽的事细细告诉了徐达。

"呵呵！好，不愧是我的女儿。"徐达间歇着笑着，被剧痛折磨得不住喘气。他伸手摸出那本名册郑重递给朱棣，"守卫北平四门中我的亲信，绝对忠诚之人。他日或许会有用处，你小心收好。孩子，锦曦就托付与你了。"

这声孩子自然地唤出。任朱棣再掩饰情绪，也激动起来，一道暖流冲击着四肢百骸，他缓缓在床上跪下，认真磕下头去，"岳父放心，朱棣早在佛前起誓，今生今世绝不辜负锦曦！您老保重！"

依大明律，见了亲王，不论公侯，一律行跪礼。朱棣除了大婚时向徐达行礼，这是第一次对徐达磕头。

徐达没有阻止他，宽慰地笑了。

目送着车队缓缓起程。朱棣站在飞雪中一动不动，不多时肩头与风帽上已落了厚厚一层。他瞟了一眼，揭开风帽，刺骨寒风扑面袭来。嘴张开呵出一团白气，冷清的空气刺激得肺部发疼。

他丝毫不觉得冷，胸口那处名册却像块烙铁，烫热了他的心。

春天的脚步一天一天逼近。

"二月春风似剪刀。朱棣，若是真有这样的剪刀我就剪出各种青绿蔬菜满园子种上，肯定不错！"

"得了，还想着你的菜园子啊？什么时候我的王妃变成卖菜的大婶了？"朱棣忙完事情与锦曦在琴音水榭说笑。

他瞧着锦曦的肚子转开话题戏谑道："这一次你总不成又是自己生吧?!"

"奶娘说，女人生孩子头胎最难，生过了，就好了。不信，我还是自己生，然后倒提起来，打他——"小屁屁的话还没说完，锦曦突然一阵心慌，拉着朱棣脸色变得苍白。

朱棣骇了一跳，伸手扶住她连声问道："怎么了？难不成要生了？不是还有一个月吗?"

锦曦无力地摇了摇头，"朱棣，我心慌。"

靠在朱棣怀里，脸贴在他宽厚的胸膛里，能听到有力的心跳声。锦曦慢慢地平静下来。脸色也恢复了几分红润。她叹了口气摸着肚子说道："这次肯定是个小子，而且肯定是个暴躁的小子。在肚子里就不安生，将来会不会和你一样呢？"

"好啊，高炽安静，我就想要一个和我一般喜欢打仗的小子，从小我就带着他去骑马射箭。高炽只知读书，不好玩。"朱棣放下心来，一心盘算着下个小子该怎么带大。

"王妃！不好了！"小紫踉跄着跑来。

每次看她这般惊慌，锦曦都会想起已经嫁了人的珍珠，微微一笑责道："王爷在呢，何事如此惊慌？"

小紫口齿不清地比画了半天才吐出一句话，"京中消息，魏国公……国公过世了。"

锦曦心口一抽，只觉天旋地转，耳边嗡鸣声阵阵。看到朱棣惊慌失措在努力地喊着她，下体一热，素白罗裙已染上了猩红颜色。眼前一黑就倒了下去。

痛楚，黑暗。有热热的感觉从体内往外喷，似要流尽所有的热情和生命的感觉。

锦曦睁不开眼，在地狱和深渊的半空中挣扎。

嘈杂，混乱，还有人在不停地摇晃她。

锦曦紧蹙娥眉，不想理睬。

"王爷！王妃再是昏迷就，就危险了。"稳婆见朱棣打死不出产房，王妃又昏迷着不醒，急得团团转。

朱棣满以为锦曦会武，身体好，没准儿这个孩子也就顺顺利利不知不觉生下来了。没想到锦曦居然会难产，还是早产。

"锦曦，醒一醒，"他摇晃着她，大声喊着她的名字。眼睛几乎不敢往下面看。一盆盆端出的血水让他胆战心寒，直后悔为什么还让锦曦再生孩子。

"王爷，出血了！"侍女带着哭声喊道。

朱棣见锦曦脸色苍白，动也不动，一咬牙手已挥在她脸上，瞧着青瓷般细腻的脸上渐渐浮起几道红痕，想起当年在街头无意打了她一巴掌的情形，那种椎心的痛楚就在他心口起落落地扎下。

他一闭眼，又一耳光打过去，厉声喝道："谢非兰，本王打你，你难道不想报仇吗？实话告诉你，本王娶了你就是想折磨你，从来没有人敢在本王面前嚣张！"

"你……你……"锦曦显然听到了，也感觉脸上热辣辣痛，努力发出了声音。

朱棣一喜，紧紧抱住她，"醒了，锦曦，你终于醒了，谢天谢地，你打回来，你不管怎么打我都受着，我再不动你一根指头……啊！"

稳婆和众侍女正被燕王的怪异举动和露骨的话惊得愣住，转眼间又被朱棣的惨叫吓倒。

锦曦一醒，便感觉到巨烈抽痛，正好朱棣凑过来，想也没想一口就狠狠咬在他肩上。

稳婆回过神来，惊喜地喊道："看到头了！能出来，王妃，加把劲！"

锦曦所有的劲都用在了牙齿上。

朱棣将她搂得更紧，这下闭了嘴再不吭一声。

"出来了，出来了！"稳婆扯出一个沾着血迹的婴儿。

锦曦浑身一松便倒了下去。朱棣跳起来拎过孩子对准他的屁股用力一拍，"哇！"婴儿爆发出惊天动地的哭声。

他肩头痛楚顿时为之一轻，抱了孩子给锦曦瞧，"是儿子，又是儿子！"

"你，你方才打我！"锦曦目光幽怨地瞧着朱棣。

朱棣结结巴巴看看儿子又瞧瞧锦曦。转身往身后一扫，屋子里的人稀里哗啦跪倒在地，"恭喜王爷，喜得贵子！"

朱棣威严地"嗯"了声，把儿子交给奶娘，低下头在锦曦耳边说："你的嘴像喝过人血似的……知道在哪儿下的口吗？"

锦曦生下孩子整个人就清醒了，见朱棣肩上已沁出血来，噗地笑了。闭上眼道："好累！"

朱棣见她平安生下孩子，这才松了口气，蓦然想起魏国公，细看锦曦似乎还没精力想起这事，提起的心又放了下去。

泪水一点点在锦曦眼中聚集，不多时就形成两道水瀑。手伸出勾住了朱棣的衣袍："陪着我，不要走！我不会哭，不会！"

她想起父亲过世的消息，心口痛得刀绞似的。知道自己不能哭不能伤了身子。就喘着气平复着心情。

"锦曦，我不走。"朱棣挥手斥退房中众人，不顾床上污秽躺在锦曦身旁，将她搂进了怀里。

血腥的感觉在室内弥漫。锦曦靠在朱棣的怀中就起了恨意。她恨皇上要病重的父亲一路颠簸回南京，恨皇上如此多疑，这些年都如履薄冰。

"你在发抖，锦曦！"朱棣抱得更紧。

"我恨他！我恨！"锦曦终于哭道。

她放声痛哭着，朱棣什么话都没有说，他没有劝她，也没有害怕她说出更大逆不道的话，他默默地选择守在她身边，让有力的双臂和温暖的胸给她最舒适的依靠。

从听到里面爆出第一声哭声起，尹白衣就警惕地四处转悠，喝令守卫不准任何人靠近永寿宫。

而燕十七也如朱棣一般沉默，站在寝殿门口。

里面放肆的哭声隔了层层帏帐从内室到达殿门时已变成小声的呜咽。燕十七却听得分明。手紧紧地抱着长剑，星眸显出隐痛。

整整两天一夜，朱棣才浑身血污拉开了殿门，下巴都冒出青胡楂。同样在外守了两天一夜的燕十七笑了："锦曦无事了，三保！"

三保从墙角旮旯跑出来，同样疲倦的脸色，眼里带着笑容："恭喜王爷！"

"去，吩咐烧点热水侍候爷更衣，再唤小紫她们侍候王妃沐浴！"

"早备好了！"三保笑道。

朱棣走了几步，回头对燕十七笑道："你也去梳洗一下。回头找你喝喜酒！"

"是，王爷！"

等朱棣走远，燕十七才回头往殿内张望了一眼，唤过侍卫嘱咐好了，这才离开永寿宫。

时间飞逝。转眼到了洪武二十三年。

空气中飘浮着雪白的杨絮，绵绵带来春日。

北平燕王府琴音水榭中一个二十来岁的少妇穿着薄薄的春衫正靠着团椅锦垫上看书。神情倦怠，似没有把书看进去。只享受着在阳光下看书的这份悠闲。

湖边传来嬉闹声，她微微侧过头去看。九岁的朱高炽与五岁的朱高煦正拿着一根树枝在玩水。

锦曦微微一笑，对小紫说："不要让王爷知道了。"

"是，王妃。"小紫忍不住想笑。

王妃总是人前端庄，这会儿恐怕又想去逗两位小王爷玩了。

锦曦扯过一幅纱帕把脸一蒙。轻飘飘地从窗口跃了出去。无声无息地落在两个孩子身后的树上。

只听岸边树下朱高炽慢条斯理地道："姜太公钓鱼便不用鱼钩，就是我手上这种柳树枝。二弟，你耐点心，定会有鱼上钩的。"

锦曦哑然失笑，心想，教朱高炽的师傅怕是要唤来好好问一番了，多半是个老学究。

朱高煦却哼了一声，不耐烦地把柳枝一扔，"大哥，我可不信这样也能钓上鱼来。瞧我的。"

说着竟挽高裤管下了水。

锦曦笑嘻嘻地看朱高熙如何捉鱼。若说朱高炽捉不到鱼，朱高熙也别想。

只见朱高熙站在水里从怀里掏出面饼往水里一撒。不多会儿竟有群鱼游过来争食。

锦曦正赞着朱高熙聪明，不料他见了鱼游往身边，竟伸出双手去捉。人扑通一声就掉了进去。

还没等锦曦跃过去，朱高炽已扑进水里，拉住朱高熙。两个孩子挣扎着往岸上走。锦曦凝神细看，发现水浅，就坐在树上不动。

朱高炽瞬间的反应真快，让锦曦着实安慰。还好，他没有扔下弟弟独自跑开。

两个孩子浑身滴水地上了岸。

朱高熙哭丧着脸道："大哥，让父王知道了，少得要挨板子。我昨儿才被打了五记！"

"别怕！就说，说我俩见娘亲身体不好，想捉鱼煮鱼汤给娘喝！"朱高炽的谎话张口就来。

锦曦气得笑了，正想跳下去教训他二人。却看到朱棣往水榭走来。她往树影里缩了缩，要是被朱棣看到她又跳上树，少不得又要说她。

"你俩在干什么?!"朱棣已瞧到了儿子的狼狈，奇怪地问道。

"回父王，我们捉鱼给娘吃。不小心掉进水里了。"朱高熙大声回答道。

朱棣目光却看向朱高炽："是么？不是贪玩？"

朱高炽吓得一抖，却硬声回答："是真的，父王。太医说娘亲体弱，我们想喝鲜鱼汤比较好。而且，想亲自来捉鱼。"

朱棣眼睛转了转，吩咐燕九带他二人去换衣服。

锦曦本想偷偷溜走，却见朱棣望着太液池发怔。她不知道他在想什么，也坐着不动。

过了片刻，朱棣左右瞧瞧无人，竟脱了外裳一个猛子扎进了水里。不多会儿冒出头来，手里竟握了一尾鲜鱼。

锦曦又好气又好笑，跃下树坐在他的衣裳上喊道："王爷！你在干什么?"

朱棣一怔，不好意思地说："我捉鱼玩。"

"哦，今晚我打算喝鲜鱼汤！"锦曦忍不住笑了，朱棣上得岸来，小麦色的胸膛挂着晶莹的水珠，岁月将他曾有的一丝阴柔磨得没了。浑身上下充满了男性的成熟之气。

锦曦瞧得痴了，竟没发现他已走到了身边。

"怎么？这么多年都没看够？"

"嗯，我最想看的就是王爷披挂上阵杀敌的威风。"锦曦左顾而言他。

"不行！"

锦曦急了，"你从前答应过我，到哪儿都带着我的。我还会武功，我大不了戴个面具不让人知道就是了。"

"你以为咬住和乃儿不花是好对付的？建国二十几年，他们缩在蒙古草原仍贼心不死，还立了个蒙元王朝与朝廷作对！这次奉旨北征，可不是闹着玩的，不准去！"

洪武帝觉得元丞相咬住、太尉乃儿不花、知院阿鲁帖木儿等屡犯边境，且明军前往迎击则逃回大漠，命晋王朱棡、燕王朱棣分兵两路，各率师北征。并以颖国公傅友德为征虏前将军，南雄侯赵庸、怀远侯曹兴为左右副将军，定远侯王弼、全宁侯孙恪为左右参将，督兵从征。王弼率山西兵听晋王节制，其余均听燕王朱棣节制。

朱棣接到圣旨不过几个时辰，锦曦便已得到消息，她打定主意要跟了去。

"我说了，我要去！你若不带我去，我就和十七白衣单独跟随大军！"这是朱棣第一次北征，锦曦放心不下。

春天的风吹来还带着寒意，锦曦突然想到他还赤裸着上身，赶紧拿衣服给他披上。见朱棣冷着脸，便嘀咕道："好歹我还有武功……"

"我才下水给你捉鱼，看在这份上？"朱棣试着哄她。

锦曦大怒，"原来安的是这个心啊！哼，不吃了。就这样定了，不用麻烦你带着我，我自己会去！"

"我说不准就不准！"朱棣火了。

"难道，你这王府的墙还能拦得住我？"锦曦不屑。

朱棣拿她无法，心想锦曦自己偷溜了去自己见不到人还更担心。便道："军中无女眷，我看你被识破身份怎么办？"

见他话有回旋余地，锦曦嘿嘿笑了，"这个就不用你担心了。"

春正月，大军出发北征。

锦曦将府中事务交代好，一身紫衣白甲，男装打扮，面上覆了个银色面具精神抖擞地出现在朱棣面前。

"从现在起，我就是你的贴身护卫！燕七是也！"

燕十七和尹白衣站在她身后，十七恍惚中觉得又回到了多年前，初识锦曦的时候。那声燕七一出口。胸口莫名就热了起来。

朱棣笑道："你还想借试菜骗吃骗喝？"

"是，王爷！"

"哈哈！"想起那时在凤阳朱棣令锦曦试吃，结果被锦曦弄得全无胃口之事，燕卫十八骑都呵呵笑了起来。

锦曦调皮地对十七一抱拳："燕七有礼了，十七哥。"

燕十七星眸涌出浓烈的情感，还了一礼道："七弟，我会保护好你。"

"咳！"尹白衣轻咳了两声，燕十七低下了头。

朱棣心中叹息，这么多年，燕十七恪守本分，止于兄妹之情，一直守护着锦曦，对这份情感，他能说什么呢？锦曦待他也如亲兄长，他也明白。又一次感叹自己的幸运，望向锦曦的目光越发温柔。

三月大军行至长城古北口外。草原上已银白一片，白茫茫望不到边。

风打着旋儿卷起飞雪，在地上形成如雾一般的气流。

一脚踩上去，雪咯吱作响。

"这鬼天气！在草原上走了两个月，只见了些散兵游勇。谁知道他们躲哪儿去了？"晋王朱棡大声地咒骂着。受够这天气了，最憋气的是居然找不着仗打。

傅友德等人面面相觑，不敢言声。

朱棣看了眼傅友德恭敬地说道："傅将军屡次与元军对敌，可有法子？莽莽草原，冰雪茫茫，盲目找也不是办法。探子派了二十几拨出去，却没一个准的。"

傅友德是开国元勋，须发已白，精神矍铄，一双饱经人情世故的眼睛精光闪烁。见燕王温言问来，抱拳一礼道："燕王爷，末将觉得不是探子探不准，倒似咬住？狡猾，在故意拉我们兜圈子。以往都是在边境上过招，这次我军深入敌寇腹地。末将想，咬住必然想拖疲我们再打。"

己方军士冻伤甚多，不习惯北方这等恶劣天气。如果被元军牵着鼻子走，仗还未打，队伍士气便泄了。且元军多善骑射，奔袭一下就跑，追是追不上的。

"四弟！我看是找不着人的了，不如我们诱他们出来，等进了我们的地盘再围歼之!"军中诸将受二王节制,晋王年长于朱棣,自是听晋王的。可是发兵两月却无劳而返,皇上面前怎生交代?

诸将眼中都露出疑虑。

朱棣再次把目光放在傅友德身上。谁知傅友德竟当没看到,什么话也没说。

他暗暗叹气,第一次北征就这样无功而返,实在气不过。

帅营之中只听晋王开始安排调度人马。朱棣忍不住说道:"三皇兄,蒙元余孽屡犯我边界,打而不亡,所以父王才令你我领军北征,就想一捣黄龙,灭了他们的主力。朱棣不才,愿自领一军继续搜寻。"

朱棡叹了口气道:"四弟,不要太冲动,这天气,这环境,为兄不敢苟同。"

"父皇令你我二人领军,如此便一分为二,皇兄可为朱棣接应!"朱棣果断地提出了分兵。

朱棡略一沉思便痛快答应。他断定朱棣定会损兵折将,无功而返。且多耗上时日,军士冻伤情况更多。自己分兵将来也好交代。

三月三日,北征军一分为二。朱棣自领一军开拔进了草原深处。

浮雪被急风吹起打在身上,队伍艰难地逆风而行。

朱棣看了看天,再看看锦曦,她全身裹在银貂大氅中,上半张脸是面具,下半张脸则看不到。他侧过头轻声问道:"冷吗?"

锦曦眨巴着眼睛摇了摇头。一阵寒风吹来,她情不自禁地缩了缩脖子。

朱棣轻叹一声,下令就地扎营。

空旷的草原,只有怒风咆哮。

千余座营帐转眼间就与雪地同色。凄风中点燃的篝火被风吹得火星四溅。

朱棣留锦曦在营帐中,四处看望军士。

"我们要这般走到何时?晋王都放弃了。"

"听说,傅老将军没跟着来。"

"我看八成是找不着元军主力了。这才离开古北口百里远。"

士兵小声地议论传来,朱棣越听越烦躁。正待回营,见燕九急步走来,长靴溅起冰雪四下飞散。

他皱了皱眉,有何事急成这样。凤目从士兵营帐处转开,示意燕九回去再说。

燕九跟了朱棣十来年,自是知道他的脾气,心里却急,一张脸憋得通红。

好不容易走到帅营，还未进去，燕九已忍不住低声道："主公，王妃离营！"

"什么?!"朱棣骇然，伸手拂起帘子，帅帐之内空空无人。"追！"

他连原因也没问，只吐了一个"追"字，已奔到墨影前翻身上马，回身一看燕卫十七骑动作迅速，都齐齐上马，朱棣示意燕九上前，扬手一鞭带着十七骑燕卫急奔出营。

墨影是和驭剑一般的神驹，扬蹄踏碎冰雪，朝着锦曦燕十七和尹白衣消失的方向箭一般地射了出去。

燕九努力赶上。风疾，他大声地说话声迅速被吹散，只好无奈地向前狂奔。

一行人转眼间竟奔出百里开外。

风吹开一轮模糊的圆月。目力所及处，一片寂静。

"咴——"朱棣用力一勒马，墨影长嘶直立，口鼻喷出团团白气。朱棣凤目充满焦急和愤怒，恨不得找回锦曦打她一百军棍。

静立在原野上，朱棣的身影被惨淡的月光拉得很长。那种孤独感再次袭上心头，目光似要穿透苍茫雪原，明明看到月夜中四周连只兔子的动静也无，他还是努力地张望着。就盼着锦曦突然就出现了。

片刻后燕九等人才赶到。

"主公，"燕九这才有机会告诉朱棣，"王妃道，她和十七还有白衣去寻蒙元主力，请王爷静待佳音。"

朱棣没有吭声，怨她恨她怜她惜她……种种情绪从胸口呼啸欲出，他扬手一鞭狠狠抽在雪地上："我怎么娶了这么个王妃！"是咬牙切齿也是无可奈何。

"王妃还道，十七武功高强，且熟知兽语，草原上的狼就是十七的耳目，可事半功倍。白衣熟悉草原情形，且，且……"燕九有点想笑，看到朱棣想要杀人的目光，赶紧说完，"且有段孽缘，非得跟着去故地重游。知道王爷恼怒，当以探知元主力将功赎罪。"

"将功赎罪？哼！"朱棣想起十七和白衣陪着她，多少心安一点。目中仍是忧虑，毕竟他们只有三人，有个万一……酸痛的味道瞬间在嘴里弥漫，他难受得用手抵住胸部，想压下那股恐慌。

"传令下去，明日开拔，一日只行二十里，每日派十队探王妃的消息。切记不可泄露王妃身份，徒增危险。"他静静地下令，手抚上墨影的脖子。墨影扬头摆尾，鼻子里喷出白气，朱棣瞧着它就想起了锦曦的驭剑，喃喃道："墨影，你与驭剑有情，不知道我能不能骑着你找她回来？"

他拉转马头翻身跃上，轻咤声中墨影往军营驰骋。

再不北望。

锦曦与燕十七支起帐篷，在背风处点燃篝火。

尹白衣整晚都静望夜空，借着吹散云层的瞬间观测着星象。

"十七，你说朱棣会不会大怒？"锦曦想为朱棣解忧，知他不会准许，便偷偷地走了。那日燕九试图阻拦，锦曦轻描淡写道，"你不想王爷大捷？"

燕九低下头，他想，头抬起却道："已派出人去搜寻，王妃不必亲自涉险！"

"笑话，我就是瞧着百十来人去寻，却让大军兜圈子，我要亲自去找，这才会让王爷得到真情报！十七！"

燕十七听见，冲燕九一笑，一掌切在他脑后，把他打晕了过去。

火噼里啪啦烧着。燕十七叹了口气："锦曦，你说干就干，回去燕九还不知道怎么埋怨我。"

"我不想王爷初次出征就遗憾而归。况且，元军屡犯北方边境，扰我百姓。如隔衣搔痒，不如一刀切之。"锦曦干脆地说着。

"锦曦，好事，后日天会放晴。"尹白衣坐在火堆旁边搓手边笑。

"大哥，反正无事，你跟着来故地重游是想见哪家姑娘？"锦曦笑着转开话题。

尹白衣脸一沉，故作生气状："不准问大哥的伤心事！"

锦曦坏笑着撞撞燕十七，十七自然地帮白衣说了："元朝的一个小姐。不肯弃家与大哥私奔。倒是爽快之人。"

"你！"尹白衣气急败坏，又伤感又难受。多年的心事被十七道破，竟也觉得痛快。突大声道，"白衣随王爷北征，若败了元朝主力，少不得掳了她就走！如果，如果她没成亲的话。"说到后来，声音越来越小，渐若不闻。

三个人沉默下来，雪地草原夜色中朦胧凄美。

"锦曦，我们定会找到元军主力。"燕十七说完站起，发出了一声似狼的长啸。

驭剑不安地摆了摆头，又冷静下来。

锦曦困了，偎在火堆旁嘀咕道："十七哥，如果草原上的狼听得懂能带咱们去就好了。"她慢慢地睡着。

燕十七拿出毡子裹好她，生怕锦曦冻着了。

尹白衣侧开头。十七一把抱起锦曦送她回帐篷内睡。

迷糊中感觉到了，锦曦闭着眼习惯性地呢喃吐出他的名字："朱棣……"

十七微微一笑，锦曦还是当年的锦曦。他看了会儿她的睡颜，有多长时间没有这样瞧过她？十七觉得满足。

退出帐篷燕十七拿着包裹翻身上了马，"大哥，我要去找草原的头狼，你无论如何看好锦曦，三日，不论是否找着，我都会回到这里。"

尹白衣眉头一皱，燕十七又抢着说："我们三个人在草原闲逛去找也不是办法，锦曦一言提醒了我，我要试试。你帮我，拦住她。就说，三日，我必定回来。等我！"

他用力一夹马，信心十足地冲向夜色苍茫处。

时间一天天过去。燕十七走的那天是三月十七，今日已是三月二十一。锦曦等不住了，骑上驭剑坚定道："大哥，王爷会等得急了，我也，等不下去。我往北去寻。十七若回来，你们往北来找我就是。"

"不行，"尹白衣拉住了辔头，阻止了锦曦，他恳切道："锦曦，我们只有三个人，当初在凤凰山上义结金兰之时便说过同生共死。草原之大，你单身上路，叫大哥如何放心？再等一日，十七再不回来，我们就一起上路去寻。"

锦曦想起朱棣心急如焚。离开大军已经五天，没有一点消息传回去，朱棣不知会急成什么样。她一咬牙挥鞭朝白衣袭去。趁他松手招架，长喝一声，驭剑闪电般跑开。

"锦曦！唉！"白衣顿足，翻身上马追去。

锦曦见白衣追来，知道他担心自己，故意放慢了马速。这时猛听到身后隐隐有声音传来。她回头一惊。

草原雪地上一个黑点越来越大，她激动地拉转马头迎过去："十七！"

燕十七奔近，从马鞍上滚落下来，满面风尘，衣衫褴褛。

锦曦跳下马来伸手抱住他吓得直喊："怎么了，十七?!"

"咬住和乃儿不花屯兵迤都。"燕十七说完就晕了过去。

锦曦泪光闪动，迤都，从这里到迤都有六百多里，燕十七先是去寻头狼，再找到迤都元军主力，四天，他竟不眠不休吗？

"我瞧瞧，"尹白衣搭上燕十七的手腕，探了探脉搏道，"把我的葫芦拿来。"

喂下一口烈酒，十七就咳醒了，睁眼瞧见锦曦泪盈于睫，笑了笑，"我无碍，只是见着你们心头的气就懈了。休息一下就好。"

"锦曦，你照顾十七，我向王爷报讯。"尹白衣分秒必争，往大军方向疾驰。

锦曦松了口气，给燕十七煮肉汤。

十七瞧着她，目不转睛。不放过她的一举一动，把这一幕情形刻进心里。所有的疲乏消失得无影无踪。再累也是值得。

"慢慢喝，十七，告诉我，你真找着了头狼？"锦曦笑意盈盈。

岁月并未在她脸上留下多少痕迹。稚气尽退，取而代之的美丽另给人以风华绝代的感觉。纵是男装甲胄，也清逸出尘。

燕十七灿然笑了，"找到了头狼，它听不懂的我话，雪夜冻饿，它想吃我的肉。我只能杀了它。"

锦曦一震，她以为燕十七找着头狼，然后找到元军驻地。燕十七轻描淡写的一句话，让她毛骨悚然，草原上的饿狼有多凶猛谁都知道，有多少狼围攻十七呢？

心口一酸，泪滴落下来，锦曦的目光落在燕十七破烂的衣衫上，话哽在了喉间。

"锦曦，我不是好好的吗，你知道我的武功……"燕十七感动不已，又有几分心疼。

"十七，你喝过肉汤睡会儿。你要不快点恢复精神，万一有狼来了，我可应付不了。"锦曦反手抹干泪急声说道。转身就出了帐篷。她回头看了眼，低声道，"十七，对不起。"她望着雪原想，这一生是欠定了燕十七了。

帐篷内燕十七也轻叹一声，锦曦，其实为你做什么都值得！

雪地里亡命搜寻几天，再飞马报传消息，无一刻阖眼，他只想满足她的心愿，哪怕她是为了燕王。想到锦曦就守在帐外，想到要养足精神保护她，燕十七停止了翻腾的思绪，闭上眼睡了。

三月二十四日，朱棣大军与锦曦和燕十七会合。

整整八天。远远瞧到背风山凹处那顶小帐篷。朱棣已越众奔出，墨影似嗅到驭剑气息，兴奋地迈开四蹄。

"锦曦！"朱棣翻身下马，伸开双臂将锦曦紧紧搂在了怀里。他的目光只粘在锦曦身上，竟忘记了燕十七的存在。

燕十七默然待立在侧，脸上带着安慰的笑容。他悄然无息地牵马走开，留朱棣与锦曦在一起。

熟悉的气息扑面而来，锦曦身体一软，呢喃道："我好想你。"

朱棣没有说话，双臂收得更紧，恨不得将她揉进肚子里，他觉得还是那样踏实。

雪地里墨影和驭剑耳鬓厮磨，亲热交颈。

朱棣大氅兜转将锦曦整个罩住，拥她在怀里，那种实在的感觉才慢慢找回来。他喃喃道："你知道这八天我怎么过的？我是吃了猪油蒙了心才答应带你一起前来。"

锦曦没有说话，扯住了他的衣襟不放。双脚突然腾空，已被朱棣抱了起来。

她紧张地后望，远远地看到一线大军停滞不前就地扎营，这才嗔道："不怕人瞧见啊！"

"不怕！本王要好好教训你！"说着朱棣双手一放，锦曦不提防摔下去屁股着地，疼得叫出来，"啊！朱棣！"

顺手就抓起雪块砸了过去。

朱棣朗声笑着，恼怒担忧焦虑……见着锦曦的瞬间什么都没了，只有满满的幸福。他弯下身抓着雪也回打着锦曦，嘴里还嚷着："有种就别用武功！"

两个人哈哈笑着，竟像孩子一般玩起了雪仗。

直到锦曦力气用尽，笑喘着说不玩了，朱棣才嘿嘿笑着拉她入怀，狠狠地吻了下去。

风乍起，天地安静。

能听到的是彼此的心跳与爱恋相思。

良久朱棣才放开锦曦，见她双唇红艳，忍不住又轻啄了一下："以后不可再这般任性让我担忧。"

"不让你担心，可是我却挂心你的忧虑。不能为你解忧，我难以安心。"

"不知道我自私吗？宁可不让你安心，我也不要去担心！"朱棣翻了个白眼。

"呵呵！"锦曦笑了，扯出颈间的龙形翠玉道，"皇上恩准，燕王府我分治一半！我可不要做那种不出府门，圈在四方天里过日子的王妃！"

知道，早就知道了。朱棣宠溺地摸摸她的头，翻身上马，伸手给她。

锦曦瞧了瞧驭剑，娇笑着摇头，跃上驭剑道："我可不想被王爷抱回军营！驾！"

紫色的战袍在空中扬起，映着白雪，优美至极。

铅灰色的云压低了天际。一场暴风雪顷刻便至。

二十八日朱棣下令冒雪开拔，全军连夜突进，直逼迤都。

军中有人质疑道："如此暴风雪，实不宜行军。"

朱棣笑道："咬住和乃儿不花也这般想就对了。"

军中无人敢质疑。

三十日大军到达迤都。将迤都城围了个结实。

元丞相咬住和元太尉乃儿不花的确没料到朱棣会冒雪突进，措手不及。

"王爷，此时的迤都城并无天险，为何不下令攻城？"副将军怀远侯曹兴疑惑地问道。

朱棣想起昨晚锦曦也是这般问他，丹凤眼含着笑意在怀远侯脸上一转，目光继而变得如海一般深邃："我军虽围了迤都，连续一月在草原行军，士兵劳累，就算胜了，同时也会伤亡巨大。杀敌一万自伤五千，何必呢。"

曹兴有些不解。

朱棣并不解释，淡淡地对尹白衣说道："白衣，你去劝降吧。"

曹兴的疑惑之色更重。要咬住和乃尔不花降？若是能降，大明朝建立这么些年早就降了。真这么简单的话，皇上也不会发狠派出大军深入大漠灭尽元朝的一兵一卒。

尹白衣目中出现矛盾的神色，望着被围得水泄不通的迤都城迟疑了会儿，这才低声道："白衣定不负王爷。"

若是劝降，不费一兵一卒，将来……朱棣拍拍怀远侯的肩笑道："没有伤亡岂非更好？怀远侯耐心等待吧。"

是日，咬住、乃尔不花降。其部落数万人尽归朱棣帐下，同时获马驼牛羊数十万头。

怀远侯骑着马悠然地走进迤都城，恍如梦中。他回头瞧瞧整装一新的明军这才反应过来笑道："元军骑射天下第一，王爷远见卓识，曹兴佩服得五体投地。"

是啊，为的就是能全部接收这支元军主力。朱棣想到早退兵的晋王，嘴边浮起讥讽的笑容。要在北方称王，有这样的骑军如虎添翼。

洪武帝闻捷报大喜，降旨北方边塞军马尽归燕王节制，同时令傅友德驻守北平。

等到班师回到燕王府，已经是暮春四月了。

第一次出征大捷后，燕王实力大增。在大明边土手握重兵的亲王中，朱棣实力已不容小觑。锦曦欣慰至极。

这日锦曦正在府中逗儿子玩。侍从捧着一盒物什进来，"王妃，有人送礼。"

锦曦打开盒子，眼睛才看到盒中物什，禁不住后退一步。

盒中放着一枚兰花戒指。

这枚戒指从她初见李景隆时就戴在他的小指上，从未见他取下过。

十年，原来十年之期已经到了。锦曦不知是喜是忧。这十年来，朱棣实力大增，借着去年春季北征大捷，武功左右队人数已增至一万九千人。

皇上重视，赐朱棣可面谈军机。

情况一天比一天好。可是李景隆却没有放弃。

李景隆袭了曹国公爵位后，与东宫关系密切。三月得大哥消息，他与李景隆、凉国公蓝玉等备边陕西。

李景隆也把目光盯上了军权吗？锦曦清楚地记得十年前李景隆造访北平说的话："十年，你觉得十年后朱棣就能赢我？告诉你，他一生都不可能，只能偏安于此，还要看看太子将来是否高兴！"

锦曦伸手拿出兰花戒指握在手中。他是在提醒她十年已到，定要与朱棣一争高下吗？她猛然想起南京传来消息，太子身患恶疾，已卧床不起。

这意味着什么呢？如果太子有个万一，皇上有十几个儿子，几十个义子，还有皇孙。太子以下，秦王晋王都年长朱棣，照大明朝立嫡立长的规矩，无论如何都落不到朱棣头上。李景隆是在担心什么呢？或者，他是觉得虽有立嫡立长，但皇帝渐渐老迈，朱棣实力已非当年可比，他是在暗示不要动丝毫妄想吗？

锦曦怔怔想了半天也没想出个所以然来，那枚戒指随手扔进了妆盒中。

提笔给大哥写了封家书问好，淡淡多问了句：备边陕西大哥弃笔从戎可喜可贺，只与曹国公同处辱没之。

李景隆给大哥的印象不是混迹烟花地的浪荡公子么？这些年不知共侍太子是否有所改变。锦曦微笑着想，不管有无改变，都能得到她想知道的消息。

李景隆世袭了曹国公的封号，洪武十七年就娶了阳成公主。朱棣原本疼这个妹妹，但自从阳成嫁了李景隆后便断绝了与燕王府的一切往来。

一个南京城人人皆知的浪荡公子，玩世不恭之人。皇上居然派他备边陕西，且与大哥和蓝玉相并立。皇上也知道李景隆并非表面上的吊儿郎当，锦曦下了判断。

从收到兰戒起，锦曦严令潜在北平城中的秘营诸人查探城中所有商号，对江南客商尤为注意。

情报源源不断涌来。洪武二十四年起，北平城中新增商号一百七十家，涌入城中的新面孔有四百八十七人。

锦曦一一标注在地图上，王府周围的店铺商号全以数字标注。

十年一过，李景隆就这般疯狂。锦曦有点无力，却对李景隆的动机起了疑。她走到镜子前。高大的铜镜映出一道窈窕的身影。

她的腰肢还是盈盈可握，眼波依然清澈，肌肤紧致细腻如瓷似玉透着光华。几乎与十年前没什么差别。

"只是因为这张脸，这个，美人？"锦曦挑了挑眉，嘴角微扬，嘲笑道。

铜镜里走进一个人来。高大的身躯，比从前更加壮实的肩膀。锦曦笑着看他走近。镜子里映出一张剑眉英挺、款款深情的脸来。

"原来锦曦这般爱美！"朱棣与她并肩而立，伸手点向镜中的锦曦。

锦曦笑着靠在他肩上："朱棣，我不是爱美，我是爱臭美！我就奇怪，你看了这么多年，没看烦啊？"

棱角分明的唇往上一翘带出贼贼的笑容，朱棣扭住锦曦的脸往两边一扯："烦了就这样变变好了。"

锦曦一把打开他的手嗔道："哪像个王爷！"

"怪了，是你不像王妃还怪我？"朱棣忍不住笑。

"对啦，朱棣，我有时就纳闷呢，你说，你人前人后两个样，是装出来的么？累不累啊？"

朱棣收起了笑容，抱锦曦坐在腿上慢条斯理地说道："习惯成自然，不累，我就喜欢和你在一起时不用板着脸，也不用眼睛这般去冷冷瞧人。"说着下巴微抬，凤眼斜斜飞出一道寒光。

锦曦笑得趴在他胸口直喘。然后听到朱棣柔声道："你又想起李景隆了？十年之期到了，担心他又起什么幺蛾子是吗？"

她轻轻叹了口气："是因为不了解，兵法说知己知彼，我对李景隆总有什么东西没瞧明白。"

朱棣呵呵笑了："以前我没有武功内力，总是打不过你。然后回府就想，岂非一个江湖中人都能杀了我？越想越惧。后来突然又不怕了，知道为什么吗？"

他不待锦曦回答又说道："千军万马之中，纵有绝世武功也只有一个人。何惧之有。"

朱棣低头看着锦曦的眼睛，他的目光坚定，不容她置疑。

"我知道，我就是想不明白他的动机，他想做什么！"

"不用去想，船到桥头自然直。想那些乱了心神。"

锦曦轻轻笑了，突想起一事来："你还记得雨墨吗？"

"怎么不记得，当时你想娶的侍妾！呵呵！"

锦曦勾着朱棣的脖子道："难道以谢非兰的人才，不能娶吗？"

"能，呵呵。知道军中诸人为我的银面侍卫取了个什么名字吗？叫你们为冷面三将，你吗，居然叫紫袍索魂！哈哈！"朱棣越想越好笑。

锦曦打了他一下，嗔怪道："和你说正事呢。雨墨一直是皇孙的贴身侍女，太子病重，听闻皇孙床前尽孝，极得皇上宠爱。你说，这事有无什么蹊跷？"

她这么一说，朱棣就反应过来。京中传来消息，太子朱标患恶疮，疼痛难忍，皇孙朱允炆恪尽孝道。此时正是十年之期。朱棣背上冷汗沁出，失声道："难道李景隆居然敢对太子下手？"

他的话像盏灯让锦曦眼前一亮。如果真是如此，那么李景隆的目的必然是皇孙。如果太子过世，那么李景隆便赌皇上不会立皇子而会立皇孙！以他从小接触皇孙的心思，只有这个可能为最大。

"如果……"

"哼，若是立二皇兄三皇兄也就罢了，难道要让我等去向一个弱冠小儿俯首称臣？"朱棣冷冷一笑。

"朱棣，你答应过我，不会有野心。"锦曦紧张起来。

所有的事情都昭然若揭。十年前李景隆说的每一句话都饱含深意。偏安一隅也就罢了。若是起兵，断然会与朱棣较个高下。

朱棣叹了口气，"锦曦，我是答应过你，如果真出现这种局面，我也不会去争。放眼天下，兄弟们都独霸一方，各有势力。怕的是皇上若真有心立皇孙，他就断然不会让咱们这些当叔叔的欺负了皇孙去。唯一的可能就是——削藩。"

"现在说这个还早，看太子病情变化吧。毕竟北元还有些散乱军队没有根除，这两年四下水患，皇上要重用自家人，心思还动不到这上面来。况且骨肉亲情，我们想得太悲观了。"锦曦笑道。

这番长谈之后，朱棣更重北方防务。培养势力，常讨教驻边北平的傅友德兵法。有备无患。

南京皇城东宫内，朱元璋伤心地看着奄奄一息的太子。白发人送黑发人，他从未想过会真的出现在自己身上。

十五岁的朱允炆侍立在床头默默拭泪。才及弱冠的他长相极似太子，温文尔雅，一双眼睛明亮清澈。

朱标看着洪武帝再望望幼年的儿子禁不住落下泪来，哀求道："儿臣不孝，不能侍奉堂前，望父皇多照拂允炆，让他平安一生就好。"

洪武帝见允炆身形单薄，怜悯之意顿起。回想太子平时温和有礼，不求有功但也无过。长房一脉原应位极人臣，却因此凋落，不由得老泪纵横。叹了口气道："你的兄弟都镇守各地，这大内也只有允炆陪着朕，他是朕瞧着长大的。朕岂能不照拂于他。"

太子躺在床榻上微微喘气，等洪武帝离开才唤过朱允炆道："皇上答应保你一世平安富贵，你从小在皇上身边长大，你们爷孙情笃，我也没什么好担心。只是，坤宁宫太监曾告诉我一件事。"

朱标细细将当日洪武帝赐锦曦风行天下翠玉后与皇后的那段对话告诉了朱允炆。

"如果……如果我登基，必削藩！如朱棣不服，必杀之！只是，没那一天了。今日告诉你这事，是让你有意示好你四皇叔，才真正能保你一世平安。还有，还有一着暗棋……"

朱允炆垂泪记在心里。

太子并不知道，他以为朱棣将成为新太子，这番想让儿子讨好朱棣的话却为朱允炆将来急不可待地削藩埋下了引线。

仅一年。洪武二十五年夏四月，太子朱标薨。谥懿文太子，葬东陵。

南京皇城大内奉先殿左的文楼之中洪武帝面色阴沉，做出了一个决定：不立皇子，立皇太孙。

九月，圣旨下达。并新立规矩，众皇子见皇孙先行国礼参拜，再行家礼。

秦晋燕周等诸王奉旨回南京觐见。

再一年，洪武帝查蓝玉案，杀凉国公蓝玉。尽除外姓功臣。

二十九年三月，洪武帝获悉大宁卫北部还有元军出没，时不时袭击当地百姓掠夺财物，龙颜大怒，令燕王朱棣出兵。

朱棣这次没有再准锦曦跟随，只身带兵从北平到达大宁，沿着河南北部搜寻。兵至彻彻儿山一带，果遇元兵余部，大败之，擒其将索林帖木儿等数十人。追寇至兀良哈秃城，遇前元朝将军哈剌兀，又大败之，凯旋。

两次出征彻底为朱棣奠定了北方藩王霸主的地位，牢牢地掌控了军政实权。

福无双至，祸不单行。锦曦以为不会再有椎心之痛。南京消息再次传来。被管教数年的朱守谦放出来恢复爵位才两年，就被洪武帝斥责，"不知天高地厚，口吐狂言诋毁懿文太子，圈禁永不释放！"

锦曦听到这消息无疑如五雷轰顶。三番五次拿朱守谦开刀，不就因为他是被最早封王的一批人，而且不是皇上亲生皇子。种种迹象，各种斥责不外是立了皇太孙敲山震虎要自己的儿子都老实一点儿。

那个憨直没有心计的表哥，性格活跃，耐不住寂寞的靖江王！锦曦的心拧成了一条绳。

圈禁？从广西召回管教，再送回凤阳面壁，如今才回南京不过两年，又下旨圈禁。十年，朱守谦至少在四方天里待了十年。

锦曦再也坐不住，要偷回南京看朱守谦。

朱棣难得的严肃，他何尝不知自立了皇太孙之后皇上的种种行为。功臣杀完了，接下来就是防备就藩各地的儿子，"我不信父皇会为了皇侄将我们这些儿子全杀了。"

"这些以后再议，我说的是守谦哥哥的事。朱棣，你不要拦我，我要偷回南京。"不见朱守谦，锦曦怕自己一辈子都会后悔。

"锦曦，"朱棣微微一笑，握住了她的手，"你说过，无论如何，我们都要在一起。"

"你怎么能离开王府？那是杀头的罪！"

朱棣淡淡地说道："听闻父皇身子骨一直不好，出兵时得了些珍贵药材，我已上书朝廷，请求返回南京探望父皇。皇侄已恩准我带一百人返京。"

锦曦惊喜，又涌起淡淡的悲哀。从前回京能带五百人，如今只准带一百人，真是防备甚严。她很好奇那个十九岁的皇侄朱允炆是什么样的人物。

锦曦再次步入皇宫时，步履沉稳。

洪武帝神色复杂地看着她，轻咳了两声，"你把燕王府治理得很好。"

锦曦双手呈上龙凤行天下翠玉道："请皇上收回玉佩。"

"朕赐给你们了，为何要收回？"洪武帝眼中精光一闪又消失掉。

埋首跪伏于地的锦曦并没有瞧见却柔声道："从前是臣媳年少，不懂得侍候王爷，如今高炽和高煦都已长大成人，这玉也该奉还了。"

她说得极为隐晦。其实洪武帝这龙凤翠玉就本身而言只是与硕妃的定情信物，玄机却在玉上刻得"龙行天下"和"凤行天下"的字形上。

洪武帝立了弱冠的皇太孙，心中对将来会成为皇太孙威胁和隐患的藩王有所忌讳。这玉自然不能带在身上了。

锦曦只能借家和万事兴来解洪武帝赠玉之意，乘机返还翠玉。不论皇帝是否收回，总也会免他疑心。

"还记得当年在大内御菜园内朕说的话吗？"洪武帝没有收回玉佩，似回忆起往事来。

"臣媳从北平燕王府菜园亲摘的蔬菜有十筐，特意送来孝敬皇上。"

洪武帝慢慢地站起来，示意锦曦起来回话。

她站起来的瞬间，他仿佛又瞧到了当年的锦曦，苦笑道："锦曦没有变，朕却是老了。"

锦曦大惊，不知如何回答，见立在洪武帝身边的清俊少年依稀太子当年的模样，便左顾而言他道："皇太孙都已成年，还是锦曦出嫁那阵子生的呢。"

洪武帝听着便笑了，"允炆，见过你四皇婶。还没见过吧？中山王的千金。"

锦曦心中黯然，父亲过世后被封中山王，葬钟山之上，自己还没去墓前祭奠。她勉强笑着，哪肯让朱允炆先行礼，已跪下磕头道："见过皇太孙！"

洪武帝极满意锦曦的知礼。看二人见过，便道："允炆，你四叔就藩北平，平日见着的机会又少，这回来了，你好好陪陪你四叔。"

朱允炆恭敬地回道："是。"

不过两个照面，锦曦已觉得朱允炆似与太子同出一辙，却比太子更为温和。她叹了口气，生出一丝希望来。也暗暗佩服洪武帝的心思。

这么多藩王，强大的不止朱棣。若是以柔弱的皇太孙继位，说不定可以牵制各地藩王，起个平衡作用。

如此一来，想和朱棣在北平平安过一世也不是什么难事。想到这里她心里一松，举止更为自然。

"对了，那玉佩是贺你二人成亲之礼，收着吧。"

"多谢皇上隆恩！将来高炽有了媳妇再传给他。"

洪武帝欣慰地笑了。

等到出了乾清宫，走出午门外。朱棣已等得急了，不知洪武帝为何独独召见锦曦。

"王爷，速返北平，现在就走。"

朱棣只看了她一眼，没有问她为何不去祭奠父亲，也不去探朱守谦。喝令不做停留，即刻回转。

出了南京城，锦曦才道："皇上病重，他咳嗽时用袖袍遮挡，我是习武之人，瞧着分明，已是猩红一片。皇上看上去对我还玉佩之事极为满意。可是，他生性多疑，我怕多做停留他会觉得是我故作姿态，反而不妙。"

锦曦并没有猜错，她才出宫门不久。朱允炆瞧着竹篮内鲜嫩的蔬菜，无意中叹息道："四皇婶真是美丽，瞧不出都是两个孩子的娘亲了。"

"允炆，你喜欢她？"

朱允炆想起父亲临终前说的话，略一沉思便道："四皇婶居然能在北平种出江南菜蔬，真是不简单呢。以前都没听说过。"

洪武帝脸色越来越难看，竟重重地哼了一声，"去，把李景隆给我叫来！"

朱允炆吓了一跳，连声道："皇上，你不打紧吧？何事这般气恼？孙儿这就去唤李景隆见驾！"

他急急奔出，洪武帝盯着竹篮猛地一挥，菜蔬散落一地。往事在他脑中一一呈现，徐锦曦机智聪慧，她奉还玉佩是表忠心，何尝不是以退为进！洪武帝无比恼怒，抖动着花白胡须道："天德，你，你教出的好女儿！"

李景隆赶到乾清宫时已听说洪武帝心情不好。他想了想已明白必是因为燕王夫妃进宫探望一事。

才踏进殿内就看到太监在收拾，他只瞧了瞧那些菜叶马上反应过来那是锦曦种的。跪下磕头抢先开口道："臣万死！"

"哼，曹国公何罪之有？"

"臣没有及时禀报皇上，燕王妃在王府中种菜之事。"

何止这事！十年间只知道北平燕王府平平淡淡，没有大事发生。连为皇后布施祈福也是从北平布政使口中得知！洪武帝气血上涌，指着李景隆颤抖着想骂又颓然落下，"起来吧，我倒不是因这事怪你。我只想知道，若是将来允炆登基，诸王不满，你待如何？"

"回皇上，景隆自当为皇太孙分忧，以报皇恩。"李景隆认真回道。

洪武帝盯着他，见李景隆坦然应对，不由长叹一声，"天意，十年来，北平居然无甚有用的信息。"

朱允炆与他一同在皇宫生活十来年，竟比儿子更得洪武帝的心。这时洪武帝心意已决，便起了心要帮朱允炆开出一条康庄大道来。

他扶着太监的手慢慢站起来，"你随我来。"

李景隆没有问，跟着洪武帝走出乾清宫过了日清门到了坤宁宫外。洪武帝遥望柔仪殿缓缓吐声，"当年硕妃嫁我之前，已有孩子，便是你。"

李景隆身上一激灵，汗毛乍起。不敢置信似的望着洪武帝。见皇帝目中露出一种忧伤，已知他说的是事实。心中百味陈杂，脱口而出道："那我与燕王……"

洪武帝缓缓道："不错，你们是同母异父的兄弟！"

终于得到证实，李景隆身体剧烈地颤抖。兄弟？他抢了他的母亲，他的女人，他却是他弟弟！他可以就藩北平，独霸一方。他却只能暗中经营，苦苦发展势力。而他的母亲到临死都没看过他一眼，问过他一声，何其不公平！

"你母亲要进宫，所以我把你托给李文忠抚养成人。朕一直觉得愧对于她，所以一直暗中栽培你。在锦衣卫没成立之前便让你总领全国十三省情报。如今锦衣卫撤了，你的一品兰花还在，朕并无薄待于你。至于你母亲……天下没有不透风的墙，她另生有不是龙种的儿子，活着便会影响棣儿。母以子贵，她把棣儿托付给皇后，她是自尽的。"

连死也是为了朱棣的前途！李景隆牙关紧咬，蓦然跪下道："皇上为何要告知景隆这些？"

洪武帝冷冷一笑，"你不恨燕王吗？你的母亲一生都为他，从未问及过你半句。"

"皇上，原来是想让我恨……"李景隆嘴里涌出苦水，不知道该哭还是该笑。他恨朱棣，恨朱棣能与他心爱的女人在一起，恨他机智沉稳时时让自己觉得无处遁形。

"都是朕的子孙，手心手背都是肉。只盼着不会有那么一天，他们能知晓君臣之礼不与允炆为难。所以朕在位一天，就绝不会削藩！"

洪武帝想起锦曦的隐藏与聪慧，想起朱棣两次出征的大捷，十年时间，朱棣真的在北平扎牢了根基，拥兵自重。他冷眼瞧着李景隆，仇恨与不平衡在他心中已种下种子。若是没有意外，他也对付不了朱棣。如是有意外，他就会相帮允炆。他笃定地想，所有事都只有自己才知道。所谓帝心难测，太多的秘密，臣子是永远不会知道的。

瞧着李景隆面无表情的模样，洪武帝心里暗暗叹息，突然有种冲动想要告诉他，硕妃临死前念念不忘李景隆，求他一定照顾他，保他一世富贵。

只能怪你不是朕的亲子。这么多年，你以为朕真的什么都不知道吗？你倾慕燕王妃，你睚眦必报，性情乖僻。也只有你，和你的一品兰花才有此能力保我皇太孙的江山。

洪武帝长叹一声，"朕老了，不能带着这个秘密离开，毕竟，朕把你当亲子看待。"他扶着太监的手离开了，寂静的回廊上只有李景隆独自跪着。

李景隆木然跪在地上。听到脚步声消失，这才从怀里拿出那个旧荷包。红色的缎面，宝蓝色的丝里，掐牙边缝缀着黄色丝绦，结着一粒红色的宝石。里面用同色丝线绣着：景隆周岁。

他淡淡地笑了，接到荷包之后，他便查过，用料与丝线均是贡品，关键是那粒红宝石，元至正十七年，洪武帝缴获的战利品，连同两块翡翠一起镶嵌在一顶凤冠上。因不是朝廷制式，便拆了翡翠做成两块玉佩，连同这枚红宝石一同赏赐给了硕妃。

李景隆慢慢站起来，眸子里半分伤痛都无。想起这些年用在太子和朱允炆身上的精力，他牵动着嘴角轻吐出一句话，"我等那一天很久了，皇上。"

　　洪武三十一年夏四月，帝疾大渐。乙酉，崩于西宫，年七十有一。

　　遗诏曰："朕膺天命三十有一年，忧危积心，日勤不怠，务有益于民。奈起自寒微，无古人之博知，好善恶恶，不及远矣。今得万物自然之理，其奚哀念之有。皇太孙允炆仁明孝友，天下归心，宜登大位。内外文武臣僚同心辅政，以安吾民。丧祭仪物，毋用金玉。孝陵山川因其故，毋改作。天下臣民，哭临三日，皆释服，毋妨嫁娶。诸王临国中，毋至京师。诸不在令中者，推此令从事。"辛卯，葬孝陵。谥曰高皇帝，庙号太祖。洪武帝驾崩，终年七十一岁。立庙号太祖，谥高皇帝，葬孝陵。

　　　　　　　　　　　　　　　　　　　　　　——《明史·本纪第三》

　　朱允炆领遗旨继皇位，改年号为建文。同年六月，立兵部侍郎齐泰为本部尚书，翰林院修撰黄子澄为太常卿，同参军国事。秋七月，召汉中府教授方孝孺为翰林院侍讲，实行宽政。

　　八月，定周王朱橚有罪，废为庶人，流放云南。

　　冬十一月，令工部侍郎张昺为北平布政使，谢贵、张信掌北平都指挥使司。

"王妃，不好了，圣旨来了！"三保飞奔来报。这时朱棣远在城郊兵营。三保只能找着锦曦。

"慌什么！这是北平，燕王府！"锦曦冷冷地斥道。整束衣衫缓步来到大殿跪迎。

"……朕与众兄弟幼小分离，素未谋面，今召遣燕王世子高炽及其弟高熙、高燧还南京……"

尖细的嗓音念完圣旨。锦曦谢恩接过，对钦差身后北平都指挥使派遣来的军士恍若未见，柔声道："公公一路辛苦，歇上一晚，让我差人为世子整理行装，明儿便上路回南京。"

"王妃，王府外马车已备好，这就走吧。"

没有丝毫回转余地，锦曦暗道，好，真是要下手了。她面不改色微笑道："三保，着人为世子收拾行装，这便随钦差去吧。"

"是，王妃！"

"高炽，你为长兄，这是头回离开北平，两位弟弟好生照顾了。高熙，你从小就是打架生事莽撞之人，若让我得知你在南京城胡作非为，看我报给你父王听，他不用军棍打你便是你的福气！还有你，高燧，不听话，娘便不让你去骑马了。"

三个儿子被锦曦柔声一训都红了眼睛，齐齐跪在锦曦面前磕头答应。

望着马车消失在视线中，锦曦脸上的笑骤然消失了，泪水顺着脸颊淌下，流在嘴角，轻轻一抿，咸得发苦。天下间没有哪个父母愿意和孩子分离，而她还要笑着送他们离开。

燕十七站在她身侧手足无措，心痛难忍。突想起一事，轻声在锦曦耳边道："你忘了，我是太子的人。"

锦曦眼睛亮起，抓住了燕十七的手，感激地看着他。

燕十七露着不变的笑容，拍了拍锦曦的手没有说话。无论如何，他都不会让锦曦去经历丧子之痛。

朱棣暴怒回府，看着锦曦气结无语。

"朱棣，我们没有时间。"锦曦垂下泪来。

心口的火瞬间被浇灭。他紧紧地抱住锦曦，把她的哭声全闷在胸口。良久吐出一口气道："我称病装疯让他疑惑，拖延时日。看是否能借病重让他放回咱们的儿子。"

"十七已去了南京，他们会平安回来。"

"吾儿回归北平之日便是我起兵之时！"朱棣咬牙切齿地说道。

锦曦觉得这个冬天似乎特别冷，太液池早早地就漂起了薄冰。她拢了拢衣衫，缓步进入犀照阁。

"王妃！"燕王府众官员将领均向她行礼。

"新的布政使和都指挥使上任如何？"锦曦淡淡地问道。

朱棣"哼"了一声，没有回答。

"布政使张昺道王爷劳苦功高，北平的政务就不麻烦王爷了。初上任，自当为王爷解忧。"尹白衣答道。

锦曦微笑道："如此甚好，王爷也能过些清闲日子。若布政使再拿些鸡皮蒜皮的事来做样子，便道王爷北征落下病根，如今在府中神情恍惚，头痛发疯呢！"

"是！"尹白衣瞧着好生坐在一旁喝茶的朱棣笑答道。

"还有呢？都指挥使如何为王爷分忧的呢？"

"分个屁忧！他居然禁止本王武功左右护卫队进出北平城，还抬出朝廷律令来压本王，岂有此理！"朱棣想起这事就烦。

如果自己的九千人马不能进出北平城，王府仅有守军八百，岌岌可危。

锦曦默然，以朱棣在北平经营多年，倒不是非得靠那两队亲卫，但是建文帝派来的布政使和都指挥使摆出的态度，就值得深思了。

"都下去吧！"

"是！"

见官员和将领离开，犀照阁仅有自己和朱棣二人，锦曦才开口道："王爷还在为周王之事难过？"

朱棣眉头紧锁，凤目中闪动着犹豫的神情。

锦曦"扑哧"笑了，"朱棣，我可很少见你有事为难且犹豫，是什么事会难倒你？"

被她瞧破心事，朱棣有几分恼怒，虎着脸道："过来。"

待到锦曦走进，朱棣一把将她抱在腿上坐着。锦曦有点不好意思地挣扎道："多大的人了，还这样，也不怕人笑话。"

"我就知道你害羞，这么多年就没改过这性子。"朱棣宠爱地捏了捏她的鼻子，"锦曦，你看，你真是和从前一样，都没什么变化似的。白衣娶的那蛮女前些日子还问我，'王爷，王妃是否用珍珠敷面？瞧来瞧去面容还如当年颜色。'"

"呵呵！"锦曦大笑，想起尹白衣当日去劝降，结果偷偷带回一个女人来。谁也没问他，只替他高兴。

事后锦曦倒问过朱棣："你知道白衣去便能顺利说降？"

朱棣深情地看着她道："若是你来降我，我马上缚了双手跟你走。"

锦曦知道朱棣打的是什么算盘，常在朱棣犯愁的时候就拿此事取笑他心机深沉，还不喜欢为人知晓，是狠辣之人。

白衣的妻子倒是个爽朗大方之人，不似汉人一般扭捏作态，大胆问朱棣的话，听了便让人好笑。

笑归笑，锦曦明亮的眼眸却瞧着朱棣没有移开分毫。

朱棣抬起她的下巴喃喃道："真是拿你没办法！"低下头吻了过去。

锦曦气恼地想推开他，嘴里含混说道："别又用这招……"手自动绕上了他的脖子，积极地回应着他。

良久，朱棣抬起头来，瞧着锦曦嫣红的双颊痴了。

"今天你好奇怪，朱棣。"锦曦靠在他胸前轻声说道。

"锦曦，我说过，我绝对不要再受人宰割，也绝不会让你和儿子陷入当年那种境地！可恨的是高炽他们还在南京，我就得受着张昺、谢贵、张信的气。左右亲卫队由六万人减至九千人，全散编入北平都指挥使帐下。这是明摆着要削藩夺权，等我们无力反抗再下手！"

锦曦明白当年被洪武帝逼着入宫诵经让两个人饱尝相思之苦。她淡然一笑道："今日的燕王可不比当初。父亲过世，再加上守谦的事。我再没有争强好胜之心，却有自保之意。大哥相帮太子，如今位高权重却避嫌不与我通消息。除了娘亲，我的亲人只有你和儿子。不管是谁要置危险于你们身上，我可是出了名的不讲理。"

朱棣听锦曦提起她母亲怔了怔，凤目低垂，想开口说什么，话到嘴边又停住了。锦曦说她不讲理，朱棣情不自禁想起当时在凤阳迫她做护卫时，锦曦便直言她是不守信之人，凤目中流露出笑意，从眸底一掠而过就消散了，取而代之的是浓浓的忧虑。

今时不比往日，往日他只是一个亲王，锦曦也是豪门贵女，如今……他放开锦曦，负手走了几圈突道："今日接到湘王代王齐王宁王密函，均为周王不平！生怕皇上下一个目标就落在他们身上。自二皇兄三皇兄过世，我便居长。一个弱冠小儿才登基几个月便不顾亲情，对众叔父下手，实在可恨至极！"

"朱棣，我与你一起。"锦曦言词简单，再不问情况。心里突生凉意，李景隆怕是等这一天很久了。他从皇孙出生时就把雨墨这步棋布好了，他真的在当年就知道有这一天了。

锦曦眼神清澈异常，神情坚定，走到朱棣身边，拉住了他的手。

"锦曦，我不想你卷进来。"

"以防不测吧！京中尚有大哥，当然，也有李景隆。"锦曦意有所指。

朱棣淡定地笑了："你忘了，还有魏国公留给我的名册还有这十来年的苦心经营。以为收了虎符我便没了军权，指挥不动军队，削降了我的护卫人数我就无力自保了么？"人人都怕竖反旗，怕在史书上担上太祖皇帝才过世，就不顾君臣之礼起兵的骂名。他不怕。

"人生自古谁无死，留取丹心照汗青。锦曦，将来的史书会说我朱棣是乱臣贼子吗？"朱棣嘴角微扬，带出讥讽的笑容。

锦曦侧着头想了想道："书是死的，人是活的。身后事重要还是眼前事重要？"

她略带俏皮的模样让朱棣仿佛又瞧到当年男装打扮的谢非兰，被她逗得一怔，继而哈哈大笑起来。"你就不怕，史书上写着徐氏不守礼法妇道，助纣为虐？"

"怕，怕也没法，嫁鸡随鸡，嫁狗随狗。"

"嗯，你说什么？"朱棣愣了愣反应过来，正想出手教训她。锦曦身影一闪，轻盈地跃立在栏杆上。

朱棣吓了一跳，突想起锦曦轻功了得，板着脸咬牙切齿道："你今日若敢从这里用轻功跃下去，我便叫白衣废了你的武功，好叫我安心……"

话还没说完，锦曦一个乳燕投林扑入了他怀中，连声道："我不敢了还不行吗？"

怀里的人声音依然清脆，面容依然美丽，岁月在她身上并没有留下影子。搂着锦曦温软的娇躯，朱棣心中升起强烈的保护欲。他要她一直这样美丽，这样快乐。"锦曦，我很早以前说过，我不会有野心，如果皇上不逼我，我绝不反他，就这样，与你在一起就好。将来瞧着儿子成亲生孙子，再种些菜，逗逗孩子。"

眼睛一湿，锦曦紧紧地抱住了他："我知道，你是不想再起战火，再让我们担心。毕竟，我们怎么比得过朝廷的实力。"

冬去春来，燕王府与平日没有差别，人们却能感觉到一种紧张的气氛。

锦曦密令王平变卖所有的资产，拘束下人，严令禁止随意出入燕王府。而朱棣同往日一样每天出城练兵。

永乐元年夏四月，消息传来。湘王朱柏得知建文帝与大臣密谋定自己有罪的消息，与妻子一起在自己的王宫中自焚而死。

朱棣凤目含泪，自焚！一个亲王被侄儿逼得自焚！罪证却是李景隆找出来的，道周王女婿招供，说湘王齐王代王与周王共谋起兵造反。

他一天没有吃东西了，锦曦无比怜惜，亲自去做了几样小菜端进书房。"先吃饭再说。"

"不吃！"朱棣想起那个风流倜傥，好读书的弟弟心口就疼。

锦曦不容置疑地把筷子递给他，"吃点吧。"

"啪！"筷子被朱棣伸手打掉，"你知道去年冬天我就接到了他的信，我怎么就忍着没有回应！"朱棣自责的模样让锦曦分外心疼。

她伸手抱住了他，让他的头靠在她温暖的怀里。

"接下来会是谁？是齐王是代王还是我？"朱棣喃喃道。

锦曦轻拍了拍他的背，眼睛瞥见桌上一纸信函，随手打开，吃惊地问道："阳成的？她怎么突然来信？"

朱棣双眸沉淀着一层忧伤。他唯一的亲妹妹，怎么会爱上李景隆？这么多年，阳成因为李景隆没敢和他有联系，这时候却在信中哀哀地恳求道，他日若是李景隆对他下手，求朱棣原谅她。

便是这样一封信，还有什么不明白吗？朱棣冷笑一声道："他忌惮于我，便想得他们的口供，把谋反的罪名强安在我头上，以为我真是不晓得么？也只有那些个弟弟，手无重兵，不敢反抗。他想动我，我却绝不步他们的后尘！"

不过一月，齐王榑、代王桂便被宣告有罪，废为庶人。

朱棣只瞧了一眼报传的消息，不管不顾地做自己的安排。

燕王府的气氛更加紧张。

燕王朱棣失心疯病卧床榻的消息却在北平城传得沸沸扬扬。

建文帝得报遣北平布政使张昺上门探望。

这是锦曦头回见着这位北平的父母官。张昺獐头鼠目，一双眼睛只粘在自己身上，锦曦顿生厌恶之感。却少不得换上副悲凄面容掩面哭道："王爷治了这么些月，也不知请了多少名医，却总是难断病根，时好时坏，听闻齐王代王对皇上不敬，竟痰迷心窍，谁也不认识了。"

"王妃莫急，下官去探望王爷！"张昺眼睛滴溜溜在锦曦脸上打转，竟舍不得移开。外间道燕王妃丽质天生，国色天香。他本以为生了三位世子的妇人美不到哪里去。今日见了锦曦，只觉她体态婀娜身形宛如少女，柔弱得似快要被风吹倒般惹人怜惜。还有那双微红的眼睛，忧伤地瞅着自己，竟令人舍不得她伤半点心似的。

"大人！"锦曦扶着侍女的手弱弱地说道，"王爷这会儿在寝殿发狂，怕是要过些时候力气消尽，大人才好进去，不然，唉！"

张昺有皇命在身，瞧的就是朱棣真疯还是假疯，哪管锦曦劝告，带着侍从就去了永寿宫。刚到寝殿门口，就看到两名侍女脸上带伤掩面哭着奔出。

再走进一瞧，朱棣正大声叫骂着被几名燕卫绑在床头。

锦曦跟进来，瞧见朱棣奋力挣扎的模样，竟真的心疼，想起若是被建文帝这般捉住，定会比现在还惨，眼泪如瀑般涌出，扑到朱棣身上半真半假地哭了起来。

"王爷，安好？"张昺小心地靠近一步。

朱棣想也不想伸腿就踢，锦曦趴在他腿上，这一用劲竟摔倒在地。

燕卫赶紧按住朱棣。朱棣一口痰对着张昺就吐了过去，"我呸！咬住，你还不投降！本王杀你片甲不留，哈哈！"

张昺见他说疯话，尴尬地抹去脸上的口水，回身见锦曦苍白着脸被侍女架着，满面泪痕，心里怜意更深，温言劝道："王妃不必太过着急，下官上奏朝廷，请御医来瞧王爷。"

锦曦哭道："只求能让我儿回来瞧上一眼也好啊，三个儿子，一个也不在身边，这可让我一个妇道人家怎么办啊！"

张昺连声道："一定一定，王妃莫急。"

等送走张昺，锦曦还在哭。

燕卫几下解开绳子，朱棣上前抱住锦曦心疼地说道："这不过是做戏罢了，怎还哭得伤心？高炽他们会回来的，锦曦，不哭了……不要哭，你一哭，我就恨不得挖了张昺的眼睛，一刀宰了他！"

没过多久，消息传到南京。

南京皇宫大内乾清宫右侧武楼上，年轻的建文帝默然沉思。

"皇上，放不得！"太常卿黄子澄焦急万分。

"子澄，你说四皇叔真的会反吗？"

"皇上，你莫要忘了龙凤翠玉！"

"朕没有忘，可是子澄，四皇叔为北边安宁十来年镇守北平，多次为朝廷立下汗马功劳，如今他病重，朕若是不准燕王世子回返，天下人会说朕是不讲情谊之人！"

"皇上，纵虎归山，燕王没了顾虑，以后怕难以操控啊！"

建文帝眼中闪过笑意，意味深长道："不怕，父王临终留有话，道：早在多年前便在燕王身边安插一人。他武功高绝，诚心为朕办事。若是燕王有什么举动，朕便……"他的手掌往下一切。

黄子澄并不知道那人是谁，得知有此暗棋也不禁放下一半的心。觉得皇上说得也在理，若是不放还燕王世子，恐天下人讥讽。此事建文帝初登大宝，民心甚为重要。

他俩压根没想到的是，燕十七，根本就不会对建文帝有半点忠心。

五月末，朱高炽、朱高煦和朱高燧平安返还北平。

喜庆之色还未从锦曦和朱棣脸上消退，六月，岷王便又被建文帝定罪，废为庶人，流放漳州。

朱棣加紧布置。然而没等到他完全布置妥当，消息已经走漏。燕护卫百户倪谅探知了朱棣的命令，密奏于建文帝，同时杀了燕旗校于谅，向北平都指挥使谢贵投诚叛变。

建文帝大怒，着北平都布政使张昺、北平都指挥使谢贵张信秘密发兵，围困燕王府，捉拿燕王及家眷。

燕王府外被围得水泄不通。王府大门紧闭，八百侍卫甲胄未脱伏兵府内。

锦曦穿着大袖衫，下系凤尾裙，云鬟松松挽就，还做她的温柔王妃样。她跪听张昺宣读完圣旨，颤着声音道："臣妾徐氏代……王爷叩谢天恩。"

领了圣旨，锦曦忧郁地瞅着张昺轻叹了口气，"张大人解了臣妇去便也罢了，王爷，还在发疯，臣妇不知如何办才好，这府中太监侍卫都道他是主子，这等事，怎好欺主？张大人，谢大人，不如二位大人去请王爷吧。"

张昺把谢贵拉到一旁轻声道："圣上明令不得伤了燕王，只需平安解到京城，谢大人你看……"

谢贵看了看门外，张信守在府外。他望了望寂静的王府，点了几名兵士，对锦曦道："劳烦王妃引路。"

锦曦扶着侍女的手颤颤巍巍走向永寿宫。刚拐过大殿，锦曦突失声惊呼："呀！王爷怎么出了寝殿！"

张昺谢贵二人定睛看去，朱棣正靠着廊柱冲他们笑。回头一瞧，离王府大门已经远了。张昺心知有诈，伸手就拉住锦曦高叫道："王爷，你的王妃可在我手上！"

"岂有此理。锦曦，你居然敢让别的男人碰你的手？"朱棣怒道。

锦曦冲他一吐舌头，袖中已滑出一柄匕首，轻轻一个转身，刀刃已划过张昺咽喉，喉间鲜血喷出。张昺"嗬嗬"叫了几声，满脸惊诧，指着锦曦想说什么，急得满头大汗却难发一声，眼睛瞪得突出，倒地而亡。

谢贵吓得一愣，猛地抽出了腰中佩刀指着朱棣，"王爷想要谋反吗？给我擒下!"带着几名士兵冲了过去。

一支羽箭夹杂着破空声"嗖"地射来，正中谢贵胸膛。朱棣不屑地撇撇嘴道："蠢不可及！还敢下令不伤本王性命！谋反？本王可担不起这名声，奸臣当道，本王，要遵祖训清君侧！"

那几名士兵吓得扔了武器跪地投降。

锦曦没有回头看张昺的死状，埋首在朱棣怀中。他好笑地摸摸她的头发道："你杀他的时候像在切菜，怎么，这就不敢看了？将来怎么与我一起并肩作战?!"

"你保护我！"

朱棣喷笑，看着她不敢置信地道："我说锦曦，你真是骗死人不偿命，我居然还是忍不住要上当！去吧，让高炽他们陪着你，别的事交我了。"

锦曦嘿嘿笑了笑，离开前院回到永寿宫，召集府中的太监侍女自去布置。

朱棣带着八百侍卫走到王府大门前对张信大声喝道："当今皇上初登大宝，身侧竟有黄子澄、齐泰等奸佞小人教唆皇上屡屡加害于我皇族，十恶不赦，想我朱棣戎马一生，为朝廷立下汗马功劳，却差人捉拿于我，是何道理？"

府外士兵都是北平驻军，中间大多是朱棣曾经的亲卫和随他北征之人，议论纷纷，竟不敢看他。

"王爷，敢问张大人、谢大人身在何处?"张信硬着头皮问道。

"他二人手持奸臣杜撰的圣旨对本王不敬，已就地扑杀。如今，我朱棣要起兵靖难，张将军若是阻拦，朱棣也绝不怪你。如今我府中也就八百侍卫，朱棣拼得一死，也绝不让奸臣当道！"

凛凛杀气从朱棣身上传出。张信还未回答，府外军士已有人跪下道："愿随王爷一起靖难！"

声音越来越多，张信慌了，想起燕王平日所作所为，也是衷心佩服，当下单膝跪下道："愿追随王爷！"

朱棣当即下令分兵夺得北平四城门，只用一天时间就占领接管了北平城。

而城中百姓并没受到骚扰，朱棣北征让北平十余年不受元军侵扰，锦曦时有布施也赢得名声，加上秘营潜伏于城中之人造势。北平城上下齐心，朱棣感动莫名。

秋七月癸酉，燕王棣举兵反，杀布政使张昺、都司谢贵。长史葛诚、指挥卢振、教授余逢辰死之。参政郭资、副使墨麟、金事吕震等降于燕。指挥马宣走蓟州，金填走居庸。宋忠趋北平，闻变退保怀来。通州、遵化、密云相继降燕。丙子，燕兵陷蓟州，马宣战死。己卯，燕兵陷居庸关。甲申，陷怀来，宋忠、俞填被执死，都指挥彭聚、孙泰力战死，永平指挥使郭亮等叛降燕。壬辰，谷王橞自宣府奔京师。

——《明史·本纪四》

朱棣起兵靖难的消息传到南京，建文帝召集群臣商议此事。

方孝孺不屑道："皇上，燕军虽在一个月内就占了北平蓟州通州等地，但他的兵力不足十万，实不足为患。"

一个月占了这么多地方还不足为患？李景隆差点笑出声来，他没有说话，等着看建文帝如何应付。

兵部尚书齐泰出班道："如今北平已陷，皇上可立平燕布政使于真定，遣长兴侯耿炳文领军三十万抗击。"

李景隆欣赏地看着齐泰，由老将耿炳文出马，就算不战，拖也拖死了朱棣。这般无趣吗？他有点难以相信朱棣会这么轻松就被灭掉。

八月初，建文帝令耿炳文为征虏大将军，驸马都尉李坚、都督宁忠为左、右副将军，率师三十万讨燕。

朱棣把建文帝通发天下的檄文揉成一团扔在地上，凄然说道："皇上受小人教唆，定了周王齐王代王湘王的谋逆之罪，还道对本王宽厚有加，不想治本王之罪。如今道本王是称兵构乱，不顾君臣忠义……你们说，皇上蒙蔽至此，本王是不理不睬，还是顶着犯上作乱的谋逆罪名为皇上清除奸臣，以肃朝纲呢？本王委实难决！"

"王爷，太祖曾言，若奸臣当道，各王当除之！"尹白衣引用了太祖皇帝当年的话，引来阵阵附和声。

"王爷，你乃众王之首，数十年守卫边土，不求有功也求无过。皇上初登大宝便胡乱对皇亲定罪，定是受奸人所诱，王爷一片忠心，清君侧义不容辞!"帐中诸将都是长期追随燕王之人，对燕王爱兵如子，与士兵同甘共苦心存感激。加上屡屡出征已结兄弟情谊，见建文帝才登基一年就百般寻找罪证削藩均心存不满。

喊声四起，每一个人都满怀悲愤地望着朱棣。

"发檄文，讨黄子澄齐泰!"朱棣冷然道。

"报！长兴候领军三十万至真定驻扎!"

军情接连传来。都督徐凯领兵十万人扎营河间，都督潘忠驻莫州、都督杨松率军九千人为先锋扼雄县。

朱棣的手点在雄县，轻蔑一笑："趁其部署未定，先拿下雄县!"

"王爷，为何先攻雄县?"右先锋张信有点疑惑，照地图所示，如果燕军绕过雄县直攻莫州，则真定便成孤城。

朱棣目光扫向众将，摆了摆手道："我燕军实力比不过他们，当然要捏软柿子!"他的神情引来众将阵阵笑声，帐内空气轻松起来。

他眨了下眼睛看向担任左副将的尹白衣笑问道："白衣以为如何?"

粗犷的脸上掠过笑意，尹白衣恭敬回道："攻陷雄县，可振士气，况且敌先锋被灭，潘忠必引兵来救。我军只需设伏月漾桥，便能出其不意拿下潘忠，莫州不攻自破。"

众将这才明白朱棣用心，均佩服有加。

锦曦站在一旁偷笑，正笑朱棣又用他人之口道出自己意图，一道似羞似恼的目光扫过来。锦曦马上挺直了背，向朱棣眨巴了下眼睛。

她瞧着朱棣故意背转身掩饰嘴边的笑意，低下头忍不住也笑了。

八月十五日夜，燕军攻破雄县，杨松全军覆没。继而在月漾桥伏击潘忠援军，大败其众。二十五日，燕军直捣真定，与耿炳文激战滹沱河北，斩首三万余众，大败之。耿炳文退守真定，高悬免战牌，守城不出。

燕军大营内，朱棣满面愁容，一拳狠狠打在地图上，咒骂道："耿炳文这老匹夫，不论如何叫骂都守城不出，这已经三日了，如何是好!"

燕军众将都明白一个事实，自己兵少，且长途奔袭，若是再拖下去，粮草补给都会有问题。而拿不下真定就打不开南下的缺口。

锦曦紫衣银甲坐在朱棣身旁。真定易守难攻，却不是全然没有办法。她把目光投向燕十七还有尹白衣。

三个人对望一眼对彼此眼中的意思了然于胸，燕十七便出列道："唯今有一计，反间！"

反间？朱棣负手沉吟片刻道："十七，你救出世子，皇上便不会再信你，如何反间？"

"流言是无形的刀。这一月来我们连克数城，而耿炳文大败。皇上必以为他人老心虚，闭城不出是怕了我军，定心急如焚想他出城迎战。"锦曦清越的声音像八月山间的溪流，冷却了朱棣的急躁。

他微微一笑接口道："谁知耿炳文却是算准了我燕军人马少，后给又不足，想拖死我们来着。"

两个人目光碰在一起，锦曦双眸流露出一丝俏皮。那种心意相通让他二人感觉无比喜悦，把久攻真定不下的焦虑冲得淡了。

果然不出十日，南京圣旨传来，着耿炳文回京述职，令李景隆代之。

耿炳文回京后两天，真定被燕军攻占。

李景隆代耿炳文成为征虏大将军？消息传来，锦曦心中慌乱。多年来对李景隆莫测的感觉让她心中无底。此时真定已攻破，燕军在进攻中逐渐壮大。已由初出北平的六万人发展到十八万人马。

军情传递得极为迅速。李景隆直接出兵河间，围攻永平，永平背靠山海关，李景隆此举是想断掉燕军北方后援。

"高熙，你领军十万速速前往永平！增援那里的队伍，一定要解永平之围！"朱棣下了重注，李景隆令江阴侯吴高围攻永平，朱棣决定重兵解永平之围，以诱李景隆来援。诚如当日攻雄县伏击潘忠用的策略，想以少胜多。

锦曦一听就急了，如何敢让高熙涉险，李景隆围攻永平万一大军突然来援，朱高熙如何是他的对手，她当即道："王爷，我一同前往！"

"不行！"朱棣想也没想一口回绝。

他心知肚明，锦曦武功在乱军之中起不了多少作用，燕军实力也比不过李景隆。李景隆出兵河间，围攻永平是势在必得，这一战肯定惨烈，他不想锦曦去涉险。

锦曦却放心不下朱高熙，也想去会会李景隆。不等她说话，燕十七已出列到："世子年轻，十七愿护世子前往。"

锦曦愕然，抬头看到燕十七星眸带笑，嘴动了动，却什么话也没说出口，险些落下泪来。燕十七定是知晓她担心朱高熙，所以才请令前往。这么多年，他一直默默在她身边，任白衣出任要职，他只做她的护卫。如今，更要因她担心儿子而请令出征。

"十七!"

燕十七英俊的脸上还带着从前那阳光般的笑容。一晃十来年，除了神色更为坚毅，说的笑话少了，他依稀仿佛还是当年的阳光少年。

"我定护得世子平安!"燕十七说这话时目光炯炯看着朱棣。

朱棣想起当年在吕家庄燕十七无所畏惧地与他对视，此时，他从十七眼中看到的却是一份恳求。

朱棣重重点了下头。燕十七笑了，对四周将士一抱拳："十七随世子去了，定不负王爷厚望。"

十万人马迅速集结，直奔永平解围。

才三日，锦曦有度日如年的感觉。九月秋风乍起，天上朗月如钩，照着营地一片寂静。她站立在星空下南望，心中牵挂着朱高熙和燕十七。

脚步声在身后响起，没有回头她也知道必是朱棣。

一件斗篷披上肩头，朱棣温柔的话语在耳旁响起："虽才九月，夜露深重，不要受寒了。"

倚在他温暖宽厚的怀中，锦曦满足地叹息："有时候就想，若是就这样死在你怀里，我就无憾了。"

朱棣浑身一颤，扳过她的身体厉声道："谁准你这般想的？你若有这般念头，我还不如自缚去南京请罪，也省得鞍马奔波，让你和我一同出征!"

多少年没见过他这般发怒，锦曦委屈地咬了咬唇，闷声不语。

朱棣长叹一声搂了她入怀道："锦曦，有时竟觉得你还如孩子一般没有长大，需要人哄着宠着。我知道，你是无奈，你极不喜杀戮，又不得而为之。若是能与你在北平平安老去，我便休兵。"

锦曦摇了摇头，怎么可能，自开战亮出旗号靖难以来，朱棣身上爆发出了前所未有的霸气。有时候她瞅着他都想，他是天生为战争而生，他的光芒在战争中耀现。以往只知道他热衷军事，现在才明白，他骨子里却不若表面看上去那么温柔，他是噬血的。而战争加诸在朱棣身上的光彩，让她目眩神迷。

时至今日，她才感觉到他另一面的魅力。那是立在千军万马之中，仅一个眼神便可慑服众人的魔力。

他遇事不惊，军力少也毫无惧意。起事之初若说是迫于建文帝想要削藩，危及了王府的安全，但起事之时攻占北平夺得军权，兵力不过六万。他在短短一个月内以闪电之疾攻占了周围城池。

长兴侯耿炳文是与父亲一起跟随太祖帝打江山之人，经验何等丰富，依然败在他手中。

"朱棣，我说过，我会与你一起，便是这天下，我也无惧去争！"锦曦认真地说道。

天下？朱棣眼眸在月夜下光华骤涨，各种情绪在心中翻滚。一双凤目本来淡然冷静，此时却变幻万千。整个人神采飞扬，一张脸漾出无比的魔力。

"如今我才看到，你双眼的不同寻常。"锦曦喃喃道，伸手拂上朱棣的脸，触手粗糙，却是青茬的胡须。她正待缩手，朱棣已捉住她的手，把掌心放在下巴上一磨，锦曦咯咯笑了起来。

朱棣朗声大笑抱住她，正色道："我在你面前不用掩饰。"

锦曦便想起李景隆来，月夜下他出现，吐露他的秘密，他在她面前也从不掩饰。"为什么？只在什么人面前才不用掩饰？"

"你我夫妻一体，你已融进我的骨血，隐瞒于你便是隐瞒我自己。"朱棣郑重说道，手指着南方："我是想保护你，保护我的儿子，还有跟随我多年的将士。我也想过了，朱允炆何德何能能治这天下。与他父皇一样，守成有余。不过，才登基就对亲叔叔痛下杀手，根基未稳，推行宽政，我看他守成也守不了。"

"你呢，你待如何？"

自负的笑容在他嘴边隐现，朱棣沉声道："平定四方，远迈汉唐。我要做父皇也做不到的事情！"

这是朱棣第一次在锦曦面前吐露抱负。锦曦了然地笑了。以他的心机，从前如履薄冰，这般大逆不道的话纵是再亲的人也不肯吐露半字，今竖大旗起兵方敢流露出来。

想想燕军不过十来万人马，朝廷轻易便可调动几十万大军，锦曦有些忧虑。突然眼前一亮道："朱棣，为何不与宁王朱权联手？他镇守河北会州，与这里相距并不远，他的亲卫便有甲士八万，战车五千，还不算他能节制的北边驻军。若得他相助，北平会州连成一片，北方安定，且李景隆就算拿下了永平，也会有后顾之忧。"

"朱权？"朱棣想起小他二十岁的十七弟陷入了沉思。

他起兵靖难，几乎所有的藩王都在观望，不相帮朝廷，也不相帮朱棣，就算仗打过来，也喝令自家人马闪过一边，让出一块空地，看朱棣和皇上相拼。自秦王晋王湘王等王逝后，宁王因节制北边最为强大。

"我去说服十七弟！"锦曦嫣然笑了。朱棣在军中走不开，此事寻常人又不能去，只有她。

朱棣有点犹豫。

锦曦淡定地说道："朱棣，我既与你同心，知你担心我，但是此时非比寻常，如能得十七相助，将如虎添翼。"

"等十七回来了再去可好？你一个人前往，身边无高手相伴，我会担心。"

锦曦点点头，先前的忧虑又起，三天，不知永平战事如何。她坚定地说道："让燕三和燕九陪我同去，白衣留下护你。我先去永平与十七汇合，再转去会州。"

朱棣知道这是最省时的办法。再是不舍，战事吃紧，也只能让锦曦前去。

出了大营，锦曦一行三人直奔永平。两日后已达永平城郊。

远望城门紧闭，燕字大旗迎风招展，先松了口气。再观城下，江阴侯吴高的军营将城围得铁桶一般，而外围则是燕军。

城外十万燕军只能与城互为掎角，首尾呼应。双方似在胶着。

锦曦眉头紧皱。吴高一攻城，这边就要分兵应付朱高熙和燕十七，如单攻一方，另一方便会袭击。如此一来，燕军进不了城，吴高也破不了城。

她与燕三燕七耳语一番悄悄转到燕军后营。

十七和朱高熙正焦头烂额。表面看双方胶着，但李景隆的兵马却是燕军数倍，他并不下死令袭击，却在每天蚕食着燕军，用几倍于燕军的兵力和燕军消磨。

锦曦入得大营，她紫衣银甲，面上覆了银色面具，不欲人知她身份。

朱高熙和燕十七松了口气，急报战况说与她听。

"让田轩弃城！"

"为什么？"朱高熙不明所以。

锦曦瞪了他一眼道："当然，不能现在马上弃城，得坚守十日。五万大军十日之中分批撤走，一天撤三四千人，留军一万与江阴侯吴高周旋。十日之内，我要永平城中的百姓军士全部撤离。记住，十日！高熙，这是军令，十日之后，我必与你十七叔回返。若守不到十日，我便亲行军令砍了你！"

朱高熙从小就怕锦曦，听她声音冷洌，忙答道："高熙遵令！"

燕三和燕九留下来保护朱高熙，锦曦和燕十七星夜出了营帐，直奔会州。

宁王朱权才拒绝了建文帝召他入京的命令。圣旨刚刚下达，要削他六万甲士。他今年不过二十五岁，年轻得意，哪受得了这口气，正闷在府中生气，突闻有客来访，且递上的名讳上只写了一个燕字。

是四皇兄的人？朱权有些犹豫。皇上登基后削了好几位皇兄的爵位，定他们谋逆之罪，自己这位四哥不甘束手就擒，打出了靖难的旗号兴兵。

眼下战火正在河北蔓延。他打定主意隔岸观火，这时四皇兄遣人来是何用意？接见，如被皇上知晓会不会定他同坐之罪？不见，他又极想知道燕王的意思，想解开自己的困局。沉思良久后，朱权唤侍从吩咐道："引来人到王府后院听风楼等候。"

宁王府听风楼其实是朱权品茗抚琴之地。楼前有水流飞瀑，怪石青藤，楼后遍植松木，小楼掩映其中，清雅悠远。难以让人想到王府之中竟有此避世的雅居。

侍从引锦曦和燕十七入内，并未奉茶，点了火炉离开。

锦曦解开斗篷。燕十七接过，星眸中涌起浓浓的欣赏。

她刻意未穿甲胄，换上了宽松的深衣曲裙，黑亮的长发只用玉簪束起，浅施脂粉。

"锦曦，你一直都这般美丽，真难想象，你居然是三个孩子的母亲。"十七由衷赞道。

"像个王妃样吗？"锦曦抿嘴一笑。

"是的，不见丝毫杀气。"

锦曦忍俊不禁，对十七道："你杀气太重，与这房内太冲，在外面等我吧。"

燕十七知道她怕宁王有所顾忌，退到了楼外。

宁王并不着急，缓步走向听风楼。选这处地方一是寻常侍从不敢来此，隐蔽。二来，是想告诉燕王使者，他并无意卷入这场战争。

才到楼前，他就看到了燕十七。黑色的窄袖长袍，长身玉立。眉宇间英气毕露，一双眼眸竟比星子还亮。宁王暗中喝了声彩，燕王帐下果然人才辈出。

"燕十七给王爷请安！"

"免了。"朱权心中疑惑，来人究竟是谁？四皇兄断然是走不开的，难道来的是世子？他有些好奇四皇兄想要对他说什么，是想借兵还是想与他携手？

走进听风楼，一缕馥郁的茶香飘来。朱权是嗜茶之人，脱口而出，"好茶！没想到四哥遣来一位茶道高手。"

正说着已绕过了屏风。面前一紫衣女子正专注地冲茶，从他的角度只看到一只纤纤玉手高举茶壶往下注水，大袖衫滑到手肘，露出如玉似瓷的肌肤。长发堆砌有云雾蓬松之意，仅饰以一根玉簪。还未回头，朱权已觉心旷神怡，此女之风姿竟生平未见。单一个背影，他已看得痴了。

锦曦听得声音，放下茶壶正要回头，身后那个年轻的声音急声喝止："别，别回头。"

她一愣，真的没有回头，端起才沏的茶浅抿了一口，"抱歉用王爷的茶具沏茶，我见侍从点燃了火炉，也未上茶，想来是想让客人自沏自饮。"

朱权瞧着面前纤细柔弱的背影目不转睛。听到她开口说话，声音清越，似山泉在林中流淌而下。看了许久才回过神来，"你别回头。"

宁王怪僻？锦曦有求于他，没有动，施施然地品茶。

朱权移过琴来，在锦曦身后按抹勾勒滑出一个清音。琴声悠然淳厚，似雪后初霁光华淡然，转而宁静孤秀，似冰层迎上阳光顿生七彩。

阳光照不进听风楼，午后格外恬静。茶香中琴音如诉，锦曦恍若回到王府水榭，与朱棣并肩看太液风光。日子懒散而美好，一时竟有对刀兵起厌之感。

她心中一惊，微微蹙眉，从琴声中拔了出来。暗忖宁王琴意志在山林，怎么也不像是拥有重兵之人。如此年轻便心意淡泊，真是个怪人。

一曲终了，琴音缥缈在茶香之中。

朱权见她果然未回头，连手都没有抖动一下，似在品茶听琴无意其他。那抹紫色身影笼在水雾里，如谪仙一般。他心知不会有这么简单，她是四皇兄派来的人，却不舍得打破屋内的沉静。一开口，这种气氛就再也回不来了。

他暗暗叹息，长身而起，推琴道："本王今日有要事在身，你便在此住上三日吧。"说完头也不回就走了。

锦曦微微侧过头，瞧到一抹玄色袍角消失，无奈至极，宁王不见究竟是何意思？

不多时侍从送来起居饰物，无一不是精品。燕十七拒绝离开，宁可守在听风楼外歇息。宁王也不勉强。

"十七，宁王是什么样子？"

燕十七惊诧地问道："刚才你没看到他？"

锦曦摇了摇头。

真是怪事。燕十七想了想道："极英俊的一个年轻人，像，像王爷年轻之时。但却没有王爷的锐气。"

锦曦笑道："一个父皇的龙种，想必是有些相似。"

"要等几日？"想起战事，燕十七有些担忧。

"急也无用，是有求于他，三日便三日吧，既来之则安之。"

话是这样说，锦曦也心急如焚。

她慢慢看着听风楼内的布置，细看宁王所弹之琴，见琴墨黑，长三尺六寸五，以八宝漆灰。常闻宁王好琴，这琴应当是他自制。

在楼内闲着无聊，锦曦走到窗边，见远处一道玄色衣袍闪过，避在假山处，心中已有主意。她站了会，取下琴来，见琴背刻有鹤鸣秋月四字，回想宁王所奏之曲，微微一笑仅单拨羽弦弹出一曲《秋》来。

一弦弹曲本应极为单调，锦曦也非抚琴好手。她轻捻慢拢，不怕琴音枯燥，倒另有一番简单清雅。

远处的宁王远远瞧到那个紫色人儿立在窗边，瞧不清面目，却能感觉到她的风华绝代，一颗心便咚咚跳起来。听到琴音单调中带清朗淡静，情不自禁地移步走向听风楼。

锦曦虽不知为何宁王不想她转过身去，此时也背对门坐着。她是习武之人，耳力甚强，听到足音走进，便松了口气，生怕琴声引不来宁王。

"为何只弹羽弦？"

"五弦属水为羽。水星应冬之节。弦用四十八丝，聚集清物之相，与这琴相配。"

"你，不知道单一弦音抚的琴曲不够丰满？"

"琴为心音，相配即可。"锦曦说完缓缓回头。

朱权心口如中重锤，脑中一个声音在喊道，天下竟有此钟灵毓秀的女人！一双眼波往他身上一转，他已屏住了呼吸。

"王爷不问我是何人，才能以燕王名义前来拜访？"锦曦淡淡地看着眼前的年轻人。十七说得不错，这位年轻王爷极似朱棣年轻时，有一双长在头顶上的眼睛，且眼神深沉看不清心中所想。

她想起从前的朱棣，一抹笑容绽了开来。似春风吹暖大地，百花怒放。朱权觉得室外的阳光冲破了青藤阻挡，耀得满室生辉。

他眼睛眨也不眨地望着她，是四皇兄的女儿么？怎么从没听说过这么美的郡主。

"十七弟，你该唤我一声四嫂！"锦曦巧笑嫣然。

"四嫂……"朱权喃喃重复一遍，猛地反应过来，眼前正是魏国公之女，燕王正妃。他难以置信地瞪大了眼，从头打量锦曦。

见她姿态端庄似三十多岁，笑着的模样又只有二十来岁，黑白分明的剪水双瞳不染尘埃，却像极十五六岁不知愁的少女。

朱权微张着嘴，脑子里嗡嗡直响，下意识地后退："四，四嫂，我，我还有点事，明日再来看你。"

朱权飞步出了听风楼，无视燕十七诧异的眼神。直离得远了，才拍着胸口喘气。她居然是他的四嫂！朱权烦躁不安。四皇兄在军营，这等大事自然不可能遣一侍从前来说项。他早该猜到的不是吗？

时间又过了一天，锦曦和燕十七心里记挂着战事，想起朱高熙独自与李景隆的军队在永平僵持，这会儿还不知道李景隆是否识破撤退的布局。锦曦等不下去了，决定主动找朱权。

"回报你家王爷，听风楼雅致宁静，将来定会再来做客。"锦曦以退为进当即告辞。

朱权闻报后没有吭声，在书房内转悠了一会儿，终于忍不住迈进了听风楼："四，四嫂这就要走了吗？"

"王爷府中事务繁忙，前方战事吃紧，不能再欣赏王爷的香茶和好琴了。"锦曦淡笑着说道。

朱棣起兵靖难，原因为何他这些兄弟心中都亮如明镜，朱权前些日子才接到圣旨削减亲卫，他不急才怪。只不过害怕朱棣事败，自己也被牵涉进去，所以在独善其身与相助朱棣中间徘徊。这也是他两次相见又借口离开的原因吧。

锦曦只字不提借兵和要朱权相助的事情，仿佛前来就是做客。

告辞的话一说完，锦曦就站起身准备离开。

"四嫂，"朱权唤住了她，贪恋地看着锦曦的容颜，她不仅美丽而且聪明，"四嫂还没说明来意，这就要走，不怕白跑一趟吗？"

"听风楼小住两日，已经收获良多，将来若有机会，还想请十七弟为我制把好琴。抚琴品茗也是人生一大乐事，战火既起，偷得浮生半日闲，多谢十七弟了。"锦曦还是不肯说。

心战比真的战场还要诡异惊险。她牢牢地记住一点，就是朱权也在犹豫。

"四哥在两个月时间已攻克通州、蓟州、遵化、密云、居庸关、怀来、开平、龙门和真定，北方已成铁板一块。只是曹国公李景隆大军已至河间，江阴侯强攻永平。永平若失，通往北方的大门就打开了。是吗？"

锦曦笑道："十七弟眼光锐利，正是如此。"

"想借兵？"

"不想！"锦曦原打算借兵，现在却觉得还不如拉朱权下水，她笑嘻嘻地说道，"十七弟若是借兵便罢了，告辞！"

"站住！什么意思？"朱权疑惑，难道四哥想的不就是借兵吗？

锦曦讥讽道："朝中奸臣污了皇上的耳朵，十七弟看不出来吗？你四哥征战多年，为朝廷立下汗马功劳，结果是什么？你戍守北边，不也削了你的亲卫吗？皇上恨不得所有手握兵权的叔叔们全都死了才安心。十七弟若是想独善其身，这兵不借了，留着将来皇上下了圣旨，十七弟还能由亲卫护着拼死一争。那时若是你四哥还有兵力，十七弟只需一封书信，我亲自领兵来救。"

一席话让朱权脸时白时红。他对锦曦一见钟情，明知她大了自己十来岁，却难挡心中的仰慕。锦曦所说之言也并非毫无道理。见她不屑自己，心高气傲的朱权就有了失落。

见锦曦已经走到听风楼门口，他大喊一声："不知四嫂能代四哥做主吗？"

锦曦吐了一口气，对燕十七眨巴下眼睛，回首嫣然："我说的话就是王爷说的话。"

永乐元年九月初五。宁王朱权并于燕王队伍，出兵突袭永平。

江阴侯吴高占了座空城，正疑虑间被朱权军队打了个措手不及，不战而逃，退往山海关驻守。

而燕宁两军乘胜追击，连连攻克永平、山海关。

永平解围，李景隆的大军却还在虎视眈眈 。

"唯今之计……"朱棣与锦曦同时说道。

朱棣轻轻一笑道："你先说。"

锦曦狡黠笑道："一起！"

两个人同时转身在纸上写出计策，拿出来一看。锦曦咯咯笑出声来，朱棣的脸却黑了："不成！"

原来朱棣写的是："佯攻大宁，引李前来。"

锦曦写的是："我守北平，你攻大宁。"

两个人同时想到的是佯攻大宁，让李景隆以为燕军主力外出，北平空虚，引李景隆来北平，围歼之。

"虽然是引他上钩，我却不能让你涉险！"朱棣静静地说道。

锦曦有点着急，扯着朱棣的衣袖道："你不走，李景隆不会上当！而北平城总要有人守！成大事者怎生像你这般犹豫不决？！"

朱棣只沉了脸不肯答应。

锦曦急了，瞪着眼睛问朱棣："燕军兵力能强过李景隆？你不这样使诈，难道让士兵去力拼？李景隆可不是呆子！没点实际的好处，怎么能引他入瓮？"

朱棣剑眉一竖，呵斥道："这事就这么定了，我让白衣张信留下来守城，你随我大军出发。"

"我不在，李景隆会真的相信？"锦曦淡淡地说道，双眸里闪过精明的算计，"我在，他便会来，你难道真的不知道吗？不仅如此，还要留下高炽，与我一同守城。"

朱棣跺了跺脚，狠狠地说道："我说不行就不行！我宁可与他正面作战，也不会让你涉险！"

锦曦眼瞪着他，一字字地说道："王爷何时有妇人之仁?! 何时肯拿燕军士兵的性命为赌注？何况，难道他就一定破得了北平城？"

破不了，破不了也是置你于危险之中！朱棣同样瞪着锦曦，薄唇紧抿，毫不退让。

"朱棣，我真是错看了你！你优柔寡断，实不足以成大器！你何不投降乞求，咱们一家同死，也好过连累这十几万士兵！"锦曦怒道。

"我留十万人马守城……"朱棣淡淡地说道，眼一闭，这已是他最大的让步。他不再提担心锦曦的事情。一想起李景隆大军围城，就遏止不住那种揪心的感觉。

"不行，你不真的带大军攻打大宁，这番心血就白费了。"锦曦声音一柔，偎进了朱棣怀里。

没有道歉，不需要再解释。彼此心意相通。

二十万大军死死围住了北平城。而城中守军仅有六万人。

燕军主力全去了大宁，燕王宁王朱高熙都去了……锦曦望着温和的朱高炽叹息。

"娘，孩儿不学武艺，今日方后悔。"朱高炽满脸懊恼，为自己不能像二弟那样勇猛感到沮丧。

锦曦笑容不改，嗔他一眼道："打仗战呢，谁说主帅就一定要亲自上阵？你总读过书，知道运筹帷幄决胜千里的道理。传令下去，所有城中但凡能动弹的男女都配发甲胄，随我一共抗敌。"

朱高炽吓了一跳，母亲弓马娴熟是一回事，燕军家眷城中妇孺怎么能与她一样？

"还有你！"锦曦瞪他一眼，"带着王府的青壮太监给我坐上城门楼去，什么事也不用做，你就镇定地喝茶就好。"

朱高炽脸红筋胀，正欲争辩。锦曦已笑了，"不是说你无用，而是，你父王不在，你便是燕王世子，这城里的主人。你不镇定地坐在上面鼓舞士气怎么行？

要不，我俩换换，你去杀敌，我坐着品茗？"

"还是孩儿……"朱高炽吓了一跳，自己从小连只鸡都没杀过，赶紧应下。想起锦曦说的他是北平之主，血液又奔腾起来。

望着戒备森严的北平城，李景隆面色阴沉。多少年了，没来过这里。洪武十四年，他与她在燕王府琴音水榭赏雪嗅梅定下约定后就再没踏足过北平城。

十年，锦曦，我遵守约定让朱棣发展势力。我同时也说过，他日朱棣起兵我必领军与他一战。

想起永平失守，朱棣转战大宁。李景隆嘴边浮起嘲笑，以为我会这么笨，被你牵着鼻子走？我不会去大宁，我只会攻下北平，占了你的老巢。

"传令下去，攻城！"

命令很简单，六个字。北平城却陷入了混战之中。

能用的礌石滚木箭矢早运上城头，李景隆的攻城之战受到北平守军的顽强抵抗，仅第一日就击退来袭十三次。

李景隆望着喘着粗气传报军情的士兵，眼中怒气难以控制："城中不过六万守军。张信是什么人，无名小卒而已，以前的副都指挥使，朱棣并不在城中，精锐尽往大宁，怎么会士气还这么强盛？！"

"爷，城门楼上好像是燕王世子亲自督军！"银蝶眼力好，认出了城门楼上身着甲胄坐在一群太监侍卫中的朱高炽。

李景隆眼睛眯了眯，冷笑道："传闻燕王世子连杀只鸡都不敢，次子随他去了大宁。哼，竟敢上城门楼督战，取弓来！"

他坐在马上，瞄了一眼手中长弓，见银蝶递上附骨箭，他心口一颤，想起当年用此箭伤了锦曦的情景。压下那股子心痛，李景隆暗道，锦曦，你不要怪我杀你儿子，北平城我志在必得！

他弯弓搭箭时，锦曦正慢吞吞地走上城门楼。她希望朱高炽能得到锻炼，能立威人前。一天十三轮的进攻被打败了，此时北平城墙上下一阵忙碌，运送伤员，补充武器。她这才上了城门楼，想瞧瞧朱高炽，坐了一天，该让他回去休息了。

刚走过去，她骇然听到箭矢破空的声音，锦曦想也没想就扑了过去。然而一道身影比她更快，抢在箭支射中呆若木鸡的朱高炽前将他扑倒在地。

"十七！"锦曦发出一声凄厉的喊声，不敢相信自己的眼睛。

燕十七缓缓站起来，又一箭射来，他身体一颤却站立着挡在垛口。

两支附骨箭一箭从背部射入，一支从前胸透体而出，燕十七瞧着锦曦似有点无奈地笑了笑。

看到他身体一颤，锦曦心中仿佛也被利箭洞穿，她飞奔过去抱住了他。燕十七靠在她身上慢慢顺着城墙坐了下来。血汩汩从他身上流出，温热的液体沾满了锦曦的手，眼泪疯狂地从她眼中倾泻而出。

"来人啊——"锦曦哭着喊人，血从她的手指缝里像河水决堤般往外涌。她怎么也止不住，心里的恐惧像个不断增大的黑洞渐渐将她淹没。

"没……用了，锦曦。"燕十七知道是附骨箭，正中要害，只用片刻，他的血就会流尽。

"十七，我不要你死，你不要说话啊！我帮你……拔箭……"什么叫剜心之痛，什么叫恐惧害怕，锦曦没法止住燕十七的血，也没法堵住心中的痛。

燕十七捉住她的手，轻声哄道："别哭锦曦，别哭！"

她的容颜一如从前。燕十七留恋地瞧着她，周围人的喊声他已听不见，他眼中只有锦曦带着惊惧的面容，一如当初在吕家庄遇到她惊了马的时候。

"锦曦，我真想为你牵一世的马。"燕十七轻声说道。她的神采飞扬，她的俏皮机灵，她对他的依赖。他多么想活下去，守着她，到头发白了，到天荒地老。

锦曦忍不住泪，想张口说话，喉间的肿块越来越大，哽得她胸闷眼黑。这是她的十七，一直守护在她身边，只要她开心，只要她过得好的十七。

多少年了，她用义结兄妹来躲开这个问题。她没有赶十七走，因为她知道留在她身边是他唯一的心愿。她也没给过他一丝温柔，她所有的心都系在了朱棣身上。

可是十七，你同样也是我的亲人，同样也是我身体中不能舍弃的一部分啊！

"锦曦，若有来世，你，你会与我浪迹江湖……"燕十七想起小溪镇那一晚。那是唯一的机会，锦曦没有许给燕王。

锦曦拼命地点头，银甲染上了燕十七的血，如同雪地里绽开的红梅，"十七，我自私。我明知道，我却不想赶你走！你既然留下，你就不要死，你说过，说过要一直护着我的啊！"眼泪大颗大颗地滴落，锦曦悲伤地喊着。

她想起燕十七雪地里奔劳四昼夜，与狼群激战，想起他沉默着站在琴音水榭前的背影。再也看不到了吗？她不要他死啊！

锦曦紧紧地抱着他，见他嘴唇翕动，她贴上了十七的脸，他已经没了力气，良久耳边隐约传来细游丝的话语声："对不住了……我，护不住你了……"

那声音淡得在空气中似有似无。燕十七的身体在冬日的寒风中越来越冷，锦曦不敢抬头，只希望自己的怀抱能够暖热他，只想听到他不停地在她耳边说话。

直到脸颊被风吹得木然。

"娘，送十七叔回府吧。"朱高炽抹着眼泪哽咽劝道。

锦曦缓缓站直身体，反手就是一记耳光，朱高炽被打得飞了出去，吓得捂着脸不敢言声。锦曦从怀中拿出那张银色面具，这还是十七在她帮朱棣凤阳治军时为她做的。

面具薄而精巧，内侧边缘刻有细不可见的字：燕十七打造于洪武九年暮春。

她低头看看十七，英俊的面容仿佛还在睡梦中，嘴边带着一抹笑容。她闭上眼，燕十七带着灿烂如阳光的笑容向她走来，泪水忍不住又滑下面颊。

"送你十七叔回去，明日抖擞精神还给我坐这儿督军！记住，你是燕王世子，莫要坠了你父王的威名！听到没有！"

朱高炽大声回答："孩儿不怕死！"

锦曦哑声道："对不起，我不该打你。记住，若是娘有什么三长两短，你也要把城守住了。若是不行，就随轻骑弃城去找你父王。"

"娘，你，你要……"朱高炽吓得心惊胆战，不知道锦曦要做什么。

锦曦系上了面具。她身着男装，面具覆盖了她的面容，森森杀气从她身上散发出来。她走到垛口，见不远处李景隆一身黑衣玄甲手握长弓望向城门楼。

是他，锦曦突然愤怒得无法自抑。

这个人与她纠缠半生，他威胁于她，也救过她。他的箭当初不仅要杀朱棣，现在还想杀她的儿子，可是，他却杀了燕十七。

她悲伤地想，这一箭若是再射在她身上有多好，她宁肯扑上去的是自己，中箭而亡的是自己。

银甲上染着十七的血迹鲜艳刺目，这是十七的血，仿佛还带着他的温度。目中又浮起泪影，锦曦喃喃道："十七，我为你报仇！"

她侧过头瞥了朱高炽一眼，见他已镇定下来，便淡淡说道："你若想让你娘死得快，就站在城头让敌人知道去的是燕王妃！"

扔下这句话，锦曦再不看地上的燕十七，心一横，足尖轻点，如一只鸟轻盈跃下城头。

站在薄雪覆盖的地上，锦曦长剑一摆指向李景隆。她嘶哑了声音道："箭是你射的，拿命来吧！"

李景隆看着从城墙上一跃而下的身影有些许惊叹，原来北平城中还有这样的高手？他冷冷笑道："你是为燕十七报仇来的？你也是燕卫？"

"是，燕卫一体，我要为燕十七报仇。听闻曹国公武艺超群，咱们就依江湖规矩决战！"锦曦声音低沉暗哑，眼中透出愤怒和悲伤，带着彻骨的仇视逼着李景隆。

那目光让李景隆隐隐有点不安。听说燕十七一直是锦曦的贴身护卫，难道锦曦在城中？这个念头让他把目光再次投向北平城。想到攻陷北平可擒得锦曦，那颗心便怦然而动。

他凝视着眼前这个小个头的银面侍卫哈哈笑了："好，我便领教一番燕王护卫的武功，都给我退后。"

他跃下马来，把弓箭交给银蝶，提了把剑悠然走向锦曦。"告诉我，你们王妃在城中是吗？我现在不想杀你，你回去告诉她，故人前来，请她城头一见。"

"废话！"锦曦不想多说，扬手一剑如流星疾刺。

"好剑法！"李景隆侧身闪过赞道，感觉来人武功不俗，也提起精神来。

两人身形矫健，转眼间已斗了数十回合。锦曦出手全是狠招，李景隆都轻松躲过。见不敌李景隆，杀不了他，锦曦想起死去的十七，悲愤异常，心念一转，剑交左手。

电光火石间李景隆一剑格飞她手中长剑，大喝一声反手削来。

锦曦侧头避过，束发玉环却被削落，青丝如水披散。

"锦曦！"李景隆失声惊呼，纵然隔了面具，他还是认出了她。

锦曦心念催动，右手光芒暴涨，一圈银白色的剑光如匹练般将李景隆的剑削为两半，其势不减直袭他前胸。

李景隆骇然往后一倒，胸腹一凉，护甲连同护心铜镜断裂脱落，里面衣衫也被割破，他伸手一捂，竟满手是血。

银蝶和他身后将士见势不妙，潮水般往前涌，挡在了锦曦面前。

"挡我者死！"锦曦红了眼睛，裁云剑所到之处，血肉飞溅。

"别伤了她！"李景隆甩开伸手来扶他的银蝶，低头看到胸部一道浅浅的伤口，只伤了皮肉，暗暗后怕，若是剑势再厉一分，就将开膛破肚。

围攻锦曦的人越来越多，朱高炽记得锦曦跃下城楼前说的话，急得跳脚，却不敢出声喝喊。若是被敌方识破她是燕王妃，擒了她，这北平城将不攻自破。

他也不敢放箭，生怕误伤了锦曦，似热锅上的蚂蚁团团转不知如何是好。

锦曦只有一个念头，杀了李景隆为十七报仇。她眼中只有十七的笑容和他中箭倒下的痛楚，别的她听不到也看不到，闷声不响瞄准李景隆所在的方向杀去。

空气中弥漫着浓浓的血腥味，锦曦身边的尸首越来越多。可人却怎么也杀不完，隔了人墙，她望着李景隆，一口血便喷出来。

李景隆瞧得胆战心寒，不顾银蝶的阻拦，想也不想跃过去，挥剑砍翻围在锦曦身边的士兵，大吼道："都给我退回去！"

锦曦力气已经用尽，眼前漾动着李景隆焦虑的脸，喉中一甜又呕出一口鲜血，正喷在裁云剑上，剑光突然暴涨她用尽全身力气削向李景隆。

李景隆早有防备，知她手中是柄宝剑，腾身跃起，身体一扭，已避开剑锋握住了锦曦的手腕，"别打了，锦曦！"

泪水疯了一般喷出来，还是杀不了他，用了裁云剑也杀不了他吗？锦曦心力一散，裁云剑蓦然软了，回绕在她手腕间。"我杀不了你，你，你便杀了我吧！"

李景隆心悸地看着鲜血从她口中涌出，染红了银甲。这么多年好不容易看到她，难道就是看着她死吗？他拼尽真气注入她的经脉，用力抱起她大呼道："银蝶！"

银蝶迅速牵过马来，他抱着锦曦跳上马，飞马回营。

"不，不要。我要回……北平！"锦曦软弱无力地倚在他怀中，喃喃道。

"传令下去，退军十里，休战！"李景隆大声喊着，生怕锦曦因为心急战事而死。听到他传令，锦曦想起朱棣必在赶回的路上，心一松晕了过去。

大军营帐内，灯火通明。李景隆护住了锦曦的心脉，知她无碍才松了口气。银蝶小心地替他裹伤，见他目不转睛地看着床上的燕王妃，不禁暗暗叹息。

锦曦的面具已经取下，露出苍白美丽的脸。

李景隆痴痴地瞧着。多少年了，这张脸与梦中的一模一样，没有改变。锦曦，过了这么多年，你为何还是这样美丽？他轻轻地伸手，在她如玉般嫩滑的肌肤上流连。她的眉如羽毛一般舒展，唇只有淡淡的一抹粉色，长发像扇子一样在床上铺开，带着绸缎般的光感。

多少年，一直希望能与她安静地这样待着。自己随心所欲吐露心中的秘密，只与她分享。她是他身体的一部分，从来都是。

他娶了阳成，却从来没有碰她一下。李景隆想，太祖真是毒辣，阳成不也是他的妹妹吗？同母异父的妹妹，他怎么就能把她推向这个深渊？

这是太祖的最后一步棋吧，不管他帮谁，知道与妹妹成亲的自己不疯也会心神大乱。这就是太祖为他安排的结局？太祖皇帝是一个有功之臣都不想放过，一个能在将来威胁到他儿子的人都要埋下杀机，不惜毁掉一个女儿也要保住江山的人。

"锦曦，只有你，从来都只有你一个人，我没有别的妻子。不管你嫁没嫁人，在我心中你一直都是我的妻。"李景隆轻叹出声。

想起今日锦曦手中奇异的剑芒，他小心抬起她的右手腕，细细观察缩成银镯般的裁云剑。"用一分便伤一分，用十分便伤十分。锦曦，我绝不要你再使这剑！"李景隆想起裁云剑认主也噬主的传言，想起锦曦今日呕血的样子，心猛地收缩。

他用力去拔那只镯子，无论如何也取不下。

李景隆烦躁地在营帐内踱步，她为了燕十七便轻动此剑，若是为了朱棣呢？他不敢想下去。难道，她会因为这场战争，因为用这剑而丧命？这个念头一起，李景隆恨声道："我就算砍了你的手，也不会再让你用这劳什子剑！"

但真的砍了她的手吗？李景隆无计可施，丧气地坐下。

自己领二十万大军攻北平，眼下机会这么好，就这样放弃吗？李景隆委实难决。朝中老臣都被太祖皇帝杀得差不多了。建文帝书生一个，成不了大气。自己从小与他亲近，将来，这朝中摄政的便是自己。

多年独揽朝政的心愿眼看就要达成，难道，就为了她，为一个不爱他的女人放弃？然后叫朱棣挥军南下，登基为帝？

李景隆目中透出仇恨。他是他的弟弟，难道就因为这个就可以抢了他的女人还抢他的权力吗？

锦曦慢慢醒来，身上无力，想起师傅说过用一次裁云剑就会大病一场，会折寿。折寿又如何，十七的死还抵不过几年寿命？她动了动，勉强撑起身体。

"躺下！"李景隆回过头，手轻轻用力，制止了锦曦的举动。

"你，你放我走！"

"……"

"你杀了我吧!"

李景隆默默地看着她,长叹一声:"是,我很多时候都想杀了你,除了我的心魔。可是锦曦,我做不到,我做不到看你死在我面前。我,下不了手!"

"可是你却下得了手去杀我的孩子!你的箭是射向高炽,他若死了,你和杀我有什么不同!"锦曦大喊道。

"那是朱棣的儿子,我为什么不能杀他?!"李景隆怒意上涌。

"他也是我的儿子!你,你还杀了,十七!"锦曦痛哭失声,恨自己武功不济还落在李景隆手上,想起李景隆会以自己要挟高炽攻破北平城,想起朱棣,锦曦咬破舌尖含了口血便想喷在裁云剑上横剑自尽。

嘴瞬间被堵上,李景隆疯狂地吮吸着她嘴里的血腥。"我不准,我不会准你自尽!你恨我一世我也不会再让你动用裁云剑!"

锦曦拼命地挣扎也抵不过李景隆的力气,眼睁睁瞧着他用绳子将她反绑起来。

李景隆小心用布将她手腕上的裁云剑缠裹好。

"你休想用我去攻破北平城,也休想用我去威胁朱棣,我就是死也不会让你如愿!"

"你再敢咬舌我就把你的嘴堵上。"李景隆狠狠地说道,见锦曦怒目圆睁,想起多年前送兰与她,隔了窗户见她露着如梦般的迷离眼神,带着天真与羞涩,恍如仙子,怒气一丝丝从心里抽掉,随即泛起无奈。

"为什么,锦曦,为什么我们之间会这样?"他无力地坐在锦曦身旁,喃喃说道。

"因为你心术不正,你权欲太强!你没有是非观念,只凭一己喜好做事!你帮着朱允炆削藩何尝不是为了自己将来独揽大权?你做的哪一件事没有目的?"锦曦不屑道,手悄悄地挣扎着,她希望紧缚的绳索能磨破手腕的皮肤,让裁云剑喝到她的血。

"你若再挣扎,我就把你吊在战车上威胁你儿子开城门。"李景隆目光冷冷地看着锦曦。看她微喘着气苍白着脸,还想用裁云剑的模样就难受。

他霍然站起身道:"朱棣大军已到城东二十里的郑家坝。战争,不需要女人。我送你回去。"

锦曦一呆,心里狂喜,她强忍着生怕李景隆发现端倪,垂眸安静不再说话。李景隆抖开披风裹好她,抱了她走出营帐,跃上马直奔北平城。

马蹄嘚嘚踏在结着薄冰的路上。锦曦身体发软，手被反绑着无力靠在他怀中。

"锦曦，你肯定不知道，我在玉棠春船上抱起你时，你就这么温顺。"

"哼！"锦曦正要开口大骂，李景隆轻笑道："你若不怕所有人知道燕王妃如此模样，你就最好闭嘴！"

锦曦气结，转头望向夜色苍茫的大地。

"你瞧，有月亮呢。"李景隆放慢了马缓慢地往北平城走，他知道这是他能拥着锦曦在怀中的最后一段路。真希望这条路没有尽头。四周黑黢黢的，安静得像走在黄泉路上。如果黄泉是这般阴郁，所有的鬼魅都在如荒原的路上行走，锦曦，只要能与你一起，这条路就是飞往仙境的天路了。

月亮在大地上洒下清辉，将云朵的暗影映在雪地上，远方地平线上的北平城墙隐隐现出一道暗影。

"以前，每次找你的时候总是找有月亮的时候，点灯会让人看见房间内的情况，而月夜却让我能清楚地看着你……每次我进来，你都似乎在等着我，瞪着明亮的眼睛，像夜里最亮的星子。你又是气恼又是无奈的模样，我没有一天能够忘记……锦曦，很早很早以前我就想杀了你。在松坡岗，我对自己说，若是不能杀了你，我必定除不掉心里的影子，会因为你放弃我的野心和抱负。那一箭我亲手射出的，然后瞧着你被燕七拽着跳下了山崖。"李景隆拢了拢裹住锦曦的披风，紧搂住她，怕她虚弱中又受凉。

锦曦没有作声。往事随着李景隆的话泛滥，她有点茫然，初时的心动，尔后的畏惧，如今的仇恨，他的情感如此怪异。

"……我从水里捞起你的时候，你都没什么气息了。我很怕，心里就空了。我恨自己为何要亲手射出那一箭，为何要用最毒的附骨箭……我一直都想杀你的，在韭山也是，真的想要杀了你……过了这么多年，我只有你一个女人。我都想重新见着你，会不会不再想你，不再思念你，不再对你动心动软……你瞧，我堂堂征虏大元帅，还是不忍擒了你用你去赢这场战争。"李景隆看着北平城墙的阴影越来越大，终于停了下来。

他双手一紧，将锦曦嵌入了怀里。多年前第一次搂她入怀后，就忘不了她温软的身躯。李景隆低头看去，锦曦目光淡然地看向远方，似乎一句话也没有听他说。他自嘲地笑了笑。

"锦曦，我只能送你到这儿了。我会倾力与朱棣一战，他兵少，从大宁急奔到北平又是疲乏之师。我想你也不愿意他为你分心。所以，你最好回到王府好好养病。"李景隆贪恋地伸手抚摸着她的长发，声音突然转冷，"以后，莫要再让我瞧见你用裁云剑。否则，我不会明枪明剑地与朱棣斗，我会下了兰花令，让他防不胜防，昼夜不得安宁！"

锦曦一抖，紧咬着嘴唇不答。

李景隆翻过她的身体解开了绑绳，跃下马望着她："你，多保重！"

"今日你放过我，他日我会杀了你为十七报仇！"

"随你。"

李景隆头也不回施展轻功离开。锦曦回头，看他的身影如一抹青烟越去越远，心里不知是何滋味。想起与朱棣定下的计谋，城中众人此时必定急得上火，赶紧催马走近叫开城门。

朱高炽一夜不敢阖眼，亲迎至城下，扶锦曦下了马便抹眼泪："娘，你没事吧？"

"哭什么！我没事。"锦曦轻斥一声，疲惫地摆了摆手吩咐道，"把马放回去，你父王已到城东二十里外，随时准备里应外合。"

进了王府，锦曦沐浴后换上了白色的深衣，独自走进燕十七停灵的偏殿。

灵幡飘动，燕十七安静地躺着。两支附骨箭已经取下放在一旁。白衣的媳妇哭得双眼红肿。

燕十七已换上干净的锦袍。锦曦心头一酸，自己竟没能为他换衣，十七必定是喜欢她为他打扮的。

锦曦打散十七的发髻，上面还有血污和灰尘。

"嫂子，嘱人打盆热水来。"

洗净头发，用干布擦了。锦曦掏出篦子认认真真地给十七梳头。

"王妃，你别这样……"

"你让我和十七单独待会儿成吗？"锦曦静静地哀求。

细细地梳好，挽起，再用发簪固定。十七的脸上似乎带着满足的笑容，锦曦柔声道："十七，我知道你从小就没了家人。白衣找到你时，你都和狼群一起生活了七八年。从来没人帮你梳过头……你，要是娶个媳妇也好啊！"

泪水再一次蒙住了眼睛。想起燕十七这一生，幼时孤独，遇上她还是孤单一人。锦曦就忍不住流泪："今天我帮你梳头，我不是不喜欢你，我们遇错了时间，也遇错了人。我不能抛弃父母随你远走天涯，等我想明白其实可以的时候，我心里已经有了朱棣……对不起，十七……这么多年你就守着我，我没办法赶走你，我舍不得让你不瞧着我。一直就想，能这样让你满足也好……可是你怎么就失言了呢？为什么不活着一直守着我？"

她趴在十七身上放声痛哭。

那个有着比星子还亮的眼眸，笑容灿烂胜过阳光的燕十七永远不会在她身边了。他不仅护着她，他甚至为了她的儿子而死，锦曦觉得心口的那种痛一直在噬咬她，一口一口，把一颗心咬得血肉模糊。

"娘！父王与李景隆在郑家坝打起来了！"朱高炽的声音把锦曦拉回了现实。

她站直身体，抚摸了下戴在手指上的兰花戒指，恨意升起。她戴上它，它会时时提醒她为十七报仇。锦曦贪恋地看了十七一眼，柔声道："我要去做我该做的事了，十七，我知道你会一直护着我的。"

锦曦沉声下令："点齐兵马，出城内外夹击！"

朱棣的大军星夜兼程从大宁赶回，扎营城东二十里的郑家坝。

这里地势开阔，正适合大军对阵。

黑色的燕字大旗在寒风中猎猎作响，对面李景隆的主力也已到达。

"多年未见，景隆别来无恙啊！"朱棣笑呵呵地骑在马上打招呼。

他一身白衣银甲，雍容华贵，似平时邀约李景隆骑马喝酒一般自在。

李景隆有些嫉妒地瞧着朱棣，目光落在朱棣身后的朱高熙身上。他的儿子都这般大了，少年英俊，面容依稀与锦曦相似。朱棣三十多岁，同儿子在一起并不显老，眉宇间更多了几分成熟。

他轻叹一声，"王爷风采依旧，景隆却是不再风流！"

"哈哈！景隆真会说话，若不风流，我那妹妹怎么痴情至今？"朱棣与李景隆轻松寒暄，片语只言不问北平城情况。

儿时的玩伴，如今的敌人。李景隆终于堂皇露出他的另一面，这让朱棣有种噬血的激情，想起他的所作所为，凤目已渐渐变冷。

"王爷，如今我领圣旨讨伐于你。束手就擒的话就不用说了，这里地势开阔，我军二十万，围攻北平损失一些。您的燕军却只有十万，且长途奔劳，这一仗你真有把握赢吗？"李景隆淡淡地说道。

"试试便知道了。从小我就想你若会军事，定是个强劲的对手，今日能与你一战，也遂了心愿！"朱棣冷声答道。

两边阵势排开。战马嗅到了味道，激动不安地跑着前蹄。

朱棣和李景隆对望着，一个眼里带着锐利和寒意似乎可以看穿人的心。一个目光炯炯燃着嫉妒的烈焰像要烧毁世间的一切。

风呜咽吹过，空气变得凝重，压力从两个人身上散开，弥漫了整个平原。

片刻之后两人同时掉转马头奔回阵地。

鼓声骤然响起。雄浑的进军鼓随着鼓槌重重落下，每一下都击在人心中，激起血液中的勇气和力量。

喊杀声随着鼓声冲突了方才的沉重，杀戮与血腥透过云层，大地不安地震动。不管什么地方，随时能看到杀红眼的士兵。

几十万人在这块平原上用最原始的力气和最直接的方式短兵作战。李景隆目中只有银甲的朱棣和他身后飘扬的黑色燕字大旗。

仗着武功卓越他一步步逼近了朱棣。擒贼先擒王，李景隆明白，擒下朱棣，战争就宣告完结。而只要接近朱棣，以他的武功，朱棣必不是对手。

这时从北平方向传来一阵轻雷声，低沉闷响似的带着魔力滚滚而来，浅雪覆盖的平原远方飘起一线黑影。

李景隆有点疑惑地望向后方，北平守城连妇孺都上了城墙，怎么还会有军队？

朱棣也瞧见了，凤目中涌出激动之色，他哈哈大笑："李景隆，你上当了！本王看似大军去大宁，实则精兵早留下设伏，以空虚的北平城引你上钩，如你所说，这里地势开阔，正好让你尝尝本王轻骑的厉害！"

草原轻骑！李景隆心往下一沉，朱棣北征收服咬住乃尔不花时，太祖将元兵残部尽归燕王帐下。这支骑兵竟然留在北平！而且看轻骑的来势已远超以往，看来是朱棣在轻骑上下了血本，还扩大了原有的规模。

他开始后悔与锦曦的十年之约，为了避免自己忍不住破坏，他刻意减少了北平的暗桩。李景隆终于明白太祖临去之前的怒气从何而来。连自己，锦曦不仅定下十年之约，还隐瞒了他的耳目。

李景隆眼睁睁瞧着轻骑飞驰而来，急声下令后卫抵抗。他咬牙切齿地想，她宁可叫妇孺上城楼抵抗，也舍不得用这支骑兵。她被擒后宁可自杀也不肯透露半点与朱棣定下内外夹攻的计谋！

悔恨在心里翻江倒海，每次碰到锦曦他就忘记她的心机和算计。他居然还对她怜惜，对她心软！

转眼之间三万多人的轻骑像支利箭狠狠地刺进了李景隆的后防。

这是草原上最厉害的军队，轻易撕破李军步兵的抵抗。

"战车列阵！"李景隆大吼道。

轻骑快速，而战车掉头却难。他本来是把战车排在前锋，以防燕军冲锋，如今却成了累赘。

如果从高处望下，便会清楚地看到草原轻骑的迅猛和锐利。

轻骑似白色的蛟龙张牙舞爪在李军后防翻滚、撕咬。前方燕军在令旗挥动下迅速与轻骑夹击。李军像只巨大的黑色爬行动物，从中部起在慢慢地缩小体积。

轮番冲击下，轻骑已突破李景隆后方防线，燕军如潮水般涌入，似钱塘垮堤，海浪掀起高高的浪头一波又一波地狠狠砸下，将地面上的一切事物都拍成齑粉。

李景隆恨恨然回头，看到万马奔腾中锦曦白衣宽袍随风翻飞，带着种娇艳的美丽出现在战场。每一次矫健地避开士兵的砍杀，剑光落处，点点鲜血溅上她的白袍，黑发如墨在寒风中飞扬。

这一刻，他和朱棣同时想起多年前郊外比箭初识锦曦的时候。她站在马上，带着阳光，顾盼神飞。

"该死的，居然还敢上战场！不知道会要命吗？"李景隆脑中飞快地闪过这个念头。

锦曦已破开一条血路，冲去与朱棣汇合。李景隆意识到北平的守军和轻骑已倾城而出与朱棣形成了完美的合围。

他一剑砍翻向他袭来的燕军，抬头时看到前方朱棣眼中闪动着惊喜。"你笑吧，你敢再让她这样，你会哭不出来！"李景隆咒骂着，见大势已去便想迅速结束这场战斗。帅字令旗摆动，队伍向南撤退。

燕军军鼓再击，乘胜追击，朝廷兵马溃不成军。

李景隆并未随大军主力撤走，而是断后与追上来的燕军拼杀。

手起剑落，剑上似长了眼睛一般，而他的目光却贪恋地望着远方那道白色的身影。

"公子！"银蝶急得大吼。都什么时候了，他还看着燕王妃。

锦曦的白袍像面旗帜，所向披靡，黑发在空中飞舞，美丽得像仙子。朱棣凤目中盈满相思，银枪一摆，拍拍墨影喊道："快！"

墨影长嘶，扬开四蹄奔向锦曦。

只是一口气撑着她，要击败李景隆，要为十七报仇，要见朱棣。锦曦斗志前所未有的强盛。

每个人心中都有一个信念。这种信念能支撑着人用最难以想象的意志突破极限。

胯下驭剑嗅到了墨影的味道，兴奋地直往前冲。锦曦被它带着离朱棣越来越近，一抹笑容在脸上绽开。

一色的神驹如墨，一色的白衣飘飘。

李景隆怔怔地瞧着，剑凭着直觉拼杀。他看着锦曦挥剑如雨，朱棣银枪挑飞挡路的士兵，两个人越靠越近，像两颗闪亮的流星蓦地撞在一处，激起耀眼夺目的光。

锦曦飞身跃起，宽袍舞开，像一朵怒放的白菊。

他看着朱棣大笑着伸开双臂接着她。看她绽出最灿烂的笑脸，仿佛这里不是战场，没有两军对垒，整个世界只剩下她和朱棣。

为了他是吗？为了他你连命都可以不要！嘴里冒着苦水，恨意从心底扭曲着身体钻进了脑子。"朱棣！我必将集结大军再同你一战！"

他的声音愤怒而阴鸷。策马回头，长剑如镰，所到之处燕军如割草般纷纷倒下。这般诡异的场面让燕军胆寒，他的话像乌云死死地压在众人头顶。

"哈哈！景隆可要快点！别等本王杀过来你的大军还在路上！"朱棣爽朗的笑声击碎了这层阴云。

燕军狂追四十里，歼敌十万多人，取得了北平保护战的完全胜利。

锦曦靠在朱棣怀中看着这一幕，兴奋地说："朱棣，咱们以少胜多，实力又增强了，你看，缴获多少辎重，还有归降的士兵！"

"怎么甲胄不穿就上战场？"朱棣眉却皱着，沉着脸责备道。

锦曦抬起头看他，眼睛慢慢浮上一层水汽，张口正要告诉他十七没了，一口血就喷在朱棣银甲上。胸口椎心的痛像无数的竹签插进去，拔出来时还带着细竹丝戳在柔嫩的肉里，轻轻动一下都痛得吸气。她听到朱棣惊恐地连声喊她，却再无力回答。

"王爷，王妃是忧思过度，且脱力疲惫所致！"大夫把过脉后这样回答。

朱棣眉心紧皱，目光深沉。他望着窗外没有说话。

大夫有点忐忑不安，不知该留该走。

朱高炽告诉他锦曦曾与李景隆相斗一场，场面血腥至极。第二日回转脸色便不好看。是李景隆又对她做了什么手脚吗？不会，朱棣肯定李景隆再狡猾再心狠也不会伤了锦曦。他望着锦曦手上的兰戒出神。他没有取下它，他知道，锦曦的用意。"锦曦，我满足你的愿望，你便再不会戴它，带着这仇恨了吧。"

朱棣想起燕十七，轻叹一声，或者是锦曦太过伤心，又没休息好才会这样。他回转身对众人道："你们都先下去吧，白衣，你留下。"

尹白衣低声答道："是，王爷！"

"我俩去喝一杯怎样？"

尹白衣抬起头，目光闪过一丝惊异，他不知道燕王叫他留下只为了喝杯酒。"好。"

朱棣走到床前为锦曦掩了掩棉被，叮嘱侍女和三个儿子小心看护锦曦，目光温柔掠过她没有血色的脸，那排黑凤翎一样的长睫在她眼睑处形成一道暗青，动也不动。朱棣黯然站起了身。

琴音水榭里火盆烧得正旺。酒烫得正是时候，朱棣慢慢饮下。

尹白衣也没有说话，陪着朱棣喝。

"很多年前，我与景隆也是这样喝酒，那时，我就感觉她不是常人，又格外亲切。"朱棣沉浸在往事中。

"有时候，我觉得特别亏欠锦曦。看上去我似待她极好，可是她为了我总是面临着危险。在凤阳时我逼着她做我的护卫，她却是以命相救。大婚的时候，我还故意捉弄她，结果中毒呕血的是她。父王召回病重的魏国公，结果锦曦难产，她生高炽的时候可顺了，还自己拎起高炽给了他一巴掌。如今我在北平起兵靖难，病倒在床上的还是她。我……我定下的计谋再好，还是置锦曦于危险之中。我凭什么以为万事无忧，她就没有危险……是我把锦曦扔在这里，让城中无大将，让她独自面对，还让十七……"朱棣凤目含泪，他转开头仰头饮下一大口酒。

热辣辣的火从喉间烧到胸腹，那团火是愧疚是心痛，是强烈的自责。

尹白衣已落下泪来："王爷大恩，白衣和十七没齿难忘。他，能为救世子而死，也尽忠了。"

"不是这样的。"朱棣苦笑，燕十七暗恋锦曦的事他一直都清楚。他从没有道破，不代表他心中对十七没有芥蒂。他也曾经讨厌十七脸上灿烂如阳光的笑容，亮若星辰的双眸。也曾嫉妒着他。想起当年看到十七牵着马和锦曦漫步在草原上的情景，他就嫉妒。

"如果不是因为我，或许，锦曦会与十七浪迹江湖，不用成天担惊受怕，不会积劳成疾。她吐出的血溅到衣袍上的瞬间，我就想，是我，是我害了她！"

朱棣激动起来。做了他多年的燕影，也跟随他多年，尹白衣从没见过这般坦诚激动的朱棣，心中感动，他正色道："王爷你就错了。锦曦从来没有对十七有男女之情。在她想有的时候，她的心就已经给了你。王爷若因为十七而冷淡锦曦，那便真正地对不住她了。"

"我，怎么会冷淡她……我更怕失去她。知道吗，白衣，我似乎又回到大婚那晚，心里全是恐惧害怕。抱着她，身上沾满她的血，我是真怕啊。"朱棣闭上眼剑眉紧蹙。

尹白衣闷声不响地拿过朱棣的酒劝道："我把过脉了，无事。只不过，她似乎很虚弱。我只觉得奇怪，像那种失血过多的症状，可是锦曦没有呕血的痨疾啊！"

朱棣蓦然睁开眼，沉吟道："我就是感觉哪不对劲，不像是因为伤心过度，她毕竟是习武之人。白衣，我要找她的师傅，道衍法师。她师傅一定知道。"

"王爷，眼下战事吃紧，我怎能离开？"

"赢了战争又如何？没有锦曦……"朱棣没有说下去，他坚定地看着白衣，目光中带了一丝恳求。

白衣情不自禁点了点头。

锦曦足足病了两个多月，才能下床。让朱棣更加奇怪的是，她能下床之后，竟慢慢和从前一样精神，看不出才大病一场的模样。

李景隆北平大败后退回德州，同时集结兵马打算再次攻击。这些日子，双方都在休养生息。朱棣的时间除了在军中布置，便在府中陪着锦曦。

"看剑！"锦曦轻盈一跃，足尖在朱棣枪尖一点，疾如流星般刺向朱棣。

朱棣只能扔掉枪，却避无可避，瞪着锦曦瞧着她刺来。

锦曦调皮地撒手，剑哐啷落地，人却扑进了朱棣的怀里。

"多大的人了？还像孩子？！"朱棣无奈地接住她，凤目中盈满笑意。

锦曦嘿嘿笑了，"我是让你瞧着放心，这不是没事了吗？"

朱棣沉下了脸，"从今往后，你不准再上战场！你去我会担心，一担心就会分心，一分心就……"

锦曦温柔地按住了他的嘴，认真地说："十七不在了，朱棣，我在府中总觉得不习惯。一回身就想着他还站在身后，在水榭里坐着，一偏头，就以为他还站在门口……我只跟着你，我不动刀枪好吗？你让我，让我这般守在府中……"

眸子里水光点点。朱棣动容地抱着她，唇温柔地印在她眼角，吮掉快要滴落的眼泪。"好，我们一起，生死都在一起。看不着我你会担心，你也要想，若是你有什么，叫我如何？当我无情无义没有心吗？"

"杀了李景隆！"锦曦捏起拳头突然喊了一声。

两个人"扑哧"笑了起来。朱棣的额头抵住她的，棱角分明的嘴溢出笑意，"你真坏！"

建文二年四月初一，李景隆率军六十万人自德州分兵两路，大举北伐。

消息传来。空气骤然紧张起来。

"我们必须分兵，对抗李景隆大军每一处只抽得出十万人与李景隆军队正面迎击，"朱棣静静地讲述眼前的势力对比，"诸位有何良策？"

李景隆兵分两路，一路自德州经雄县往北，另一路由德州绕定州往北。他自率三十万大军走德州。

"王爷，从德州出发往北必经雄县白沟河。当日我们设伏月漾桥，如今还可再来一次。"帐中大将张丘福建议道。

朱棣召集众将研究地图。细观良久，朱棣心中就有了底，他呵呵笑道："要过白沟河必经月漾桥。我们就再设伏一次，李景隆好施诡计，以为自己能猜破我们的计划，同时仗着五倍于我们的兵马，必肆无忌惮。我们就以十万之数迎击！朱高熙何在！"

"父王！"

"令你领一万兵马，自雄县至月漾桥沿途设伏，一击便走，不可久留！"

"是！"

"丘福何在！"

"末将在！"

"令你率军六万于白沟河畔摆开阵势迎敌，每个士兵做两个草人，摆足二十万人马的模样！"

"得令！"

"十七弟，你率十万兵马守住由定州而来的李军可好？"

宁王温和地笑了，"遵四哥令。"

朱棣拍拍他的肩："十七弟，你不用正面与之硬碰，只消拖住那三十万人马就可以了。"他犹豫了一下，又道，"你四嫂一直想跟着我，可是白沟河一战，我怕她见了李景隆会拼命，所以瞒着她，你留下，多照顾她。"

宁王心口一跳，有点不自然地开口："十七明白。"

"观童，你率军十万攻济南，济南现在正空虚，若是李军败退必撤至济南，你正好可以伏击！"

"是！"

朱棣答应了锦曦无论如何都带着她。想起十万人去与李景隆的三十万大军对抗，心中依然没有底。他瞒着锦曦打算独自领着那十万人去打伏击。

"朱棣，李景隆大军出发了？"锦曦有点企盼地望着朱棣。

朱棣弹弹她的额头："出发了。"

"那我们呢？"

"他兵分两路，我派丘福领兵去迎击，我们在北平附近布下口袋等他来钻。这会，你就待在府中可好？我不走远。到了我们的地方，他还能胜吗？"朱棣自得地说道。凤目下垂，隐去了刻意的谎言。

锦曦信以为真，呵呵笑了："若在北平城外，我亲上城楼为你擂鼓！"

暮春时分，杨柳垂下丝丝软枝，绽出细长的绿叶，沿河岸随风摇摆。远望去白沟河两岸仿佛镶了道绿色的茸边，如雾如烟。河水清波冷冽，卷起雪浪朵朵。若是踏春游玩，这春阳景致定会叫人流连忘返。

沉沉的脚步声震得大地微微颤动，风中夹杂着阵阵马嘶与铠甲刀兵撞击的声音。再也无人赏景娱乐，竟连呼吸也紧得屏住了。

"来了。"朱高熙握紧了手中的长剑，感觉手心汗涔涔的。

过了一炷香的工夫，黑色的队伍缓缓进入了雄县地界，斗大的李字旗在风中飞扬，从德州出发的队伍正朝着月漾桥进发。

朱高熙死盯着从面前走过的队伍，见李军先锋刚过一半，扬剑大吼一声："杀！"

附骨羽箭飞蝗般射出，还有短弓劲弩的机栝弹射的声音。朱高熙恨李景隆想用附骨箭杀朱高炽，令参与伏击的弓箭手不仅配劲弩同时还带上了长弓附骨箭。

箭袭一过，李军前锋倒下一片，前锋后部迅速后退准备进攻。朱高炽却带着人马速往后退。

等了半个时辰，重整队伍的李军前锋才又出现。这回士兵均用盾牌小心防备着突袭。朱高熙没动，等这队前锋过了月漾桥，再等了半个时辰，才又见李军大队人马出现。

月漾桥并无动静，似乎方才的伏击只是小股队伍的骚扰。

等到李军有一万来人过了桥。一声尖锐的竹哨声响起。白沟河底竟射出万千箭矢。桥上惨叫声阵阵，前面已过桥的李军遭到朱高熙的冲杀，急往后退，桥上便践踏挤落无数士兵，被滚滚河水冲走。后面的队伍上不了桥，调集弓箭手往水底和对岸放箭。

等到李军迅速撤下月漾桥，桥对岸只顺风吹来受伤士兵的惨号声。

白沟河已恢复了平静。河水瞬间变红，流水瞬间又将血迹冲得没了。

还没见来人，便扔下几千具尸体，李军有些茫然，不敢再轻易踏上月漾桥。李军左副将吴杰听到消息传来，大怒道：“岂有此理，才从德州出发，还未见燕军主力，便不敢前行，如此怎么去北伐?! 探明情况再报！”

不多时探子回报：“燕军二十万人马在白沟河北岸集结！”

吴杰咒骂道：“朱棣反贼，知我三十万大军，竟使诡计挫我士气！传令下去，渡过月漾桥，与朱棣决战白沟河！”

这一次过得倒是顺利，然后一路上死亡的李军尸首让整个队伍陷入了沉默。吴杰见此情景气得又一阵大骂。恨朱棣歹毒，又气士气低沉。

过了月漾桥是一大片浅滩，远远地就看到燕军队伍已列阵以待。

还没等李军阵营摆开，燕军箭雨已至。吴杰恨得牙痒，如此不讲规矩！他大吼道：“燕贼欺我朝中无人吗? 给我抵住！”

箭雨之后，李军迅速反应过来，左军右军已经约束士兵往燕军冲去。

燕军只有六万，这是暮春时节，北风南吹。丘福微微一笑，并不惧怕面前的三十万李军。想起朱棣吩咐每个人必带两个草人的计谋，心中暗暗佩服。手中令旗果断挥下，士兵迅速点燃插在河滩上的稻草人。浓烟瞬间升腾，飘向李军。

往前冲锋的李军被浓烟呛得流泪不止，泪水长流睁不开眼。燕军躲在后面瞧得分明，第二轮箭雨又至。李军纷纷后撤，一时之间不知踩踏死多少人。队伍一乱，中军难以约束，还没正面交锋已损兵折将呈现败相。

吴杰长叹一声，下令撤回对岸。

三十万人马，背靠白沟河，月漾桥哪容得下这么多人同时经过。

见李军后撤，丘福下令燕军追击。河滩开阔，风慢慢吹散浓烟，燕军士气高涨，上不了桥的李军纷纷跳水游渡。

刀矛枪戟落处，士兵的惨叫声和飞溅的鲜血将白沟河变成了人间地狱。上了岸的士兵还来不及喘气，朱棣亲率四万精锐又冲杀过来。

这一战，足足打了两天两夜。燕军以三倍的兵力悬殊大败李军，毙伤朝廷兵十余万人。

吴杰拥众十余万人退往济南。遇观童大军伏击又折四五万人，败军才终于撤进济南城死守。

朱高熙兴奋不已，这是他独自领军进行完美伏击的第一仗。他盼着父王的赞扬，然而朱棣剑眉紧皱，忧心如焚。

"父王！咱们不是大胜了吗？增援观将军，进围济南吧！"朱高熙跃跃欲试地请令。

朱棣瞪了他一眼，望北而叹，李景隆没有率领这支队伍，他是从定州再奔袭北平。十七弟抵得了他吗？锦曦不会又上阵去了吧。他想起锦曦心里就拧着疼，担心不已。

"王爷，六十万大军已被打退一半，进围济南！这是大好时机啊！"众将士纷纷请命围攻济南。

济南如今收容了吴杰十余万败军，连同山东参政铁铉、都督盛庸的三万队伍还不到二十万，趁燕军士气大胜，的确是大好机会。朱棣想了想沉声下令道："丘将军，张将军，你二人与高熙与观将军会合，攻打济南城。本王即刻返回北平！"

"遵令王爷。"

燕军到了济南受到铁铉与盛庸的顽强抵抗。围城三个月久攻不下，只得撤围回返北平。

而朱棣快马奔回北平时，锦曦正与朱权一起在大宁城与李景隆队伍胶着。

遥望对面的李字大旗，锦曦便想起燕十七，恨意顿起，冷声问道："宁王可有破敌之策？"

朱权一愣，脱口而出道："四嫂还是唤我十七弟好。"

锦曦心中一酸，偏开了头，没有回答朱权的话反而问道："帮你四哥是因为皇上削藩，战事平定后，王爷有何打算呢？"

朱权固执地又说了一遍："我听不来四嫂这般生分。"

锦曦回过头来，朱权脸上有着和朱棣一样的固执和傲气，她叹了口气道："那日陪我来王府的侍卫叫燕十七，我平日总唤他十七的。"

美丽的脸上带着无限的忧伤。朱权瞧得痴了，讷讷道："对不起，四嫂唤我名字就好。"

"权弟，"锦曦静静地笑了，"我与李景隆有仇，他恨不得踏平北平，我却要保护我的家人。如今我们只有十万人。大宁城你熟悉，你做主便是。"

朱权见锦曦这般信赖于他，心口热血沸腾。他笑道："李景隆长途奔袭，我们不打，大宁城城墙稳固，他攻不下，自然会撤军。"

"好。"锦曦只答了一个字。她不会再像在北平城时那样冲动，跳下去与李景隆对决。

"只是……四嫂的仇……"朱权想为锦曦报仇，似乎能满足她的心愿是极快乐的一件事。选择守而不攻却不能擒杀李景隆。

锦曦淡淡地说："只要他败了，只要他达不成他的愿望，我的仇便报了，十七也会含笑九泉。对于李景隆来说，没有什么比让他失败更痛苦。权弟，多谢你肯相帮你四哥，此番弹一曲给你听可好？"

朱权扬了扬眉，不知锦曦为何选在这城楼上抚琴。

"权弟，你喜欢自然之色，我其实并不擅琴，上回是知你心意所以才单弦弹琴。你不会怪我吗？"

怪你？朱权苦笑，你就是胡乱弹琴我都是想听的。他微微一笑道："我知道四嫂用意了。不如，我弹一曲给四嫂听吧！"

锦曦呵呵笑了，宁王真是聪明。知她想以悠然琴声气气李景隆，竟想出如此主意。

朗朗琴声从城头扬起。锦曦素白衣裙站立在朱权身后，悠悠然地想，李景隆，你就收兵吧。你若不收兵就等着皇上召你回去吧。他再信你，也总不能总瞧你打败仗吧。

李景隆果然攻城四日不破。

朱棣一路策马狂奔，赶到大宁城时两股已磨得血肉模糊。看到大宁城安然无恙，锦曦完好无损，怒气就涌了上来，当着朱权的面责骂锦曦道："你怎么总是不听话？又跑到战场上来？！"

锦曦一呆，完全没料到朱棣这般大声，咬着嘴唇心里委屈得不行，当着朱权的面什么话也没说，扭头骑上驭剑就走。

朱棣见话说重，锦曦要气死，计上心来，"哎呀！嘶——"

朱权看到他裤子上隐隐透着血迹吓了一跳，"四哥你受伤了？"

朱棣皱着眉冲朱权使眼色，这神情让朱权看得呆了，威严深沉的大哥什么时候有这般调皮的动作？

朱棣使劲一捏他的手，朱权才反应过来，大声冲着锦曦的背影喊道："燕王爷重伤，快传大夫来！"

话音刚落，锦曦已跃了回来，狠狠一跺脚道："你就知道欺负我？！哪儿受伤啦？！"眼睛焦急地在朱棣身上打探着。

顾不得朱权在场，朱棣一把抱住她笑道："我错了，是我先错，十七弟，你这嫂子性子固执，让你笑话了。"

锦曦又气又笑，嗔道："知道权弟笑话你还这样？！骑马磨的吧？"话是这样说，对朱棣飞骑前来心里漾动着感动和温暖，先前的怒气瞬间烟消云散。

朱权见燕王夫妻恩爱，心里甚是羡慕，有点黯然，勉强笑道："四哥先歇会儿，晚点再与你说军情。"

"不必，十七弟，你干得漂亮，咱们就这样守着，锦曦，你下厨做几样菜来，我和十七弟小酌两杯。"朱棣拍着朱权的肩进了府衙。

六月，李景隆围城两个月，朝中群臣不满，粮草后济不足，只好叹而南归。

真定与白沟河之战后，燕王势力渐渐达到辽东河北山东一带。

朝中诸人纷纷进言撤换李景隆。建文帝于是令盛庸代李景隆为征虏大将军。任命李景隆为南京大都督。

消息传到北平，锦曦脸上终于消散了阴郁。紧随消息之后，李景隆遣人送了一盒药丸带到燕王府，亲送至朱棣手中。并附信一封道：王妃乃裁云剑所选之主，此剑反噬人心血，用之一次，大病。景隆精制补气血之丸药，王爷笑纳之。

"我不要吃他送的药！"锦曦拒绝。

朱棣冷声道："把你的右手伸出来。"

锦曦自然地往后一缩手，难道李景隆都告诉了朱棣吗？她不想失去这柄剑，这剑她可以不用，但是她却想靠着它或许能自保，或许能在乱军之中救得朱棣一命。

朱棣见她模样，便知李景隆所说是真。白衣没有找到道衍，听说裁云剑后也吃了一惊，细细将此剑来历传说告知朱棣。

仔细验过李景隆所送药丸，确是珍稀药材所制。朱棣一时半会儿没想到如何除下那柄剑，便缓和了声音道："锦曦，你真要我伤心难过吗？"

他有点难过，自己现在征战沙场，没能去为锦曦寻药补身，甚至不知道她有裁云剑一事。锦曦的心意他明白。她之所以隐瞒是不想他担心，甚至想凭这把剑陪他南征。

"我知道你恨李景隆，其实……他对你也很好的。你不肯服他的药，我已遣人为你制药，你吃吗？你就愿意让我内疚？你不肯便罢了。"

朱棣突然意兴阑珊离开。

锦曦心口酸痛，冲上去抱住他，眼泪涌出，浸透了他的后背，哭道："你不要生我的气……"

"我生自己的气呢，傻瓜。"朱棣叹了口气，"我连自己的妻子都护不住，我还争什么天下！"

"我吃就是了。每次服药，你，你都逼我！"朱棣难过的样子让锦曦大恸，又非争得一口气似的指责朱棣。

伸手抹去她脸上的泪痕，朱棣目光温柔得似要滴出水来："咱俩谁逼谁呢？谁不知道燕王妃专横跋扈，是府中一景呢。"

"我在世人眼中可是贤德淑良，品貌端庄。"

"大言不惭！"朱棣嗤笑，搂过锦曦正色道，"等战事平定，我定亲自为你去寻成形人参，猎辽东黑熊取鲜熊胆配药。"

锦曦娇憨笑道："我看啊，等你胜过盛庸铁铉再说吧。此二人能守济南三月，真的不是吹的。"

"李景隆也是高手，只是运气差一点儿罢了。"

"说不定那二人运气好呢？"

锦曦半开玩笑的话竟然成真。

建文二年九月，朱允炆以盛唐为征虏大将军，再举北伐。

十月，朱棣获悉盛军北进，燕军南下进逼德州，诱盛军出击，城外大败盛军。其后沿运河而南，连克临清、馆陶、大名、济宁等地。

盛庸、铁铉率大军抄袭燕军后路，抢占东昌，扎下大营，掐断了朱棣北归之路。

这是朱棣自起兵靖难以来遭遇的最强悍的抵挡。

东昌城外，燕军大营内众将愁容满面。

"东昌要塞被扼，拿不下东昌便无法南进，与盛军在东昌胶着于我军不利，诸位有何高见？"朱棣静静地问道。

帐中大将张信道："王爷，他们守着东昌我们强攻不下，拖久了粮草补给不上，东昌如同喉中之刺。我军实力又不如他们，硬碰硬划不来，纵然险胜也是惨烈。"

是啊，征战两年多，势力大增，但在河北鲁西胶着太久。燕军攻克城池后又疲于攻打下一处地方，休养的时间太少。且每每以少胜多都捏着一把汗。朝廷的大军动辄五六十万。燕军发展至今，只有三十多万人，靠的是以谋略取胜，速战速决。

朱棣想到这些，凤目中露出隐忧。

"如果能渡过运河呢？"锦曦突然想出了这个法子。渡过运河绕开东昌，粮草可由德州送来，便不惧盛庸、扼住东昌，断了北归之路。

"哪有那么多渡船能供大军渡河？况且战事一来，两岸河工早已停止摆渡。再说了，盛庸铁铉能眼睁睁看着我们渡河而去？"

锦曦嘿嘿笑了："王爷，咱们建浮桥！分兵拖住他们！"

浮桥？朱棣呵呵笑了起来，这主意甚好，浮桥轻便三日可达运河对岸，只要舍得抛弃辎重，就绝无问题。

"从今晚起在营中秘建竹排，同时密切注意盛军举动。我要人马不动声色渡过运河！"朱棣决定舍弃辎重，轻装渡河。

他知道此举同样危险，同样会有损伤。相较强攻东昌或被盛庸拖死，这个算是伤害最轻的一种。

当晚，燕军军营内秘建竹排。三日后白天照常不动，夜晚队伍便分批连排成桥暗渡运河。

三十万大军有条不紊地行动，连续八夜渡河没被盛军觉察。

时近冬日，河水冰冷刺骨，奉令托连竹桥的军士偶有被水冻僵，来不及撤换便被水冲走。这日，终于有三具尸体冲至下游被发现，飞马报到盛军大营。

十二月二十五日，盛军发起了攻击，此时燕军还有五万余人作为后卫没有撤离。

朱棣和锦曦便在其中。三十万大军与五万人马，力量悬殊。

张信见燕王执意断后，王妃拒不先撤离也不肯走，都留下来稳定军心。他长刀挥动大喊道："王爷，张信断后，你们先走！"带领四万人马迎战。

"能撤走多少就是多少！"朱棣银枪一摆，凤目飘起杀戮之意。

从盛军攻击起，他就不走。朱棣身先士卒是燕军长期以少胜多、士气旺盛的原因之一，可是锦曦却着急。

看到朱棣还是不肯走的模样，她急了，恶狠狠地说："没了张信，你还在，你若没了，这战也就不用打了！难道还指望高熙他们？你才是军中的主心骨！"

朱棣望了望前方如蝗虫一般扑来的盛军，身边燕军都殷殷地看着他，都希望他能脱险离开。朱棣心里一热，目光缓缓从将士们身上扫过，他们都是陪着他出生入死的兄弟，那种不舍油然而生。锦曦说得不无道理，他明白。此时不是他想留下的问题，是不能让燕军无主！他神色肃然，抱拳对张信道："将军多保重！"

张信虎目含泪，回礼道："王爷保重！"

朱棣拉转马头，再不回望，策马奔下河堤。燕卫十七骑护着朱棣和锦曦紧随其后。

这是朱棣最狼狈的一战。三十万大军像石碾子一般碾过张信和他的五万人马，白甲燕军顷刻间便湮没在盛军之中，紧紧咬在朱棣身后。

箭如雨下，河堤上的士兵越来越少，无一人后退半步。

"上桥！"锦曦冲朱棣大吼，反身削开射来的箭。

墨影踏上竹排的时候，扛连竹排的士兵已撑不住，竹排在身后节节断裂，飘向下游。

马不能停下，停下竹排便受不起重力。

墨影神骏，载着朱棣飞速通过浮桥，跃上岸去。"锦曦！我们过来了！"

朱棣高兴地喊道，却没有听到回音。他吓得心脏为之一窒，回头一看，燕卫十七骑只有四人浑身浴血站在他身旁，纷纷红了眼睛望向对岸，没有锦曦。

墨影突然望南长嘶一声，那声音像天上的惊雷击中了朱棣。他有点茫然地顺着马嘶声看向运河对岸。一道熟悉的浅紫身影在对岸闪过。

她像一朵开到荼蘼的花，在密集的黑甲盛军中极尽艳丽。

银白色的剑芒环绕着她，射向河里的箭支，纷纷冲上来的士兵被这条光带阻隔，靠近不了锦曦半分。

她身边银白色燕军像天上的烟火，一点点被黑夜吞噬。

朱棣脑中一片空白，目光落在锦曦身后的河面上。

竹排连成的浮桥连同在水中托着桥的士兵已被河水冲走，河面宽达二十多丈，驭剑再神骏也不可能跃过河面。锦曦再无可能过了运河，回到他的身边。

对岸的砍杀声顺着河风吹过来，每一声都似敲打在朱棣心上。他穷尽目力，看到燕十五倒下的身影，燕卫一个个地没了。

他看着她死吗？朱棣的心像被只巨手使劲抓了下，疼得他抽搐。

"锦曦!"喉间发出声嘶力竭地狂吼，他滚落下马，心痛如绞，腿一软便往下跪。长枪蓦地扎进土地，撑住了身体。手死死地握着枪杆，凤目中已滴下泪来。

往事历历在眼前晃动。她在凤阳松坡岗为他挡箭是这般模样，不管不顾一脚踹在他屁股上要他先走。吕家庄黑衣人来袭，她回马救他。凤阳山中她一路护行……

"你总是这样，总是这样，可恨!"朱棣哽咽，热泪飞泻，淌了满脸。

他盯着锦曦的身影，她又用了裁云剑。她又为他挡箭，她有意无意地落在后面挡住射向他的箭支，她是拿命在保他啊!

所有的燕军都沉默地看着他们的王妃在河对岸小小的身影。看着五万燕军一点点被盛军击杀而无能为力。

空气是这般凝重。朱棣胸口被压得喘不过气来，手使劲地捶着胸口，让自己能够呼吸。

"父王!"朱高熙抹着眼泪跪下。

二十多万燕军对着南岸齐齐下跪。要他们看着兄弟被杀，已心痛悲愤。燕王要看着王妃力尽又是何等心情!

锦曦觉得又回到了山中，那个月夜穿着爹娘新做的裙衫，用轻功在林间飞奔。裁云剑似她生命的一部分，随她心意划出剑芒阻击着盛军的进攻。

她戴上了银色的面具，仿佛燕十七的功力同时给了她，让她武功大进。

朱棣的声音似乎从对岸传来，锦曦一剑逼退涌上来的盛军，回头北望。

朱棣突然就跳了起来，大喊道："锦曦!"

心口一痛，鲜血从她口中喷出。明知道他看不到，锦曦还是抹了抹嘴，努力挤出一个笑容来。

她怕是陪不了他了。锦曦想，没关系，要去见十七了，十七会在黄泉路上等着她吗？在阴曹地府也护着她不受牛头马面的欺负，脸上浮起了美丽的笑容。

盛军似乎知道了她的身份，想要生擒她，缓缓结阵逼近。

驭剑驮着她步步后退，马蹄已踏进了冰凉的河水中。

锦曦冷冷地看着冲上来的士兵，扭头向北，轻声喊道："朱棣!"

那个熟悉的身影标枪一般站在岸上，身后是二十多万燕军。锦曦欣慰地笑了，"驾！"她用力一夹马腹。驭剑似知晓她不愿落在敌人手中，奋力扬蹄，带着她冲进了运河。

一人一马只在河水中露了下头，转眼就被冲得无影无踪。

层云低压在头顶，铅灰色重重地砸进朱棣的心里。眼前的一切都失去了颜色，他听不到任何声音，感觉不到身边人的呼喊。呆呆地看着河水，打着旋儿冲向下游。

"锦曦……"那个曦字像一声叹息，从嘴里轻呼出，飘散在空气中。明眸善睐的她，在怀中撒娇的她，随着这声叹息转眼消失得无影无踪。

朱棣抬头疑惑地看了看天空，阴云密布，不见丝毫阳光。

有个声音在低低对他说，没了，她真的没了……

运河水湍急地流着。时间凝固在这一刻，砍杀声慢慢地消失，两军隔着河岸消退了斗志。

盛庸驱马来到岸边，心中没有半点胜利的喜悦。目光望向燕王妃与马消失的方向久久不语。

朱棣眼睁睁瞧着这一切已没有了痛觉。他闭上眼，锦曦娇笑着唤他名字的模样栩栩如生。手缓缓伸出，朱棣哑声道："拿弓来！"

朱高熙递过自己的弓。

"太软！"

白衣默默地送上五百石强弓，轻声道："十七以千年蟒筋所制……"

朱棣心一颤，接过弓来。弓长三尺七寸，弦色银白透明，他抚摸了一下。当日锦曦在郊外比箭神采飞扬的模样又冲进了脑海。胸口似有热血翻滚，硬生生堵在喉头。他缓缓抽出三支长箭，大喝一声，开弓如满月："盛庸！本王不杀你誓不为人！"

"嗖"的一声轻响，箭离弦而出，竟不受河风影响飞越运河，直奔盛庸面门。

等到箭到眼前，盛庸才反应过来，低头躲过，头盔上的红缨已被射下一簇。燕王竟有如此神力！他大惊失色，坐骑长嘶直立，差点把他抛下马来。

朱棣三箭射出，喉间一热，鲜血便喷了出来。

"父王！"朱高熙哭着去扶他，朱棣一掌打开。

他转过身呆呆地看着尹白衣。

"王爷，我去找，无论如何也要……带回她来！"尹白衣吐出这一句，策马往下游奔去。

这一仗，燕军死伤五万人，主将张信战死，锦曦跳下运河，朱棣重病，被迫还师北平。

尹白衣一个月后回到北平，没有找到锦曦。

朱棣神情木然。他早就知道了的不是吗？锦曦不会水。运河水流湍急，她怕是连尸骨都不知道冲哪儿去了。

踉跄着走到窗前，挥手止住白衣的搀扶，朱棣微喘着气道："白衣，去温壶酒来。"

"王爷！"尹白衣站立不动，神色为难。

"我想好起来，也想喝点酒，说会儿话。"朱棣轻声道。

炭火将屋子里烧得暖如春天。

朱棣选了只青瓷碗，倒上酒，这些日子不管做什么都会想起锦曦。连这只青瓷碗，都让他想起十七岁生辰时与李景隆在南京燕王府烟雨楼的对话。

他说什么了？记得是说看着锦曦的模样就难过。

把玩着手中的青瓷碗，他记得锦曦的肌肤就如这瓷一般细腻。她仿佛不会老似的，一直都美得让他叹息。

朱棣爱怜地用拇指在碗边摩挲。像是抚摸着锦曦的脸。他想是在凤阳山中沉入水潭躲过追兵，在水中搂着锦曦柔软的腰时就对她有了念想吧。

"白衣，你知道吗，我这么多兄弟，哪一个不是侍妾如云，我却只有她一个。我在佛前发过誓，永远不会有别的女人。"

"其实男子三妻四妾很平常，锦曦知书识礼，就算王爷也……她也不会有怨言的，何况王爷这般宠爱于她。"

朱棣轻咳了两声，脸呛起一片红晕，摇了摇头道："你说错了白衣。锦曦就算没有怨言，也是因为她想我过得高兴。世间没有女人是不妒的，锦曦也不例外。你说，若是我娶了侍妾，立了侧妃，她会不会嫉妒得跳脚，回来找我呢？"

尹白衣吓了一大跳，朱棣在说疯话吗？他怀疑地看着朱棣，想看他神志是否清醒。

"但我纵找了一百个，一千个女人，她，都回不来了……"朱棣的声音突然哽咽，仰头灌下一大碗酒，淌下面颊的泪水混在酒中全咽进了肚里。

"王爷，锦曦其实很小气的，不过，也有福相。我看过她的手相，她不是短命之人。说不定，我没找到她的……她另有奇遇呢？"白衣小心地劝着。

他的话像根救命稻草，朱棣一把抓着白衣的手急声问道："你真的看过？真的准？"

白衣点点头，他当日奉朱棣令跟着锦曦去北平寻父的时候，在破庙里为锦曦瞧过。他瞧出锦曦红鸾星动却没有瞧过她的命格。此时为让朱棣振作……他定下神来认真地说："我看过。锦曦绝非短命之人！"

绝非短命之人！这句话像盏灯照着朱棣的心慢慢亮起来。他半醉着傻笑道："是啊，锦曦怎么会短命呢？没找着她，说不定她还好好的。我要去找她。我要去找……"

白衣见朱棣醉了，给三保使了个眼色。三保乖巧地上来扶过朱棣道："王妃瞧你这样又要不高兴了。她最心疼王爷的身子。"

朱棣眼一瞪，又听话地点点头，任三保扶着他上床睡了。

白衣叹了口气，放轻脚步离开。

"白衣，明日辰时，军中议事！"朱棣的声音吓了尹白衣一跳。

朱棣究竟是醉还是没醉？他有点糊涂，却恭敬地答道："是！"

人走了，朱棣伸手摸摸枕边，没有他熟悉的温软身躯。他扯过枕头抱在怀里，呢喃道："我会找你回来，你一定没事的，一定会没事……"

朱棣的病一天天好了，他每日必去军中，也常跟着士兵操练，围着校场跑圈的时候，他会情不自禁望向点将台，希望锦曦像当日离开王府后，又突然间出现在凤阳皇城。

每次总是失望，他性格坚毅，反复念叨着白衣的话为自己打气。认定了锦曦终有一天就会出现，而南下击败盛庸大军的念头在他心里越来越强。

为什么会出现连克数城，却因为一个东昌就如此惨败？朱棣默默地思索着。

一下水，锦曦熟悉的惶恐涌了上来，她死死抱住了驭剑的脖子，沉入水中的时候想起在凤阳山中水潭朱棣教她的法子，闭住了气。

驭剑在水里挣扎地游着，被河水带向下游，不会儿就奋力昂起马头露出了水面。锦曦大喜喊道："驭剑！"求生的希望是这样浓烈。她强忍着胸内翻腾的气血，抱紧了驭剑。

一人一马被冲出二十多里，驭剑才慢慢靠近岸边，马蹄一软，倒下了。

锦曦身体滚落马背，想长舒一口气。动用裁云剑牵动内息，喉间一甜，猩红的血喷了出来。她甚至无力睁开眼，迷迷糊糊只想着一件事，她想见朱棣。

身子仿佛在不停地摇晃，她仿佛在船上，随波逐流。似悬浮在空中，浑身轻飘飘的。是在做梦还是我死了？锦曦睁不开眼睛，睫毛一颤，她听到遥远的地方传来一个惊喜的声音："锦曦！"

是谁的声音呢？锦曦费力地想着。那声音似乎熟悉，又似乎陌生，她皱着眉努力地想从脑子里找出这是谁的声音。

一勺温热的东西送到她的唇边，锦曦闻到了浓浓的药味，她习惯性地想偏开头，头沉重得仿佛不是自己的，而那讨厌的东西却一直停在嘴边。

"锦曦，你张张嘴，这药得喝了才行。"那声音里充满了焦急和恳求。

锦曦想睡，不想理会。

有人扶起她，一只手捏开了她的嘴。瞬间苦涩充斥在唇舌之间。锦曦使不出半分力，却被药汤强灌入口呛得醒了。

她虚弱地睁开眼，四周的影像慢慢地变得清晰。

徐辉祖清癯的脸上带着一丝兴奋的笑意。锦曦的视线慢慢变得清晰，端着药碗喂她的人原来是珍贝。

有多少年没有看到他们了？大哥长得越来越像父亲，眉宇间充满了威严，珍贝也由当年那个秀丽玲珑的少女变成端庄的妇人。

锦曦勉力露出笑容，哑声开口喊道："大哥，嫂子！"

珍贝眼泪扑簌簌往下滴落，抽咽着喊了她一声："锦曦！"

徐辉祖眼睛湿润起来，背过身没有说话。

"大哥，母亲呢？"

"守谦过世时，她便去了。"徐辉祖低下头，双拳紧握，"怎么，你不知道？"

锦曦有些茫然，她只道娘亲还好好的，父亲过世后，母亲便常去栖霞山吃斋念佛，往往一住就是小半年。"朱棣他……"

"他这个乱臣贼子，居然连母亲过世都不让你知道，这等狼心狗肺之人你还跟着他南征北战？！"徐辉祖勃然大怒。

锦曦无力和他吵，心里全想着，母亲也去了？往日母亲的温柔面容在眼前浮动，泪涌出来喃喃道："我真是不孝！"

"哼！我就知道必是朱棣不让你回来！如此无情无义之人，你还为他伤成这样?!"

听他辱骂朱棣锦曦忍不住争辩："他，他定是不想我伤心难过。"锦曦记得听闻父亲过世时难产，为了朱守谦犟着要回南京。她明白朱棣用心良苦，对他半点怨言也无。想起自己嫁到燕王府后，再没能堂前尽孝，不禁自责。

徐辉祖冷眼看着锦曦，又气又痛，就因为朱棣造反，举着靖难的旗帜兴兵，魏国公府上上下下谁不成天担心被牵连？好在自己一片忠心，皇上又是从小看着长大，没有怪罪。如今朱棣势力越战越强，将来可怎么收场！

锦曦的脸苍白没有血色，徐辉祖想再说，又隐忍下来，嘱咐珍贝道："好好陪着锦曦，把身子养好再说。"

锦曦想问问战事，想起大哥是站在朝廷一方，只恳求地说道："大哥，能否给朱棣报个讯，让他知道我平安?"

"休想！"徐辉祖的火一下子升了起来，"你既然回来，还是我魏国公府的大小姐，从此便与朱棣再无干系！"

"大哥！"锦曦大惊失色，顾不得身体虚弱，迈步跳下床死死扯住徐辉祖的衣襟道："好，我，我这就离开，回北平！"

徐辉祖轻轻推开她，冷冷说道："让你再去随了朱棣？不可能！当初我就劝父亲不要把你嫁给他，如今你既然回了府，我就绝不准你再与反贼在一起！"

锦曦听了如雷震耳，她喘着气悲伤地望着徐辉祖，他还要分开她和朱棣？他怎么就不想想她的三个孩儿都在北平？看到徐辉祖眼中的恨意，锦曦突然就明白了，她讥讽道："反贼？皇上也不敢明说他是反贼！大哥就丝毫不忌惮？燕王好歹是遵守祖训起兵靖难，是朝中奸人把持朝纲四处调兵与他作战！大哥若是怕锦曦牵连你们，何不把我交给朝廷，要不拿我要挟朱棣，要不就斩了我！何苦留我在府中担惊受怕？我走，我嫁了他就会跟他一生一世！"

"我绝不会让你离开！"徐辉祖气得浑身发抖，拂袖而去。

珍贝忙劝道："锦曦，你大哥也是为你好，眼下盛将军在东昌大胜，皇上高兴，下令继续北伐，他是担心你。"

担心我，还是担心他的爵位，担心与他口中的反贼之妻在一起掉了脑袋？锦曦冷笑。转眼又想到的确是牵连了家人，如果大哥因为她而削爵丢了性命，她又于心何忍！叹了口气，浑身无力地躺下，轻声问道："怎么我又回到了南京？我昏迷多久了?"

珍贝期期艾艾半晌才挤出一句："是……你大哥他听说东昌大战你跳了河，遣人沿河寻找，这才带你回来的。"

锦曦没有再问，闭上眼道："我浑身无力，想睡。"

"嗯，你好好休养，没，没人知道你在魏国公府。"珍贝给锦曦掖好被角离开了。

她一走，锦曦便睁开了眼睛，吃力地起身，悄悄走到窗边往外看。她住的绣楼正对着魏国公府的后花园，她细细地观察着，见楼下五步一岗十步一哨站满了带刀侍卫，看服饰，竟是大内侍卫的衣饰。

没人知道我在魏国公府？大哥嘱人沿河寻找？锦曦回到床榻上躺下。发现她的人绝不是大哥，后花园里的侍卫也绝不是大哥派来保护她的。这么明目张胆的"保护"怕是某人下了令要留她在魏国公府里了。

"朱棣！"锦曦闭着眼喃喃地唤着他的名字。怎么才能让他知道自己还活着，让他知道自己在魏国公府里呢？锦曦无计可施，唯一的办法就是养好病。

她想起多年前大哥喂她吃药让她失去内力，等她病好，大哥忌她有武功，怕是会故技重演吧。该怎么办呢？

这一次比上次动用裁云剑病得更厉害。锦曦足足养了半年，身体才恢复如常，也果然没了内力。

徐辉祖淡淡地说："大哥不会害你，你安心留在府中，放你回去，你跟着朱棣上战场，我不想再看到你一身是伤，险些丧命的样子！"

锦曦没有说话，反正打不过他，口舌之争没有任何作用。病好了，如何离开才是正经。她不禁想起从前被大哥弄失了内力，李景隆给她解药的事情来。

锦曦不动声色地说道："大哥，我在府中无聊，可否为我弄点花种，我种种花打发时间。"

徐辉祖疑惑地看着她，不相信她就真的肯安心待在府中。看到绣楼外肃守的侍卫，想想锦曦现在没有武功，谅她也飞不出府去，便点头应允。

锦曦眼中飞快闪过算计。李景隆的一品兰花无孔不入，这魏国公府怕也有他的"兰花"！他不可能会不知道自己在魏国公府，想起燕十七，锦曦暗道，李景隆，别怪我利用你。

她对镜自览，里面的面容还是那般美丽，连脸上浮起的笑容都明丽娇美。锦曦满意的打扮停当，款款走进了花园。她不顾四周侍卫投射过来的诧异目光，走过去柔声道:"侍卫大哥可愿帮我一个忙?"

"王,王妃请吩咐。"年轻的侍卫涨红了脸,不敢正视锦曦,口吃地回答道。

她微微一笑,纤手指着树荫下道:"我有些花种,想种在那里,天太热,可否麻烦你帮我翻一下土?"

年轻的侍卫有点犹豫,看到四周侍卫投来的羡慕眼光,马上挺直了胸道:"王妃请稍坐会儿,我马上就去。"

锦曦轻轻坐在美人靠上,看着那名侍卫拿起铁铲翻土。侍卫都知道她是燕王妃,没道理李景隆还不知道。

燕王府在南京也有眼线,不过,锦曦不希望燕王府有人来。这般阵势,如果不是有意诱朱棣来,便是要留着她在紧要关头去劝降了。

只过得一天,锦曦再去花园,那名年轻的侍卫已不见了,她眸光一转,问另一名侍卫道:"昨日帮我翻花土的侍卫呢?"

这名侍卫恍若没有听见,眼中却露出惶恐与害怕。锦曦心中明白,迅速地肯定,看来朱棣不会冒险来救她,而是要留她做人质了。

如今就只有李景隆。只有李景隆有这能力带她离开南京城。

锦曦默默地为花浇水,脑中思索着大哥消息封锁严密,是与皇上密谋如此吗?她想起这些,心里的亲情一分分变得淡了。

花园里没有一株兰花,大哥连这个都防着吗?锦曦望着围墙外面的天空叹了口气。她脱下手指上的兰花戒指,似无意地掉在了花圃里。

黑色的戒指闪烁着乌金的光芒。锦曦扯出一丝笑,漫步回了绣楼。

第二天再去花圃,兰戒果然不见了踪影。锦曦有点兴奋,却若无其事地浇灌着花。她能做的事情就是等待。

然而一个月过去了,李景隆没有来,锦曦心里着急。离东昌之战已经过了大半年,朱棣会真的以为她死了吗?如今战况又如何呢?心里再急,她只能不动声色。

珍贝每每前来陪她,锦曦都不提朱棣半字,她发现珍贝明显松了口气。

如今李景隆没来,锦曦能说着话的人也只有珍贝。

这日珍贝前来,锦曦见她有点心不在焉,似心中有事,随口便问了句:"珍贝是在记挂大哥吗?"

"是啊,皇上下令让他与盛将军守长江防线……"珍贝一下子掩住了嘴,眼睛惊惶地看着锦曦。

长江，朱棣要过长江了吗？锦曦激动地站起来，如果朱棣要过长江，那么，这大半年，他必是舍弃攻占山东、河北，绕过济南往南经安徽转战奔往南京。锦曦扑通朝珍贝跪下，眼泪不受控制地落下："我求你，珍贝，我不求你放了我，也不求你通报燕王我还活着的消息，我求你，你告诉我现在的局势好不好？我，我只是担心他……诚如你担心大哥一样！"

珍贝慌了手脚，急着去扶锦曦。

锦曦哭道："我知道，你不敢，大哥也不敢放了我，可是，你让我知道王爷的情况，我待在这里，哪儿也去不了，我只是想知道……"

长久的压抑随着珍贝的这一句话，仿佛开了堤坝的口一发不可收拾。思念翻江倒海地折磨着锦曦，她觉得再听不到朱棣的消息她就快崩溃了。

"锦曦——"珍贝见她哭得泪人儿似的，急得不行，一咬牙道，"我告诉你，燕王他……"

"燕王他在你养病的时候率师南下，打着为你报仇的旗帜大败盛庸军队于夹河，斩首十余万人。没过两个月又在滹沱河大胜，杀了六万余人。接连攻克真定、顺德、广平、大名。哀兵必胜也不是没有道理。接下来宁王仅带了六千轻骑就攻克了济宁、沛县，焚我军粮船数百艘、粮数百万石。"徐辉祖一身戎装端着头盔出现在绣楼门口，接了珍贝的话。

锦曦缓缓站起身，反手抹去泪，朗声笑了，"怎么，大哥咬牙切齿，是恨自己居然给了燕王要报丧妻之痛的借口？早知道还不如让王爷知晓我在魏国公府，布了套引他来救不是更简单直接？"

"你！"徐辉祖气结，指着锦曦道，"朱棣绕开济南南下，如今驻扎在小溪河，我奉令守长江防线，你就别指望朱棣会胜！"

"大哥，不妨我们打个赌，朱棣一定会胜！"锦曦悠闲地笑着。

"他要胜，除非我死！"徐辉祖冷然道，"皇上下令送你进宫。来人！"

锦曦笑了起来，笑得肚子发疼，眼泪直往外涌："大哥，从来都是这样。从前巴不得我嫁给太子，口口声声是为了我好，如今听皇上令分开我和朱棣，也是为了我好。现在要送我进宫，明知宫中凶险万分，也是为了我好是吧？怕你不在府中之时，我被燕王府的人救走，去了朱棣身边是陪着他送死！对吗？大哥！"

徐辉祖脸被说得一阵白一阵红，突狠狠出声道："我徐家满门忠烈。父亲得背疽，先太祖皇帝遣人送蒸鹅，父亲是含笑吃完。他道："君要臣死，臣不得不死!"可是朱棣呢?太祖尸骨未寒,他就起兵作乱。这等贼子,我绝不许你丢我徐氏祖宗的脸!"

"哈哈!"锦曦大笑,"嫁出去的女儿泼出去的水,爹娘不在了,我与魏国公府从此再无干系!"

"来人!送燕王妃进宫!"徐辉祖冷声喝道。

珍贝着急地去拉徐辉祖的手想为锦曦说情,徐辉祖一掌推开呵斥道:"无知妇人,别胡搅蛮缠,她既然认定了朱棣,就不再是我的妹妹!"

锦曦扶住珍贝,轻轻为她拭干泪道:"你我姐妹一场,不必再因锦曦为难!"

两名侍卫上得楼来,锦曦只瞪了他们一眼,昂首就走了出去。

珍贝瞧着锦曦的背影,秀丽的面容上飞快闪过一丝坚决,暗中握紧了她拾到的兰花戒指。在她的印象中,能与锦曦扯上关系、能与兰花扯上关系的只有一个人,曾经上门求亲被拒绝的曹国公李景隆。

一乘小轿抬着锦曦过了午门，经过内五龙桥，从奉先门进，绕过奉先殿、华盖殿、谨身殿到乾清门停了下来。

"王妃，请换轿！"

锦曦低头出了小轿，望着威严的乾清门感慨。当年因建文帝满月，一幅霞帔绣品凤目泣血被太祖责令宫中诵经。今日因为她的夫君兴兵而被建文帝一道圣旨"请"进宫来。

"王妃！"宫中禁卫有点着急而催促着她。

看到另一乘软轿停着，抬轿人换成了大内太监，旁边还站着四名大内侍卫。真看得起我！锦曦噙得一抹冷笑，坐进轿中。

轿帘全是棉纸糊得严实，锦曦默默地想着进宫的路。往右走是月华门，上了回廊是过了省躬殿，再往前……往东，锦曦有点激动地想，难道，她要去的地方是柔仪殿吗？想起殿中的佛堂，自己和朱棣……锦曦脸上飞起了红晕，眼波温柔起来。沉浸在美好的回忆中，相思更切。

"王妃，到了。请下轿。"

太监的声音唤醒了锦曦，她移步下轿，果然是柔仪殿，只是殿外站着很多的侍卫和太监。锦曦慢慢走进去。

一个穿明黄滚龙皇袍的年轻人正静静地看着她。

他比当年多了几分自信，不再是那个站在太祖身后斯文怯弱的模样。锦曦恍惚间觉得太子朱标又活过来了。建文帝的眼神和太子一样，柔如春水。

锦曦收摄心神，柔弱无力地盈盈拜下："给皇上请安。"她只能这样，用柔顺换得建文帝的疏漏和放松警惕。

"四婶请起。"建文帝受了她一礼赶紧上前扶起她，挥退了左右，凝视她良久道，"听说从前四婶在这里住过，我想，四婶必定习惯住这里。"

锦曦浅笑道："皇上费心了。这大内后宫，不是臣妾待的地方。"

建文帝沉着脸没有吭声，沉思良久道："听闻四婶也随四叔上战场，我总是不习惯四婶这般柔弱模样。"

锦曦秀眉微扬，建文帝什么都清楚，装也无用，她两手一摊道："那是从前，若是我还有武功，皇上又岂肯放心与我单独相见？"

"你，愿意劝四叔投降吗？朕不再定他的罪，让他依然就藩北平，永不削藩！"

"皇上，我已经死了不是吗？"锦曦淡淡地说道。

建文帝被噎得说不出话来，年轻的脸上闪过恼怒的红晕，冷冷道："四婶就在宫中念经，为死在你剑下的士兵亡魂超度吧！"

他拂袖而去。锦曦轻轻笑了。她悠悠然想，不知当年朱棣挟带进宫的传奇列传还能找得着不。

走进佛堂，这里布置一新，却还是从前的布局，仿佛时间倒回。锦曦看得一眼经幡后的睡榻，甜甜地笑了。她诚心跪坐在菩萨面前，双手合十，求菩萨保佑朱棣平安，燕军大胜。

"王妃，这是佛经！"一个太监的声音在身后响起。

锦曦见是个陌生的面孔，想来这宫里的人都换过了。张公公怕是不在人世了吧。想起从那个慈祥的老太监手中接过朱棣夹带来的禁书，锦曦叹了口气接过佛经轻轻翻开。

独特的幽香飘浮在鼻间，锦曦的手有一丝颤抖。她慌张地回头张望，佛堂里只有她一个人。她念着阿弥陀佛，翻开书页，一株素翠红轮莲瓣兰闯入眼帘。锦曦激动地拿起这株兰花，全身放松，李景隆，他终于有消息了。

为什么要等到她进宫才来？锦曦摸不透李景隆的想法。她如今唯一的希望就是他，锦曦身陷深宫，只能等待。

十天之后的子时，柔仪殿的屋顶突然透进了月光。锦曦瞪大了眼睛看着一条黑影似道青烟飘然而下，露在蒙面黑巾外的眼睛炯炯有神。

锦曦突然想哭，她颤抖着嘴唇几乎忘记自己是在利用李景隆。不知为何，那种信任和安全的感觉油然而生。

"我来了。我居然还是来了。"李景隆拉下蒙面黑巾，清俊的脸上布满挣扎、迷惑和不甘。他泄气地坐在椅子上。锦曦在魏国公府他早就知道，他没有去见她，在接到送到府中的兰花戒指，听说她被皇上召进了宫时，却急得跳脚，生怕一入皇宫几句话不对，皇上会杀了她。

他无奈地看着锦曦道："你在岸边被盛庸的士兵找到，送了你回南京。锦曦，你不能再用那把剑，那会要你的命！若不是我暗中嘱人送药，你不是在床上躺半年，怕是要躺上一年。怎么不听话呢？难道真不怕我下令去刺杀朱棣？"

锦曦缓缓道："我明白，可是，如果能救他脱险，哪怕是要我的命，我也毫不犹豫。"

李景隆的脸色瞬间变了，冷嘲热讽道："你能在东昌救他，能在齐眉山救他？实话告诉你，八百里加急捷报今日送来，燕军在齐眉山损失惨重！"

"给我解药，让我恢复功力！省得我动那把剑的主意。"锦曦开口提要求，不再废话。

她知道李景隆是为了自己好，她也明白李景隆对她有着她无法理解的感情，她却要用这个去要挟他。说这话的时候，锦曦默默念着朱棣和十七的名字，求他们给她力量与李景隆周旋，恢复功力，逃出大内。

"呵呵。"低沉的笑声一串串从李景隆喉间滑出，他大步走到锦曦身前，含笑瞧着她，"锦曦，你每次都给我惊喜。我常常被你气得恨不得一掌就打死你，却又爱极你要挟我的模样。你这般无耻地利用我，你就没有一丝内疚吗？"

锦曦退后一步，看着李景隆邪魅的脸，是这个人杀死了十七，是他，从一开始就让自己害怕。她冷冷道："我不会内疚，你要给便给，不给就算了。生死有命，反正在朱棣眼中我已死了。现在死和当日死又有何区别？顺便再告诉你，我就是利用你了，我还记得十七的仇！"

李景隆笑容更深，双眸在淡淡的月光下闪动着锦曦看不明白的光。他似带着几分气愤半开玩笑道："我知道，你恨我，恨我杀了燕十七，他一生都站在你身后保护你，你心疼他的死。我对你，不是一样的吗？"

锦曦怔了一怔，李景隆脸上神色变得伤感："锦曦，你难道与我不是同类人？你在恨我的时候，想着利用我的时候……你难道看到我的兰花，看到我来，没有丝毫惊喜和开心？不是因为我会帮你，而是因为瞧见我？"

他的话镇住了锦曦。往事如潮水涌现。他起意杀她，又手下留情。他有多少次机会能杀她又放了她？他帮过她多少回？锦曦怔忡，算不清这笔账了，良久她背转了身道："我不再求你，也不再利用你。我也，不会再提为十七报仇，十七，不会怪我。你走吧。"

身体突然被扯着撞进一个坚实的胸膛，李景隆眼中燃烧着怒火，他低吼道："别以为这样就撇清了，我要你欠我，我要你记得我。你若是敢忘了我，我就再杀朱棣，再杀你的儿子，一个一个，让你永远也忘不了我！"

他的声音压得极低，从前遇到他仿佛噩梦般的感觉再次回来，身上起了一层鸡皮疙瘩。锦曦止不住浑身颤抖，她怎么会这么笨，每次都去招惹这条毒蛇！可是李景隆，我不再是当日的徐锦曦！锦曦心念一转，她捂着耳朵露出害怕的神色，张大嘴放声尖叫。

李景隆猝不及防，伸手去掩她的嘴，外面脚步声已传了进来。他瞧着屋顶的洞，怀里的锦曦在不住地颤抖，他着急地哄着她："锦曦，我逗你玩的，你别吓我，我，我明晚再来！"他纵身跃上房顶，小心地掩上琉璃瓦，伏在房顶不敢发出响动。

锦曦的刺耳尖叫还在继续。李景隆听得心痛，明知她大病初愈，明知她害怕进宫，又内力全失，他怎么又去刺激她。他死死地捏紧了拳头，强压下跳下去与大内侍卫拼杀，带了她出宫的冲动。

"王妃，出什么事了？"太监、侍女还有大内侍卫冲了进来，警觉地四处搜寻。

柔仪殿内灯火通明。

锦曦似虚脱一般躺下，喃喃道："我梦见朱棣败了。"

李景隆听到这句张大嘴无声地笑了，锦曦，你真是独一无二的宝，你叫我怎么能放得下你？他趁着无人再注意，飘然离开。

所有的人松了口气，更有人迅速把这个梦告诉了建文帝。建文帝大喜，第二日亲来柔仪殿详问梦境。

锦曦恍惚说道："我梦见王爷在小溪河附近的齐眉山败了。"

建文帝正好收到八百里加急军情，正兴高采烈，闻言哈哈大笑，"四婶与四叔真是心意相通，朕才接到捷报，我军在齐眉山大捷。而且四婶大哥魏国公立了大功！没想到中山王一门将门虎女，四婶了得，威名传扬军中，魏国公也是将才，这一战终于叫朕扬眉吐气！"

锦曦疑惑地看着他，觉得这场战争在建文帝嘴里说出来仿佛一场马球大赛似的。朱棣兴兵，虽打着靖难的旗号，其实就是反了朝廷。自己是朱棣的王妃，建文帝却兴高采烈与自己大说战事。

她试探着说道："臣妾梦还未完，却不敢说了。皇上得知梦境前段高兴便好。"

建文帝果然问道："王妃还梦到什么了？"

锦曦故意叹了口气道："我可不敢再说了，反正也就是个梦而已，皇上不必放在心上。"

她越不想说，越是说只是个梦，建文帝的好奇心越发重了，仿佛孩子听故事一般着急听下文。

"我梦到大哥犯了个极大的错误，让朱棣一剑刺死，燕军趁机攻克了齐眉山旁的灵璧！我与大哥一母同胞，便吓得醒了。"锦曦眼睛一红，泫然欲泣。

建文帝吓了一跳，霍然站起，指着锦曦半晌说不出话来。

锦曦暗笑，她知道自己以前这般模样，从大哥起，朱守谦、朱棣、燕十七莫不是慌了手脚，对她呵护宠爱。

"我叫四婶前线去劝四叔投降可好？朕登基以来，四叔便兴兵，四年来生灵涂炭，朕夜夜听到冤魂哭泣，寝食难安哪！四婶若是去劝，必事半功倍，咱们都是一家人，何必这样打来打去。"

锦曦偷偷翻了个白眼。觉得太祖一世英名，怎么就看中了软弱的朱允炆，要立他当皇帝！想起若不是他一登基就削周、齐、湘、代王，又派北平布政使和都指挥使扼制燕王，欲除朱棣，这场战争就不会起，燕十七也不会死。她怒意即起，淡淡道："皇上觉得臣妾劝降能成，臣妾当然遵旨前行。"

她想，如此一来，便为朱棣赢得了时间。纵然真去了前线，就算一死，也不会成为威胁他的人质。

哪怕能因此再见他一面也好啊！锦曦目光远远落在宫墙外的天空，嘴角隐隐含笑。

建文帝见锦曦答应，高兴地站了起来，"四婶深明大义，朕替天下苍生谢过了，明日便送四婶去齐眉山！"

走出柔仪殿，建文帝急不可待地唤来齐泰黄子澄道："燕王妃真是神了，她居然梦见我军在齐眉山大捷！"

黄子澄听得一愣，小心道："皇上，莫不是宫中走漏了消息所致？"

"不可能，柔仪殿内外遍布侍卫，她进宫之后并无与任何人接触，她如何得知消息？宁可信其有，不可信其无！传旨，令徐辉祖率部返京！燕军伤亡惨重，何福一人足矣。燕王妃同意前去说降，朕如今大捷，安能如她所愿？"

"是，我军士气大盛，南方兵力充足，朱棣必败无疑。那皇上，是否杀了燕王妃？"

"不，留着她。要杀，也要当着朱棣的面！"建文帝年轻的脸上掠过一丝阴鸷。

李景隆再次夜探柔仪殿，锦曦并不奇怪，淡淡说道："你还想做什么？这大内后宫当是你家兰园吗？"

"锦曦，这里我特别熟悉，不知一个人来过多少回了。"李景隆施施然坐着，低声说道，目光中充满迷惑，"以前我总觉得生我没有养我的人，我是不会有感情的。然而，我还是忍不住……"

"你说什么？"锦曦被他的话吓了一跳。

"别这么大声，姑奶奶！我早说过，若是你进了宫，我可没把握能把你救出去。"李景隆没好气地瞪她一眼。

听过他太多秘密，每一次都让她害怕，这一次也不例外。锦曦摇了摇头道："你走，我不听你的秘密，再也不听！你若不走，我就大声喊，这外面的侍卫、太监、宫女都支着耳朵听我说梦话呢。"

李景隆"扑哧"笑了，"你聪明得可怕！今日皇上下令要你大哥率部回营。"

锦曦惊喜之后就想放声大笑，朱允炆不吃败仗，朱棣就真成猪了！她一张脸因为憋笑闷得通红，喘着气道："我的目的达到了，你走吧，多谢你带来的消息。"

李景隆不动，掏出一瓶药放在几上，瞅着锦曦道："这次我绝不勉强让你听我的秘密。这是解药，你能恢复功力，我便可以带你离开，以你的武功，想要自由出入大内怕是不成。若你没有武功，我也没能力救你。你若愿意交换，就服了解药，听我说我的秘密，我可是闷了很长时间，心里堵着，无人能说，无人能听，很痛苦。"

锦曦有点心动，听他说，听过便忘当耳边风。恢复功力，就不会成为威胁朱棣的人质。她眼珠转了转，突然对上李景隆好笑的眼神，锦曦不服气道："好笑吗？"

"不好笑，你一起坏主意就是这般模样。"李景隆轻笑道。

"对，我就是有坏主意，除了解药，我还要加一条，你得送我去见朱棣！"

李景隆点点头，"好，我答应你。"

锦曦服下解药，丹田内力丝丝恢复。

李景隆望着这间大殿感叹道："我母亲从前便住在这里。"

锦曦一愣，他母亲不是曹国公夫人，是这里的宫女？曹国公真够大胆的。她又想起当日佛堂里和朱棣欢爱，晕生双颊，暗想，当年曹国公也是这般风流吗？

"太祖驾崩前告诉我，我的母亲原来是硕妃娘娘，朱棣，是我同母异父的亲兄弟。"

李景隆吐出的话语把锦曦震得呆住了。她张大了嘴，不敢相信地摇头。阳成……她突然想起北平城外李景隆说过，这么多年，他只有她一个女人。

李景隆所有怪异的举动都得到了解释，太祖是因为对硕妃内疚，所以选中李景隆为他办事，所以李景隆才能拥有一品兰花，所以他这么嚣张敢在天子眼皮底下动手灭了玉棠春。

太祖对李景隆究竟是宽容厚爱还是用心歹毒？锦曦有点分不清。

"你千万别告诉我当日在凤阳你敢杀朱棣是奉了太祖之令?!"

李景隆失笑："你想到哪儿去了？现在倒可以告诉你了，是秦王。不过，他自己短命，不然，没准儿这起兵靖难的人就是他了。"

秦王？锦曦想起初见秦王时他眼中的那种看不懂的光，想起那一年端午观灯时，秦王说朱棣用两千两银子捧花魁，如果不是太子圆场，说朱棣是用的假银子，这轻飘飘一句话就会让太祖严加处置朱棣。然而之后却再无秦王什么消息。

锦曦叹了口气道："我实在没想到当年凤阳赈灾的罪魁祸首竟然是秦王。"

"你想不到的事情太多了。太子垮了，燕王没了，受益最大的当然就是秦王殿下。只不过，我收了他十万雪花银，什么都当不知道罢了。"

锦曦只觉得心寒。

"我时常想，我绝不会因为太祖说的身世秘密而改变自己的想法。可是锦曦，我很疑惑，我控制不住自己，常偷偷来到这里瞧母亲的住所，明知道她所有的旧物什当年都赐给了王府，我还是忍不住要来，还是觉得她是我的母亲。"

这话才说完，锦曦已跳了起来。她这才反应过来李景隆吐露的是什么样的秘密。她马上想起朱棣对母亲的怀念，对硕妃身亡的恨。这事让朱棣知道会怎样？

见她目瞪口呆的模样，李景隆身形一晃已到她面前，认真地对锦曦道："这个秘密是咱俩的秘密好吗？永远不要让朱棣知道。"

他的眼神诚挚而认真。锦曦眨了眨眼问道："你当真？为什么？"

"因为，偶尔我也想做回认真的事情。"李景隆淡淡地笑了，还因为朱棣此仗胜了，接下来就会顺势强渡长江，直逼南京城下。接下来，这天下便是朱棣的了，大势已去，还争什么，还能争什么呢？"听我说这么久，你的内力应该恢复了吧？走。"

锦曦点点头，活动了下筋骨，跟着李景隆悄悄在皇宫屋顶上趁着夜色离开了。

出了皇城，李景隆带着锦曦回到曹国公府。

锦曦想见阳成，李景隆淡淡地说："她出家了。"

锦曦吓了一跳，阳成竟成了她父皇的牺牲品，还好李景隆识破，不然……锦曦浑身起了层鸡皮疙瘩。想起那个娇憨可爱帮着她和朱棣传递消息的公主，锦曦心里极不是滋味，忍不住说："你既然知道，为何还要娶她，为何不对她说明？你真是心狠！"

我心狠？我若不是因为对你痴情，我早被太祖这招整得万劫不复了。我没有告诉阳成这一切已经对她够心慈手软！李景隆似笑非笑地看着她道："你又不是第一天认识我，难道你如今才觉得我心狠吗？"

锦曦气结，只能默默祝愿阳成早日解脱。

"这处兰园，锦曦，我一直想让你住进来，今晚也一样。"

"我们不能连夜出城？明日便出不了城了。你答应过我送我去见朱棣的。"

李景隆倚着廊柱笑道："城门已锁，出不了了，况且，我只答应送你去见朱棣，可没答应送你出城。"

"你什么意思？"锦曦勃然变色。

"没什么意思，我对你，还不够明白吗？我要你留在这里！"说完李景隆一掌击来。

锦曦足尖一点，不肯与他恋战，心急便想离开兰园。不管她换了多少种身法，李景隆始终挡在她面前，锦曦无奈应战，十来个回合下来，她便力气不支，突然泄气："我打不过你，你再逼我，我便用裁云剑！"

李景隆吓得赶紧住手，手一摊叹息道："我只是在想，当初你闯入兰园时是什么模样。每一闭眼，我都清楚记得，你既然来了，我想了十来年，总想再瞧瞧罢了。"

锦曦气得无语，一颗心这才放下来，对着李景隆的举动没了言语。

"天都快亮了，去睡吧，我已叫银蝶收拾好了房间，在我这里，没人能伤得了你。"李景隆的声音温柔起来。

锦曦哭笑不得，实在受不了他的突冷突热，时时变脸的性格，心里却甚是安心。走进屋子的瞬间，她回过头，嫣然道："其实你虽可恶，我却从没担心过你真的害我。我从没想过，居然会觉得和毒蛇在一起很安全。"

李景隆痴痴地望着她，想起锦曦说的最后一句话，尴尬地摇摇头，眼睛一眯咬着牙道："因为你也是条毒蛇。一条美丽的毒蛇。"

建文四年春四月，建文帝召徐辉祖率部返回，都督兵力吃紧，燕军虽受重创，却在朱棣率领下士气高涨，趁机反攻。

何福被迫退守灵璧。朱棣调军迅速切断其粮道，同时进攻，大败何福，俘其十万人，攻克灵璧。

至此，朱允炆在淮河以北的主力已基本丧失。

五月初，燕军乘胜南进，一举突破盛庸布在淮河的防线，接连攻克了盱眙、扬州、高邮、泰州、仪真等地。

六月初三日，徐辉祖部还未返回南京，中途再接圣旨与盛庸部会师瓜洲，在长江布防。然而这时候的朱棣大军以雷霆万钧之势袭来，仅用三日便再破长江防线。盛庸死于乱军之中。徐辉祖退守镇江。

建文帝闻讯惊恐不安，派使者传旨到镇江徐辉祖大营，嘱他与朱棣言和，并许以长江为界与朱棣分治江山。

"求和？"自锦曦跳下运河，朱棣一口气憋在心里，好不容易要打到南京城，现在求和，晚了。

凤目涌出悲伤，朱棣挥了挥手道："你是锦曦大哥，我不想难为你，你投降吧。"

徐辉祖忍住心中对朱棣的厌恶道："你已经逼得皇上提出割地分治，你的野心就真的这么大吗？不要忘了，他才是皇帝！"

"住口！你以为我想兴兵？他刚登基，就对自己亲叔叔下手，我本来，本来只想与锦曦还有孩子好好在北平养老，是他逼得我起兵！"朱棣低吼道。往日在北平燕王府永寿宫与锦曦恩爱的日子又浮现在眼前，眼眸中露出浓浓的恨意。

徐辉祖激动起来，指着朱棣骂道："无耻！君要臣死，臣不得不死！皇上若真要你死，你也应该以死谢恩！"

"哈哈！"朱棣嗤之以鼻，逼视着徐辉祖道，"你少年成名，都说你才华横溢，聪明冠绝南京城，今日我方知朱允炆用了些什么人！实话告诉你，若不是他将你撤走，齐眉山我们不可能反败为胜！就他，还坐不稳这江山！回去告诉他，我不答应求和！我大明江山绝不分治！"

徐辉祖气得浑身发抖，突仰天大笑，转身就走："你得了江山又如何？还不是孤家寡人一个！你即便攻下南京，锦曦也绝不会再活着出现在你身边！"

他的话像道闪电劈在朱棣身上，一年多，所有人都帮着他维系着那个梦，锦曦没有死的梦，徐辉祖一句话就把美梦打散。

这些日子就靠着一个信念支撑的朱棣再也无法控制心底深处的那股悲怆。六月，天气已经炎热，他浑身冰凉，喃喃道："锦曦再也不会活着出现……"

帅帐中诸将瞧着朱棣脸色由红变白，再转得灰暗，看徐辉祖大笑离开，纷纷把目光投向尹白衣身上，希望他说点什么激起朱棣的斗志。

白衣同情地看着朱棣，眼珠一转沉思道："南京城里近日传着一个流言，道王妃未死，听说她在皇宫大内，夜夜有神仙托梦，每每梦见战况都如亲眼所见，她梦见徐辉祖阵前倒戈，所以皇上才急令徐辉祖率部返回……"

"对，王妃当日在东昌，就有道神光环绕着她，保护着她，那么多盛军，就没有一个人靠近了她的身边！必是有神明保佑！"

"父王！我娘肯定死不了的，你瞧她的容貌就不见衰老，不是神仙庇护是什么?!"

宁王朱权没有吭声，当日他不在东昌，听说锦曦策马跃下运河，心里也极不肯相信那个仙子般的人就此香消玉殒。听得朱高煦这般一说，也是半信半疑，轻声说道："四哥，已近南京城，总得进去瞧瞧。说不定传言是真，你难道忘了，我们过了泜水，到了小溪，这一路行来，不时都能听到四嫂的消息？而且，这次行军，总能化险为夷，反败为胜，比起前两年总在河北鲁西胶着打得更顺。"

帐中将士开始七嘴八舌地议论起来。

朱棣沉着脸，斜睨着白衣，满眼伤痛。所有人，换着方法鼓起他的斗志，他能怎样？朱棣哈哈大笑，"说得对！王妃绝不会死，她定在暗中为我燕军筹谋，传令下去，攻南京！"

"我军必胜！"高昂的士气与兴奋的神色在众将眼中闪动。

攻下南京，等于赢得战争，长达四年的靖难即将结束，没有人会不高兴，没有人会不激动。

朱棣轻声对自己说，就算是为了他们，也要攻下南京。

锦曦就住在兰园。外面全是奉令搜捕她的大内侍卫，谁也没有想到，曹国公竟敢窝藏钦犯。

李景隆不让锦曦离开，锦曦并不想冲动地一个人去冒险。与其再落到建文帝手中，李景隆的兰园反而是最安全的地方。

李景隆懒洋洋道："不过半月，朱棣大军就要抵达南京城外了。皇上令我和谷王朱穗守城。你说，我该不该把你吊在城头逼朱棣退兵呢？"

"随便。"锦曦这几日摸清了李景隆的习惯，当他说话是放屁。

才说完，李景隆已解下腰带如灵蛇般攻向锦曦。

锦曦手忙脚乱地躲避，边闪边喊："你又发什么疯?!"

"送你上城楼当人质！"李景隆手势急挥，腰带圈出大大小小的圆圈将锦曦罩住。

转眼工夫，锦曦已被绑了个结实，她破口大骂道："李景隆，你到底想干什么？"

李景隆不理她，吩咐银蝶道："送她进密室。"

六月十三日，朱棣率大军沿长江出发进抵南京金川门。

李景隆和谷王站在城头，看城下黑压压的燕军，谷王忐忑不安。李景隆笑道："王爷不用担心，你与燕王是兄弟，燕王必不会伤害王爷。当然，若是王爷下令守军朝他射上几箭，这个景隆就不敢保证了。"

谷王一权衡，想也不想道："本王自然不会做傻事，景隆做何打算呢？"

"我嘛，"李景隆淡淡地说道，"自然是射他一箭了。"

谷王不解地看着李景隆。

他拔出一支箭，拗断箭头，附上一纸书信，张弓如满月，提气大喝道："朱棣看箭！"

城下的朱棣一愣，箭已到面门。他一剑挥落，尹白衣拾起，见折去了箭头，便取了书信递给朱棣。

朱棣展开信一瞧，反手抽出一箭，叫来文书嘱道："写上，本王绝不食言！"他穿了信在箭上，同样回射回城。

李景隆玩世不恭地对谷王一揖到底，"王爷立下大功，将来皇上定会有重赏。"

谷王莫名其妙，只听李景隆大喝道："开城门迎降！"

朱棣大军自金川门长驱直入，直奔皇宫。

才到皇城，见浓烟四起。朱棣急急下令："速速灭火！"

这场大火烧了三天三天夜，等到火灭，建文帝不知所踪，是否葬身火海无人能知。

而朱棣并未住进皇宫，而是回到原来的燕王府旧宅。

烟雨楼上已坐着一个人，墨绿色贡缎深衣，下摆及袍袖和右衽都用绿色丝线及金丝遍绣团花，腰间丝绦上系着块羊脂白玉，正拿着只青瓷碗饮酒。

"景隆好享受！"朱棣满面春风坐到他面前，拎起酒坛喝了一大口，抹抹嘴道，"痛快！"

李景隆斜睨着朱棣悠然道："王爷记得十七岁生辰时，拉景隆来此饮酒的情形吗？"

"怎么不记得，你就是这般讲究，非得给你准备上好酒具。"

"我是说锦曦。"李景隆眼睛微眯了眯，一字一句地说道。

朱棣心一紧，瞳孔收缩，依然笑道："呵呵，当时我以为珍贝是她，把我吓得，那香风能把人熏死！"

李景隆也转过话题，曼声问道："王爷何时登基？"

"怎么？景隆也巴不得我早日登基？记得当时景隆可是恨不得在战场灭了朱棣！"

李景隆哈哈大笑："王爷不会这么记仇吧？景隆只是个臣子，和王爷作战也是奉旨行事。况且，王爷神勇，景隆可是一次也没讨着好！唉！"

朱棣想起几次打败李军，心情舒畅，酒坛一放道："当日你射来一箭附信说，你可以开城门投降，但条件是借我的倚天剑一用。"他解下腰间佩剑往桌子上一放，盯着李景隆道："别说借，你就要了这把剑，我也会同意。本王绝不食言，剑，你拿走吧！"

"不，景隆他日需用此剑时，再找王爷相借。景隆从此浪迹江湖，还做我的浮浪之人。朝政我是不喜欢了，银子却也不缺。还是吃喝玩乐好啊！"李景隆慢条斯理地说道。

"听说，锦曦曾经入宫？住在柔仪殿？"朱棣终于忍不住问道。

"王爷是担心她与朱允炆一起葬身火海，还是，不确定她活着？"

他的话如同一根刺扎进了朱棣最软弱的地方。进了南京城，当日尹白衣杜撰的话却得到了证实。南京城中的传言说朱允炆掳了燕王妃进宫，又有传言说燕王妃入宫后莫名其妙地失踪了。有人说建文帝胁持了燕王妃早在燕军攻城时便离开，也有人说燕王妃根本就没有进宫，一切都是建文帝想牵制燕王抛的迷雾。而最清楚情况的人肯定就是李景隆。朱棣没有吭声，眸光已渐渐变冷。

"景隆答应王爷，王爷登基之日，景隆必将此事查个水落石出，绝对一解王爷心中困惑。"

"景隆为何这般盼着本王登基？如今朱允炆尸首未见，本王如何登基？"

"那就是王爷的事了。朱允炆是死是活谁也不知道，大明却不能一日无君。与其让别的王爷登基，倒不如你做皇帝。多少景隆能为王爷探明真相，王爷还念着旧情不会一登基就抄了景隆的家，浮财倒也罢了，我兰园可是苦心经营几十年，舍不得让王爷毁了！"

朱棣哈哈大笑，心中疑虑重重，锦曦是生是死，李景隆似胸有成竹。难道传言是真的？锦曦真的没有死？他的心急跳起来，天下没有比这更重要的事情。"下月我便宣告天下登基称帝！景隆其实有雄才大略，一品兰花与锦衣卫都离不开景隆，我欲恢复东厂，景隆可愿回朝帮我？"

饮下一碗酒，李景隆长身而起，对朱棣深揖一躬道："景隆只求得倚天剑一用，别无他求，皇上千万莫要重用景隆。酒已尽兴，再饮景隆便要出丑了。告辞！"

朱棣没有留他，想起锦曦，热血沸腾。李景隆一走他便唤道："白衣，盯着李景隆，密切注意他的一举一动，务必查个水落石出！"

"白衣定不辱使命！"

还有十来日时间朱棣就将登基为帝，李景隆在兰园静静伫立。

"公子，都准备好了。"银蝶轻声禀报。

李景隆望着那盆素翠红轮莲瓣兰矛盾异常，空气中弥漫着兰花清雅的幽香。"王妃这几日如何？"

"不肯搭理人。"

李景隆失笑，一抹温柔掠过他的眼眸。再看到那盆兰花，长叹一声，"当日我就输了，千选万选却选了株断情兰……也罢！"

他踱步走进密室，见锦曦扭头不看他，知道她心中气恼。李景隆心思百转千回，终于问道："朱棣下月便称帝，他一旦称帝，你就是皇后了。锦曦，我要弃官四处云游，你想不想和我一起？"

不待锦曦回答，他便苦笑道："我知道，你必是不肯的。走吧，他还在燕王旧邸，我这就送你去。"

送我去见朱棣，为何还要擒我在密室？锦曦心中疑云重重。她已经习惯了李景隆的变化无常，摸不透他的心思，也不再猜测。

"我本来是想让他就此以为你就死了，带你一同走的。过了这么多年，让他拥有你这么多年，你陪陪我也是应该的。"李景隆嘴里发苦，不知为何，他在烟雨楼与朱棣饮酒，瞧着朱棣意气风发的面容，他突然才发现，朱棣和自己一样，都有一张棱角分明的薄唇，微抬起的下巴相似得惊人。

为何以前没有发现呢？他苦笑，那一刻，小时候和朱棣玩耍，长大了一起骑马狩猎拼酒的情形清晰得仿佛昨天才发生。

他将来必定是一代明君，必定会开创大明的宏图伟业！这个念头一旦闯进脑中，竟让他有几分骄傲的感觉。也就一瞬间的工夫，他放弃胁迫锦曦随他离开的念头。

他有一百种方法能让锦曦再不能离开他身边半步，永远不会让朱棣知道她的存在。他却轻易地放弃了。

"你难道现在才知道我是个反复无常之人？"李景隆玩世不恭的笑容又露了出来，打开密室的门，笑道："难道，你想随我离开？"

锦曦想也没想快步走出，才一日工夫，兰园中竟连一株兰花都瞧不见了。

"我全送进了宫里。锦曦，以后，那些兰花都拜托你照顾了。"李景隆柔声说道。

锦曦讶异地看着他，"你不是看得像命根子一般吗？"

"喜恶都在人的一念之间，我既然打算四处走走看看，带着是累赘！"

李景隆放了她，锦曦却有点不知所措。马上可以见到朱棣，战争已经结束，将来再不会有人威胁他们，他们将快乐地生活在一起。然而，那种莫名的感觉让锦曦高兴不起来。似感叹李景隆的举止，也似感叹这么多年的生活。

如果可以重来，她是否不会如当年那般调皮，不会跟着朱守谦外出游玩，不认识他们，人生是否又有改变？

"你若再不走，我会以为你留恋兰园，留恋于我……要知道，有一分机会，我也不会放过！"李景隆戏谑地微笑。

锦曦心口一震，燕十七当年也是这样，只要她表现出一分不愿和朱棣在一起，他也要带了她远走高飞。

"留恋你？凭什么啊？"锦曦一扭头走出了兰园。

"咴！"熟悉的马嘶叫声响声，蹄声响起。锦曦惊喜地喊道："驭剑！"

驭剑冲到锦曦面前停下，头低下在锦曦怀中拱来拱去，兴奋地直刨前蹄。

李景隆微笑地看着她，等到锦曦回头，已沉下脸喝道："你还不走?！真想等我改变主意？"

锦曦吓了一跳，她可吃不准李景隆的瞬息万变，翻身上马，大声道："我才不会谢你！我，我杀不了你，十七不怪我，我也会难过！从此永不相见！"

心针扎似的痛，李景隆深情地看着她离开，他竟然真的成全了她，放了她与朱棣在一起。他杀了燕十七，对锦曦总是威胁恐吓，要她的命，让她对他恐惧，她怎么可能喜欢他？李景隆无奈地摇摇头，锦曦执著燕十七的死他也没办法，在他眼中，别的人都是无关紧要之人。"永不相见吗……怎么可能！"诡异的笑容出现在李景隆嘴边。

烟雨楼上朦胧的灯影将朱棣的影子映在窗上。锦曦痴痴地瞧着，想上去又迈不动脚，一颗心跳得厉害。

尹白衣跟在她身后柔声道："去吧，锦曦，他等你等得你很苦，我们都知道你凶多吉少，今天他一直在饮酒，王爷这一年多都没沾过半滴酒，他太累，神经绷得太紧，一直不敢松懈半分。"

锦曦眼泪落下，喃喃问道："这府中一切都没有变过吗？"

"没有，还是原样。"

她慢慢走到来燕阁推开了房门。

白衣了然地微笑，提醒道："火折在灯旁。"

锦曦抿嘴一笑，点着了烛火。房内一切都没有改变，连窗前她曾绣下的那幅骑马射箭自画像都还在。

像中女子明眸善睐，长发飘飘。她骑在马上张弓搭箭，胯下大黑马神骏扬蹄，风带起衣袂翻飞，眉间透出一股英气。

锦曦仿佛又回到从前。那个春日，空气中散发着青草的香气，温暖的阳光给一切都蒙上了层浅黄的色泽，她神采飞扬去帮朱守谦比箭。

从此，认识了他。

岁月是一道经不得回头的门。一回头，那些高兴的快乐的悲伤的痛苦的情感会在瞬间重重撞击柔软的心，带来如同隔世的恍惚。

耳中似乎又响起喧嚣的爆竹，震天响的锣鼓。她带着不甘和迷茫嫁给他，还曾想着嫁了就与父母无关，自己离开这王府轻而易举。

他的手，干燥而温暖，稳稳地牵着她。他用这双手在她心里已筑起走不出去的高墙，里面只住了他一个人。他不出去，也不让人进来。

锦曦按着前胸，心一直扑扑地跳动，她似乎能听到血液奔流的声音。

她轻轻坐下来，绣筐还摆在老位置，锦曦穿针引线，在画像旁认真绣了起来。

"王爷，你不能再喝了。"三保担心地看着朱棣。

"今天我高兴，三保，取枪来！王爷我有兴致！"朱棣踉跄站起，三保来扶，他一把推开，喃喃道，"昨夜松边醉倒，问松我醉何如。只疑松动要来扶，以手推松曰去。

朱棣反复念了几遍，呵呵笑道："三保，这词写得真好啊！去！取枪来！"

三保只得应声，才下得楼又连滚带爬地跑上来，指着来燕阁方向惊呼道："王爷，灯……灯……"

朱棣睥睨着他笑道："瞧你，舌头比本王还……大！"话才说完，已身不由己地一掌推开面向来燕阁的窗户。人化为了木头。

三保见状急道："不是假的，王爷！"

不是，朱棣狠狠地揉了揉眼睛，迷惑地问道："我喝醉了？"

"哎呀，王爷，肯定是王妃！"三保急得跳脚。

朱棣跳了起来，飞奔下楼，一个趔趄径直从楼梯上滚了下去。三保吓得直喊："王爷你慢点！伤到了没？"

朱棣已听不到这些，冲到来燕阁窗外停住了。他伸手抚上窗户上印出的锦曦的影子，狠狠地甩了甩头道："肯定是白衣又弄个假人来哄我，我知道，他骗不了我……他骗了我好多次。"

尹白衣为了使朱棣振作，每隔几月便着人放出消息说看到了锦曦，还着人穿了锦曦的装束在凤阳一带出现。

"有人说，在小溪河瞧见了你，我真的信了，锦曦，我想，你肯定忘不了咱俩在凤阳山一起逃生。你真狠……一路上就不停地奚落本王，让我恨不得剥你的皮抽你的筋，我说的都是气话呢，锦曦，我瞧出你是女儿身，我情不自禁想要胜过你，你总是不肯给我机会，总是要挫我威风，你真是可恨！"朱棣轻声说着自己的心情，那种又恨又爱的情绪直到离开锦曦从小溪河回到南京，他才明白，他嫉妒燕十七，他喜欢她，是真的喜欢她。

"他们说你没死，我相信。我一直等着你回来，连李景隆也说，只要我登基，就会告诉我你的消息……我知道我醉了，等我醒了，这里的人影也会没了……又让我做了个梦，然后所有人都开心地瞧着我称帝，所有人都高兴……只当我是傻子，做着你回来的梦，去做一个大家满意的好皇帝！"

朱棣越说越伤心，手猛地拍上窗户。见里面的人影一动不动，他又怜惜起来，喃喃道："是个梦也好啊！方才打疼你没？我第一次无意给了你一记耳光就开始后悔，如果不是那一记耳光，你肯定不会恨我，肯定不会和我斗气，肯定不会喜欢了十七让我吃醋。我知道你是喜欢他的，哪怕你心里有我，你还是喜欢他的。要是，在草原上给你牵马的人是我该有多好啊……"

"你有完没完？多久的干醋吃到现在？！"锦曦实在忍不住了，听朱棣越说越不像话，霍地站起身，没好气地推开窗户。

朱棣猝不及防，被猛然推开的窗户击中面门，往后栽倒。

锦曦吓了一大跳，跃出窗蹲在他面前急声喊道："朱棣，你没事吧？！"

天旋地转中，朱棣傻笑道："怎么这次是个可以动的人呢？"头一歪晕了。

锦曦急声喊道："三保！快来扶王爷！"

三保早瞧傻了眼，跪下道："王妃，你放过王爷吧！我保证年年供长明灯保佑您！"

锦曦又急又气，抱起朱棣进房，闻到他身上酒气扑鼻，见三保还怔着，骂道："还不去端醒酒汤来？我还没死呢！叫高熙来！"

三保这才反应过来，"哇"的一声号啕大哭，边哭边喊："王妃回来了！王妃回来了!"

睡梦中的朱棣唇边还带着笑意,额头鼓起一个大包。锦曦又怜又悔,不该让他着急,手指划过他长着青茬的下巴,传来一阵刺痒。

锦曦坐着痴痴地望着他,心里泛起阵阵温柔。若是换了自己,肯定受不了这种痛楚。

"娘!"朱高熙奔进房中,扑到锦曦脚下放声痛哭。

"好啦,起来吧!"锦曦瞧着儿子鼻子发酸,轻斥道,手却温柔地抚上朱高熙的脸,"还好,都平安就好。你父王醉了,唤三保进来服侍。我也倦了,有什么事明日再说。"

朱高熙听锦曦这么一说,赶紧安排,自己守在来凤阁外却是一宿未睡。

锦曦在朱棣额头间大包上亲了一下,柔声道:"等我绣完就来陪你。"

她挑亮烛火,飞针引线,在原来的画像旁绣上了朱棣。天微明的时候,画像已隐约可辨认出朱棣策马与锦曦并骑。

锦曦揉揉眼睛,走到床前拂落纱帐,把自己偎进了朱棣的怀里。

一靠近他熟悉宽阔的胸膛,锦曦满足地叹了口气。

晨曦透过窗格照进来。朱棣睡醒了,头还有点重,手似动弹不了,他扯了扯,感觉有人躺在他身边,惊出一身汗,大喊一声:"三保!"

凤目睁开,锦曦蜷在身侧,睡得正香。朱棣目瞪口呆,小心伸出手指捅了捅锦曦,实在的触感让他不敢相信。

"王爷醒了?"

"外面候着!"朱棣不耐烦地喝道,伸出双臂冲锦曦扑了过去。他没有闭眼,瞬间抱了个实在。

锦曦被压得闷哼一声,闭着眼道:"你长肥了,朱棣!"

朱棣抱得更紧,连声道:"锦曦锦曦——"

"别吵!"锦曦一晚绣东西,现在正困。

朱棣连声道:"不吵,我不吵,我看你睡,我抱你!"

他激动得浑身发抖,才沉默一会儿,又哄道:"锦曦,你睁开眼让我瞧瞧?"

锦曦不理。

"你说话啊,锦曦,和我说话!"

锦曦哀叹,嘀咕道:"你再不让我睡我就揍你!"

朱棣一下子放了心，喃喃道："是真的了，这回不是做梦。"他眼眨也不眨地看着锦曦，生怕闭上眼就没了似的。

日上三竿锦曦才睡足醒来，睁开眼见朱棣呆呆地看着他，微微一笑嗔道："还没看够？"

朱棣眼中一热，狠狠地吻在她的额头，"这么久，你竟然失踪这么久！"

锦曦伸了伸懒腰笑道："我有什么法子。外面不知多少人等着你处理事务，你还赖在床上不起？"

朱棣摇了摇头道："我不管。"

"你不管我管，三保！侍候王爷起床、沐浴、更衣……"说着掀帐起身，撇撇嘴道，"王爷一身酒气，我连做梦都泡在酒坛子里。"

然后整整一天，朱棣心不在焉地做事，眼睛围着锦曦打转，终于忍不住把事务全扔给了朱高熙和白衣，拉了锦曦便走。

"说，这一年多都干什么去了？"

"朱允炆捉了我，大哥废我武功走不了呗。"

"怎么逃出来的？"

"李景隆救了我，他说，识时务者为俊杰，今日救我，可换得他半生平安，何乐而不为。"

朱棣信以为真。

锦曦也不知道为什么这次要对朱棣撒谎，她只是直觉地想把和李景隆所有的一切都深埋在心底里，包括李景隆的秘密。

人一生中真的有不可对外人言说的秘密，没有一个人对另外一个人是完全透明。锦曦望着初荷婷婷，一只红蜻蜓扇动着翅膀悄然立在荷苞上。生活似乎从此平静安宁。

自六月攻占南京，建文帝行踪成谜，请朱棣登基的奏折堆积如山。朱棣一笑置之。

连锦曦都奇怪地问他："国不可一日无君，你的远迈汉唐的志愿你就不想去实现？"

"我脸皮薄，怕百官议论呢。"朱棣懒洋洋地躺着，一点儿也不着急。

"那你想怎样？"

朱棣坐起身，正色道："我要去为你猎东北黑熊，亲寻成形老参，锦曦，我是有那些志愿，可是你失踪的日子，我却没有了心思。”

"笨！你当了皇帝，想要什么奇药没有？要把东北的人参熊胆都弄了来，何必你亲自前往，省得我还担心你在密林里有危险。"锦曦心里一酸，会折寿，会什么时候死，她半点感觉也没有。

她偎进朱棣怀里柔声道："你从前可不是优柔寡断之人，生死有命，在一天就珍惜一天好了。况且，我死了，你还能明目张胆地立妃，多好啊。"

话才说完，锦曦就看到朱棣凤目飘着寒光，森森地说道："看来王妃不满意生了三个儿子，没有女儿贴心，觉得本王努力不够！"

锦曦娇笑着躲开，朱棣已狠狠地吻住了她。

七月，朱棣在皇城奉天殿登基，改国号为永乐，立锦曦为后。

下旨复周王、齐王爵位。葬建文皇帝。杀齐泰、黄子澄、方孝孺，并夷其族。坐奸党死者甚众。

朱棣论功行赏，靖难有功者封公侯十三人，伯者十一人。

靖难兵祸由此而终。

发如雪

　　永乐三年，锦曦突发重病，群医无策。

　　锦曦很安静，难道来得这么快吗？她想起前些日子才对朱棣说，等高炽再强一些，就退位，出海游历。

　　身体软得抬不起一根手指，每说一句话声音仿佛从另一个世界传过来。锦曦想，怕是真的不行了。

　　这两个月，朱棣衣不解带地陪着她。国事全扔给朱高炽处理。瞅着那双凤目中流露的不舍和痛楚，锦曦只觉得抱歉。

　　"对不住了，朱棣。我可没想过会这么快……"

　　"别说了！"朱棣痛苦地喝道。他站起身道，"我说过，我一定亲自去猎东北黑熊取胆为你配药，这世上一定有延年益寿的药能治得了你！锦曦，你等我，我这就去！"

　　"不要！"锦曦叹了口气，"再成形的参怕是也保不了我的命，熊胆，你这几年怕是把山上的熊都杀绝了吧？让我吃得还不够多吗？你就陪着我吧，多一会儿也是好的，何苦要让我瞧不着你？"

　　"不！我就要你想着我，你若是等不了我，我就喂了黑熊去！"朱棣激动起来，戾气从身上爆发出来，"你若再扔下我，我就让这宫中千人为你殉葬！"

锦曦感觉体力在一点点消失，她哀求地看着朱棣："别这样好吗？我和你少年夫妻，总不成到了这时，你便开始欺负我。"

朱棣只难受得想要杀人，无力地坐下，搂住锦曦红了眼睛。坐拥天下，打下江山，她却要离开他。

"还记得从前吗？我总是喜欢欺负你……"锦曦的声音温若春水，笑容依旧，长长的睫毛无力地垂下，像急雨吹落的花，瞬息间调落。

"怎么不记得？你仗着有武功便欺负我。那个时候啊……"朱棣嘴边露出笑容，如今回想，少年时的斗气竟如此有趣。他边笑边说，凤目中的水雾越聚越多，这一次，她真的活不过来了，白衣都没法弄些假人来骗他了。

手托着锦曦因无力而沉重的身躯，朱棣深深地埋下了头，想起锦曦绣的那幅并肩策马图，从此她再不能扬起笑脸对他说：朱棣！我们比试！

从此，这重重宫墙内只留他一个人了。

"你得了江山又如何？还不是孤家寡人一个！你即便攻下南京，锦曦也绝不会再活着出现在你身边！"

徐辉祖的话又在耳边响起。朱棣鼻翼翕动，张开嘴拼命地呼吸，重重的呼吸声与压抑在胸腔内的抽咽声在坤宁宫深处响起。

任外面阳光灿烂，气息炎热。朱棣的心似深埋在冰雪中被冻得木然。

"皇上节哀！"殿内跪下一群人。

朱棣仿佛没有听见。

"父皇，让母后好好地走吧！"三个儿子哭得泪人儿一般。

"出去！都给我滚出去！"

朱棣突然大吼道。

宽大的殿堂内只留下了朱棣和锦曦。他闭着眼抱着她，喃喃道："吵死了，锦曦，我知道你最恨别人打扰你睡觉。"

他不再说话，觉得锦曦的身体还是这么柔软，她只是睡着了，一觉醒来，她又会逗着他玩，以欺负他为乐。

宫外传来阵阵喧哗，朱棣听得心烦，低头瞧锦曦眉头似也微蹙。他轻声道："我杀了他们，扰你睡觉了。"

殿门被"砰"地推开，刀兵之声传来，朱棣大怒："什么人！"

李景隆被一群侍卫围攻着，他一边招架一边吼道："快下令住手！我能救锦曦！"

"又是你，李景隆！你连片刻安宁都不给她吗？"朱棣听不进去，怒发冲冠。

"再迟就不行了！皇上！她假死不能超过一个时辰，再不救她就真的救不了了！"李景隆再也顾不得侍卫阻拦，拼命往睡榻前移动。

"住手！"朱棣一省，喝令道。

李景隆飞跃过来，猛地一掌拍在锦曦丹田处，锦曦口中喷出一口黑血，嘤咛一声又软软倒下。

朱棣跳了起来，凤目惊诧，满脸狂喜："锦曦！景隆，你救她，你……"

"捏开她的嘴！快点！"李景隆手掌不离锦曦丹田，急声喝道。

朱棣捏开锦曦的嘴，见李景隆拿出一枚药丸喂进她的嘴里，默默地运功。

片刻后锦曦的脸色开始有了点血色。李景隆长舒一口气，这才感觉到手臂的痛，是刚才被侍卫砍了一剑吧。他撕下衣襟扎好伤口，开口说道："皇上，她没事，放她躺下。景隆有事禀告。"

朱棣点点头，有点不相信眼前看到的这一切。他扶锦曦躺下，手握住她的手不肯放开："怎么回事？"

"景隆这几年四处寻医求药，炼得延命丸药，她假死后一个时辰服下便可无事，皇上不必担心。"李景隆掏出一瓶药，还有张药单放在书案上轻声说道，"每月让她服用一次便好。过几年，她身体会慢慢固本培元，消弭裁云剑的反噬力。"

朱棣像听神话一般，等到李景隆说完才道："不要骗我，我已经经不得骗了。"凤目中涌出难言的伤痛。大起大落之后，他觉得心脏已承受不起。

李景隆怜惜地瞧着他，不知从何时起，他对朱棣竟有了想要保护的欲望。"记得景隆曾向皇上借倚天剑吗？景隆猜测，只有用倚天剑才能断掉她手上的裁云剑，除去这个依附在她身上的东西。要让锦曦病好，这便动手吧！听说裁云剑极有灵性，三岁起就自动找上了锦曦，此物怕是已摄了她的心神，锦曦想必会极为抗拒。可是不除掉的话，怕是这回能救下回就难了。"

"景隆，这就是你借倚天剑的原因？你一生都为锦曦，害她也好，救她也罢，你不曾后悔？"朱棣突然问出一句。

李景隆身体一僵，他没有回答，笑着说："皇上照办吧！景隆说过，要借倚天剑一用！以后，我还过自己的闲散生活。"

朱棣深深地望着他，他是想杀了他，所有的原因都是理由，燕十七的仇，往日李景隆加诸在锦曦身上的恨，他的一品兰花，他所掌握的秘密……"你是个怪人，朕不懂你。"

李景隆呵呵笑了："我自己也不懂。皇上拿剑来吧。恐有意外，皇上小心点。"

卷起锦曦的衣袖，那只银色半透的镯子闪着微光，似一圈光绕在锦曦手腕上。朱棣试着将倚天剑剑锋放在上面用力一蹭，只听"铮"的一声，裁云剑竟活了似的自动隔挡开倚天剑。

朱棣没有防备长剑几欲脱手。锦曦还没有醒来，那剑便似根银蛇在她手腕上昂头吐信。李景隆和朱棣都被这诡异的一幕吓了一跳。

他把剑递给李景隆，小心走近锦曦，手刚触及锦曦身体，裁云剑头一动，李景隆扯住他的手往后一拉，大喝道："皇上小心！"

朱棣骇得往地上一滚，见手臂已被划开一道长长的口子。"这是什么鬼剑！"他怒声骂道。

李景隆神情凝重，沉声道："我一直奇怪锦曦面容宛若少女，难道真是这剑摄了她的心神，同时保她青春？这会儿动用了倚天剑，景隆以为它是感到了威胁便自动防范。皇上，把倚天剑送出殿去，再试着接近皇后。"

朱棣嘱侍卫拿着倚天剑慢慢后退，随着距离的拉开，两人看着裁云剑又缩回了锦曦手腕，变成一只镯子模样。

他试着再走近，手指轻触锦曦身体，目光死盯着右腕的剑，见没有动静，朱棣心一宽紧紧抱住了她，"锦曦，该怎么办？这该死的剑定是在吸取你的气血！"

锦曦悠悠醒转，见朱棣凤目血红，狠狠瞪着她的右手，她动了动，见李景隆也站在旁边，有些不解。

"听我说，锦曦，我要除下你手上的裁云剑，只有倚天剑可威胁它……"

"不行！"锦曦虚弱地说道。

"为什么？现在战事完了，你有武功，根本就用不着此剑！它却对你有威胁！"

锦曦有点迷糊，为什么不行？她也不知道，只感觉到极为不舍，似乎除掉此剑，就像是从她身上剜下一块肉来，让她觉得心痛。放柔了声音，她笑道："我答应你再不用它，就当它是只镯子可好？"

换在平日，她这般恳求就是要天上的星星，朱棣也为她摘了去。此时他却暗暗心惊，锦曦显然不知不觉已在维护着这柄剑。该如何是好？朱棣略一犹豫便道："算了，只要你好就行。景隆说，只需常服为你寻得的药丸，慢慢固本培元，就无事了。"

锦曦娇柔地笑了，那笑容竟比平时还要艳丽。李景隆看在眼中也笑道："娘娘，您刚才只是晕过去了，现在没事了，好好睡一觉吧。"

锦曦不自觉地看向他，李景隆的眼眸深沉如夜，双眸发出诱人的光，熠熠生辉。锦曦眼瞳开始涣散，喃喃道："好倦，朱棣，我想睡了。"

见她睡着，李景隆腿一软坐了下去，喘着气道："好险！我对她催眠了，不知有无效果，皇上，咱们再试！"

朱棣点点头，把剑交给李景隆道："你武功好，你来！"

"不，"李景隆摇了摇头苦笑道，"景隆就算对她催眠，她念着的还是皇上的名字，裁云剑有灵力能自保，与她心意相通，想来它对皇上也会有所顾虑。"

这次朱棣有了防备，小心地把倚天剑伸过去，"唰"的一声，裁云剑动起来弹开了倚天剑，重新恢复成小银蛇般的模样，盘绕在锦曦手腕上。

"怎么办？"

"用力劈下！"李景隆吐出四个字。

"不行，会伤着锦曦！"

"如果她断去一手能保住她的命，皇上，你选吧！"

朱棣委实难决。

"皇上的天下都是赌赢的，这就不敢了吗？"

"从前夸有倚天剑能斩相思。"朱棣看着手中的倚天剑，再看看睡梦中的锦曦，这剑现在斩的不是相思，而是要你命的东西！他暗念着佛祖保佑，一咬牙看准了裁云剑的位置用力一剑挥下。

李景隆目中露出佩服之色。关心则乱，他不接剑，是他心里害怕，怕一剑斩断了锦曦的手。朱棣果然比他狠绝。

"哐当!"手中倚天剑发出声脆响，霎时断成两截。而裁云剑看似毫发未伤，仍盘踞在锦曦手上。锦曦并未受到惊扰，犹在睡梦之中。

朱棣愣住，神色灰败，凤目浮上淡淡的红色，他瞪着那把吞噬锦曦心血的裁云剑，手紧握成拳，难道真的要断她一只手才能救她?

李景隆吃惊地看着眼前这一切，眉纠结成一团，难道真的没有办法了吗?

这时，锦曦却痛哼了一声。"锦曦!"朱棣紧张地大喊出声，不顾昂着吐信的裁云剑冲了过去。

李景隆死死地拽住了他，目光炯炯，似看出了什么来。

"你放手!"

"再，看看!"

朱棣争不过李景隆，急得满头挂汗。

锦曦的呻吟声越来越大，竟似痛得紧了，在床上缩成了一团，"朱棣!"她大声喊着，一个翻身从床上滚了下来。

听到她的痛呼声，朱棣大怒，"李景隆，你放开朕!"

李景隆没有放手，死死盯着锦曦右手上的裁云剑，见剑芒似吐未吐，竟向锦曦喉间探去，像极了想要喝人血的模样。他想起传说中裁云剑消亡一次生命前会最后反噬，心一横突然一掌拍开朱棣，飞跃了过去。

裁云剑疯狂起来，随着锦曦痛苦的扭动，挥出一道银白色的剑芒。

剑芒似流星划过天际，瞬间便消失了。

李景隆挡在锦曦身前，顺手一抹，"哐当"一声脆响，一只银色的镯子滚落在地上。

钻心的痛楚传来，李景隆侧过身使劲抱起锦曦送到床上，腿一软跪了下去。他目光温柔地瞧着她，轻声道："睡一觉，什么事都没有发生。"

朱棣从地上爬起来，几步冲到床边紧紧握住了锦曦的手。

锦曦安静下来，闭着眼睛还在沉睡，看上去和平日睡着没有两样。朱棣正要开口，脸上神情一变，吃惊地看到锦曦的发丝以肉眼能见的速度由乌黑一点点变得斑白，他颤抖着声音问道："她，怎么了?"

李景隆喘了口气，心痛地伸手去摸锦曦的发丝，咳嗽着笑道："没事了，皇上，裁云剑一除，护她的灵力也没了，好在……好在，只是头发变了……"

朱棣松了口气，一屁股坐在地上，看着李景隆，两个男人都笑了起来。

"她没事了，照药方给她服用就好。景隆……"李景隆话还没说完仰天倒下，胸前一条长长的剑痕汩汩往外冒着鲜血。

"景隆！"朱棣扶起他，不知为何，竟有种揪心的难过。

"没事！"李景隆缓缓睁开眼，捉住朱棣的手笑道，"臣，没事！臣还没寻到天山的百年雪莲，山中的千年成形何首乌，让她……发丝，黑亮如昔……"

血如瀑布般迅速染了他的胸膛。李景隆厌恶地喘着气，"又……弄脏我的……袍子。"

"景隆！你别说话！"泪水如泉一般涌出来，朱棣喉间哽咽。一瞬间他什么都明白了，如果不是李景隆拉住他，如果不是李景隆扑过去受了裁云剑最后的反噬之力，不是他死，就是锦曦死。如今这一剑的反噬力却全部落在了李景隆身上。

"你撑住，朕令最好的太医治你！你不是恨我抢了她吗？你活下来，活着再同我争！"朱棣不知道那种难受来自哪里，这时候他唯一想的就是不让李景隆死。

"不要……让她知道，答应我！"李景隆微微笑了。

"我不答应，你若敢死，我就告诉她，让她难过，让她活着每日都记得你的大恩，日夜不得安宁！"朱棣霸道地说道。

李景隆倦了，没力气再和朱棣争辩。他无奈地想，遇上这两人，自己便不是自己了。

"你醒了？"朱棣含笑看着锦曦。

"怎么总是一睁眼就瞧见你？我怎么了？"锦曦没事人似的坐起身，长发披散。她顺手梳理，蓦地大叫出声："我的头发！"

朱棣爱怜地替她拢了拢头发道："你的裁云剑已经除下来了，它再不能吞噬你的心血，锦曦，你再不用担心折寿。头发嘛，人老了，迟早是要变白的。"

记忆慢慢回来，有点模糊，也有点疑惑，眼前仿佛蒙了张棉纸，看不真切。

锦曦皱着眉问道:"除去它很难是吗?李景隆来过了?"

"他只是送药而来,是固本培元的药,见你无事就走了。除去它一点儿也不难,不过倚天剑毁了,也只有倚天剑才能对付裁云剑。"

锦曦不再吭声,他真的只是来送伤药吗?为什么心里总有一种难言的悲伤?

她手去摸那只银白色的镯子,朱棣吓了一跳,赶紧抢过来:"我要把它扔进深海之中,叫它不能再选主人,噬人心血!"

锦曦微微笑了,"好,这剑真的不能再用了。"

时间一天天过去,锦曦身体也一天天好起来。

她与朱棣漫步在御花园中,见园东搭建起一片兰园,她知道是李景隆的兰花。锦曦叹了口气道:"他倒是潇洒,把他那些宝贝全扔在这里不管,自己游山玩水去了,以前他可爱兰如命的。"

朱棣只是微笑。

"对了,以前你总担心我折寿,成天喂药给我吃,怎么我头发变白了,你一点儿不着急?也不成天捣鼓让我吃什么乱七八糟的补品让我的白发变黑发了呢?"锦曦嗔朱棣一眼,继而叹道,"旁人都道皇帝三宫六院七十二嫔妃,你若想要,我不拦你。"

朱棣嗤笑一声,戏谑道:"真的假的?"

"真的!"锦曦白了他一眼。

"我在佛前发过誓的,你是我唯一的妻。怎么,对我就这么没信心?真怕自个儿老了,我不喜欢了?"

"我才不担心呢,"锦曦呵呵笑了,"你要有美人相伴,我就出宫去玩,正合我的意,我也犯不着圈在宫里。"

朱棣神色一变,用力将她拉进怀里,狠狠地说道:"休想!休想把我一个人扔在这里!"说着叹了口气,抚上她的头发,隔了良久才又道,"我早遣了人去寻天山雪莲、千年首乌,想给你惊喜,我想,定会寻来给你的。我怕你担心,所以没说。"

锦曦不疑,呵呵笑了:"你真笨呢,人家说白头偕老,难道要我吃了那些头发变黑,不与你同时白头吗?"

她的浅笑轻颦，婉转明丽，朱棣总觉得怎么也看不厌。见锦曦漫步走入兰园，他才低声自语道："他会找到的……"

"我的天！怎么把这些兰全当成草来种啊！"锦曦站在兰园中懊恼地冲他喊道。

朱棣一拍脑袋，想起当日自己来到兰园亲手将兰小心地移进土里，叹了口气道："忘了问园丁如何种了！"

"不仅忘了，还叮嘱任何人不得入园，都是皇上亲自前来照顾兰花，不成草才怪了。"三保在身后嘀咕道。

朱棣看着被自己种成野草似的兰有些内疚，赶紧堆起笑容，讨好地对锦曦道："重新种过如何？"

锦曦眼珠一转，秀眉竖起："重新种？这样吧，我要出宫去玩，罚你种好我再回来。"

"不行！"

"我只是告诉你一声，你以为，我的轻功翻不出宫墙去？我只是懒得翻墙，想走大门罢了。"

朱棣气急败坏道："哪有皇后成天不安本分，嚷着要出宫的？传出去成何体统？"

"规矩是人定的，你若连这规矩都改不了，你当皇帝干吗?！"锦曦理直气壮地扔下一句，骄傲地抬起了头。

朱棣愣了半晌，喃喃道："是啊，我都忘了，我娶了个不愿守规矩的、爱和我斗气的女人。我也想出去，怎么办呢？"

"听说北边最近不得安宁，去打两仗如何？"锦曦坏坏地建议。

目光相撞，心意相通。朱棣大笑出声："好，依皇后言，传旨令淇国公、武成侯、靖安侯、安平侯御书房候见，朕与皇后要亲征！"

这两个人是在玩还是处理国事？仿佛北边是有本雅失里在作乱，是该征讨。三保有些想不明白，直犯迷糊。

锦曦扯扯朱棣的衣袖，让他瞧三保的模样。朱棣"扑哧"笑出声来。握紧了锦曦的手，心里涌起万丈雄心。

他的手一如从前，干燥而温暖。

锦曦也抿嘴笑了，目光却远远落在种在一片密如杂草中的素翠红轮莲瓣兰上，清亮的眼眸飞快掠过一丝黯然。

风吹过，带来素翠红轮莲瓣兰独特的香味。

朱棣牵着锦曦的手漫步离开。

"朱棣，你说你派遣的人真能找着百年雪莲、千年首乌吗？"

"当然能，我对他说，找不着就不用回来了。"

"他若不想回来复命呢？"

"我威胁他来着，他若回不来，他心爱的人就会伤心，他舍不得的。"

（全文完结）